Gustavo Adolfo Bécquer
Selección de obras

Gustavo Adolfo Bécquer
Selección de obras

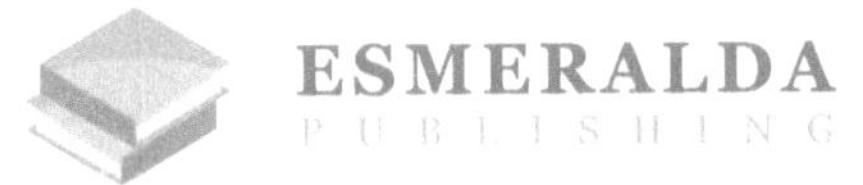

SELECCIÓN DE OBRAS. COLECCIÓN *LITERATURA FUNDAMENTAL*. GUSTAVO ADOLFO BÉCQUER.
Esmeralda Publishing LLC.

Antecedentes:
Las obras que integran este título fueron publicadas originalmente entre 1858 y 1865.

Para más información, visite nuestro sitio web:
www.esmeraldapublishing.com
Esmeralda Publishing y su logo son marcas registradas de Esmeralda Publishing LLC.

ISBN: 978-1-64800-038-6

Información de portada:

El amor es un rayo de luna (2021) – Ariel Wajnerman

Diseño: Ariel Wajnerman

PRÓLOGO Y ANÁLISIS DE LA OBRA

Gustavo Adolfo Bécquer (1836-1870) es uno de los escritores más famosos del Romanticismo español. Su prosa se destaca, al igual que su poesía, por la gran musicalidad y la sencillez de la expresión, cargada de sensibilidad.

De familia de artistas –padre, hermano y tío–, estudió humanidades y pintura en Sevilla. Si bien finalmente se inclinó por la literatura, el arte no pasó a un segundo plano, sino que enriqueció su escritura. La pintura costumbrista sevillana con su libertad expresiva estuvo presente desde su infancia, así como el contacto –a través del padre– con los paisajistas europeos y, por supuesto, la herencia de los maestros sevillanos Bartolomé Esteban Murillo y Diego Velázquez. Todas estas influencias se ven reflejadas en las descripciones de sus leyendas o de sus narraciones que rescatan el misterio dentro de lo cotidiano y que buscan revalorizar el propio patrimonio recreado estéticamente.

En 1854 se trasladó a Madrid con la intención de dedicarse de lleno a la literatura. Sin embargo, sus comienzos no fueron exitosos, lo que se refleja en su *Historia de los templos de España*, de la cual solo pudo publicar un tomo. Se decidió, entonces, por el periodismo y comenzó a hacer adaptaciones de obras de teatro extranjero para poder sobrevivir.

Durante una estancia en Sevilla en 1858, estuvo nueve meses en cama a causa de una enfermedad. Durante la convalecencia, publicó su primera leyenda, "El caudillo de las manos rojas", y conoció a Julia Espín, según ciertos críticos la musa de algunas de sus rimas.

En 1861 contrajo matrimonio con Casta Esteban, hija de un médico, con la que tuvo tres hijos. Además de las frecuentes escapadas a Toledo para pintar con su hermano Valeriano, siguió con la escritura: entre 1861 y 1865 fue la etapa más fecunda de su carrera literaria. En esos años compuso la mayor parte de sus leyendas que, siguiendo los pasos de Ernst Theodor Amadeus Hoffmann y Edgar Allan Poe, recrean ambientes fantásticos, envueltos en una atmósfera sobrenatural y misteriosa.

Asimismo, escribió crónicas periodísticas y redactó las *Cartas literarias a una mujer*, que aparecieron en las páginas de *El Contemporáneo* entre diciembre de 1860 y abril de 1861. Son estos textos una explicitación en prosa de la concepción poética que recorre las *Rimas* a través de tres temas: la poesía, el amor y la religión.

Para reponerse de la tuberculosis que lo afectaba, en 1864 pasó una temporada en el monasterio de Veruela. Allí surgen sus *Cartas desde mi celda* –publicadas también en el mencionado periódico–, donde sobresalen las descripciones de los lugares que recorre en sus caminatas, siempre con el agregado de lo exótico y lo legendario.

En las cartas –incluidas dentro del género epistolar–, uno de los interlocutores está ausente en el espacio/tiempo, pero presente discursivamente. Este vaivén entre el yo y el tú permite al lector crear su propia imagen de ese destinatario configurado a partir de las palabras del emisor. Este diálogo se transformó en un tipo textual muy frecuentado en la literatura de determinada época. Bécquer se inscribe en esa tradición en los dos textos ya mencionados, los que resultan manifestaciones de una profunda subjetividad y favorecen una expresión intimista e individual, propia del Romanticismo.

Menos conocidas, pero testimonio de sus temas característicos, son las *Narraciones*, igualmente publicadas en *El Contemporáneo* entre 1863 y 1865.

En 1866 el escritor obtuvo el empleo de censor oficial de novelas –una faceta poco conocida de él–, lo cual le permitió dejar sus crónicas periodísticas y concentrarse en sus leyendas y sus rimas, publicadas en parte en el semanario *El museo universal*. Pero con la revolución de 1868 –la cual supuso el destronamiento y exilio de la reina Isabel II–, perdió su trabajo, y su esposa lo abandonó ese mismo año.

Se trasladó entonces a Toledo con Valeriano, y allí terminó de reconstruir el manuscrito de las *Rimas*, cuyo primer original había desaparecido cuando su casa fue saqueada durante la revolución. De nuevo en Madrid, fue nombrado director de la revista *La Ilustración*, donde también trabajó su hermano como dibujante. Cuando este murió en septiembre de 1870, el poeta entró en un período de depresión muy profundo. Presintiendo su propia muerte –que ocurrió tres meses después–, entregó a su amigo Narciso Campillo sus originales para que se hiciese cargo de ellos.

Si bien su producción en prosa es extensa, la inmensa fama literaria de Bécquer se sustenta en sus *Rimas*, que iniciaron la corriente romántica de poesía intimista opuesta a la retórica y ampulosidad de la primera parte del movimiento. La crítica literaria del momento, sin embargo, no recibió bien sus poemas, aunque su fama no dejaría de crecer en los años siguientes. Toda su poesía ejerció un fuerte influjo en figuras posteriores como Rubén Darío, Antonio Machado, Juan Ramón Jiménez, y toda la generación del 27, y la crítica lo juzga el iniciador de la poesía española contemporánea.

Para comprender a un artista en profundidad, es necesario conocer el movimiento en el que se inscribe. El Romanticismo fue una corriente artística y literaria que surgió en la transición del siglo XVIII hacia el siglo XIX en Inglaterra, Alemania y Francia, y desde allí se extendió a todo el mundo occidental, incluido el continente americano. Entre 1767 y 1785, fue precedido por otro movimiento alemán, llamado *Sturm und Drang* ("Tormenta e ímpetu") e impulsado por Johann Georg Hamann, Johann Gottfried von Herder y Johann Wolfgang von Goethe.

Culturalmente, el siglo XVIII estuvo marcado por el Iluminismo, que preconizaba el triunfo de la razón sobre el fanatismo, la libertad de pensamiento y la fe en el progreso como nuevo sentido de la historia. Ese racionalismo se refleja en el arte neoclásico, al que se opone el Romanticismo, cuya primera premisa es la expresión de la subjetividad y la libertad creadora.

Bécquer lleva los postulados del movimiento a su máxima expresión: importancia de la imaginación en el arte; predominio de la subjetividad y el individualismo que se encarna en temas recurrentes como el miedo, la pasión, la locura y la soledad; nueva concepción de la belleza relacionada con lo sublime —aquello incomparable que no solo complace, sino que conmueve y sobrecoge—; nostalgia por el pasado: el folclore, las culturas populares y la Edad Media; redescubrimiento de la naturaleza como metáfora del mundo interior del individuo o auténtica fuente de inspiración y belleza; libertad creativa frente a la rígida preceptiva neoclasicista; interés por lo onírico que escapa a las leyes de la razón.

Su narrativa, además, está muy enlazada con el costumbrismo. Si bien el cuadro de costumbres tiene una larga tradición en España, dentro del Romanticismo resurge como un tipo de literatura de breve extensión, que busca pintar o reflejar los personajes y los usos de una época con bastante detalle, con un interés por lo pintoresco y folclórico, lo que lo transforma en un documento social que servirá de nexo con la futura novela realista.

Considerado desde el punto de vista de los géneros, en todas sus obras, el escritor español mantiene un estilo donde siempre se destaca su lirismo: él es esencialmente poeta, y esto se puede rastrear en su prosa a partir del uso de recursos literarios que, en especial, saca a relucir en sus descripciones. Aunque el Romanticismo y, luego, el Realismo nos dejaron grandes autores que pueden ser considerados modelos en el arte de describir, Bécquer es un auténtico maestro. La importancia del detalle, el uso de imágenes sensoriales que apelan a todos los sentidos, el exquisito vocabulario, el acertado empleo de las enumeraciones y de las metáforas —que en muchos casos renuevan el lenguaje poético— son constantes en sus rimas y en sus volúmenes narrativos.

Otro rasgo destacado de su estilo es la incorporación de lo ensayístico que sobrevuela sus textos. La reflexión sobre el origen de la poesía y sobre el misterio del amor permite leer su producción como un continuo que en cada línea nos remite a algún otro pasaje. Lejos de resultar repetitivo u obvio, amplifica sus ideas eje cada vez que las exhibe. Sus libros dialogan intertextualmente entre sí y con el lector, quien establece relaciones, recuerda fragmentos leídos previamente o guarda en su memoria otros que, con seguridad, volverán en lecturas futuras.

Sumada a la influencia que ejerció en poetas posteriores, Bécquer anticipa aspectos del Simbolismo: manejo de la sugerencia; presencia de lo etéreo, lo difuso y lo vago, incluso al hablar de la mujer; papel preponderante del ritmo. A esto se agrega, tanto en sus versos como en su prosa, un uso particular de las luces y las sombras, propio de uno de los movimientos pictóricos más importantes: el Impresionismo. Él trabaja con la posibilidad de la luz de crear figuras o borrar contornos, adelantando lo que después desarrollarán maestros como Claude Monet o Camille Pissarro en sus cuadros.

CARTAS LITERARIAS A UNA MUJER

Las *Cartas literarias a una mujer* (1860-1861), como dijimos, pueden ser leídas en correlación con las *Rimas*. Desde el inicio, se plantea el gran tema sobre el cual reflexiona el escritor en varios de sus textos, la poesía, su génesis, su misterio: "La poesía es en el hombre una cualidad puramente del espíritu; reside en su alma, vive con la vida incorpórea de la idea, y para revelarla necesita darla una forma. Por eso la escribe".

No es casual que el yo se dirija a un tú –mujer– porque hay una fuerte conexión entre el sentimiento, el amor y el quehacer poético. Basta recordar el "poesía eres tú" o el "podrá no haber poetas pero siempre / habrá poesía" de sus rimas para encontrar los hilos que tejen la red de significados que propone el autor y que, a su vez, están recorridos por el concepto de lo inefable y de la contraposición real/ideal.

Tampoco es casual que aparezca en el título la palabra "literarias". Es constante en Bécquer el juego entre lo autobiográfico y lo ficcional. La primera persona y las posibles conexiones con su vida –a lo que se suman las particularidades de la carta como género– problematizan constantemente el concepto de ficción, lo que resulta muy atractivo para un lector o una lectora contemporáneos.

Según lo dicho, las *Rimas* y las *Cartas* configuran una metapoética, un discurso atravesado por la reflexión literaria profunda, un diálogo del poeta consigo mismo, de gran tradición en la literatura. Baste recordar estos versos de Rubén Darío para establecer un puente hacia el Modernismo posterior: "Yo persigo una forma que no encuentra mi estilo, / botón de pensamiento que busca ser la rosa; / se anuncia con un beso que en mis labios se posa / el abrazo imposible de la Venus de Milo".

DESDE MI CELDA

Publicadas individualmente en el diario *El Contemporáneo* entre el 3 de mayo y el 6 de octubre de 1864, estas nueve cartas fueron escritas desde una celda ubicada en el Monasterio de Veruela, donde el autor se refugió para reponerse de la tuberculosis que lo afectaba, como ya señalamos. Posteriormente, fueron recopiladas en las *Obras completas* de 1871.

Son destacables sus reflexiones sobre el periodismo y, además, su preocupación por agradar al lector: "Ustedes, sin embargo, quieren que escriba alguna cosa, que lleve mi parte en la sinfonía general, aun a riesgo de salir desafinando. Sea, y sirva esto de introducción y preludio: quiere decir que si alguno de mis lectores ha sentido otra vez algo de lo que yo siento ahora, mis palabras le llevarán al recuerdo de más tranquilos días, como el perfume de un paraíso distante; y los que no, tendrán en cuenta mi especial posición para tolerar que de cuando en cuando rompa con una nota desacorde la armonía de un periódico político".

Más allá de la presencia del destinatario, propia de la estructura de las cartas, el escritor da un paso más y adelanta algunas características de un género que en nuestros días tiene mucha vigencia: la crónica. Entre el periodismo y la literatura, las crónicas se centran en la mirada del cronista que recorre los espacios y describe a los personajes. Esta relación del hombre con el lugar es la premisa básica, y Bécquer la lleva a cabo magistralmente con un estilo ameno, con algo de humor y siempre con un dejo poético.

La vida campesina, la atracción por el pasado medieval, la belleza del paisaje con el marco del monte Moncayo y las infaltables leyendas con sus brujas y castillos nos remiten a los temas y motivos alrededor de los cuales el artista construye toda su obra, y son una gran inspiración para lo gótico, que aparece de manera similar en sus leyendas.

RIMAS

La primera edición de las *Rimas* fue publicada, junto con sus páginas en prosa, por los amigos de Gustavo Adolfo Bécquer –Narciso Campillo, Augusto Ferrán, Rodríguez Correa y otros– un año después de su muerte (1871). El autor escribió la mayoría de los versos entre 1858 y 1862, pero este primer manuscrito se perdió, como apuntamos precedentemente. Él los reescribió de memoria, y este segundo manuscrito redactado en Toledo es el que se conoce como *Libro de los gorriones,* comprado por la Biblioteca Nacional por 25 pesetas. Muchos de los poemas ofrecen allí una versión diferente de la que fue publicada por los amigos y están precedidas, además, por una "Introducción sinfónica", escrita en prosa. Originalmente fueron 79 composiciones, pero la mayoría de ediciones actuales consta de ochenta y seis, ya que algunas más fueron encontradas o incorporadas con posterioridad.

Por todo lo anterior, las rimas tienen dos numeraciones, una arábiga y otra romana. La arábiga corresponde al orden en el que el poeta español escribió sus poemas, la romana es la que dieron sus amigos cuando los publicaron.

Uno de los aciertos del libro es la original fusión entre los románticos alemanes y la poesía andaluza. El otro es su estilo desnudo, directo, libre de la ornamentación de los románticos anteriores. Para Bécquer la poesía es sentimiento y no artificio; él escribe por necesidad, cuando siente que debe decir algo.

Su aporte a la lírica española es haber llevado su intimidad a los versos; en consecuencia los lectores sentimos que nos acercamos a un hombre que puede ser cualquiera de nosotros. Sus poemas, generalmente breves, encierran un contenido intenso buscando las palabras justas que traducen un tono melancólico, aunque por momentos sea más desgarrado.

En cuanto a la métrica, el escritor escoge una forma libre, usando más la rima asonante que la consonante en estrofas breves de cuatro, cinco o seis versos, donde se mezcla el heptasílabo con el pentasílabo o el endecasílabo.

LEYENDAS

Las *Leyendas*, publicadas entre 1858 y 1865, son dieciocho narraciones breves, en las que el autor –mezclando elementos reales con situaciones imaginarias– traslada sus ilusiones y sus desengaños, su visión romántica del amor y de la creación artística. En todas hay un momento culminante en el que ocurre un prodigio, un hecho maravilloso que rompe con las leyes lógicas y establece una confusa frontera entre la realidad y la imaginación.

Una característica que se evidencia al comienzo de la lectura es que Bécquer intenta dotarlas de verosimilitud: las presenta como leyendas que han ido de boca en boca antes de que las pusiera por escrito y en ocasiones las enlaza con episodios de su propia vida.

No falta en estos relatos un mensaje ético relacionado con los problemas espirituales de su tiempo: muchos de los personajes, aprisionados en su falta de fe, en la vanidad y en el orgullo o la ambición, desafían a Dios o a las fuerzas de la naturaleza, por lo cual serán castigados. Otros representan fuerzas positivas que llevan al hombre hacia el amor y el arte. En este sentido, las leyendas son testimonio de la concepción de la mujer romántica: ángel o demonio. Lo ético también se ve reflejado en los desenlaces trágicos, consecuencia de una conducta imprudente o de haber transgredido una prohibición.

El exotismo y lo gótico se reflejan en los espacios: ciudades antiguas (Soria, Toledo, Sevilla), viejos castillos, templos y monasterios, ruinas abandonadas, lugares propicios para la imaginación o el misterio. Asimismo, la noche y la ubicación temporal en el pasado, en muchos casos la Edad Media, nos remonta a otra de las constantes de los románticos.

Con relación a sus obras, las leyendas vuelven sobre uno de sus grandes temas: la lucha entre el ideal y la realidad, que se refleja en el amor imposible y la creación artística.

NARRACIONES

Las *Narraciones* (1863-1865) abarcan relatos de Gustavo Adolfo Bécquer que no son leyendas, aunque muy relacionadas con ellas. La intertextualidad que se establece –e incluso con las *Cartas desde mi celda*– se da en varios niveles: a través de los temas, de las historias que se repiten, de los personajes y del exotismo gótico. Son seis historias que abordan una gran variedad de registros: lo intimista, lo humorístico, lo misterioso, lo reflexivo, lo lírico.

Asimismo, el autor español explora distintos tipos textuales, sin dejar nunca de establecer puentes con el resto de sus escritos a partir de la combinación del cuadro de costumbres, el ensayo y el relato romántico.

Si el lirismo de las rimas recorre toda la prosa del artista, su capacidad de contador de historias no se queda atrás. A menudo encontramos el relato dentro del relato, que se manifiesta en las *Leyendas*, y un trabajo minucioso con la figura de un narrador subjetivo que filtra los acontecimientos a través de su mirada: "No obstante, como tengo en la cabeza una multitud de ideas absurdas que siempre me andan dando tormento mezclándose y sobreponiéndose a las pocas negociables en el mercado del sentido común, y como he observado que una vez escrita una y arrojada al público, la olvido por completo y nunca más torna a fatigarme, voy a ir poco a poco deshaciéndome de las más rebeldes".

Más allá de las relaciones que se entablan entre este libro y el resto, también es importante destacar la disparidad de los textos que forman parte de las *Narraciones*. Es esta la única de sus obras que hace de la heterogeneidad un valor, lo que la constituye una suerte de catálogo temático y estilístico del universo becqueriano.

Adriana Santa Cruz

CARTAS LITERARIAS
A UNA MUJER

I

En una ocasión me preguntaste:

—¿Qué es la poesía?

¿Te acuerdas? No sé a qué propósito había yo hablado algunos momentos antes de mi pasión por ella.

—¿Qué es la poesía? —me dijiste.

Yo, que no soy muy fuerte en esto de las definiciones, te respondí titubeando:

—La poesía es... es...

Sin concluir la frase buscaba inútilmente en mi memoria un término de comparación, que no acertaba a encontrar.

Tú habías adelantado un poco la cabeza para escuchar mejor mis palabras; los negros rizos de tus cabellos, esos cabellos que tan bien sabes dejar a su antojo sombrear tu frente, con un abandono tan artístico, pendían de tu sien y bajaban rozando tu mejilla hasta descansar en tu seno; en tus pupilas húmedas y azules como el cielo de la noche, brillaba un punto de luz, y tus labios se entreabrían ligeramente al impulso de una respiración perfumada y suave.

Mis ojos, que, a efecto sin duda de la turbación que experimentaba, habían errado un instante sin fijarse en ningún sitio, se volvieron instintivamente hacia los tuyos, y exclamé al fin:

—¡La poesía... la poesía eres tú!

¿Te acuerdas? Yo aún tengo presente el gracioso ceño de curiosidad burlada, el acento mezclado de pasión y amargura con que me dijiste:

—¿Crees que mi pregunta solo es hija de una vana curiosidad de mujer? Te equivocas. Yo deseo saber lo que es la poesía, porque deseo pensar lo que tú piensas, hablar de lo que tú hablas, sentir lo que tú sientes; penetrar, por último, en ese misterioso santuario en donde a veces se refugia tu alma y cuyo umbral no puede traspasar la mía.

Cuando llegaba a este punto se interrumpió nuestro diálogo. Ya sabes por qué. Algunos días han trascurrido. Ni tú ni yo lo hemos vuelto a renovar y, sin embargo, por mi parte no he dejado de pensar en él. Tú sientes, sin duda, que la frase con que contesté a tu extraña interrogación equivalía a una evasiva galante.

¿Por qué no hablar con franqueza? En aquel momento di aquella definición porque la sentí, sin saber siquiera si decía un disparate. Después lo he pensado mejor, y no dudo al repetirlo; la poesía eres tú. ¿Te sonríes? Tanto peor para los dos. Tu incredulidad nos va a costar; a ti, el trabajo de leer un libro, y a mí, el de componerlo.

—¡Un libro! —exclamas palideciendo y dejando escapar de tus manos esta carta—. No te asustes. Tú lo sabes bien: un libro mío no puede ser muy largo. Erudito, sospecho que tampoco. Insulso, tal vez; mas para ti, escribiéndolo yo, presumo que no lo será, y para ti lo escribo.

Sobre la poesía no ha dicho nada casi ningún poeta; pero, en cambio, hay bastante papel borrado por muchos que no lo son.

El que la siente se apodera de una idea, la envuelve en una forma, la arroja en el estadio del saber, y pasa. Los críticos se lanzan entonces sobre esa forma, la examinan, la disecan, y creen haberla comprendido, cuando han hecho su análisis.

La disección podrá revelar el mecanismo del cuerpo humano; pero los fenómenos del alma, el secreto de la vida, ¿cómo se estudian en un cadáver?

No obstante, sobre la poesía se han dado reglas, se han atestado infinidad de volúmenes, se enseña en las universidades, se discute en los círculos literarios y se explica en los ateneos.

No te extrañes. Un sabio alemán ha tenido la humorada de reducir a notas y encerrar en las cinco líneas de una pauta el misterioso lenguaje de los ruiseñores. Yo, si he de decir la verdad, todavía ignoro qué es lo que voy a hacer; así es que no puedo anunciártelo anticipadamente.

Solo te diré, para tranquilizarte, que no te inundaré en ese diluvio de términos que pudiéramos llamar facultativos, ni te citaré autores que no conozco, ni sentencias en idiomas que ninguno de los dos entendemos.

Antes de ahora te lo he dicho. Yo nada sé, nada he estudiado, he leído un poco, he sentido bastante y he pensado mucho, aunque no acertaré a decir si bien o mal. Como solo de lo que he sentido y he pensado he de hablarte, te bastará sentir y pensar para comprenderme.

Herejías históricas, filosóficas y literarias presiento que voy a decir muchas. No importa. Yo no pretendo enseñar a nadie, ni erigirme en autoridad, ni hacer que mi libro se declare de texto.

Quiero hablarte un poco de literatura, siquiera no sea más que por satisfacer un capricho tuyo; quiero decirte lo que sé de una manera intuitiva, comunicarte mi opinión y tener al menos el gusto de saber que si nos equivocamos, nos equivocamos los dos; lo cual, dicho sea de paso, para nosotros equivale a acertar.

La poesía eres tú, te he dicho, porque la poesía es el sentimiento, y el sentimiento es la mujer.

La poesía eres tú, porque esa vaga aspiración a lo bello que la caracteriza, y que es una facultad de la inteligencia en el hombre, en ti pudiera decirse que es un instinto.

La poesía eres tú, porque el sentimiento que en nosotros es un fenómeno accidental, y pasa como una ráfaga de aire, se halla tan íntimamente unido a tu organización especial, que constituye una parte de ti misma.

Últimamente, la poesía eres tú, porque tú eres el foco de donde parten sus rayos.

El genio verdadero tiene algunos atributos extraordinarios, que Balzac llama femeninos y que, efectivamente, lo son. En la escala de la inteligencia del poeta hay notas que pertenecen a la de la mujer, y estas son las que expresan la ternura, la pasión y el sentimiento. Yo no sé por qué los poetas y las mujeres no se entienden mejor entre sí. Su manera de sentir tiene tantos puntos de contacto... Quizá por eso... Pero dejemos digresiones y volvamos al asunto.

Decíamos... ¡Ah, sí, hablábamos de la poesía!

La poesía es en el hombre una cualidad puramente del espíritu; reside en su alma, vive con la vida incorpórea de la idea, y para revelarla necesita darla una forma. Por eso la escribe.

En la mujer, sin embargo, la poesía está como encarnada en su ser; su aspiración, sus presentimientos, sus pasiones y su destino son poesía: vive, respira, se mueve en una indefinible atmósfera de idealismo que se desprende de ella, como un fluido luminoso y magnético; es, en una palabra, el verbo poético hecho carne.

Sin embargo, a la mujer se la acusa vulgarmente de prosaísmo. No es extraño: en la mujer es poesía casi todo lo que piensa, pero muy poco de lo que habla. La razón, yo la adivino, y tú la sabes. Quizá cuanto te he dicho lo habrás encontrado confuso y vago. Tampoco debe maravillarte. La poesía es al saber de la humanidad lo que el amor a las otras pasiones. El amor es un misterio. Todo en él son fenómenos a cual más inexplicables; todo en él es ilógico; todo en él es vaguedad y absurdo.

La ambición, la envidia, la avaricia, todas las demás pasiones tienen su explicación y aun su objeto, menos la que fecundiza el sentimiento y lo alimenta.

Yo, sin embargo, la comprendo; la comprendo por medio de una revelación intensa, confusa e inexplicable.

Deja esta carta, cierra tus ojos al mundo exterior que te rodea, vuélvelos a tu alma, presta atención a los confusos rumores que se elevan de ella, y acaso lo comprenderás como yo.

II

En mi anterior te dije que la poesía eras tú, porque tú eres la más bella personificación del sentimiento, y el verdadero espíritu de la poesía no es otro.

A propósito de esto, la palabra *amor* se deslizó de mi pluma en uno de los párrafos de mi carta.

De aquel párrafo hice el último. Nada más natural. Voy a decirte el porqué. Existe una preocupación bastante generalizada, aun entre las personas que se dedican a dar formas a lo que piensan, que, a mi modo de ver, es, sin parecerlo, una de las mayores.

Si hemos de dar crédito a los que de ella participan, es una verdad tan innegable que se puede elevar a la categoría de axioma el que nunca se vierte la idea con tanta vida y precisión como en el momento en que esta se levanta semejante a un gas desprendido y enardece la fantasía y hace vibrar todas las fibras sensibles, cual si las tocase alguna chispa eléctrica.

Yo no niego que suceda así. Yo no niego nada; pero, por lo que a mí toca, puedo asegurarte que cuando siento no escribo. Guardo, sí, en mi cerebro escritas, como en un libro misterioso, las impresiones que han dejado en él su huella al pasar; estas ligeras y ardientes hijas de la sensación duermen allí agrupadas en el fondo de mi memoria hasta el instante en que, puro, tranquilo, sereno y revestido, por decirlo así, de un poder sobrenatural, mi espíritu las evoca y tienden sus alas trasparentes, que bullen con un zumbido extraño, y cruzan otra vez a mis ojos como en una visión luminosa y magnífica.

Entonces no siento ya con los nervios que se agitan, con el pecho que se oprime, con la parte orgánica y material que se conmueve al rudo choque de las sensaciones producidas por la pasión y los afectos; siento, sí, pero de una manera que puede llamarse artificial; escribo como el que copia de una página ya escrita; dibujo como el pintor que reproduce el paisaje que se dilata ante sus ojos y se pierde entre la bruma de los horizontes.

Todo el mundo siente. Solo a algunos seres les es dado el guardar como un tesoro la memoria viva de lo que han sentido. Yo creo que estos son los poetas. Es más, creo que únicamente por esto lo son.

Efectivamente, es más grande, más hermoso, figurarse al genio ebrio de sensaciones y de inspiraciones, trazando a grandes rasgos, temblorosa la mano con la ira, llenos aún los ojos de lágrimas o profundamente conmovido por la piedad, esas tiradas de poesía que más tarde son la admiración del mundo; pero ¿qué quieres?, no siempre la verdad es lo más sublime.

¿Te acuerdas? No hace mucho que te lo dije a propósito de una cuestión parecida.

Cuando un poeta te pinta en magníficos versos su amor, duda. Cuando te lo dé a conocer en prosa, y mala, cree.

Hay una parte mecánica, pequeña y material en todas las obras del hombre, que la primitiva, la verdadera inspiración desdeña en sus ardientes momentos de arrebato.

Sin saber cómo, me he distraído del asunto. Como quiera que lo he hecho por darte una satisfacción, espero que tu amor propio sabrá disculparme. ¿Qué mejor intermediario que este para con una mujer?

No te enojes. Es uno de los muchos puntos de contacto que tenéis con los poetas, o que estos tienen con vosotras.

Sé, porque lo sé, aun cuando tú no me lo has dicho, que te quejas de mí, porque al hablar del amor detuve mi pluma y terminé mi primera carta como enojado de la tarea.

Sin duda, ¿a qué negarlo?, pensaste que esta fecunda idea se esterilizó en mi mente por falta de sentimiento. Ya te he demostrado tu error.

Al estamparla, un mundo de ideas confusas y sin nombre se elevaron en tropel en mi cerebro y pasaron volteando alrededor de mi frente, como una fantástica ronda de visiones quiméricas. Un vértigo nubló mis ojos.

¡Escribir! ¡Oh! Si yo pudiera haber escrito entonces, no me cambiaría por el primer poeta del mundo.

Mas... entonces lo pensé y ahora lo digo. Si yo siento lo que siento para hacer lo que hago, ¿qué gigante océano de luz y de inspiración no se agitaría en la mente de esos hombres que han escrito lo que a todos nos admira?

Si tú supieras cómo las ideas más grandes se empequeñecen al encerrarse en el círculo de hierro de la palabra; si tú supieras qué diáfanas, qué ligeras, qué impalpables son las gasas de oro que flotan en la imaginación al envolver esas misteriosas figuras que crea y de las que solo acertamos a reproducir el descarnado esqueleto; si tú supieras cuan imperceptible es el hilo de luz que ata entre sí los pensamientos más absurdos que nadan en su caos; si tú supieras... Pero ¿qué digo? Tú lo sabes, tú debes saberlo.

¿No has soñado nunca? Al despertar, ¿te ha sido alguna vez posible referir, con toda su inexplicable vaguedad y poesía, lo que has soñado?

El espíritu tiene una manera de sentir y comprender especial, misteriosa, porque él es un arcano; inmensa, porque él es infinito; divina, porque su esencia es santa.

¿Cómo la palabra, cómo un idioma grosero y mezquino, insuficiente a veces para expresar las necesidades de la materia, podrá servir de digno intérprete entre dos almas?

Imposible.

Sin embargo, yo procuraré apuntar, como de pasada, algunas de las mil ideas que me agitaron durante aquel sueño magnífico, en que vi al amor, envolviendo la humanidad como en un fluido de fuego, pasar de un siglo en otro, sosteniendo la incomprensible atracción de los espíritus, atracción semejante a la de los astros, y revelándose al mundo exterior por medio de la poesía, único idioma que acierta a balbucear algunas de las frases de su inmenso poema.

Pero ¿lo ves? Ya quizá ni tú me entiendes ni yo sé lo que me digo. Hablemos como se habla. Procedamos con orden, ¡El orden! ¡Lo detesto, y, sin embargo, es tan preciso para todo!...

La poesía es el sentimiento, pero el sentimiento no es más que un efecto, y todos los efectos proceden de una causa más o menos conocida. ¿Cuál lo será? ¿Cuál podrá serlo de este divino arranque de entusiasmo, de esta vaga y melancólica aspiración del alma, que se traduce al lenguaje de los hombres por medio de sus más suaves armonías, sino el amor?

Sí; el amor es el manantial perenne de toda poesía, el origen fecundo de todo lo grande, el principio eterno de todo lo bello; y digo el amor porque la religión, nuestra religión, sobre todo, es un amor también, es el amor más puro, más hermoso, el único infinito que se conoce; y solo a estos dos astros de la inteligencia puede volverse el hombre cuando desea luz que alumbre su camino, inspiración que fecundice su vena estéril y fatigada.

El amor es la causa de sentimiento; pero... ¿qué es el amor? Ya lo ves: el espacio me falta, el asunto es grande, y... ¿te sonríes?... ¿Crees que voy a darte una excusa fútil para interrumpir mi carta en este sitio?

No; ya no recurriré a los fenómenos del mío para disculparme de no hablar del amor. Te lo confesaré ingenuamente: tengo miedo.

Algunos días, solo algunos, y te lo juro, te hablaré del amor, a riesgo de escribir un millón de disparates.

—¿Por qué tiemblas? —dirás sin duda—. ¿No hablan de él a cada paso las gentes que ni aun lo conocen? ¿Por qué no has de hablar tú, tú que dices que lo sientes?

¡Ay! Acaso por lo mismo que ignoran lo que es, se atreven a definirlo.

¿Vuelves a sonreírte?... Créeme: la vida está llena de estos absurdos.

III

¿Qué es el amor?

A pesar del tiempo trascurrido, creo que debes acordarte de lo que te voy a referir. La fecha en que aconteció, aunque no la consigne la historia, será siempre una fecha memorable para nosotros.

Nuestro conocimiento solo databa de algunos meses; era verano y nos hallábamos en Cádiz. El rigor de la estación no nos permitía pasear sino al amanecer o durante la noche. Un día... digo mal, no era día aún: la dudosa claridad del crepúsculo de la mañana teñía de un vago azul el cielo, la luna se desvanecía en el ocaso, envuelta en una bruma violada, y lejos, muy lejos, en la distante lontananza del mar, las nubes se coloraban de amarillo y rojo, cuando la brisa precursora de la luz, levantándose del océano, fresca e impregnada en el marino perfume de las olas, acarició, al pasar, nuestras frentes.

La naturaleza comenzaba entonces a salir de su letargo con un sordo murmullo. Todo a nuestro alrededor estaba en suspenso y como aguardando una señal misteriosa para prorrumpir en el gigante himno de alegría de la creación que despierta.

Nosotros, desde lo alto de la fortísima muralla que ciñe y defiende la ciudad, y a cuyos pies se rompen las olas con un gemido, contemplábamos con avidez el solemne espectáculo que se ofrecía a nuestros ojos. Los dos guardábamos un silencio profundo y, no obstante, los dos pensábamos una misma cosa.

Tú formulaste mi pensamiento al decirme:

—¿Qué es el sol?

En aquel momento el astro, cuyo disco comenzaba a chispear en el límite del horizonte, rompió el seno de los mares. Sus rayos se tendieron rapidísimos sobre su inmensa llanura; el cielo, las aguas y la tierra se inundaron de claridad, y todo resplandeció como si un océano de luz se hubiese volcado sobre el mundo.

En las crestas de las olas, en los ribetes de las nubes, en los muros de la ciudad, en el vapor de la mañana, sobre nuestras cabezas, a nuestros pies, en todas partes, ardía la pura lumbre del astro y flotaba una atmósfera luminosa y trasparente, en la que nadaban encendidos los átomos del aire.

Tus palabras resonaban aún en mi oído:

—¿Qué es el sol? —me habías preguntado.

—Eso —respondí, señalándote su disco, que volteaba oscuro y franjado de fuego en mitad de aquella diáfana atmósfera de oro; y tu pupila y tu alma se llenaron de luz, y en la indescriptible expresión de tu rostro conocí que lo habías comprendido.

Yo ignoraba la definición científica con que pude responder a tu pregunta; pero, de todos modos, en aquel instante solemne estoy seguro de que no te hubiera satisfecho.

¡Definiciones! Sobre nada se han dado tantas como sobre las cosas indefinibles. La razón es muy sencilla: ninguna de ellas satisface, ninguna es exacta, por lo que cada cual se cree con derecho para formular la suya.

¿Qué es el amor? Con esta frase concluí mi carta de ayer, y con ella he comenzado la de hoy. Nada me sería más fácil que resolver, con el apoyo de una autoridad, esta cuestión que yo mismo me propuse al decirte que es la fuente del sentimiento. Llenos están los libros de definiciones sobre este punto. Las hay en griego y en árabe, en chino y en latín, en copto y en ruso... ¿Qué se yo? En todas las lenguas, muertas o vivas, sabias o ignorantes, que se conocen. Yo he leído algunas y me he hecho traducir otras. Después de conocerlas casi todas, he puesto la mano sobre mi corazón, he consultado mis sentimientos y no he podido menos de repetir con Hamlet: "¡Palabras, palabras, palabras!".

Por eso he creído más oportuno recordarte una escena pasada que tiene alguna analogía con nuestra situación presente, y decirte ahora como entonces:

—¿Quieres saber lo que es el amor? Recógete dentro de ti misma, y si es verdad que lo abrigas en tu alma, siéntelo y lo comprenderás, pero no me lo preguntes.

Yo solo te podré decir que él es la suprema ley del universo; ley misteriosa por la que todo se gobierna y rige, desde el átomo inanimado hasta la criatura racional; que de él parten y a él convergen como a un centro de irresistible atracción todas nuestras ideas y acciones; que está, aunque oculto, en el fondo de toda cosa y —efecto de una primera causa, Dios— es, a su vez, origen de esos mil pensamientos desconocidos, que todos ellos son poesía, poesía verdadera y espontánea que la mujer no sabe formular, pero que siente y comprende mejor que nosotros.

Sí. Que poesía es, y no otra cosa, esa aspiración melancólica y vaga que agita tu espíritu con el deseo de una perfección imposible.

Poesía, esas lágrimas involuntarias que tiemblan un instante en tus párpados, se desprenden en silencio, ruedan y se evaporan como un perfume.

Poesía, el gozo improviso que ilumina tus facciones con una sonrisa suave, y cuya oculta causa ignoras donde está.

Poesía son, por último, todos esos fenómenos inexplicables que modifican el alma de la mujer cuando despierta al sentimiento y la pasión.

¡Dulces palabras que brotáis del corazón, asomáis al labio y morís sin resonar apenas, mientras que el rubor enciende las mejillas! ¡Murmullos extraños de la noche, que imitáis los pasos del amante que se espera! ¡Gemidos del viento, que fingís una voz querida que nos llama entre las sombras! ¡Imágenes confusas, que pasáis cantando una canción sin ritmo ni palabras, que solo percibe y entiende el espíritu! ¡Febriles exaltaciones de la pasión, que dais colores y forma a las ideas más abstractas! ¡Presentimientos incomprensibles, que ilumináis como un relámpago nuestro porvenir! ¡Espacios sin límites, que os abrís ante los ojos del alma, ávida de inmensidad, y la arrastráis a vuestro seno, y la saciáis de infinito! ¡Sonrisas, lágrimas, suspiros y deseos, que formáis el misterioso cortejo del amor! ¡Vosotros sois la poesía, la verdadera poesía que puede encontrar un eco, producir una sensación, o despertar una idea!

Y todo este tesoro inagotable de sentimiento, todo este animado poema de esperanza y de abnegaciones, de sueños y de tristezas, de alegrías y de lágrimas, donde cada sensación es una estrofa y cada pasión un canto, todo está contenido en vuestro corazón de mujer.

Un escritor francés ha dicho, juzgando a un músico ya célebre, el autor del *Tannhauser*: “Es un hombre de talento, que hace todo lo posible por disimularlo, pero que a veces no lo puede conseguir y, a su pesar, lo demuestra”.

Respecto a la poesía de vuestras almas, puede decirse lo mismo.

Pero ¡qué!, ¿frunces el ceño y arrojas la carta?... ¡Bah! No te incomodes... Sabe de una vez y para siempre que, tal como os manifestáis, yo creo, y conmigo lo creen todos, que las mujeres son la poesía del mundo.

IV

El amor es poesía; la religión es amor. Dos cosas semejantes a una tercera son iguales entre sí.

He aquí el axioma que debía ahorrarme el trabajo de escribir una nueva carta. Sin embargo, yo mismo conozco que esta conclusión matemática, que en efecto lo parece, así puede ser una verdad como un sofisma.

La lógica sabe fraguar razonamientos inatacables que, a pesar de todo, no convencen. ¡Con tanta facilidad se sacan deducciones precisas de una base falsa!

En cambio, la convicción íntima suele persuadir, aunque en el método del raciocinio reine el mayor desorden. ¡Tan irresistible es el acento de la fe!

La religión es amor, y porque es amor es poesía. He aquí el tema que me he propuesto desenvolver hoy.

Al tratar un asunto tan grande en tan corto espacio y con tan escasa ciencia como la de que yo dispongo, solo me anima una esperanza: si para persuadir basta creer, yo siento lo que escribo.

***

Hace ya mucho tiempo —yo no te conocía, y con esto excuso el decir que aún no había amado— sentí en mi interior un fenómeno inexplicable. Sentí, no diré un vacío, porque, sobre ser vulgar, no es esta la frase propia; sentí en mi alma y en todo mi ser como una plenitud de vida, como un desbordamiento de actividad moral que, no encontrando objeto en que emplearse, se elevaba en forma de ensueños y fantasías, ensueños y fantasías en los cuales buscaba en vano la expansión, estando como estaban dentro de sí mismo.

Tapa y coloca al fuego un vaso con un líquido cualquiera. El vapor, con un ronco hervidero, se desprende del fondo y sube, y pugna por salir, y vuelve a caer deshecho en menudas gotas, y torna a elevarse, y torna a deshacerse, hasta que, al cabo, estalla comprimido, y quiebra la cárcel que le detiene. Este es el secreto de la muerte prematura y misteriosa de algunas mujeres y de algunos poetas, arpas que se rompen sin que nadie haya arrancado una melodía de sus cuerdas de oro.

Esta era la verdad de la situación de mi espíritu, cuando aconteció lo que voy a referirte.

Estaba en Toledo; en Toledo, la ciudad sombría y melancólica por excelencia. Allí cada lugar recuerda una historia, cada piedra un siglo, cada monumento una civilización; historias, siglos y civilizaciones que han pasado, y cuyos actores tal vez son ahora el polvo oscuro que arrastra el viento en remolinos, al silbar en sus estrechas y tortuosas calles. Sin embargo, por un contraste maravilloso, allí donde todo parece muerto, donde no se ven más que ruinas, donde solo se tropieza con rotas columnas y destrozados capiteles, mudos sarcasmos de la loca aspiración del hombre a perpetuarse, diríase que el alma, sobrecogida de terror y sedienta de inmortalidad, busca algo eterno en donde refugiarse y, como el náufrago que se ase de una tabla, se tranquiliza al recordar su origen.

Un día entré en el antiguo convento de San Juan de los Reyes. Me senté en una de las piedras de su ruinoso claustro, y me puse a dibujar. El cuadro que se ofrecía a mis ojos era magnífico. Largas hileras de pilares que sustentan una bóveda cruzada de mil y mil crestones caprichosos; anchas ojivas caladas, como los encajes de un rostrillo; ricos doseletes de granito con caireles de hiedra, que suben por entre las labores, como afrentando a las naturales, ligeras creaciones del cincel, que parece han de agitarse al soplo del viento; estatuas vestidas de luengos paños, que flotan como al andar; caprichos fantásticos, gnomos, hipogrifos, dragones y reptiles sin número que, ya asoman por cima de un capitel, ya corren por las cornisas, se enroscan en las guirnaldas de trébol; galerías que se prolongan y que se pierden; árboles que inclinan sus ramas sobre una fuente, flores risueñas, pájaros bulliciosos formando contraste con las tristes ruinas y las calladas naves y, por último, el cielo, un pedazo de cielo azul que se ve más allá de las crestas de pizarra de los miradores a través de los calados de un rosetón.

En tu álbum tienes mi dibujo: una reproducción pálida, imperfecta, ligerísima de aquel lugar; pero que, no obstante, puede darte una idea de su melancólica hermosura. No ensayaré, pues, describiéndotela con palabras, inútiles tantas veces.

Sentado, como te dije, en una de las rotas piedras, trabajé en él toda la mañana, torné a emprender mi tarea a la tarde, y permanecí absorto en mi ocupación hasta que comenzó a faltar la luz. Entonces, dejando a un lado el lápiz y la cartera, tendí una mirada por el fondo de las solitarias galerías y me abandoné a mis pensamientos.

El sol había desaparecido. Solo turbaban el alto silencio de aquellas ruinas el monótono rumor del agua de aquella fuente, el trémulo murmullo del viento, que suspiraba en los claustros, y el temeroso y confuso rumor de las hojas de los árboles, que parecían hablar entre sí en voz baja.

Mis deseos comenzaron a hervir y a levantarse en vapor de fantasías. Busqué a mi lado a una mujer, a una persona a quien comunicar mis sensaciones. Estaba solo. Entonces me acordé de esta verdad, que había leído en no sé qué autor: "La soledad es muy hermosa... cuando se tiene junto alguien a quien decírselo".

No había aún concluido de repetir esta frase célebre, cuando me pareció ver levantarse a mi lado, y de entre las sombras, una figura ideal, cubierta con una túnica flotante y ceñida la frente de una aureola. Era una de las estatuas del claustro derruido, una escultura, que arrancada de un pedestal y arrimada al muro en que me había recostado, yacía allí, cubierta de polvo y medio escondida entre el follaje, junto a la rota losa de un sepulcro y el capitel de una columna. Más allá, a lo lejos, y veladas por las penumbras y la oscuridad de las extensas bóvedas, se distinguían confusamente algunas otras imágenes: vírgenes con sus palmas y sus nimbos; monjes con sus báculos y sus capuchas; eremitas con sus libros y sus cruces; mártires con sus emblemas y sus aureolas, toda una generación de granito, silenciosa e inmóvil, pero en cuyos rostros había grabado el cincel la huella del ascetismo y una expresión de beatitud y serenidad inefables.

—He aquí —exclamé— un mundo de piedra; fantasmas inanimados de otros seres que han existido y cuya memoria legó a las épocas venideras un siglo de entusiasmo y de fe. Vírgenes solitarias, austeros cenobitas, mártires esforzados, que, como yo, vivieron sin amores ni placeres; que, como yo, arrastraron una existencia oscura y miserable, solos con sus pensamientos y el ardiente corazón inerte bajo el sayal, como un cadáver en su sepulcro.

Volví a fijarme en aquellas facciones angulosas y expresivas; volví a examinar aquellas figuras secas, altas, espirituales y serenas, y proseguí diciendo:

—¿Es posible que hayáis vivido sin pasiones, ni temor, ni esperanzas, ni deseos? ¿Quién ha recogido las emanaciones de amor que, como un aroma, se desprenderían de vuestras almas? ¿Quién ha saciado la sed de ternura que abrasaría vuestros pechos en la juventud? ¿Qué espacios ni límites se abrieron a los ojos de vuestros espíritus, ávidos de inmensidad, al despertarse al sentimiento...?

La noche había cerrado poco a poco. A la dudosa claridad del crepúsculo había sustituido una luz tibia y azul: la luz de la luna que, velada un instante por los oscuros capiteles de la torre, bañó en aquel momento con un rayo plateado los pilares de la desierta galería.

Entonces reparé en que todas aquellas figuras, cuyas largas sombras se proyectaban en los muros y en el pavimento, cuyas flotantes ropas parecían moverse, en cuyas demacradas facciones brillaba una expresión indescriptible, santo y sereno gozo, tenían sus pupilas sin luz vueltas al cielo, como si el escultor quisiera asemejar que sus miradas se perdían en el infinito buscando a Dios.

A Dios, foco eterno y ardiente de hermosura, al que se vuelve con los ojos, como a un polo de amor, el sentimiento de la tierra.

DESDE MI CELDA

CARTA PRIMERA

Queridos amigos:

Heme aquí transportado de la noche a la mañana a mi escondido valle de Veruela; heme aquí instalado de nuevo en el oscuro rincón del cual salí por un momento para tener el gusto de estrecharos la mano una vez más, fumar un cigarro juntos, charlar un poco y recordar las agradables aunque inquietas horas de mi antigua vida. Cuando se deja una ciudad por otra, particularmente hoy que todos los grandes centros de población se parecen, apenas se percibe el aislamiento en que nos encontramos, antojándosenos al ver la identidad de los edificios, los trajes y las costumbres, que al volver la primera esquina vamos a hallar la casa a que concurríamos, las personas que estimábamos, las gentes a quienes teníamos costumbre de ver y hablar de continuo. En el fondo de este valle, cuya melancólica belleza impresiona profundamente, cuyo eterno silencio agrada y sobrecoge a la vez, diríase, por el contrario, que los montes que lo cierran como un valladar inaccesible me separan por completo del mundo. ¡Tan notable es el contraste de cuanto se ofrece a mis ojos; tan vagos y perdidos quedan al confundirse entre la multitud de nuevas ideas y sensaciones los recuerdos de las cosas más recientes!

Ayer con vosotros en la tribuna del Congreso, en la redacción, en el teatro Real, en *La Iberia*; hoy sonándome aún en el oído la última frase de una discusión ardiente, la última palabra de un artículo de fondo, el postrer acorde de un andante, el confuso rumor de cien conversaciones distintas, sentado a la lumbre de un campestre hogar donde arde un tronco de carrasca que salta y cruje antes de consumirse, saboreo en silencio mi taza de café, único exceso que en estas soledades me permito, sin que turbe la honda calma que merodea otro ruido que el del viento que gime a lo largo de las desiertas ruinas y el agua que lame los altos muros del monasterio o corre subterránea atravesando sus claustros sombríos y medrosos. Una muchacha con su zagalejo corto y anaranjado, su corpiño oscuro, su camisa blanca y cerrada sobre la que brillan dos gruesos hilos de cuentas rojas, sus medias azules y sus abarcas atadas con un listón negro que sube cruzándose caprichosamente hasta la mitad de la pierna, va y viene cantando a media voz por la cocina, atiza la lumbre del hogar, tapa y destapa los pucheros donde se condimenta la futura cena, y dispone el agua hirviente negra y amarga que me mira beber con asombro. A estas alturas y mientras dura el frío, la cocina es el estrado, el gabinete y el estudio.

Cuando sopla el cierzo, cae la nieve o azota la lluvia los vidrios del balcón de mi celda, corro a buscar la claridad rojiza y alegre de la llama, y allí teniendo a mis pies al perro que se enrosca junto a la lumbre, viendo brillar en el oscuro fondo de la cocina las mil chispas de oro con que se abrillantan las cacerolas y los trastos de la espetera, al reflejo del fuego, ¡cuántas veces he interrumpido la lectura de una escena de *La tempestad* de Shakespeare, o del *Caín* de Byron, para oír el ruido del agua que hierve a borbotones, coronándose de espuma, y levantando con sus penachos de vapor azul y ligero la tapadera de metal que golpea los bordes de la vasija!

Un mes hace que falto de aquí, y todo se encuentra lo mismo que antes de marcharme. El temeroso respeto de estos criados hacia todo lo que me pertenece no puede menos de traerme a la imaginación las irreverentes limpiezas, los temibles y frecuentes arreglos de cuarto de mis patronas de Madrid. Sobre aquella tabla, cubiertos de polvo, pero con las mismas señales, y colocados en el orden en que yo los tenía, están aún mis libros y mis papeles. Más allá cuelga de un clavo la cartera de dibujo; en un rincón veo la escopeta, compañera inseparable de mis filosóficas excursiones, con la cual he andado mucho, he pensado bastante y no he matado casi nada. Después de apurar mi taza de café, y mientras miro danzar las llamas violadas, rojas y amarillas a través del humo del cigarro que se extiende ante mis ojos como una gasa azul, he pensado un poco sobre qué escribiría a ustedes para *El Contemporáneo*, ya que me he comprometido a contribuir con una gota de agua a llenar ese océano sin fondo, ese abismo de cuartillas que se llama un periódico, especie de tonel que, como el de las Danaides, siempre se le está echando original y siempre está vacío. Las únicas ideas que me han quedado como flotando en la memoria y sueltas de la masa general que ha oscurecido y embotado el cansancio del viaje se refieren a los detalles de este, detalles que carecen en sí de interés, que en otras mil ocasiones he podido estudiar, pero que nunca como ahora se han ofrecido a mi imaginación en conjunto y contrastando entre sí de un modo tan extraordinario y patente.

Los diversos medios de locomoción de que he tenido que servirme para llegar hasta aquí me han recordado épocas y escenas tan distintas, que algunos ligeros rasgos de lo que de ellas recuerdo, trazados por pluma más avezada que la mía a esta clase de estudios, bastarían a bosquejar un curioso cuadro de costumbres.

Como por todo equipaje no llevaba más que un pequeño saco de noche, después de haberme despedido de ustedes llegué a la estación del ferrocarril a punto de montar en el tren. Previo un ligero saludo de cabeza dirigido a las pocas personas que de antemano se encontraban en el coche y que habían de ser mis compañeras de viaje, me acomodé en un rincón, esperando el momento de arrancar, que no debía de tardar mucho, a juzgar por la precipitación de los rezagados, el ir y venir de los guardas de la vía y el incesante golpear de las portezuelas.

La locomotora arrojaba ardientes y ruidosos resoplidos, como un caballo de raza, impaciente hasta ver que cae al suelo la cuerda que lo detiene en el hipódromo. De cuando en cuando, una pequeña oscilación hacía crujir las coyunturas de acero del monstruo; por último, sonó la campana, el coche hizo un brusco movimiento de delante a atrás y de atrás adelante, y aquella especie de culebra negra y monstruosa partió arrastrándose por el suelo a lo largo de los *rails* y arrojando silbidos estridentes que resonaban de una manera particular en el silencio de la noche.

La primera sensación que se experimenta al arrancar un tren es siempre insoportable. Aquel confuso rechinar de ejes, aquel crujir de vidrios estremecidos, aquel fragor de ferretería ambulante, igual, aunque en grado máximo, al que produce un simón desvencijado al rodar por una calle mal empedrada, crispa los nervios, marea y aturde. Verdad que en ese mismo aturdimiento hay algo de la embriaguez de la carrera, algo de lo vertiginoso que tiene todo lo grande; pero, comoquiera que, aunque mezclado con algo que place, hay mucho que incomoda, también es cierto que hasta que pasan algunos minutos y la continuación de las impresiones embota la sensibilidad, no se puede decir que se pertenece uno a sí mismo por completo.

Apenas hubimos andado algunos kilómetros, y cuando pude hacerme cargo de lo que había a mi alrededor, empecé a pasar revista a mis compañeros de coche; ellos, por su parte, creo que hacían algo por el estilo, pues con más o menos disimulo todos comenzamos a mirarnos unos a otros de los pies a la cabeza.

Como dije antes, en el coche nos encontrábamos muy pocas personas. En el asiento que hacía frente a aquel en que yo me había colocado, y sentada de modo que los pliegues de su amplia y elegante falda de seda me cubrían casi los pies, iba una joven como de dieciséis o diecisiete años, la cual, a juzgar por la distinción de su fisonomía y ese no sé qué aristocrático que se siente y no puede explicarse, debía pertenecer a una clase elevada. Acompañábala un aya, pues tal me pareció una señora muy atildada y fruncida que ocupaba el asiento inmediato y que de cuando en cuando le dirigía la palabra en francés para preguntarle cómo se sentía, qué necesitaba o advertirla de qué manera estaría más cómoda. La edad de aquella señora y el interés que se tomaba por la joven pudieran hacer creer que era su madre; pero, a pesar de todo, yo notaba en su solicitud algo de afectado y mercenario, que fue el dato que, desde luego, tuve en cuenta para clasificarla.

Haciendo *vis-à-vis* con el aya francesa, y medio enterrado entre los almohadones de un rincón, como viajero avezado a las noches de ferrocarril, estaba un inglés alto y rubio, como casi todos los ingleses, pero más que ninguno grave, afeitado y limpio. Nada más acabado y completo que su traje de *touriste*; nada más curioso que sus mil cachivaches de viaje, todos blancos y relucientes; aquí la manta escocesa, sujeta con sus hebillas de acero; allá el paraguas y el bastón con su funda de vaqueta, terciada al hombro la cómoda y elegante bolsa de piel de Rusia.

Cuando volví los ojos para mirarlo, el inglés, desde todo lo alto de su deslumbradora corbata blanca, paseaba una mirada olímpica sobre nosotros, y luego que su pupila verde, dilatada y redonda, se hubo empapado bien en los objetos, entornó nuevamente los párpados, de modo que, heridas por la luz que caía de lo alto, sus pestañas largas y rubias se me antojaban a veces dos hilos de oro que sujetaban por el cabo una remolacha, pues no a otra cosa podría compararse su nariz. Formando contraste con este seco y estirado *gentleman*, que, una vez entornados los ojos y bien acomodado en su rincón, permanecía inmóvil como una esfinge de granito en el extremo opuesto del coche, y ya poniéndose de pie, ya agachándose para colocar una enorme sombrerera debajo del asiento, o recostándose alternativamente de un lado y de otro como al que aqueja un dolor agudo y de ningún modo se encuentra bien, bullía sin cesar un señor como de cuarenta años, saludable, mofletudo y rechoncho, el cual señor, a lo que pude colegir por sus palabras, vivía en un pueblo de los inmediatos a Zaragoza, de donde nunca había salido sino a la capital de su provincia, hasta que, con ocasión de ciertos negocios propios del Ayuntamiento de que formaba parte en su país, había estado últimamente en la corte como cosa de un mes.

Todo esto, y mucho más, se lo dijo, él solo, sin que nadie se lo preguntara, porque el bueno del hombre era de lo más expansivo con que he topado en mi vida, mostrando tal afán por enredar conversación sobre cualquier cosa, que no perdonaba coyuntura.

Primero suplicó al inglés le hiciese el favor de colocar un cestito con dos botellas en la bolsa del coche que tenía más próxima; el inglés entreabrió los ojos, alargó una mano y lo hizo sin contestar una sola palabra a las expresivas frases con que le agradeciera el obsequio. De seguida se dirigió a la joven para preguntarle si la señora que la acompañaba era su mamá. La joven le contestó que no con una desdeñosa sobriedad de palabras. Después se encaró conmigo, deseando saber si seguiría hasta Pamplona; satisfice esta pregunta, y él, tomando pie de mi contestación, dijo que se quedaba en Tudela; y a propósito de esto habló de mil cosas diferentes y todas a cual de menos importancia, sobre todo para los que lo escuchábamos. Cansado de su desesperante monólogo o agotados los recursos de su imaginación, nuestro buen hombre, que, por lo visto, se fastidiaba a más no poder dentro de aquella atmósfera glacial y afectada, tan de buen tono entre personas que no se conocen, comenzó a poco, sin duda para distraer su aburrimiento, una serie de maniobras a cual más inconveniente y original. Primero cantó un rato a media voz alguna de las habaneras que había oído en Madrid a la criada de la casa de pupilos, después comenzó a atravesar el coche de un extremo a otro, dando aquí al inglés con el codo o pisando allí el extremo del traje de las señoras para asomarse a las ventanillas de ambos lados; por último, y esta fue la broma más pesada, dio en la flor de bajar los cristales en cada una de las estaciones para leer en alta voz el nombre del pueblo, pedir agua o preguntar los minutos que se detendría el tren.

En unas y en otras, ya nos encontrábamos cerca de Medinaceli y la noche se había entrado fría, anubarrada y desagradable; de modo que cada vez que se abría una de las portezuelas se estaba en peligro inminente de coger un catarro. El inglés, que hubo de comprenderlo así, se envolvió silenciosamente en su magnífica manta escocesa; la joven, por consejo del aya, que se lo dijo en alta voz, se puso un abrigo; yo, a falta de otra cosa, me levanté el cuello del gabán y hundí cuanto pude la cabeza entre los hombros. Nuestro hombre, sin embargo, prosiguió impertérrito practicando la misma peligrosa operación tantas veces cuantas paraba el tren, hasta que, al cabo, no sé si cansado de este ejercicio o advertido de la escena muda de arropamiento general que se repetía tantas veces cuantas él abría la ventanilla, cerró con aire de visible mal humor los cristales, tornando a echarse en su rincón, donde a los pocos minutos roncaba como un bendito, topando al aire y amenazando aplastarme la nariz con la coronilla en uno de aquellos bruscos vaivenes que de cuando en cuando lo hacían salir sobresaltado de su modorra, para restregarse los ojos, mirar el reloj y volverse a dormir de nuevo.

El peso de las altas horas de la noche comenzaba a dejarse sentir. En el vagón reinaba un silencio profundo, interrumpido solo por el eterno y férreo crujir del tren y algún que otro resoplido de nuestro amodorrado compañero, que alternaba en esta tarea con la máquina.

El inglés se durmió también, pero se durmió grave y dignamente, sin mover pie ni mano, como si, a pesar del letargo que lo embargaba, tuviese la conciencia de su posición. El aya comenzó a cabecear un poco, acabando por bajar el velo de su capota oscura y dormirse en estilo semiserio. Quedamos, pues, desvelados, como las vírgenes prudentes de la parábola, tan solo la joven y yo. A decir verdad, yo también me hubiera rendido al peso del aturdimiento y a las fatigas de la vigilia si hubiese tenido la seguridad de mantenerme en mi sueño en una actitud, si no tan grave como la del inmóvil *gentleman*, al menos no tan grotesca como la del buen regidor aragonés, que ora dejándose caer la gorra en una cabezada, ora roncando como un órgano o balbuceando palabras ininteligibles, ofrecía el espectáculo más chistoso que imaginarse puede.

Para despabilarme un poco, resolví dirigirle la palabra a la joven; pero, por una parte, temía cometer una indiscreción, mientras por otra, y no era esto lo menos para permanecer callado, no sabía cómo empezar. Entonces volví los ojos, que hasta entonces había tenido clavados en ella con alguna insistencia, y me entretuve en ver pasar a través de los cristales, y sobre una faja de terreno oscuro y monótono, ya las blancas nubes de humo y de chispas que se quedaban al paso de la locomotora rozando la tierra y como suspendidas e inmóviles, ya los palos del telégrafo, que parecían perseguirse y querer alcanzarse unos a otros lanzados a una carrera fantástica. No obstante, la aproximación de aquella mujer hermosa que yo sentía aun sin mirarla, el roce de su falda de seda que tocaba a mis pies y crujía a cada uno de sus movimientos, el sopor vertiginoso del incesante ruido, la languidez del cansancio, la misteriosa embriaguez de las altas horas de la noche, que pesan de una manera tan particular sobre el espíritu, comenzaron a influir en mi imaginación, ya sobreexcitada extrañamente.

Estaba despierto; pero mis ideas iban poco a poco tomando esa forma extravagante de los ensueños de la mañana, historias sin principio ni fin, cuyos eslabones de oro se quiebran con un rayo de enojosa claridad y vuelven a soldarse apenas se corren las cortinas del lecho. La vista se me fatigaba de ver pasar, eterna, monótona y oscura como un mar de asfalto, la línea del horizonte, que ya se alzaba, ya se deprimía, imitando el movimiento de las olas. De cuando en cuando dejaba caer la cabeza sobre el pecho, rompía el hilo de las historias extraordinarias que iba fingiendo en la mente y entornaba los ojos; pero apenas los volvía a abrir, encontraba siempre delante de ellos a aquella mujer, y tornaba a mirar por los cristales, y tornaba a soñar imposibles.

Yo he oído decir a muchos, y aun la experiencia me ha enseñado un poco, que hay horas peligrosas, horas lentas y cargadas de extraños pensamientos y de una voluptuosa pesadez, contra las que es imposible defenderse; en esas horas, como cuando nos turban la cabeza los vapores del vino, los sonidos se debilitan y parece que se oyen muy distantes, los objetos se ven como velados por una gasa azul, y el deseo presta audacia al espíritu, que recobra para sí todas las fuerzas que pierde la materia. Las horas de la madrugada, esas horas que deben tener más minutos que las demás, esas horas en que entre el caos de la noche comienza a forjarse el día siguiente, en que el sueño se despide con su última visión y la luz se anuncia con ráfagas de claridad incierta, son, sin duda alguna, las que en más alto grado reúnen semejantes condiciones.

Yo no sé el tiempo que transcurrió mientras a la vez dormía y velaba, ni tampoco me sería fácil apuntar algunas de las fantásticas ideas que cruzaron por mi imaginación, porque ahora solo recuerdo cosas desasidas y sin sentido, como esas notas sueltas de una música lejana que trae el viento a intervalos en ráfagas sonoras; lo que sí puedo asegurar es que gradualmente se fueron embotando mis sentidos, hasta el punto que cuando un gran estremecimiento, una bocanada de aire frío y la voz del guarda de la vía me anunciaron que estaba en Tudela, no supe explicarme cómo me encontraba tan pronto en el término de la primera parte de mi peregrinación.

Era completamente de día, y por la ventanilla del coche, que había abierto de par en par el señor gordo, entraban a la vez el sol rojizo y el aire fresco de la mañana. Nuestro regidor aragonés, que, por lo que podía colegirse, no veía la hora de dejar tan poco agradable reunión, apenas se convenció de que estábamos en Tudela, terciose la capa al hombro, cogió en una mano su sombrerera monstruo, en la otra el cesto, y saltó al andén con una agilidad que nadie hubiera sospechado en sus años y en su gordura. Yo tomé asimismo el pequeño saco, que era todo mi equipaje; dirigí una última mirada a aquella mujer, a quien acaso no volvería a ver más, y que había sido la heroína de mi novela de una noche, y, después de saludar a mis compañeros, salí del vagón buscando a un chico que llevase aquel bulto y me condujese a una fonda cualquiera.

* * *

Tudela es un pueblo grande, con ínfulas de ciudad, y el parador adonde me condujo mi guía, una posada con ribetes de fonda. Senteme y almorcé; por fortuna, si el almuerzo no fue gran cosa, la mesa y el servicio estaban limpios. Hagamos esta justicia a la navarra que se encuentra al frente del establecimiento. Aún no había tomado los postres, cuando el campanillazo de las colleras, los chasquidos del látigo y las voces del zagal que enganchaba las mulas me anunciaron que el coche de Tarazona iba a salir muy pronto. Cuando acabé de prisa y corriendo de tomar una taza de café bastante malo, y clarito por más señas, ya se oían los gritos de "¡Al coche, al coche!", unidos a las despedidas en alta voz, al ir y venir de los que colocaban los equipajes en la baca y las advertencias mezcladas de interjecciones del mayoral, que dirigía las maniobras desde el pescante como un piloto desde la popa de su buque.

La decoración había cambiado por completo, y nuevos y característicos personajes se encontraban en escena. En primer término, y unos recostados contra la pared, otros sentados en los marmolillos de las esquinas o agrupados en derredor del coche, veíanse hasta quince o veinte desocupados del lugar, para quienes el espectáculo de una diligencia que entra o sale es todavía un gran acontecimiento. Al pie del estribo, algunos muchachos, desharrapados y sucios, abrían con gran ociosidad las portezuelas, pidiendo indirectamente una limosna, y en el interior del ómnibus, pues este era propiamente el nombre que debiera darse al vehículo que iba a conducirnos a Tarazona, comenzaban a ocupar sus asientos los viajeros. Yo fui uno de los primeros en colocarme en mi sitio, al lado de dos mujeres, madre e hija, naturales de un pueblo cercano y que venían de Zaragoza, donde, según me dijeron, habían ido a cumplir no sé qué voto a la Virgen del Pilar: la muchacha tenía los ojos retozones, y de la madre se conservaba todo lo que a los cuarenta y pico de años puede conservarse de una buena moza. Tras mí entró un estudiante del Seminario, a quien no hubo de parecer saco de paja la muchacha, pues viendo que no podía sentarse junto a ella, porque ya lo había hecho yo, se compuso de modo que en aquellas estrecheces se tocasen rodilla con rodilla. Siguieron al estudiante otros dos individuos del sexo feo, de los cuales el primero parecía militar en situación de reemplazo, y el segundo, uno de esos pobres empleados de poco sueldo, a quienes a cada instante trasiega el Ministerio de una provincia a otra.

Ya estábamos todos y cada uno en su lugar correspondiente, y dándonos el parabién porque íbamos a estar un poco holgados, cuando apareció en la portezuela, y como un retrato dentro de su moldura, la cabeza de un clérigo entrado en edad, pero guapote y de buen color, al que acompañaba una ama o dueña, como por aquí es costumbre llamarlas, que en punto a cecina de mujer, era de lo mejor conservado y apetitoso a la vista que yo he encontrado de algún tiempo a esta parte.

Sintieron unos y se alegraron otros de la llegada de los nuevos compañeros, siendo de los segundos el escolar, el cual encontró ocasión de encajarse más estrechamente con su vecina de asiento, mientras hacía un sitio al ama del cura, sitio pequeño para el volumen que había de ocuparlo, aunque grande por la buena voluntad con que se le ofrecía. Sentose el ama, acomodose el clérigo, y ya nos disponíamos a partir, cuando, como llovido del cielo o salido de los profundos, hete aquí que se nos aparece mi famoso hombre gordo del ferrocarril, con su imprescindible cesto y su monstruosa sombrerera. Referir las cuchufletas, las interjecciones, las risas y los murmullos que se oyeron a su llegada sería asunto imposible, como tampoco es fácil recordar las maniobras de cada uno de los viajeros para impedir que se acomodase a su lado. Pero aquel era el elemento de nuestro hombre gordo: allí donde se reía, se empujaba, y unos manoteando, otros impasibles, todos hablaban a un tiempo, se encontraba el buen regidor como el pez en el agua o el pájaro en el aire. A las cuchufletas respondía con chanzas; a las interjecciones, encogiéndose de hombros, y a los envites de codos, con codazos, de manera que a los pocos minutos ya estaba sentado y en conversación con todos, como si los conociese de antigua fecha.

En esto partió el coche, comenzando ese continuo vaivén al compás del trote de las mulas, las campanillas del caballo delantero, el saltar de los cristales, el revolotear de los visillos y los chasquidos del látigo del mayoral, que constituyen el fondo de la armonía de una diligencia en marcha. Las torres de Tudela desaparecieron detrás de una loma bordada de viñedos y olivares. Nuestro hombre gordo, apenas se vio engolfado camino adelante y en compañía tan franca, alegre y de su gusto, desenvainó del cesto una botella y la merienda correspondiente para echar un taco. Dada la señal del combate, el fuego se hizo general a toda la línea, y unos de la fiambrera de hojalata, otros de un canastillo o del número de un periódico, cada cual sacó su indispensable tortilla de huevos con variedad de tropezones. Primero la botella, y cuando esta se hubo apurado, una bota de media azumbre del seminarista, comenzaron a andar a la ronda por el coche. Las mujeres, aunque se excusaban tenazmente, tuvieron que humedecerse la boca con el vino; el mayoral, dejando el cuidado de las mulas al delantero, sentose de medio ganchete en el pescante y formó parte del corro, no siendo de los más parcos en el beber; yo, aunque con nada había contribuido al festín, también tuve que empinar el codo más de lo que acostumbro.

A todo esto no cesaba el zarandeo del carruaje, de modo que con el aturdimiento del vinillo, el continuo vaivén, el tropezón de codos y rodillas, las risotadas de estos, el gritar de aquellos, las palabritas a media voz de los de más allá, un poco de sol enfilado a los ojos por las ventanillas y un bastante de polvo del que levantaban las mulas, las tres horas de camino que hay desde Tarazona a Tudela pasaron entre gloria y purgatorio, ni tan largas que me dieran lugar a desesperarme, ni tan breves que no viera con gusto el término de mi segunda jornada.

* * *

En Tarazona nos apeamos del coche entre una doble fila de curiosos, pobres y chiquillos. Despedímonos cordialmente los unos de los otros, volví a encargar a un chicuelo de la conducción de mi equipaje, y me encaminé al azar por aquellas calles estrechas, torcidas y oscuras, perdiendo de vista, tal vez para siempre, a mi famoso regidor, que había empezado por cargarme, concluyendo, al fin, por hacerme feliz con su eterno buen humor, su incansable charla y su inquietud, increíble en una persona de su edad y su volumen. Tarazona es una ciudad pequeña y antigua; más lejos del movimiento que Tudela, no se nota en ella el mismo adelanto, pero tiene un carácter más original y artístico. Cruzando sus calles con arquillos y retablos, con caserones de piedra llenos de escudos y timbres heráldicos, con altas rejas de hierro de labor exquisita y extraña, hay momentos en que se cree uno transportado a Toledo, la ciudad histórica por excelencia.

Al fin, después de haber discurrido un rato por aquel laberinto de calles, llegamos a la posada, que posada era, con todos los accidentes y el carácter de tal, el punto a que me condujo mi guía. Figúrense ustedes un medio punto de piedra carcomida y tostada, en cuya clave luce un escudo surmontado de un casco que en vez de plumas tiene en la cimera una pomposa mata de jaramagos amarillos, nacida entre las hendiduras de los sillares; junto al blasón de los que fueron un día señores de aquella casa solariega hay un palo, con una tabla en la punta a guisa de banderola, en que se lee con grandes letras de almagre el título del establecimiento; el nudoso y retorcido tronco de una parra que comienza a retoñar cubre de hojas verdes, transparentes e inquietas, un ventanuquillo abierto en el fondo de una antigua ojiva rellena de argamasa y guijarros de colores; a los lados del portal sirven de asiento algunos trozos de columnas, sustentados por rimeros de ladrillos o capiteles rotos y casi ocultos entre las hierbas que crecen al pie del muro, en el cual, y entre remiendos y parches de diferentes épocas, unos blancos y brillantes aún, otros con oscuras manchas de ese barniz particular de los años, se ven algunas estaquillas de madera clavadas en las hendiduras. Tal se ofreció a mis ojos el exterior de la posada; el interior no parecía menos pintoresco.

A la derecha, y perdiéndose en la media luz que penetraba de la calle, veíase una multitud de arcos chatos y macizos que se cruzaban entre sí, dejando espacio en sus huecos a una larga fila de pesebres, formados de tablas mal unidas al pie de los postes, y diseminados por el suelo, tropezábase aquí con las enjalmas de una caballería, allá con unos cuantos pellejos de vino o gruesas sacas de lana, sobre las que merendaban, sentados en corro y con el jarro en primer lugar, algunos arrieros y trajinantes.

En el fondo, y caracoleando, pegada a los muros o sujeta con puntales, subía a las habitaciones interiores una escalerilla empinada y estrecha, en cuyo hueco, y revolviendo un haz de paja, picoteaban los granos perdidos hasta una media docena de gallinas; la parte de la izquierda, a la que daba paso un arco apuntado y ruinoso, dejaba ver un rincón de la cocina iluminado por el resplandor rojizo y alegre del hogar, en donde formaban un gracioso grupo la posadera, mujer frescota y de buen temple, aunque entrada en años; una muchacha vivaracha y despierta, como de quince a dieciséis, y cuatro o cinco chicuelos rubios y tiznados, amén de un enorme gato rucio y dos o tres perros que se habían dormido al amor de la lumbre.

Después de dar un vistazo a la posada, hice presente al posadero el objeto que en su busca me traía, el cual estaba reducido a que me pusiese en contacto con alguien que me quisiera ceder una caballería para trasladarme a Veruela, punto al que no se puede llegar de otro modo.

Hízolo así el posadero, ajusté el viaje con unos hombres que habían venido a vender carbón de Purujosa y se tornaban de vacío, y héteme aquí otra vez en marcha y camino del Moncayo, atalajado en una mula como en los buenos tiempos de la Inquisición y del rey absoluto. Cuando me vi en mitad del camino, con aquellas subidas y bajadas tan escabrosas, rodeado de los carboneros que marchaban a pie a mi lado cantando una canción monótona y eterna; delante de mis ojos la senda, que parecía una culebra blancuzca e interminable que se alejaba enroscándose por entre las rocas, desapareciendo aquí y tornando a aparecer más allá, y a un lado y otro los horizontes inmóviles y siempre los mismos, figurábaseme que hacía un año que me había despedido de ustedes, que Madrid se había quedado en el otro cabo del mundo; que el ferrocarril que vuela, dejando atrás las estaciones y los pueblos, salvando los ríos y horadando las montañas, era un sueño de la imaginación o un presentimiento de lo futuro.

Como la verdad es que yo fácilmente me acomodo a todas las cosas, pronto me encontré bien con mi última manera de caminar, y dejando ir la mula a su paso lento y uniforme, eché a volar la fantasía por los espacios imaginarios, para que se ocupase en la calma y en la frescura sombría de los cotos de álamo que bordan el camino, en la luminosa serenidad del cielo, o saltase, como salta el ligero montañés, de peñasco en peñasco, por entre las quiebras del terreno, ora envolviéndose como en una gasa de plata en la nube que viene rastrera, ora mirando con vertiginosa emoción el fondo de los precipicios por donde va el agua, unas veces ligera, espumosa y brillante, y otras sin ruido, sombría y profunda.

Comoquiera que cuando se viaja así la imaginación, desasida de la materia, tiene espacio y lugar para correr, volar y juguetear como una loca por donde mejor le parece, el cuerpo, abandonado del espíritu, que es el que se apercibe de todo, sigue impávido su camino, hecho un bruto y atalajado como un pellejo de aceite, sin darse cuenta de sí mismo ni saber si se cansa o no.

En esta disposición de ánimo anduvimos no sé cuántas horas, porque ya no tenía ni conciencia del tiempo, cuando un airecillo agradable, aunque un poco fuerte, me anunció que habíamos llegado a la más alta de las cumbres que por la parte de Tarazona rodean el valle, término de mis peregrinaciones. Allí, después de haberme apeado de la caballería para seguir a pie el poco camino que me faltaba, pude exclamar, como los cruzados a la vista de la ciudad santa:

Ecco apparir Gerusalem si vede.

En efecto, en el fondo del melancólico y silencioso valle, al pie de las últimas ondulaciones del Moncayo, que levantaba sus aéreas cumbres coronadas de nieve y de nubes, medio ocultas entre el follaje oscuro de sus verdes alamedas y heridas por la última luz del sol poniente, vi las vetustas murallas y las puntiagudas torres del monasterio en donde, ya instalado en una celda, y haciendo una vida mitad por mitad literaria y campestre, espera vuestro compañero y amigo recobrar la salud, si Dios es servido de ello, y ayudaros a soportar la pesada carga del periódico en cuanto la enfermedad y su natural propensión a la vagancia se lo permitan.

CARTA SEGUNDA

Queridos amigos:

Si me vieran ustedes en algunas ocasiones con la pluma en la mano y el papel delante, buscando un asunto cualquiera para emborronar catorce o quince cuartillas, tendrían lástima de mí. Gracias a Dios que no tengo la perniciosa cuanto fea costumbre de morderme las uñas en casos de esterilidad, pues hasta tal punto me encuentro apurado e irresoluto en estos trances, que ya sería cosa de haberme comido la primera falange de los dedos. Y no es precisamente porque se hayan agotado de tal modo mis ideas que, registrando en el fondo de la imaginación, en donde andan enmarañadas e indecisas, no pudiese topar con alguna y traerla, a ser preciso, por la oreja, como dómine de lugar a muchacho travieso. Pero no basta tener una idea; es necesario despojarla de su extraña manera de ser, vestirla un poco al uso para que esté presentable, aderezarla y condimentarla, en fin, a propósito para el paladar de los lectores de un periódico, político por añadidura. Y aquí está lo espinoso del caso, aquí la gran dificultad.

Entre los pensamientos que antes ocupaban mi imaginación y los que aquí han engendrado la soledad y el retiro, se ha trabado una lucha titánica, hasta que, por último, vencidos los primeros por el número y la intensidad de sus contrarios, han ido a refugiarse no sé dónde, porque yo los llamo y no me contestan, los busco y no parecen.

Ahora bien: lo que se siente y se piensa aquí en armonía con la profunda calma y el melancólico recogimiento de estos lugares, ¿podrá encontrar un eco en los que viven en ese torbellino de encontrados intereses, de pasiones sobreexcitadas, de luchas continuas, que se llama la corte?

Yo juzgo de la impresión que pueden hacer ideas que nacen y se desarrollan en la austera soledad de estos claustros por la que a su vez me producen las que ahí hierven, y de las cuales diariamente me trae *El Contemporáneo* como un abrasado soplo. Al periódico que todas las mañanas encontramos en Madrid, sobre la mesa del comedor o en el gabinete de estudio, se le recibe como a un amigo de confianza que viene a charlar un rato, mientras se hace hora de almorzar; con la ventaja de que si saboreamos un veguero, mientras él nos refiere, comentándola, la historia del día de ayer, ni siquiera hay necesidad de ofrecerle otro, como al amigo. Y esa historia de ayer que nos refiere es hasta cierto punto la historia de nuestros cálculos, de nuestras simpatías o de nuestros intereses; de modo que su lenguaje apasionado, sus frases palpitantes, suelen hablar a un tiempo a nuestra cabeza, a nuestro corazón y a nuestro bolsillo: en unas ocasiones repite lo que ya hemos pensado, y nos complace hallarlo acorde con nuestro modo de ver; otras nos dice la última palabra de algo que comenzábamos a adivinar, o nos da el tema en armonía con las vibraciones de nuestra inteligencia, para proseguir pensando. Tan íntimamente está enlazada su vida intelectual con la nuestra; tan una es la atmósfera en que se agitan nuestras pasiones y las suyas. Aquí, por el contrario, todo parece conspirar a un fin diverso. El periódico llega a los muros de este retiro como uno de esos círculos que se abren en el agua cuando se arroja una piedra, y que poco a poco se van debilitando a medida que se alejan del punto de donde partieron, hasta que vienen a morir en la orilla con un rumor apenas perceptible. El estado de nuestra imaginación, la soledad que nos rodea, hasta los accidentes locales parecen contribuir a que sus palabras suenen de otro modo en el oído. Juzgad, si no, por lo que a mí me sucede.

Todas las tardes, y cuando el sol comienza a caer, salgo al camino que pasa por delante de las puertas del monasterio para aguardar al conductor de la correspondencia que me trae los periódicos de Madrid. Frente al arco que da entrada al primer recinto de la abadía se extiende una larga alameda de chopos tan altos que, cuando agita sus ramas el viento de la tarde, sus copas se unen y forman una inmensa bóveda de verdura. Por ambos lados del camino, y saltando y cayendo con un murmullo apacible por entre las retorcidas raíces de los árboles, corren dos arroyos de agua cristalina y transparente, fría como la hoja de una espada y delgada como su filo. El terreno sobre el cual flotan las sombras de los chopos, salpicadas de manchas inquietas y luminosas, está a trechos cubierto de una yerba alta, espesa y finísima, entre la que nacen tantas margaritas blancas, que semejan a primera vista esa lluvia de flores con que alfombran el suelo los árboles frutales en los templados días de abril. En los ribazos, y entre los zarzales y los juncos del arroyo, crecen las violetas silvestres que, aunque casi ocultas entre sus rastreras hojas, se anuncian a gran distancia con su intenso perfume; y por último, también cerca del agua y formando como un segundo término, déjase ver, por entre los huecos que quedan de tronco a tronco una doble fila de nogales corpulentos con sus copas redondas, compactas y oscuras.

Como a la mitad de esta alameda deliciosa, y en un punto en que varios olmos dibujan un círculo pequeño, enlazando entre sí sus espesas ramas, que recuerdan, al tocarse en la altura, la cúpula de un santuario; sobre una escalinata formada de grandes sillares de granito, por entre cuyas hendiduras nacen y se enroscan los tallos de las flores trepadoras, se levanta gentil, artística y alta, casi como los árboles, una cruz de mármol que, merced a su color, es conocida en estas cercanías por la *Cruz negra de Veruela*. Nada más hermosamente sombrío que este lugar. Por un extremo del camino, limita la vista el monasterio con sus arcos ojivales, sus torres puntiagudas y sus muros almenados e imponentes; por el otro, las ruinas de una pequeña ermita se levantan al pie de una eminencia sembrada de tomillos y romeros en flor. Allí, sentado al pie de la cruz, y teniendo en las manos un libro que casi nunca leo, y que muchas veces dejo olvidado en las gradas de piedra, estoy una y dos, y a veces hasta cuatro horas aguardando el periódico. De cuando en cuando veo atravesar a lo lejos una de esas figuras aisladas que se colocan en un paisaje para hacer sentir mejor la soledad del sitio. Otras veces, exaltada la imaginación, creo distinguir confusamente, sobre el fondo oscuro del follaje, los monjes blancos que van y vienen silenciosos alrededor de su abadía, o una muchacha de la aldea que pasa por ventura al pie de la cruz con un manojo de flores en el halda, se arrodilla un momento y deja un lirio azul sobre los peldaños. Luego, un suspiro que se confunde con el rumor de las hojas; después... ¡qué sé yo...!, escenas sueltas de no sé qué historias que yo he oído o que inventaré algún día; personajes fantásticos que, unos tras otros, van pasando ante mi vista, y de los cuales cada uno me dice una palabra o me sugiere una idea: ideas y palabras que más tarde germinarán en mi cerebro, y acaso den fruto en el porvenir.

La aproximación del correo viene siempre a interrumpir una de estas maravillosas historias. En el profundo silencio que me rodea, el lejano rumor de los pasos de su caballo, que cada vez se percibe más distinto, lo anuncia a larga distancia; por fin llega a donde estoy, saca el periódico de la bolsa de cuero que trae terciada al hombro, me lo entrega y, después de cambiar algunas palabras o un saludo, desaparece por el extremo opuesto del camino que trajo.

Como le he visto nacer, como desde que vino al mundo he vivido con su vida febril y apasionada, *El Contemporáneo* no es para mí un papel como otro cualquiera, sino que sus columnas son ustedes todos, mis amigos, mis compañeros de esperanzas o desengaños, de reveses o de triunfos, de satisfacciones o de amarguras. La primera impresión que siento, pues, al recibirle es siempre una impresión de alegría, como la que se experimenta al romper la cubierta de una carta en cuyo sobre hemos visto una letra querida, o como cuando en un país extranjero se estrecha la mano de un compatriota y se oye hablar el idioma nativo. Hasta el olor particular del papel húmedo y la tinta de imprenta, olor especialísimo que por un momento viene a sustituir al perfume de las flores que aquí se respira por todas partes, parece que hiere la memoria del olfato, memoria extraña y viva que indudablemente existe, y me trae un pedazo de mi antigua vida: de aquella inquietud, de aquella actividad, de aquella fiebre fecunda del periodismo. Recuerdo el incesante golpear y crujir de la máquina que multiplicaba por miles las palabras que acabábamos de escribir y que salían aún palpitando de la pluma; recuerdo el afán de las últimas horas de redacción, cuando la noche va de vencida y el original escasea; recuerdo, en fin, las veces que nos ha sorprendido el día corrigiendo un artículo o escribiendo una noticia última sin hacer más caso de las poéticas bellezas de la alborada que de la carabina de Ambrosio. En Madrid, y para nosotros en particular, ni amanece ni se pone el sol: se apaga o se enciende la luz, y es por la única cosa que lo advertimos.

Al fin rompo la faja del periódico y comienzo a pasar la vista por sus renglones hasta que gradualmente me voy engolfando en su lectura, y ya ni veo ni oigo nada de lo que se agita a mi alrededor. El viento sigue suspirando entre las copas de los árboles, el agua sonriendo a mis pies, y las golondrinas, lanzando chillidos agudos, pasan sobre mi cabeza; pero yo, cada vez más absorto y embebido con las nuevas ideas que comienzan a despertarse a medida que me hieren las frases del periódico, me juzgo transportado a otros sitios y a otros días. Paréceme asistir de nuevo a la Cámara, oír los discursos ardientes, atravesar los pasillos del Congreso donde, entre el animado cuchicheo de los grupos, se forman las futuras crisis; y luego veo las secretarías de los ministerios en donde se hace la política oficial; las redacciones donde hierven las ideas que han de caer al día siguiente como la piedra en el lago, y los círculos de la opinión pública que comienzan en el Casino, siguen en las mesas de los cafés y acaban en los guardacantones de las calles. Vuelvo a seguir con interés las polémicas acaloradas, vuelvo a reanudar el roto hilo de las intrigas, y ciertas fibras embotadas aquí, las fibras de las pasiones violentas, la inquieta ambición, el ansia de algo más perfecto, el afán de hallar la verdad escondida a los ojos humanos, tornan a vibrar nuevamente y a encontrar en mi alma un eco profundo. "*El Diario Español, El Pensamiento* o *La Iberia* hablan de esto, afirman aquello o niegan lo de más allá", dice *El Contemporáneo*; y yo sin saber apenas dónde estoy, tiendo las manos para cogerlos, creyendo que están allí a mi alcance, como si me encontrara sentado a la mesa de la redacción.

Pero esa tromba de pensamientos tumultuosos, que pasan por mi cabeza como una nube de tronada, se desvanecen apenas nacidos. Aún no he acabado de leer las primeras columnas del periódico, cuando el último reflejo del sol que dobla lentamente la cumbre del Moncayo, desaparece de la más alta de las torres del monasterio, en cuya cruz de metal llamea un momento antes de extinguirse. Las sombras de los montes bajan a la carrera y se extienden por la llanura; la luna comienza a dibujarse en el Oriente como un círculo de cristal que transparenta el cielo, y la alameda se envuelve en la indecisa luz del crepúsculo. Ya es imposible continuar leyendo. Aún se ven por una parte, y entre los huecos de las ramas chispazos rojizos del sol poniente, y por la otra una claridad violada y fría. Poco a poco comienzo a percibir otra vez, semejante a una armonía confusa, el ruido de las hojas y el murmullo del agua, fresco, sonoro y continuado, a cuyo compás vago y suave vuelven a ordenarse las ideas y se van moviendo con más lentitud en una danza cadenciosa, que languidece al par de la música, hasta que por último se aguzan unas tras otras, como esos puntos de luz apenas perceptibles que de pequeños nos entreteníamos en ver morir en las pavesas de un papel quemado. La imaginación, entonces, ligera y diáfana, se mece y flota al rumor del agua, que la arrulla como una madre arrulla a un niño. La campana del monasterio, la única que ha quedado colgada en su ruinosa torre bizantina, comienza a tocar la oración, y una cerca, otra lejos, estas con una vibración metálica y aguda, aquellas con un tañido sordo y triste, les responden las otras campanas de los lugares del Somontano. De estos pequeños lugares, unos están en la punta de las rocas, colgados como el nido de un águila, y otros, medio escondidos en las ondulaciones del monte o en lo más profundo de los valles. Parece una armonía que a la vez baja del cielo y sube de la tierra, y se confunde y flota en el espacio, mezclándose al último rumor del día que muere, al primer suspiro de la noche que nace.

Ya todo pasó. Madrid, la política, las luchas ardientes, las miserias humanas, las pasiones, las contrariedades, los deseos, todo se ha ahogado en aquella música divina. Mi alma está ya tan serena como el agua inmóvil y profunda. La fe en algo más grande, en un destino futuro y desconocido, más allá de esta vida, la fe de la eternidad, en fin, aspiración absorbente, única e inmensa, mata esa fe al por menor que pudiéramos llamar personal, la fe en el mañana, especie de aguijón que espolea los espíritus irresolutos, y que tanto se necesita para luchar y vivir y alcanzar cualquier cosa en la tierra.

Absorto en estos pensamientos, doblo el periódico y me dirijo a mi habitación. Cruzo la sombría calle de árboles y llego a la primera cerca del monasterio, cuya dentellada silueta destaca por oscuro sobre el cielo en un todo semejante a la de un castillo feudal; atravieso el patio de armas con sus arcos redondos y timbrados, sus bastiones llenos de saeteras y coronados de almenas puntiagudas, de las cuales algunas yacen en el foso, medio ocultas entre los jaramagos y los espinos. Entre dos cubos de muralla, altos, negros e imponentes, se alza la torre que da paso al interior: una cruz clavada en la punta indica el carácter religioso de aquel edificio, cuyas enormes puertas de hierro y muros fortísimos, más parece que deberían guardar soldados que monjes.

Pero apenas las puertas se abren rechinando sobre sus goznes enmohecidos, la abadía aparece con todo su carácter. Una larga fila de olmos, entre los que se elevan algunos cipreses, deja ver en el fondo la iglesia bizantina, con su portada semicircular llena de extrañas esculturas. Por la derecha se extiende la remendada tapia de un huerto, por encima de la cual asoman las copas de los árboles, y a la izquierda se descubre el palacio abacial, severo y majestuoso en medio de su sencillez. Desde este primer recinto se pasa al inmediato por un arco de medio punto, después del cual se encuentra el sitio donde en otro tiempo estuvo el enterramiento de los monjes. Un arroyuelo, que luego desaparece y se oye gemir por debajo de tierra, corre al pie de tres o cuatro árboles viejos y nudosos: a un lado se descubre el molino, medio agachapado entre unas ruinas, y más allá, oscura como la boca de una cueva, la portada monumental del claustro, con sus pilastras platerescas llenas de hojarascas, bichas, ángeles, cariátides y dragones de granito, que sostienen emblemas de la Orden, mitras y escudos.

Siempre que atravieso este recinto cuando la noche se aproxima y comienza a influir en la imaginación con su alto silencio y sus alucinaciones extrañas, voy pisando quedo y poco a poco las sendas abiertas entre los zarzales y las yerbas parásitas, como temeroso de que al ruido de mis pasos despierte en sus fosas y levante la cabeza alguno de los monjes que duermen allí el sueño de la eternidad. Por último, entro en el claustro, donde ya reina una oscuridad profunda: la llama del fósforo que enciendo para atravesarlo vacila agitada por el aire, y los círculos de luz que despide luchan trabajosamente con las tinieblas. Sin embargo, a su incierto resplandor pueden distinguirse las largas series de ojivas, festoneadas de hojas de trébol, por entre las que asoman, con una mueca muda y horrible, esas mil fantásticas y caprichosas creaciones de la imaginación que el arte misterioso de la Edad Media dejó, grabadas en el granito de sus basílicas: aquí un endriago que se retuerce por una columna y saca su deforme cabeza por entre la hojarasca del capitel; allí un ángel que lucha con un demonio y entre los dos soportan la recaída de un arco que se apunta al muro; más lejos, y sombreadas por el batiente oscuro del lucillo que las contiene, las urnas de piedra, donde bien con la mano en el montante o revestidas de la cogulla, se ven las estatuas de los guerreros y abades más ilustres que han patrocinado este monasterio o lo han enriquecido con sus dones.

Los diferentes y extraordinarios objetos que unos tras otros van hiriendo la imaginación, la impresionan de una manera tan particular, que cuando después de haber discurrido por aquellos patios sombríos, aquellas alamedas misteriosas y aquellos claustros imponentes, penetro al fin en mi celda y desdoblo otra vez *El Contemporáneo* para proseguir su lectura, paréceme que está escrito en un idioma que no entiendo. Bailes, modas, el estreno de una comedia, un libro nuevo, un cantante extraordinario, una comida en la embajada de Rusia, la compañía de Price, la muerte de un personaje, los *clowns*, los banquetes políticos, la música, todo revuelto: una obra de caridad con un crimen, un suicidio con una boda, un entierro con una función de toros extraordinaria.

A esta distancia y en este lugar me parece mentira que existe aún ese mundo que yo conocía, el mundo del Congreso y las redacciones, del Casino y de los teatros, del Suizo y de la Fuente Castellana, y que existe tal como yo lo dejé, rabiando y divirtiéndose, hoy en una broma, mañana en un funeral, todos deprisa, todos cosechando esperanzas y decepciones, todos corriendo detrás de una cosa que no alcanzan nunca, hasta que corriendo den en uno de esos lazos silenciosos que nos va tendiendo la muerte, y desaparezcan como por escotillón con una gacetilla por epitafio.

Cuando me asaltan estas ideas, en vano hago esfuerzos por templarme como ustedes y entrar a compás en la danza. No oigo la música, que os lleva a todos envueltos como en un torbellino; no veo en esa agitación continua, en ese ir y venir, más que lo que ve el que mira un baile desde lejos: una pantomima muda e inexplicable, grotesca unas veces, terrible otras.

Ustedes, sin embargo, quieren que escriba alguna cosa, que lleve mi parte en la sinfonía general, aun a riesgo de salir desafinando. Sea, y sirva esto de introducción y preludio: quiere decir que si alguno de mis lectores ha sentido otra vez algo de lo que yo siento ahora, mis palabras le llevarán al recuerdo de más tranquilos días, como el perfume de un paraíso distante; y los que no, tendrán en cuenta mi especial posición para tolerar que de cuando en cuando rompa con una nota desacorde la armonía de un periódico político.

CARTA TERCERA

Queridos amigos:

Hace dos o tres días, andando a la casualidad por entre estos montes, y habiéndome alejado más de lo que acostumbro en mis paseos matinales, acerté a descubrir, casi oculto entre las quiebras del terreno y fuera de todo camino, un pueblecillo cuya situación, por extremo pintoresca, me agradó tanto, que no pude por menos de aproximarme a él para examinarle a mis anchas. Ni aun pregunté su nombre, y si mañana o el otro quisiera buscarle por su situación en el mapa, creo que no lo encontraría: tan pequeño es y tan olvidado parece entre las ásperas sinuosidades del Moncayo. Figúrense ustedes en el declive de una montaña inmensa y sobre una roca que parece servirle de pedestal, un castillo del que solo quedan en pie la torre del homenaje, algunos lienzos de muro carcomidos y musgosos. Agrupadas alrededor de este esqueleto de fortaleza, cual si quisiesen todavía dormir seguras a su sombra como en la edad de hierro en que debió alzarse, se ven algunas casas, pequeñas heredades con sus bardales de heno, sus tejados rojizos y sus chimeneas desiguales y puntiagudas, por cima de las que se eleva el campanario de la parroquia con su reloj de sol, su esquiloncillo que llama a la primera misa, y su gallo de hojalata que gira en lo alto de la veleta a merced de los vientos.

Una senda que sigue el curso del arroyo que cruza el valle serpenteando por entre los cuadros de los trigos, verdes y tirantes como el paño de una mesa de billar, sube dando vueltas a los amontonados pedruscos sobre que se asienta el pueblo, hasta el punto en que un pilarote de ladrillos con una cruz en el remate señala la entrada. Sucede con estos pueblecitos tan pintorescos, cuando se ven en lontananza tantas líneas caprichosas, tantas chimeneas arrojando pilares de humo azul, tantos árboles y peñas y accidentes artísticos, lo que con otras muchas cosas del mundo, en que todo es cuestión de la distancia a que se miran; y la mayor parte de las veces, cuando se llega a ellos, la poesía se convierte en prosa. Ya en la cruz de la entrada, lo que pude descubrir del interior del lugar no me pareció, en efecto, que respondía ni con mucho a su perspectiva; de modo que, no queriendo arriesgarme por sus estrechas, sucias y empinadas callejas, comencé a costearlo y me dirigí a una reducida llanura que se descubre a su espalda, dominada solo por la iglesia y el castillo. Allí, en unos campos de trigo, y junto a dos o tres nogales aislados que comenzaban a cubrirse de hojas, está lo que, por su especial situación y la pobre cruz de palo enclavada sobre la puerta, colegí que sería el cementerio.

Desde muy niño concebí, y todavía conservo, una instintiva aversión a los camposantos de las grandes poblaciones: aquellas tapias encaladas y llenas de huecos, como la estantería de una tienda de géneros ultramarinos; aquellas calles de árboles raquíticos, simétricas y enarenadas, como las avenidas de un parque inglés; aquella triste parodia de jardín con flores sin perfume y verdura sin alegría, me oprimen el corazón y me crispan los nervios. El afán de embellecer grotesca y artificialmente la muerte me trae a la memoria esos niños de los barrios bajos, a quienes después de expirar embadurnan la cara con arrebol, de modo que, entre el cerco violado de los ojos, la intensa palidez de las sienes y el rabioso carmín de las mejillas, resulta una mueca horrible.

Por el contrario, en más de una aldea he visto un cementerio chico, abandonado, pobre, cubierto de ortigas y cardos silvestres, y me ha causado una impresión siempre melancólica, es verdad, pero mucho más suave, mucho más respetuosa y tierna. En aquellos vastos almacenes de la muerte, siempre hay algo de esa repugnante actividad del tráfico; la tierra, constantemente removida, deja ver fosas profundas que parecen aguardar su presa con hambre. Aquí nichos vacíos, a los que no falta más que un letrero: "Esta casa se alquila"; allí huesos que se retrasan en el pago de su habitación, y son arrojados qué sé yo adónde, para dejar lugar a otros; y lápidas con filetes de relumbrones, y décimas y coronas de flores de trapo, y siemprevivas de comerciantes de objetos fúnebres. En estos escondidos rincones, último albergue de los ignorados campesinos, hay una profunda calma: nadie turba su santo recogimiento, y después de envolverse en su ligera capa de tierra sin siquiera tener encima el peso de una losa, deben dormir mejor y más sosegados.

Cuando, no sin tener que forcejear antes un poco, logré abrir la carcomida y casi deshecha puerta del pequeño cementerio que por casualidad había encontrado en mi camino, y este se ofreció a mi vista, no pude menos de confirmarme nuevamente en mis ideas. Es imposible ni aun concebir un sitio más agreste, más solitario y más triste, con una agradable tristeza, que aquel. Nada habla allí de la muerte con ese lenguaje enfático y pomposo de los epitafios; nada la recuerda de modo que horrorice con el repugnante espectáculo de sus atavíos y despojos. Cuatro lienzos de tapia humilde, compuestos de arena amasada con piedrecillas de colores, ladrillos rojos y algunos sillares cubiertos de musgo en los ángulos, cercan un pedazo de tierra, en el cual la poderosa vegetación de este país, abandonada a sí misma, despliega sus silvestres galas con un lujo y una hermosura imponderables. Al pie de las tapias y por entre sus rendijas, crecen la hiedra y esas campanillas de color de rosa pálido que suben sosteniéndose en las asperezas del muro hasta trepar a los bardales de heno, por donde se cruzan y se mecen como una flotante guirnalda de verdura. La espesa y fina yerba que cubre el terreno y marca con suave claroscuro todas sus ondulaciones produce el efecto de un tapiz bordado de esas mil florecillas cuyos poéticos nombres ignora la ciencia, y solo podrían decir las muchachas del lugar, que en las tardes de mayo las cogen en el halda para engalanar el retablo de la Virgen.

Allí en medio de algunas espigas, cuya simiente acaso trajo el aire de las eras cercanas, se columpian las amapolas con sus cuatro hojas purpúreas y descompuestas: las margaritas blancas y menudas, cuyos pétalos arrancan uno a uno los amantes, semejan copos de nieve que el calor no ha podido derretir, contrastando con los dragoncillos corales y esas estrellas de cinco rayos, amarillas e inodoras, que llaman de los muertos, las cuales crecen salpicadas en los camposantos entre las ortigas, las rosas de los espinos, los cardos silvestres y las alcachoferas puntiagudas y frondosas. Una brisa pura y agradable mueve las flores, que se balancean con lentitud, y las altas yerbas, que se inclinan y levantan a su empuje como las pequeñas olas de un mar verde y agitado. El sol resbala suavemente sobre los objetos, los ilumina o los transparenta, aumentando la intensidad y la brillantez de sus tintas, y parece que los dibuja con un perfil de oro para que destaquen entre sí con más limpieza. Algunas mariposas revolotean de acá para allá haciendo en el aire esos giros extraños que fatigan la vista, que inútilmente se empeña en seguir su vuelo tortuoso; y mientras las abejas estrechan sus círculos zumbando alrededor de los cálices llenos de perfumada miel, y los pardillos picotean los insectos que pululan por el bardal de la tapia, una lagartija asoma su cabeza triangular y aplastada y sus ojos pequeños y vivos por entre sus hendiduras, y huye temerosa a guarecerse en su escondite al menor movimiento.

Después que hube abarcado con una mirada el conjunto de aquel cuadro, imposible de reproducir con frases siempre descoloridas y pobres, me senté en un pedrusco, lleno de esa emoción sin ideas que experimentamos siempre que una cosa cualquiera nos impresiona profundamente, y parece que nos sobrecoge por su novedad o su hermosura. En esos instantes rapidísimos en que la sensación fecunda la inteligencia, y allá en el fondo del cerebro tiene lugar la misteriosa concepción de los pensamientos que han de surgir algún día evocados por la memoria, nada se piensa, nada se razona: los sentidos todos parecen ocupados en recibir y guardar la impresión que analizarán más tarde.

Sintiendo aún las vibraciones de esta primera sacudida del alma, que la sumerge en un agradable sopor, estuve, pues, largo tiempo, hasta que gradualmente comenzaron a extinguirse, y poco a poco fueron levantándose las ideas relativas. Estas ideas, que ya han cruzado otras veces por la imaginación y duermen olvidadas en alguno de sus rincones, son siempre las primeras en acudir cuando se toca su resorte misterioso. No sé si a todos les habrá pasado igualmente; pero a mí me ha sucedido con bastante frecuencia preocuparme en ciertos momentos con la idea de la muerte, y pensar largo rato y concebir deseos y formular votos acerca de la destinación futura, no solo de mi espíritu, sino de mis despojos mortales. En cuanto al alma, dicho se está que siempre he deseado que se encaminase al cielo. Con el destino que darían a mi cuerpo es con lo que más he batallado, y acerca de lo cual he echado más a menudo a volar la fantasía. En aquel punto en que todas aquellas viejas locuras de mi imaginación salieron en tropel de los desvanes de la cabeza donde tengo arrinconados, como trastos inútiles, los pensamientos extraños, las ambiciones absurdas y las historias imposibles de la adolescencia, ilusiones rosadas que, como los trajes antiguos, se han ajado ya y se han puesto de color de ala de mosca con los años, fue cuando pude apreciar, sonriendo al compararlas entre sí, la candidez de mis aspiraciones juveniles.

En Sevilla, y en la margen del Guadalquivir que conduce al convento de San Jerónimo, hay cerca del agua una especie de remanso que fertiliza un valle en miniatura formado por el corte natural de la ribera, que en aquel lugar es bien alta y tiene un rápido declive. Dos o tres álamos blancos, corpulentos y frondosos, entretejiendo sus copas, defienden aquel sitio de los rayos del sol, que rara vez logra deslizarse entre las ramas, cuyas hojas producen un ruido manso y agradable cuando el viento las agita y las hace parecer ya plateadas, ya verdes, según del lado que las empuja. Un sauce baña sus raíces en la corriente del río, hacia el que se inclina como agobiado de un peso invisible, y a su alrededor crecen multitud de juncos y de esos lirios amarillos y grandes que nacen espontáneos al borde de los arroyos y las fuentes.

Cuando yo tenía catorce o quince años, y mi alma estaba henchida de deseos sin nombre, de pensamientos puros y de esa esperanza sin límites que es la más preciada joya de la juventud; cuando yo me juzgaba poeta; cuando mi imaginación estaba llena de esas risueñas fábulas del mundo clásico, y Rioja en sus silvas a las flores, Herrera en sus tiernas elegías y todos mis cantores sevillanos, dioses penates de mi especial literatura, me hablaban de continuo del Betis majestuoso, el río de las ninfas, de las náyades y los poetas, que corre al océano escapándose de un ánfora de cristal, coronado de espadañas y laureles, ¡cuántos días, absorto en la contemplación de mis sueños de niño, fui a sentarme en su ribera, y allí, donde los álamos me protegían con su sombra, daba rienda suelta a mis pensamientos y forjaba una de esas historias imposibles, en las que hasta el esqueleto de la muerte se vestía a mis ojos con galas fascinadoras y espléndidas! Yo soñaba entonces una vida independiente y dichosa, semejante a la del pájaro, que nace para cantar, y Dios le procura de comer; soñaba esa vida tranquila del poeta que irradia con suave luz de una en otra generación; soñaba que la ciudad que me vio nacer se enorgulleciese con mi nombre, añadiéndolo al brillante catálogo de sus ilustres hijos; y cuando la muerte pusiese un término a mi existencia, me colocasen para dormir el sueño de oro de la inmortalidad a la orilla del Betis, al que yo habría cantado en odas magníficas, y en aquel mismo punto a donde iba tantas veces a oír el suave murmullo de sus ondas. Una piedra blanca con una cruz y mi nombre serían todo el monumento.

Los álamos blancos, balanceándose día y noche sobre mi sepultura, parecerían rezar por mi alma con el susurro de sus hojas plateadas y verdes, entre las que vendrían a refugiarse los pájaros para cantar al amanecer un himno alegre a la resurrección del espíritu a regiones más serenas; el sauce cubriendo aquel lugar de una flotante sombra, le prestaría su vaga tristeza, inclinándose y derramando en derredor sus ramas desmayadas y flexibles como para proteger y acariciar mis despojos; y hasta el río, que en las horas de creciente casi vendría a besar el borde de la losa cercada de juncos, arrullaría mi sueño con una música agradable. Pasado algún tiempo, y después que la losa comenzara a cubrirse de manchas de musgo, una mata de campanillas, de esas campanillas azules con un disco de carmín en el fondo que tanto me gustaban, crecería a su lado enredándose por entre sus grietas y vistiéndola con sus hojas anchas y transparentes, que no sé por qué misterio tienen la forma de un corazón; los insectos de oro con alas de luz, cuyo zumbido convida a dormir en la calurosa siesta, vendrían a revolotear en torno de sus cálices; para leer mi nombre, ya borroso por la acción de la humedad y los años, sería preciso descorrer un cortinaje de verdura. ¿Pero para qué leer mi nombre? ¿Quién no sabría que yo descansaba allí? Algún desconocido admirador de mis versos plantaría un laurel que, descollando altivo entre los otros árboles, hablase a todos de mi gloria; y ya una mujer enamorada que halló en mis cantares un rasgo de esos extraños fenómenos del amor que solo las mujeres saben sentir y los poetas descifrar, ya un joven que se sintió inflamado con el sacro fuego que hervía en mi mente y a quien mis palabras revelaron nuevos mundos de la inteligencia, hasta entonces para él ignotos, o un extranjero que vino a Sevilla llamado por la fama de su belleza y los recuerdos que en ella dejaron sus hijos, echaría una flor sobre mi tumba contemplándola un instante con tierna emoción, con noble envidia o respetuosa curiosidad: a la mañana, las gotas del rocío resbalarían como lágrimas sobre su superficie.

Después de remontado el sol, sus rayos la dorarían, penetrando tal vez en la tierra y abrigando su dulce calor mis huesos. En la tarde y a la hora en que las aguas del Guadalquivir copian temblando el horizonte de fuego, la árabe torre y los muros romanos de mi hermosa ciudad, los que siguen la corriente del río en un ligero bote que deja en pos una inquieta línea de oro, dirían, al ver aquel rincón de verdura, donde la piedra blanqueaba al pie de los árboles: "Allí duerme el poeta". Y cuando el *gran Betis* dilatase sus riberas hasta los montes; cuando sus alteradas ondas, cubriendo el pequeño valle subiesen hasta la mitad del tronco de los álamos, las ninfas que viven ocultas en el fondo de sus palacios, diáfanos y transparentes, vendrían a agruparse alrededor de mi tumba: yo sentiría la frescura y el rumor del agua agitada por sus juegos; sorprendería el secreto de sus misteriosos amores; sentiría tal vez la ligera huella de sus pies de nieve al resbalar sobre el mármol en una danza cadenciosa, oyendo, en fin, como cuando se duerme ligeramente se oyen las palabras y los sonidos de una manera confusa, el armonioso coro de sus voces juveniles y las notas de sus liras de cristal.

Así soñaba yo en aquella época. ¡A tanto y a tan poco se limitaban entonces mis deseos! Pasados algunos años, luego que hube salido de mi ciudad querida, después que mis ideas tomaron poco a poco otro rumbo, y la imaginación, cansada ya de idilios, de ninfas, de poesía y de flores, comenzó a remontarse a épocas distantes, complaciéndose en vestir con sus galas las dramáticas escenas de la historia, fingiendo un marco de oro para cada uno de sus cuadros y haciendo un pedestal para cada uno de sus personajes, volví a soñar, y como en las comedias de magia, nuevas decoraciones de fantasía sustituyeron a las antiguas, y la vara mágica del deseo hizo posible en la mente nuevos absurdos.

¡Cuántas veces, después de haber discurrido por las anchurosas naves de alguna de nuestras inmensas catedrales góticas, o de haberme sorprendido la noche en uno de esos imponentes y severos claustros de nuestras históricas abadías, he vuelto a sentir inflamada mi alma con la idea de la gloria, pero una gloria más ruidosa y ardiente que la del poeta! Yo hubiera querido ser un rayo de la guerra, haber influido poderosamente en los destinos de mi país, haber dejado en sus leyes y sus costumbres la profunda huella de mi paso; que mi nombre resonase unido, y como personificándola, a alguna de sus grandes revoluciones, y luego, satisfecha mi sed de triunfos y de estrépito, caer en un combate, oyendo como el último rumor del mundo el agudo clamor de la trompetería de mis valerosas huestes para ser conducido sobre el pavés, envuelto en los pliegues de mi destrozada bandera, emblema de cien victorias, a encontrar la paz del sepulcro en el fondo de uno de esos claustros santos, donde vive el eterno silencio y al que los siglos prestan su majestad y su color misterioso e indefinible. Una airosa ojiva erizada de hojas revueltas y puntiagudas, por entre las cuales se enroscaran, asomando su deforme cabeza, por aquí un grifo, por allá uno de esos monstruos alados, engendro de la imaginación del artífice, bañaría en oscura sombra mi sepulcro: a su alrededor, y debajo de calados doseletes, los santos patriarcas, los bienaventurados y los mártires, con sus miembros de hierro y sus emblemáticos atributos, parecerían santificarle con su presencia. Dos guerreros inmóviles y vestidos de su fantástica y blanca armadura velarían día y noche de hinojos a sus costados; y mientras que mi estatua de alabastro riquísimo y transparente, con sus arreos de batallar, su espada sobre el pecho y un león a los pies, dormiría majestuosa sobre el túmulo, los ángeles que envueltos en largas túnicas y con un dedo en los labios sostuviesen el cojín sobre que descansaba mi cabeza, parecerían que llamaban con sus plegarias a las santas visiones de oro que llenan el desconocido sueño de la muerte de los justos, defendiéndome con sus alas de los terrores y las angustias de una pesadilla eterna.

En los huecos de la urna y entre un sinnúmero de arcos con caireles y grumos de hojas de trébol, rosetas caladas, haces de columnillas y esas largas procesiones de plañideras que, envueltas en sus mantos de piedra, andan, al parecer, en torno del monumento llorando con llanto sin gemidos, se verían mis escudos triangulares soportados por reyes de armas con sus birretes y sus blasonadas casullas, y en los cuarteles realzados con vivos colores, merced a un hábil iluminador, las bandas de oro, las estrellas, los versos y los motes heráldicos con una larga inscripción en esa letra gótica, estrecha y puntiaguda, donde el curioso lleno de hondo respeto leería con pena y casi descifrándolos, mi nombre, mis títulos y mi gloria. Allí rodeado de esa atmósfera de majestad que envuelve a todo lo grande, sin que turbara mi reposo más que el agudo chillido de una de esas aves nocturnas de ojos redondos y fosfóricos, que acaso viniera a anidar entre los huecos del arco, viviría todo lo que vive un recuerdo histórico y glorioso unido a una magnífica obra de arte; y en la noche, cuando un furtivo rayo de luna dibujase en el pavimento del claustro los severos perfiles de las ojivas; cuando solo se oyesen los gemidos del aire extendiéndose de eco en eco por sus inmensas bóvedas; después de haberse perdido la última vibración de la campana que toca la queda, mi estatua, en la que habría algo de lo que yo fui, un poco de ese soplo que anima el barro encadenado por un fenómeno incomprensible al granito, ¡quién sabe si se levantaría de su lecho de piedra para discurrir por entre aquellas gigantes arcadas con los otros guerreros que tendrían su sepultura por allí cerca, con los prelados revestidos de sus capas pluviales y sus mitras, y esas damas de largo brial y plegados monjiles que, hermosas aun en la muerte, duermen sobre las urnas de mármol en los más oscuros ángulos de los templos...!

Desde que impresionada la imaginación por la vaga melancolía o la imponente hermosura de un lugar cualquiera, se lanzaba a construir con fantásticos materiales uno de esos poéticos recintos, último albergue de mis mortales despojos, hasta el punto aquel en que, sentado al pie de la humilde tapia del cementerio de una aldea oscura, parecía como que se reposaba mi espíritu en su honda calma y se abrían mis ojos a la luz de la realidad de las cosas, ¡qué revolución tan radical y profunda no se ha hecho en todas mis ideas! ¡Cuántas tempestades silenciosas no han pasado por mi frente; cuántas ilusiones no se han secado en mi alma; a cuántas historias de poesía no les he hallado una repugnante vulgaridad en el último capítulo! Mi corazón, a semejanza de nuestro globo, era como una masa incandescente y líquida que poco a poco se va enfriando y endureciendo. Todavía queda algo que arde allá en lo más profundo, pero rara vez sale a la superficie. Las palabras amor, gloria, poesía, no me suenan al oído como me sonaban antes. ¡Vivir!... Seguramente que deseo vivir, porque la vida, tomándola tal como es, sin exageraciones ni engaños, no es tan mala como dicen algunos; pero vivir oscuro y dichoso en cuanto es posible, sin deseos, sin inquietudes, sin ambiciones, con esa felicidad de la planta que tiene a la mañana su gota de rocío y su rayo de sol; después un poco de tierra echada con respeto y que no apisonen y pateen los que sepultan por oficio; un poco de tierra blanda y floja que no ahogue ni oprima; cuatro ortigas, un cardo silvestre y alguna yerba que me cubra con su manto de raíces, y por último, un tapial que sirva para que no aren en aquel sitio ni revuelvan los huesos.

He aquí hoy por hoy todo lo que ambiciono. Ser un comparsa en la inmensa comedia de la humanidad; y concluido mi papel de hacer bulto, meterme entre bastidores sin que me silben ni me aplaudan, sin que nadie se aperciba siquiera de mi salida.

No obstante esta profunda indiferencia, se me resiste el pensar que podrían meterme preso en un ataúd formado con las cuatro tablas de un cajón de azúcar, en uno de los huecos de la estantería de una sacramental, para esperar allí la trompeta del juicio como empapelado, detrás de una lápida con una redondilla elogiando mis virtudes domésticas e indicando precisamente el día y la hora de mi nacimiento y de mi muerte. Esta profunda e instintiva preocupación ha sobrevivido, no sin asombro por mi parte, a casi todas las que he ido abandonando en el curso de mi vida; pero al paso que voy, probablemente mañana no existirá tampoco; y entonces me será tan igual que me coloquen debajo de una pirámide egipcia como que me aten una cuerda a los pies y me echen a un barranco como un perro.

Ello es que cada día me voy convenciendo más que de lo que vale, de lo que es algo, no ha de quedar ni un átomo aquí.

CARTA CUARTA

Queridos amigos:

El tiempo, que hasta aquí se mantenía revuelto y mudable, ha sufrido últimamente una nueva e inesperada variación, cosa, a la verdad, poco extraña a estas alturas, donde la proximidad del Moncayo nos tiene de continuo como a los espectadores de una comedia de magia, embobados y suspensos con el rápido mudar de las decoraciones y las escenas. A las alternativas de frío y calor, de aires y de bochorno de una primavera, que en cuanto a desigual y caprichosa, nada tiene que envidiar a la que disfrutan ustedes en la coronada villa, ha sucedido un tiempo constante, sereno y templado. Merced a estas circunstancias y a encontrarme bastante mejor de las dolencias que, cuando no me imposibilitan del todo, me quitan por lo menos el gusto para las largas expediciones, he podido dar una gran vuelta por estos contornos y visitar los pintorescos lugares del Somontano. Fuera de camino, ya trepando de roca en roca, ya siguiendo el curso de una huella o las profundidades de una cañada, he vagado tres o cuatro días de un punto a otro por donde me llamaban el atractivo de la novedad, un sitio inexplorado, una senda accidentada, una punta al parecer inaccesible.

No pueden ustedes figurarse el botín de ideas e impresiones que, para enriquecer la imaginación, he recogido en esta vuelta por un país virgen aún y refractario a las innovaciones civilizadoras. Al volver al monasterio, después de haberme detenido aquí para recoger una tradición oscura de boca de una aldeana, allá para apuntar los fabulosos datos sobre el origen de un lugar o la fundación de un castillo, trazar ligeramente con el lápiz el contorno de una casuca medio árabe, medio bizantina, un recuerdo de las costumbres, o un tipo perfecto de los habitantes, no he podido menos de recordar el antiguo y manoseado símil de las abejas que andan revoloteando de flor en flor y vuelven a su colmena cargadas de miel. Los escritores y los artistas debían hacer con frecuencia algo de esto mismo. Solo así podríamos recoger la última palabra de una época que se va, de la que solo quedan hoy algunos rastros en los más apartados rincones de nuestras provincias, y de la que apenas restará mañana un recuerdo confuso.

Yo tengo fe en el porvenir: me complazco en asistir mentalmente a esa inmensa e irresistible invasión de las nuevas ideas que van transformando poco a poco la faz de la humanidad, que merced a sus extraordinarias invenciones fomentan el comercio de la inteligencia, estrechan el vínculo de los países, fortificando el espíritu de las grandes nacionalidades, y borrando, por decirlo así, las preocupaciones y las distancias, hacen caer unas tras otras las barreras que separan a los pueblos. No obstante, sea cuestión de poesía, sea que es inherente a la naturaleza frágil del hombre simpatizar con lo que perece y volver los ojos con cierta triste complacencia hasta lo que ya no existe, ello es que en el fondo de mi alma consagro, como una especie de culto, una veneración profunda por todo lo que pertenece al pasado, y las poéticas tradiciones, las derruidas fortalezas, los antiguos usos de nuestra vieja España tienen para mí todo ese indefinible encanto, esa vaguedad misteriosa de la puesta del sol en un día espléndido, cuyas horas, llenas de emociones, vuelven a pasar por la memoria vestidas de colores y de luz, antes de sepultarse en las tinieblas en que se han de perder para siempre.

Cuando no se conocen ciertos períodos de la historia más que por la incompleta y descarnada relación de los enciclopedistas, o por algunos restos diseminados como los huesos de un cadáver, no pudiendo apreciar ciertas figuras desasidas del verdadero fondo del cuadro en que estaban colocadas, suele juzgarse de todo lo que fue con un sentimiento de desdeñosa lástima o un espíritu de aversión intransigente; pero si se penetra, merced a un estudio concienzudo, en algunos de sus misterios, si se ven los resortes de aquella gran máquina que hoy juzgamos absurda al encontrarla rota, si merced a un supremo esfuerzo de la fantasía ayudada por la erudición y el conocimiento de la época, se consigue condensar en la mente algo de aquella atmósfera de arte, de entusiasmo, de virilidad y de fe, el ánimo se siente sobrecogido ante el espectáculo de su múltiple organización, en que las partes relacionadas entre sí correspondían perfectamente al todo, y en que los usos, las leyes, las ideas y las aspiraciones se encontraban en una armonía maravillosa. No es esto decir que yo desee para mí ni para nadie la vuelta de aquellos tiempos. Lo que ha sido no tiene razón de ser nuevamente, y no será.

Lo único que yo desearía es un poco de respetuosa atención para aquellas edades, un poco de justicia para los que lentamente vinieron preparando el camino por donde hemos llegado hasta aquí, y cuya obra colosal quedará acaso olvidada por nuestra ingratitud e incuria. La misma certeza que tengo de que nada de lo que desapareció ha de volver, y que en la lucha de las ideas las nuevas han herido de muerte a las antiguas, me hace mirar a cuanto con ellas se relaciona con algo de esa piedad que siente hacia el vencido un vencedor generoso. En este sentimiento hay también un poco de egoísmo. La vida de una nación, a semejanza de la del hombre, parece como que se dilata con la memoria de las cosas que fueron, y a medida que es más viva y más completa su imagen, es más real esa segunda existencia del espíritu en el pasado, existencia preferible y más positiva tal vez que la del punto presente. Ni de lo que está siendo ni de lo que será, puede aprovecharse la inteligencia para sus altas especulaciones: ¿qué nos resta, pues, de nuestro dominio absoluto, sino la sombra de lo que ha sido? Por eso, al contemplar los destrozos causados por la ignorancia, el vandalismo o la envidia durante nuestras últimas guerras; al ver todo lo que en objetos dignos de estimación, en costumbres peculiares y primitivos recuerdos de otras épocas se ha extraviado y puesto en desuso de sesenta años a esta parte; lo que las exigencias de la nueva manera de ser social trastorna y desencaja; lo que las necesidades y las aspiraciones crecientes desechan u olvidan, un sentimiento de profundo dolor se apodera de mi alma, y no puedo menos de culpar el descuido o el desdén de los que a fines del siglo pasado pudieron aún recoger para transmitírnoslas íntegras las últimas palabras de la tradición nacional, estudiando detenidamente nuestra vieja España, cuando aún estaban de pie los monumentos testigos de sus glorias, cuando aún en las costumbres y en la vida interna quedaban huellas perceptibles de su carácter.

Pero de esto nada nos queda ya hoy; y sin embargo, ¿quién sabe si nuestros hijos a su vez nos envidiarán a nosotros, doliéndose de nuestra ignorancia o nuestra culpable apatía para transmitirles siquiera un trasunto de lo que fue un tiempo su patria? ¿Quién sabe si cuando, con los años, todo haya desaparecido, tendrán las futuras generaciones que contentarse y satisfacer su ansia de conocer el pasado con las ideas más o menos aproximadas de algún nuevo Cuvier de la arqueología, que, partiendo de algún mutilado resto o una vaga tradición, lo reconstruya hipotéticamente? Porque no hay duda: el prosaico rasero de la civilización va igualándolo todo. Un irresistible y misterioso impulso tiende a unificar los pueblos con los pueblos, las provincias con las provincias, las naciones con las naciones, y quién sabe si las razas con las razas. A medida que la palabra vuela por los hilos telegráficos, que el ferrocarril se extiende, la industria se acrecienta y el espíritu cosmopolita de la civilización invade nuestro país, van desapareciendo de él sus rasgos característicos, sus costumbres inmemoriales sus trajes pintorescos y sus rancias ideas. A la inflexible línea recta, sueño dorado de todas las poblaciones de alguna importancia, se sacrifican las caprichosas revueltas de nuestros barrios moriscos, tan llenos de carácter, de misterio y de fresca sombra; de un retablo al que vivía unida una tradición, no queda aquí más que el nombre escrito en el azulejo de una bocacalle; a un palacio histórico, con sus arcos redondos y sus muros blasonados, sustituye más allá una manzana de casas a la moderna; las ciudades, no cabiendo ya dentro de su antiguo perímetro, rompen el cinturón de fortalezas que las ciñe, y unas tras otras vienen al suelo las murallas fenicias, romanas, godas o árabes.

¿Dónde están los canceles y las celosías morunas? ¿Dónde los pasillos embovedados, los aleros salientes de maderas labradas, los balcones con su guardapolvo triangular, las ojivas con estrellas de vidrio, los muros de los jardines por donde rebosa la verdura, las encrucijadas medrosas, los carasoles de las tahurerías y los espaciosos atrios de los templos? El albañil armado de su implacable piqueta arrasa los ángulos caprichosos, tira los puntiagudos tejados o demuele los moriscos miradores, y mientras el brochista roba a los muros el artístico color que le han dado los siglos, embadurnándolos de cal y almagra, el arquitecto los embellece a su modo con carteles de yeso y cariátides de escayola, dejándolos más vistosos que una caja de dulces franceses. No busquéis ya los cosos donde justaban los galanes, las piadosas ermitas albergue de los peregrinos, o el castillo hospitalario para el que llamaba de paz a sus puertas. Las almenas caen unas tras otras de lo alto de los muros, y van cegando los fosos; de la picota feudal solo queda un trozo de granito informe, y el arado abre un profundo surco en el patio de armas. El traje característico del labriego comienza a parecer un disfraz fuera del rincón de su provincia; las fiestas peculiares de cada población comienzan a encontrarse ridículas o de mal gusto por los más ilustrados, y los antiguos usos caen en olvido, la tradición se rompe y todo lo que no es nuevo se menosprecia.

Estas innovaciones tienen su razón de ser, y por tanto no seré yo quien las anatematice. Aunque me entristece el espectáculo de esa progresiva destrucción de cuanto trae a la memoria tiempos que, si en efecto no lo fueron solo por no existir, ya nos parecen mejores, yo dejaría al tiempo seguir su curso y completar sus inevitables revoluciones, como dejamos a nuestras mujeres o a nuestras hijas que arrinconen en un desván los trastos viejos de nuestros padres para sustituirlos con muebles modernos y de más buen tono; pero ya que ha llegado la hora de la gran transformación, ya que la sociedad animada de un nuevo espíritu se apresura a revestirse de una nueva forma, debíamos guardar, merced al esfuerzo de nuestros escritores y nuestros artistas, la imagen de todo eso que va a desaparecer, como se guarda después que muere el retrato de una persona querida. Mañana, al verlo todo constituido de una manera diversa, al saber que nada de lo que existe existía hace algunos siglos, se preguntarán los que vengan detrás de nosotros de qué modo vivían sus padres, y nadie sabrá responderles; y no conociendo ciertos pormenores de localidad, ciertas costumbres al influjo de determinadas ideas en el espíritu de una generación, que tan perfectamente reflejan sus adelantos y sus aspiraciones, leerán la historia sin sabérsela explicar, y verán moverse a nuestros héroes nacionales con la estupefacción con que los muchachos ven moverse una marioneta sin saber los resortes a que obedece.

A mí me hace gracia observar cómo se afanan los sabios, qué grandes cuestiones enredan, y con qué exquisita diligencia se procuran los datos acerca de las más insignificantes particularidades de la vida doméstica de los egipcios o los griegos, en tanto que se ignoran los más curiosos pormenores de nuestras costumbres propias; cómo se remontan y se pierden de inducción en inducción, por entre el laberinto de las lenguas caldaicas, sajonas o sánscritas, en busca del origen de las palabras, en tanto que se olvidan de investigar algo más interesante: el origen de las ideas.

En otros países más adelantados que el nuestro, y donde, por consiguiente, el ansia de las innovaciones lo ha trastornado todo más profundamente, se deja ya sentir la reacción en sentido favorable a este género de estudios; y aunque tarde, para que sus trabajos den el fruto que se debió esperar, la Edad Media y los períodos históricos que más de cerca se encadenan con el momento actual, comienzan a ser estudiados y comprendidos. Nosotros esperaremos regularmente a que se haya borrado la última huella para empezar a buscarla. Los esfuerzos aislados de algún que otro admirador de esas cosas, poco o casi nada pueden hacer. Nuestros viajeros son en muy corto número y, por lo regular, no es su país el campo de sus observaciones. Aunque así no fuese, una excursión por las capitales, hoy que en su gran mayoría están ligadas con la gran red de vías férreas, escasamente lograría llenar el objeto de los que desean hacer un estudio de esta índole. Es preciso salir de los caminos trillados, vagar al acaso de un lugar en otro, dormir medianamente, y no comer mejor; es preciso fe y verdadero entusiasmo por la idea que se persigue para ir a buscar los tipos originales, las costumbres primitivas y los puntos verdaderamente artísticos a los rincones donde su oscuridad les sirve de salvaguardia, y de donde poco a poco los va desalojando la invasora corriente de la novedad y los adelantos de la civilización. Todos los días vemos a los gobiernos emplear grandes sumas en enviar gentes que, no sin peligros y dificultades, recogen en lejanos países bichitos, florecitas y conchas.

Porque yo no sea un sabio ni mucho menos, no dejo de conocer la verdadera importancia que tienen las ciencias naturales; pero la ciencia moral, ¿por qué ha de dejarse en un inexplicable abandono? ¿Por qué al mismo tiempo que se recogen los huesos de un animal antediluviano, no se han de recoger las ideas de otros siglos traducidas en objetos de arte y usos extraños, diseminados acá y allá como los fragmentos de un coloso hecho mil pedazos? Este inmenso botín de impresiones de pequeños detalles, de joyas extraviadas, de trajes pintorescos, de costumbres características animadas y revestidas de esa vida que presta a cuanto toca una pluma inteligente o un lápiz diestro, ¿no creen ustedes como yo que serían de grande utilidad para los estudios particulares y verdaderamente filosóficos de un período cualquiera de la historia? Verdad que nuestro fuerte no es la historia. Si algo hemos de saber en este punto, casi siempre se ha de tomar algún extranjero el trabajo de decírnoslo del modo que a él mejor le parece. Pero ¿por qué no se ha de abrir este ancho campo a nuestros escritores, facilitándoles el estudio y despertando y fomentando su afición? Hartos estamos de ver en obras dramáticas, en novelas que se llaman históricas y cuadros que llenan nuestras exposiciones, asuntos localizados en este o el otro período de un siglo cualquiera, y que cuando más tienen de ellos un carácter muy dudoso y susceptible de severa crítica, si los críticos a su vez, no supieran en este punto lo mismo o menos que los autores y artistas a quienes han de juzgar.

Las colecciones de trajes y muebles de otros países, los detalles que acerca de costumbres de remotos tiempos se hallan en las novelas de otras naciones, o lo poco o mucho que nuestros pensionados aprenden relativo a otros tipos históricos y otros pasados, nunca son idénticos ni tienen un sello especial; son las únicas fuentes donde bebe su erudición y forma su conciencia artística la mayoría. Para remediar este mal, muchos medios podrían proponerse más o menos eficaces, pero que al fin darían algún resultado ventajoso. No es mi ánimo, ni he pensado lo suficiente sobre la materia para hacerlo, el trazar un plan detallado y minucioso que, como la mayor parte de los que se trazan, no llegue a realizarse nunca. No obstante, en esta o en la otra forma, bien pensionándolos, bien adquiriendo sus estudios o coadyuvando a que se diesen a luz, el gobierno debía fomentar la organización periódica de algunas expediciones artísticas a nuestras provincias. Estas expediciones, compuestas de grupos de un pintor, un arquitecto y un literato, seguramente recogerían preciosos materiales para obras de grande entidad. Unos y otros se ayudarían en sus observaciones mutuamente, ganarían en esa fraternidad artística, en ese comercio de ideas tan continuamente relacionadas entre sí, y sus trabajos reunidos serían un verdadero arsenal de datos, ideas y descripciones útiles para todo género de estudios.

Además de la ventaja inmediata que reportaría esta especie de inventario artístico e histórico de todos los restos de nuestra pasada grandeza, ¿qué inmensos frutos no daría más tarde esa semilla de impresiones, de enseñanza y de poesía, arrojada en el alma de la generación joven, donde iría germinando para desarrollarse tal vez en el porvenir? Ya que el impulso de nuestra civilización, de nuestras costumbres, de nuestras artes y de nuestra literatura viene del extranjero, ¿por qué no se ha de procurar modificarlo poco a poco, haciéndolo más propio y más característico con esa levadura nacional?

***

Como introducción al rápido bosquejo de uno de esos tipos originales de nuestro país que he podido estudiar en mis últimas correrías, comencé a apuntar de pasada, y a manera de introducción, algunas reflexiones acerca de la utilidad de este género de estudios. Sin saber cómo ni por dónde la pluma ha ido corriendo y me hallo ahora con que para introducción es esto muy largo, si bien ni por sus dimensiones y su interés parece bastante para formar artículo de por sí. De todos modos, allá van esas cuartillas, valgan por lo que valieren: que si alguien de más conocimientos e importancia, una vez apuntada la idea, la desarrolla y prepara la opinión para que fructifique, no serán perdidas del todo. Yo, entre tanto, voy a trazar un tipo bastante original, y que desconfío de poder reproducir. Ya que no de otro modo, y aunque poco valga, contribuiré al éxito de la predicación con el ejemplo.

CARTA QUINTA

Queridos amigos:

Entre los muchos sitios pintorescos y llenos de carácter que se encuentran en la antigua ciudad de Tarazona, la plaza del Mercado es sin duda alguna el más original y digno de estudio. Parece que no ha pasado para ella el tiempo, que todo lo destruye o altera. Al encontrarse en mitad de aquel espacio de forma irregular y cerrado por lienzos de edificios a cuál más caprichosos y vetustos, nadie diría que nos hallamos en pleno siglo XIX, siglo amante de la novedad por excelencia, siglo aficionado hasta la exageración a lo flamante, lo limpio y lo uniforme. Hay cosas que son más para vistas que para trasladadas al lienzo, siquiera el que lo intente sea un artista consumado, y esta plaza es una de ellas. A donde no alcanza, pues, ni la paleta del pintor con sus infinitos recursos, ¿cómo podrá llegar mi pluma, sin más medios que la palabra, tan pobre, tan insuficiente para dar idea de lo que es todo un efecto de líneas, de claroscuro, de combinación de colores, de detalles que se ofrecen juntos a la vista, de rumores y sonidos que se perciben a la vez, de grupos que se forman y se deshacen, de movimiento que no cesa, de luz que hiere, de ruido que aturde, de vida, en fin, con sus múltiples manifestaciones, imposibles de sorprender con sus infinitos accidentes ni merced a la cámara fotográfica? Cuando se acomete la difícil empresa de descomponer esa extraña armonía de la forma, el color y el sonido; cuando se intenta dar a conocer sus pormenores, enumerando unas tras otras las partes del todo, la atención se fatiga, el discurso se embrolla y se pierde por completo la idea de la íntima relación que estas cosas tienen entre sí, el valor que mutuamente se prestan al ofrecerse reunidas a la mirada del espectador, para hacer el efecto del conjunto, que es, a no dudarlo, su mayor atractivo.

Renuncio, pues, a describir el panorama del mercado con sus extensos soportales, formados de arcos macizos y redondos, sobre los que gravitan esas construcciones voladas tan propias del siglo XVI, llenas de tragaluces circulares, de rejas de hierro labradas a martillo, de balcones imposibles de todas formas y tamaños, de aleros puntiagudos y de canes de madera, ya medio podrida y cubierta de polvo, que deja ver a trechos el costoso entalle, muestra de su primitivo esplendor.

Los mil y mil accidentes pintorescos que a la vez cautivan al ánimo y llaman la vista como reclamando la prioridad de la descripción; las dobles hileras de casuquillas de extraño contorno y extravagantes proporciones, estas altas y estrechas como un castillo, aquellas chatas y agazapadas entre el ángulo de un templo y los muros de un palacio como una verruga de argamasa y escombros; los recortados lienzos de edificios con un remiendo moderno, un trozo de piedra que acusa su antigüedad, un escudo de pizarra que oculta casi el rótulo de una mercería, un retablillo con una imagen de la Purísima y su farol ahumado y diminuto, o el retorcido tronco de una vid que sale del interior por un agujero practicado en la pared y sube hasta sombrear con un toldo de verdura el alféizar de un ajimez árabe, confundidos y entremezclados en mi memoria con el recuerdo de la monumental fachada de la casa-ayuntamiento, con sus figuras colosales de granito, sus molduras de hojarasca, sus frisos por donde se extiende una larga y muda procesión de guerreros de piedra, precedidos de timbales y clarines, sus torres cónicas, sus arcos chatos y fuertes, y sus blasones soportados por ángeles y grifos rampantes, forman en mi cabeza un caos tan difícil de desembrollar en este momento que, si ustedes con su imaginación no hacen en él la luz y lo ordenan y colocan a su gusto todas estas cosas que yo arrojo a granel sobre las cuartillas, las figuras de mi cuadro se quedarán sin fondo, los actores de mi comedia se agitarán en un escenario sin decoración ni acompañamiento.

Figúrense ustedes, pues, partiendo de estos datos y como mejor les plazca, el mercado de Tarazona: figúrense ustedes que ven por aquí cajones formados de tablas y esteras, tenduchos levantados de improviso, con estacas y lienzos, mesillas cojas y contrahechas, bancos largos y oscuros, y por allá cestos de fruta que ruedan hasta el arroyo, montones de hortalizas frescas y verdes, rimeros de panes blancos y rubios, trozos de carne que cuelgan de garfios de hierro, tenderetes de ollas, pucheros y platos, guirnaldas de telas de colorines, pañuelos de tintas rabiosas, zapatos de cordobán y alpargatas de cáñamo que engalanan los soportales, sujetos con cordeles de columna a columna, y figúrense ustedes circulando por medio de ese pintoresco cúmulo de objetos, producto de la atrasada agricultura y la pobre industria de este rincón de España, una multitud abigarrada de gentes que van y vienen en todas direcciones, paisanos con sus mantas de rayas, sus pañuelos rojos unidos a las sienes, su faja morada y su calzón estrecho, mujeres de los lugares circunvecinos con sayas azules, verdes, encarnadas y amarillas; por este lado, un señor antiguo, de los que ya solo aquí se encuentran, con su calzón corto, su media de lana oscura y su sombrero de copa; por aquel, un estudiante con sus manteos y su tricornio, que recuerdan los buenos tiempos de Salamanca, y chiquillos que corren y vocean, caballerías que cruzan, vendedores que pregonan, una interjección característica por acá, los desaforados gritos de los que disputan y riñen, todo envuelto y confundido con ese rumor sin nombre que se escapa de las reuniones populares, donde todos hablan, se mueven y hacen ruido a la vez, mientras se codean, avanzan, retroceden, empujan o resisten, llevados por el oleaje de la multitud.

La primera vez que tuve ocasión de presenciar este espectáculo lleno de animación y de vida, perdido entre los numerosos grupos que llenaban la plaza de un extremo a otro, apenas pude darme cuenta exacta de lo que sucedía a mi alrededor. La novedad de los tipos, los trajes y las costumbres; el extraño aspecto de los edificios y las tiendecillas, encajonadas unas entre dos pilares de mármol, otras bajo un arco severo e imponente, o levantadas al aire libre sobre tres o cuatro palitroques; hasta el pronunciado y especial acento de los que voceaban pregonando sus mercancías, nuevo completamente para mí, eran causa más que bastante a producirme ese aturdimiento que hace imposible la percepción detallada de un objeto cualquiera. Mis miradas, vagando de un punto a otro sin cesar un momento, no tenían ni voluntad propia para fijarse en un sitio. Así estuve cerca de una hora, cruzando en todos sentidos la plaza, a la que, por ser día de fiesta y uno de los más clásicos de mercado, había acudido más gente que de costumbre, cuando en uno de sus extremos y cerca de una fuente donde unos lavaban las verduras, otros recogían agua en un cacharro o daban de beber a sus caballerías, distinguí un grupo de muchachas que, en su original y airoso atavío, en sus maneras y hasta en su particular modo de expresarse, conocí que serían de alguno de los pueblos de las inmediaciones de Tarazona, donde más puras y primitivas se conservan las antiguas costumbres y ciertos tipos del alto Aragón. En efecto, aquellas muchachas, cuya fisonomía especial, cuya desenvoltura varonil, cuyo lenguaje mezclado de las más enérgicas interjecciones, contrastaba de un modo notable con la expresión de ingenua sencillez de sus rostros, con su extremada juventud y la inocencia que descubren a través del somero barniz de malicia de su alegre dicharacheo, se distinguían tanto de las otras mujeres de las aldeas y lugares de los contornos que, como ellas, vienen al mercado de la ciudad, que desde luego se despertó en mí la idea de hacer un estudio más detenido de sus costumbres, enterándome del punto de que procedían y el género de tráfico en que se ocupaban.

So pretexto de ajustar una carga de leña de las varias que tenían sobre algunos borriquillos pequeños, huesosos y lanudos, trabé conversación con una de las que me parecieron más juiciosas y formales, mientras las otras nos aturdían con sus voces, sus risotadas o sus chistes, pues es tal la fama de alegres y decidoras que tienen entre las gentes de la ciudad, que no hay seminarista desocupado o zumbón que al pasar no las diga alguna cosa, seguro de que no ha de faltarles una ocurrencia oportuna y picante para responderles.

Mi conversación, en la que por incidencia toqué dos o tres puntos de los que deseaba aclarar, fue por lo tanto todo lo insuficiente que, dadas las condiciones del sitio y de mis interlocutoras, se podía presumir. Supe, no obstante, que eran de Añón, pueblecito que dista unas tres horas de camino de Tarazona, y que en mis paseos alrededor de esta abadía, he tenido ocasión de ver varias veces muy en lontananza y casi oculto por las gigantescas ondulaciones del Moncayo, en cuya áspera falda tiene su asiento, y que su ocupación diaria consistía en ir y venir desde su aldea a la ciudad, donde traían un pequeño comercio con la leña que en gran abundancia les suministran los montes, entre los cuales viven. Estas noticias, aunque vulgares, escasas y unidas a las que después pude adquirir por el dueño del parador en que estuve los dos o tres días que permanecí en Tarazona, en aquella ocasión solo sirvieron para avivar mi deseo de conocer más a fondo las costumbres de este tipo particular de mujeres, en las que desde luego llaman la atención sus rasgos de belleza nada comunes y su aire resuelto y gracioso.

Esto tuvo lugar hará cosa de tres o cuatro meses, en el intervalo de los cuales, todas las mañanas, antes de salir el sol, y confundiéndose con la algarabía de los pájaros, llegaban hasta mi celda, sacándome a veces de mi sueño, las voces alegres y sonoras, aunque un tanto desgarradas, de esas mismas muchachas que, mordiendo un tarugo de pan negro, cantando a grito herido, e interrumpiendo su canción para arrear el borriquillo en que conducen la carga de leña, atraviesan impávidas con fríos y calores, con nieves o tormentas, las tres leguas mortales de precipicios y alturas que hay desde su lugar a Tarazona. Últimamente, como ya dije a ustedes en mi anterior, el tiempo y mis dolencias, poniéndose de acuerdo para dar un punto de reposo, el uno en sus continuas variaciones, y las otras en sus diarias incomodidades, me han permitido satisfacer en parte la curiosidad, visitando los lugares del Somontano, entre los que se encuentra Añón, sin duda alguna el más original por sus costumbres y el más pintoresco por sus alrededores y posición topográfica. En mi corta visita a este lugar, me expliqué perfectamente por qué en el aire y en la fisonomía de las añoneras hay algo de extraordinario, algo que las particulariza y distingue de entre todas las mujeres del país. Sus costumbres, su educación particular y su género de vida son, en efecto, diversas en un todo. Añón, que en otra época perteneció a los caballeros de San Juan, cuya Orden mantiene aún en él un priorato, está situado sobre una altura en el punto en que comienza el áspero bosque de carrascas, que cubren como una sábana de verdura la base del monte.

Cuando lo tenían por sí los caballeros de la Orden hospitalaria, debió ser lugar fuerte y cerrado; hoy solo quedan como testigos de su pasado esplendor las colosales ruinas de un castillo de inmensas proporciones, y algunos lienzos de muro que ya se esconden, ya aparecen por entre los rojizos tejados de las casas que se agrupan en derredor de estos despojos. Cada uno de los pueblos de estas cercanías tiene una reducida llanura propia para el cultivo; solo Añón, encaramado sobre sus rocas, sin tener siquiera el recurso del monte, que ya no le pertenece, sin otras tierras para sembrar que los pequeños remansos que forma una de sus laderas que se degrada en ásperos escalones, necesita apelar a su ingenio y a un trabajo rudo y peligroso para sostenerse. Yo no sabré decir a ustedes si esto proviene de que los hombres se ocupan de muy antiguo en el servicio de los caballeros, por lo cual tenían abandonadas sus casas al dominio de las mujeres, o de otra causa cualquiera que yo no me he podido explicar; ello es que en este pueblo hay algo de lo que nos refieren las fábulas de las amazonas, o de lo que habrán ustedes tenido ocasión de ver en la *Isla de San Balandrán*. No es esto decir que el sexo feo y fuerte deje de serlo tanto cuanto es necesario para justificar ampliamente estos apelativos; pero la población femenina se agita tan en primer término, desempeña un papel tan activo en la vida pública, trabaja y va y viene de un punto a otro con tal resolución y desenfado, que puede asegurarse que ella es la que da el carácter al lugar y la que lo hace conocido y famoso en veinte leguas a la redonda. En la plaza de Tarazona, teatro de sus habilidades, en los caminos que atraviesa cantando, en el monte, a donde va a buscar furtivamente su mercancía, en las fiestas del lugar, en cualquier parte que se encuentre, si una vez se ha visto una añonera, es imposible confundirla con las demás aldeanas.

La escasa comunicación que tienen estos pueblecillos entre sí es el origen de las radicales diferencias que se notan a primera vista entre los habitantes, aun de los más próximos. Dentro del tipo aragonés, que es el general a todos ellos, hay infinitos matices que caracterizan a cada región de la provincia, a cada aldea de por sí. El tipo de las añoneras es uno, con muy leves alteraciones; su traje idéntico; sus costumbres y su índole las mismas siempre.

Más esbeltas que altas, en lo erguido del talle, en el brío con que caminan, en la elasticidad de sus músculos, en la prontitud de todos sus movimientos, revelan la fuerza de que están dotadas y la resolución de su ánimo. Sus facciones, curtidas por el viento y el sol, ofrecen rasgos perfectamente regulares, mezclándose en ellas con extraña armonía la volubilidad y ese no sé qué imposible de definir que constituye la gracia, con esa leve expresión de la osadía que dilata imperceptiblemente la nariz y pliega el labio en ademán desdeñoso. Nada más pintoresco y sencillo a la vez que su traje. Un apretador de colores vivos las ciñe la cintura y deja ver la camisa, blanca como la nieve, que se pliega en derredor del cuello, sobre el que se levanta erguida, morena y varonil, la cabeza coronada de cabellos oscuros y abundantes. Una saya corta, airosa y encarnada o amarilla, les llega justamente hasta el punto de la pierna en que se atan las abarcas con un listón negro, que sube serpenteando sobre la media azul hasta bastante más arriba del tobillo.

Acostumbradas casi desde que nacen a saltar de roca en roca por entre las quebraduras del monte, su pie adquiere esa firmeza peculiar de todos los habitantes de las montañas, hasta el punto de que algunas veces da miedo cuando se las mira atravesar un sendero estrecho que bordea un barranco, emparejadas con el borriquillo que conduce la leña y saltando de una piedra en otra de las que costean el camino. Así andan las leguas, tal vez en ayunas, pero siempre riendo, siempre cantando, siempre de humor para cambiar una cuchufleta con sus compañeros de viaje. Y no haya miedo de que su cabeza vacile al atravesar un sitio peligroso, o su ligero paso se acorte al llegar a lo último de la penosa jornada; su vista tiene algo de la fijeza y la intensidad de la del águila, acaso porque como ella se ha acostumbrado a medir indiferente los abismos; sus miembros, endurecidos con la costumbre del trabajo, soportan las fatigas más rudas sin que el cansancio los entorpezca un instante.

Solo de este modo les es posible vivir en medio de la miseria que las agobia. Cuando la noche es más oscura; cuando la nieve borra hasta las lindes de los senderos; cuando supone que los guardas de los montes del estado no se atreverán a aventurarse por aquellas brechas profundas y aquellos bosques de árboles intrincados y sombríos, entonces la añonera, desafiando todos los peligros, adivinando las sendas, sufriendo el temporal, escuchando por uno y otro lado los aullidos de los lobos, sale furtivamente de su lugar. Más bien que baja, puede decirse que se descuelga de roca en roca hasta el último valle que lo separa del Moncayo; armada del hacha penetra en el laberinto de carrascas oscuras, a cuyo pie nacen espinos y zarzas en montón, y descargando rudos golpes con una fuerza y una agilidad inconcebibles, hace su acopio de leña, que después oculta para conducirla poco a poco, primero a su casa y más tarde a Tarazona, donde recibe por su trabajo material, por los peligros que afronta y las fatigas que sufre, seis o siete reales a lo sumo. Francamente hablando, hay en este mundo desigualdades que asustan.

¿Quién puede sospechar que a la misma hora en que nuestras grandes damas de la corte se agrupan en el peristilo del teatro Real, envueltas en sus calientes y vistosos albornoces, y esperan el carruaje que ha de conducirlas sobre blandos almohadones de seda a su palacio, otras mujeres, hermosas quizás como ellas, como ellas débiles al nacer, sacuden de cuando en cuando la cabeza de un lado a otro para desparcir la nieve que se les amontona encima, en tanto que rodeadas de oscuridad profunda, de peligros y de sobresaltos, hacen resonar el bosque con el crujido de los troncos que caen derribados a los golpes del hacha?

Grandes, inmensas desigualdades existen, no cabe duda; pero también es cierto que todas tienen su compensación. Yo he visto levantarse agitado y dejar escapar un comprimido sollozo a más de un pecho cubierto de leve gasa y seda; yo he visto más de una altiva frente inclinarse triste y sin color como agobiada bajo el peso de su espléndida diadema de pedrería; en cambio, hoy como ayer, sigue despertándome el alegre canto de las añoneras que pasan por delante de las puertas del monasterio para dirigirse a Tarazona; mañana como hoy, si salgo al camino o voy a buscarlas al mercado, las encontraré riendo y en continua broma, felices con sus seis reales, satisfechas, porque llevarán un pan negro a su familia, ufanas con la satisfacción de que a ellas se deben la burda saya que visten y el bocado de pan que comen.

Dios, aunque invisible, tiene siempre una mano tendida para levantar por un extremo la carga que abruma al pobre. Si no, ¿quién subiría la áspera cumbre de la vida con el pesado fardo de la miseria al hombro?

CARTA SEXTA

Queridos amigos:

Hará cosa de dos o tres años, tal vez leerían ustedes en los periódicos de Zaragoza la relación de un crimen que tuvo lugar en uno de los pueblecillos de estos contornos. Tratábase del asesinato de una pobre vieja a quien sus convecinos acusaban de bruja. Últimamente, y por una coincidencia extraña, he tenido ocasión de conocer los detalles y la historia circunstanciada de un hecho que se comprende apenas, en mitad de un siglo tan despreocupado como el nuestro.

Ya estaba para acabar el día. El cielo, que desde el amanecer se mantuvo cubierto y nebuloso, comenzaba a ensombrecerse a medida que el sol, que antes transparentaba su luz a través de las nieblas, iba debilitándose, cuando, con la esperanza de ver su famoso castillo como término y remate de mi artística expedición, dejé a Litago para encaminarme a Trasmoz, pueblo del que me separaba una distancia de tres cuartos de hora por el camino más corto. Como de costumbre, y exponiéndome, a trueque de examinar a mi gusto los parajes más ásperos y accidentados, a las fatigas y la incomodidad de perder el camino por entre aquellas zarzas y peñascales, tomé el más difícil, el más dudoso y más largo, y lo perdí, en efecto, a pesar de las minuciosas instrucciones de que me pertreché a la salida del lugar.

Ya enzarzado en lo más espeso y fragoso del monte, llevando del diestro la caballería por entre sendas casi impracticables, ora por las cumbres para descubrir la salida del laberinto, ora por las honduras con la idea de cortar terreno, anduve vagando al azar un buen espacio de tarde, hasta que, por último, en el fondo de una cortadura tropecé a un pastor, el cual abrevaba su ganado en el riachuelo que, después de deslizarse sobre un cauce de piedras de mil colores, salta y se retuerce allí con un ruido particular que se oye a gran distancia, en medio del profundo silencio de la naturaleza que en aquel punto y a aquella hora parece muda o dormida.

Pregunté al pastor el camino del pueblo, el cual según mis cuentas no debía distar mucho del sitio en que nos encontrábamos, pues aunque sin senda fija, yo había procurado adelantar siempre en la dirección en que me habían indicado. Satisfizo el buen hombre mi pregunta lo mejor que pudo, y ya me disponía a proseguir mi azarosa jornada, subiendo con pies y manos y tirando de la caballería como Dios me daba a entender por entre unos pedruscos erizados de matorrales y puntas, cuando el pastor, que me veía subir desde lejos, me dio una gran voz advirtiéndome que no tomara la *senda de la tía Casca*, si quería llegar sano y salvo a la cumbre. La verdad era que el camino, que equivocadamente había tomado, se hacía cada vez más áspero y difícil, y que por una parte la sombra que ya arrojaban las altísimas rocas, que parecían suspendidas sobre mi cabeza, y por otra parte el ruido vertiginoso del agua que corría profunda a mis pies y de la que comenzaba a elevarse una niebla inquieta y azul, que se extendía por la cortadura borrando los objetos y los colores, parecían contribuir a turbar la vista y conmover el ánimo con una sensación de penoso malestar que vulgarmente podría llamarse preludio de miedo. Volví pies atrás, bajé de nuevo hasta donde se encontraba el pastor, y mientras seguíamos juntos por una trocha que se dirigía al pueblo, a donde también iba a pasar la noche mi improvisado guía, no pude menos de preguntarle con alguna insistencia, por qué, aparte de las dificultades que ofrecía el ascenso, era tan peligroso subir a la cumbre por la senda que llamó de la *tía Casca*.

—Porque antes de terminar la senda —me dijo con el tono más natural del mundo— tendríais que costear el precipicio a que cayó la maldita bruja que le da su nombre, y en el cual se cuenta que anda penando el alma que, después de dejar el cuerpo, ni Dios ni el diablo han querido para suya.

—¡Hola! —exclamé entonces como sorprendido, aunque, a decir verdad, ya me esperaba una contestación de esta o parecida clase—. ¿Y en qué diantres se entretiene el alma de esa pobre vieja por estos andurriales?

—En acosar y perseguir a los infelices pastores que se arriesgan por esa parte de monte, ya haciendo ruido entre las matas, como si fuese un lobo, ya dando quejidos lastimeros como de criatura, o acurrucándose en las quiebras de las rocas que están en el fondo del precipicio, desde donde llama con su mano amarilla y seca a los que van por el borde, les clava la mirada de sus ojos de búho, y cuando el vértigo comienza a desvanecer su cabeza, da un gran salto, se les agarra a los pies y pugna hasta despeñarlos en la sima... ¡Ah maldita bruja! —exclamó después de un momento, y tendiendo el puño crispado hacia las rocas, como amenazándola—. ¡Ah!, maldita bruja, muchas hicistes en vida, y ni aun muerta hemos logrado que nos dejes en paz; pero, no haya cuidado, que a ti y a tu endiablada raza de hechiceras os hemos de aplastar una a una, como a víboras.

—Por lo que veo —insistí, después que hubo concluido su extravagante imprecación—, está usted muy al corriente de las fechorías de esa mujer. Por ventura, ¿alcanzó usted a conocerla? Porque no me parece de tanta edad como para haber vivido en el tiempo en que las brujas andaban todavía por el mundo.

Al oír estas palabras el pastor, que caminaba delante de mí para mostrarme la senda, se detuvo un poco, y fijando en los míos sus asombrados ojos, como para conocer si me burlaba, exclamó con un acento de buena fe pasmoso:

—¡Que no le parezco a usted de edad bastante para haberla conocido! Pues, ¿y si yo le dijera que no hace aún tres años cabales que con estos mismos ojos que se ha de comer la tierra, la vi caer por lo alto de ese derrumbadero, dejando en cada uno de los peñascos y de las zarzas un jirón de vestido o de carne, hasta que llegó al fondo, donde se quedó aplastada como un sapo que se coge debajo del pie?

—Entonces —respondí asombrado a mi vez de la credulidad de aquel pobre hombre— daré crédito a lo que usted dice, sin objetar palabra; aunque a mí se me había figurado —añadí, recalcando estas últimas frases para ver el efecto que le hacían— que todo eso de las brujas y los hechizos no eran sino antiguas y absurdas patrañas de las aldeas.

—Eso dicen los señores de la ciudad, porque a ellos no les molestan; y fundados en que todo es puro cuento, echaron a presidio a algunos de los infelices que nos hicieron un bien de caridad a la gente del Somontano, despeñando a esa mala mujer.

—¿Conque no cayó casualmente ella, sino que la hicieron rodar, que quieras que no? ¡A ver, a ver! Cuénteme usted cómo pasó eso, porque debe ser curioso —añadí, mostrando toda la credulidad y el asombro suficiente para que el buen hombre no maliciase que solo quería distraerme un rato, oyendo sus sandeces; pues es de advertir que hasta que no me refirió los pormenores del suceso, no hice memoria de que, en efecto, yo había leído en los periódicos de provincia una cosa semejante. El pastor, convencido por las muestras de interés con que me disponía a escuchar su relato, de que yo no era uno de *esos señores de la ciudad*, dispuesto a tratar de majaderías su historia, levantó la mano en dirección a uno de los picachos de la cumbre, y comenzó así, señalándome una de las rocas que se destacaba oscura e imponente sobre el fondo gris del cielo, que el sol, al ponerse tras las nubes, teñía de algunos cambiantes rojizos.

—¿Ve usted aquel cabezo alto, alto, que parece cortado a pico, y por entre cuyas peñas crecen las aliagas y los zarzales? Me parece que sucedió ayer. Yo estaba algunos doscientos pasos camino atrás de donde nos encontramos en este momento; próximamente sería la misma hora, cuando creí escuchar unos alaridos distantes, y llantos e imprecaciones que se entremezclaban con voces varoniles y coléricas que ya se oían por un lado, ya por otro, como de pastores que persiguen un lobo por entre los zarzales. El sol, según digo, estaba al ponerse, y por detrás de la altura se descubría un jirón del cielo, rojo y encendido como la grana, sobre el que vi aparecer alta, seca y harapos, semejante a un esqueleto que se escapa de su fosa, envuelto aún en los jirones del sudario, una vieja horrible, en la que conocí a la *tía Casca*. La *tía Casca* era famosa en todos estos contornos, y me bastó distinguir sus greñas blancuzcas que se enredaban alrededor de su frente como culebras, sus formas extravagantes, su cuerpo encorvado y sus brazos disformes, que se destacaban angulosos y oscuros sobre el fondo del fuego del horizonte, para reconocer en ella a la bruja de Trasmoz. Al llegar esta al borde del precipicio, se detuvo un instante, sin saber qué partido tomar. Las voces de los que parecían perseguirla sonaban cada vez más cerca, y de cuando en cuando la veía hacer una contorsión, encogerse o dar un brinco para evitar los cantazos que le arrojaban. Sin duda no traía el bote de sus endiablados untos, porque, a traerlo, seguro que habría atravesado al vuelo la cortadura, dejando a sus perseguidores burlados y jadeantes como lebreles que pierden la pista. ¡Dios no lo quiso así, permitiendo que de una vez pagara todas sus maldades!... Llegaron los mozos que venían en su seguimiento, y la cumbre se coronó de gentes, estos con piedras en las manos, aquellos con garrotes, los de más allá con cuchillos. Entonces comenzó una cosa horrible. La vieja, ¡maldita hipocritona!, viéndose sin huida, se arrojó al suelo, se arrastró por la tierra besando los pies de los unos, abrazándose a las rodillas de los otros, implorando en su ayuda a la Virgen y a los santos, cuyos nombres sonaban en su condenada boca como una blasfemia. Pero los mozos así hacían caso de sus lamentos como yo de la lluvia cuando estoy bajo techado. "Yo soy una pobre vieja que no ha hecho daño a nadie; no tengo hijos ni parientes que me vengan a amparar; ¡perdonadme, tened compasión de mí!", aullaba la bruja; y uno de los mozos, que con la una mano la había asido de las greñas, mientras tenía en la otra la navaja que procuraba abrir con los dientes, le contestaba, rugiendo de cólera: "¡Ah, bruja de Lucifer, ya es tarde para lamentaciones, ya te conocemos todos!". "¡Tú hiciste un mal a mi mulo, que desde entonces no quiso probar bocado y murió de hambre, dejándome en la miseria!", decía uno. "¡Tú has hecho mal de ojo a mi hijo, y lo sacas de la cuna y lo azotas por las noches!", añadía el otro, y cada cual exclamaba por su lado: "¡Tú has echado una suerte a mi hermana!", "¡Tú has ligado a mi novia!", "¡Tú has emponzoñado la yerba!". "¡Tú has embrujado al pueblo entero!".

"Yo permanecía inmóvil en el mismo punto en que me había sorprendido aquel clamoreo infernal, y no acertaba a mover pie ni mano, pendiente del resultado de aquella lucha. La voz de la *tía Casca*, aguda y estridente, dominaba el tumulto de todas las otras voces que se reunían para acusarla, dándole en el rostro con sus delitos, y siempre gimiendo, siempre sollozando, seguía poniendo a Dios y a los santos patronos del lugar por testigos de su inocencia.

"Por último, viendo perdida toda esperanza, pidió como última merced que la dejasen un instante implorar del cielo, antes de morir, el perdón de sus culpas, y de rodillas al borde de la cortadura como estaba, la vieja inclinó la cabeza, juntó las manos y comenzó a murmurar entre dientes qué sé yo qué imprecaciones ininteligibles; palabras que yo no podía oír por la distancia que me separaba de ella, pero que ni los mismos que estaban a su lado lograron entender. Unos aseguran que hablaba en latín, otros que en una lengua salvaje y desconocida, no faltando quien pudo comprender que en efecto rezaba, aunque diciendo las oraciones al revés, como es costumbre de estas malas mujeres".

En este punto se detuvo el pastor un momento, tendió a su alrededor una mirada y prosiguió así:

—¿Siente usted este profundo silencio que reina en todo el monte, que no suena un guijarro, que no se mueve una hoja, que el aire está inmóvil y pesa sobre los hombros y parece que aplasta? ¿Ve usted esos jirones de niebla oscura que se deslizan poco a poco a lo largo de la inmensa pendiente del Moncayo, como si sus cavidades no bastaran a contenerlos? ¿Los ve usted cómo se adelantan mudos y con lentitud, como una legión aérea que se mueve por un impulso invisible? El mismo silencio de muerte había entonces, el mismo aspecto extraño y temeroso ofrecía la niebla de la tarde, arremolinada en las lejanas cumbres todo el tiempo que duró aquella suspensión angustiosa. Yo, lo confieso con toda franqueza: llegué a tener miedo. ¿Quién sabía si la bruja aprovechaba aquellos instantes para hacer uno de esos terribles conjuros que sacan a los muertos de sus sepulturas, estremecen el fondo de los abismos y traen a la superficie de la tierra, obedientes a sus imprecaciones, hasta a los más rebeldes espíritus infernales? La vieja rezaba, rezaba sin parar; los mozos permanecían en tanto inmóviles cual si estuviesen encadenados por un sortilegio, y las nieblas oscuras seguían avanzando y envolviendo las peñas, en derredor de las cuales fingían mil figuras extrañas como de monstruos deformes, cocodrilos rojos y negros, bultos colosales de mujeres envueltas en paños blancos, y listas largas de vapor que, heridas por la última luz del crepúsculo, semejaban inmensas serpientes de colores. Fija la mirada en aquel fantástico ejército de nubes que parecían correr al asalto de la peña sobre cuyo pico iba a morir la bruja, yo estaba esperando por instantes cuándo se abrían sus senos para abortar a la diabólica multitud de espíritus malignos, comenzando una lucha horrible, al borde del derrumbadero, entre los que estaban allí para hacer justicia en la bruja y los demonios que, en pago de sus muchos servicios, vinieran a ayudarla en aquel amargo trance.

—Y, por fin —exclamé interrumpiendo el animado cuento de mi interlocutor e impaciente ya por conocer el desenlace—, ¿en qué acabó todo ello? ¿Mataron a la vieja? Porque yo creo que por muchos conjuros que recitara la bruja y muchas señales que usted viese en las nubes, y en cuanto le rodeaba, los espíritus malignos se mantendrían quietecitos cada cual en su agujero, sin mezclarse para nada en las cosas de la tierra. ¿No fue así?

—Así fue en efecto. Bien porque en su turbación la bruja no acertara con la fórmula o, lo que yo más creo, por ser viernes, día en que murió Nuestro Señor Jesucristo, y no haber acabado aún las vísperas, durante las que los malos no tienen poder alguno, ello es que, viendo que no concluía nunca con su endiablada monserga, un mozo la dijo que acabase, y levantando en alto el cuchillo, se dispuso a herirla. La vieja entonces, tan humilde, tan hipocritona hasta aquel punto, se puso de pie con un movimiento tan rápido como el de una culebra enroscada a la que se pisa y despliega sus anillos irguiéndose llena de cólera: “¡Oh!, no; ¡no quiero morir, no quiero morir! —decía—; ¡dejadme, u os morderé las manos con que me sujetáis!...”. Pero aún no había pronunciado estas palabras, abalanzándose a sus perseguidores, fuera de sí, con las greñas sueltas, los ojos inyectados en sangre, y la hedionda boca entreabierta y llena de espuma, cuando la oí arrojar un alarido espantoso, llevarse por dos o tres veces las manos al costado, con grande precipitación, mirárselas y volvérselas a mirar maquinalmente, y por último, dando tres o cuatro pasos vacilantes, como si estuviese borracha, la vimos caer al derrumbadero. Uno de los mozos, a quien la bruja hechizó una hermana, la más hermosa, la más buena del lugar, la había herido de muerte en el momento en que sintió que le clavaba en el brazo sus dientes negros y puntiagudos. ¿Pero cree usted que acabó ahí la cosa? Nada menos que eso: la vieja de Lucifer tenía siete vidas como los gatos. Cayó por el derrumbadero, donde a cualquiera otro que se le resbalase un pie no pararía hasta lo más hondo, y ella, sin embargo, tal vez porque el diablo le quitó el golpe o porque los harapos de las sayas la enredaron en los zarzales, quedó suspendida de uno de los picos que erizan la cortadura, barajándose y retorciéndose allí como un reptil colgado por la cola. ¡Dios, cómo blasfemaba! ¡Qué imprecaciones tan horribles salían de su boca! Se estremecían las carnes y se ponían de punta los cabellos solo de oírla... Los mozos seguían desde lo alto todas sus grotescas evoluciones, esperando el instante en que se desgarraría el último jirón de la saya a que estaba sujeta, y rodaría dando tumbos de pico en pico hasta el fondo del barranco; pero ella con el ansia de la muerte y sin cesar de proferir, ora horribles blasfemias, ora palabras santas mezcladas de maldiciones, se enroscaba en derredor de los matorrales; sus dedos largos, huesosos y sangrientos, se agarraban como tenazas a las hendiduras de las rocas, de modo que ayudándose de las rodillas, de los dientes, de los pies y de las manos, quizás hubiese conseguido subir hasta el borde, si algunos de los que la contemplaban y que llegaron a temerlo así, no hubiesen levantado en alto una piedra gruesa, con la que le dieron tal cantazo en el pecho, que piedra y bruja bajaron a la vez saltando de escalón en escalón por entre aquellas puntas calcáreas, afiladas como cuchillos, hasta dar por último en ese arroyo que se ve en lo más profundo del valle... Una vez allí, la bruja permaneció un largo rato inmóvil, con la cara hundida entre el légamo y el fango del arroyo que corría enrojecido con la sangre; después poco a poco comenzó como a volver en sí y a agitarse convulsivamente. El agua cenagosa y sangrienta saltaba en derredor batida por sus manos, que de vez en cuando se levantaban en el aire crispadas y horribles, no sé si implorando piedad, o amenazando aun en las últimas ansias... Así estuvo algún tiempo removiéndose y queriendo inútilmente sacar la cabeza fuera de la corriente buscando un poco de aire, hasta que al fin se desplomó muerta; muerta del todo, pues los que la habíamos visto caer y conocíamos de lo que es capaz una hechicera tan astuta como la *tía Casca* no apartamos de ella los ojos hasta que, completamente entrada la noche, la oscuridad nos impidió distinguirla, y en todo este tiempo no movió pie ni mano; de modo que si la herida y los golpes no fueron bastantes a acabarla, es seguro que se ahogó en el riachuelo cuyas aguas tantas veces había embrujado en vida para hacer morir nuestras reses. "¡Quien en mal anda, en mal acaba!", exclamamos después de mirar una última vez al fondo oscuro del despeñadero; y santiguándonos santamente y pidiendo a Dios nos ayudase en todas las ocasiones, como en aquella, contra el diablo y los suyos, emprendimos con bastante despacio la vuelta al pueblo, en cuya desvencijada torre las campanas llamaban a la oración a los vecinos devotos.

Cuando el pastor terminó su relato, llegábamos precisamente a la cumbre más cercana al pueblo, desde donde se ofreció a mi vista el castillo oscuro e imponente con su alta torre del homenaje, de la que solo queda en pie un lienzo de muro con dos saeteras, que transparentaban la luz y parecían los ojos de un fantasma. En aquel castillo, que tiene por cimiento la pizarra negra de que está formado el monte, y cuyas vetustas murallas, hechas de pedruscos enormes, parecen obra de titanes, es fama que las brujas de los contornos tienen sus nocturnos conciliábulos.

La noche había cerrado ya, sombría y nebulosa. La luna se dejaba ver a intervalos por entre los jirones de las nubes que volaban en derredor nuestro, rozando casi con la tierra, y las campanas de Trasmoz dejaban oír lentamente el toque de oraciones, como al final de la horrible historia que me acababan de referir.

Ahora que estoy en mi celda, tranquilo, escribiendo para ustedes la relación de estas impresiones extrañas, no puedo menos de maravillarme y dolerme de que las viejas supersticiones tengan todavía tan hondas raíces entre las gentes de las aldeas, que den lugar a sucesos semejantes; pero ¿por qué no he de confesarlo? Sonándome aún las últimas palabras de aquella temerosa relación, teniendo junto a mí a aquel hombre que tan de buena fe imploraba la protección divina para llevar a cabo crímenes espantosos, viendo a mis pies el abismo negro y profundo en donde se revolvía el agua entre las tinieblas, imitando gemidos y lamentos, y en lontananza el castillo tradicional, coronado de almenas oscuras, que parecían fantasmas asomadas a los muros, sentí una impresión angustiosa, mis cabellos se erizaron involuntariamente, y la razón, dominada por la fantasía, a la que todo ayudaba, el sitio, la hora y el silencio de la noche, vaciló un punto, y casi creí que las absurdas consejas de las brujerías y los maleficios pudieran ser posibles.

***

Posdata. Al terminar esta carta y cuando ya me disponía a escribir el sobre, la muchacha que me sirve y que ha concluido en este instante de arreglar los trebejos de la cocina y de apagar la lumbre, armada de un enorme candil de hierro, se ha colocado junto a mi mesa a esperar, como tiene de costumbre siempre que me ve escribir de noche, que le entregue la carta que ella a su vez dará mañana al correo, el cual baja de Añón a Tarazona al romper el día. Sabiendo que es de un lugar inmediato a Trasmoz y que en este último pueblo tiene gran parte de su familia, me ha ocurrido preguntarle si conoció a la *tía Casca* y si sabe alguna particularidad de sus hechizos, famosos en todo el Somontano. No pueden ustedes figurarse la cara que ha puesto al oír el nombre de la bruja, ni la expresión de medrosa inquietud con que ha vuelto la vista a su alrededor, procurando iluminar con el candil los rincones oscuros de la celda antes de responderme. Después de practicada esta operación, y con voz baja y alterada, sin contestar a mi interpelación, me ha preguntado ella a su vez:

—¿Sabe usted en qué día de la semana estamos?

—No, chica —la respondí—; pero ¿a qué conduce saber el día de la semana?

—Porque si es viernes no puedo desplegar los labios sobre ese asunto. Los viernes, en memoria de que Nuestro Señor Jesucristo murió en semejante día, no pueden las brujas hacer mal a nadie; pero, en cambio oyen desde su casa cuanto se dice de ellas, aunque sea al oído y en el último rincón del mundo.

—Tranquilízate por ese lado, pues a lo que yo puedo colegir de la proximidad del último domingo, todo lo más, andaremos por el martes o el miércoles.

—No es esto decir que yo le tenga miedo a la bruja, pues de los míos solo a mi hermana la mayor, al *pequeñico* y a mi padre puede hacerles mal.

—Calle, ¿y en qué consiste ese privilegio?

—En que al echarnos el agua no se equivocó el cura ni dejó olvidada ninguna palabra del credo.

—¿Y eso se lo has ido tú a preguntar al cura tal vez?

—¡Quia! No, señor; el cura no se acordaría. Se lo hemos preguntado a un cedazo.

—Que es el que debe saberlo... No me parece mal. ¿Y cómo se entra en conversación con un cedazo? Porque eso debe ser curioso.

—Verá usted... después de las doce de la noche, pues las brujas que lo quisieran impedir no tienen poder sino desde las ocho hasta esa hora, se toma el cedazo, se hacen sobre él tres cruces con la mano izquierda y, suspendiéndole en el aire, cogido por el aro con las puntijeras, se le pregunta. Si se ha olvidado alguna palabra del credo, da vueltas por sí solo, y si no se está *quietico, quietico*, como la hoja en el árbol cuando no se mueve una paja de aire.

—¿Según eso, tú estás completamente tranquila de que no han de embrujarte?

—Lo que es por mí, completamente; pero sin embargo, mirando por los de la casa, cuido siempre de hacer antes de dormirme una cruz en el hogar con las tenazas para que no entren por la chimenea, y tampoco se me olvida poner la escoba en la puerta con el palo en suelo.

—¡Ah!, vamos; ¿conque la escoba que suelo encontrar algunas mañanas a la puerta de mi habitación con las palmas hacia arriba, y que me ha hecho pensar que era uno de tus frecuentes olvidos, no estaba allí sin su misterio? Pero se me ocurre preguntar una cosa: si ya mataron a la bruja y, una vez muerta, su alma no puede salir del precipicio donde por permisión divina anda penando, ¿contra quién tomas esas precauciones?

—¡Toma, toma! Mataron a una; pero como que son una familia entera y verdadera que desde hace un siglo o dos vienen heredando el unto de unas en otras, se acabó con una *tía Casca*; pero queda su hermana, y cuando acaben con esta, que acabarán también, le sucederá su hija, que aún es moza, y ya dicen que tiene sus puntos de hechicera.

—Según lo que veo, ¿esa es una dinastía secular de brujas que se vienen sucediendo regularmente por la línea femenina desde los tiempos más remotos?

—Yo no sé lo que son; pero lo que puedo decirle es que acerca de estas mujeres se cuenta en el pueblo una historia muy particular, que yo he oído referir algunas veces en las noches de invierno.

—Pues vaya, deja ese candil en el suelo, acerca una silla y refiéreme esa historia, que yo me parezco a los niños en mi afición.

—Es que esto no es cuento.

—O historia, como tú quieras —añadí, por último, para tranquilizarla respecto a la entera fe con que sería acogida la relación por mi parte.

La muchacha, después de colgar el candil en un clavo, y de pie a una respetuosa distancia de la mesa, por no querer sentarse, a pesar de mis instancias, me ha referido la historia de las brujas de Trasmoz, historia original que yo a mi vez contaré a ustedes otro día, pues ahora voy a acostarme con la cabeza llena de brujas, hechicerías y conjuros, pero tranquilo, porque al dirigirme a mi alcoba he visto el escobón junto a la puerta haciéndome la guardia, más tieso y formal que un alabardero en día de ceremonia.

CARTA SÉTIMA

Queridos amigos:

Prometí a ustedes en mi última carta referirles, tal como me la contaron, la maravillosa historia de las brujas de Trasmoz. Tomo, pues, la pluma para cumplir lo prometido, y va de cuento.

Desde tiempo inmemorial, es artículo de fe entre las gentes del Somontano que Trasmoz es la corte y punto de cita de las brujas más importantes de la comarca. Su castillo, como los tradicionales campos de Barahona y el valle famoso de Zugarramurdi, pertenece a la categoría de conventículo de primer orden y lugar clásico para las grandes fiestas nocturnas de las amazonas de escobón, los sapos con collareta y toda la abigarrada servidumbre del macho cabrío, su ídolo y jefe. Acerca de la fundación de este castillo, cuyas colosales ruinas, cuyas torres oscuras y dentelladas, patios sombríos y profundos fosos parecen, en efecto, digna escena de tan diabólicos personajes, se refiere una tradición muy antigua. Parece ser que *en tiempo de los moros*, época que para nuestros campesinos corresponde a las edades mitológicas y fabulosas de la historia, pasó el rey por las cercanías del sitio en que ahora se halla Trasmoz, y viendo con maravilla un punto como aquel, donde, gracias a la altura, las rápidas pendientes y los cortes a plomo de la roca, podía el hombre, ayudado de la naturaleza, hacer un lugar fuerte e inexpugnable, de grande utilidad por encontrarse próximo a la raya fronteriza, exclamó volviéndose a los que iban en su seguimiento, y tendiendo la mano en dirección a la cumbre:

—De buena gana tendría allí un castillo.

Oyole un pobre viejo que, apoyado en un báculo de caminante y con unas miserables alforjillas al hombro, pasaba a la sazón por el mismo sitio, y adelantándose hasta salirle al encuentro y a riesgo de ser atropellado por la comitiva real, detuvo por la brida el caballo de su señor y le dijo estas solas palabras:

—Si me le dais en alcaidía perpetua, yo me comprometo a llevaros mañana a vuestro palacio sus llaves de oro.

Rieron grandemente el rey y los suyos de la extravagante proposición del mendigo, de modo que arrojándole una pequeña pieza de plata al suelo a manera de limosna, contestole el soberano con aire de zumba:

—Tomad esa moneda para que compréis unas cebollas y un pedazo de pan con que desayunaros, señor alcaide de la improvisada fortaleza de Trasmoz, y dejadnos en paz proseguir nuestro camino.

Y, esto diciendo, le apartó suavemente a un lado de la senda, tocó el ijar de su corcel con el acicate, y se alejó seguido de sus capitanes, cuyas armaduras, incrustadas de arabescos de oro, resonaban y resplandecían al compás del galope, mal ocultas por los blancos y flotantes alquiceles.

—¿Luego me confirmáis en la alcaidía? —añadió el pobre viejo, en tanto que se bajaba para recoger la moneda, y dirigiéndose en alta voz hacia los que ya apenas se distinguían entre la nube de polvo que levantaron los caballos, un punto detenidos, al arrancar de nuevo.

—Seguramente —díjole el rey desde lejos y cuando ya iba a doblar una de las vueltas del monte—; pero con la condición de que esta noche levantarás el castillo, y mañana irás a Tarazona a entregarme las llaves.

Satisfecho el pobrete con la contestación del rey, alzó, como digo, la moneda del suelo, besola con muestras de humildad y, después de atarla en un pico del guiñapo blancuzco que le servía de turbante, se dirigió poco a poco hacia la aldehuela de Trasmoz. Componían entonces este lugar unas quince o veinte casuquillas sucias y miserables, refugio de algunos pastores que llevaban a pacer sus ganados al Moncayo. Pasito a pasito, aquí cae, allí tropieza, como el que camina agobiado del doble peso de la edad y una larga jornada, llegó al fin nuestro hombre al pueblo, y comprando, según se lo había dicho el rey, un mendrugo de pan y tres o cuatro cebollas blancas, jugosas y relucientes, sentose a comerlas a la orilla de un arroyo, en el cual los vecinos tenían costumbre de venir a hacer sus abluciones de la tarde, y donde, una vez instalado, comenzó a despachar su pitanza con tanto gusto, y moviendo sus descarnadas mandíbulas, de las que pendían unas barbillas blancas y claruchas, con tal priesa, que en efecto parecía no haberse desayunado en todo lo que iba de día, que no era poco, pues el sol comenzaba a trasmontar las cumbres.

Sentado estaba, pues, nuestro pobre viejo a la orilla del arroyo dando buena cuenta con gentil apetito de su frugal comida, cuando llegó hasta el borde del agua uno de los pastores del lugar, hizo sus acostumbradas zalemas, vuelto hacia el Oriente, y concluida esta operación, comenzó a lavarse las manos y el rostro, murmurando sus rezos de la tarde. Tras este vinieron otros cuantos, hasta cinco o seis, y cuando todos hubieron concluido de rezar y remojarse el cogote, llamolos el viejo, y les dijo:

—Veo con gusto que sois buenos musulmanes, y que ni las ordinarias ocupaciones ni las fatigas de vuestro ejercicio os distraen de las santas ceremonias que a sus fieles dejó encomendadas el Profeta. El verdadero creyente tarde o temprano alcanza el premio: unos lo recogen en la tierra, otros en el paraíso, no faltando a quienes se les da en ambas partes, y de estos seréis vosotros.

Los pastores, que durante la arenga no habían apartado un punto sus ojos del mendigo, pues por tal le juzgaron al ver su mal pelaje y peor desayuno, se miraban entre sí, después de concluido, como no comprendiendo a dónde iría a parar aquella introducción, si no era a pedir una limosna; pero con grande asombro de los circunstantes, prosiguió de este modo su discurso:

—He aquí que yo vengo de una tierra lejana a buscar servidores leales para la guarda y custodia de un famoso castillo. Yo me he sentado al borde de las fuentes que saltan sobre una taza de pórfido, a la sombra de las palmeras en las mezquitas de las grandes ciudades, y he visto unos tras otros venir a muchos hombres a hacer sus abluciones con sus aguas, estos por mera limpieza, aquellos por hacer lo que hacen todos, los más por dar el espectáculo de una piedad de fórmula. Después os he visto en estas soledades, lejos de las miradas del mundo, atentos solo al ojo que vela sobre las acciones de los mortales, cumplir con nuestros ritos, impulsados por la conciencia de un deber, y he dicho para mí: "He aquí hombres fieles a su religión. Igualmente lo serán a su palabra". De hoy más no vagaréis por los montes con nieves y fríos para comer un pedazo de pan negro; en la magnífica fortaleza de que os hablo, tendréis alimento abundante y vida holgada. Tú cuidarás de la atalaya, atento siempre a las señales de los corredores del campo, y pronto a encender la hoguera que brilla en las sombras, como el penacho de fuego del casco de un arcángel. Tú cuidarás del rastrillo y del puente; tú darás vuelta cada tres horas alrededor de las torres, por entre la barbacana y el muro. A ti te encargaré de las caballerizas; bajo la guarda de ese estarán los depósitos de materiales de guerra, y por último, aquel otro correrá con los almacenes de víveres.

Los pastores, de cada vez más asombrados y suspensos, no sabían qué juicio formar del improvisado protector que la casualidad les deparaba; y aunque su aspecto miserable no convenía del todo bien con sus generosas ofertas, no faltó alguno que le preguntase entre dudoso y crédulo:

—¿Dónde está ese castillo? Si no se halla muy lejos de estos lugares, entre cuyas peñas estamos acostumbrados a vivir, y a los que tenemos el amor que todo hombre tiene a la tierra que le vio nacer, yo, por mi parte, aceptaría con gusto tus ofrecimientos, y creo que como yo todos los que se encuentran presentes.

—Por eso no temáis, pues está bien cerca de aquí —respondió el viejo impasible—; cuando el sol se esconde por detrás de las cumbres del Moncayo, su sombra cae sobre vuestra aldea.

—¿Y cómo puede ser eso —dijo entonces el pastor—, si por aquí no hay castillo ni fortaleza alguna, y la primera sombra que envuelve nuestro lugar es la del cabezo del monte en cuya falda se ha levantado?

—Pues en ese cabezo se halla, porque allí están las piedras, y donde están las piedras está el castillo, como está la gallina en el huevo y la espiga en el grano —insistió el extraño personaje, a quien sus interlocutores, irresolutos hasta aquel punto, no dudaron en calificar de loco de remate.

—¿Y tú serás, sin duda, el gobernador de esa fortaleza famosa? —exclamó, entre las carcajadas de sus compañeros, otro de los pastores—. Porque a tal castillo, tal alcaide.

—Yo lo soy —tornó a contestar el viejo, siempre con la misma calma y mirando a sus risueños oyentes con una sonrisa particular—. ¿No os parezco digno de tan honroso cargo?

—¡Nada menos que eso! —se apresuraron a responderle—. Pero el sol ha doblado las cumbres, la sombra de vuestro castillo envuelve ya en sus pliegues nuestras pobres chozas. Poderoso y temido alcaide de la invisible fortaleza de Trasmoz, si queréis pasar la noche a cubierto, os podemos ofrecer un poco de paja en el establo de nuestras ovejas; si preferís quedaros al raso, ¡que Alá os tenga en su santa guarda, el Profeta os colme de sus beneficios y los arcángeles de la noche velen a vuestro alrededor con sus espadas encendidas!

Acompañando estas palabras, dichas en tono de burlesca solemnidad, con profundos y humildes saludos, los pastores tomaron el camino de su pueblo, riendo a carcajadas de la original aventura. Nuestro buen hombre no se alteró, sin embargo, por tan poca cosa, sino que después de acabar con mucho despacio su merienda, tomó en el hueco de la mano algunos sorbos del agua limpia y transparente del arroyo, limpiose con el revés la boca, sacudió las migajas de pan de la túnica y, echándose otra vez las alforjillas al hombro y apoyándose en su nudoso báculo, emprendió de nuevo el camino adelante, en la misma dirección que sus futuros sirvientes.

La noche comenzaba, en efecto, a entrarse fría y oscura. De pico a pico de la elevada cresta del Moncayo, se extendían largas bandas de nubes color de plomo que, arrolladas hasta aquel momento por la influencia del sol, parecían haber esperado a que se ocultase para comenzar a removerse con lentitud como esos monstruos deformes que produce el mar y que se arrastran trabajosamente en las playas desiertas. El ancho horizonte que se descubría desde las alturas iba poco a poco palideciendo y pasando del rojo al violado por un punto, mientras por el contrario asomaba la luna, redonda, encendida, grande, como un escudo de batallar, y por el dilatado espacio del cielo las estrellas aparecían unas tras otras, amortiguada su luz por la del astro de la noche.

Nuestro buen viejo, que parecía conocer perfectamente el país, pues nunca vacilaba al escoger las sendas que más pronto habían de conducirle al término de su peregrinación, dejó a un lado la aldea y, siempre subiendo con bastante fatiga por entre los enormes peñascos y las espesas carrascas, que entonces como ahora cubrían la áspera pendiente del monte, llegó por último a la cumbre cuando las sombras se habían apoderado por completo de la tierra, y la luna, que se dejaba ver a intervalos por entre las oscuras nubes, se había remontado a la primera región del cielo. Cualquiera otro hombre impresionado por la soledad del sitio, el profundo silencio de la naturaleza y el fantástico panorama de las sinuosidades del Moncayo, cuyas puntas coronadas de nieve parecían las olas de un mar inmóvil y gigantesco, hubiera temido aventurarse por entre aquellos matorrales, a donde en mitad del día apenas osaban llegar los pastores; pero el héroe de nuestra relación que, como ya habrán sospechado ustedes, y si no lo han sospechado lo verán claro más adelante, debía ser un magicazo de tomo y lomo, no satisfecho con haber trepado a la eminencia, se encaramó en la punta de la más elevada roca, y desde aquel aéreo asiento comenzó a pasear la vista a su alrededor con la misma firmeza que el águila, cuyo nido pende de un peñasco al borde del abismo, contempla sin temor el fondo.

Después que se hubo reposado un instante de las fatigas del camino, sacó de las alforjillas un estuche de forma particular y extraña, un librote muy carcomido y viejo y un cabo de vela verde, corto y a medio consumir. Frotó con sus dedos descarnados y huesosos en uno de los extremos del estuche que parecía de metal, y era a modo de linterna, y a medida que frotaba, veíase como una lumbre sin claridad, azulada, medrosa e inquieta, hasta que por último brotó una llama y se hizo luz: con aquella luz encendió el cabo de vela verde, a cuyo escaso resplandor, y no sin haberse calado antes unas disformes antiparras redondas, comenzó a hojear el libro que para más comodidad había puesto delante de sí sobre una de las peñas.

Según que el nigromante iba pasando las hojas del libro llenas de caracteres árabes, caldeos y siriacos trazados con tinta azul, negra, roja y violada, y de figuras y signos misteriosos, murmuraba entre dientes frases ininteligibles, y parando de cierto en cierto tiempo la lectura, repetía un estribillo singular con una especie de salmodia lúgubre, que acompañaba, hiriendo la tierra con el pie y agitando la mano que le dejaba libre el cuidado de la vela, como si se dirigiese a alguna persona.

Concluida la primera parte de su mágica letanía, en la que, unos tras otros, había ido llamando por sus nombres, que yo no podré repetir, a todos los espíritus del aire y de la tierra, del fuego y de las aguas, comenzó a percibirse en derredor un ruido extraño, un rumor de alas invisibles que se agitaban a la vez, y murmullos confusos, como de muchas gentes que se hablasen al oído. En los días revueltos del otoño, y cuando las nubes, amontonadas en el horizonte, parecen amenazar con una lluvia copiosa, pasan las grullas por el cielo, formando un oscuro triángulo, con un ruido semejante. Mas lo particular del caso era que allí a nadie se veía, y aun cuando se percibiese el aleteo cada vez más próximo y el aire agitado moviera en derredor las hojas de los árboles, y el rumor de las palabras dichas en voz baja se hiciese gradualmente más distinto, todo semejaba cosa de ilusión o ensueño. Paseó el mágico la mirada en todas direcciones para contemplar a los que solo a sus ojos parecían visibles, y satisfecho sin duda del resultado de su primera operación, volvió a la interrumpida lectura. Apenas su voz temblona, cascada y un poco nasal comenzó a dejarse oír pronunciando las enrevesadas palabras del libro, se hizo en torno un silencio tan profundo, que no parecía sino que la tierra, los astros y los genios de la noche estaban pendientes de los labios del nigromante, que ora hablaba con frases dulces y de suave inflexión como quien suplica, ora con acento áspero, enérgico y breve como quien manda. Así leyó largo rato, hasta que al concluir la última hoja se produjo un murmullo en el invisible auditorio, semejante al que forman en los templos las confusas voces de los fieles cuando, acabada una oración, todos contestan *amén* en mil diapasones distintos. El viejo, que a medida que rezaba y rezaba aquellos diabólicos conjuros había ido exaltándose, y cobrando una energía y un vigor sobrenaturales, cerró el libro con un gran golpe, dio un soplo a la vela verde y, despojándose de las antiparras redondas, se puso de pie sobre la altísima peña donde estuvo sentado, y desde donde se dominaban las infinitas ondulaciones de la falda del Moncayo, con los valles, las rocas y los abismos que la accidentan. Allí, de pie, con la cabeza erguida y los brazos extendidos el uno al Oriente y el otro al Occidente, alzó la voz y exclamó dirigiéndose a la infinita muchedumbre de seres invisibles y misteriosos que, encadenados a su palabra por la fuerza de los conjuros, esperaban sumisos sus órdenes.

—¡Espíritus de las aguas y de los aires, vosotros, que sabéis horadar las rocas y abatir los troncos más corpulentos, agitaos y obedecedme!

Primero, suave como cuando levanta el vuelo una banda de palomas; después más fuerte, como cuando azota el mástil de un buque una vela hecha jirones, oyose el ruido de las alas al plegarse y desplegarse con una prontitud increíble, y aquel ruido fue creciendo, creciendo, hasta que llegó a hacerse espantoso como el de un huracán desencadenado. El agua de los torrentes próximos saltaba y se retorcía en el cauce, espumarajeando e irguiéndose como una culebra furiosa; el aire, agitado y terrible, zumbaba en los huecos de las peñas, levantaba remolinos de polvo y de hojas secas, y sacudía, inclinándolas hasta el suelo, las copas de los árboles. Nada más extraño y horrible que aquella tempestad circunscrita a un punto, mientras la luna se remontaba tranquila y silenciosa por el cielo, y las aéreas y lejanas cumbres de la cordillera parecían bañadas de un sereno y luminoso vapor. Las rocas crujían como si sus grietas se dilatasen, e impulsadas de una fuerza oculta e interior, amenazaban volar hechas mil pedazos. Los troncos más corpulentos arrojaban gemidos y chascaban próximos a hendirse, como si un súbito desenvolvimiento de sus fibras fuese a rajar la endurecida corteza. Al cabo, y después de sentirse sacudido el monte por tres veces, las piedras se desencajaron y los árboles se partieron, y árboles y piedras comenzaron a saltar por los aires en furioso torbellino, cayendo semejantes a una lluvia espesa en el lugar que de antemano señaló el nigromante a sus servidores. Los colosales troncos y los inmensos témpanos de granito y pizarra oscura, que era como arrojados al azar, caían, no obstante, unos sobre otros con admirable orden, e iban formando una cerca altísima, a manera de bastión, que el agua de los torrentes, arrastrando arenas, menudas piedrecillas y cal de su alvéolo, se encargaba de completar, llenando las hendiduras con una argamasa indestructible.

—La obra adelanta. ¡Ánimo, ánimo! —murmuró el viejo—. Aprovechemos los instantes, que la noche es corta, y pronto cantará el gallo, trompeta del día.

Y esto diciendo, se inclinó hacia el borde de una sima profunda, abierta al impulso de las convulsiones de la montaña, y como dirigiéndose a otros seres ocultos en su fondo prosiguió:

—Espíritus de la tierra y del fuego: vosotros que conocéis los tesoros de metal de sus entrañas y circuláis por sus caminos subterráneos con los mares de lava encendida y ardiente, ¡agitaos y cumplid mis órdenes!

Aún no había expirado el eco de la última palabra del conjuro, cuando se comenzó a oír un rumor sordo y continuo como el de un trueno lejano, rumor que asimismo fue creciendo, creciendo, hasta que se hizo semejante al que produce un escuadrón de jinetes que cruzan al galope el puente de una fortaleza, y entonces retumba el golpear del casco de los caballos, crujen los maderos, rechinan las cadenas, y resuena metálico y sonoro, el choque de las armaduras, las lanzas y los escudos. A medida que el ruido tomaba mayores proporciones, veíase salir por las grietas de las rocas un resplandor vivo y brillante, como el que despide una fragua ardiendo, y de eco en eco se repetía por las concavidades del monte el fragor de millares de martillos que caían con un estrépito espantoso sobre los yunques, en donde los gnomos trabajaban el hierro de las minas, fabricando puertas, rastrillos, armas y toda la ferretería indispensable para la seguridad y complemento de la futura fortaleza. Aquello era un tumulto imposible de describir; un desquiciamiento general y horroroso: por un lado rebramaba el aire, arrancando las rocas, que se hacinaban con estruendo en la cúspide del monte; por otro mugía el torrente, mezclando sus bramidos con el crujir de los árboles que se tronchaban y el golpear incesante de los martillos, que caían alternados sobre los yunques, como llevando el compás en aquella diabólica sinfonía.

Los habitantes de la aldea, despertados de improviso por tan infernal y asordadora barahúnda, no osaban siquiera asomarse al tragaluz de sus chozas para descubrir la causa del extraño terremoto, no faltando algunos que, poseídos del terror, creyeron llegado el instante en que, próxima la destrucción del mundo, había de bajar la muerte a enseñorearse de su imperio, envuelta en el jirón de un sudario, sobre un corcel fantástico y amarillo, tal como en sus revelaciones la pinta el Profeta.

Esto se prolongó hasta momentos antes de amanecer, en que los gallos de la aldea comenzaron a sacudir las plumas y a saludar el día próximo con su canto sonoro y estridente. A esta sazón, el rey, que se volvía a su corte haciendo pequeñas jornadas, y que accidentalmente había dormido en Tarazona, bien porque de suyo fuese madrugador y despabilado, bien porque extrañase la habitación, que todo cabe en lo posible, saltaba de la cama listo como él solo, y después de poner en un pie como las grullas a su servidumbre, se dirigía a los jardines del palacio. Aún no habría pasado una hora desde que vagaba al azar por el intrincado laberinto de sus alamedas, departiendo con uno de sus capitanes, todo lo amigablemente que puede departir un rey, moro por añadidura, con uno de sus súbditos, cuando llegó hasta él, cubierto de sudor y de polvo, el más ágil de los corredores de la frontera, y le dijo, previas las salutaciones de costumbre:

—Señor, hacia la parte de la raya de Castilla sucede una cosa extraordinaria. Sobre la cumbre del monte de Trasmoz, y donde ayer no se encontraban más que rocas y matorrales, hemos descubierto al amanecer un castillo tan alto, tan grande y tan fuerte como no existe ningún otro en todos vuestros estados. En un principio dudamos del testimonio de nuestros ojos, creyendo que tal vez fingía la mole la niebla arremolinada sobre las alturas; pero después ha salido el sol, la niebla se ha deshecho, y el castillo subsiste allí oscuro, amenazador y gigante, dominando los contornos con su altísima atalaya.

Oír el rey este mensaje y recordar su encuentro con el mendigo de las alforjas, todo fue una cosa misma; y reunir estas dos ideas y lanzar una mirada amenazadora e interrogante a los que estaban a su lado, tampoco fue cuestión de más tiempo. Sin duda su alteza árabe sospechaba que alguno de sus emires, conocedores del diálogo del día anterior, se había permitido darle una broma, sin precedentes en los anales de la etiqueta musulmana, pues con acento de mal disimulado enojo, exclamó jugando con el pomo de su alfanje de una manera particular, como solía hacerlo cuando estaba a punto de estallar su cólera:

—¡Pronto, mi caballo más ligero y a Trasmoz, que juro por mis barbas y las del Profeta, que si es cuento el mensaje de los corredores, donde debiera estar el castillo he de poner una picota para los que le han inventado!

Esto dijo el rey, y minutos después no corría, volaba camino de Trasmoz seguido de sus capitanes. Antes de llegar a lo que se llama el Somontano, que es una reunión de valles y alturas que van subiendo gradualmente hasta llegar al pie de la cordillera que domina el Moncayo, coronado de nieblas y de nubes como el gigante y colosal monarca de estos montes, hay, viniendo de Tarazona, una gran eminencia que lo oculta a la vista hasta que se llega a su cumbre. Tocaba el rey casi a lo más alto de esta altura, conocida hoy por la *Ciezma*, cuando, con grande asombro suyo y de los que le seguían, vio venir a su encuentro al viejecito de las alforjas con la misma túnica raída y remendada del día anterior, el mismo turbante, hecho jirones y sucio, y el propio báculo, tosco y fuerte, en que se apoyaba, cuando en son de burla, después de haber oído su risible propuesta, le arrojó una moneda para que comprase pan y cebollas. Detúvose el rey delante del viejo, y este, postrándose de hinojos y sin dar lugar a que le preguntara cosa alguna, sacó de las alforjas, envueltas en un paño de púrpura, dos llaves de oro de labor admirable y exquisita, diciendo al mismo tiempo que las presentaba a su soberano:

—Señor, yo he cumplido ya mi palabra; a vos toca sacar airosa de su empeño la vuestra.

—Pero ¿no es fábula lo del castillo? —preguntó el rey entre receloso y suspenso, y fijando alternativamente la mirada, ya en las magníficas llaves que por su materia y su inconcebible trabajo valían de por sí un tesoro, ya en el viejecillo, a cuyo aspecto miserable se renovaba en su ánimo el deseo de socorrerle con una limosna.

—Dad algunos pasos más y le veréis —respondió el alcaide, pues, una vez cumplida su promesa y siendo la que le habían empeñado palabra de rey, que al menos en estas historias tienen fama de inquebrantables, por tal podemos considerarle desde aquel punto. Dio algunos pasos más el soberano; llegó a lo más alto de la *Ciezma* y, en efecto, el castillo de Trasmoz apareció a sus ojos, no tal como hoy se ofrecería a los de ustedes, si por acaso tuvieran la humorada de venir a verlo, sino tal como fue en lo antiguo, con sus cinco torres gigantes, su atalaya esbelta, sus fosos profundos, sus puertas chapeadas de hierro, fortísimas y enormes, su puente levadizo y sus muros coronados de almenas puntiagudas.

***

Al llegar a este punto de mi carta, me apercibo de que, sin querer, he faltado a la promesa que hice en la anterior y ratifiqué al tomar hoy la pluma para escribir a ustedes. Prometí contarles la historia de la bruja de Trasmoz, y sin saber cómo les he relatado en su lugar la del castillo. Con estos cuentos sucede lo que con las cerezas: sin pensarlo, salen unas enredadas en otras. ¿Qué le hemos de hacer? Conseja con conseja, allá va la que primero se ha enredado en el pico de la pluma: merced a ella, y teniendo presente su diabólico origen, comprenderán ustedes por qué las brujas, cuya historia quedo siempre comprometido a contarles, tienen una marcada predilección por las ruinas de este castillo y se encuentran en él como en su casa.

CARTA OCTAVA

Queridos amigos:

En una de mis cartas anteriores dije a ustedes en qué ocasión y por quién me fue referida la estupenda historia de las brujas, que a mi vez he prometido repetirles. La muchacha que accidentalmente se encuentra a mi servicio, tipo perfecto del país, con su apretador verde, su saya roja y sus medias azules, había colgado el candil en un ángulo de mi habitación débilmente alumbrada aún, con este aditamento de luz, por una lamparilla, a cuyo escaso resplandor escribo. Las diez de la noche acababan de sonar en el antiguo reloj de pared, único resto del mobiliario de los frailes, y solamente se oían, con breves intervalos de silencio profundo, esos ruidos, apenas perceptibles y propios de un edificio deshabitado e inmenso, que producen el aire que gime, los techos que crujen, las puertas que rechinan y los animaluchos de toda calaña que vagan a su placer por los sótanos, las bóvedas y las galerías del monasterio, cuando, después de contarme la leyenda que corre más válida acerca de la fundación del castillo, y que ya conocen ustedes, prosiguió su relato, no sin haber hecho antes un momento de pausa para calmar el efecto que la primera parte de la historia me había producido, y la cantidad de fe con que podía contar en su oyente para la segunda.

He aquí la historia, poco más o menos, tal como me la refirió mi criada, aunque sin sus giros extraños y sus locuciones pintorescas y características del país, que ni yo puedo recordar ni, caso que las recordase, ustedes podrían entender.

Ya había pasado el castillo de Trasmoz a poder de los cristianos, y estos a su vez, terminadas las continuas guerras de Aragón y Castilla, habían concluido por abandonarle, cuando es fama que hubo en el lugar un cura tan exacto en el cumplimiento de sus deberes, tan humilde con sus inferiores, y tan lleno de ardiente caridad para con los infelices, que su nombre, al que iba unida una intachable reputación de virtud, llegó a hacerse conocido y venerado en todos los pueblos de la comarca.

Muchos y muy señalados beneficios debían los habitantes de Trasmoz a la inagotable bondad del buen cura, que ni para disfrutar de una canonjía, con que en repetidas ocasiones le brindó el obispo de Tarazona, quiso abandonarlos; pero el mayor sin duda fue el libertarlos, merced a sus santas plegarias y poderosos exorcismos, de la incómoda vecindad de las brujas, que desde los lugares más remotos del reino venían a reunirse ciertas noches del año en las ruinas del castillo, que, quizá por deber su fundación a un nigromante, miraban como cosa propia, y lugar el más aparente para sus nocturnas zambras y diabólicos conjuros. Como quiera que, antes de aquella época, muchos otros exorcistas habían intentado desalojar de allí a los espíritus infernales, y sus rezos y sus aspersiones fueron inútiles, la fama de *mosén Gil el limosnero* (que por este nombre era conocido nuestro cura) se hizo tanto más grande, cuanto más difícil o imposible se juzgó hasta entonces dar cima a la empresa que él había acometido y llevado a cabo con feliz éxito, gracias a la poderosa intercesión de sus plegarias y al mérito de sus buenas obras. Su popularidad y el respeto que los campesinos le profesaban iban, pues, creciendo a medida que la edad, cortando, por decirlo así, los últimos lazos que pudieran ligarle a las cosas terrestres, acendraba sus virtudes y el generoso desprendimiento con que siempre dio a los pobres hasta lo que él había de menester para sí, de modo que cuando el venerable sacerdote, cargado de años y de achaques, salía a dar una vueltecita por el porche de su humilde iglesia, era de ver cómo los chicuelos corrían desde lejos para venir a besarle la mano, los hombres se descubrían respetuosamente, y las mujeres llegaban a pedirle su bendición, considerándose dichosa la que podía alcanzar, como reliquia y amuleto contra los maleficios, un jirón de su raída sotana. Así vivía en paz y satisfecho con su suerte el bueno de mosén Gil; mas como no hay felicidad completa en el mundo, y el diablo anda de continuo buscando ocasión de hacer mal a sus enemigos, este, sin duda, dispuso que, por muerte de una hermana menor, viuda y pobre, viniese a parar a casa del caritativo cura una sobrina que él recibió con los brazos abiertos, y a la cual consideró desde aquel punto como apoyo providencial, deparado por la bondad divina para consuelo de su vejez.

Dorotea, que así se llamaba la heroína de esta verídica historia, contaba escasamente dieciocho abriles; parecía educada en un santo temor de Dios, un poco encogida en sus modales, melosa en el hablar y humilde en presencia de extraños, como todas las sobrinas de los curas que yo he conocido hasta ahora; pero tanto como la que más, o más que ninguna, preciada del atractivo de sus ojos negros y traidores, y amiga de emperejilarse y componerse. Esta afición *a los trapos*, según nosotros los hombres solemos decir, tan general en las muchachas de todas las clases y de todos los siglos, y que en Dorotea predominaba exclusivamente a las demás aficiones, era causa continua de domésticos disturbios entre la sobrina y el tío, que contando con muy pocos recursos en su pobre curato de aldea, y siempre en la mayor estrechez a causa de su largueza para con los infelices, según él decía con una ingenuidad admirable, andaba desde que recibió las primeras órdenes procurando hacerse un manteo nuevo, y aún no había encontrado ocasión oportuna. De vez en cuando, las discusiones a que daban lugar las peticiones de la sobrina solían agriarse, y esta le echaba en cara las muchas necesidades a que estaban sujetos, y la desnudez en que ambos se veían por dar a los pobres, no solo lo superfluo, sino hasta lo necesario. Mosén Gil entonces, echando mano de los más deslumbradores argumentos de su cristiana oratoria, después de repetir que cuanto a los pobres se da a Dios se presta, acostumbraba a decirla que no se apurase por una saya de más o de menos para los cuatro días que se han de estar en este valle de lágrimas y miserias, pues mientras más sufrimientos sobrellevase con resignación, y más desnuda anduviese por amor hacia el prójimo, más pronto iría, no ya a la hoguera que se enciende los domingos en la plaza del lugar, y emperejilada con una mezquina saya de paño rojo, franjada de vellorí, sino a gozar del Paraíso eterno, danzando en torno de la lumbre inextinguible, y vestida de la gracia divina, que es el más hermoso de todos los vestidos imaginables. Pero váyale usted con estas evangélicas filosofías a una muchacha de dieciocho años, amiga de parecer bien, aficionada a perifollos, con sus ribetes de envidiosa y con unas vecinas en la casa de enfrente que hoy estrenan un apretador amarillo, mañana un jubón negro, y el otro una saya azul turquí con unas franjas rojas que deslumbran la vista y llaman la atención de los mozos, a tres cuartos de hora de distancia.

El bueno de mosén Gil podía considerar perdido su sermón, aunque no predicase en desierto, pues Dorotea, aunque callada no convencida, seguía mirando del mal ojo a los pobres que continuamente asediaban la puerta de su tío, y prefiriendo un buen jubón y unas agujetas azules de las que miraba, suspirando, en la *calle de Botigas*, cuando por casualidad iba a Tarazona, a todos los adornos y galas que en un futuro, más o menos cercano, pudieran prometerle en el Paraíso en cambio de su presente resignación y desprendimiento.

En este estado las cosas, una tarde, víspera del día del santo patrono del lugar, y mientras el cura se ocupaba en la iglesia en tenerlo todo dispuesto para la función que iba a verificarse a la mañana siguiente, Dorotea se sentó triste y pensativa, a la puerta de su casa. Unas mucho, otras poco, todas las muchachas del pueblo habían traído algo de Tarazona para lucirse en el Mayo y en el baile de la hoguera, en particular sus vecinas, que sin duda con intención de aumentar su despecho, habían tenido el cuidado de sentarse en el portal a coserse las sayas nuevas y arreglar los dijes que les habían feriado sus padres. Solo ella, la más guapa y la más presumida también, no participaba de esa alegre agitación, esa prisa de costura, ese animado aturdimiento que preludian entre las jóvenes, así en las aldeas como en las ciudades, la aproximación de una solemnidad por largo tiempo esperada. Pero digo mal, también Dorotea tenía aquella noche su quehacer extraordinario; mosén Gil le había dicho que amasase para el día siguiente veinte panes más que los de costumbre, a fin de distribuírselos a los pobres después de concluida la misa.

Sentada estaba, pues, a la puerta de su casa la malhumorada sobrina del cura, barajando en su imaginación mil desagradables pensamientos, cuando acertó a pasar por la calle una vieja muy llena de jirones y de andrajos que, agobiada por el peso de la edad, caminaba apoyándose en un palito.

—Hija mía —exclamó al llegar junto a Dorotea, con un tono compungido y doliente—, ¿me quieres dar una limosnita, que Dios te la pagará con usura en su santa gloria?

Estas palabras, tan naturales en los que imploran la caridad pública, que son como una fórmula consagrada por el tiempo y la costumbre, en aquella ocasión, y pronunciadas por aquella mujer, cuyos ojillos verdes y pequeños parecían reír con una expresión diabólica, mientras el labio articulaba su acento más plañidero y lastimoso, sonaron en el oído de Dorotea como un sarcasmo horrible, trayéndole a la memoria las magníficas promesas para más allá de la muerte con que mosén Gil solía responder a sus exigencias continuas. Su primer impulso fue echar enhoramala a la vieja; pero conteniéndose por respeto a ser su casa la del cura del lugar, se limitó a volverle la espalda con un gesto de desagrado y mal humor bastante significativo. La vieja, a quien antes parecía complacer que no afligir esta repulsa, aproximose más a la joven, y procurando dulcificar todo lo posible su voz de carraca destemplada, prosiguió de este modo, sonriendo siempre con sus ojillos verdosos, como sonreiría la serpiente que sedujo a Eva en el Paraíso.

—Hermosa niña, si no por el amor de Dios, por el tuyo propio, dame una limosna. Yo sirvo a un señor que no se limita a recompensar a los que hacen bien a los suyos en la otra vida, sino que les da en esta cuanto ambicionan. Primero te pedí por el que tú conoces; ahora torno a demandarte socorro por el que yo reverencio.

—¡Bah, bah!, dejadme en paz, que no estoy de humor para oír disparates —dijo Dorotea, que juzgó loca o chocheando a la harapos vieja que le hablaba de un modo para ella incomprensible. Y sin volver siquiera el rostro al despedirla tan bruscamente, hizo ademán de entrarse en el interior de la casa; pero su interlocutora, que no parecía dispuesta a ceder con tanta facilidad en su empeño, asiéndola de la saya la detuvo un instante, y tornó a decirla:

—Tú me juzgas fuera de mi juicio; pero te equivocas, te equivocas, porque no solo sé bien lo que yo hablo, sino lo que tú piensas, como conozco igualmente la ocasión de tus pesares.

Y cual si su corazón fuese un libro y este estuviera abierto ante sus ojos, repitió a la sobrina del cura, que no acertaba a volver en sí de su asombro, cuantas ideas habían pasado por su mente al comparar su triste situación con la de las otras muchachas del pueblo.

—Mas no te apures —continuó la astuta arpía, después de darle esta prueba de su maravillosa perspicacia—, no te apures: hay un señor tan poderoso como el de mosén Gil, y en cuyo nombre me he acercado a hablarte so pretexto de pedir una limosna; un señor que no solo no exige sacrificios penosos de los que le sirven, sino que se esmera y complace en secundar todos sus deseos; alegre como un juglar, rico como todos los judíos de la tierra juntos, y sabio hasta el extremo de conocer los más ignorados secretos de la ciencia, en cuyo estudio se afanan los hombres. Las que le adoran viven en una continua zambra, tienen cuantas joyas y dijes desean, y poseen filtros de una virtud tal, que con ellos llevan a cabo cosas sobrenaturales, se hacen obedecer de los espíritus, del sol y de la luna, de los peñascos de los montes y de las olas del mar, e infunden el amor o el aborrecimiento en quien mejor les cuadra. Si quieres ser de los suyos, si quieres gozar de cuanto ambicionas, a muy poca costa puedes conseguirlo. Tú eres joven, tú eres hermosa, tú eres audaz, tú no has nacido para consumirte al lado de un viejo achacoso e impertinente, que al fin te dejará sola en el mundo y sumida en la miseria, merced a su caridad extravagante.

Dorotea, que al principio se prestó de mala voluntad a oír las palabras de la vieja, fue poco a poco internándose en aquella halagüeña pintura del brillante porvenir que podía ofrecerle, y aunque sin desplegar los labios, con una mirada entre crédula y dudosa, pareció preguntarle en qué consistía lo que debiera hacer para alcanzar lo que tanto deseaba. La vieja entonces, sacando una botija verde que traía oculta entre el harapiento delantal, le dijo:

—Mosén Gil tiene a la cabecera de su cama una pila de agua bendita de la que todas las noches, antes de acostarse, arroja algunas gotas, pronunciando una oración, por la ventana que da frente al castillo. Si sustituyes aquella agua con esta, y después de apagado el hogar dejas las tenazas envueltas en las cenizas, yo vendré a verte por la chimenea al toque de ánimas, y el señor a quien obedezco, y que en muestra de su generosidad te envía este anillo, te dará cuanto desees.

Esto diciendo le entregó la botija, no sin haberle puesto antes en el dedo de la misma mano con que la tomara un anillo de oro, con una piedra hermosa sobre toda ponderación.

La sobrina del cura, que maquinalmente dejaba hacer a la vieja, permanecía aún irresoluta y más suspensa que convencida de sus razones; pero tanto le dijo sobre el asunto y con tan vivos colores supo pintarle el triunfo de su amor propio ajado, cuando al día siguiente, merced a la obediencia, lograse ir a la hoguera de la plaza vestida con un lujo desconocido, que al fin cedió a sus sugestiones, prometiendo obedecerla en un todo.

Pasó la tarde, llegó la noche, llegando con ella la oscuridad y las horas aparentes para los misterios y los conjuros, y ya mosén Gil, sin caer en la cuenta de la sustitución del agua con un brebaje maldito, había hecho sus inútiles aspersiones y dormía con el sueño reposado de los ángeles, cuando Dorotea, después de apagar la lumbre del hogar y poner, según fórmula, las tenazas entre las cenizas, se sentó a esperar a la bruja, pues bruja y no otra cosa podía ser la vieja miserable que disponía de joyas de tanto valor como el anillo, y visitaba a sus amigos a tales horas y entrando por la chimenea.

Los habitantes de la aldea de Trasmoz dormían asimismo como lirones, excepto algunas muchachas que velaban, cosiendo sus vestidos para el día siguiente. Las campanas de la iglesia dieron al fin el toque de ánimas, y sus golpes lentos y acompasados se perdieron dilatándose en las ráfagas del aire para ir a expirar entre las ruinas del castillo. Dorotea, que hasta aquel momento, y una vez adoptada su resolución, había conservado la firmeza y sangre fría suficientes para obedecer las órdenes de la bruja, no pudo menos de turbarse y fijar los ojos con inquietud en el cañón de la chimenea por donde había de verla aparecer de un modo tan extraordinario. Esta no se hizo esperar mucho, y apenas se perdió el eco de la última campanada, cayó de golpe entre la ceniza en forma de gato gris, y haciendo un ruido extraño y particular de estos animalitos, cuando, con la cola levantada y el cuerpo hecho un arco, van y vienen de un lado a otro acariciándose contra nuestras piernas. Tras el gato gris cayó otro rubio, y después otro negro, más otro de los que llaman moriscos, y hasta catorce o quince de diferentes dimensiones y color, revueltos con una multitud de sapillos verdes y tripudos con un cascabel al cuello y una a manera de casaquilla roja. Una vez juntos los gatos, comenzaron a ir y venir por la cocina, saltando de un lado a otro; estos por los vasares, entre los pucheros y las fuentes, aquellos por el ala de la chimenea, los de más allá revolcándose entre la ceniza y levantando una gran polvareda, mientras que los sapillos, haciendo sonar su cascabel, se ponían de pie al borde de las marmitas, daban volteretas en el aire o hacían equilibrios y dislocaciones pasmosas, como los *clowns* de nuestros circos ecuestres. Por último, el gato gris, que parecía el jefe de la banda, y en cuyos ojillos verdosos y fosforescentes había creído reconocer la sobrina del cura los de la vieja que le habló por la tarde, levantándose sobre las patas traseras en la silla en que se encontraba subido, le dirigió la palabra en estos términos:

—Has cumplido lo que prometiste, y aquí nos tienes a tus órdenes. Si quieres vernos en nuestra primitiva forma y que comencemos a ayudarte a fraguar las galas para las fiestas y a amasar los panes que te ha encargado tu tío, haz tres veces la señal de la cruz con la mano izquierda, invocando a la trinidad de los infiernos, Belcebú, Astarot y Belial.

Dorotea, aunque temblando, hizo punto por punto lo que se le decía, y los gatos se convirtieron en otras tantas mujeres, de las cuales unas comenzaron a cortar y otras a coser telas de mil colores, a cuál más vistosos y llamativos, hilvanando y concluyendo sayas y jubones a toda prisa, en tanto que los sapillos, diseminados por aquí y por allá con unas herramientas diminutas y brillantes, fabricaban pendientes de filigrana de oro para las orejas, anillos con piedras preciosas para los dedos, o armados de su tirapié y su lezna en miniatura, cosían unas zapatillas de tafilete, tan monas y tan bien acabadas, que merecían calzar el pie de una hada. Todo era animación y movimiento en derredor de Dorotea; hasta la llama del candil que alumbraba aquella escena extravagante parecía danzar alegre en su piquera de hierro, chisporroteando, y plegando y volviendo a desplegar su abanico de luz, que se proyectaba en los muros en círculos movibles, ora oscuros, ora brillantes. Esto se prolongó hasta rayar el día, en que el bullicioso repique de las campanas de la parroquia, echadas a vuelo en honor del santo patrono del lugar, y el agudo canto de los gallos, anunciaron el alba a los habitantes de la aldea. Pasó el día entre fiestas y regocijos. Mosén Gil, sin sospechar la parte que las brujas habían tomado en su elaboración, repartió, terminada la misa, sus panes entre los pobres; las muchachas bailaron en las eras al son de la gaita y el tamboril, luciendo los dijes y las galas que habían traído de Tarazona y, ¡cosa particular!, Dorotea, aunque al parecer fatigada de haber pasado la noche en claro amasando el pan de la limosna, con no pequeño asombro de su tío, ni se quejó de su suerte, ni hizo alto en las bandas de mozas y mozos que pasaban emperejilados por sus puertas, mientras ella permanecía aburrida y sola en su casa.

Al fin llegó la noche, que a la sobrina del cura pareció tardar más que otras veces. Mosén Gil se metió en su cama al toque de oraciones, según tenía costumbre, y la gente joven del lugar encendió la hoguera en la plaza, donde debía continuar el baile. Dorotea, entonces, aprovechando el sueño de su tío, se adornó apresuradamente con los hermosos vestidos, presente de las brujas, púsose los pendientes de filigrana de oro, cuyas piedras blancas y luminosas semejaban sobre sus frescas mejillas gotas de rocío sobre un melocotón dorado, y con sus zapatillas de tafilete y un anillo en cada dedo, se dirigió al punto en que los mozos y las mozas bailaban al son del tamboril y las vihuelas, al resplandor del fuego, cuyas lenguas rojas, coronadas de chispas de mil colores, se levantaban por cima de los tejados de las casas, arrojando a lo lejos las prolongadas sombras de las chimeneas y la torre del lugar. Figúrense ustedes el efecto que su aparición produciría. Sus rivales en hermosura, que hasta allí la habían superado en lujo, quedaron oscurecidas y arrinconadas; los hombres se disputaban el honor de alcanzar una mirada de sus ojos, y las mujeres se mordían los labios de despecho. Como le habían anunciado las brujas, el triunfo de su vanidad no podía ser más grande. Pasaron las fiestas del santo, y aunque Dorotea tuvo buen cuidado de guardar sus joyas y sus vestidos en el fondo del arca, durante un mes no se habló en el pueblo de otro asunto.

—¡Vaya, vaya! —decían sus feligreses a mosén Gil—, tenéis a vuestra sobrina hecha un pimpollo de oro. ¡Qué lujo! ¡Quién había de creer que después de dar lo que dais en limosnas aún os quedaba para esos rumbos!

Pero mosén Gil, que era la bondad misma y que ni siquiera podía figurarse la verdad de lo que pasaba, creyendo que querían embromarle, aludiendo a la pobreza y la humildad en el vestir de Dorotea, impropias de la sobrina de un cura, personaje de primer orden en los pueblos, se limitaba a contestar sonriendo y como para seguir la broma:

—¿Qué queréis? Donde lo hay se luce.

Las galas de Dorotea hacían entre tanto su efecto.

Desde aquella noche en adelante no faltaron enramadas en sus ventanas, música en sus puertas y rondadores en las esquinas. Estas rondas, estos cantares y estos ramos tuvieron el fin que era natural, y a los dos meses la sobrina del cura se casaba con uno de los mozos mejor acomodados del pueblo, el cual para que nada faltase a su triunfo, hasta la famosa noche en que se presentó en la hoguera había sido novio de una de aquellas vecinas que tanto la hicieron rabiar en otras ocasiones sentándose a coser sus vestidos en el portal de la calle. Solo el pobre mosén Gil perdió desde aquella época para siempre el latín de sus exorcismos y el trabajo de sus aspersiones. Las brujas, con grande asombro suyo y de sus feligreses, tornaron a aposentarse en el castillo; sobre los ganados cayeron plagas sin cuento; las jóvenes del lugar se veían atacadas de enfermedades incomprensibles; los niños eran azotados por las noches en sus cunas, y los sábados, después que la campana de la iglesia dejaba oír el toque de Ánimas, unas sonando panderos, otras añafiles o castañuelas, y todas a caballo sobre sus escobas, los habitantes de Trasmoz veían pasar una banda de viejas, espesa como las grullas, que iban a celebrar sus endiablados ritos a la sombra de los muros y la ruinosa atalaya que corona la cumbre del monte.

***

Después de oír esta historia, he tenido ocasión de conocer a la *tía Casca*, hermana de la otra *Casca* famosa, cuyo trágico fin he referido a ustedes, y vástago de la dinastía de brujas de Trasmoz, que comienza en la sobrina de mosén Gil y acabará no se sabe cuándo ni dónde. Por más que, al decir de los revolucionarios furibundos ha llegado la hora de las dinastías seculares, esta, a juzgar por el estado en que se hallan los espíritus en el país, promete prolongarse aún mucho, pues teniendo en cuenta que la que vive no será para largo en razón a su avanzada edad, ya comienza a decirse que la hija despunta en el oficio y una nietezuela tiene indudables disposiciones: tan arraigada está entre estas gentes la creencia de que de una en otra lo vienen heredando. Verdad es que, como ya creo haber dicho antes de ahora, hay aquí en todo cuanto a uno le rodea un no sé qué de agreste, misterioso y grande que impresiona profundamente el ánimo y lo predispone a creer en lo sobrenatural.

De mí puedo asegurarles que no he podido ver a la actual bruja sin sentir un estremecimiento involuntario, como si, en efecto, la colérica mirada que me lanzó, observando la curiosidad impertinente con que espiaba sus acciones, hubiera podido hacerme daño. La vi hace pocos días, ya muy avanzada la tarde, y por una especie de tragaluz, al que se alcanza desde un pedrusco enorme de los que sirven de cimiento y apoyo a las casas de Trasmoz. Es alta, seca, arrugada, y no lo querrán ustedes creer, pero hasta tiene sus barbillas blancuzcas y su nariz corva, de rigor en las brujas de todas las consejas.

Estaba encogida y acurrucada junto al hogar entre un sinnúmero de trastos viejos, pucherillos, cántaros, marmitas y cacerolas de cobre, en las que la luz de la llama parecía centuplicarse con sus brillantes y fantásticos reflejos. Al calor de la lumbre hervía yo no sé qué en un cacharro, que de tiempo en tiempo removía la vieja con una cuchara. Tal vez sería un guiso de patatas para la cena; pero impresionado a su vista, y presente aún la relación que me habían hecho de sus antecesoras, no pude menos de recordar, oyendo el continuo hervidero del guiso, aquel pisto infernal, aquella horrible *cosa sin nombre* de las brujas del *Macbeth* de Shakespeare.

CARTA NOVENA
A LA SEÑORITA DOÑA M. L. A.

Apreciable amiga:

Al enviarle una copia exacta, quizás la única que de ella se ha sacado hasta hoy, prometí a usted referirle la peregrina historia de la imagen, en honor de la cual un príncipe poderoso levantó el monasterio, desde una de cuyas celdas he escrito mis cartas anteriores.

Es una historia que, aunque transmitida hasta nosotros por documentos de aquel siglo y testificada aun por la presencia de un monumento material, prodigio del arte elevado en su conmemoración, no quisiera entregarla al frío y severo análisis de la crítica filosófica, piedra de toque, a cuya prueba se someten hoy día todas las verdades.

A esa terrible crítica que, alentada con algunos ruidosos triunfos, comenzó negando las tradiciones gloriosas y los héroes nacionales, y ha acabado por negar hasta el carácter divino de Jesús, ¿qué concepto le podría merecer esta, que desde luego calificaría de conseja de niños?

Yo escribo y dejo poner estas desaliñadas líneas en letras de molde, porque la mía es mala, y solo así le será posible entenderme; por lo demás, yo las escribo para usted, para usted exclusivamente, porque sé que las delicadas flores de la tradición solo puede tocarlas la mano de la piedad, y solo a esta le es dado aspirar su religioso perfume sin marchitar sus hojas.

***

En el valle de Veruela, y como a una media hora de distancia de su famoso monasterio, hay al fin de una larga alameda de chopos que se extiende por la falda del monte un grueso pilar de argamasa y ladrillo. En la mitad más alta de este pilar, cubierto ya de musgo merced a la continuada acción de las lluvias, y al que los años han prestado su color oscuro e indefinible, se ve una especie de nicho que en su tiempo debió contener una imagen, y sobre el cónico chapitel que lo remata el asta de hierro de una cruz cuyos brazos han desaparecido. Al pie, crecen y exhalan un penetrante y campesino perfume, entre una alfombra de menudas yerbas, las aliagas espinosas y amarillas, los altos romeros de flores azules y otra gran porción de plantas olorosas y saludables. Un arroyo de agua cristalina corre allí con un ruido apacible, medio oculto entre el espeso festón de juncos y lirios blancos que dibuja sus orillas y, en el verano, las ramas de los chopos, agitadas por el aire que continuamente sopla de la parte del Moncayo, dan a la vez música y sombra. Llaman a este sitio *la aparecida*, porque en él aconteció, hará próximamente unos siete siglos, el suceso que dio origen a la fundación del célebre monasterio de la Orden del Císter, conocido con el nombre de Santa María de Veruela.

Refiere un antiguo códice, y es tradición constante en el país, que, después de haber renunciado a la corona que le ofrecieron los aragoneses a poco de ocurrida la muerte de Don Alonso en la desgraciada empresa de Fraga, Don Pedro Atarés, uno de los más poderosos magnates de aquella época, se retiró al castillo de Borja, del que era señor, y donde en compañía de algunos de sus leales servidores, y como descanso de las continuas inquietudes, de las luchas palaciegas y del batallar de los campos, decidió pasar el resto de sus días entregado al ejercicio de la caza, ocupación favorita de aquellos rudos y valientes caballeros, que solo hallaban gusto durante la paz en lo que tan propiamente se ha llamado simulacro e imagen de la guerra.

El valle en que está situado el monasterio, que dista tres leguas escasas de la ciudad de Borja, y la falda del Moncayo, que pertenece a Aragón, eran entonces parte de su dilatado señorío; y como quiera que de los pueblecillos que ahora se ven salpicados aquí y allá por entre las quiebras del terreno no existían más que las atalayas y algunas miserables casucas, abrigo de pastores, que las tierras no se habían roturado ni las crecientes necesidades de la población habían hecho caer al golpe del hacha los añosísimos árboles que lo cubrían, el valle de Veruela, con sus bosques de encinas y carrascas seculares, y sus intrincados laberintos de vegetación virgen y lozana, ofrecía seguro abrigo a los ciervos y jabalíes, que vagaban por aquellas soledades en número prodigioso.

Aconteció una vez que, habiendo salido el señor de Borja, rodeado de sus más hábiles ballesteros, sus pajes y sus ojeadores, a recorrer esta parte de sus dominios, en busca de la caza en que era tan abundante, sobrevino la tarde sin que, cosa verdaderamente extraordinaria, dadas las condiciones del sitio, encontrasen una sola pieza que llevar a la vuelta de la jornada como trofeo de la expedición.

Dábase a todos los diablos Don Pedro Atarés y, a pesar de su natural prudencia, juraba y perjuraba que había de colgar de una encina a los cazadores furtivos, causa, sin duda, de la incomprensible escasez de reses que por vez primera notaba en sus cotos; los perros gruñían cansados de permanecer tantas horas ociosos atados a la traílla; los ojeadores, roncos de vocear en balde, volvían a reunirse a los mohínos ballesteros, y todos se disponían a tomar la vuelta del castillo para salir de lo más espeso del carrascal, antes que la noche cerrase, tan oscura y tormentosa como lo auguraban las nubes suspendidas sobre la cumbre del vecino Moncayo, cuando de repente una cierva, que parecía haber estado oyendo la conversación de los cazadores, oculta por el follaje, salió de entre las matas más cercanas y, como burlándose de ellos, desapareció a su vista para ir a perderse entre el laberinto del monte. No era aquella seguramente la hora más a propósito para darla caza, pues la oscuridad del crepúsculo, aumentada por la sombra de las nubes que poco a poco iban entoldando el cielo, se hacía cada vez más densa; pero el señor de Borja, a quien desesperaba la idea de volverse con las manos vacías de tan lejana excursión, sin hacer alto en las observaciones de los más experimentados, dio apresuradamente la orden de arrancar en su seguimiento y, mandando a los ojeadores por un lado y a los ballesteros por otro, salió a brida suelta y seguido de sus pajes, a quienes pronto dejó rezagados en la furia de su carrera tras la imprudente res que de aquel modo parecía haber venido a burlársele en sus barbas.

Como era de suponer, la cierva se perdió en lo más intrincado del monte, y a la media hora de correr en busca suya, cada cual en una dirección diferente, así Don Pedro Atarés, que se había quedado completamente solo, como los menos conocedores del terreno de su comitiva, se encontraron perdidos en la espesura. En este intervalo cerró la noche, y la tormenta, que durante toda la tarde se estuvo amasando en la cumbre del Moncayo, comenzó a descender lentamente por su falda y a tronar y a relampaguear, cruzando las llanuras, como en un majestuoso paseo. Los que las han presenciado pueden solo figurarse toda la terrible majestad de las repentinas tempestades que estallan a aquella altura, donde los truenos, repercutidos por las concavidades de las peñas, las ardientes exhalaciones, atraídas por la frondosidad de los árboles, y el espeso turbión de granizo congelado por las corrientes de aire frío e impetuoso, sobrecogen el ánimo hasta el punto de hacernos creer que los montes se desquician, que la tierra va a abrirse debajo de los pies, o que el cielo, que cada vez parece estar más bajo y ser más pesado, nos oprime como con una capa de plomo. Don Pedro Atarés, solo y perdido en aquellas inmensas soledades, conoció tarde su imprudencia, y en vano se esforzaba para reunir en torno suyo a su dispersa comitiva; el ruido de la tempestad, que cada vez se hacía mayor, ahogaba sus voces.

Ya su ánimo, siempre esforzado y valeroso, comenzaba a desfallecer ante la perspectiva de una noche eterna, perdido en aquellas soledades y expuesto al furor de los desencadenados elementos; ya su noble cabalgadura, aterrorizada y medrosa, se negaba a proseguir adelante, inmóvil y como clavada en la tierra, cuando, dirigiendo sus ojos al cielo, dejó escapar involuntariamente de sus labios una piadosa oración a la Virgen, a quien el cristiano caballero tenía costumbre de invocar en los más duros trances de la guerra, y que en más de una ocasión le había dado la victoria. La Madre de Dios oyó sus palabras, y descendió a la tierra para protegerle. Yo quisiera tener la fuerza de imaginación bastante para poderme figurar cómo fue aquello. Yo he visto pintadas por nuestros más grandes artistas algunas de esas místicas escenas; yo he visto, y usted habrá visto también, a la misteriosa luz de la gótica catedral de Sevilla, uno de esos colosales lienzos en que Murillo, el pintor de las santas visiones, ha intentado fijar, para pasmo de los hombres, un rayo de esa diáfana atmósfera en que nadan los ángeles, como en un océano de luminoso vapor; pero allí es necesaria la intensidad de las sombras en un punto del cuadro para dar mayor realce a aquel en que se entreabren las nubes como con una explosión de claridad; allí, pasada la primera impresión del momento, se ve el arte luchando con sus limitados recursos para dar idea de lo imposible.

Yo me figuro algo más, algo que no se puede decir con palabras ni traducir con sonidos o con colores. Me figuro un esplendor vivísimo que todo lo rodea, todo lo abrillanta, que, por decirlo así, se compenetra en todos los objetos y los hace aparecer como de cristal, y en su foco ardiente lo que pudiéramos llamar la luz dentro de la luz. Me figuro cómo se iría descomponiendo el temeroso fragor de la tormenta en notas largas y suavísimas, en acordes distantes, en rumor de alas, en armonías extrañas de cítaras y salterios; me figuro ramas inmóviles, el viento suspendido y la tierra, estremecida de gozo, con un temblor ligerísimo, al sentirse hollada otra vez por la divina planta de la madre de su Hacedor, absorta, atónita y muda, sostenerla por un instante sobre sus hombros. Me figuro, en fin, todos los esplendores del cielo y de la tierra reunidos en un solo esplendor, todas las armonías en una sola armonía, y en mitad de aquel foco de luz y de sonidos, la celestial señora, resplandeciendo, como una llama más viva que las otras resplandece entre las llamas de una hoguera, como dentro de nuestro sol brillaría otro sol más brillante.

Tal debió aparecer la madre de Dios a los ojos del piadoso caballero que, bajando de su cabalgadura y postrándose hasta tocar el suelo con la frente, no osó levantarlos mientras la celeste visión le hablaba, ordenándole que en aquel lugar erigiese un templo en honra y gloria suya.

El divino éxtasis duró cortos instantes; la luz se comenzó a debilitar, como la de un astro que se eclipsa; la armonía se apagó, temblando sus notas en el aire, como el último eco de una música lejana, y Don Pedro Atarés, lleno de un estupor indecible, corrió a tocar con sus labios el punto en que había puesto sus pies la Virgen. Pero ¡cuál no sería su asombro al encontrar en él una milagrosa imagen, testimonio real de aquel prodigio, prenda sagrada que, para eterna memoria de tan señalado favor, le dejaba, al desaparecer, la celestial Señora!

A esta sazón, aquellos de sus servidores que habían logrado reunirse, y que después de haber encendido algunas teas, recorrían el monte en todas direcciones, haciendo señales con las trompas de ojeo, a fin de encontrar a su señor por entre aquellas intrincadas revueltas, donde era de temer le hubiera acontecido una desgracia, llegaron al sitio en que acababa de tener lugar la maravillosa aparición. Reunida, pues, la comitiva y conocedores todos del suceso, improvisáronse unas andas con las ramas de los árboles, y en piadosa procesión, llevando los caballos del diestro e iluminándola con el rojizo resplandor de las teas, llevaron consigo la milagrosa imagen hasta Borja, en cuyo histórico castillo entraron al mediar la noche.

Como puede presumirse, Don Pedro Atarés no dejó pasar mucho tiempo sin realizar el deseo que había manifestado la Virgen. Merced a sus fabulosas riquezas, se allanaron todas las dificultades que parecían oponerse a su erección, y el suntuoso monasterio con su magnífica iglesia, semejante a una catedral, sus claustros imponentes y sus almenados muros, levantose como por encanto en medio de aquellas soledades.

San Bernardo en persona vino a establecer en él la comunidad de su Regla y a asistir a la traslación de la milagrosa imagen desde el castillo de Borja, donde había estado custodiada, hasta su magnífico templo de Veruela, a cuya solemne consagración asistieron seis prelados y estuvieron presentes muchos magnates y príncipes poderosos, amigos y deudos de su ilustre fundador Don Pedro Atarés, el cual para eterna memoria del señalado favor que había obtenido de la Virgen, mandó colocar una cruz y la copia de su divina imagen en el mismo lugar en que la había visto descender del cielo. Este lugar es el mismo de que he hablado a usted al principio de esta carta, y que todavía se conoce con el nombre de *la aparecida*.

Yo oí por primera vez referir la historia que a mi vez he contado, al pie del humilde pilar que la recuerda, y antes de haber visto el monasterio que ocultaban aún a mis ojos las altas alamedas de árboles, entre cuyas copas se esconden sus puntiagudas torres.

Puede usted, pues, figurarse con qué mezcla de curiosidad y veneración traspasaría luego los umbrales de aquel imponente recinto, maravilla del arte cristiano, que guarda aún en su seno la misteriosa escultura, objeto de ardiente devoción por tantos siglos, y a la que nuestros antepasados, de una generación en otra, han tributado sucesivamente las honras más señaladas y grandes. Allí, día y noche, y hasta hace poco, ardían delante del altar en que se encontraba la imagen, sobre un escabel de oro, doce lámparas de plata que brillaban, meciéndose lentamente, entre las sombras del templo, como una constelación de estrellas; allí los piadosos monjes, vestidos de sus blancos hábitos, entonaban a todas horas sus alabanzas en un canto grave y solemne, que se confundía con los amplios acordes del órgano; allí los hombres de armas del monasterio, mitad templo, mitad fortaleza, los pajes del poderoso abad y sus innumerables servidores la saludaban con ruidosas aclamaciones de júbilo, como a la hermosa castellana de aquel castillo, cuando, en los días clásicos, la sacaban un momento por sus patios, coronados de almenas, bajo un palio de tisú y pedrería.

Al penetrar en aquel anchuroso recinto, ahora mudo y solitario, al ver las almenas de sus altas torres caídas por el suelo, la hiedra serpenteando por las hendiduras de sus muros y las ortigas y los jaramagos que crecen en montón por todas partes, se apodera del alma una profunda sensación de involuntaria tristeza. Las enormes puertas de hierro de la torre se abren rechinando sobre sus enmohecidos goznes con un lamento agudo, siempre que un curioso viene a turbar aquel alto silencio, y dejan ver el interior de la abadía con sus calles de cipreses, su iglesia bizantina en el fondo y el severo palacio de los abades. Pero aquella otra gran puerta del templo, tan llena de símbolos incomprensibles y de esculturas extrañas, en cuyos sillares han dejado impresos los artífices de la Edad Media los signos misteriosos de su masónica hermandad; aquella gran puerta que se colgaba un tiempo de tapices y se abría de par en par en las grandes solemnidades, no volverá a abrirse, ni volverá a entrar por ella la multitud de los fieles convocados al son de las campanas que volteaban alegres y ruidosas en la elevada torre. Para penetrar hoy en el templo es preciso cruzar nuevos patios, tan extensos, tan ruinosos y tan tristes como el primero, internarse en el claustro procesional, sombrío y húmedo como un sótano, y dejando a un lado las tumbas en que descansan los hijos del fundador, llegar hasta un pequeño arco que apenas si en mitad del día se distingue entre las sombras eternas de aquellos medrosos pasadizos, y donde una losa negra, sin inscripción y con una espada groseramente esculpida, señala el humilde lugar en que el famoso Don Pedro Atarés quiso que reposasen sus huesos.

Figúrese usted una iglesia tan grande y tan imponente como la más imponente y más grande de nuestras catedrales. En un rincón, sobre un magnífico pedestal labrado de figuras caprichosas y formando el más extraño contraste, una pequeña jofaina de loza de la más basta de Valencia hace las veces de pila para el agua bendita; de las robustas bóvedas cuelgan aún las cadenas de metal que sostuvieron las lámparas, que ya han desaparecido; en los pilares se ven las estacas y las anillas de hierro de que pendían las colgaduras de terciopelo franjado de oro, de las que solo queda la memoria; entre dos arcos existe todavía el hueco que ocupaba el órgano; no hay vidrios en las ojivas que dan paso a la luz; no hay altares en las capillas; el coro está hecho pedazos; el aire, que penetra sin dificultad por todas partes, gime por los ángulos del templo, y los pasos resuenan de un modo tan particular, que parece que se anda por el interior de una inmensa tumba.

Allí, sobre un mezquino altar, hecho de los despedazados restos de otros altares, recogidos por alguna mano piadosa, y alumbrado por una lamparilla de cristal, con más agua que aceite, cuya luz chisporrotea próxima a extinguirse, se descubre la santa imagen, objeto de tanta veneración en otras edades, a la sombra de cuyo altar duermen el sueño de la muerte tantos próceres ilustres, a la puerta de cuyo monasterio dejó su espada como en señal de vasallaje un monarca español, que atraído por la fama de sus milagros, vino a rendirle, en época no muy remota, el tributo de sus oraciones. De tanto esplendor, de tanta grandeza, de tantos días de exaltación y de gloria, solo queda ya un recuerdo en las antiguas crónicas del país, y una piadosa tradición entre los campesinos que de cuando en cuando atraviesan con temor los medrosos claustros del monasterio para ir a arrodillarse ante Nuestra Señora de Veruela, que para ellos, así en la época de su grandeza como en la de su abandono, es la santa protectora de su escondido valle.

En cuanto a mí, puedo asegurar a usted que en aquel templo, abandonado y desnudo, rodeado de tumbas silenciosas, donde descansan ilustres próceres, sin descubrir, al pie del ara que la sostiene, más que las mudas e inmóviles figuras de los abades muertos, esculpidas groseramente sobre las losas sepulcrales del pavimento de la capilla, la milagrosa imagen, cuya historia conocía de antemano, me infundió más hondo respeto, me pareció más hermosa, más rodeada de una atmósfera de solemnidad y de grandeza indefinibles que otras muchas que había visto antes en retablos churriguerescos, muy cargadas de joyas ridículas, muy alumbradas de luces en forma de pirámides y de estrellas, muy engalanadas con profusión de flores de papel y de trapo.

A usted, y a todo el que sienta en su alma la verdadera poesía de la religión, creo que le sucedería lo mismo.

RIMAS

INTRODUCCIÓN SINFÓNICA

Por los tenebrosos rincones de mi cerebro, acurrucados y desnudos, duermen los extravagantes hijos de mi fantasía, esperando en silencio que el Arte los vista de la palabra para poderse presentar decentes en la escena del mundo.

Fecunda, como el lecho de amor de la Miseria, y parecida a esos padres que engendran más hijos de los que pueden alimentar, mi Musa concibe y pare en el misterioso santuario de la cabeza, poblándola de creaciones sin número a las cuales ni mi actividad ni todos los años que me restan de vida serían suficientes a dar forma.

Y aquí dentro, desnudos y deformes, revueltos y barajados en indescriptible confusión, los siento a veces agitarse y vivir con una vida oscura y extraña, semejante a la de esas miríadas de gérmenes que hierven y se estremecen en una eterna incubación dentro de las entrañas de la tierra, sin encontrar fuerzas bastantes para salir a la superficie y convertirse al beso del sol en flores y frutos.

Conmigo van, destinados a morir conmigo, sin que de ellos quede otro rastro que el que deja un sueño de la media noche que a la mañana no puede recordarse. En algunas ocasiones, y ante esa idea terrible se subleva en ellos el instinto de la vida, y agitándose en terrible aunque silencioso tumulto, buscan en tropel por donde salir a la luz, de las tinieblas en que viven. Pero, ¡ay!, que entre el mundo de la idea y el de la forma existe un abismo que solo puede salvar la palabra; y la palabra, tímida y perezosa, se niega a secundar sus esfuerzos. Mudos, sombríos e impotentes, después de la inútil lucha vuelven a caer en su antiguo marasmo. Tal caen inertes en los surcos de las sendas, si cae el viento, las hojas amarillas que levantó el remolino.

Estas sediciones de los rebeldes hijos de la imaginación explican algunas de mis fiebres: ellas son la causa desconocida para la Ciencia de mis exaltaciones y mis abatimientos. Y así, aunque mal, vengo viviendo hasta aquí: paseando por entre la indiferente multitud esta silenciosa tempestad de mi cabeza. Así vengo viviendo; pero todas las cosas tienen un término, y a estas hay que ponerles punto.

El Insomnio y la Fantasía siguen y siguen procreando en monstruoso maridaje. Sus creaciones, apretadas ya como las raquíticas plantas de un vivero, pugnan por dilatar su fantástica existencia disputándose los átomos de la memoria, como el escaso jugo de una tierra estéril. Necesario es abrir paso a las aguas profundas, que acabarán por romper el dique, diariamente aumentadas por un manantial vivo.

¡Andad, pues!; andad y vivid con la única vida que puedo daros. Mi inteligencia os nutrirá lo suficiente para que seáis palpables; os vestirá, aunque sea de harapos, lo bastante para que no avergüence vuestra desnudez. Yo quisiera forjar para cada uno de vosotros una maravillosa estrofa tejida de frases exquisitas en las que os pudierais envolver con orgullo como en un manto de púrpura. Yo quisiera poder cincelar la forma que ha de conteneros, como se cincela el vaso de oro que ha de guardar un preciado perfume. ¡Mas es imposible!

No obstante necesito descansar: necesito, del mismo modo que se sangra el cuerpo por cuyas hinchadas venas se precipita la sangre con pletórico empuje, desahogar el cerebro, insuficiente a contener tantos absurdos.

Quedad, pues, consignados aquí, como la estela nebulosa que señala el paso de un desconocido cometa, como los átomos dispersos de un mundo en embrión que avienta por el aire la muerte antes que su Creador haya podido pronunciar el *fiat lux* que separa la claridad de las sombras.

No quiero que en mis noches sin sueño volváis a pasar por delante de mis ojos en extravagante procesión, pidiéndome con gestos y contorsiones que os saque a la vida de la realidad del limbo en que vivís semejantes a fantasmas sin consistencia. No quiero que, al romperse esta arpa vieja y cascada ya, se pierdan a la vez que el instrumento las ignoradas notas que contenía. Deseo ocuparme un poco del mundo que me rodea pudiendo, una vez vacío, apartar los ojos de este otro mundo que llevo dentro de la cabeza. El sentido común que es la barrera de los sueños comienza a flaquear, y las gentes de diversos campos se mezclan y confunden. Me cuesta trabajo saber qué cosas he soñado y cuáles me han sucedido: mis afectos se reparten entre fantasmas de la imaginación y personajes reales; mi memoria clasifica revueltos nombres y fechas de mujeres y días que han muerto o han pasado con los de días y mujeres que no han existido sino en mi mente. Preciso es acabar arrojándoos de la cabeza de una vez para siempre.

Si morir es dormir, quiero dormir en paz en la noche de la Muerte sin que vengáis a ser mi pesadilla maldiciéndome por haberos condenado a la nada antes de haber nacido. Id pues al mundo a cuyo contacto fuisteis engendrados y quedad en él como el eco que encontraron en un alma que pasó por la tierra, sus alegrías y sus dolores, sus esperanzas y sus luchas.

Tal vez muy pronto tendré que hacer la maleta para el gran viaje: de una hora a otra puede desligarse el espíritu de la materia para remontarse a regiones más puras. No quiero cuando esto suceda llevar conmigo, como el abigarrado equipaje de un saltimbanqui, el tesoro de oropeles y guiñapos que ha ido acumulando la fantasía en los desvanes del cerebro.

Junio de 1868
Gustavo Adolfo Bécquer

I

Yo sé un himno gigante y extraño
que anuncia en la noche del alma una aurora,
y estas páginas son de ese himno
cadencias que el aire dilata en las sombras.

Yo quisiera escribirle, del hombre
domando el rebelde, mezquino idioma,
con palabras que fuesen a un tiempo
suspiros y risas, colores y notas.

Pero en vano es luchar, que no hay cifra
capaz de encerrarlo, y apenas, ¡oh, hermosa!,
si teniendo en mis manos las tuyas,
pudiera, al oído, contártelo a solas.

II

Saeta que voladora
cruza, arrojada al azar,
sin adivinarse dónde
temblando se clavará;

hoja que del árbol seca
arrebata el vendaval,
sin que nadie acierte el surco
donde a caer volverá;

gigante ola que el viento
riza y empuja en el mar,
y rueda y pasa, y no sabe
qué playa buscando va;

luz que en cercos temblorosos
brilla, próxima a expirar,
ignorándose cuál de ellos
el último brillará;

eso soy yo, que al ocaso
cruzo el mundo, sin pensar

de dónde vengo, ni adónde
mis pasos me llevarán.

III

Sacudimiento extraño
que agita las ideas,
como huracán que empuja
las olas en tropel;

murmullo que en el alma
se eleva y va creciendo,
como volcán que sordo
anuncia que va a arder;

deformes siluetas
de seres imposibles,
paisajes que aparecen
como a través de un tul;

colores que fundiéndose
remedan en el aire
los átomos del Iris
que nadan en la luz;

ideas sin palabras,
palabras sin sentido;
cadencias que no tienen
ni ritmo ni compás;

memorias y deseos
de cosas que no existen;
accesos de alegría,
impulsos de llorar;

actividad nerviosa
que no halla en qué emplearse;
sin rienda que le guíe
caballo volador;

locura que el espíritu
exalta y enardece;
embriaguez divina
del genio creador...
¡Tal es la inspiración!

***

Gigante voz que el caos
ordena en el cerebro,
y entre las sombras hace
la luz aparecer;

brillante rienda de oro,
que poderosa enfrena
de la exaltada mente
el volador corcel;

hilo de luz que en haces
los pensamientos ata;
sol que las nubes rompe
y toca en el zenit;

inteligente mano,
que en un collar de perlas
consigue las indóciles
palabras reunir;

armonioso ritmo,
que con cadencia y número
las fugitivas notas
encierra en el compás;

cincel que el bloque muerde
la estatua modelando
y la belleza plástica
añade a la ideal;

atmósfera en que giran
con orden las ideas,

cual átomos que agrupa
recóndita atracción;

raudal en cuyas ondas
su sed la fiebre apaga;
oasis que al espíritu
devuelve su vigor...
¡Tal es nuestra razón!

Con ambas siempre en lucha
y de ambas vencedor,
tan solo el genio puede
a un yugo atar las dos.

IV

No digáis que agotado su tesoro,
de asuntos falta, enmudeció la lira;
podrá no haber poetas; pero siempre
habrá poesía.

Mientras las ondas de la luz al beso
palpiten encendidas;
mientras el sol las desgarradas nubes
de fuego y oro vista;

mientras el aire en su regazo lleve
perfumes y armonías;
mientras haya en el mundo primavera,
¡habrá poesía!

Mientras la ciencia a descubrir no alcance
las fuentes de la vida,
y en el mar o en el cielo haya un abismo
que al cálculo resista;

mientras la humanidad siempre avanzando,
no sepa a do camina;
mientras haya un misterio para el hombre,
¡habrá poesía!

Mientras sintamos que se alegra el alma
sin que los labios rían;
mientras se llore sin que el llanto acuda
a nublar la pupila;

mientras el corazón y la cabeza
batallando prosigan;
mientras haya esperanzas y recuerdos,
¡habrá poesía!

Mientras haya unos ojos que reflejen
los ojos que los miran;
mientras responda el labio suspirando
al labio que suspira;

mientras sentirse puedan en un beso
dos almas confundidas;
mientras exista una mujer hermosa,
¡habrá poesía!

V

Espíritu sin nombre,
indefinible esencia,
yo vivo con la vida
sin formas de la idea.

Yo nado en el vacío
del sol tiemblo en la hoguera,
palpito entre las sombras
y floto con las nieblas.

Yo soy el fleco de oro
de la lejana estrella;
yo soy de la alta luna
la luz tibia y serena.

Yo soy la ardiente nube
que en el ocaso ondea;

yo soy del astro errante
la luminosa estela.

Yo soy nieve en las cumbres,
soy fuego en las arenas,
azul onda en los mares
y espuma en las riberas.

En el laúd soy nota,
perfume en la violeta,
fugaz llama en las tumbas
y en las ruinas hiedra.

Yo atrueno en el torrente,
y silbo en la centella,
y ciego en el relámpago
y rujo en la tormenta.

Yo río en los alcores,
susurro en la alta yerba,
suspiro en la onda pura,
y lloro en la hoja seca.

Yo ondulo con los átomos
del humo que se eleva,
y al cielo lento sube
en espiral inmensa.

Yo, en los dorados hilos
que los insectos cuelgan,
me mezclo entre los árboles,
en la ardorosa siesta.

Yo corro tras las ninfas
que en la corriente fresca
del cristalino arroyo
desnudas juguetean.

Yo, en bosque de corales
que alfombran blancas perlas,

persigo en el Océano
las náyades ligeras.

Yo, en las cavernas cóncavas,
do el sol nunca penetra,
mezclándome a los gnomos
contemplo sus riquezas.

Yo busco de los siglos
las ya borradas huellas,
y sé de esos imperios
de que ni el nombre queda.

Yo sigo en raudo vértigo
los mundos que voltean,
y mi pupila abarca
la creación entera.

Yo sé de esas regiones
a do un rumor no llega,
y donde los informes astros
de vida y soplo esperan.

Yo soy sobre el abismo
el puente que atraviesa;
yo soy la ignota escala
que el cielo une a la tierra.

Yo soy el invisible
anillo que sujeta
el mundo de la forma
al mundo de la idea.

Yo, en fin, soy ese espíritu,
desconocida esencia,
perfume misterioso
de que es vaso el poeta.

VI

Como la brisa que la sangre orea
sobre el oscuro campo de batalla,
cargada de perfumes y armonías
en el silencio de la noche vaga;

símbolo del dolor y la ternura,
del bardo inglés en el horrible drama,
la dulce Ofelia, la razón perdida,
cogiendo flores y cantando pasa.

VII

Del salón en el ángulo oscuro,
de su dueño tal vez olvidada,
silenciosa y cubierta de polvo
veíase el arpa.

¡Cuánta nota dormía en sus cuerdas,
como el pájaro duerme en las ramas,
esperando la mano de nieve
que sabe arrancarlas!

¡Ay! , pensé; cuántas veces el genio
así duerme en el fondo del alma,
y una voz, como Lázaro, espera
que le diga: "¡Levántate y anda!".

VIII

Cuando miro el azul horizonte
perderse a lo lejos,
al través de una gasa de polvo
dorado e inquieto,
me parece posible arrancarme
del mísero suelo,
y flotar con la niebla dorada
en átomos leves
cual ella deshecho.

Cuando miro de noche en el fondo
oscuro del cielo
las estrellas temblar, como ardientes
pupilas de fuego,
me parece posible a do brillan
subir en un vuelo,
y anegarme en su luz, y con ellas
en lumbre encendido
fundirme en un beso.

En el mar de la duda en que bogo
ni aún sé lo que creo;
¡sin embargo, estas ansias me dicen
que yo llevo algo
divino aquí dentro!...

IX

Besa el aura que gime blandamente
las leves ondas que jugando riza;
el sol besa a la nube de Occidente,
y de púrpura y oro la matiza;
la llama en derredor del tronco ardiente
por besar a otra llama se desliza,
y hasta el sauce, inclinándose a su peso,
al río que le besa, vuelve un beso.

X

Los invisibles átomos del aire
en derredor palpitan y se inflaman;
el cielo se deshace en rayos de oro;
la tierra se estremece alborozada;
oigo flotando en olas de armonía
rumor de besos y batir de alas;
mis párpados se cierran... ¿Qué sucede?
—¡Es el amor que pasa!

XI

—Yo soy ardiente, yo soy morena,
yo soy el símbolo de la pasión;
de ansia de goces mi alma está llena.
—¿A mí me buscas? —No es a ti; no.

—Mi frente es pálida; mis trenzas, de oro;
puedo brindarte dichas sin fin;
yo de ternura guardo un tesoro.
—¿A mí me llamas? —No; no es a ti.

—Yo soy un sueño, un imposible,
vano fantasma de niebla y luz;
soy incorpórea, soy intangible;
no puedo amarte. —¡Oh, ven; ven tú!

XII

Porque son, niña, tus ojos
verdes como el mar, te quejas:
verdes los tienen las náyades,
verdes los tuvo Minerva,
y verdes son las pupilas
de las hurís del Profeta.

El verde es gala y ornato
del bosque en la primavera.
Entre sus siete colores
brillante el Iris lo ostenta.
Las esmeraldas son verdes,
verde el color del que espera,
y las ondas del Océano,
y el laurel de los poetas.

Es tu mejilla temprana
rosa de escarcha cubierta,
en que el carmín de los pétalos
se ve a través de las perlas.
Y sin embargo,
sé que te quejas

porque tus ojos
crees que la afean:
pues no lo creas;
que parecen tus pupilas,
húmedas, verdes e inquietas,
tempranas hojas de almendro
que al soplo del aire tiemblan.

Es tu boca de rubíes
purpúrea granada abierta,
que en el estío convida
a apagar la sed en ella.
Y sin embargo,
sé que te quejas
porque tus ojos
crees que la afean:
pues no lo creas,
que parecen, si enojada
tus pupilas centellean,
las olas del mar que rompen
en las cantábricas peñas.

Es tu frente que corona
crespo el oro en ancha trenza,
nevada cumbre en que el día
su postrera luz refleja.
Y sin embargo,
sé que te quejas
porque tus ojos
crees que la afean:
pues no lo creas,
que, entre las rubias pestañas,
junto a las sienes, semejan
broches de esmeralda y oro,
que un blanco armiño sujetan.

XIII

Tu pupila es azul, y cuando ríes,
su claridad suave me recuerda

el trémulo fulgor de la mañana
que en el mar se refleja.

Tu pupila es azul, y cuando lloras,
las transparentes lágrimas en ella
se me figuran gotas de rocío
sobre una violeta.

Tu pupila es azul, y si en su fondo,
como un punto de luz radia una idea
me parece en el cielo de la tarde,
¡una perdida estrella!

XIV

Te vi un punto, y, flotando ante mis ojos,
la imagen de tus ojos se quedó,
como la mancha oscura, orlada en fuego,
que flota y ciega, si se mira al sol.

A donde quiera que la vista fijo,
torno a ver tus pupilas llamear;
mas no te encuentro a ti; que es tu mirada:
unos ojos, los tuyos, nada más.

De mi alcoba en el ángulo los miro
desasidos fantásticos lucir:
cuando duermo los siento que se ciernen
de par en par abiertos sobre mí.

Yo sé que hay fuegos fatuos que en la noche
llevan al caminante a perecer:
yo me siento arrastrado por tus ojos,
pero a dónde me arrastran, no lo sé.

XV

Cendal flotante de leve bruma,
rizada cinta de blanca espuma,

rumor sonoro
de arpa de oro,
beso del aura, onda de luz,
eso eres tú.

Tú, sombra aérea que, cuantas veces
voy a tocarte, te desvaneces
como la llama, como el sonido,
como la niebla, como un gemido
del lago azul.

En mar sin playas onda sonante,
en el vacío cometa errante,
largo lamento
del ronco viento,
ansia perpetua de algo mejor,
eso soy yo.

¡Yo, que a tus ojos en mi agonía
los ojos vuelvo de noche y día;
yo, que incansable corro y demente
tras una sombra, tras la hija ardiente
de una visión!

XVI

Si al mecer las azules campanillas
de tu balcón,
crees que suspirando pasa el viento
murmurador,
sabe que, oculto entre las verdes hojas,
suspiro yo.

Si al resonar confuso a tus espaldas
vago rumor,
crees que por tu nombre te ha llamado
lejana voz,
sabe que, entre las sombras que te cercan,
te llamo yo.

Si se turba medroso en la alta noche
tu corazón,
al sentir en tus labios un aliento
abrasador,
sabe que, aunque invisible, al lado tuyo
respiro yo.

XVII

Hoy la tierra y los cielos me sonríen;
hoy llega al fondo de mi alma el sol;
hoy la he visto... la he visto y me ha mirado...
¡Hoy creo en Dios!

XVIII

Fatigada del baile,
encendido el color, breve el aliento,
apoyada en mi brazo,
del salón se detuvo en un extremo.

Entre la leve gasa
que levantaba el palpitante seno,
una flor se mecía
en compasado y dulce movimiento.

Como cuna de nácar
que empuja el mar y que acaricia el céfiro,
tal vez allí dormía
al soplo de sus labios entreabiertos.

—¡Oh! ¿Quién así, pensaba,
dejar pudiera deslizarse el tiempo?
¡Oh, si las flores duermen,
qué dulcísimo sueño!

XIX

Cuando sobre el pecho inclinas
la melancólica frente,
una azucena tronchada
me pareces.

Porque al darte la pureza,
de que es símbolo celeste,
como a ella, te hizo Dios
de oro y de nieve.

XX

Sabe, si alguna vez tus labios rojos
quema invisible atmósfera abrasada,
que el alma que hablar puede con los ojos,
también puede besar con la mirada.

XXI

¿Qué es poesía?, dices mientras clavas
en mi pupila tu pupila azul;
¿Qué es poesía? ¿Y tú me lo preguntas?
¡Poesía... eres tú!

XXII

¿Cómo vive esa rosa que has prendido
junto a tu corazón?
Nunca hasta ahora contemplé en la tierra
sobre el volcán la flor.

XXIII

Por una mirada, un mundo;
por una sonrisa, un cielo;

por un beso... ¡yo no sé
qué te diera por un beso!

XXIV

Dos rojas lenguas de fuego
que, a un mismo tronco enlazadas,
se aproximan, y al besarse
forman una sola llama;

dos notas que del laúd
a un tiempo la mano arranca,
y en el espacio se encuentran
y armoniosas se abrazan;

dos olas que vienen juntas
a morir sobre una playa,
y que al romper se coronan
con un penacho de plata;

dos jirones de vapor
que del lago se levantan,
y al juntarse allí en el cielo
forman una nube blanca;

dos ideas que al par brotan,
dos besos que a un tiempo estallan,
dos ecos que se confunden...
eso son nuestras dos almas.

XXV

Cuando en la noche te envuelven
las alas de tul del sueño,
y tus tendidas pestañas
semejan arcos de ébano;
por escuchar los latidos
de tu corazón inquieto,
y reclinar tu dormida

cabeza sobre mi pecho,
diera, alma mía,
cuanto poseo,
¡la luz, el aire
y el pensamiento!

Cuanto se clavan tus ojos
en un invisible objeto,
y tus labios ilumina
de una sonrisa el reflejo;
por leer sobre tu frente
el callado pensamiento
que pasa como la nube
del mar sobre el ancho espejo,
diera, alma mía,
cuanto deseo;
¡la fama, el oro,
la gloria, el genio!

Cuanto enmudece tu lengua,
y se apresura tu aliento,
y tus mejillas se encienden,
y entornas tus ojos negros;
por ver entre tus pestañas
brillar con húmedo fuego
la ardiente chispa que brota
del volcán de los deseos,
diera, alma mía,
por cuanto espero,
¡la fe, el espíritu,
la tierra, el cielo!

XXVI

Voy contra mi interés al confesarlo;
pero yo, amada mía,
pienso, cual tú, que una oda solo es buena
de un billete del Banco al dorso escrita.
No faltará algún necio que al oírlo
se haga cruces y diga:

"Mujer al fin del siglo diez y nueve
material y prosaica...". ¡Bobería!
¡Voces que hacen correr cuatro poetas
que en invierno se embozan con la lira!
¡Ladridos de los perros a la luna!
Tú sabes y yo sé que en esta vida,
con genio, es muy contado el que la *escribe*,
y con oro, cualquiera *hace* poesía.

XXVII

Despierta, tiemblo al mirarte;
dormida, me atrevo a verte;
por eso, alma de mi alma,
yo velo mientras tú duermes.

Despierta, ríes; y al reír, tus labios
inquietos me parecen
relámpagos de grana que serpean
sobre un cielo de nieve.

Dormida, los extremos de tu boca
pliega sonrisa leve,
suave como el rastro luminoso
que deja en sol que muere...
—¡Duerme!

Despierta, miras, y, al mirar tus ojos
húmedos resplandecen,
como la onda azul, en cuya cresta
chispeando el sol hiere.

Al través de tus párpados, dormida,
tranquilo fulgor viertes,
cual derrama de luz templado rayo
lámpara transparente...
—¡Duerme!

Despierta, hablas, y, al hablar, vibrantes
tus palabras parecen

lluvia de perlas que en dorada copa
se derrama a torrentes.

Dormida, en el murmullo de tu aliento
acompasado y tenue,
escucho yo un poema, que mi alma
enamorada entiende...
—¡Duerme!

Sobre el corazón la mano
me he puesto, porque no suene
su latido, y de la noche
turbe la calma solemne.

De tu balcón las persianas
cerré ya, porque no entre
el resplandor enojoso
de la aurora, y te despierte...
—¡Duerme!

XXVIII

Cuando entre la sombra oscura
perdida una voz murmura
turbando su triste calma,
si en el fondo de mi alma
la oigo dulce resonar;
dime: ¿es que el viento en sus giros
se queja, o que tus suspiros
me hablan de amor al pasar?

Cuando el sol en mi ventana
rojo brilla a la mañana
y mi amor tu sombra evoca,
si en mi boca de otra boca
sentir creo la impresión;
dime: ¿es que ciego deliro,
o que un beso en un suspiro
me envía tu corazón?

Si en el luminoso día
y en la alta noche sombría;
si en todo cuanto rodea
al alma que te desea
te creo sentir y ver;
dime: ¿es que toco y respiro
soñando, o que en un suspiro
me das tu aliento a beber?

XXIX

Sobre la falda tenía
el libro abierto;
en mi mejilla tocaban
sus rizos negros;
no veíamos las letras
ninguno, creo;
mas guardábamos ambos
hondo silencio.
¿Cuánto duró? Ni aun entonces
pude saberlo;
solo sé que no se oía
más que el aliento,
que apresurado escapaba
del labio seco.
Solo sé que nos volvimos
los dos a un tiempo,
y nuestros ojos se hallaron
y sonó un beso.

***

Creación de Dante era el libro,
era su *Infierno*.
Cuando a él bajamos los ojos,
yo dije trémulo:
—¿Comprendes ya que un poema
cabe en un verso?
Y ella respondió encendida:
—¡Ya lo comprendo!

XXX

Asomaba a sus ojos una lágrima
y a mis labios una frase de perdón;
habló el orgullo y se enjugó su llanto,
y la frase en mis labios expiró.

Yo voy por un camino, ella por otro;
pero al pensar en nuestro mutuo amor,
yo digo aún: ¿por qué callé aquel día?
Y ella dirá: ¿por qué no lloré yo?

XXXI

Nuestra pasión fue un trágico sainete
en cuya absurda fábula
lo cómico y lo grave confundidos
risas y llanto arrancan.

Pero fue lo peor de aquella historia
que, al fin de la jornada,
a ella tocaron lágrimas y risas,
¡y a mí solo las lágrimas!

XXXII

Pasaba arrolladora en su hermosura
y el paso le dejé;
ni aun mirarla me volví, y no obstante,
algo en mi oído murmuró: "Esa es".

¿Quién reunió la tarde a la mañana?
Lo ignoro; solo sé
que en una breve noche de verano
se unieron los crepúsculos, y... "fue".

XXXIII

Es cuestión de palabras, y no obstante
ni tú ni yo jamás,
después de lo pasado, convendremos
en quién la culpa está.

¡Lástima que el amor un diccionario
no tenga donde hallar
cuándo el orgullo es simplemente orgullo,
y cuándo es dignidad!

XXXIV

Cruza callada, y son sus movimientos
silenciosa armonía:
suenan sus pasos y, al sonar, recuerdan
del himno alado la cadencia rítmica.

Los ojos entreabre, aquellos ojos
tan claros como el día;
y la tierra y el cielo, cuanto abarcan,
arden con nueva luz en sus pupilas.

Ríe, y su carcajada, tiene notas
del agua fugitiva;
llora, y es cada lágrima un poema
de ternura infinita.

Ella tiene la luz, tiene el perfume,
el color y la línea,
la forma, engendradora de deseos,
la expresión, fuente eterna de poesía.

¿Que es estúpida?... ¡Bah! Mientras, callando,
guarde oscuro el enigma,
siempre valdrá, a mi ver, lo que ella calla
más que lo que cualquiera otra me diga.

XXXV

¡No me admiró tu olvido! Aunque de un día,
me admiró tu cariño mucho más,
porque lo que hay en mí que vale algo,
eso... ¡ni lo pudiste sospechar!

XXXVI

Si de nuestros agravios en un libro
se escribiese la historia,
y se borrase en nuestras almas cuanto
se borrase en sus hojas;

te quiero tanto aún, dejó en mi pecho
tu amor huellas tan hondas,
que solo con que tú borrases una,
¡las borraba yo todas!

XXXVII

Antes que tú me moriré: escondido
en las entrañas ya
el hierro llevo con que abrió tu mano
la ancha herida mortal.

Antes que tú me moriré: y mi espíritu,
en su empeño tenaz,
sentándose a las puertas de la muerte,
allí te esperará.

Con las horas los días, con los días
los años volarán,
y a aquella puerta llamarás al cabo...
¿Quién deja de llamar?

Entonces, que tu culpa y tus despojos
la tierra guardará,
lavándote en las ondas de la muerte
como en otro Jordán;

allí, donde el murmullo de la vida
temblando a morir va,
como la ola que a la playa viene
silenciosa a expirar;

allí donde el sepulcro que se cierra
abre una eternidad...
¡Todo lo que los dos hemos callado
lo tenemos que hablar!

XXXVIII

Los suspiros son aire y van al aire.
Las lágrimas son agua y van al mar.
Dime, mujer: cuando el amor se olvida,
¿sabes tú adónde va?

XXXIX

¿A qué me lo decís? Lo sé: es mudable,
es altanera y vana y caprichosa;
antes que el sentimiento de su alma
brotará el agua de la estéril roca.

Sé que en su corazón, nido de sierpes,
no hay una fibra que al amor responda:
que es una estatua inanimada... pero...
¡es tan hermosa!

XL

Su mano entre mis manos,
sus ojos en mis ojos,
la amorosa cabeza
apoyada en mi hombro.
¡Dios sabe cuántas veces,
con paso perezoso,
hemos vagado juntos

bajo los altos olmos,
que de su casa prestan
misterio y sombra al pórtico!
Y ayer... un año apenas,
pasando como un soplo,
con qué exquisita gracia
con qué admirable aplomo,
me dijo al presentarnos
un amigo oficioso:
“Creo que alguna parte
he visto a usted”. ¡Ah!, bobos,
que sois de los salones
comadres de buen tono,
y andáis por allí a caza
de galantes embrollos;
¡Qué historia habéis perdido!
¡Qué manjar tan sabroso
para ser devorado
sotto voce en un corro,
detrás de abanico
de plumas de oro!

***

¡Discreta y casta luna,
copudos y altos olmos,
paredes de su casa,
umbrales de su pórtico,
callad, y que el secreto
no salga con vosotros!
Callad; que por mi parte
lo he vivido todo:
y ella... ella... ¡no hay máscara
semejante a su rostro!

XLI

Tú eras el huracán, y yo la alta
torre que desafía su poder:

¡tenías que estrellarte o que abatirme!...
¡No pudo ser!

Tú eras el Océano, y yo la enhiesta
roca que firme aguarda su vaivén:
¡tenías que romperte o que arrancarme!...
¡No pudo ser!

Hermosa tú, yo altivo; acostumbrados
el uno a arrollar, el otro a no ceder:
la senda estrecha, inevitable el choque...
¡No pudo ser!

XLII

Cuando me lo contaron sentí el frío
de una hoja de acero en las entrañas;
me apoyé contra el muro, y un instante
la conciencia perdí de dónde estaba.

Cayó sobre mi espíritu la noche;
en ira y en piedad se anegó el alma...
¡Y entonces comprendí por qué se llora,
y entonces comprendí por qué se mata!

Pasó la nube de dolor... con pena
logré balbucear breves palabras...
¿Quién me dio la noticia?... Un fiel amigo...
¡Me hacía un gran favor!... Le di las gracias.

XLIII

Dejé la luz a un lado, y en el borde
de la revuelta cama me senté,
mudo, sombrío, la pupila inmóvil
clavada en la pared.

¿Qué tiempo estuve así? No sé: al dejarme
la embriaguez horrible del dolor,

expiraba la luz, y en mis balcones
reía el sol.

Ni sé tampoco en tan terribles horas
en qué pensaba o que pasó por mí;
solo recuerdo que lloré y maldije,
¡y que en aquella noche envejecí!

XLIV

Como en un libro abierto
leo de tus pupilas en el fondo;
¿a qué fingir el labio
risas que se desmienten con los ojos?

¡Llora! No te avergüences
de confesar que me quisiste un poco.
¡Llora! Nadie nos mira,
Ya ves; soy un hombre... ¡y también lloro!

XLV

En la clave del arco mal seguro
cuyas piedras el tiempo enrojeció,
obra de un cincel rudo, campeaba
el gótico blasón.

Penacho de su yelmo de granito,
la hiedra que colgaba en derredor
daba sombra al escudo, en que una mano
tenía un corazón.

A contemplarle en la desierta plaza
nos paramos los dos.
Y, "ese, me dijo, es el cabal emblema
de mi constante amor".

¡Ay!, es verdad lo que me dijo entonces:
verdad que el corazón

lo llevará en la mano... en cualquier parte...
pero en el pecho, ¡no!

XLVI

Me ha herido recatándose en las sombras,
sellando con un beso su traición.
Los brazos me echó al cuello y por la espalda
partiome a sangre fría el corazón.

Y ella prosigue alegre su camino,
feliz, risueña, impávida; ¿y por qué?
Porque no brota sangre de la herida...
¡Porque el muerto está en pie!

XLVII

Yo me he asomado a las profundas simas
de la tierra y del cielo,
y les he visto el fin con los ojos,
o con el pensamiento.

Mas, ¡ay!, de un corazón llegué al abismo,
y me incliné por verlo,
y mi alma y mis ojos se turbaron:
¡tan hondo era y tan negro!

XLVIII

Como se arranca el hierro de una herida
su amor de las entrañas me arranqué,
aunque sentí, al hacerlo, que la vida
me arrancaba con él.

Del altar que la alcé en el alma mía
la voluntad su imagen arrojó,
y la luz de la fe que en ella ardía
ante el ara desierta se apagó.

Aun para el firme empeño
viene a mi mente su visión tenaz...
¡Cuándo podré dormir con ese sueño
en que acaba el soñar!

XLIX

Alguna vez la encuentro por el mundo
y pasa junto a mí:
y pasa sonriéndose y yo digo:
¿Cómo puede reír?

Luego asoma a mi labio otra sonrisa,
máscara del dolor,
y entonces pienso: —¡Acaso ella se ríe,
como me río yo!

L

Lo que el salvaje que con torpe mano
hace de un tronco a su capricho un dios,
y luego ante su obra se arrodilla,
eso hicimos tú y yo.

Dimos formas reales a un fantasma,
de la mente ridícula invención,
y hecho el ídolo ya, sacrificamos
en su altar nuestro amor.

LI

De lo poco de vida que me resta
diera con gusto los mejores años,
por saber lo que a otros
de mí has hablado.

Y esta vida inmortal... y de la eterna
lo que me toque, si me toca algo,

por saber lo que a solas
de mí has pensado.

LII

Olas gigantes que os rompéis bramando
en las playas desiertas y remotas,
envuelto entre la sábana de espumas,
¡llevadme con vosotras!

Ráfagas de huracán, que arrebatáis
del alto bosque las marchitas hojas,
arrastrado en el ciego torbellino,
¡llevadme con vosotras!

Nubes de tempestad, que rompe el rayo
y en fuego ornáis las desprendidas orlas,
arrebatado entre la niebla oscura,
¡llevadme con vosotras!

Llevadme, por piedad, a donde el vértigo
con la razón me arranque la memoria...
¡Por piedad!... ¡Tengo miedo de quedarme
con mi dolor a solas!

LIII

Volverán las oscuras golondrinas
en tu balcón sus nidos a colgar,
y, otra vez, con el ala a sus cristales
jugando llamarán.

Pero aquellas que el vuelo refrenaban
tu hermosura y mi dicha a contemplar,
aquellas que aprendieron nuestros nombres...
esas... ¡no volverán!

Volverán las tupidas madreselvas
de tu jardín las tapias a escalar,

y otra vez a la tarde aún más hermosas,
sus flores se abrirán.

Pero aquellas cuajadas de rocío
cuyas gotas mirábamos temblar
y caer, como lágrimas del día...
esas... ¡no volverán!

Volverán del amor en tus oídos
las palabras ardientes a sonar;
tu corazón de su profundo sueño
tal vez despertará.

Pero mudo y absorto y de rodillas,
como se adora a Dios ante su altar,
como yo te he querido..., desengáñate,
¡así no te querrán!

LV

Entre el discorde estruendo de la orgía
acarició mi oído,
como nota de lejana música,
el eco de un suspiro.

El eco de un suspiro que conozco,
formado de un aliento que he bebido,
perfume de una flor, que oculta crece
en un claustro sombrío.

Mi adorada de un día, cariñosa,
—¿En qué piensas?, me dijo:
—En nada... —¿En nada, y lloras? —Es que tengo
alegre la tristeza y triste el vino.

LVI

Hoy como ayer, mañana como hoy,
¡y siempre igual!

Un cielo gris, un horizonte eterno,
¡y andar... andar!

Moviéndose a compás, como una estúpida
máquina, el corazón:
la torpe inteligencia del cerebro
dormida en un rincón.

El alma, que ambiciona un paraíso,
buscándole sin fe;
fatiga sin objeto, ola que rueda
ignorando por qué.

Voz que incesante con el mismo tono
canta el mismo cantar;
gota de agua monótona que cae,
¡y cae sin cesar!

Así van deslizándose los días
unos de otros en pos,
hoy lo mismo que ayer... y todos ellos
sin goce ni dolor.

¡Ay!, a veces me acuerdo suspirando
del antiguo sufrir...
Amargo es el dolor; pero siquiera,
¡padecer es vivir!

LVII

Este armazón de huesos y pellejo,
de pasear una cabeza loca
cansado se halla al fin, y no lo extraño;
pues, aunque es la verdad que no soy viejo,
de la parte de vida que me toca
en la vida del mundo, por mi daño
he hecho un uso tal, que juraría
que he condensado un siglo en cada día.

Así, aunque ahora muriera,
no podría decir que no he vivido;
que el sayo, al parecer nuevo por fuera,
conozco que por dentro ha envejecido.

Ha envejecido, sí, ¡pese a mi estrella!,
harto lo dice ya mi afán doliente;
que hay dolor que al pasar su horrible huella
graba en el corazón, si no en la frente.

LVIII

¿Quieres que de ese néctar delicioso
no te amargue la hez?
Pues aspírale, acércale a tus labios
y déjale después.

¿Quieres que conservemos una dulce
memoria de este amor?
Pues amémonos hoy mucho, y mañana
digámonos *¡adiós!*

LIX

Yo sé cuál el objeto
de tus suspiros es;
yo conozco la causa de tu dulce
secreta languidez.
¿Te ríes?... Algún día
sabrás, niña, por qué:
tú acaso lo sospechas,
y yo lo sé.

Yo sé lo que tú sueñas,
y lo que en sueños ves;
como en un libro puedo lo que callas
en tu frente leer.
¿Te ríes?... Algún día
sabrás, niña, por qué:

tú acaso lo sospechas,
y yo lo sé.

Yo sé por qué sonríes
y lloras a la vez:
yo penetro en los senos misteriosos
de tu alma de mujer.
¿Te ríes?... Algún día
sabrás, niña, por qué:
mientras tú sientes mucho y nada sabes,
yo que no siento ya, todo lo sé.

LX

Mi vida es un erial,
flor que toco se deshoja;
que en mi camino fatal,
alguien va sembrando el mal
para que yo lo recoja.

LXI

Al ver mis horas de fiebre
e insomnio lentas pasar,
a la orilla de mi lecho,
¿quién se sentará?

Cuando la trémula mano
tienda, próximo a expirar,
buscando una mano amiga,
¿quién la estrechará?

Cuando la muerte vidrie
de mis ojos el cristal,
mis párpados aún abiertos,
¿quién los cerrará?

Cuando la campana suene
(si suena en mi funeral),

una oración al oírla,
¿quién murmurará?

Cuando mis pálidos restos
opriman la tierra ya,
sobre la olvidada fosa,
¿quién vendrá a llorar?

Quién, en fin, al otro día,
cuando el sol vuelva a brillar,
de que pasé por el mundo,
¿quién se acordará?

LXII

Primero es un albor trémulo y vago,
raya de inquieta luz que corta el mar;
luego chispea y crece y se dilata
en ardiente explosión de claridad.

La brilladora luz es la alegría;
la temerosa sombra es el pesar;
¡ay!, en la oscura noche de mi alma,
¿cuándo amanecerá?

LXIII

Como enjambre de abejas irritadas,
de un oscuro rincón de la memoria
salen a perseguirnos los recuerdos
de las pasadas horas.

Yo los quiero ahuyentar. ¡Esfuerzo tan inútil!
Me rodean, me acosan,
y unos tras otros a clavarme vienen
el agudo aguijón que el alma encona.

LXIV

Como guarda el avaro su tesoro,
guardaba mi dolor;
yo quería probar que hay algo eterno
a la que eterno me juró su amor.

Mas hoy le llamo en vano, y oigo al tiempo
que le agotó, decir:
¡Ah, barro miserable, eternamente
no podrás ni aun sufrir!

LXV

Llegó la noche y no encontré un asilo;
¡y tuve sed...! Mis lágrimas bebí;
¡y tuve hambre! ¡Los hinchados ojos
cerré para morir!

¡Estaba en un desierto! Aunque a mi oído
de las turbas llegaba el ronco hervir,
yo era huérfano y pobre... ¡El mundo estaba
desierto... para mí!

LXVI

¿De dónde vengo?... El más horrible y áspero
de los senderos busca;
las huellas de unos pies ensangrentados
sobre la roca dura;
los despojos de un alma hecha jirones
en las zarzas agudas,
te dirán el camino
que conduce a mi cuna.

¿A dónde voy? El más sombrío y triste
de los páramos cruza,
valle de eternas nieves y de eternas
melancólicas brumas.
En donde esté una piedra solitaria

sin inscripción alguna,
donde habite el olvido,
allí estará mi tumba.

LXVII

¡Qué hermoso es ver el día
coronado de fuego levantarse,
y a su beso de lumbre
brillar las olas y encenderse el aire!

¡Qué hermoso es tras la lluvia
del triste otoño en la azulada tarde,
de las húmedas flores
el perfume beber hasta saciarse!

¡Qué hermoso es cuando en copos
la blanca nieve silenciosa cae,
de las inquietas llamas
ver las rojizas lenguas agitarse!

¡Qué hermoso es cuando hay sueño
dormir bien... y roncar como un sochantre...
y comer... y engordar!... ¡Y qué desgracia
que esto solo no baste!

LXVIII

No sé lo que he soñado
en la noche pasada;
triste, muy triste debió ser el sueño,
pues despierto, la angustia me duraba.

Noté al incorporarme,
húmeda la almohada,
y por primera vez sentí al notarlo,
de un amargo placer henchirse el alma.

Triste cosa es el sueño
que llanto nos arranca;
mas tengo en mi tristeza una alegría...
¡sé que aún me quedan lágrimas!

LXIX

Al brillar un relámpago nacemos,
y aún dura su fulgor cuando morimos:
¡tan corto es el vivir!

La gloria y el amor tras que corremos,
sombras de un sueño son que perseguimos:
¡despertar es morir!

LXX

¡Cuántas veces al pie de las musgosas
paredes que la guardan,
oí la esquila que al mediar la noche
a los maitines llama!

¡Cuántas veces trazó mi triste sombra
la luna plateada,
junto a la del ciprés que de su huerto
se asoma por las tapias!

Cuando en sombras la iglesia se envolvía,
de su ojiva calada,
¡cuántas veces temblar sobre los vidrios
vi el fulgor de la lámpara!

Aunque el viento en los ángulos oscuros
de la torre silbara,
del coro entre las voces percibía
su voz vibrante y clara.

En las noches de invierno, si un medroso
por la desierta plaza

se atrevía a cruzar, al divisarme,
el paso aceleraba.

Y no faltó una vieja, que en el torno
dijese a la mañana,
que de algún sacristán muerto en pecado
acaso era yo el alma.

A oscuras conocía los rincones
del atrio y la portada;
de mis pies las ortigas que allí crecen
las huellas tal vez guardan.

Los búhos que espantados me seguían
con sus ojos de llamas,
llegaron a mirarme con el tiempo
como a un buen camarada.

A mi lado sin miedo los reptiles
se movían a rastras;
¡hasta los mudos santos de granito
vi que me saludaban!

LXXI

No dormía; vagaba en ese limbo
en que cambian de forma los objetos,
misteriosos espacios que separan
la vigilia del sueño.

Las ideas, que en ronda silenciosa
daban vueltas en torno a mi cerebro,
poco a poco en su danza se movían
con un compás más lento.

De la luz que entra al alma por los ojos
los párpados velaban el reflejo,
mas otra luz el mundo de visiones
alumbraba por dentro.

En este punto resonó en mi oído
un rumor semejante al que en el templo
vaga confuso, al terminar los fieles
con un *Amén* sus rezos.

Y oí como una voz delgada y triste
que por mi nombre me llamó a lo lejos,
y sentí olor de cirios apagados,
de humedad y de incienso.

***

Entró la noche, y del olvido en brazos
caí, cual piedra, en su profundo seno.
Dormí, y al despertar exclamé: "¡Alguno
que yo quería ha muerto!".

LXXII

PRIMERA VOZ
—Las ondas tienen vaga armonía,
las violetas suave olor,
brumas de plata la noche fría,
luz y oro el día;
yo algo mejor:
¡yo tengo *amor*!

SEGUNDA VOZ
—Aura de aplausos, nube rabiosa,
ola de envidia que besa el pie,
isla de sueños donde reposa
el alma ansiosa,
¡dulce embriaguez
la *Gloria* es!

TERCERA VOZ
—Ascua encendida es el tesoro,
sombra que huye la vanidad.
Todo es mentira: la gloria, el oro.
Lo que yo adoro

solo es verdad:
¡la *Libertad*!

***

Así los barqueros pasaban cantando
la eterna canción,
y al golpe del remo saltaba la espuma
y heríala el sol.

¿Te embarcas?, gritaban; y yo sonriendo
les dije al pasar:
—Ha tiempo lo hice; por cierto que aún tengo
la ropa en la playa tendida a secar.

LXXIII

Cerraron sus ojos
que aún tenía abiertos;
taparon su cara
con un blanco lienzo;
y unos sollozando,
otros en silencio,
de la triste alcoba
todos se salieron.

La luz, que en un vaso
ardía en el suelo,
al muro arrojaba
la sombra del lecho;
y entre aquella sombra
veíase a intervalos,
dibujarse rígida
la forma del cuerpo.

Despertaba el día,
y a su albor primero
con sus mil ruidos
despertaba el pueblo.
Ante aquel contraste

de vida y misterios,
de luz y tinieblas,
medité un momento:
"¡Dios mío, qué solos
se quedan los muertos!".

De la casa en hombros
lleváronla al templo,
y en una capilla
dejaron el féretro.
Allí rodearon
sus pálidos restos
de amarillas velas
y de paños negros.

Al dar de las ánimas
el toque postrero,
acabó una vieja
sus últimos rezos;
cruzó la ancha nave,
las puertas gimieron,
y el santo recinto
quedose desierto.

De un reloj se oía
compasado el péndulo,
y de algunos cirios
el chisporroteo.
Tan medroso y triste,
tan oscuro y yerto
todo se encontraba...
que pensé un momento:
"¡Dios mío, qué solos
se quedan los muertos!".

De la alta campana
la lengua de hierro,
le dio, volteando,
su adiós lastimero.
El luto en las ropas,
amigos y deudos

cruzaron en fila,
formando el cortejo.

Del último asilo,
oscuro y estrecho,
abrió la piqueta
el nicho a un extremo.
Allí la acostaron,
tapiáronle luego,
y con un saludo
despidiose el duelo.

La piqueta al hombro,
el sepulturero
cantando entre dientes
se perdió a lo lejos.
La noche se entraba,
reinaba el silencio;
perdido en las sombras
medité un momento:
“¡Dios mío, qué solos
se quedan los muertos!”.

En las largas noches
del helado invierno,
cuando las maderas
crujir hace el viento
y azota los vidrios
el fuerte aguacero,
de la pobre niña
a veces me acuerdo.

Allí cae la lluvia
con un son eterno;
allí la combate
el soplo del cierzo.
Del húmedo muro
tendida en el hueco,
¡acaso de frío
se hielan los huesos!...

***

¿Vuelve el polvo al polvo?
¿Vuela el alma al cielo?
¿Todo es vil materia,
podredumbre y cieno?
No sé; pero hay algo
que explicar no puedo,
que al par nos infunde
repugnancia y duelo,
a dejar tan tristes,
¡tan solos los muertos!

LXXIV

Las ropas desceñidas,
desnudas las espadas,
en el dintel de oro de la puerta
dos ángeles velaban.

Me aproximé a los hierros
que defienden la entrada,
y de las dobles rejas en el fondo
la vi confusa y blanca.

La vi como la imagen
que en un ensueño pasa,
como un rayo de luz, tenue y difuso,
que entre tinieblas nada.

Me sentí de un ardiente
deseo llena el alma:
¡como atrae un abismo, aquel misterio
hacia sí me arrastraba!

Mas, ¡ay!, que de los ángeles
parecían decirme las miradas:
—¡El umbral de esta puerta
solo Dios lo traspasa!

LXXV

¿Será verdad que cuando toca el sueño
con sus dedos de rosa nuestros ojos,
de la cárcel que habita huye el espíritu
en vuelo presuroso?

¿Será verdad que, huésped de las nieblas,
de la brisa nocturna al tenue soplo,
alado sube a la región vacía
a encontrarse con otros?

¿Y allí, desnudo de la humana forma,
allí, los lazos terrenales rotos,
breves horas habita de la idea
el mundo silencioso?

¿Y ríe y llora y aborrece y ama,
y guarda un rastro del dolor y el gozo,
semejante al que deja cuando cruza
el cielo un meteoro?

¡Yo no sé si ese mundo de visiones
vive fuera, o va dentro de nosotros;
pero sé es que conozco a muchas gentes
a quienes no conozco!

LXXVI

En la imponente nave
del templo bizantino,
vi la gótica tumba, a la indecisa
luz que temblaba en los pintados vidrios.

Las manos sobre el pecho,
y en las manos un libro,
una mujer hermosa reposaba
sobre la urna, del cincel prodigio.

Del cuerpo abandonado
al dulce peso hundido,

cual si de blanda pluma y raso fuera
se plegaba su lecho de granito.

De la postrer sonrisa,
el resplandor divino
guardaba el rostro, como el cielo guarda
del sol que muere el rayo fugitivo.

Del cabezal de piedra
sentados en el filo,
dos ángeles, el dedo sobre el labio,
imponían silencio en el recinto.

No parecía muerta;
de los arcos macizos
parecía dormir en la penumbra,
y que en sueños veía el paraíso.

Me acerqué de la nave
al ángulo sombrío,
como quien llega con callada planta
junto a la cuna donde duerme un niño.

La contemplé un momento,
y aquel resplandor tibio,
aquel lecho de piedra que ofrecía
próximo al muro otro lugar vacío.

En el alma avivaron
la sed de lo infinito,
el ansia de esa vida de la muerte,
para la que un instante son los siglos...

***

Cansado del combate
en que luchando vivo,
alguna vez recuerdo con envidia
aquel rincón oscuro y escondido.

De aquella muda y pálida
mujer me acuerdo y digo:
¡Oh, qué amor tan callado el de la muerte!
¡Qué sueño el del sepulcro tan tranquilo!

LEYENDAS

LA CREACIÓN, POEMA INDIO

I

Los aéreos picos del Himalaya se coronan de nieblas oscuras en cuyo seno hierve el rayo, y sobre las llanuras que se extienden a sus pies flotan nubes de ópalo, que derraman sobre las flores un rocío de perlas.

Sobre la onda pura del Ganges se mece la simbólica flor del loto, y en la ribera aguarda su víctima el cocodrilo, verde como las hojas de las plantas acuáticas, que lo esconden a los ojos del viajero.

En las selvas del Indostán hay árboles gigantescos, cuyas ramas ofrecen un pabellón al cansado peregrino, y otros cuya sombra letal lo llevan desde el sueño a la muerte.

El amor es un caos de luz y de tinieblas; la mujer, una amalgama de perjurios y ternura; el hombre un abismo de grandeza y pequeñez; la vida, en fin, puede compararse a una larga cadena con eslabones de hierro y de oro.

II

El mundo es un absurdo animado que rueda en el vacío para asombro de sus habitantes.

No busquéis su explicación en los Vedas, testimonios de las locuras de nuestros mayores, ni en los Puranas, donde, vestidos con las deslumbradoras galas de la poesía, se acumulan disparates sobre disparates acerca de su origen.

Oíd la historia de la creación tal como fue revelada a un piadoso brahmin, después de pasar tres meses en ayunas, inmóvil en la contemplación de sí mismo, y con los índices levantados hacia el firmamento.

III

Brahma es el punto de la circunferencia; de él parte y a él converge todo. No tuvo principio ni tendrá fin. Cuando no existían ni el espacio ni el tiempo, la Maya flotaba a su alrededor como una niebla confusa, pues absorto en la contemplación de sí mismo, aún no la había fecundado con sus deseos.

Como todo cansa, Brahma se cansó de contemplarse, y levantó los ojos de una de sus cuatro caras y se encontró consigo mismo, y abrió airado los de otra y tornó a verse, porque él lo ocupaba todo, y todo era él.

La mujer hermosa, cuando pule el acero y contempla su imagen, se deleita en sí misma; pero al cabo busca otros ojos donde fijar los suyos y, si no los encuentra, se aburre.

Brahma no es vano como la mujer, porque es perfecto. Figuraos si se aburriría de hallarse solo, solo en medio de la eternidad y con cuatro pares de ojos para verse.

IV

Brahma deseó por primera vez, y su deseo, fecundando la creadora Maya que lo envolvía, hizo brotar de su seno millones de puntos de luz, semejantes a esos átomos microscópicos y encendidos que nadan en el rayo de sol que penetra por entre la copa de los árboles.

Aquel polvo de oro llenó el vacío, y al agitarse produjo miríadas de seres destinados a entonar himnos de gloria a su criador.

Los *gandharvas*, o cantores celestes, con sus rostros hermosísimos, sus alas de mil colores, sus carcajadas sonoras y sus juegos infantiles, arrancaron a Brahma la primera sonrisa, y de ella brotó el Edem. El Edem con sus ocho círculos, las tortugas y los elefantes que los sostienen, y su santuario en la cúspide.

V

Los chiquillos fueron siempre chiquillos: bulliciosos, traviesos e incorregibles, comienzan por hacer gracia, una hora después aturden, y concluyen por fastidiar. Una cosa muy parecida debió de acontecerle a Brahma, cuando apeándose del gigantesco cisne, que como un corcel de nieve lo paseaba por el ciclo, dejó aquella turbamulta de *gandharvas* en los círculos inferiores, y se retiró al fondo de su santuario.

Allí, donde no llega ni un eco perdido, ni se percibe el rumor más leve, donde reina el augusto silencio de la soledad, y su profunda calma convida a las meditaciones, Brahma, buscando una distracción con que matar su eterno fastidio, después de cerrar la puerta con dos vueltas de llave, entregose a la alquimia.

VI

Los sabios de la tierra que pasan su vida encorvados sobre antiguos pergaminos, que se rodean de mil objetos misteriosos y conocen las extrañas propiedades de las piedras preciosas, los metales y las palabras cabalísticas, hacen por medio de esta ciencia transformaciones increíbles. El carbón lo convierten en diamante, la arcilla en oro, descomponen el agua y el aire, analizan la llama, y arrancan al fuego el secreto de la vitalidad y la luz.

Si todo esto consigue un mortal miserable con el reflejo de su saber, figuraos por un instante lo que haría Brahma, que es el principio de toda ciencia.

VII

De un golpe creó los cuatro elementos, y creó también a sus guardianes. Agnis, que es el espíritu de las llamas; Vajous, que aúlla montado en el huracán; Varunas, que se revuelve en los abismos del océano; y Prithivi, que conoce todas las cavernas subterráneas de los mundos, y vive en el seno de la creación.

Después encerró en redomas transparentes y de una materia nunca vista gérmenes de cosas inmateriales e intangibles, pasiones, deseos, facultades, virtudes, principios de dolor y de gozo, de muerte y de vida, de bien y de mal. Y todo lo subdividió en especies, y lo clasificó con diligencia exquisita poniéndole un rótulo escrito a cada una de las redomas.

VIII

La turba de rapaces que ensordecía en tanto con sus voces y sus ruidosos juegos los círculos inferiores del paraíso, echaron de ver la falta de su señor. ¿Dónde estará?, exclamaban los unos. ¿Qué hará?, decían entre sí los otros; y no eran parte a disminuir el afán de los curiosos las columnas de negro humo que veían salir en espirales inmensas del laboratorio de Brahma, ni los globos de fuego que desde el mismo punto se lanzaban volteando al vacío, y allí giraban como en una ronda luminosa y magnífica.

IX

La imaginación de los muchachos es un corcel, y la curiosidad la espuela que lo aguijonea y lo arrastra a través de los proyectos más imposibles. Movidos por ella, los microscópicos cantores comenzaron a trepar por las piernas de los elefantes que sustentan los círculos del ciclo, y de uno en otro se encaramaron hasta el misterioso recinto, donde Brahma permanecía aún, absorto en sus especulaciones científicas.

Una vez en la cúspide, los más atrevidos se agruparon alrededor de la puerta, y uno por el ojo de la llave, y otros por entre las rendijas y claros de los mal unidos tableros, penetraron con la mirada en el inmenso laboratorio, objeto de su curiosidad.

El espectáculo que se ofreció a sus ojos, no pudo menos de sorprenderles.

X

Allí había diseminadas, sin orden ni concierto, vasijas y redomas colosales de todas hechuras y colores. Esqueletos de mundos, embriones de astros y fragmentos de lunas yacían confundidos con hombres a medio modelar, proyectos de animales monstruosos sin concluir, pergaminos oscuros, libros en folio e instrumentos extraños. Las paredes estaban llenas de figuras geométricas, signos cabalísticos y fórmulas mágicas, y en medio del aposento, en una gigantesca marmita colocada sobre una lumbre inextinguible, hervían, con un ruido sordo, mil y mil ingredientes sin nombre, de cuya sabia combinación habían de resultar las creaciones perfectas.

XI

Brahma, a quien apenas bastaban sus ocho brazos y sus dieciséis manos para tapar y destapar vasijas, agitar líquidos y remover mixturas, tomaba algunas veces un gran canuto, a manera de cerbatana, y así como los chiquillos hacen pompas de jabón valiéndose de las cañas del trigo seco, lo sumergía en el licor, se inclinaba después sobre los abismos del cielo, y soplaba en la una punta, apareciendo en la otra un globo candente que al lanzarse comenzaba a girar sobre sí mismo y al compás de los otros que ya flotaban en el espacio.

XII

Inclinado sobre el abismo sin fondo, el creador los seguía con una mirada satisfecha, y aquellos mundos luminosos y perfectos, poblados de seres felices y hermosísimos sobre toda ponderación, que son esos astros que, semejantes a los soles, vemos aún en las noches serenas, entonaban un himno de alegría a su Dios, girando sobre sus ejes de diamante y oro con una cadencia majestuosa y solemne.

Los pequeñuelos *gandharvas*, sin atreverse ni aún a respirar, se miraban espantados entre sí, llenos de estupor y miedo ante aquel espectáculo grandioso.

XIII

Se cansó Brahma de hacer experimentos, y abandonando el laboratorio, no sin haberle echado al salir la llave y guardándola en el bolsillo, tornó a montar sobre su cisne con el objeto de tomar aire. ¿Pero cuál no sería su preocupación cuando él, que todo lo ve y todo lo sabe, no advirtió que, abstraído en sus ideas, había echado la llave en falso? No le pasó lo mismo a la inquieta turba de rapaces que, notando el descuido, le siguieron a larga distancia con la vista, y cuando se creyeron solos, uno empuja poquito a poco la puerta, este asoma la cabeza, aquel adelanta un pie, e invaden todos, por fin, el laboratorio, tardando muy poco en encontrarse en él como en su casa.

XIV

Pintar la escena que entonces se verificó en aquel reciento sería imposible.

Primeramente examinaron todos los objetos con el mayor asombro; luego se atrevieron a tocarlos, y al fin terminaron por no dejar títere con cabeza. Echaron pergaminos en la lumbre para que sirvieran de pasto a las llamas; destaparon las redomas, no sin quebrar algunas; removieron las vasijas, derramando su contenido, y después de oler, probar y revolverlo todo, los unos se colgaban de los soles y estrellas aún no concluidos y pendientes de las bóvedas para secarse; los otros se subían por las osamentas de los gigantescos animales, cuyas formas no habían agradado al señor. Y arrancaron las hojas de los libros para hacer mitras de papel, y se coloraron los compases entre las piernas, a guisa de caballo, y rompieron las varas de virtudes misteriosas, alanceándose con ellas.

Por último, cansados de enredar, decidieron hacer un mundo tal y como lo habían visto hacer.

XV

Aquí comenzó el gran bullicio, la confusión y las carcajadas. La marmita estaba candente. Llegó el uno, vertió un líquido en ella, y se levantó una columna de humo. Luego vino otro, arrojó sobre aquel un elixir misterioso que contenía una redoma, con la que llegó casi sin aliento hasta el borde del receptáculo; tan grande era la vasija y tan rapazuelo su conductor. A cada nuevo ingrediente que arrojaban en la marmita, se elevaban en su fondo llamaradas azules y rojas que saludaba la alegre muchedumbre con gritos de júbilo y risotadas interminables.

XVI

Allí mezclaron y confundieron todos los elementos del bien y del mal, el dolor y la alegría, la fealdad y la hermosura, la abnegación y el egoísmo, los gérmenes del hielo destinados a mundos hechos de manera que el frío causase una fruición deleitosa en sus habitadores, y los del calor compuestos para globos cuyos seres se habían de gozar en las llamas; y revolvieron los principios de la divinidad, el espíritu con la grosera materia, la arcilla y el fango, confundiendo en un mismo brebaje la impotencia y los deseos, la grandeza y la pequeñez, la vida y la muerte.

Aquellos elementos tan contrarios rabiaban al verse juntos en el fondo de la marmita.

XVII

Hecha la operación, uno de ellos se arrancó una pluma de las alas, le cortó las barbas con los dientes y, mojando lo restante en el líquido, fue a inclinarse sobre el abismo sin fondo, y sopló, y apareció un mundo. Un mundo deforme, raquítico, oscuro, aplastado por los polos, que volteaba de medio ganchete, con montañas de nieve y arenales encendidos, con fuego en las entrañas y océanos en la superficie, con una humanidad frágil y presuntuosa, con aspiraciones de Dios y flaquezas de barro. El principio de muerte, destruyendo cuanto existe, y el principio de vida con conatos de eternidad, reconstruyéndolo con sus mismos despojos: un mundo disparatado, absurdo, inconcebible; nuestro mundo, en fin.

Los chiquillos que lo habían formado, al mirarle rodar en el vacío de un modo tan grotesco, lo saludaron con una inmensa carcajada, que resonó en los ocho círculos del Edem.

XVIII

Brahma, al escuchar aquel ruido, volvió en sí y vio cuanto pasaba, y lo comprendió todo. La indignación llameó en sus pupilas; su airado acento atronó el cielo y amedrantó a la turba de muchachos, que huyó sobrecogida y dispersa a puntapiés; y ya tenía levantada la mano sobre aquella deforme creación para destruirla; ya el solo amago había producido en ella esa gran catástrofe que aún recordamos con el nombre del diluvio, ruando uno de los *gandharvas*, el más travieso, pero el más mono, se arrojó a sus plantas diciendo entre sollozos: ¡Señor, Señor, no nos rompas nuestro juguete!

XIX

Brahma es grave, porque es Dios, y, sin embargo, tuvo que hacer un grande esfuerzo al oír estas palabras para no dejar reventar la risa que le retozaba en los ojos. Al cabo, reponiéndose, exclamó: Id, turba desalmada e incorregible, marchaos donde no os vea más, con vuestra deforme criatura. Ese mundo no debe, no puede existir, porque en él hasta los átomos pelean con los átomos; pero marchad, os respeto; mi esperanza es que en poder vuestro no durará mucho.

Dijo Brahma, y los chiquillos, dándose empellones y riéndose descompasadamente y arrojando gritos descomunales, se lanzaron en pos de nuestro globo, y este le da por aquí, el otro le hurga por allá... Desde entonces ruedan con él por el ciclo, para asombro de los otros mundos y desesperación de sus habitantes.

Por fortuna nuestra, Brahma lo dijo, y sucederá, así. Nada hay más delicado ni más temible que las manos de los chiquillos: en ellas el juguete no puede durar mucho.

MAESE PÉREZ, EL ORGANISTA

En Sevilla, en el mismo atrio de Santa Inés, y mientras esperaba que comenzase la misa del gallo, oí esta tradición a una demandadera del convento.

Como era natural, después de oírla, aguardé impaciente que comenzara la ceremonia, ansioso de asistir a un prodigio.

Nada menos prodigioso, sin embargo, que el órgano de Santa Inés, ni nada más vulgar que los insulsos motetes que nos regaló su organista aquella noche.

Al salir de la Misa, no pude por menos de decirle a la demandadera con aire de burla:

—¿En qué consiste que el órgano de maese Pérez suena ahora tan mal?

—Toma —me contestó la vieja—, en que ese no es el suyo.

—¿No es el suyo? ¿Pues qué ha sido de él?

—Se cayó a pedazos de puro viejo, hace una porción de años.

—¿Y el alma del organista?

—No ha vuelto a aparecer desde que colocaron el que ahora le sustituye.

Si a alguno de mis lectores se les ocurriese hacerme la misma pregunta, después de leer esta historia, ya sabe el porqué no se ha continuado el milagroso portento hasta nuestros días.

I

—¿Veis ese de la capa roja y la pluma blanca en el fieltro, que parece que trae sobre su justillo todo el oro de los galeones de Indias; aquél que baja en este momento de su litera para dar la mano a esa otra señora que, después de dejar la suya, se adelanta hacia aquí, precedida de cuatro pajes con hachas? Pues ese es el Marqués de Moscoso, galán de la condesa viuda de Villapineda. Se dice que antes de poner sus ojos sobre esta dama, había pedido en matrimonio a la hija de un opulento señor; mas el padre de la doncella, de quien se murmura que es un poco avaro... Pero ¡calle!, en hablando del ruin de Roma, cátale aquí que asoma. ¿Veis aquél que viene por debajo del arco de San Felipe, a pie, embozado en una capa oscura, y precedido de un solo criado con una linterna? Ahora llega frente al retablo.

¿Reparasteis, al desembozarse para saludar a la imagen, la encomienda que brilla en su pecho?

A no ser por ese noble distintivo, cualquiera le creería un lonjista de la calle de Culebras... Pues ese es el padre en cuestión; mirad cómo la gente del pueblo le abre paso y le saluda.

Toda Sevilla le conoce por su colosal fortuna. Él solo tiene más ducados de oro en sus arcas que soldados mantiene nuestro señor el rey don Felipe; y con sus galeones podría formar una escuadra suficiente a resistir a la del Gran Turco...

Mirad, mirad ese grupo de señores graves: esos son los caballeros veinticuatros. ¡Hola, hola! También está el flamencote, a quien se dice que no han echado ya el guante los señores de la cruz verde, merced a su influjo con los magnates de Madrid... Este no viene a la iglesia más que a oír música... no, pues si maese Pérez no le arranca con su órgano lágrimas como puños, bien se puede asegurar que no tiene su alma en su almario, sino friyéndose en las calderas de Pero Botero...¡Ay, vecina! Malo... malo... presumo que vamos a tener jarana; yo me refugio en la iglesia; pues por lo que veo, aquí van a andar más de sobra los cintarazos que los *Pater Noster*. Mirad, Mirad; las gentes del duque de Alcalá doblan la esquina de la plaza de San Pedro, y por el callejón de las Dueñas se me figura que he columbrado a las del de Medinasidonia... ¿No os lo dije?

Ya se han visto, ya se detienen unos y otros, sin pasar de sus puestos... los grupos se disuelven... los ministriles, a quienes en estas ocasiones apalean amigos y enemigos, se retiran... hasta el señor asistente, con su vara y todo, se refugia en el atrio... y luego dicen que hay justicia.

Para los pobres...

Vamos, vamos, ya brillan los broqueles en la oscuridad... ¡Nuestro Señor del Gran Poder nos asista! Ya comienzan los golpes... ¡vecina!, ¡vecina!, aquí... antes que cierren las puertas. Pero ¡calle! ¿Qué es eso? Aún no han comenzado cuando lo dejan. ¿Qué resplandor es aquel?... ¡Hachas encendidas! ¡Literas! Es el señor obispo.

La Virgen Santísima del Amparo, a quien invocaba ahora mismo con el pensamiento, lo trae en mi ayuda... ¡Ay! ¡Si nadie sabe lo que yo debo a esta Señora!... ¡Con cuánta usura me paga las candelillas que le enciendo los sábados!... Vedlo, qué hermosote está con sus hábitos morados y su birrete rojo... Dios le conserve en su silla tantos siglos como yo deseo de vida para mí. Si no fuera por él, media Sevilla hubiera ya ardido con estas disensiones de los duques. Vedlos, vedlos, los hipocritones, cómo se acercan ambos a la litera del prelado para besarle el anillo... Cómo le siguen y le acompañan, confundiéndose con sus familiares. Quién diría que esos dos que parecen tan amigos, si dentro de media hora se encuentran en una calle oscura... es decir, ¿ellos... ellos?... Líbreme Dios de creerlos cobardes; buena muestra han dado de sí, peleando en algunas ocasiones contra los enemigos de Nuestro Señor... Pero es la verdad, que si se buscaran... y si se buscaran con ganas de encontrarse, se encontrarían, poniendo fin de una vez a estas continuas reyertas, en las cuales los que verdaderamente baten el cobre de firme son sus deudos, sus allegados y su servidumbre.

Pero vamos, vecina, vamos a la iglesia, antes que se ponga de bote en bote... que algunas noches como esta suele llenarse de modo que no cabe ni un grano de trigo... Buena ganga tienen las monjas con su organista... ¿Cuándo se ha visto el convento tan favorecido como ahora?... De las otras comunidades, puedo decir que le han hecho a maese Pérez proposiciones magníficas; verdad que nada tiene de extraño, pues hasta el señor arzobispo le ha ofrecido montes de oro por llevarle a la catedral... Pero él, nada... Primero dejaría la vida que abandonar su órgano favorito... ¿No conocéis a maese Pérez? Verdad es que sois nueva en el barrio... Pues es un santo varón; pobre, sí, pero limosnero cual no otro... Sin más parientes que su hija ni más amigo que su órgano, pasa su vida entera en velar por la inocencia de la una y componer los registros del otro... ¡Cuidado que el órgano es viejo!... Pues nada, él se da tal maña en arreglarlo y cuidarlo, que suena que es una maravilla... Como que le conoce de tal modo, que a tientas... porque no sé si os lo he dicho, pero el pobre señor es ciego de nacimiento... Y con qué paciencia lleva su desgracia... Cuando le preguntan que cuánto daría por ver, responde: mucho, pero no tanto como creéis, porque tengo esperanzas.

—¿Esperanzas de ver?

—Sí, y muy pronto —añade sonriéndose como un ángel—; ya cuento setenta y seis años; por muy larga que sea mi vida, pronto veré a Dios...

¡Pobrecito! Y sí lo verá... porque es humilde como las piedras de la calle, que se dejan pisar de todo el mundo... Siempre dice que no es más que un pobre organista de convento, y puede dar lecciones de solfa al mismo maestro de capilla de la Primada; como que echó los dientes en el oficio... Su padre tenía la misma profesión que él; yo no le conocí, pero mi señora madre, que santa gloria haya, dice que le llevaba siempre al órgano consigo para darle a los fuelles. Luego, el muchacho mostró tales disposiciones que, como era natural, a la muerte de su padre heredó el cargo... ¡Y qué manos tiene! Dios se las bendiga. Merecía que se las llevaran a la calle de Chicarreros y se las engarzasen en oro... Siempre toca bien, siempre; pero en semejante noche como esta es un prodigio... Él tiene una gran devoción por esta ceremonia de la misa del gallo, y cuando levantan la Sagrada Forma al punto y hora de las doce, que es cuando vino al mundo Nuestro Señor Jesucristo... las voces de su órgano son voces de ángeles...

En fin, para qué tengo de ponderarle lo que esta noche oirá; baste el ver cómo todo lo más florido de Sevilla, hasta el mismo señor arzobispo, vienen a un humilde convento para escucharle; y no se crea que solo la gente sabida y a la que se le alcanza esto dela solfa conocen su mérito, sino que hasta el populacho. Todas esas bandadas que veis llegar con teas encendidas entonando villancicos con gritos desaforados al compás de los panderos, las sonajas y las zambombas, contra su costumbre, que es la de alborotar las iglesias, callan como muertos cuando pone maese Pérez las manos en el órgano... y cuando alzan... cuando alzan no se siente una mosca... de todos los ojos caen lagrimones tamaños, y al concluir se oye como un suspiro inmenso, que no es otra cosa que la respiración de los circunstantes, contenida mientras dura la música... Pero vamos, vamos, ya han dejado de tocar las campanas, y va a comenzar la misa; vamos adentro...

Para todo el mundo es esta noche Nochebuena, pero para nadie mejor que para nosotros.

Esto diciendo, la buena mujer que había servido de cicerone a su vecina, atravesó el atrio del convento de Santa Inés, y codazo en este, empujón en aquel, se internó en el templo, perdiéndose entre la muchedumbre que se agolpaba en la puerta.

II

La iglesia estaba iluminada con una profusión asombrosa. El torrente de luz que se desprendía de los altares para llenar sus ámbitos chispeaba en los ricos joyeles de las damas que, arrodillándose sobre los cojines de terciopelo que tendían los pajes y tomando el libro de oraciones de manos de las dueñas, vinieron a formar un brillante círculo alrededor de la verja del presbiterio. Junto a aquella verja, de pie, envueltos en sus capas de color galoneadas de oro, dejando entrever con estudiado descuido las encomiendas rojas y verdes, en la una mano el fieltro, cuyas plumas besaban los tapices, la otra sobre los bruñidos gavilanes del estoque o acariciando el pomo del cincelado puñal, los caballeros veinticuatros, con gran parte de lo mejor de la nobleza sevillana, parecían formar un muro, destinado a defender a sus hijas y a sus esposas del contacto de la plebe. Esta, que se agitaba en el fondo de las naves, con un rumor parecido al del mar cuando se alborota, prorrumpió en una aclamación de júbilo, acompañada del discordante sonido de las sonajas y los panderos, al mirar aparecer al arzobispo, el cual, después de sentarse junto al altar mayor bajo un solio de grana que rodearon sus familiares, echó por tres veces la bendición al pueblo.

Era la hora de que comenzase la misa.

Transcurrieron, sin embargo, algunos minutos sin que el celebrante apareciese. La multitud comenzaba a rebullirse, demostrando su impaciencia; los caballeros cambiaban entre sí algunas palabras a media voz, y el arzobispo mandó a la sacristía a uno de sus familiares a inquirir el por qué no comenzaba la ceremonia.

—Maese Pérez se ha puesto malo, muy malo, y será imposible que asista esta noche a la misa de media noche.

Esta fue la respuesta del familiar.

La noticia cundió instantáneamente entre la muchedumbre. Pintar el efecto desagradable que causó en todo el mundo sería cosa imposible; baste decir que comenzó a notarse tal bullicio en el templo, que el asistente se puso de pie y los alguaciles entraron a imponer silencio, confundiéndose entre las apiñadas olas de la multitud.

En aquel momento, un hombre mal trazado, seco, huesudo y bisojo por añadidura, se adelantó hasta el sitio que ocupaba el prelado.

—Maese Pérez está enfermo —dijo—; la ceremonia no puede empezar. Si queréis, yo tocaré el órgano en su ausencia; que ni maese Pérez, es el primer organista del mundo, ni a su muerte dejará de usarse este instrumento por falta de inteligente...

El arzobispo hizo una señal de asentimiento con la cabeza, y ya algunos de los fieles que conocían a aquel personaje extraño por un organista envidioso, enemigo del de Santa Inés, comenzaban a prorrumpir en exclamaciones de disgusto, cuando de improviso se oyó en el atrio un ruido espantoso.

—¡Maese Pérez está aquí!... ¡Maese Pérez está aquí!...

A estas voces de los que estaban apiñados en la puerta, todo el mundo volvió la cara.

Maese Pérez, pálido y desencajado, entraba en efecto en la iglesia, conducido en un sillón, que todos se disputaban el honor de llevar en sus hombros.

Los preceptos de los doctores, las lágrimas de su hija, nada había sido bastante a detenerle en el lecho.

—No —había dicho—; esta es la última, lo conozco, lo conozco, y no quiero morir sin visitar mi órgano, y esta noche sobre todo, la Nochebuena. Vamos, lo quiero, lo mando; vamos a la iglesia.

Sus deseos se habían cumplido; los concurrentes le subieron en brazos a la tribuna, y comenzó la misa.

En aquel punto sonaban las doce en el reloj de la catedral.

Pasó el introito y el Evangelio y el ofertorio, y llegó el instante solemne en que el sacerdote, después de haberla consagrado, toma con la extremidad de sus dedos la Sagrada Forma y comienza a elevarla.

Una nube de incienso que se desenvolvía en ondas azuladas llenó el ámbito de la iglesia; las campanillas repicaron con un sonido vibrante, y maese Pérez puso sus crispadas manos sobre las teclas del órgano.

Las cien voces de sus tubos de metal resonaron en un acorde majestuoso y prolongado, que se perdió poco a poco, como si una ráfaga de aire hubiese arrebatado sus últimos ecos.

A este primer acorde que parecía una voz que se elevaba desde la tierra al cielo, respondió otro lejano y suave que fue creciendo, creciendo, hasta convertirse en un torrente de atronadora armonía.

Era la voz de los ángeles que, atravesando los espacios, llegaba al mundo.

Después comenzaron a oírse como unos himnos distantes que entonaban las jerarquías de serafines; mil himnos a la vez, que al confundirse formaban uno solo, que, no obstante, era no más el acompañamiento de una extraña melodía, que parecía flotar sobre aquel océano de misteriosos ecos, como un jirón de niebla sobre las olas del mar.

Luego fueron perdiéndose unos cantos, después otros; la combinación se simplificaba. Ya no eran más que dos voces, cuyos ecos se confundían entre sí; luego quedó una aislada, sosteniendo una nota brillante como un hilo de luz... El sacerdote inclinó la frente, y por encima de su cabeza cana y como a través de una gasa azul que fingía el humo del incienso, apareció la hostia a los ojos de los fieles. En aquel instante la nota que maese Pérez sostenía trinando, se abrió, se abrió, y una explosión de armonía gigante estremeció la iglesia, en cuyos ángulos zumbaba el aire comprimido, y cuyos vidrios de colores se estremecían en sus angostos ajimeces.

De cada una de las notas que formaban aquel magnífico acorde, se desarrolló un tema; y unos cerca, otros lejos, estos brillantes, aquellos sordos, diríase que las aguas y los pájaros, las brisas y las frondas, los hombres y los ángeles, la tierra y los cielos, cantaban cada cual en su idioma un himno al nacimiento del Salvador.

La multitud escuchaba atónica y suspendida. En todos los ojos había una lágrima, en todos los espíritus un profundo recogimiento.

El sacerdote que oficiaba sentía temblar sus manos, porque Aquél que levantaba en ellas, Aquél a quien saludaban hombres y arcángeles era su Dios, era su Dios, y le parecía haber visto abrirse los cielos y transfigurarse la hostia.

El órgano proseguía sonando; pero sus voces se apagaban gradualmente, como una voz que se pierde de eco en eco y se aleja y se debilita al alejarse, cuando de pronto sonó un grito en la tribuna, un grito desgarrador, agudo, un grito de mujer.

El órgano exhaló un sonido discorde y extraño, semejante a un sollozo, y quedó mudo.

La multitud se agolpó a la escalera de la tribuna hacia la que, arrancados de su éxtasis religioso, volvieron la mirada con ansiedad todos los fieles.

—¿Qué ha sucedido? ¿Qué pasa? —se decían unos a otros, y nadie sabía responder, y todos se empeñaban en adivinarlo, y crecía la confusión, y el alboroto comenzaba a subir de punto, amenazando turbar el orden y el recogimiento propios de la iglesia.

—¿Qué ha sido eso? —preguntaban las damas al asistente, que precedido de los ministriles, fue uno de los primeros a subir a la tribuna y que, pálido y con muestras de profundo pesar, se dirigía al puesto en donde le esperaba el arzobispo, ansioso, como todos, por saber la causa de aquel desorden.

—¿Qué hay?

—Que maese Pérez acaba de morir.

En efecto, cuando los primeros fieles, después de atropellarse por la escalera, llegaron a la tribuna, vieron al pobre organista caído de boca sobre las teclas de su viejo instrumento, que aún vibraba sordamente, mientras su hija, arrodillada a sus pies, le llamaba en vano entre suspiros y sollozos.

III

—Buenas noches, mi señora doña Baltasara, ¿también usarced viene esta noche a la misa del gallo? Por mi parte tenía hecha intención de irla a oír a la parroquia; pero lo que sucede... ¿Dónde va Vicente? Donde va la gente. Y eso que, si he de decir la verdad, desde que murió maese Pérez parece que me echan una losa sobre el corazón cuando entro en Santa Inés... ¡Pobrecito!... ¡Era un Santo!... Yo de mí sé decir que conservo un pedazo de su jubón como una reliquia, y lo merece... pues en Dios y en mi ánima, que si el señor arzobispo tomara mano en ello, es seguro que nuestros nietos le verían en los altares... Mas ¡cómo ha de ser!... A muertos y a idos, no hay amigos... Ahora lo que priva es la novedad... ya me entiende usarced. ¡Qué! ¿No sabe nada de lo que pasa? Verdad que nosotras nos parecemos en eso: de nuestra casita a la iglesia, y de la iglesia a nuestra casita, sin cuidarnos de lo que se dice o déjase de decir... solo que yo, así... al vuelo... una palabra de acá, otra de acullá... sin ganas de enterarme siquiera, suelo estar al corriente de algunas novedades... Pues sí, señor; parece cosa hecha que el organista de San Román, aquel bisojo, que siempre está echando pestes de los otros organistas; aquel perdulariote, que más parece jifero de la puerta de la Carne que maestro de solfa, va a tocar esta Nochebuena en lugar de maese Pérez. Ya sabrá usarced, porque esto lo ha sabido todo el mundo y es cosa pública en Sevilla, que nadie quería comprometerse a hacerlo. Ni aun su hija, que es profesora, y después de la muerte de su padre entró en el convento de novicia. Y era natural: acostumbrados a oír aquellas maravillas, cualquier otra cosa había de parecernos mala, por más que quisieran evitarse las comparaciones. Pues cuando ya la comunidad había decidido que, en honor del difunto y como muestra de respeto a su memoria, permanecería callado el órgano en esta noche, hete aquí que se presenta nuestro hombre, diciendo que él se atreve a tocarlo... No hay nada más atrevido que la ignorancia... Cierto que la culpa no es suya, sino de los que le consienten esta profanación... pero así va el mundo... y digo, no es cosa la gente que acude... cualquiera diría que nada ha cambiado desde un año a otro. Los mismos personajes, el mismo lujo, los mismos empellones en la puerta, la misma animación en el atrio, la misma multitud en el templo... ¡Ay, si levantara la cabeza el muerto! Se volvía a morir por no oír su órgano tocado por manos semejantes. Lo que tiene que, si es verdad lo que me han dicho las gentes del barrio, le preparan una buena al intruso. Cuando llegue el momento de poner la mano sobre las teclas, va a comenzar una algarabía de sonajas, panderos y zambombas que no haya más que oír... Pero ¡calle!, ya entra en la iglesia el héroe de la función. ¡Jesús, qué ropilla de colorines, qué gorguera de cañutos, qué aire de personaje! Vamos, vamos, que ya hace rato que llegó el arzobispo, y va a comenzar la misa... vamos, que me parece que esta noche va a darnos que contar para muchos días.

Esto diciendo la buena mujer, que ya conocen nuestros lectores por sus exabruptos de locuacidad, penetró en Santa Inés, abriéndose, según costumbre, un camino entre la multitud a fuerza de empellones y codazos.

Ya se había dado principio a la ceremonia.

El templo estaba tan brillante como el año anterior.

El nuevo organista, después de atravesar por en medio de los fieles que ocupaban las naves para ir a besar el anillo del prelado, había subido a la tribuna, donde tocaba unos tras otros los registros del órgano, con una gravedad tan afectada como ridícula.

Entre la gente menuda que se apiñaba a los pies de la iglesia, se oía un rumor sordo y confuso, cierto presagio de que la tempestad comenzaba a fraguarse y no tardaría mucho en dejarse sentir.

—Es un truhan, que por no hacer nada bien, ni aun mira a derechas —decían los unos.

—Es un ignorantón que, después de haber puesto el órgano de su parroquia peor que una carraca, viene a profanar el de maese Pérez —decían los otros.

Y mientras este se desembarazaba del capote para prepararse a darle de firme a su pandero, y aquel apercibía sus sonajas, y todos se disponían a hacer bulla a más y mejor, solo alguno que otro se aventuraba a defender tibiamente al extraño personaje, cuyo porte orgulloso y pedantesco hacía tan notable contraposición con la modesta apariencia y la afable bondad del difunto maese Pérez.

Al fin llegó el esperado momento, el momento solemne en que el sacerdote, después de inclinarse y murmurar algunas palabras santas, tomó la hostia en sus manos... Las campanillas repicaron, semejando su repique una lluvia de notas de cristal; se elevaron las diáfanas ondas de incienso, y sonó el órgano.

Una estruendosa algarabía llenó los ámbitos de la iglesia en aquel instante y ahogó su primer acorde.

Zampoñas, gaitas, sonajas, panderos, todos los instrumentos del populacho alzaron sus discordantes voces a la vez; pero la confusión y el estrépito solo duró algunos segundos. Todos a la vez, como habían comenzado, enmudecieron de pronto.

El segundo acorde, amplio, valiente, magnífico, se sostenía aún brotando de los tubos de metal del órgano, como una cascada de armonía inagotable y sonora.

Cantos celestes como los que acarician los oídos en los momentos de éxtasis; cantos que percibe el espíritu y no los puede repetir el labio; notas sueltas de una melodía lejana, que suenan a intervalos, traídas en las ráfagas del viento; rumor de hojas que se besan en los árboles con un murmullo semejante al de la lluvia; trinos de alondras que se levantan gorjeando de entre las flores como una saeta despedida a las nubes; estruendos sin nombre, imponentes como los rugidos de una tempestad; coros de serafines sin ritmo ni cadencia, ignota música del cielo que solo la imaginación comprende; himnos alados, que parecían remontarse al trono del Señor como una tromba de luz y de sonidos... todo lo expresaban las cien voces del órgano, con más pujanza, con más misteriosa poesía, con más fantástico color que lo habían expresado nunca.

Cuando el organista bajó de la tribuna, la muchedumbre que se agolpó a la escalera fue tanta y tanto su afán por verle y admirarle, que el asistente, temiendo, no sin razón, que le ahogaran entre todos, mandó a algunos de sus ministriles, para que vara en mano le fueran abriendo camino hasta llegar al altar mayor, donde el prelado le esperaba.

—Ya veis —le dijo este último cuando le trajeron a su presencia—; vengo desde mi palacio aquí solo por escucharos. ¿Seréis tan cruel como maese Pérez, que nunca quiso excusarme el viaje, tocando la Nochebuena en la misa de la catedral?

—El año que viene —respondió el organista—, prometo daros gusto, pues por todo el oro de la tierra no volvería a tocar este órgano.

—¿Y por qué? —interrumpió el prelado.

—Porque... —añadió el organista, procurando dominar la emoción que se revelaba en la palidez de su rostro— porque es viejo y malo, y no puede expresar todo lo que se quiere.

El arzobispo se retiró, seguido de sus familiares. Unas tras otras, las literas de los señores fueron desfilando y perdiéndose en las revueltas de las calles vecinas; los grupos del atrio se disolvieron, dispersándose los fieles en distintas direcciones; y ya la demandadera se disponía a cerrar las puertas de la entrada del atrio, cuando se divisaban aún dos mujeres que, después de persignarse y murmurar una oración ante el retablo del arco de San Felipe, prosiguieron su camino, internándose en el callejón de las Dueñas.

—¿Qué quiere usarced, mi señora doña Baltasara? —decía la una—, yo soy de este genial. Cada loco con su tema... Me lo habían de asegurar capuchinos descalzos y no lo creería del todo... Ese hombre no puede haber tocado lo que acabamos de escuchar... Si yo lo he oído mil veces en San Bartolomé, que era su parroquia, y de donde tuvo que echarle el señor cura por malo, y era cosa de taparse los oídos con algodones... Y luego, si no hay más que mirarle al rostro que, según dicen, es el espejo del alma... Yo me acuerdo, pobrecito, como si lo estuviera viendo, me acuerdo de la cara de maese Pérez, cuando en semejante noche como asta bajaba de la tribuna, después de haber suspendido al auditorio con sus primores... ¡Qué sonrisa tan bondadosa, qué color tan animado!... Era viejo y parecía un ángel... no que este ha bajado las escaleras a trompicones, como si le ladrase un perro en la meseta, y con un color de difunto y unas...

Vamos, mi señora doña Baltasara, créame usarced, y créame con todas veras... Yo sospecho que aquí hay busilis...

Comentando las últimas palabras, las dos mujeres doblaban la esquina del callejón y desaparecían.

Creemos inútil decir a nuestros lectores quién era una de ellas.

IV

Había transcurrido un año más. La abadesa del convento de Santa Inés y la hija de maese Pérez hablaban en voz baja, medio ocultas entre las sombras del coro de la iglesia. El esquilón llamaba a voz herida a los fieles desde la torre, y alguna que otra rara persona atravesaba el atrio silencioso y desierto esta vez, y después de tomar el agua bendita en la puerta, escogía un puesto en un rincón de las naves, donde unos cuantos vecinos del barrio esperaban tranquilamente que comenzara la misa del gallo.

—Ya lo veis —decía la superiora—, vuestro temor es sobremanera pueril; nadie hay en el templo; toda Sevilla acude en tropel a la catedral esta noche. Tocad vos el órgano y tocadle sin desconfianza de ninguna clase; estaremos en comunidad... pero... proseguís callando, sin que cesen vuestros suspiros. ¿Qué os pasa? ¿Qué tenéis?

—Tengo... miedo —exclamó la joven con un acento profundamente conmovido.

—¡Miedo! ¿De qué?

—No sé... de una cosa sobrenatural... Anoche, mirad, yo os había oído decir que teníais empeño en que tocase el órgano en la misa, y ufana con esta distinción pensé arreglar sus registros y templarle, al fin de que hoy os sorprendiese... Vine al coro... sola... abrí la puerta que conduce a la tribuna... En el reloj de la catedral sonaba en aquel momento una hora... no sé cuál. Pero las campanas eran tristísimas y muchas... muchas... estuvieron sonando todo el tiempo que yo permanecí como clavada en el dintel, y aquel tiempo me pareció un siglo.

La iglesia estaba desierta y oscura... Allá lejos, en el fondo, brillaba como una estrella perdida en el cielo de la noche una luz moribunda... la luz de la lámpara que arde en el altar mayor... A sus reflejos debilísimos, que solo contribuían a hacer más visible todo el profundo horror de las sombras, vi... le vi, madre, no lo dudéis, vi a un hombre que en silencio y vuelto de espaldas hacia el sitio en que yo estaba recorría con una mano las teclas del órgano, mientras tocaba con la otra sus registros... y el órgano sonaba; pero sonaba de una manera indescriptible. Cada una de sus notas parecía un sollozo ahogado dentro del tubo de metal, que vibraba con el aire comprimido en su hueco, y reproducía el tono sordo, casi imperceptible, pero justo.

Y el reloj de la catedral continuaba dando la hora, y el hombre aquel proseguía recorriendo las teclas. Yo oía hasta su respiración.

El horror había helado la sangre de mis venas; sentía en mi cuerpo como un frío glacial y en mis sienes fuego... Entonces quise gritar, pero no pude. El hombre aquel había vuelto la cara y me había mirado... digo mal, no me había mirado porque era ciego... ¡¡¡Era mi padre!!!

¡Bah!, hermana, desechad esas fantasías con que el enemigo malo procura turbar las imaginaciones débiles... Rezad un Paternóster y un Avemaría al arcángel San Miguel, jefe de las milicias celestiales, para que os asista contra los malos espíritus. Llevad al cuello un escapulario tocado en la reliquia de San Pacomio, abogado contra las tentaciones, y marchad, marchad a ocupar la tribuna del órgano; la misa va a comenzar, y ya esperan con impaciencia los fieles... Vuestro padre está en el cielo y, desde allí, antes que daros sustos, bajará a inspirar a su hija en esta ceremonia solemne, para el objeto de tan especial devoción.

La priora fue a ocupar su sillón en el coro en medio de la comunidad. La hija de maese Pérez abrió con mano temblorosa la puerta de la tribuna para sentarse en el banquillo del órgano, y comenzó la misa.

Comenzó la Misa y prosiguió sin que ocurriese nada de notable hasta que llegó la consagración. En aquel momento sonó el órgano, y al mismo tiempo que el órgano un grito de la hija de maese Pérez...

La superiora, las monjas y algunos de los fieles corrieron a la tribuna.

—¡Miradle! ¡Miradle! —decía la joven fijando sus desencajados ojos en el banquillo, de donde se había levantado asombrada para agarrarse con sus manos convulsas al barandal de la tribuna.

Todo el mundo fijó sus miradas en aquel punto. El órgano estaba solo, y no obstante, el órgano seguía sonando... sonando como solo los arcángeles podrían imitarlo en sus raptos de místico alborozo.

—No os lo dije yo una y mil veces, mi señora doña Baltasara, no os lo dije yo... aquí hay busilis... Oídlo; qué, ¿no estuvisteis anoche en la misa del gallo? Pero, en fin, ya sabréis lo que pasó. En toda Sevilla no se habla de otra cosa... El señor arzobispo está hecho, y con razón, una furia... Haber dejado de asistir a Santa Inés; no haber podido presenciar el portento... y para qué, para oír una cencerrada; porque personas que lo oyeron dicen que lo que hizo el dichoso organista de San Bartolomé en la catedral no fue otra cosa... Si lo decía yo. Eso no puede haberlo tocado el bisojo, mentira... aquí hay busilis, y el busilis era, en efecto, el alma de maese Pérez.

LOS OJOS VERDES

Hace mucho tiempo que tenía ganas de escribir cualquier cosa con este título.

Hoy, que se me ha presentado ocasión, lo he puesto con letras grandes en la primera cuartilla de papel, y luego he dejado a capricho volar la pluma.

Yo creo que he visto unos ojos como los que he pintado en esta leyenda. No sé si en sueños, pero yo los he visto. De seguro no los podré describir tal cuales ellos eran, luminosos, transparentes como las gotas de la lluvia que se resbalan sobre las hojas de los árboles después de una tempestad de verano. De todos modos, cuento con la imaginación de mis lectores para hacerme comprender en este que pudiéramos llamar boceto de un cuadro que pintaré algún día.

I

—Herido va el ciervo... herido va; no hay duda. Se ve el rastro de la sangre entre las zarzas del monte, y al saltar uno de esos lentiscos han flaqueado sus piernas... Nuestro joven señor comienza por donde otros acaban... en cuarenta años de montero no he visto mejor golpe... Pero ¡por San Saturio, patrón de Soria!, cortadle el paso por esas carrascas, azuzad los perros, soplad en esas trompas hasta echar los hígados, y hundidles a los corceles una cuarta de hierro en los ijares: ¿no veis que se dirige hacia la fuente de los Álamos, y si la salva antes de morir podemos darlo por perdido?

Las cuencas del Moncayo repitieron de eco en eco el bramido de las trompas, el latir de la jauría desencadenada, y las voces de los pajes resonaron con nueva furia, y el confuso tropel de hombres, caballos y perros, se dirigió al punto que Iñigo, el montero mayor de los marqueses de Almenar, señalara como el más a propósito para cortarle el paso a la res.

Pero todo fue inútil. Cuando el más ágil de los lebreles llegó a las carrascas jadeante y cubiertas las fauces de espuma, ya el ciervo, rápido como una saeta, las había salvado de un solo brinco, perdiéndose entre los matorrales de una trocha que conducía a la fuente.

—¡Alto!... ¡Alto todo el mundo! —gritó Iñigo entonces—; estaba de Dios que había de marcharse.

Y la cabalgata se detuvo, y enmudecieron las trompas, y los lebreles dejaron refunfuñando la pista a la voz de los cazadores.

En aquel momento, se reunía a la comitiva el héroe de la fiesta, Fernando de Argensola, el primogénito de Almenar.

—¿Qué haces? —exclamó, dirigiéndose a su montero, y en tanto, ya se pintaba el asombro en sus facciones, ya ardía la cólera en sus ojos—. ¿Qué haces, imbécil? ¡Ves que la pieza está herida, que es la primera que cae por mi mano, y abandonas el rastro y la dejas perder para que vaya a morir en el fondo del bosque! ¿Crees, acaso, que he venido a matar ciervos para festines de lobos?

—Señor —murmuró Iñigo entre dientes—, es imposible pasar de este punto.

—¡Imposible! ¿Y por qué?

—Porque esa trocha —prosiguió el montero— conduce a la fuente de los Álamos; la fuente de los Álamos, en cuyas aguas habita un espíritu del mal. El que osa enturbiar su corriente paga caro su atrevimiento. Ya la res habrá salvado sus márgenes; ¿cómo la salvaréis vos sin atraer sobre vuestra cabeza alguna calamidad horrible? Los cazadores somos reyes del Moncayo, pero reyes que pagan un tributo. Fiera que se refugia en esta fuente misteriosa, pieza perdida.

—¡Pieza perdida! Primero perderé yo el señorío de mis padres, y primero perderé el ánima en manos de Satanás, que permitir que se me escape ese ciervo, el único que ha herido mi venablo, la primicia de mis excursiones de cazador... ¿Lo ves?... ¿Lo ves?... Aún se distingue a intervalos desde aquí... las piernas le fallan, su carrera se acorta; déjame... déjame... suelta esa brida o te revuelvo en el polvo... ¿Quién sabe si no le daré lugar para que llegue a la fuente? Y si llegase, al diablo ella, su limpidez y sus habitadores. ¡Sus, Relámpago! ¡Sus, caballo mío! Si lo alcanzas, mando engarzar los diamantes de mi joyel en tu serreta de oro.

Caballo y jinete partieron como un huracán.

Iñigo los siguió con la vista hasta que se perdieron en la maleza; después volvió los ojos en derredor suyo; todos, como él, permanecían inmóviles y consternados.

El montero exclamó al fin:

—Señores, vosotros lo habéis visto; me he expuesto a morir entre los pies de su caballo por detenerlo. Yo he cumplido con mi deber. Con el diablo no sirven valentías. Hasta aquí llega el montero con su ballesta; de aquí en adelante, que pruebe a pasar el capellán con su hisopo.

II

—Tenéis la color quebrada; andáis mustio y sombrío; ¿qué os sucede? Desde el día, que yo siempre tendré por funesto, en que llegasteis a la fuente de los Álamos, en pos de la res herida, diríase que una mala bruja os ha encanijado con sus hechizos. Ya no vais a los montes precedido de la ruidosa jauría, ni el clamor de vuestras trompas despierta sus ecos. Solo con esas cavilaciones que os persiguen, todas las mañanas tomáis la ballesta para enderezaros a la espesura y permanecer en ella hasta que el sol se esconde. Y cuando la noche oscurece y volvéis pálido y fatigado al castillo, en balde busco en la bandolera los despojos de la caza. ¿Qué os ocupa tan largas horas lejos de los que más os quieren?

Mientras Iñigo hablaba, Fernando, absorto en sus ideas, sacaba maquinalmente astillas de su escaño de ébano con un cuchillo de monte.

Después de un largo silencio, que solo interrumpía el chirrido de la hoja al resbalar sobre la pulimentada madera, el joven exclamó dirigiéndose a su servidor, como si no hubiera escuchado una sola de sus palabras:

—Iñigo, tú que eres viejo, tú que conoces las guaridas del Moncayo, que has vivido en sus faldas persiguiendo a las fieras, y en tus errantes excursiones de cazador subiste más de una vez a su cumbre, dime: ¿has encontrado, por acaso, una mujer que vive entre sus rocas?

—¡Una mujer! —exclamó el montero con asombro y mirándose de hito en hito.

—Sí —dijo el joven—, es una cosa extraña lo que me sucede, muy extraña... Creí poder guardar ese secreto eternamente, pero ya no es posible; rebosa en mi corazón y asoma a mi semblante. Voy, pues, a revelártelo... Tú me ayudarás a desvanecer el misterio que envuelve a esa criatura que, al parecer, solo para mí existe, pues nadie la conoce, ni la ha visto, ni puede dame razón de ella.

El montero, sin despegar los labios, arrastró su banquillo hasta colocarse junto al escaño de su señor, del que no apartaba un punto los espantados ojos. Este, después de coordinar sus ideas, prosiguió así:

—Desde el día en que a pesar de sus funestas predicciones llegué a la fuente de los Álamos, y, atravesando sus aguas, recobré el ciervo que vuestra superstición hubiera dejado huir, se llenó mi alma del deseo de soledad.

Tú no conoces aquel sitio. Mira, la fuente brota escondida en el seno de una peña, y cae resbalándose gota a gota por entre las verdes y flotantes hojas de las plantas que crecen al borde de su cuna. Aquellas gotas, que al desprenderse brillan como puntos de oro y suenan como las notas de un instrumento, se reúnen entre los céspedes, y susurrando, susurrando, con un ruido semejante al de las abejas que zumban en torno a las flores, se alejan por entre las arenas y forman un cauce, y luchan con los obstáculos que se oponen a su camino, y se repliegan sobre sí mismas, y saltan, y huyen, y corren, unas veces con risa, otras con suspiros, hasta caer en un lago. En el lago caen con un rumor indescriptible. Lamentos, palabras, nombres, cantares, yo no sé lo que he oído en aquel rumor cuando me he sentado solo y febril sobre el peñasco, a cuyos pies saltan las aguas de la fuente misteriosa para estancarse en una balsa profunda, cuya inmóvil superficie apenas riza el viento de la tarde.

Todo allí es grande. La soledad, con sus mil rumores desconocidos, vive en aquellos lugares y embriaga el espíritu en su inefable melancolía. En las plateadas hojas de los álamos, en los huecos de las peñas, en las ondas del agua, parece que nos hablan los invisibles espíritus de la naturaleza, que reconocen un hermano en el inmortal espíritu del hombre.

Cuando al despuntar la mañana me veías tomar la ballesta y dirigirme al monte, no fue nunca para perderme entre sus matorrales en pos de la caza, no; iba a sentarme al borde de la fuente, a buscar en sus ondas... no sé qué, ¡una locura! El día en que salté sobre ella con mi Relámpago, creí haber visto brillar en su fondo una cosa extraña... muy extraña... los ojos de una mujer.

Tal vez sería un rayo de sol que serpeó fugitivo entre su espuma; tal vez sería una de esas flores que flotan entre las algas de su seno y cuyos cálices parecen esmeraldas... no sé, yo creí ver una mirada que se clavó en la mía; una mirada que encendió en mi pecho un deseo absurdo, irrealizable: el de encontrar una persona con unos ojos como aquellos.

En su busca fui un día y otro a aquel sitio.

Por último, una tarde... yo me creí juguete de un sueño... pero no, es verdad; le he hablado ya muchas veces como te hablo a ti ahora... una tarde encontré sentada en mi puesto, vestida con unas ropas que llegaban hasta las aguas y flotaban sobre su haz, una mujer hermosa sobre toda ponderación. Sus cabellos eran como el oro; sus pestañas brillaban como hilos de luz, y entre las pestañas volteaban inquietas unas pupilas que yo había visto... sí, porque los ojos de aquella mujer eran los ojos que yo tenía clavados en la mente; unos ojos de un color imposible; unos ojos...

—¡Verdes! —exclamó Iñigo con un acento de profundo terror e incorporándose de un salto en su asiento.

Fernando lo miró a su vez como asombrado de que concluyese lo que iba a decir, y le preguntó con una mezcla de ansiedad y de alegría:

—¿La conoces?

—¡Oh, no! —dijo el montero—. ¡Líbreme Dios de conocerla! Pero mis padres, al prohibirme llegar hasta estos lugares, me dijeron mil veces que el espíritu, trasgo, demonio o mujer que habita en sus aguas tiene los ojos de ese color. Yo os conjuro, por lo que más améis en la tierra, a no volver a la fuente de los Álamos. Un día u otro os alcanzará su venganza, y expiaréis muriendo el delito de haber encenagado sus ondas.

—¡Por lo que más amo!... —murmuró el joven con una triste sonrisa.

—Sí —prosiguió el anciano—; por vuestros padres, por vuestros deudos, por las lágrimas de la que el cielo destina para vuestra esposa, por las de un servidor que os ha visto nacer.

—¿Sabes tú lo que más amo en el mundo? ¿Sabes tú por qué daría yo el amor de mi padre, los besos de la que me dio la vida y todo el cariño que pueden atesorar todas las mujeres de la tierra? Por una mirada, por una sola mirada de esos ojos... ¿Cómo podré dejar yo de buscarlos?

Dijo Fernando estas palabras con tal acento, que la lágrima que temblaba en los párpados de Iñigo se resbaló silenciosa por su mejilla, mientras exclamó con acento sombrío:

—¡Cúmplase la voluntad del cielo!

III

—¿Quién eres tú? ¿Cuál es tu patria? ¿En dónde habitas? Yo vengo un día y otro en tu busca, y ni veo el corcel que te trae a estos lugares, ni a los servidores que conducen tu litera. Rompe de una vez el misterioso velo en que te envuelves como en una noche profunda. Yo te amo, y, noble o villana, seré tuyo, tuyo siempre.

El sol había traspuesto la cumbre del monte; las sombras bajaban a grandes pasos por su falda; la brisa gemía entre los álamos de la fuente, y la niebla, elevándose poco a poco de la superficie del lago, comenzaba a envolver las rocas de su margen.

Sobre una de estas rocas, sobre una que parecía próxima a desplomarse en el fondo de las aguas, en cuya superficie se retrataba, temblando, el primogénito Almenar, de rodillas a los pies de su misteriosa amante, procuraba en vano arrancarle el secreto de su existencia.

Ella era hermosa, hermosa y pálida como una estatua de alabastro. Y uno de sus rizos caía sobre sus hombros, deslizándose entre los pliegues del velo, como un rayo de sol que atraviesa las nubes, y en el cerco de sus pestañas rubias brillaban sus pupilas, como dos esmeraldas sujetas en una joya de oro.

Cuando el joven acabó de hablarle, sus labios se removieron como para pronunciar algunas palabras; pero solo exhalaron un suspiro, un suspiro débil, doliente, como el de la ligera onda que empuja una brisa al morir entre los juncos.

—¡No me respondes! —exclamó Fernando al ver burlada su esperanza—. ¿Querrás que dé crédito a lo que de ti me han dicho? ¡Oh! No... Háblame: yo quiero saber si me amas; yo quiero saber si puedo amarte, si eres una mujer...

—O un demonio... ¿Y si lo fuese?

El joven vaciló un instante; un sudor frío corrió por sus miembros; sus pupilas se dilataron al fijarse con más intensidad en las de aquella mujer, y fascinado por su brillo fosfórico, demente casi, exclamó en un arrebato de amor:

—Si lo fueses... te amaría... te amaría, como te amo ahora, como es mi destino amarte, hasta más allá de esta vida, si hay algo más de ella.

—Fernando —dijo la hermosa entonces con una voz semejante a una música—, yo te amo más aún que tú me amas; yo, que desciendo hasta un mortal, siendo un espíritu puro. No soy una mujer como las que existen en la tierra; soy una mujer digna de ti, que eres superior a los demás hombres. Yo vivo en el fondo de estas aguas; incorpórea como ellas, fugaz y transparente, hablo con sus rumores y ondulo con sus pliegues.

Yo no castigo al que osa turbar la fuente donde moro; antes lo premio con mi amor, como a un mortal superior a las supersticiones del vulgo, como a un amante capaz de comprender mi caso extraño y misterioso.

Mientras ella hablaba así, el joven, absorto en la contemplación de su fantástica hermosura, atraído como por una fuerza desconocida, se aproximaba más y más al borde de la roca. La mujer de los ojos verdes prosiguió así:

—¿Ves, ves el límpido fondo de este lago, ves esas plantas de largas y verdes hojas que se agitan en su fondo?... Ellas nos darán un lecho de esmeraldas y corales... y yo... yo te daré una felicidad sin nombre, esa felicidad que has soñado en tus horas de delirio, y que no puede ofrecerte nadie... Ven, la niebla del lago flota sobre nuestras frentes como un pabellón de lino... las ondas nos llaman con sus voces incomprensibles, el viento empieza entre los álamos sus himnos de amor; ven... ven...

La noche comenzaba a extender sus sombras, la luna rielaba en la superficie del lago, la niebla se arremolinaba al soplo del aire, y los ojos verdes brillaban en la oscuridad como los fuegos fatuos que corren sobre el haz de las aguas infectas... Ven... ven... Estas palabras zumbaban en los oídos de Fernando como un conjuro. Ven... y la mujer misteriosa lo llamaba al borde del abismo donde estaba suspendida, y parecía ofrecerle un beso... un beso...

Fernando dio un paso hacia ella... otro... y sintió unos brazos delgados y flexibles que se liaban a su cuello, y una sensación fría en sus labios ardorosos, un beso de nieve... y vaciló... y perdió pie, y cayó al agua con un rumor sordo y lúgubre.

Las aguas saltaron en chispas de luz, y se cerraron sobre su cuerpo, y sus círculos de plata fueron ensanchándose, ensanchándose hasta expirar en las orillas.

LA AJORCA DE ORO

I

Ella era hermosa, hermosa con esa hermosura que inspira el vértigo; hermosa con esa hermosura que no se parece en nada a la que soñamos en los ángeles y que, sin embargo, es sobrenatural; hermosura diabólica, que tal vez presta el demonio a algunos seres para hacerlos sus instrumentos en la tierra.

Él la amaba; la amaba con ese amor que no conoce freno ni límites; la amaba con ese amor en que se busca un goce y solo se encuentran martirios; amor que se asemeja a la felicidad y que, no obstante, parece infundir el cielo para la expiación de una culpa.

Ella era caprichosa, caprichosa y extravagante, como todas las mujeres del mundo.

Él, supersticioso, supersticioso y valiente, como todos los hombres de su época.

Ella se llamaba María Antúnez.

Él, Pedro Alonso de Orellana.

Los dos eran toledanos, y los dos vivían en la misma ciudad que los vio nacer.

La tradición que refiere esta maravillosa historia, acaecida hace muchos años, no dice nada más acerca de los personajes que fueron sus héroes.

Yo, en mi calidad de cronista verídico, no añadiré ni una sola palabra de mi cosecha para caracterizarlos mejor.

II

Él la encontró un día llorando, y le preguntó:

—¿Por qué lloras?

Ella se enjugó los ojos, le miró fijamente, arrojó un suspiro y volvió a llorar.

Pedro, entonces, acercándose a María, le tomó una mano, apoyó el codo en el pretil árabe desde donde la hermosa miraba pasar la corriente del río y tornó a decirle:

—¿Por qué lloras?

El Tajo se retorcía gimiendo al pie del mirador entre las rocas sobre las que se asienta la ciudad imperial. El sol trasponía los montes vecinos, la niebla de la tarde flotaba como un velo de gasa azul, y solo el monótono ruido del agua interrumpía el alto silencio.

María exclamó:

—No me preguntes por qué lloro, no me lo preguntes; pues ni yo sabré contestarte, ni tú comprenderme. Hay deseos que se ahogan en nuestra alma de mujer, sin que los revele más que un suspiro; ideas locas que cruzan por nuestra imaginación, sin que ose formularlas el labio; fenómenos incomprensibles de nuestra naturaleza misteriosa, que el hombre no puede ni aun concebir. Te lo ruego, no me preguntes la causa de mi dolor; si te la revelase, acaso te arrancaría una carcajada.

Cuando estas palabras expiraron, ella tornó a inclinar la frente, y él a reiterar sus preguntas.

La hermosa, rompiendo al fin su obstinado silencio dijo a su amante con voz sorda y entrecortada:

—Tú lo quieres, es una locura que te hará reír; pero no importa: te lo diré, puesto que lo deseas.

Ayer estuve en el templo. Se celebraba la fiesta de la Virgen, su imagen colocada en el altar mayor sobre un escabel de oro resplandecía como un ascua de fuego; las notas del órgano temblaban, dilatándose de eco en eco por el ámbito de la iglesia, y en el coro los sacerdotes entonaban el *Salve Regina.*

Yo rezaba, rezaba absorta en mis pensamientos religiosos, cuando maquinalmente levanté la cabeza y mi vista se dirigió al altar. No sé por qué mis ojos se fijaron, desde luego, en la imagen, digo mal, en la imagen no; se fijaron en un objeto que hasta entonces no había visto, un objeto que, sin que pudiera explicármelo, llamaba sobre sí toda mi atención. No te rías... aquel objeto era la ajorca de oro que tiene la Madre de Dios en uno de los brazos en que descansa su divino Hijo... Yo aparté la vista y torné a rezar... ¡Imposible! Mis ojos se volvían involuntariamente al mismo punto. Las luces del altar, reflejándose en las mil facetas de sus diamantes, se reproducían de una manera prodigiosa. Millones de chispas de luz rojas y azules, verdes y amarillas, volteaban alrededor de las piedras como un torbellino de átomos de fuego, como una vertiginosa ronda de esos espíritus de las llamas que fascinan con su brillo y su increíble inquietud...

Salí del templo, vine a casa, pero vine con aquella idea fija en la imaginación. Me acosté para dormir; no pude... Pasó la noche, eterna con aquel pensamiento... Al amanecer se cerraron mis párpados y, ¿lo creerás?, aún en el sueño veía cruzar, perderse y tornar de nuevo una mujer, una mujer morena y hermosa, que llevaba la joya de oro y pedrería; una mujer, sí, porque ya no era la Virgen que yo adoro y ante quien me humillo; era una mujer, otra mujer como yo, que me miraba y se reía mofándose de mí. "¿La ves?", parecía decirme, mostrándome la joya. "¡Cómo brilla! Parece un círculo de estrellas arrancadas del cielo de una noche de verano. ¿La ves? Pues no es tuya, no lo será nunca, nunca... Tendrás acaso otras mejores, más ricas, si es posible; pero esta, esta que resplandece de un modo tan fantástico, tan fascinador... nunca... nunca...

—Desperté; pero con la misma idea fija aquí, entonces como ahora, semejante a un clavo ardiendo, diabólica, incontrastable, inspirada sin duda por el mismo Satanás... ¿Y qué?... Callas, callas y doblas la frente... ¿No te hace reír mi locura?

Pedro, con un movimiento convulsivo, oprimió el puño de su espada, levantó la cabeza, que en efecto, había inclinado, y dijo con voz sorda:

—¿Qué Virgen tiene esa presea?

—La del Sagrario —murmuró María.

—¡La del Sagrario! —repitió el joven con acento de terror—. ¡La del Sagrario de la Catedral!...

Y en sus facciones se retrató un instante el estado de su alma, espantada de una idea.

—¡Ah! ¿Por qué no la posee otra Virgen? —prosiguió con acento enérgico y apasionado—. ¿Por qué no la tiene el arzobispo en su mitra, el rey en su corona o el diablo entre sus garras? Yo se la arrancaría para ti, aunque me costase la vida o la condenación. Pero a la Virgen del Sagrario, a nuestra santa patrona, yo... yo, que he nacido en Toledo, ¡imposible, imposible!

—¡Nunca! —murmuró María con voz casi imperceptible—. ¡Nunca! Y siguió llorando.

Pedro fijó una mirada estúpida en la corriente del río. En la corriente, que pasaba y pasaba sin cesar ante sus extraviados ojos, quebrándose al pie del mirador, entre las rocas sobre las que se asienta la ciudad imperial.

III

¡La Catedral de Toledo! Figuraos un bosque de gigantescas palmeras de granito, que al entrelazar sus ramas forman una bóveda colosal y magnífica, bajo la que se guarece y vive, con la vida que le ha prestado el genio, toda una creación de seres imaginarios y reales.

Figuraos un caos incomprensible de sombra y luz, en donde se mezclan y confunden con las tinieblas de las naves los rayos de colores de las ojivas; donde lucha y se pierde con la oscuridad del santuario el fulgor de las lámparas.

Figuraos un mundo de piedra, inmenso como el espíritu de nuestra religión, sombrío como sus tradiciones, enigmático como sus parábolas, y todavía no tendréis una idea remota de ese eterno monumento del entusiasmo y de la fe de nuestros mayores, sobre el que los siglos han derramado a porfía el tesoro de sus creencias, de su inspiración y de sus artes.

En su seno viven el silencio, la majestad, la poesía del misticismo y un santo honor que defiende sus umbrales contra los pensamientos mundanos y las mezquinas pasiones de la tierra.

La consunción material se alivia respirando el aire puro de las montañas; el ateísmo debe curarse respirando su atmósfera de fe.

Pero si grande, si imponente se presenta la catedral a nuestros ojos a cualquier hora que se penetra en su recinto misterioso y sagrado, nunca produce una impresión tan profunda como en los días en que despliega todas las galas de su pompa religiosa, en que sus tabernáculos se cubren de oro y pedrería; sus gradas, de alfombras, y sus pilares, de tapices.

Entonces cuando arden despidiendo un torrente de luz sus mil lámparas de plata; cuando flota en el aire una nube de incienso, y las voces del coro y la armonía de los órganos y las campanas de la torre estremecen el edificio desde sus cimientos más profundos hasta las más altas agujas que lo coronan, entonces es cuando se comprende, al sentirla, la tremenda majestad de Dios, que vive en él, y lo anima con su soplo, y lo llena con el reflejo de su omnipotencia.

El mismo día en que tuvo lugar la escena que acabamos de referir, se celebraba en la catedral de Toledo el último de la magnífica octava de la Virgen.

La fiesta religiosa había traído a ella una multitud inmensa de fieles; pero ya esta se había dispersado en todas direcciones, ya se habían apagado las luces de las capillas y del altar mayor, y las colosales puertas del templo habían rechinado sobre sus goznes para cerrarse detrás del último toledano, cuando de entre las sombras y pálido, tan pálido como la estatua de la tumba en que se apoyó un instante mientras dominaba su emoción, se adelantó un hombre que vino deslizándose con el mayor sigilo hasta la verja del crucero. Allí, la claridad de una lámpara permitía distinguir sus facciones.

Era Pedro.

¿Qué había pasado entre los dos amantes para que se arrestara al fin a poner por obra una idea, que solo al concebirla había erizado sus cabellos de horror? Nunca pudo saberse. Pero él estaba allí, y estaba allí para llevar a cabo su criminal propósito. En su mirada inquieta, en el temblor de sus rodillas, en el sudor que corría en anchas gotas por su frente, llevaba escrito su pensamiento.

La catedral estaba sola, completamente sola y sumergida en un silencio profundo.

No obstante, de cuando en cuando se percibían como unos rumores confusos: chasquidos de madera tal vez, o murmullos del viento o, ¿quién sabe?, acaso ilusión de la fantasía, que oye y ve y palpa en su exaltación lo que no existe; pero la verdad era que ya cerca, ya lejos, ora a sus espaldas, ora a su lado mismo, sonaban como sollozos que se comprimen, como roce de telas que se arrastran, como rumor de pasos que van y vienen sin cesar.

Pedro hizo un esfuerzo para seguir en su camino; llegó a la verja y siguió la primera grada de la capilla mayor. Alrededor de esta capilla están las tumbas de los reyes, cuyas imágenes de piedra, con la mano en la empuñadura de la espada, parecen velar noche y día por el santuario, a cuya sombra descansan por toda una eternidad.

—¡Adelante! —murmuró en voz baja, y quiso andar y no pudo. Parecía que sus pies se habían clavado en el pavimento. Bajó los ojos, y sus cabellos se erizaron de horror el suelo de la capilla lo formaban anchas y oscuras losas sepulcrales.

Por un momento creyó que una mano fría y descarnada lo sujetaba en aquel punto con una fuerza invencible. Las moribundas lámparas, que brillaban en el fondo de las naves como estrellas perdidas entre las sombras, oscilaron a su vista, y oscilaron las estatuas de los sepulcros y las imágenes del altar, y osciló el templo todo, con sus arcadas de granito y sus machones de sillería.

¡Adelante! —volvió a exclamar Pedro como fuera de sí, y se acercó al ara, y trepando por ella, subió hasta el escabel de la imagen. Todo alrededor suyo se revestía de formas quiméricas y horribles; todo era tinieblas o luz dudosa, más imponente aún que la oscuridad. Solo la reina de los cielos, suavemente iluminada por una lámpara de oro, parecía sonreír tranquila, bondadosa y serena en medio de tanto horror.

Sin embargo, aquella sonrisa muda e inmóvil que lo tranquilizara un instante concluyó por infundirle temor, un temor más extraño, más profundo que el que hasta entonces había sentido.

Tornó empero a dominarse, cerró los ojos para no verla, extendió la mano con un movimiento convulsivo y le arrancó la ajorca, la ajorca de oro, piadosa ofrenda de un santo arzobispo; la ajorca de oro, cuyo valor equivalía a una fortuna.

Ya la presea estaba es su poder, sus dedos crispados la oprimían con una fuerza sobrenatural; solo restaba huir, huir con ella; pero para esto era preciso abrir los ojos, y Pedro tenía miedo de ver, de ver la imagen, de ver los reyes de las sepulturas, los demonios de las cornisas, los endriagos de los capiteles, las fajas de sombras y los rayos de luz que, semejantes a blancos y gigantescos fantasmas, se movían lentamente en el fondo de las naves, pobladas de rumores temerosos y extraños.

Al fin abrió los ojos, tendió una mirada, y un grito agudo se escapó de sus labios.

La catedral estaba llena de estatuas, estatuas que, vestidas con luengos y no vistos ropajes, habían descendido de sus huecos y ocupaban todo el ámbito de la iglesia, y lo miraban con sus ojos sin pupila.

Santas, monjas, ángeles, demonios, guerreros, damas, pajes, cenobitas y villanos se rodeaban y confundían en las naves y en el altar. A sus pies oficiaban, en presencia de los reyes, de hinojos sobre sus tumbas, los arzobispos de mármol que él había visto otras veces inmóviles sobre sus lechos mortuorios, mientras que arrastrándose por las losas, trepando por los machones, acurrucados en los doseles, suspendidos en las bóvedas, pululaban, como los gusanos de un inmenso cadáver, todo un mundo de reptiles y alimañas de granito, quiméricos, deformes, horrorosos.

Ya no pudo resistir más. Las sienes le latieron con una violencia espantosa; una nube de sangre oscureció sus pupilas; arrojó un segundo grito, un grito desgarrador y sobrehumano, y cayó desvanecido sobre el ara.

Cuando al otro día los dependientes de la iglesia le encontraron al pie del altar, tenía aún la ajorca de oro entre sus manos y, al verlos aproximarse, exclamó con una estridente carcajada:

—¡Suya, suya!

El infeliz estaba loco.

EL CAUDILLO DE LAS MANOS ROJAS
TRADICIÓN INDIA

CANTO PRIMERO

I

El sol ha aparecido tras las cimas del Jabwi, y la sombra de esta montaña envuelve con un velo de crespón a la perla de las ciudades de Osira, a la gentil Kattak, que duerme a sus pies entre los bosques de canela y sicomoros, semejante a una paloma que descansa sobre un nido de flores.

II

El día que muere y la noche que nace luchan un momento, mientras la azulada niebla del crepúsculo tiende sus alas diáfanas sobre los valles, robando el color y las formas a los objetos, que parecen vacilar agitados por el soplo de un espíritu.

III

Los confusos rumores de la ciudad, que se evaporan temblando; los melancólicos suspiros de la noche, que se dilatan de eco en eco repetidos por las aves; los mil ruidos misteriosos, que como un himno a la Divinidad levanta la creación al nacer y al morir el astro que la vivifica, se unen al murmullo del Jawkior, cuyas ondas besa la brisa de la tarde, produciendo un canto dulce, vago y perdido como las últimas notas de la improvisación de una bayadera

IV

La noche vence; el cielo se corona de estrellas, y las torres de Kattak para rivalizar con él se ciñen una diadema de antorchas. ¿Quién es ese caudillo que aparece al pie de sus muros, al mismo tiempo que la luna se levanta entre ligeras nubes más allá de los montes, a cuyos pies corre el Ganges como una inmensa serpiente azul con escamas de plata?

V

Él es. ¿Qué otro guerrero de cuantos vuelan como la saeta a los combates y a la muerte, tras el estandarte de *Schiven*, meteoro de la gloria, puede adornar sus cabellos con la roja cola del ave de los dioses indios, colgar a su cuello la tortuga de oro, o suspender su puñal de mango de ágata del amarillo chal de cachemira, sino Pulo-Dheli, rajá de Dakka, rayo de las batallas y hermano de Tippot-Dheli, magnífico rey de Osira, señor de los señores, sombra de Dios e hijo de los astros luminosos?

VI

Él es: ningún otro sabe prestar a sus ojos ya el melancólico fulgor del lucero del alba, ya el siniestro brillo de la pupila del tigre, comunicando a sus oscuras facciones el resplandor de una noche serena, o el aspecto terrible de una tempestad en las aéreas cumbres del Dawalagiri. Es él; pero ¿qué aguarda?

VII

¿Oís las hojas suspirar bajo la leve planta de una virgen? ¿Veis flotar entre las sombras los extremos de su diáfano chal y las orlas de su blanca túnica? ¿Percibís la fragancia que la precede como la mensajera de un genio? Esperad y la contemplaréis al primer rayo de la solitaria viajera de la noche; esperad y conoceréis a Siannah, la prometida del poderoso Tippot-Dheli, la amante de su hermano, la virgen a quien los poetas de su nación comparan a la sonrisa de Bermach, que lució sobre el mundo cuando este salió de sus manos; sonrisa celeste, primera aurora de los orbes.

VIII

Pulo percibe el rumor de sus pasos; su rostro resplandece como la cumbre que toca el primer rayo del sol y sale a su encuentro. Su corazón, que no ha palpitado en el fuego de la pelea, ni en la presencia del tigre, late violentamente bajo la mano que se llega a él, temiendo se desborde la felicidad que ya no basta a contener.

—¡Pulo! ¡Siannah!—exclaman al verse, y caen el uno en los brazos del otro. En tanto el Jawkior, salpicando con sus ondas las alas del céfiro, huye a morir al Ganges, y el Ganges al golfo de Bengala, y el golfo al Océano. Todo huye: con las aguas, las horas; con las horas, la felicidad; con la felicidad, la vida. Todo huye a fundirse en la cabeza de Schiven, cuyo cerebro es el caos, cuyos ojos son la destrucción, y cuya esencia es la nada.

IX

Ya la estrella del alba anuncia el día; la luna se desvanece como una ilusión que se disipa, y los sueños hijos de la oscuridad huyen con ella en grupos fantásticos. Los dos amantes permanecen aún bajo el verde abanico de una palmera, mudo testigo de su amor y sus juramentos, cuando se eleva un sordo ruido a sus espaldas.

Pulo vuelve el rostro y exhala un grito agudo y ligero como el del chacal, y retrocede diez pies de un solo salto, haciendo brillar al mismo tiempo la hoja de su agudo puñal damasquino.

X

¿Qué ha puesto pavor en el alma del valiente caudillo? ¿Acaso esos dos ojos que brillan en la oscuridad son los del manchado tigre, o los de la terrible serpiente? No. Pulo no teme al rey de las selvas ni al de los reptiles: aquellas pupilas que arrojan llamas pertenecen a un hombre, y aquel hombre es su hermano.

Su hermano, a quien arrebataba su único amor; su hermano, por quien estaba desterrado de Osira, el que por último juró su muerte si volvía a Kattak, poniendo la mano sobre el ara de su Dios.

XI

Siannah le ve también, siente helarse la sangre en sus venas y queda inmóvil, como si la mano de la muerte lo tuviera asida por el cabello. Los dos rivales se contemplan un instante de pies a cabeza; luchan con las miradas, y exhalando un grito ronco y salvaje, se lanzan el uno sobre el otro como dos leopardos que se disputan una presa... Corramos un velo sobre los crímenes de nuestros antepasados; corramos un velo sobre las escenas de luto y horror de que fueron causa las pasiones de los que ya están en el seno del grande espíritu.

XII

El sol nace en Oriente; diríase al verlo que el genio de la luz, vencedor de las sombras, ebrio de orgullo y majestad, se lanza en triunfo sobre su carro de diamantes, dejando en pos de sí, como la estela de un buque, el polvo de oro que levantan sus corceles en el pavimento de los cielos. Las aguas, los bosques, las aves, el espacio, los mundos tienen una sola voz, y esta voz entona el himno del día. ¿Quién no siente saltar su corazón de júbilo a los ecos de este solemne cántico?

XIII

Solo un mortal: vedle allí. Sus ojos desencajados están fijos con una mirada estúpida en la sangre que tiñe sus manos; en balde, saliendo de su inmovilidad y embargado de un frenesí terrible, corre a lavárselas en las orillas del Jawkior: bajo las cristalinas ondas, las manchas desaparecen; mas apenas retira sus manos, la sangre humeante y roja vuelve a teñirlas. Y torna a las ondas, y torna a aparecer la mancha, hasta que al cabo exclama con un acento de terrible desesperación:

—¡Siannah! ¡Siannah! La maldición del cielo ha caído sobre nuestras cabezas.

—¿Conocéis a ese desgraciado, a cuyos pies hay un cadáver, y cuyas rodillas abraza una mujer? Es Pulo-Dheli, rey de Osira, magnífico señor de señores, sombra de Dios e hijo de los astros luminosos, por la muerte de su hermano y antecesor.

CANTO SEGUNDO

I

—¿De qué me sirven el poder y la riqueza si una víbora enroscada en el fondo de mi corazón la devora, sin que me sea dado arrancarla de su guarida? Ser rey, señor de señores; ver cruzar ante los ojos, como las visiones de un sueño, las perlas, el oro, los placeres y la alegría; verlos cruzar al alcance de la mano, y al tenderla para asirlos, ¡encontrar cuanto toca manchado de sangre!.. ¡Oh! ¡Esto es espantoso!

II

Así exclamaba Pulo, revolcándose sobre la púrpura de su lecho y torciéndose las manos a impulsos de su terrible desesperación. En balde el humo de los pebeteros embalsama la opulenta cámara; en balde la seda de brillantes colores se ha extendido sobre diez pieles de tigre para que descansen sus miembros; en balde han invocado los Bracmines por siete veces al espíritu del reposo y al genio de los sueños de nácar... el Remordimiento, sentado a la cabecera del lecho, los ahuyenta con un grito lúgubre y prolongado, grito que resuena incesante en el oído de Pulo, que golpea su frente con dolor al escucharlo.

III

Los genios que cruzan en numerosas caravanas sobre dromedarios de zafiro y entre nubes de ópalo; las schiwas de ojos verdes como las olas del mar, cabello de ébano y cinturas esbeltas como los juncos de los lagos; los cantares de los espíritus invisibles que refrescan con sus alas los cansados párpados de los justos, no pasan como una tromba de luz y de colores en el sueño del criminal.

Gigantes cataratas de sangre negra y espumosa que se estrellan bramando sobre las oscuras peñas de un precipicio terrible, imágenes espantosas y confusas de desolación y terror; estos son los fantasmas que engendra su mente durante las horas del reposo.

IV

Por eso el magnífico señor de Osira no puede gustar la copa del beleño con que los dioses brindan a sus escogidos; por eso apenas la aurora abre las puertas al día, se lanza del lecho, se desnuda de sus vestidos que abrillantan las perlas y el oro, y depositando un beso sobre la frente de su amada, sale de palacio en traje de un simple cazador, digiriéndose hacia la parte de la ciudad que domina la cumbre del Jabwi.

V

Como a la mediación de esta montaña, nace un torrente que se derrumba en sábanas de plata, hasta bajar a la llanura, donde refrenando su ímpetu, se desliza silencioso entre las guijas y las flores para ir a confundir sus rizadas ondas con las ondas del Jawkior. Una gruta natural, formada de enormes peñascos que parecen próximos a desplomarse, sirve de taza a estas olas en su nacimiento. Allí, transparentes y sombrías sus aguas, parecen dormir sin que las turbe otro rumor que el monótono ruido del manantial que las alimenta, el suspiro de la brisa que viene a humedecer sus alas en la linfa, o el salvaje grito de los cóndores que se lanzan a las nubes como una flecha disparada.

VI

Pulo, ya fuera de los muros de la ciudad, manda retirarse a los que le siguen, y emprende solo y sumido en hondas meditaciones el camino que, serpenteando entre las rocas y las cortaduras, se dirige a la gruta donde nace el torrente, que ya salpica su rostro con el polvo de sus aguas. ¿Dónde va el señor de Osira? ¿Por qué desnudándose de su recamada túnica, del amarillo chal, emblema misterioso, y del amuleto de los reyes, cambia su vestidura por el tosco traje de un simple cazador? ¿Viene a los montes a buscar a las fieras en su guarida? ¿Viene ansioso de encontrar la soledad, único bálsamo de las penas que el resto de los hombres no comprende?

VII

No. Cuando el regio morador de Kattak abandona su alcázar para acosar en sus dominios al soberbio león o al rayado tigre, cien bocinas de marfil fatigan el eco de los bosques; cien ágiles esclavos le preceden arrancando las malezas de los senderos y alfombrando el lugar en que ha de poner sus plantas; ocho elefantes conducen su tienda de lino y oro, y veinte rajás siguen su paso, disputándose el honor de conducir su aljaba de ópalo.

¿Viene a buscar la soledad? Imposible.

La soledad es el imperio de la conciencia.

VIII

El sol toca a la mitad de su viaje, y Pulo a su término. A sus pies salta el torrente; sobre su cabeza está la gruta en que duerme el manantial que lo alimenta, manantial sagrado que brotó de las hendiduras de una roca para templar la sed del dios Vichenú, cuando destinado de los cielos venía a cazar en las faldas del Jabwi durante la noche. A datar de aquella época remota, un Bracmin vela constantemente en el fondo de la gruta, dirigiendo sus oraciones al dios para que conserve las maravillosas virtudes en que, según una venerable tradición, abundan las sagradas linfas.

IX

El último de estos sacerdotes, que encendidos en amor por la divinidad han consagrado sus días a venerarla en contemplación de sus obras, es un anciano, cuyo origen envuelve un misterio profundo: nadie sabe la época en que llegó a Kattak para guarecerse en la gruta de Vichenú. Rajás venerables, sobre cuya cabeza han lucido más de cuarenta mil soles, aseguran que en su juventud el Bracmin del torrente tenía ya los cabellos blancos y la frente inclinada. El pueblo le mira con temor y respeto cuando por casualidad baja a la llanura. Dicen que las serpientes danzan a su voz, que los cóndores le traen su alimento, y que el genio de aquellas aguas, a quien debe la inmortalidad, le revela los arcanos futuros. Otros aseguran que él mismo no es otra cosa que el espíritu bajo las formas de un Bracmin.

X

¿Quién es? ¿De dónde vino y qué hace? Se ignora, pero los que se sienten con el valor necesario para llegar hasta la gruta en que habita, suben a ella para pedirle un remedio contra los males desesperados; una revelación para conocer el término de las empresas arriesgadas; una penitencia suficiente a lavar un crimen que ni la sangre borraría. Uno de estos es Pulo, porque a la gruta del torrente se dirige. Conociendo que las leves expiaciones que los aduladores Bracminesde Kattak le impusieran, no bastaban a desterrar sus remordimientos, sube a consultar al solitario del Jabwi, solo y de incógnito, para que la pompa real no turbe el espíritu y selle los labios del profeta.

XI

Pulo llega a través de las zarzas que rodean como un festón los bordes del torrente, hasta la entrada de la gruta. Allí ve una ancha vasija de cobre, suspendida de las ramas de una palmera, para que el viajero apague su sed. El caudillo toca por tres veces con el mango de su yatagán, y el cobre restalla, produciendo un sonido metálico y misterioso, que se pierde vibrando con el rumor de las olas. Un momento transcurre, y el solitario aparece. —Elegido del grande espíritu —exclama al verle el caudillo, inclinando la frente—, que el enojo de Schiven no se amontone sobre tu cabeza, como las brumas en las cimas de los montes. —Hijo de mortales —replica el anciano sin responder a su salutación—, ¿qué me quieres?

XII

—Consultarte. —Habla. —Yo he cometido un crimen, un crimen horroroso, cuyo recuerdo abruma mi alma como una pesadilla eterna. En vano consulté a los adivinos de Bracma; las penitencias que me impusieron han sido inútiles; el remordimiento vive aún en mi corazón; el fantasma de la víctima me sigue a todas partes; se ha hecho la sombra de mi cuerpo, el rumor de mis pasos. Tú, a quien los dioses se dignan visitar; tú, que lees el porvenir en los astros y en las arenas que arrastran los ríos, dime: ¿cuándo quedará lavada mi alma de este crimen? —Cuando la sangre que mancha tus manos, que en balde me ocultas, haya desaparecido —exclama el terrible Bracmin lanzando una mirada de indignación al príncipe, que permanece aterrado ante aquella prueba de la sabiduría del solitario.

XIII

¿Me conoces? —prorrumpe Pulo al fin, saliendo de su estupor. —No te conozco, pero sé quién eres. —¿Quién soy? —El matador de Tippot Dheli.

El príncipe inclina la cabeza a estas palabras, como herido de un rayo, y el Bracmin prosigue de este modo: —En la pasada noche, cuando el sueño había descendido sobre los párpados de los mortales, yo velaba. Un sordo rumor se elevó por grados del fondo del agua sagrada, rumor confuso como el hervidero de cien legiones de abejas; una manga de aire frío y silencioso vino de la parte de Oriente, rizó las ondas y tocó con las puntas de sus húmedas alas mi frente. A su contacto, mis nervios saltaron y se heló el tuétano de mis huesos; aquel soplo era el aliento de Vichenú. Poco después sentí su diestra tan pesada como un mundo descansar sobre mi hombro, en tanto que me contaba al oído tu historia.

XIV

—Ahora bien, pues conoces mi delito, dime la manera de expiarlo y hacer que desaparezcan de mis manos estas terribles manchas. El Bracmin permanece en silencio, y el príncipe prosigue: —¡Qué! ¿Mi sangre toda no podrá borrar esta sangre? —Lo ignoro: es muy corta tu vida para expiar este delito, y Schiwen está airado, porque has hecho uso de tus facultades para la destrucción, obra que a él solo está encomendada. —Pues bien: si tú lo ignoras, consultemos a Vichenú; él me protegerá contra su hermano. Penetremos en la gruta sagrada. —¿Has ayunado las tres lunas? —Sí. —¿Has huido del lecho nupcial por siete noches? —Sí. —¿Has dejado de cazar durante nueve días? —También. —Entonces, sígueme.

Algunos momentos después de este corto diálogo, sus interlocutores se hallaban en el fondo de la misteriosa gruta.

XV

Lo que pasó en aquel recinto se ignora. La tradición guarda una idea confusa, y el príncipe por quien esto se supo habla vagamente de sierpes monstruosas y aladas que se precipitaron en las ondas del torrente, para aparecer de nuevo en forma de animales desconocidos y fantásticos; de conjuros tan temibles, que a veces se cubría de manchas el sol, y los montes se estremecían como cañas; de lamentos y aullidos tan espantosos, que la sangre se helaba al escucharlos.

XVI

Las palabras del dios se guardan y son estas: —Asesino marcado por Schiwen con un sello de eterna infamia, solo existe una penitencia con que puedes expiar tu crimen: sube por las orillas del Ganges, a través de los pueblos feroces que habitan sus riberas, hasta encontrar sus fuentes. El remoto país del Tibbet, a quien defiende como un gigante muro la cordillera del Himalaya, es el término de tu viaje. Cuando llegues a él, lava tus manos en el más escondido de los manantiales, y a la hora en que el valiente Tippot cayó a tus plantas. Si en el discurso de tu peregrinación no conoces a tu esposa Siannah, que deberá acompañarte, la sangre desaparecerá de tus manos.

XVII

¿Quién es ese peregrino que se apoya en un grosero cayado de abedul y que en la sola compañía de una mujer hermosa, pero humildemente ataviada, sale por una de las puertas de Kattak al mismo tiempo que la luna se desvanece ante los rayos del astro del día? Él, él: Pulo-Dheli, magnífico rey de Osira, señor de señores, sombra de Dios e hijo de los astros luminosos.

CANTO TERCERO

I

Los peregrinos tocan al término de su viaje: ya han dejado a sus espaldas las fértiles e inmensas llanuras de Nepoul; ya han visto a Berarés, célebre por sus alcázares, cuyos cimientos besa el sagrado río que divide al Indostán del imperio de los Birmanes. Como las creaciones de una visión celeste, han cruzado ante sus ojos Palná, famosa por sus templos, sus mujeres y sus tapicerías; Dakka, la ciudad que tejió un velo para el santuario de los dioses, con las trenzas de ébano de sus vírgenes; Goalior, escudo del reino de Sindiak, cuyos muros detienen a las nubes en su vuelo.

II

También han gustado el reposo a la sombra de los inmensos plátanos de Dheli, concha que guarda a la perla de los reyes, presentando una ofrenda de miel y flores al genio protector de Allad-abad, ciudad que debe su nombre a las caravanas de peregrinos que de todos los puntos de la India acuden a sus templos, más numerosos que las hojas de los bosques y las arenas del Océano.

III

Cuarenta lunas han nacido después que abandonaron su alcázar; pero ¿quién podrá enumerar los países que han cruzado, los bosques que les han prestado su sombra, los ríos que han apagado su sed? El Kian-gar, conocido por el de las aguas rojas; el Espuri, cuya mansa corriente arrastra oro bastante a construir con él un alcázar soberbio; los Sen-wads, bosques sombríos donde el boa se desliza con el rumor de la lluvia; Lahorre, la madre de los guerreros; Cachemira, la virgen de los siete chales de amianto, y cien y cien otros países, ciudades, bosques, torrentes, ríos y montañas, que hasta llegar a las cordilleras del Himalaya, se extienden sobre las inmensas llanuras de la India.

IV

Pero ya tocan al deseado término, ya han salido de la más terrible de las pruebas, atravesando a par del Ganges el valle del Acíbar, llamado así no tanto por los árboles que produce, de los que se extrae este licor, como por las amarguras que padecen los infelices que se ven en la necesidad de atravesarlo. Y Pulo atravesó las rocas que lo erizan, llevando a Siannah sobre sus espaldas.

V

El sol lanza sus rayos perpendiculares sobre la tierra; los viajeros, fatigados de su trabajosa jornada, reposan a la orilla del río a cuya fuente se aproximan. Un *boabad* corpulento y magnífico les presta su sombra, capaz de cubrir a una tribu de guerreros; entre las brumas del lejano horizonte se lanza al vacío el Himalaya, y empinado sobre sus cumbres el Dawalagiri, que pasea sus miradas sobre medio mundo.

VI

Un aura fresca mece las magnolias y los tulipanes que

crecen entre los juncos de la ribera, y enjuga el sudor de sus frentes. El bulbul sobre las ramas de un penachudo talipot entona un canto melancólico y suavísimo, y entre las ráfagas de luz que reverberan las arenas, cruzan diáfanos como el ámbar miríadas de pájaros y de insectos con ropajes de oro y azul, de crespón y esmeraldas.

VII

Todo convida al descanso. Pulo y Siannah, después de refrescar sus labios con algunas de las deliciosas frutas del bosque, apagan su sed en las cristalinas ondas que corren, produciendo al besar las orillas un ruido manso y melancólico, semejante al arrullo de una tórtola. Al agradable son de las aguas y de las hojas que se agitan como abanicos de esmeraldas sobre sus cabezas, recuerdan en dulces coloquios y con esa especie de satisfacción con que se menciona el peligro pasado, las mil aventuras de que han sido héroes durante su peregrinación, los países que han recorrido, las maravillas que como un panorama magnífico se han desplegado a sus ojos. Forman proyectos sobre el porvenir y sobre la felicidad que les espera cuando hayan cumplido la expiación próxima a satisfacerse; sus palabras se atropellan llenas de un fuego y de un color vivísimo; después va poco a poco languideciendo su diálogo: diríase que hablan una cosa y piensan otra; por último, algunas frases vagas e incoherentes preceden al silencio, que con un dedo sobre el labio se sienta a la par de los amantes sin ser sentido.

VIII

El sol cae a plomo sobre la gran llanura. La frente del príncipe descansa sobre las rodillas de su esposa. Todo a su alrededor calla o duerme. En los países tropicales, el mediodía es la noche de la naturaleza. Solo interrumpen esta calma profunda el grito breve y agudo del bengalí, el zumbido monótono y tenaz de los insectos que voltean en el aire, brillando a la luz del sol como un torbellino de piedras preciosas, y la acelerada respiración de Siannah, respiración sonora y encendida como la del que sueña embriagado con opio. Los peregrinos permanecen en silencio. ¿Qué ideas cruzan por su mente?

IX

Hay momentos en que el alma se desborda como un vaso de mirra que ya no basta a contener el perfume; instantes en que flotan los objetos que hieren nuestros ojos, y con ellos flota la imaginación. El espíritu se desata de la materia y huye, huye a través del vacío a sumergirse en las ondas de luz entre las que vacilan los lejanos horizontes.

La mente no se halla en la tierra ni en el cielo; recorre un espacio sin límites ni fondo, océano de voluptuosidad indefinible, en el que empapa sus alas para remontarse a las regiones en donde habita el amor.

Las ideas vagan confusas, como esas concepciones sin formas ni color que se ciernen en el cerebro del poeta; como esas sombras, hijas del delirio, que nos llaman al pasar y huyen, nos brindan amor y se desvanecen entre nuestros brazos.

X

Pulo es el primero que interrumpe el silencio.

—¡Cuán dulce es percibir el aliento de la mujer que se ama, ese aliento que se escapa de unos labios encendidos, atropellándose en ellos como olas de ambrosía que vienen a expirar sobre una playa de rubíes!

¡Si me fuera posible, oh, hermosa Siannah, explicarte lo que el murmullo de tu respiración me dice! Suena en mi oído como una voz insólita que murmura palabras desconocidas en un idioma extraño y celeste; me recuerda los días de mi infancia, aquellas horas sin nombre que precedían a mis sueños de niño, aquellas horas en que los genios, volando alrededor de mi cuna, me narraban consejas maravillosas, que embelesando mi espíritu, formaba la base de mis delirios de oro. ¿No es cierto, no es cierto, hermosa mía, que hasta el aroma que precede al objeto de nuestro amor, el tenue y débil crujido de su túnica, tienen palabras, dicen algo que los demás no comprenden?

XI

Siannah calla: sus labios entreabiertos y rojos dejan escapar suspiros ardientes, y en su pupila húmeda, azul y dilatada, brilla un punto luminoso semejante al reflejo de una estrella en un lago. —Pulo —exclama al fin como volviendo de un éxtasis que la hubiese alejado por algunos instantes de la tierra—, ¿es cierto que existe un árbol cuya sombra causa la muerte? —Es cierto —responde el príncipe—; el dios Schiwen lo creó para destruir a los mortales, y su hermano Vichenú, apiadándose de nuestra infelicidad, se lo dio a conocer a Bracma, su elegido. Siannah vuelve a su muda agitación; su esposo, en tanto, la contempla con un sentimiento de ternura indescriptible.

XII

—Pulo —exclama a los pocos instantes la hermosa—, ¿es verdad que existe un árbol cuya sombra agita la sangre en las venas y enciende el amor? —Sí. —¿Lo conoces? —Lo conozco, aun cuando ignoro su nombre. Mas... ¿por qué me haces esta pregunta tan extraña? —No sé... la sombra de este bosque me hace daño... prosigamos nuestra jornada. —¡Proseguir cuando el sol abrasa las arenas! Esperemos a que la brisa de la tarde se levante del golfo y la luz comience a palidecer. —Esperemos —murmura Siannah—; pero entretanto, aparta tus ojos de los míos, vuélvelos al cielo o duerme, mas no me los claves en el alma.

XIII

—Bien dices; mis ojos en los tuyos beben amor, y nuestro amor, casto y puro otras veces, ahora es un crimen; sí, es necesario que no te vea... Siannah, voy a dormir, cántame algún himno de nuestra patria; arrulla mi sueño como una madre, ya que no como una esposa.

La beldad de las trenzas de ébano canta:

I

"¡Guerreros! Las espadas de la tribu tienen sed, y la sed de las espadas se templa con sangre".

"Un torrente de fuego desciende del Jawi; esas centellas que brillan entre la nube de polvo que levantan, son los hierros de nuestros enemigos".

"Traedme el escudo reforzado con las siete pieles de búfalo, y rodead a mi casco el chal amarillo, para que no me desconozcan en la confusión de la pelea".

"¡Guerreros! Las espadas de la tribu tienen sed, y la sed de las espadas se templa con sangre".

II

"Allá van semejantes en...".

Al llegar aquí, Pulo se incorpora y Siannah se detiene en su canto. —¿Por qué —exclama el príncipe— no escucho ahora las canciones de mi patria con el placer de otras veces? ¿Será que ya no alienta en mi pecho el corazón de un Dheli, o acaso que los himnos de guerra no se han hecho para que los recite una hermosa?

XIV

—Entona un canto de amor, uno de aquellos himnos que al son de los címbalos alzan las vírgenes cuando conducen a una joven esposa al pie de las aras. —Pulo... —Canta, no temas; yo dormiré tranquilo, arrullado por el eco de tu voz, el suspiro de la brisa y la música de las aguas.

Siannah canta, su voz tiembla, su pecho se eleva acompasadamente como una ola que se hincha coronada de espuma.

LA VUELTA DEL COMBATE

I

"El combate ha terminado con el día, y el caudillo está ya en presencia de su adorada".

LA VIRGEN

“Caudillo, reclina tu frente sobre mi seno, que quiero beber en ella el sudor y el polvo de la gloria”.

EL CAUDILLO

“Virgen, apoya tus labios sobre los míos, que quiero beber en ellos la muerte en una copa de rubí”.

II

LA VIRGEN

“¡Alma de la creación!, ¡hijo de Bermach!, ¡genio de las setenta alas!, ¡amor, divino amor!, desciende en brazos del misterio y de la noche a coronar con tu aureola a los que arden en tu llama”.

EL CAUDILLO

“¡Espíritu invisible!, ¡aliento del alma generosa!, ¡esperanza del guerrero!, ¡amor, ardiente amor!, abandona un instante el alcázar de los dioses, para poner una guirnalda de rosas sobre la corona de laurel del caudillo”.

III

LA VIRGEN

“Tu aliento humea y abrasa como el aliento de un volcán; tu mano, que busca la mía, tiembla como la hoja en el árbol; la sangre se agolpa a mi corazón, rebosa en él y enciende mis mejillas; un velo de sombras cae sobre mis párpados; todo se borra y se confunde ante mis ojos, que no ven más que el fuego que arde en los tuyos. Caudillo, ¿qué espíritu invisible llena el aire de melodiosos acordes y me estremece a su contacto?”.

EL CAUDILLO

“Virgen, es el amor que pasa”.

XV

El canto de Siannah expira, y con él, suave y armonioso, el rumor de un beso.

¿Qué son los vanos castillos que eleva la voluntad del hombre para combatir las funestas armas de que se vale la fatalidad? Montes de arena que, como los de la gran llanura de Nepoul, asombran al viajero, y un soplo del huracán los arrebata.

CANTO CUARTO

I

—Hijo mío —dice Schiwen al Sueño—, baja a la tierra y sé el mensajero de mis iras.

El sueño, hijo de la tumba, levanta a esta voz la frente, entreabre los soñolientos ojos y agita sus noventa manos, en cada una de las cuales tiene una copa llena hasta los bordes de un licor soporífero. —¿Qué me quieres, realidad de mi símbolo, padre que me diste el ser para que sirviera de eslabón invisible entre lo finito y lo infinito, entre el mundo de los hombres y el de las almas, sirviendo para bajar las potencias del cielo y elevar las de la tierra hasta que se toquen en el vacío, que es el lugar de mi soberanía?

II

Schiwen continúa de este modo, dirigiéndose a su imagen:

—Hace algunos momentos pensaba en llevar a cabo la destrucción del príncipe que usurpó un día el cetro de la muerte; mas en vano buscaba la ocasión de herirle, en vano, porque Vichenú, mi orgulloso antagonista, le defendía bajo el inmenso escudo con que oculta los hombres a mis ojos, cuando estos se encienden en cólera y arrojan rayos que hieren y matan. De repente oí un zumbido a mi alrededor; torné el rostro; un mundo nuevo, un joven planeta se adelantaba hacia mí, trazando su círculo en el vacío, fascinado e inocente como el ave atraída por el boa.

III

De su seno brotaba un raudal de armonías, que llenaban el vacío, dilatándose en él como los círculos en un lago donde se arroja una piedra. Envuelto en un fluido ardiente y luminoso, rodando entre mares de colores y sonidos, su alegría y su gloria parecían insultar mi terrible poder. Levanté la mano; el aire de esta, desquiciándolo de sus órbitas, lo ha herido de muerte. Incorpórate y tiende los ojos sobre las inmensas llanuras del cielo, verás a Vichenú que corre en pos de él para arrancarle a la inmensa tumba de los astros, volviéndole a la vida.

IV

He aquí el momento oportuno para mi venganza. El príncipe faltó a su promesa, y ahora está abandonado por mi funesto enemigo. Refresca su ardorosa frente con tus alas, y aguarda la ocasión propicia para derramar sobre sus párpados un sueño precursor del sepulcro, un sueño de agonía y ansiedad, de esos que ciñen la garganta con sus manos de acero y pesan sobre el corazón como una montaña de plomo.

V

El sueño tiende las alas de tul, y abandona la selva donde vive, en un alcázar de ébano escondido entre la flotante sombra de los aloes.

El silencio le precede, y sus hechuras le siguen en grupos fantásticos; estos se agitan y confunden entre sí, dando ser a nuevas y rápidas metamorfosis, locos delirios, embriones de confusas ideas, semejantes a las que produce en mitad de la fiebre una imaginación débil y sobreexcitada.

VI

La silenciosa caravana llega a las orillas del Ganges y al lugar en que el príncipe descansa; este experimenta primero una languidez voluptuosa, después un entorpecimiento general, y por último, sus párpados caen con el peso del plomo sobre sus pupilas, como una losa fúnebre sobre un sepulcro. El sueño ha vertido sobre ellos una gota del licor que contiene su misterioso vaso de ópalo.

VII

Cuando la materia duerme, el espíritu vela. En tanto que el cuerpo del caudillo permanece inmóvil y sumergido en un letargo profundo, su alma se reviste de una forma imaginaria, y huye de los lazos que la aprisionan para lanzarse al éter: allí le esperan las creaciones del sueño, que le fingen un mundo poblado de seres animados con la vida de la idea; visión magnífica, profética y real en su fondo, vana solo en la forma. Oíd, según la tradición la conserva, la visión del caudillo.

VIII

La noche es oscura; el viento muge y silba sacudiendo las gigantescas ramas del *boabad* de las selvas; los genios blanden sus cárdenas espadas de fuego sobre las nubes, en que se les ve pasar cabalgando; el trueno retumba dilatándose de eco en eco en los abismos de las cordilleras; la lluvia azota el penacho de las palmas, y confundiéndose con los sordos mugidos de la tormenta, el prolongado lamento del vendaval y el temeroso murmullo de las hojas del bosque, se escucha por intervalos un rugido lejano, ronco y estridente, que parece formarse en la cavidad de un pecho de bronce.

IX

Un Bracmin, al atravesar en tal noche y a tal hora aquella selva, no hubiera podido menos de dirigir sus plegarias al Dios destructor, cuyo triunfo parecía acercarse, equivocando aquellos quejidos de la naturaleza con las profecías de los blancos fantasmas de sus antepasados, que rompían el secreto del sepulcro para enseñarle el camino de la muerte.

X

De cuantos guerreros se rodean el chal amarillo a la cintura en las fiestas y a la frente en el combate, solo el caudillo de Osira tendría el valor necesario para arriesgarse en sus agrestes y enmarañados senderos con una noche tan terrible.

XI

Pulo se adelanta, con el arco tendido, la flecha pronta y el puñal entre los dientes. Siannah le sigue, pálida la color, el cabello erizado y el paso temeroso. —¿Oyes —dice al príncipe—, oyes esa voz que resuena en la espesura? —Es el viento que azota los palmares —responde el caudillo, lanzando, a pesar suyo, una mirada escudriñadora a través de los añosísimos troncos de aloes que bordan las lindes del sendero.

XII

Los esposos prosiguen caminando, y la tempestad haciéndose cada vez más terrible. —¿Oyes ese rumor que se eleva por grados a nuestra espalda? —interrumpe de nuevo la hermosa.—Es la lluvia que agita las lianas —añade el príncipe armando la flecha y cubriendo a Siannah con su cuerpo. —¿Oyes? —vuelve ésta a interrumpir; alguien respira alrededor nuestro. —Échate en tierra —grita Pulo de repente—; el tigre va a saltar sobre nosotros.

XIII

Dos llamas fosfóricas brillan en la oscuridad.

La flecha del príncipe parte.

A su áspero silbar responde un rugido ahogado y profundo; el tigre salta; Pulo arroja el arco, se cubre con el escudo de pieles, dobla una rodilla, esconde el rostro, y lo espera con el puñal en la diestra. Siannah está desmayada y oculta con el manto del guerrero, a cuyos pies yace.

XIV

La lucha se traba.

Pulo hunde una y cien veces su puñal en el pecho y en el vientre del tigre, que en su agonía pugna aún por lanzarse sobre su adversario. Este, cubierto con el escudo, ha podido evitar su ataque, merced a esa ligereza y sangre fría, patrimonio de los hombres avezados a los peligros y a la muerte. Pero ya la temible fiera ha lanzado el último y ronco estertor, revolcándose entre el polvo y la sangre que brota de sus heridas, cuando el príncipe levanta los ojos al cielo sorprendido por un extraño fenómeno.

XV

La lluvia ha cesado, el huracán y el trueno han enmudecido: al brillante y súbito resplandor de los relámpagos sucede una claridad tenue y azulada, una luz indecisa semejante al primer albor de un día sin sol y sin aurora. Las aves, que se habían guarecido de la tempestad bajo los pabellones de verdura de la selva, llenas de gozo a su vista, quieren alzar el vuelo y entonar su canto; pero la voz se ahoga en su garganta, y caen a tierra heridas de muerte por una mano invisible. Los gigantescos árboles se agitan, y retorciéndose como a impulsos de una horrorosa convulsión, comienzan a alfombrar el suelo con las pálidas hojas que se desprenden de sus ramas, como se desprenden los cabellos de la cabeza de un anciano. Las verdes lianas que se mecieran al soplo del viento suspendidas en el tronco de los antiguos reyes del bosque, pierden el color y la frescura, arrugándose sus tersas flores como un pergamino que se acerca al fuego. Diríase, al contemplar este asombroso espectáculo, que un tósigo mortal circulando en el aire, o levantándose en imperceptibles efluvios de las entrañas de la tierra, había envenenado la atmósfera, y con ella el mundo.

XVI

El caudillo, lleno de estupor, vuelve en torno suyo la mirada; por todas partes le persiguen aquellas imágenes desoladoras; pero lo que más asombro le causa es ver el sangriento cadáver del tigre estremecerse, y poco a poco, perdiendo sus primitivas formas, ir tomando, merced a una inconcebible transformación, las de una serpiente.

—Ya no me queda ningún género de duda —exclama—; Schiven desea mi muerte; reconozco en ese reptil al ministro de su cólera. ¡Oh! ¡Que no fuera yo un dios para luchar con los dioses!... Mas no importa; mortal miserable como soy, venderé cara mi vida.

XVII

El temible reptil crece con una rapidez prodigiosa; su longitud es ya treinta veces mayor que la del boa secular que se despierta de dos en dos lunas sobre las márgenes del Sitpuri. Sus ojos redondos, fijos y fascinadores, están clavados en los del caudillo: este, presa de un vértigo, y con ese arrojo sin límites que presta la desesperación en sus momentos supremos, arroja lejos de sí el tresdoblado escudo, inútil para aquel combate, y desnuda por segunda vez su puñal.

XVIII

La gigantesca serpiente comienza a replegarse sobre sí misma, lanzando un silbo áspero y agudo: el príncipe sin aguardar a que le acometa, se arroja a su cuello, tan grueso como el de una palma colosal, y hace esfuerzos inauditos por herirla. ¡Imposible! Las aceradas escamas que la cubren y defienden son impenetrables como la concha de las tortugas del Jawkior.

Ya el reptil, aprisionándolo entre sus anillos de bronce, lo estrecha y comienza a ahogarle; ya el puñal se ha escapado de sus manos desfallecidas, y el velo de la muerte se extiende ante sus ojos, cuando una flecha disparada de las nubes baja silbando y traspasa los de la serpiente.

XIX

Un furor terrible se apodera de esta que, desasiéndose del ya casi inanimado cuerpo de Pulo, busca a ciegas a su celeste enemigo.

La punta de diamante de una segunda flecha pone fin a su agonía con la muerte.

El caudillo, recobrado de su estupor, puede entonces contemplar, no sin sentirse sobrecogido de una emoción profunda de gratitud y respeto, al que es deudor de la vida.

Vichenú, cubiertas las espaldas con un manto de pieles, el arco tendido aún y el carcax de las flechas de diamantes sobre el hombro, está a su lado de pie; la frente del dios toca a las nubes, y su sombra es inmensa como la que arroja el Himalaya sobre las llanuras al ocultarse el sol en los confines del Océano.

XX

—Caudillo —exclama el antagonista de Schiwen con acento airado—, ¿para qué subiste a la sagrada gruta del Jabwi? ¿Para qué interrogaste a las limpias aguas de su manantial, si las revelaciones celestes han sido inútiles, si al cabo habías de romper tu juramento, como se rompe la flecha sobre la rodilla, en prenda de paz entre dos enemigos? Pulo enmudece; el rubor de su falta colora sus bronceadas mejillas y ahoga su voz; Vichenú continúa de este modo:

—Inmensa como la imprevisión de los hombres es la bondad del cielo: he aquí por qué me he apiadado de tus culpas. Inútil es ya que busques las fuentes del Ganges; cada grano de arena que cae en la medida de la culpa, debe añadirse a la del castigo; el que te impuso el solitario del Jabwi es ya insuficiente para lavar tu alma.

XXI

—Si un solo momento de olvido desvaneció como el humo cuanto había logrado merecer con mi arrepentimiento, ¿qué haré para lavar mi culpa? —exclama el príncipe.

—Levántate —prosigue el dios—, toma tu arco, descálzate las sandalias, y abandonando las orillas del Ganges, vuelve sobre tus pasos hasta llegar a Cutac. Entre las arenas de sus costas duerme en el seno del olvido un templo que en mi honor levantara un día tu glorioso antecesor, cuando protegido por mi escudo llevó hasta allí sus huestes invencibles. Sobre los peñascos en que se estrellan las encrespadas olas, tiene su nido un cuervo; sube a preguntarle el lugar en que el templo se oculta: este lo conocerás por los fuegos que durante la noche voltean sobre sus ruinas, y a aquel por su cabeza blanca.

XXII

Vichenú desaparece: los árboles recobran su lozanía, la liana su verdura, los pájaros su voz, y a la indecisa y cárdena luz del cielo sucede el tranquilo y suave esplendor de una noche estrellada y llena de armonía, perfumes, suspiros y cantares.

El príncipe se incorpora y corre al lugar en que Siannah permanece desmayada y oculta bajo los pliegues del manto de su esposo. Levanta este, y de sus labios se escapa un grito de sorpresa y ansiedad.

Siannah no está allí; Siannah ha desaparecido.

XXIII

En aquel punto el sueño tiende las alas y abandona al príncipe; este, convulso y pálido aún, despierta de su pesadilla, busca a su esposa, en cuyo seno se había dormido, y no la encuentra.

El sol, recostado en un lecho púrpura y de oro como un rajá en su alfombra de colores, lanza a la tierra el último rayo de sus entreabiertos ojos. La naturaleza comienza a despertarse de su sueño del mediodía. Las brisas de la tarde, impregnadas en murmullos y perfumes, juguetean con el cáliz de las flores que se abren a sus besos. Las aguas del Ganges, copiando en sus linfas transparentes la vigorosa vegetación de sus riberas, alzan un himno melancólico, al que se unen las aladas y suaves notas de los pájaros que despiden al día con un dulcísimo y triste adiós.

XXIV

—Siannah —dice el caudillo con voz ahogada por el llanto—; Siannah, esposa mía, ¿dónde estás que no me oyes? Siannah, inseparable compañera de mi dolor y mi infortunio, ¿quién te arrancó de mi lado para robarme la única felicidad que me restaba en la tierra? ¡Oh!, vuelve, vuelve, hermosa mía; sin ti, mi vida será una noche sin aurora, un llanto sin lágrimas.

XXV

Solo el eco responde al enamorado Pulo, que presa de un loco frenesí, corre de nuevo a las orillas del Ganges, busca en la arena la huella de su esposa, y vuelve a llamarla por su nombre cien y cien veces: todo es inútil. La noche borra del cielo los colores; y las nubes, las estrellas, mudos testigos de los pesares y la felicidad de los amantes, aparecen unas tras otras rodeadas de un ligero cendal de bruma, y Siannah no aparece.

XXVI

—Insensato —dice una voz que resuena en el viento, sin que se vea la boca de donde parte—; ¿qué vas a hacer?

El caudillo, que ha desnudado el puñal para asestarlo contra su pecho, se detiene sobrecogido, y escucha estas palabras:

—Si mueres, nunca la tornarás a ver; si conservas tu vida y cumples cuanto te he dicho, la mancha de sangre de tus manos desaparecerá para siempre, y encontrarás de nuevo a tu esposa.

Los sueños son el espíritu de la realidad, con las formas de la mentira; los dioses descienden en él hasta los mortales, y sus visiones son páginas del porvenir, o recuerdos del pasado.

La voz que detiene al príncipe es la de Vichenú, que se le había aparecido en sueños.

CANTO QUINTO

I

El príncipe, después de un año de peregrinación, llega al fin al término señalado por el genio. Este, durante las jornadas, fijos los ojos sobre su protegido, ha velado día y noche por su vida hasta dejarle en Cutac.

II

La aurora rasga el velo de la noche; de sus trenzas de oro se desprenden el rocío en una lluvia de perlas sobre las colinas y las llanuras; los horizontes del mar se encienden y las crestas de sus olas brillan como las escamas de la armadura de un guerrero en un día de combate; de las flores, húmedas aún con las lágrimas del crepúsculo, se eleva al cielo una columna de aromas en emanaciones; perfumadas emanaciones que los genios cruzando sobre las nubes celestes y ambarinas recogen con las matinales plegarias de los Bracmines, para depositarlas a los pies de Bermach, autor de la maravillosa máquina de los mundos.

III

Pulo se ha sentado sobre una de las rocas que erizan en aquella parte del reino de Cutac las extensas playas del Océano. Su pensamiento está dividido entre su esposa y su conciencia.

—Ya se aproxima —dice— la hora del perdón; unos esfuerzos más, y me hallo en presencia del ave misteriosa que Vichenú ha escogido pura intérprete de sus designios. Dios, que conservas cuanto existe, apartando las tempestades y la muerte de la cabeza de los hombres, no interpongas tu poder entre mi corazón y la flecha de los guerreros, entre mi vida y las garras del tigre o los anillos del boa gigante; pero defiéndeme contra mí mismo, arráncame el amor y la conciencia, cuyos golpes matan sin que se vea la mano que los dirige.

IV

El sol se va levantando pausadamente del seno del mar, y remontándose por la cumbre del firmamento. El caudillo, después de lavarse por siete veces las manos y los sangrientos pies, recitando algunas oraciones misteriosas, emprende una difícil ascensión para llegar a la cima de las colosales rocas, cuya frente han ennegrecido los rayos y las tempestades, cuyas plantas besan o azotan las hirvientes olas del Océano.

V

Después de trepar por espacio de una hora, asiéndose a los arbustos y malezas que crecen en las aberturas de las peñas, el príncipe consigue al fin encontrarse en la cumbre del promontorio.

En una de las rocas de granito que coronan su cúspide hay una hendidura, y en el fondo de esta le parece distinguir las formas confusas de un ave, que fija en los suyos dos ojos que brillan en la oscuridad con una luz fantástica.

VI

—Ave de los dioses —prorrumpe Pulo cayendo de rodillas ante el aéreo nido del cuervo de la cabeza blanca—; ave misteriosa, bajo cuyo negro plumaje vivió por espacio de tres siglos el poderoso Vichenú, logrando con este ardid evitar la muerte que el dios de la destrucción le aprestaba; heme aquí esperando tus palabras, como los tulipanes agostados por el fuego del día esperan las gotas del rocío de la noche.

VII

El cuervo, abandonando su guarida, se abate sobre una de las enhiestas rocas y, después de agitar sus alas por tres veces, dice así al caudillo que lo escucha en silencio y con la frente humillada en el polvo:

—Señor de Osira, poderoso descendiente de los Dheli, conquistadores de la India y protegidos de Vichenú, sé lo que vienes a preguntarme; así es inútil que me lo refieras. El templo que buscas se halla lejos de este lugar; sigue mis pasos, y te mostraré el sitio en que se empezarán las excavaciones.

VIII

El cuervo de la cabeza blanca se remonta en los aires, dejándose caer al pie del promontorio, donde espera a que baje el caudillo. Cuando este toca al término de su descensión, el ave misteriosa emprende la marcha, caminando a saltos pequeños y sin abandonar las costas en que viene a romperse el oleaje de crestas de oro.

Prosiguen durante todo el día sin abandonar la ribera blanqueada por la espuma, y cuando ya el sol desciende al seno de las ondas rodeado de espesos y rojos celajes, el alado guía se aparta de las playas, internándose tierra adentro, a través de un pantano cenagoso y cubierto de juncos verdes y altísimos.

IX

Las nubes, amontonándose en el Occidente, envuelven el cadáver del sol en un sudario de brumas, antes que descienda a su sepulcro.

La noche se adelanta, una noche sin astros y sin transparencia; la brisa murmura la oración de los muertos, sollozando melancólica entre los espesos juncos; el perfume de las flores que se abren en la sombra vaga en el espacio; el grito del chacal y el silbo de las aves nocturnas resuenan confundiéndose con esos rumores siniestros y misteriosos que nacen, tiemblan y se dilatan en el seno de la oscuridad, sin que podamos decir quién los produce.

—Ave inmortal —exclama Pulo deteniéndose en su camino—, he aquí que la noche se ha apoderado de la tierra, y que en balde procuro seguirte, pues la sombra te ha robado a mi vista.

El grito del chacal se oye cada vez más próximo; tú sabes que no le temo; mas estoy sin armas, y por lo tanto inhábil para defenderme de sus traidores ataques.

Volvamos atrás y esperemos al día para proseguir nuestra jornada. Temerario valor juzgo el de aquel que arriesga su vida contra enemigos que no puede exterminar o vencer; si al menos la luna brillara en el cielo, su luz me guiaría a través de este pantano, donde a cada paso que doy temo encontrar la muerte, sepultándome en sus aguas cenagosas e inmóviles.

X

—No temas —responde el cuervo—; el dios que nos envía cuidará de nosotros desde su elevación. He aquí la manera de salir con bien de este peligro: las llanuras que vamos a atravesar presenciaron la derrota de tu padre. Schiwen, celoso del culto que este rendía en el templo a que nos dirigimos al genio que te protege, reunió en su daño a los guerreros de Cutac y de Lahorre, que ardiendo en sed de venganza contra su vencedor, se juntaron entre las sombras de la noche para afilar las espadas que habían de herir a los predilectos de Vichenú.

XI

Un día tu padre abandonó el templo para dirigirse a las selvas que se extienden al pie de la colina en cuya cumbre está oculto; de pronto una nube de polvo blanca e inmensa, que elevándose de la parte de Oriente oscurecía la luz del sol, atrajo su curiosidad.

—¿Qué nueva y numerosa caravana de peregrinos será la que se aproxima al templo de mi dios?—dice, volviéndose a uno de los pérfidos rajás portadores de su escudo y su aljaba.

XII

Este, lanzando a sus compañeros una mirada de inteligencia, respondió al victorioso rey con la sonrisa en los labios:

—¿Quién sabe cuál será el remoto país que envía este enjambre de peregrinos? La fama del asombroso templo de Cutac corre de boca en boca hasta los más remotos confines del mundo.

Tu padre, después de fijar nuevamente las miradas en aquella nube de polvo que se aproxima, y de la cual brotan centellas de fuego, exclama con voz terrible:

XIII

—¿Qué es esto? Los toscos yaids de los peregrinos llamean al rayo del sol como las armaduras de los guerreros de Lahorre. ¿Oís? En las alas del viento llega confuso el eco de la terrible y bárbara armonía de sus trompas de guerra. ¡Oh! Ya no me queda duda; el enemigo que hollé a mis pies se endereza como la víbora para morderme en ellos. No importa; veremos si los caudillos de Lahorre han aprendido de nuevo a vencer, tras tantos años de acostumbrarse a huir.

XIV

—Valientes —prosigue dirigiéndose a los que le acompañan—, dadme el arco y el escudo, desnudad vuestros aceros, y que las roncas bocinas de plata convoquen a mis huestes con sus bramidos.

Eldi-Salek, uno de sus traidores capitanes, por toda respuesta le hunde en el pecho su misma espada, de que era portador, y blandiéndola después en los aires en ademán de triunfo, prorrumpe a voces:

—¡Ánimo, compañeros de esclavitud! ¡Ánimo, domeñados ejércitos de Cutac y Lahorre, desvanecidos un día al soplo del tirano como al del huracán el humo! ¡Ánimo; nuestro país es libre!

XV

En tanto, el infelice rey, revolcándose en su sangre, intenta en vano llamar en su socorro; la voz se ahoga en su garganta; hace una postrer tentativa para incorporarse, y cae a tierra muerto y con los puños crispados y tendidos hacia las bárbaras huestes, que se adelantan al bélico y rudo compás de sus instrumentos de bronce.

XVI

Los sacerdotes de Vichenú se aperciben de la sorpresa, y subiendo a las altas torres de la Pagoda, llenan el ámbito de los aires con los terribles bramidos del caracol sagrado, al que responden en la llanura las bocinas de marfil de los guerreros de tu padre.

XVII

—¿Dónde está nuestro caudillo, que no corre como el león al combate? ¿Por qué no vuela en la primera fila su manto de púrpura y el chal amarillo que ciñe su frente? ¡Mi dueño! —exclaman los valientes conquistadores de Cutac, y ninguno sabe decir dónde se encuentra el señor de Osira, que no responde al rumor de la batalla con el grito de guerra.

XVIII

Los enemigos se adelantan, la llanura gime bajo el peso de sus carros y elefantes de guerra, y el eco de los lejanos montes repite sus salvajes alaridos. Suena la señal del combate y de la muerte. Los defensores de Vichenú expiran uno a uno al rigor del acero; el templo de dios es presa de las llamas, y con él la naciente ciudad que en sus inmediaciones levantó el rey de Osira en honor del benéfico genio de Allah-abad.

XIX

Cuando llegó la noche, la expirante llama del incendio, arrojando sus temblorosos círculos de luz y de sombra sobre la llanura, chispeaba en el casco de los valientes que habían sucumbido a los golpes de Schiwen, y que yacían entre el polvo cubiertos de sangre y de gloria.

Un hondo silencio reinaba en el que fue teatro de la sangrienta lucha, silencio que solo interrumpía el imponente estruendo de los muros al desplomarse abrasados por las silbadoras llamas, o el ronco grito del chacal, que, ofuscado por el ardiente resplandor del fuego, rugía en su cueva, temeroso de lanzarse sobre los cadáveres insepultos.

Los vencedores abandonaron con el día la llanura, donde desde esa época nadie osa poner la planta, temiendo el enojo de Schiwen, que quiso tener en aquellos lugares un templo de ruinas, habitado por la soledad del espanto.

XX

Pulo escucha sobrecogido de un religioso pavor la historia del sangriento combate en que su padre perdió la vida; historia que en su país cantan las bayaderas al son de los címbalos, pero cuya terrible sencillez nunca había arrancado una lágrima tan ardiente a sus ojos, cual la que entonces rodó abrasadora sobre su mejilla.

XXI

El cuervo prosigue así: —¿Ves allá, entre los espesos cañaverales, encenderse una llama ligera y cárdena, que vacila y corre sobre el haz de las fétidas aguas del pantano? Más lejos, al pie de la colina donde a la sombra de un bosque sombrío se levanta un grosero sepulcro formado de piedras toscas e irregulares, ¿ves cómo se desarrolla el brillante fluido, y vuela sobre la tumba, y se detiene junto a los troncos de los árboles, y se multiplica, subdividiéndoles en mil otras llamas fantásticas, ligeras y de un azulado resplandor?

XXII

Esos son los espíritus de los valientes que en defensa del genio que te protege sucumbieron al golpe de las hachas de Kattak. Dobla en tierra la rodilla, que tu padre va a dejar el seno de la tumba para guiarnos, a través de la noche, del pantano y de las sombras de los valientes, al sitio en que cubiertos de musgo y escondidos entre las hierbas altas y silenciosas hallaremos los restos mortales, única reliquia del ara de Vichenú.

XXIII

Pulo se arrodilla, y del tosco sepulcro del bosque se levanta una llama roja, que lanzándose al vacío comienza a caminar con dirección al ocaso.

El cuervo sigue a la llama, y el príncipe al cuervo.

De repente aquella se detiene sobre la cumbre de la colina, en cuya falda duerme el viento de la noche suspirando entre las hojas de los árboles.

El pájaro de la cabeza blanca tiende el vuelo, y cerniéndose en los aires sobre las ruinas de la Pagoda, llama con una voz al caudillo: este, maravillado y absorto, sube la suave pendiente que conduce al término de su peregrinación.

CANTO SEXTO

I

—Vuelve a tu reino; derrama tus tesoros y trae en tu compañía los artífices más celebrados que en él encuentres. A la luz del sol durante el día, a la de las antorchas durante la noche, que no se dé un minuto de reposo a la ociosidad, fatigando el eco de estos solitarios lugares con el alegre y bullicioso clamor de los trabajadores, a los rudos y sonoros golpes del martillo.

II

Seis años tienes de término para reedificar la Pagoda, que llenará el mundo de admiración, y alrededor de cuyas altísimas torres se agruparán las nubes y estallaran las tempestades, como en las crestas de las montañas. Sedas hay en Cachemira, oro en Siam, cedros en Katuy, elefantes en Lahorre y perlas en el golfo de Ormuz. Recorre estos países, y con sus ofrendas y tus adquisiciones la Pagoda de nuestros días resplandecerá como los astros, flotantes moradas de los genios.

Entonces se traba en el alma de Pulo una lucha entre la curiosidad y el temor, lucha que concluye con el triunfo de aquélla.

Un genio de mal guía sus pasos a través de la noche, y estos se dirigen impulsados por una fuerza incontrastable hacia el lugar en que se encuentra el peregrino.

III

Presta de nuevo atención; nada se escucha. ¿Qué hará? ¡Si fuera posible descubrir un arcano!

Diciendo así, el caudillo de las manos rojas separa las colgaduras de seda y oro que cubren la puerta de la habitación que ocupa el misterioso viajero; un rayo que hubiera caído a sus pies no le asombraría tanto como la escena que se presenta a sus ojos.

IV

El peregrino ha desaparecido.

En mitad del aposento, y al débil resplandor de una lámpara de alabastro, se ve el informe busto de un horroroso ídolo.

La locura en sus fantásticas creaciones, el sueño en sus angustiosas pesadillas, el insomnio en su delirio abrumador, no forjaron nunca una imagen tan repugnante y terrible.

V

No es su rostro el del genio benéfico que protege al príncipe; ese rostro en cuyas facciones se ven grabadas en armoniosas líneas y rasgos atrevidos la noble fiereza, la salvaje y varonil hermosura del dios de la selva; no: la fisonomía de aquella tosca escultura, que sin concluir aún se presenta a los ojos del aterrado Pulo, tiene algo de infernal y medroso; de sus redondas pupilas parece pronto a brotar el rayo y la muerte; su dilatada boca está contraída por una sonrisa feroz; todo en él revela un genio del mal.

Es la imagen de Schiwen y no la de Vichenú.

La impaciencia ha perdido para siempre al desgraciado caudillo.

VI

Este, presa de un vértigo y saliendo de su inmovilidad: —Bracmines —exclama en alta voz—, despertad de vuestro sueño; la esperanza de dicha que aún me restaba se ha desvanecido como el perfume de un lirio que besa el simún. Schiwen venció en el combate; levantad el ídolo que lo representa; llevadlo al ara sobre vuestros hombros al compás de los himnos del luto y el clamor de las plañideras y los címbalos; suyo será el templo de su hermano, y con él mi vida.

VII

Los bracmines y los servidores del príncipe que han acudido a su llamamiento se apresuran a ejecutar sus mandatos; las apagadas antorchas vuelven a despedir torrentes de luz;

los guerreros hieren sus escudos con el pomo de la espada; las roncas bocinas de marfil ahuyentan el tranquilo sueño de los habitantes de Cutac, y la triste e imponente comitiva que conduce al dios de la muerte y del estrago se dirige a la gigantesca Pagoda, del seno de la cual se escuchan levantarse, crecer y morir temblando en el vacío, medrosos lamentos y horribles carcajadas. Son los genios de la destrucción que solemnizan su victoria.

VIII

El día comienza a despuntar; la luna se desvanece, y el mar se colora con la primera luz del alba. El templo resplandece iluminado en su interior por cien y cien magníficas lámparas de bronce y oro; las blancas nubes que se elevan de los altares difunden la esencia de la mirra y del aloe por los extensos ámbitos de la Pagoda; el príncipe ha ceñido la frente con el amarillo chal, emblema del poder soberano, y cubierto con sus más ricas vestiduras está de rodillas ante el ara.

Las ceremonias con que los bracmines, invocando la piedad de los genios, han dado posesión al de la muerte del templo de Jaganata, han concluido.

IX

—¡Sacerdotes, caudillos, siervos —prorrumpe al fin el señor de Osira—, la cólera de los dioses está suspendida sobre mi cabeza, como una espada pendiente de un cabello; mis manos, que desde la terrible hora en que subí al solio ningún mortal ha visto desnudas, están manchadas de sangre. Vedlas; esta sangre es la de mi antecesor, la de mi hermano, a quien arranque la vida con la corona. Shiwen, el dios del remordimiento y de la expiación, me exige ojo por ojo, corona por corona, vida por vida. Cúmplase su voluntad. Sacerdotes, caudillos, siervos: rogad por el último de los Dheli, cuya raza va a desaparecer de la tierra.

La multitud, sobrecogida y llena de terror, permanece en silencio; Pulo, volviéndose hacia el altar en que está colocado el dios, prosigue de este modo, dirigiéndose al informe ídolo, que parece que contrae sus labios con una muda e infernal sonrisa.

X

—Schiwen, enemigo y extirpador de mi raza: si la sangre puede borrar mis culpas apartando tu cólera de la frente de Siannah, recíbela como mi última ofrenda; pero concédeme al menos que, antes de partir del mundo, la contemple un instante por la postrera vez; que su boca reciba el frío y apagado aliento de la mía; que sus besos cierren mis párpados a la eterna noche de la tumba.

XI

La muchedumbre que ocupa las naves del templo tiene fijos sus ojos en el príncipe y arroja un grito de horror.

Pulo se ha atravesado con su espada, y el caliente borbotón de sangre que brotó de su herida saltó humeando al rostro del genio.

En aquel instante, una mujer atraviesa el atrio de la Pagoda, y se adelanta hasta el recinto en que se eleva el ara de Schiwen.

—¡Siannah! —murmura el príncipe reconociéndola—; Siannah, al fin te veo antes de morir. —Y expira.

XII

Siannah, la perla de Ormuz, la violeta de Osira, el símbolo de la hermosura y del amor, la que formó Bermach en un delirio de placer, combinando la gentileza de las palmas de Nepous, la flexibilidad de los juncos del Ganges, la esmeralda de los ojos de una *Schiva*, la luz de un diamante de Golconda, la armonía de una noche de verano y la esencia de un lirio salvaje del Himalaya; Siannah, la hermosa entre las hermosas, siguió a Pulo a través de su peregrinación en esas regiones desconocidas de las que ningún viajero vuelve.

Siannah fue la primera viuda indiana que se arrojó al fuego con el cadáver de su esposo.

EL RAYO DE LUNA

Yo no sé si esto es una historia que parece cuento o un cuento que parece historia; lo que puedo decir es que en su fondo hay una verdad, una verdad muy triste, de la que acaso yo seré uno de los últimos en aprovecharme, dadas mis condiciones de imaginación.

Otro, con esta idea, tal vez hubiera hecho un tomo de filosofía lacrimosa; yo he escrito esta leyenda que, a los que nada vean en su fondo, al menos podrá entretenerles un rato.

I

Era noble, había nacido entre el estruendo de las armas, y el insólito clamor de una trompa de guerra no le hubiera hecho levantar la cabeza un instante ni apartar sus ojos un punto del oscuro pergamino en que leía la última cantiga de un trovador.

Los que quisieran encontrarle no lo debían buscar en el anchuroso patio de su castillo, donde los palafreneros domaban los potros, los pajes enseñaban a volar a los halcones, y los soldados se entretenían los días de reposo en afilar el hierro de su lanza contra una piedra.

—¿Dónde está Manrique, dónde está vuestro señor? —preguntaba algunas veces su madre.

—No sabemos—respondían sus servidores—: acaso estará en el claustro del monasterio de la Peña, sentado al borde de una tumba, prestando oído a ver si sorprende alguna palabra de la conversación de los muertos; o en el puente, mirando correr unas tras otras las olas del río por debajo de sus arcos; o acurrucado en la quiebra de una roca y entretenido en contar las estrellas del cielo, en seguir una nube con la vista, o contemplar los fuegos fatuos que cruzan como exhalaciones sobre el haz de las lagunas. En cualquiera parte estará menos en donde esté todo el mundo.

En efecto, Manrique amaba la soledad, y la amaba de tal modo, que algunas veces hubiera deseado no tener sombra, porque su sombra no le siguiese a todas partes.

Amaba la soledad, porque en su seno, dando rienda suelta a la imaginación, forjaba un mundo fantástico, habitado por extrañas creaciones, hijas de sus delirios y sus ensueños de poeta; porque Manrique era poeta, tanto que nunca le habían satisfecho las formas en que pudiera encerrar sus pensamientos, y nunca los había encerrado al escribirlos.

Creía que entre las rojas ascuas del hogar habitaban espíritus de fuego de mil colores, que corrían como insectos de oro a lo largo de los troncos encendidos, o danzaban en una luminosa ronda de chispas en la cúspide de las llamas, y se pasaba las horas muertas sentado en un escabel junto a la alta chimenea gótica, inmóvil y con los ojos fijos en la lumbre.

Creía que en el fondo de las ondas del río, entre los musgos de la fuente y sobre los vapores del lago, vivían unas mujeres misteriosas, hadas, sílfides u ondinas, que exhalaban lamentos y suspiros, o cantaban y se reían en el monótono rumor del agua, rumor que oía en silencio intentando traducirlo.

En las nubes, en el aire, en el fondo de los bosques, en las grietas de las peñas, imaginaba percibir formas o escuchar sonidos misteriosos, formas de seres sobrenaturales, palabras ininteligibles que no podía comprender.

¡Amar! Había nacido para soñar el amor, no para sentirlo. Amaba a todas las mujeres un instante: a esta porque era rubia, a aquella porque tenía los labios rojos, a la otra porque se cimbreaba al andar como un junco.

Algunas veces llegaba su delirio hasta el punto de quedarse una noche entera mirando a la luna, que flotaba en el cielo entre un vapor de plata, o a las estrellas que temblaban a lo lejos como los cambiantes de las piedras preciosas. En aquellas largas noches de poético insomnio, exclamaba: —Si es verdad, como el prior de la Peña me ha dicho, que es posible que esos puntos de luz sean mundos; si es verdad que en ese globo de nácar que rueda sobre las nubes habitan gentes, ¡qué mujeres tan hermosas serán las mujeres de esas regiones luminosas, y yo no podré verlas, y yo no podré amarlas!... ¿Cómo será su hermosura?... ¿Cómo será su amor?...

Manrique no estaba aún lo bastante loco para que le siguiesen los muchachos, pero sí lo suficiente para hablar y gesticular a solas, que es por donde se empieza.

II

Sobre el Duero, que pasaba lamiendo las carcomidas y oscuras piedras de las murallas de Soria, hay un puente que conduce de la ciudad al antiguo convento de los Templarios, cuyas posesiones se extendían a lo largo de la opuesta margen del río.

En la época a que nos referimos, los caballeros de la Orden habían ya abandonado sus históricas fortalezas; pero aún quedaban en pie los restos de los anchos torreones de sus muros, aún se veían, como en parte se ven hoy, cubiertos de hiedra y campanillas blancas, los macizos arcos de su claustro, las prolongadas galerías ojivales de sus patios de armas, en las que suspiraba el viento con un gemido, agitando las altas yerbas.

En los huertos y en los jardines, cuyos senderos no hollaban hacía muchos años las plantas de los religiosos, la vegetación, abandonada a sí misma, desplegaba todas sus galas, sin temor de que la mano del hombre la mutilase, creyendo embellecerla. Las plantas trepadoras subían encaramándose por los añosos troncos de los árboles; las sombrías calles de álamos, cuyas copas se tocaban y se confundían entre sí, se habían cubierto de céspedes; los cardos silvestres y las ortigas brotaban en medio de los enarenados caminos, y en dos trozos de fábrica, próximos a desplomarse, el jaramago, flotando al viento como el penacho de una cimera, y las campanillas blancas y azules, balanceándose como en un columpio sobre sus largos y flexibles tallos, pregonaban la victoria de la destrucción y la ruina.

Era de noche; una noche de verano, templada, llena de perfumes y de rumores apacibles, y con una luna blanca y serena, en mitad de un cielo azul, luminoso y transparente.

Manrique, presa su imaginación de un vértigo de poesía, después de atravesar el puente, desde donde contempló un momento la negra silueta de la ciudad, que se destacaba sobre el fondo de algunas nubes blanquecinas y ligeras arrolladas en el horizonte, se internó en las desiertas ruinas de los Templarios.

La media noche tocaba a su punto. La luna, que se había ido remontando lentamente, estaba ya en lo más alto del cielo, cuando al entrar en una oscura alameda que conducía desde el derruido claustro a la margen del Duero, Manrique exhaló un grito leve y ahogado, mezcla extraña de sorpresa, de temor y de júbilo.

En el fondo de la sombría alameda había visto agitarse una cosa blanca, que flotó un momento y desapareció en la oscuridad. La orla del traje de una mujer, de una mujer que había cruzado el sendero y se ocultaba entre el follaje, en el mismo instante en que el loco soñador de quimeras o imposibles penetraba en los jardines.

—¡Una mujer desconocida!... ¡En este sitio!... ¡A estas horas! Esa, esa es la mujer que yo busco —exclamó Manrique; y se lanzó en su seguimiento, rápido como una saeta.

III

Llegó al punto en que había visto perderse entre la espesura de las ramas a la mujer misteriosa. Había desaparecido. ¿Por dónde? Allá lejos, muy lejos, creyó divisar por entre los cruzados troncos de los árboles como una claridad o una forma blanca que se movía. —¡Es ella, es ella, que lleva alas en los pies y huye como una sombra! —dijo, y se precipitó en su busca, separando con las manos las redes de hiedra que se extendían como un tapiz, de unos en otros álamos. Llegó rompiendo por entre la maleza y las plantas parásitas hasta una especie de rellano que iluminaba la claridad del cielo... ¡Nadie! —¡Ah!, por aquí, por aquí va —exclamó entonces. —Oigo sus pisadas sobre las hojas secas, y el crujido de su traje, que arrastra por el suelo y roza en los arbustos; —y corría y corría como un loco de aquí para allá, y no la veía. —Pero siguen sonando sus pisadas —murmuró otra vez—; creo que ha hablado; no hay duda, ha hablado... El viento que suspira entre las ramas; las hojas, que parece que rezan en voz baja, me han impedido oír lo que ha dicho; pero no hay duda, va por ahí, ha hablado... ha hablado... ¿En qué idioma? No sé, pero es una lengua extranjera... —Y tornó a correr en su seguimiento, unas veces creyendo verla, otras pensando oírla; ya notando que las ramas por entre las cuales había desaparecido se movían; ya imaginando distinguir en la arena la huella de sus propios pies; luego firmemente persuadido de que un perfume especial que aspiraba a intervalos era un aroma perteneciente a aquella mujer que se burlaba de él, complaciéndose en huirle por entre aquellas intrincadas malezas. ¡Afán inútil!

Vagó algunas horas de un lado a otro fuera de sí, ya parándose para escuchar, ya deslizándose con las mayores precauciones sobre la yerba, ya en una carrera frenética y desesperada.

Avanzando, avanzando por entre los inmensos jardines que bordeaban la margen del río, llegó al fin al pie de las rocas sobre que se eleva la ermita de San Saturio. —Tal vez, desde esta altura podré orientarme para seguir mis pesquisas a través de ese confuso laberinto —exclamó trepando de peña en peña con la ayuda de su daga.

Llegó a la cima, desde la que se descubre la ciudad en lontananza y una gran parte del Duero que se retuerce a sus pies, arrastrando una corriente impetuosa y oscura por entre las corvas márgenes que lo encarcelan.

Manrique, una vez en lo alto de las rocas, tendió la vista a su alrededor; pero al tenderla y fijarla, al cabo, en un punto, no pudo contener una blasfemia.

La luz de la luna rielaba chispeando en la estela que dejaba en pos de sí una barca que se dirigía a todo remo a la orilla opuesta.

En aquella barca había creído distinguir una forma blanca y esbelta, una mujer sin duda, la mujer que había visto en los Templarios, la mujer de sus sueños, la realización de sus más locas esperanzas. Se descolgó de las peñas con la agilidad de un gamo, arrojó al suelo la gorra, cuya redonda y larga pluma podía embarazarle para correr, y desnudándose del ancho capotillo de terciopelo, partió como una exhalación hacia el puente.

Pensaba atravesarlo y llegar a la ciudad antes que la barca tocase en la otra orilla. ¡Locura! Cuando Manrique llegó jadeante y cubierto de sudor a la entrada, ya los que habían atravesado el Duero por la parte de San Saturio entraban en Soria por una de las puertas del muro, que en aquel tiempo llegaba hasta la margen del río, en cuyas aguas se retrataban sus pardas almenas.

IV

Aunque desvanecida su esperanza de alcanzar a los que habían entrado por el postigo de San Saturio, no por eso nuestro héroe perdió la de saber la casa que en la ciudad podía albergarlos. Fija en su mente esta idea, penetró en la población, y dirigiéndose hacia el barrio de San Juan, comenzó a vagar por sus calles a la ventura.

Las calles de Soria eran entonces, y lo son todavía, estrechas, oscuras y tortuosas. Un silencio profundo reinaba en ellas, silencio que solo interrumpían, ora el lejano ladrido de un perro, ora el rumor de una puerta al cerrarse, ora el relincho de un corcel que piafando hacía sonar la cadena que le sujetaba al pesebre en las subterráneas caballerizas.

Manrique, con el oído atento a estos rumores de la noche, que unas veces le parecían los pasos de alguna persona que había doblado ya la última esquina de un callejón desierto, otras, voces confusas de gentes que hablaban a sus espaldas, y que a cada momento esperaba ver a su lado, anduvo algunas horas corriendo al azar de un sitio a otro.

Por último, se detuvo al pie de un caserón de piedra, oscuro y antiquísimo, y al detenerse brillaron sus ojos con una indescriptible expresión de alegría. En una de las altas ventanas ojivales de aquel que pudiéramos llamar palacio, se veía un rayo de luz templada y suave que, pasando a través de unas ligeras colgaduras de seda color de rosa, se reflejaba en el negruzco y grieteado paredón de la casa de enfrente.

—No cabe duda; aquí vive mi desconocida —murmuró el joven en voz baja sin apartar un punto sus ojos de la ventana gótica—; aquí vive. Ella entró por el postigo de San Saturio... por el postigo de San Saturio se viene a este barrio... en este barrio hay una casa, donde pasada la media noche aún hay gente en vela... ¿en vela? ¿Quién sino ella, que vuelve de sus nocturnas excursiones, puede estarlo a estas horas?... No hay más; esta es su casa.

En esta firme persuasión, y revolviendo en su cabeza las más locas y fantásticas imaginaciones, esperó el alba frente a la ventana gótica, de la que en toda la noche no faltó la luz ni él separó la vista un momento.

Cuando llegó el día, las macizas puertas del arco que daba entrada al caserón, y sobre cuya clave se veían esculpidos los blasones de su dueño, giraron pesadamente sobre los goznes, con un chirrido prolongado y agudo. Un escudero reapareció en el dintel con un manojo de llaves en la mano, restregándose los ojos y enseñando al bostezar una caja de dientes capaces de dar envidia a un cocodrilo.

Verle Manrique y lanzarse a la puerta, todo fue obra de un instante.

—¿Quién habita en esta casa? ¿Cómo se llama ella? ¿De dónde es? ¿A qué ha venido a Soria? ¿Tiene esposo? Responde, responde, animal. —Esta fue la salutación que, sacudiéndole el brazo violentamente, dirigió al pobre escudero, el cual, después de mirarle un buen espacio de tiempo, con ojos espantados y estúpidos, le contestó con voz entrecortada por la sorpresa:

—En esta casa vive el muy honrado Sr. D. Alonso de Valdecuellos, montero mayor de nuestro señor el rey, que herido en la guerra contra moros, se encuentra en esta ciudad reponiéndose de sus fatigas.

—Pero ¿y su hija? —interrumpió el joven impaciente— ¿y su hija, o su hermana, o su esposa, o lo que sea?

—No tiene ninguna mujer consigo.

—¡No tiene ninguna!... ¿Pues quién duerme allí en aquel aposento, donde toda la noche he visto arder una luz?

—¿Allí? Allí duerme mi señor D. Alonso que, como se halla enfermo, mantiene encendida su lámpara hasta que amanece.

Un rayo, cayendo de improviso a sus pies, no le hubiera causado más asombro que el que le causaron estas palabras.

V

—Yo la he de encontrar, la he de encontrar; y si la encuentro, estoy casi seguro de que he de conocerla... ¿En qué?... Eso es lo que no podré decir... pero he de conocerla. El eco de sus pisadas o una sola palabra suya que vuelva a oír, un extremo de su traje, un solo extremo quc vuelva a ver, me bastarán para conseguirlo. Noche y día estoy mirando flotar delante de mis ojos aquellos pliegues de una tela diáfana y blanquísima; noche y día me están sonando aquí dentro, dentro de la cabeza, el crujido de su traje, el confuso rumor de sus ininteligibles palabras... ¿Qué dijo?... ¿qué dijo? ¡Ah!, si yo pudiera saber lo que dijo, acaso... pero aún sin saberlo la encontraré... la encontraré; me lo da el corazón, y mi corazón no me engaña nunca. Verdad es que ya he recorrido inútilmente todas las calles de Soria; que he pasado noches y noches al sereno, hecho poste de una esquina; que he gastado más de veinte doblas de oro en hacer charlar a dueñas y escuderos; que he dado agua bendita en San Nicolás a una vieja, arrebujada con tal arte en su manto de anascote, que se me figuró una deidad; y al salir de la Colegiata una noche de maitines, he seguido como un tonto la litera del Arcediano, creyendo que el extremo de sus hopalandas era el del traje de mi desconocida; pero no importa... yo la he de encontrar, y la gloria de poseerla excederá seguramente al trabajo de buscarla.

¿Cómo serán sus ojos?... Deben de ser azules, azules y húmedos como el cielo de la noche; me gustan tanto los ojos de ese color; son tan expresivos, tan melancólicos, tan... Sí... no hay duda; azules deben de ser, azules son, seguramente; y sus cabellos negros, muy negros, y largos para que floten... Me parece que los vi flotar aquella noche, al par que su traje, y eran negros... no me engaño, no; eran negros.

¡Y qué bien sientan unos ojos azules, muy rasgados y adormidos, y una cabellera suelta, flotante y oscura, a una mujer alta... porque... ella es alta, alta y esbelta, como esos ángeles de las portadas de nuestras basílicas, cuyos ovalados rostros envuelven en un misterioso crepúsculo las sombras de sus doseles de granito!

¡Su voz!... su voz la he oído... su voz es suave como el rumor del viento en las hojas de los álamos, y su andar acompasado y majestuoso como las cadencias de una música.

Y esa mujer, que es hermosa como el más hermoso de mis sueños de adolescente, que piensa como yo pienso, que gusta como yo gusto, que odia lo que yo odio, que es un espíritu hermano de mi espíritu, que es el complemento de mi ser, ¿no se ha de sentir conmovida al encontrarme? ¿No me ha de amar como yo la amaré, como la amo ya, con todas las fuerzas de mi vida, con todas las facultades de mi alma?

Vamos, vamos al sitio donde la vi la primera y única vez que le he visto... ¿Quién sabe si, caprichosa como yo, amiga de la soledad y el misterio, como todas las almas soñadoras, se complace en vagar por entre las ruinas, en el silencio de la noche?

Dos meses habían transcurrido desde que el escudero de D. Alonso de Valdecuellos desengañó al iluso Manrique; dos meses durante los cuales en cada hora había formado un castillo en el aire, que la realidad desvanecía con un soplo; dos meses, durante los cuales había buscado en vano a aquella mujer desconocida, cuyo absurdo amor iba creciendo en su alma, merced a sus aún más absurdas imaginaciones, cuando después de atravesar absorto en estas ideas el puente que conduce a los Templarios, el enamorado joven se perdió entre las intrincadas sendas de sus jardines.

VI

La noche estaba serena y hermosa, la luna brillaba en toda su plenitud en lo más alto del cielo, y el viento suspiraba con un rumor dulcísimo entre las hojas de los árboles.

Manrique llegó al claustro, tendió la vista por su recinto, y miró a través de las macizas columnas de sus arcadas... Estaba desierto.

Salió de él, encaminó sus pasos hacia la oscura alameda que conduce al Duero, y aún no había penetrado en ella, cuando de sus labios se escapó un grito de júbilo.

Había visto flotar un instante y desaparecer el extremo del traje blanco, del traje blanco de la mujer de sus sueños, de la mujer que ya amaba como un loco.

Corre, corre en su busca, llega al sitio en que la ha visto desaparecer; pero al llegar se detiene, fija los espantados ojos en el suelo, permanece un rato inmóvil; un ligero temblor nervioso agita sus miembros, un temblor que va creciendo, que va creciendo, y ofrece los síntomas de una verdadera convulsión, y prorrumpe al fin una carcajada, una carcajada sonora, estridente, horrible.

Aquella cosa blanca, ligera, flotante, había vuelto a brillar ante sus ojos, pero había brillado a sus pies un instante, no más que un instante.

Era un rayo de luna, un rayo de luna que penetraba a intervalos por entre la verde bóveda de los árboles cuando el viento movía sus ramas.

Habían pasado algunos años. Manrique, sentado en un sitial junto a la alta chimenea gótica de su castillo, inmóvil casi y con una mirada vaga e inquieta como la de un idiota, apenas prestaba atención ni a las caricias de su madre, ni a los consuelos de sus servidores.

—Tú eres joven, tú eres hermoso —le decía aquella—; ¿por qué te consumes en la soledad? ¿Por qué no buscas una mujer a quien ames, y que amándote pueda hacerte feliz?

—¡El amor!... El amor es un rayo de luna—murmuraba el joven.

—¿Por qué no despertáis de ese letargo? —le decía uno de sus escuderos—; os vestís de hierro de pies a cabeza, mandáis desplegar al aire vuestro pendón de rico-hombre, y marchamos a la guerra: en la guerra se encuentra la gloria.

—¡La gloria!... La gloria es un rayo de luna.

—¿Queréis que os diga una cantiga, la última que ha compuesto mosén Arnaldo, el trovador provenzal?

—¡No! ¡No! —exclamó el joven incorporándose colérico en su sitial—; no quiero nada... es decir, sí quiero... quiero que me dejéis solo... Cantigas... mujeres... glorias... felicidad... mentiras todo, fantasmas vanos que formamos en nuestra imaginación y vestimos a nuestro antojo, y los amamos y corremos tras ellos, ¿para qué?, ¿para qué?, para encontrar un rayo de luna.

Manrique estaba loco; por lo menos, todo el mundo lo creía así. A mí, por el contrario, se me figuraba que lo que había hecho era recuperar el juicio.

LA CRUZ DEL DIABLO

Que lo crea o no, me importa bien poco.
Mi abuelo se lo narró a mi padre;
mi padre me lo ha referido a mí,
y yo te lo cuento ahora,
siquiera no sea más que por pasar el rato.

I

El crepúsculo comenzaba a extender sus ligeras alas de vapor sobre las pintorescas orillas del Segre, cuando después de una fatigosa jornada llegamos a Bellver, término de nuestro viaje.

Bellver es una pequeña población situada a la falda de una colina, por detrás de la cual se ven elevarse, como las gradas de un colosal anfiteatro de granito, las empinadas y nebulosas crestas de los Pirineos.

Los blancos caseríos que la rodean, salpicados aquí y allá sobre una ondulante sábana de verdura, parecen a lo lejos un bando de palomas que han abatido su vuelo para apagar su sed en las aguas de la ribera.

Una pelada roca, a cuyos pies tuercen estas su curso, y sobre cuya cima se notan aún remotos vestigios de construcción, señala la antigua línea divisoria entre el condado de Urgel y el más importante de sus feudos.

A la derecha del tortuoso sendero que conduce a este punto, remontando la corriente del río, y siguiendo sus curvas y frondosos márgenes, se encuentra una cruz.

El asta y los brazos son de hierro; la redonda base en que se apoya de mármol, y la escalinata que a ella conduce, de oscuros y mal unidos fragmentos de sillería.

La destructora acción de los años, que ha cubierto de orín el metal, ha roto y carcomido la piedra de este monumento, entre cuyas hendiduras crecen algunas plantas trepadoras, que suben enredándose hasta coronarlo, mientras una vieja y corpulenta encina le sirve de dosel.

Yo había adelantado algunos minutos a mis compañeros de viaje, y deteniendo mi escuálida cabalgadura, contemplaba en silencio aquella cruz, muda y sencilla expresión de las creencias y la piedad de otros siglos.

Un mundo de ideas se agolpó a mi imaginación en aquel instante. Ideas ligerísimas, sin forma determinada, que unían entre sí, como un invisible hilo de luz, la profunda soledad de aquellos lugares, el alto silencio de la naciente noche y la vaga melancolía de mi espíritu.

Impulsado de un pensamiento religioso espontáneo e indefinible, eché maquinalmente pie a tierra, me descubrí, y comencé a buscar en el fondo de mi memoria una de aquellas oraciones que me enseñaron cuando niño; una de aquellas oraciones, que cuando más tarde se escapan involuntarias de nuestros labios, parece que aligeran el pecho oprimido, y semejantes a las lágrimas, alivian el dolor, que también toma estas formas para evaporarse.

Ya había comenzado a murmurarla, cuando de improviso sentí que me sacudían con violencia por los hombros.

Volví la cara: un hombre estaba al lado mío.

Era uno de nuestros guías, natural del país, el cual, con una indescriptible expresión de terror pintada en el rostro, pugnaba por arrastrarme consigo y cubrir mi cabeza con el fieltro que aún tenía en mis manos.

Mi primera mirada, mitad de asombro, mitad de cólera, equivalía a una interrogación enérgica, aunque muda.

El pobre hombre, sin cejar en su empeño de alejarme de aquel sitio, contestó a ella con estas palabras, que entonces no pude comprender, pero en las que había un acento de verdad que me sobrecogió:

—¡Por la memoria de su madre! ¡Por lo más sagrado que tenga en el mundo, señorito, cúbrase usted la cabeza y aléjese más que de prisa de esta cruz! ¡Tan desesperado está usted, que no bastándole la ayuda de Dios, recurre a la del demonio!

Yo permanecí un rato mirándole en silencio. Francamente, creí que estaba loco; pero él prosiguió con igual vehemencia:

—Usted busca la frontera; pues bien, si delante de esa cruz le pide usted al cielo que le preste ayuda, las cumbres de los montes vecinos se levantarán en una sola noche hasta las estrellas invisibles, solo porque no encontremos la raya en toda nuestra vida.

Yo no puedo menos de sonreírme.

—¿Se burla usted?... ¿Cree acaso que esa es una cruz santa como la del porche de nuestra iglesia?...

—¿Quién lo duda?

—Pues se engaña usted de medio a medio; porque esa cruz, salvo lo que tiene de Dios, está maldita... esa cruz pertenece a un espíritu maligno, y por eso le llaman *La cruz del diablo*.

—¡La cruz del diablo! —repetí cediendo a sus instancias, sin darme cuenta a mí mismo del involuntario temor que comenzó a apoderarse de mi espíritu, y que me rechazaba como una fuerza desconocida de aquel lugar—; ¡la cruz del diablo! ¡Nunca ha herido mi imaginación una amalgama más disparatada de dos ideas tan absolutamente enemigas!... ¡Una cruz... y del diablo!!! ¡Vaya, vaya!

Fuerza será que en llegando a la población me expliques este monstruoso absurdo.

Durante este corto diálogo, nuestros camaradas, que habían picado sus cabalgaduras, se nos reunieron al pie de la cruz; yo les expliqué en breves palabras lo que acababa de suceder; monté nuevamente en mi rocín, y las campanas de la parroquia llamaban lentamente a la oración, cuando nos apeamos en el más escondido y lóbrego de los paradores de Bellver.

II

Las llamas rojas y azules se enroscaban chisporroteando a lo largo del grueso tronco de encina que ardía en el ancho hogar; nuestras sombras, que se proyectaban temblando sobre los ennegrecidos muros, se empequeñecían o tomaban formas gigantescas, según la hoguera despedía resplandores más o menos brillantes; el vaso de saúco, ora vacío, ora lleno, y no de agua, como cangilón de noria, había dado tres veces la vuelta en derredor del círculo que formábamos junto al fuego, y todos esperaban con impaciencia la historia de *La cruz del diablo*, que a guisa de postres de la frugal cena que acabábamos de consumir, se nos había prometido, cuando nuestro guía tosió por dos veces, se echó al coleto un último trago de vino, limpiose con el revés de la mano la boca, y comenzó de este modo:

—Hace mucho tiempo, mucho tiempo, yo no sé cuánto, pero los moros ocupaban aún la mayor parte de España, se llamaban condes nuestros reyes, y las villas y aldeas pertenecían en feudo a ciertos señores, que a su vez prestaban homenaje a otros más poderosos, cuando acaeció lo que voy a referir a ustedes.

Concluida esta breve introducción histórica, el héroe de la fiesta guardó silencio durante algunos segundos como para coordinar sus recuerdos, y prosiguió así:

—Pues es el caso que, en aquel tiempo remoto, esta villa y algunas otras formaban parte del patrimonio de un noble barón, cuyo castillo señorial se levantó por muchos siglos sobre la cresta de un peñasco que baña el Segre, del cual toma su nombre.

Aún testifican la verdad de mi relación algunas informes ruinas que, cubiertas de jaramago y musgo, se alcanzan a ver sobre su cumbre desde el camino que conduce a este pueblo.

No sé si por ventura o desgracia quiso la suerte que este señor, a quien por su crueldad detestaban sus vasallos, y por sus malas cualidades ni el rey admitía en su corte, ni sus vecinos en el hogar, se aburriese de vivir solo con su mal humor y sus ballesteros en lo alto de la roca en que sus antepasados colgaron su nido de piedra.

Devanábase noche y día los sesos en busca de alguna distracción propia de su carácter, lo cual era bastante difícil después de haberse cansado, como ya lo estaba, de mover guerra a sus vecinos, apalear a sus servidores y ahorcar a sus súbditos.

En esta ocasión, cuentan las crónicas que se le ocurrió, aunque sin ejemplar, una idea feliz.

Sabiendo que los cristianos de otras poderosas naciones se aprestaban a partir juntos en una formidable armada a un país maravilloso para conquistar el sepulcro de Nuestro Señor Jesucristo, que los moros tenían en su poder, se determinó a marchar en su seguimiento.

Si realizó esta idea con objeto de purgar sus culpas, que no eran pocas, derramando su sangre en tan justa empresa, o con el de trasplantarse a un punto donde sus malas mañas no se conociesen, se ignora; pero la verdad del caso es que, con gran contentamiento de grandes y chicos, de vasallos y de iguales, allegó cuanto dinero pudo, redimió a sus pueblos del señorío, mediante una gruesa cantidad, y no conservando de propiedad suya más que el peñón del Segre y las cuatro torres del castillo, herencia de sus padres, desapareció de la noche a la mañana.

La comarca entera respiró en libertad durante algún tiempo, como si despertara de una pesadilla.

Ya no colgaban de los árboles de sus sotos, en vez de frutas, racimos de hombres; las muchachas del pueblo no temían al salir con su cántaro en la cabeza a tomar agua de la fuente del camino, ni los pastores llevaban sus rebaños al Segre por sendas impracticables y ocultas, temblando encontrar a cada revuelta de la trocha a los ballesteros de su muy amado señor.

Así transcurrió el espacio de tres años; la historia de *el mal caballero*, que solo por este nombre se le conocía, comenzaba a pertenecer al exclusivo dominio de las viejas, que en las eternas veladas del invierno las relataban con voz hueca y temerosa a los asombrados chicos; las madres asustaban a los pequeñuelos incorregibles o llorones diciéndoles: *¡que viene el señor del Segre!* Cuando he aquí que no sé si un día o una noche, si caído del cielo o abortado de los profundos, el temido señor apareció efectivamente, y como suele decirse, en carne y hueso, en mitad de sus antiguos vasallos.

Renuncio a describir el efecto de esta agradable sorpresa. Ustedes se lo podrán figurar mejor que yo pintarlo, solo con decirles que tornaba reclamando sus vendidos derechos, que si malo se fue, peor volvió, y si pobre y sin crédito se encontraba antes de partir a la guerra, ya no podía contar con más recursos que su despreocupación, su lanza y una media docena de aventureros tan desalmados y perdidos como su jefe.

Como era natural, los pueblos se resistieron a pagar tributos, que a tanta costa habían redimido; pero el señor puso fuego a sus heredades, a sus alquerías y a sus mieses.

Entonces apelaron a la justicia del rey; pero el señor se burló de las cartas-leyes de los condes soberanos; las clavó en el postigo de sus torres, y colgó a los farautes de una encina.

Exasperados y no encontrando otra vía de salvación, por último, se pusieron de acuerdo entre sí, se encomendaron a la Divina Providencia y tomaron las armas; pero el señor llamó a sus secuaces, llamó en su ayuda al diablo, se encaramó a su roca y se preparó a la lucha.

Esta comenzó terrible y sangrienta. Se peleaba con todas armas, en todos sitios y a todas horas, con la espada y el fuego, en la montaña y en la llanura, en el día y durante la noche.

Aquello no era pelear para vivir; era vivir para pelear.

Al cabo triunfó la causa de la justicia. Oigan ustedes cómo.

Una noche oscura, muy oscura, en que no se oía ni un rumor en la tierra ni brillaba un solo astro en el cielo, los señores de la fortaleza, engreídos por una reciente victoria, se repartían el botín, y ebrios con el vapor de los licores, en mitad de la loca y estruendosa orgía, entonaban sacrílegos cantares en loor de su infernal patrono.

Como dejo dicho, nada se oía en derredor del castillo, excepto el eco de las blasfemias, que palpitaban perdidas en el sombrío seno de la noche, como palpitan las almas de los condenados envueltas en los pliegues del huracán de los infiernos.

Ya los descuidados centinelas habían fijado algunas veces sus ojos en la villa que reposaba silenciosa, y se habían dormido sin temor a una sorpresa, apoyados en el grueso tronco de sus lanzas, cuando he aquí que algunos aldeanos, resueltos a morir y protegidos por la sombra, comenzaron a escalar el cubierto peñón del Segre, a cuya cima tocaron a punto de la media noche.

Una vez en la cima, lo que faltaba por hacer fue obra de poco tiempo: los centinelas salvaron de un solo salto el valladar que separa el sueño de la muerte; el fuego, aplicado con teas de resina al puente y al rastrillo, se comunicó con la rapidez del relámpago a los muros; y los escaladores, favorecidos por la confusión y abriéndose paso entre las llamas, dieron fin con los habitantes de aquella guarida en un abrir y cerrar de ojos.

Todos perecieron.

Cuando el cercano día comenzó a blanquear las altas copas de los enebros, humeaban aún los calcinados escombros de las desplomadas torres, y a través de sus anchas brechas, chispeando al herirla la luz y colgada de uno de los negros pilares de la sala del festín, era fácil divisar la armadura del temido jefe, cuyo cadáver, cubierto de sangre y polvo, yacía entre los desgarrados tapices y las calientes cenizas, confundido con los de sus oscuros compañeros.

El tiempo pasó: comenzaron los zarzales a rastrear por los desiertos patios, la hiedra a enredarse en los oscuros machones, y las campanillas azules a mecerse colgadas de las mismas almenas. Los desiguales soplos de la brisa, el graznido de las aves nocturnas y el rumor de los reptiles, que se deslizaban entre las altas yerbas, turbaban solo de vez en cuando el silencio de muerte de aquel lugar maldecido; los insepultos huesos de sus antiguos moradores blanqueaban el rayo de la luna, y aún podía verse el haz de armas del señor del Segre, colgado del negro pilar de la sala del festín.

Nadie osaba tocarle; pero corrían mil fábulas acerca de aquel objeto, causa incesante de hablillas y terrores para los que le miraban llamear durante el día, herido por la luz del sol, o creían percibir en las altas horas de la noche el metálico son de sus piezas, que chocaban entre sí cuando las movía el viento, con un gemido prolongado y triste.

A pesar de todos los cuentos que a propósito de la armadura se fraguaron, y que en voz baja se repetían unos a otros los habitantes de los alrededores, no pasaban de cuentos, y el único más positivo que de ellos resultó, se redujo entonces a una dosis de miedo más que regular, que cada uno de por sí se esforzaba en disimular lo posible haciendo, como decirse suele, de tripas corazón.

Si de aquí no hubiera pasado la cosa, nada se habría perdido. Pero el diablo, que a lo que parece no se encontraba satisfecho de su obra, sin duda con el permiso de Dios y a fin de hacer purgar a la comarca algunas culpas, volvió a tomar cartas en el asunto.

Desde este momento las fábulas, que hasta aquella época no pasaron de un rumor vago y sin viso alguno de verosimilitud, comenzaron a tomar consistencia y a hacerse de día en día más probables.

En efecto, hacía algunas noches que todo el pueblo había podido observar un extraño fenómeno.

Entre las sombras, a lo lejos, ya subiendo las retorcidas cuestas del peñón del Segre, ya vagando entre las ruinas del castillo, ya cerniéndose al parecer en los aires, se veían correr, cruzarse, esconderse y tornar a aparecer para alejarse en distintas direcciones, unas luces misteriosas y fantásticas, cuya procedencia nadie sabía explicar.

Esto se repitió por tres o cuatro noches durante el intervalo de un mes; y los confusos aldeanos esperaban inquietos el resultado de aquellos conciliábulos, que ciertamente no se hizo aguardar mucho, cuando tres o cuatro alquerías incendiadas, varias reses desaparecidas y los cadáveres de algunos caminantes despeñados en los precipicios, pusieron en alarma a todo el territorio en diez leguas a la redonda.

Ya no quedó duda alguna. Una banda de malhechores se albergaba en los subterráneos del castillo.

Estos, que solo se presentaban al principio muy de tarde en tarde y en determinados puntos del bosque, que aun en el día se dilata a lo largo de la ribera, concluyeron por ocupar casi todos los desfiladeros de las montañas, emboscarse en los caminos, saquear los valles y descender como un torrente a la llanura, donde a este quiero, a este no quiero, no dejaban títere con cabeza.

Los asesinatos se multiplicaban; las muchachas desaparecían, y los niños eran arrancados de las cunas a pesar de los lamentos de sus madres, para servirlos en diabólicos festines, en que, según la creencia general, los vasos sagrados sustraídos de las profanadas iglesias servían de copas.

El terror llegó a apoderarse de los ánimos en un grado tal, que al toque de oraciones nadie se aventuraba a salir de su casa, en la que no siempre se creían seguros de los bandidos del peñón.

Mas ¿quiénes eran estos? ¿De dónde habían venido? ¿Cuál era el nombre de su misterioso jefe? He aquí el enigma que todos querían explicar y que nadie podía resolver hasta entonces, aunque se observase desde luego que la armadura del señor feudal había desaparecido del sitio que antes ocupara, y posteriormente varios labradores hubiesen afirmado que el capitán de aquella desalmada gavilla marchaba a su frente, cubierto con una que, de no ser la misma, se le asemejaba en un todo.

Cuanto queda repetido, si se le despoja de esa parte de fantasía con que el miedo abulta y completa sus creaciones favoritas, nada tiene en sí de sobrenatural y extraño.

¿Qué cosa más corriente en unos bandidos que las ferocidades con que estos se distinguían, ni más natural que el apoderarse su jefe de las abandonadas armas del señor del Segre?

Sin embargo, algunas revelaciones hechas antes de morir por uno de sus secuaces, prisionero en las últimas refriegas, acabaron de colmar la medida, preocupando el ánimo de los más incrédulos. Poco más o menos, el contenido de su confesión fue este:

—Yo —dijo— pertenezco a una noble familia. Los extravíos de mi juventud, mis locas prodigalidades y mis crímenes por último, atrajeron sobre mi cabeza la cólera de mis deudos y la maldición de mi padre, que me desheredó al expirar. Hallándome solo y sin recursos de ninguna especie, el diablo sin duda debió sugerirme la idea de reunir algunos jóvenes que se encontraban en una situación idéntica a la mía, los cuales seducidos con la promesa de un porvenir de disipación, libertad y abundancia, no vacilaron un instante en suscribir a mis designios.

Estos se reducían a formar una banda de jóvenes de buen humor, despreocupados y poco temerosos del peligro, que desde allí en adelante vivirían alegremente del producto de su valor y a costa del país, hasta tanto que Dios se sirviera disponer de cada uno de ellos conforme a su voluntad, según hoy a mi me sucede.

Con este objeto señalamos esta comarca para teatro de nuestras expediciones futuras, y escogimos como punto el más a propósito para nuestras reuniones el abandonado castillo del Segre, lugar seguro, no tanto por su posición fuerte y ventajosa, como por hallarse defendido contra el vulgo por las supersticiones y el miedo.

Congregados una noche bajo sus ruinosas arcadas, alrededor de una hoguera que iluminaba con su rojizo resplandor las desiertas galerías, trabose una acalorada disputa sobre cuál de nosotros había de ser elegido jefe.

Cada uno alegó sus méritos; yo expuse mis derechos: ya los unos murmuraban entre sí con ojeadas amenazadoras; ya los otros, con voces descompuestas por la embriaguez, habían puesto la mano sobre el pomo de sus puñales para dirimir la cuestión, cuando de repente oímos un extraño crujir de armas, acompañado de pisadas huecas y sonantes, que de cada vez se hacían más distintas. Todos arrojamos a nuestro alrededor una inquieta mirada de desconfianza; nos pusimos de pie y desnudamos nuestros aceros, determinados a vender caras las vidas; pero no pudimos por menos de permanecer inmóviles al ver adelantarse con paso firme e igual un hombre de elevada estatura, completamente armado de la cabeza al pie y cubierto el rostro con la visera del casco, el cual, desnudando su montante, que dos hombres podrían apenas manejar, y poniéndole sobre uno de los carcomidos fragmentos de las rotas arcadas, exclamó con voz hueca y profunda, semejante al rumor de una caída de aguas subterráneas:

—Si alguno de vosotros se atreve a ser el primero mientras yo habite en el castillo del Segre, que tome esa espada, signo del poder.

Todos guardamos silencio, hasta que, transcurrido el primer momento de estupor, le proclamamos a grandes voces nuestro capitán, ofreciéndole una copa de nuestro vino, la cual rehusó por señas, acaso por no descubrir la faz, que en vano procuramos distinguir a través de las rejillas de hierro que la ocultaban a nuestros ojos.

No obstante, aquella noche pronunciamos el más formidable de los juramentos, y a la siguiente dieron principio nuestras nocturnas correrías. En ellas nuestro misterioso jefe marchaba siempre delante de todos. Ni el fuego le ataja, ni los peligros le intimidan, ni las lágrimas le conmueven. Nunca despliega sus labios; pero cuando la sangre humea en nuestras manos, como cuando los templos se derrumban calcinados por las llamas; cuando las mujeres huyen espantadas entre las ruinas, y los niños arrojan gritos de dolor, y los ancianos perecen a nuestros golpes, contesta con una carcajada de feroz alegría a los gemidos, a las imprecaciones y a los lamentos.

Jamás se desnuda de sus armas ni abate la visera de su casco después de la victoria, ni participa del festín, ni se entrega al sueño. Las espadas que le hieren se hunden entre las piezas de su armadura, y ni le causan la muerte, ni se retiran teñidas en sangre; el fuego enrojece su espaldar y su cota, y aún prosigue impávido entre las llamas, buscando nuevas víctimas; desprecia el oro, aborrece la hermosura, y no le inquieta la ambición.

Entre nosotros, unos le creen un extravagante; otros un noble arruinado, que por un resto de pudor se tapa la cara; y no falta quien se encuentra convencido de que es el mismo diablo en persona.

El autor de estas revelaciones murió con la sonrisa de la mofa en los labios y sin arrepentirse de sus culpas; varios de sus iguales le siguieron en diversas épocas al suplicio; pero el temible jefe, a quien continuamente se unían nuevos prosélitos, no cesaba en sus desastrosas empresas.

Los infelices habitantes de la comarca, cada vez más aburridos y desesperados, no acertaban ya con la determinación que debería tomarse para concluir de un todo con aquel orden de cosas, cada día más insoportable y triste.

Inmediato a la villa, y oculto en el fondo de un espeso bosque, vivía a esta sazón, en una pequeña ermita dedicada a San Bartolomé, un santo hombre de costumbres piadosas y ejemplares, a quien el pueblo tuvo siempre en olor de santidad, merced a sus saludables consejos y acertadas predicciones.

Este venerable ermitaño, a cuya prudencia y proverbial sabiduría encomendaron los vecinos de Bellver la resolución de este difícil problema, después de implorar la misericordia divina por medio de su santo patrono que, como ustedes no ignoran, conoce al diablo muy de cerca y en más de una ocasión le ha atado bien corto, les aconsejó que se emboscasen durante la noche al pie del pedregoso camino que sube serpenteando por la roca, en cuya cima se encontraba el castillo, encargándoles al mismo tiempo que, ya allí, no hiciesen uso de otras armas para aprehenderlo que de una maravillosa oración que les hizo aprender de memoria, y con la cual aseguraban las crónicas que San Bartolomé había hecho al diablo su prisionero.

Púsose en planta el proyecto, y su resultado excedió a cuantas esperanzas se habían concebido; pues aún no iluminaba el sol del otro día la alta torre de Bellver, cuando sus habitantes, reunidos en grupos en la plaza Mayor, se contaban unos a otros, con aire de misterio, cómo aquella noche, fuertemente atado de pies y manos y a lomos de una poderosa mula, había entrado en la población el famoso capitán de los bandidos del Segre.

De qué arte se valieron los acometedores de esta empresa para llevarla a término, ni nadie se lo acertaba a explicar, ni ellos mismos podían decirlo; pero el hecho era que, gracias a la oración del santo o al valor de sus devotos, la cosa había sucedido tal como se refería.

Apenas la novedad comenzó a extenderse de boca en boca y de casa en casa, la multitud se lanzó a las calles con ruidosa algazara, y corrió a reunirse a las puertas de la prisión. La campana de la parroquia llamó a concejo, y los vecinos más respetables se juntaron en capítulo, y todos aguardaban ansiosos la hora en que el reo había de comparecer ante sus improvisados jueces.

Estos, que se encontraban autorizados por los condes de Urgel para administrarse por sí mismos pronta y severa justicia sobre aquellos malhechores, deliberaron un momento, pasado el cual, mandaron comparecer al delincuente a fin de notificarle su sentencia.

Como dejo dicho, así en la plaza Mayor, como en las calles por donde el prisionero debía atravesar para dirigirse al punto en que sus jueces se encontraban, la impaciente multitud hervía como un apiñado enjambre de abejas. Especialmente en la puerta de la cárcel, la conmoción popular tomaba cada vez mayores proporciones; y ya los animados diálogos, los sordos murmullos y los amenazadores gritos comenzaban a poner en cuidado a sus guardas, cuando afortunadamente llegó la orden de sacar al reo.

Al aparecer este, bajo el macizo arco de la portada de su prisión, completamente vestido de todas armas y cubierto el rostro con la visera, un sordo y prolongado murmullo de admiración y de sorpresa se elevó de entre las compactas masas del pueblo, que se abrían con dificultad para dejarle paso.

Todos habían reconocido en aquella armadura la del señor del Segre; aquella armadura, objeto de las más sombrías tradiciones mientras se la vio suspendida de los arruinados muros de la fortaleza maldita.

Las armas eran aquellas, no cabía duda alguna; todos habían visto flotar el negro penacho de su cimera en los combates que en un tiempo trabaran contra su señor; todos le habían visto agitarse al soplo de la brisa del crepúsculo, a par de la hiedra del calcinado pilar en que quedaron colgadas a la muerte de su dueño. Mas, ¿quién podría ser el desconocido personaje que entonces las llevaba? Pronto iba a saberse: al menos así se creía. Los sucesos dirán cómo esta esperanza quedó frustrada, a la manera de otras muchas, y por qué de este solemne acto de justicia, del que debía aguardarse el completo esclarecimiento de la verdad, resultaran nuevas y más inexplicables confusiones.

El misterioso bandido penetró al fin en la sala del concejo, y un silencio profundo sucedió a los rumores que se elevaran de entre los circunstantes, al oír resonar bajo las altas bóvedas de aquel recinto el metálico son de sus acicates de oro. Uno de los que componían el tribunal, con voz lenta e insegura le preguntó su nombre, y todos prestaron el oído con ansiedad para no perder una sola palabra de su respuesta; pero el guerrero se limitó a encoger sus hombros ligeramente, con un aire de desprecio e insulto, que no pudo menos de irritar a sus jueces, los que se miraron entre sí sorprendidos.

Tres veces volvió a repetirle la pregunta, y otras tantas obtuvo semejante o parecida contestación.

—¡Que se levante la visera! ¡Que se descubra! ¡Que se descubra! —comenzaron a gritar los vecinos de la villa presentes al acto—. ¡Que se descubra! ¡Veremos si se atreve entonces a insultarnos con su desdén, como ahora lo hace protegido por el incógnito!

—Descubríos —repitió el mismo que anteriormente le dirigiera la palabra. El guerrero permaneció impasible.

—Os lo mando en el nombre de nuestra autoridad.

La misma contestación.

—En el de los condes soberanos.

Ni por esas.

La indignación llegó a su colmo, hasta el punto que uno de sus guardas, lanzándose sobre el reo, cuya pertinacia en callar bastaría para apurar la paciencia a un santo, le abrió violentamente la visera. Un grito general de sorpresa se escapó del auditorio, que permaneció por un instante herido de un inconcebible estupor.

La cosa no era para menos.

El casco, cuya férrea visera se veía en parte levantada hasta la frente, en parte caída sobre la brillante gola de acero, estaba vacío... completamente vacío.

Cuando pasado ya el primer momento de terror quisieron tocarle, la armadura se estremeció ligeramente y, descomponiéndose en piezas, cayó al suelo con un ruido sordo y extraño.

La mayor parte de los espectadores, a la vista del nuevo prodigio, abandonaron tumultuosamente la habitación y salieron despavoridos a la plaza.

La nueva se divulgó con la rapidez del pensamiento entre la multitud, que aguardaba impaciente el resultado del juicio; y fue tal alarma, la revuelta y la vocería, que ya a nadie cupo duda sobre lo que de pública voz se aseguraba, esto es, que el diablo, a la muerte del señor del Segre, había heredado los feudos de Bellver.

Al fin se apaciguó el tumulto, y decidiose volver a un calabozo la maravillosa armadura.

Ya en él, despacháronse cuatro emisarios, que en representación de la atribulada villa hiciesen presente el caso al conde de Urgel y al arzobispo, los que no tardaron muchos días en tornar con la resolución de estos personajes, resolución que, como suele decirse, era breve y compendiosa.

—Cuélguese —les dijeron— la armadura en la plaza Mayor de la villa; que si el diablo la ocupa, fuerza le será el abandonarla o ahorcarse con ella.

Encantados los habitantes de Bellver con tan ingeniosa solución, volvieron a reunirse en concejo, mandaron levantar una altísima horca en la plaza, y cuando ya la multitud ocupaba sus avenidas, se dirigieron a la cárcel por la armadura, en corporación y con toda la solemnidad que la importancia del caso requería.

Cuando la respetable comitiva llegó al macizo arco que daba entrada al edificio, un hombre pálido y descompuesto se arrojó al suelo en presencia de los aturdidos circunstantes, exclamando con lágrimas en los ojos:

—¡Perdón, señores, perdón!

—¡Perdón! ¿Para quién? —dijeron algunos—; ¿para el diablo que habita dentro de la armadura del señor del Segre?

—Para mí —prosiguió con voz trémula el infeliz, en quien todos reconocieron al alcaide de las prisiones—, para mí... porque las armas... han desaparecido.

Al oír estas palabras, el asombro se pintó en el rostro de cuantos se encontraban en el pórtico que, mudos e inmóviles, hubieran permanecido en la posición en que se encontraban Dios sabe hasta cuándo, si la siguiente relación del aterrado guardián no les hubiera hecho agruparse en su alrededor para escuchar con avidez.

—Perdonadme, señores —decía el pobre alcaide—; y yo no os ocultaré nada, siquiera sea en contra mía.

Todos guardaron silencio y él prosiguió así:

—Yo no acertaré nunca a dar razón; pero es el caso que la historia de las armas vacías me pareció siempre una fábula tejida en favor de algún noble personaje, a quien tal vez altas razones de conveniencia pública no permitía ni descubrir ni castigar.

En esta creencia estuve siempre, creencia en que no podía menos de confiarme la inmovilidad en que se encontraban desde que por segunda vez tornaron a la cárcel traídas del concejo. En vano una noche y otra, deseando sorprender su misterio, si misterio en ellas había, me levantaba poco a poco y aplicaba el oído a los intersticios de la cerrada puerta de su calabozo; ni un rumor se percibía.

En vano procuré observarlas a través de un pequeño agujero producido en el muro; arrojadas sobre un poco de paja y en uno de los más oscuros rincones, permanecían un día y otro descompuestas e inmóviles.

Una noche, por último, aguijoneado por la curiosidad y deseando convencerme por mí mismo de que aquel objeto de terror nada tenía de misterioso, encendí una linterna, bajé a las prisiones, levanté sus dobles aldabas, y no cuidando siquiera —tanta era mi fe en que todo no pasaba de un cuento— de cerrar las puertas tras mí, penetré en el calabozo. Nunca lo hubiera hecho; apenas anduve algunos pasos, la luz de mi linterna se apagó por sí sola, y mis dientes comenzaron a chocar, y mis cabellos a erizarse. Turbando el profundo silencio que me rodeaba, había oído como un ruido de hierros que se removían y chocaban al unirse entre las sombras.

Mi primer movimiento fue arrojarme a la puerta para cerrar el paso; pero al asir sus hojas, sentí sobre mis hombros una mano formidable cubierta con un guantelete, que después de sacudirme con violencia me derribó bajo el dintel. Allí permanecí hasta la mañana siguiente, que me encontraron mis servidores falto de sentido, y recordando solo que, después de mi caída, había creído percibir confusamente como unas pisadas sonoras, al compás de las cuales resonaba un rumor de espuelas, que poco a poco se fue alejando hasta perderse.

Cuando concluyó el alcaide, reinó un silencio profundo, al que siguió luego un infernal concierto de lamentaciones, gritos y amenazas.

Trabajo costó a los más pacíficos el contener al pueblo que, furioso con la novedad, pedía a grandes voces la muerte del curioso autor de su nueva desgracia.

Al cabo logrose apaciguar el tumulto, y comenzaron a disponerse a una nueva persecución. Esta obtuvo también un resultado satisfactorio.

Al cabo de algunos días, la armadura volvió a encontrarse en poder de sus perseguidores. Conocida la fórmula, y mediante la ayuda de San Bartolomé, la cosa no era ya muy difícil.

Pero aún quedaba algo por hacer: pues en vano, a fin de sujetarla, la colgaron de una horca; en vano emplearon la más exquisita vigilancia con el objeto de quitarle toda ocasión de escaparse por esos mundos. En cuanto las desunidas armas veían dos dedos de luz, se encajaban, y pian pianito, volvían a tomar el trote y emprender de nuevo sus excursiones por montes y llanos, que era una bendición del cielo.

Aquello era el cuento de nunca acabar.

En tan angustiosa situación, los vecinos se repartieron entre sí las piezas de la armadura, que acaso por la centésima vez se encontraba en sus manos, y rogaron al piadoso eremita, que un día los iluminó con sus consejos, decidiera lo que debía hacerse con ella.

El santo varón ordenó al pueblo una penitencia general. Se encerró por tres días en el fondo de la caverna que le servía de asilo, y al cabo de ellos dispuso que se fundiesen las diabólicas armas, y con ellas y algunos sillares del castillo del Segre, se levantase una cruz.

La operación se llevó a término, aunque no sin que nuevos y aterradores prodigios llenasen de pavor el ánimo de los consternados habitantes de Bellver.

En tanto que las piezas arrojadas a las llamas comenzaban a enrojecerse, largos y profundos gemidos parecían escaparse de la ancha hoguera, de entre cuyos troncos saltaban como si estuvieran vivas y sintiesen la acción del fuego. Una tromba de chispas rojas, verdes y azules danzaba en la cúspide de sus encendidas lenguas, y se retorcían crujiendo como si una legión de diablos, cabalgando sobre ellas, pugnase por libertar a su señor de aquel tormento.

Extraña, horrible fue la operación en tanto que la candente armadura perdía su forma para tomar la de una cruz.

Los martillos caían resonando con un espantoso estruendo sobre el yunque, al que veinte trabajadores vigorosos sujetaban las barras del hirviente metal, que palpitaba y gemía al sentir los golpes.

Ya se extendían los brazos del signo de nuestra redención, ya comenzaba a formarse la cabecera, cuando la diabólica y encendida masa se retorcía de nuevo como en una convulsión espantosa, y rodeándose al cuerpo de los desgraciados que pugnaban por desasirse de sus brazos de muerte, se enroscaba en anillas como una culebra, o se contraía en zigzag como un relámpago.

El constante trabajo, la fe, las oraciones y el agua bendita consiguieron, por último, vencer al espíritu infernal, y la armadura se convirtió en cruz.

Esa cruz es la que hoy habéis visto, y a la cual se encuentra sujeto el diablo que le presta su nombre: ante ella, ni las jóvenes colocan en el mes de mayo ramilletes de lirios, ni los pastores se descubren al pasar, ni los ancianos se arrodillan, bastando apenas las severas amonestaciones del clero para que los muchachos no la apedreen.

Dios ha cerrado sus oídos a cuantas plegarias se le dirijan en su presencia. En el invierno los lobos se reúnen en manadas junto al enebro que la protege, para lanzarse sobre las reses; los bandidos esperan a su sombra a los caminantes, que entierran a su pie después que los asesinan; y cuando la tempestad se desata, los rayos tuercen su camino para liarse silbando al asta de esa cruz y romper los sillares de su pedestal.

TRES FECHAS

En una cartera de dibujo que conservo aún llena de ligeros apuntes, hechos durante algunas de mis excursiones semiartísticas a la ciudad de Toledo, hay escritas tres fechas.

Los sucesos de que guardan la memoria estos números son hasta cierto punto insignificantes. Sin embargo, con su recuerdo me he entretenido en formar algunas noches de insomnio una novela más o menos sentimental o sombría, según que mi imaginación se hallaba más o menos exaltada y propensa a ideas risueñas o terribles.

Si a la mañana siguiente de uno de estos nocturnos y extravagantes delirios hubiera podido escribir los extraños episodios de las historias imposibles que forjo antes de que se cierren del todo mis párpados, esas historias, cuyo vago desenlace flota, por último, indeciso en ese punto que separa la vigilia del sueño, seguramente formarían un libro disparatado, pero original y acaso interesante.

No es eso lo que pretendo hacer ahora. Esas fantasías ligeras y, por decirlo así, impalpables, son en cierto modo como las mariposas, que no pueden cogerse en las manos sin que se quede entre los dedos el polvo de oro de sus alas.

Voy, pues, a limitarme a narrar brevemente los tres sucesos que suelen servir de epígrafe a los capítulos de mis soñadas novelas; los tres puntos aislados que yo suelo reunir en mi mente, por medio de una serie de ideas como un hilo de luz; los tres temas, en fin, sobre que yo hago mil y mil variaciones, las que pudiéramos llamar absurdas sinfonías de la imaginación.

I

Hay en Toledo una calle estrecha, torcida y oscura, que guarda tan fielmente la huella de las cien generaciones que en ella han habitado; que habla con tanta elocuencia a los ojos del artista, y le revela tantos secretos puntos de afinidad entre las ideas y las costumbres de cada siglo, con la forma y el carácter especial impreso en sus obras más insignificantes, que yo cerraría sus entradas con una barrera, y pondría sobre la barrera un tarjetón con este letrero:

"En nombre de los poetas y de los artistas, en nombre de los que sueñan y de los que estudian, se prohíbe a la civilización que toque a uno solo de estos ladrillos con su mano demoledora y prosaica".

Da entrada a esta calle por uno de sus extremos un arco macizo, achatado y oscuro, que sostiene un pasadizo cubierto.

En su clave hay un escudo, roto ya y carcomido por la acción de los años, el en cual crece la hiedra, que agitada con el aire, flota sobre el casco que lo corona como un penacho de pluma.

Debajo de la bóveda y enclavado en el muro, se ve un retablo con su lienzo ennegrecido e imposible de descifrar, su marco dorado y churrigueresco, su farolillo pendiente de un cordel y sus votos de cera.

Más allá de este arco que baña con su sombra aquel lugar, dándole un tinte de misterio y tristeza indescriptible, se prolongan a ambos lados dos hileras de casas oscuras, desiguales y extrañas, cada cual de su forma, sus dimensiones y su color. Unas están construidas de piedras toscas y desiguales, sin más adornos que algunos blasones groseramente esculpidos sobre la portada; otras son de ladrillo, y tienen un arco árabe que les sirve de ingreso, dos o tres ajimeces abiertos a capricho en un paredón grieteado, y un mirador que termina en una alta veleta. Las hay con traza que no pertenece a ningún orden de arquitectura, y que tienen, sin embargo, un remiendo de todas, que son un modelo acabado de un género especial y conocido, o una muestra curiosa de las extravagancias de un período del arte.

Estas tienen un balcón de madera con un cobertizo disparatado; aquellas una ventana gótica recientemente enlucida y con algunos tiestos de flores; la de más allá unos pintorreados azulejos en el marco de la puerta, clavos enormes en los tableros, y dos fustes de columnas, tal vez procedentes de un alcázar morisco, empotrados en el muro.

El palacio de un magnate convertido en corral de vecindad; la casa de un alfaquí habitada por un canónigo; una sinagoga judía transformada en oratorio cristiano; un convento levantado sobre las ruinas de una mezquita árabe, de la que aún queda en pie la torre; mil extraños y pintorescos contrastes, mil y mil curiosas muestras de distintas razas, civilizaciones y épocas compendiadas, por decirlo así, en cien varas de terreno. He aquí todo lo que se encuentra en esta calle: calle construida en muchos siglos, calle estrecha, deforme, oscura y con infinidad de revueltas, donde cada cual al levantar su habitación tomaba un saliente, dejaba un rincón o hacía un ángulo con arreglo a su gusto, sin consultar el nivel, la altura ni la regularidad; calle rica en no calculadas combinaciones de líneas, con un verdadero lujo de detalles caprichosos, con tantos y tantos accidentes, que cada vez ofrece algo nuevo al que la estudia.

Cuando por primera vez fui a Toledo, mientras me ocupé en sacar algunos apuntes de San Juan de los Reyes, tenía precisión de atravesarla todas las tardes para dirigirme al convento desde la posada, con honores de fonda, en que me había hospedado.

Casi siempre la atravesaba de un extremo a otro, sin encontrar en ella una sola persona, sin que turbase su profundo silencio otro ruido que el ruido de mis pasos, sin que detrás de las celosías de un balcón, del cancel de una puerta o la rejilla de una ventana, viese ni aun por casualidad el arrugado rostro de una vieja curiosa o los ojos negros y rasgados de una muchacha toledana. Algunas veces me parecía cruzar por en medio de una ciudad desierta, abandonada por sus habitantes desde una época remota.

Una tarde, sin embargo, al pasar frente a un caserón antiquísimo y oscuro, en cuyos altos paredones se veían tres o cuatro ventanas de formas desiguales, repartidas sin orden ni concierto, me fijé casualmente en una de ellas. La formaba un gran arco ojival, rodeado de un festón de hojas picadas y agudas. El arco estaba cerrado por un ligero tabique, recientemente construido y blanco como la nieve, en medio del cual se veía, como contenida en la primera, una pequeña ventana con un marco y sus hierros verdes, una maceta de campanillas azules, cuyos tallos subían a enredarse por entre las labores de granito, y unas vidrieras con sus cristales emplomados y su cortinilla de una tela blanca, ligera y transparente.

Ya la ventana de por sí era digna de llamar la atención por su carácter; pero lo que más poderosamente contribuyó a que me fijase en ella, fue al notar que cuando volví la cabeza para mirarla, las cortinillas se habían levantado un momento para volver a caer, ocultando a mis ojos la persona que sin duda me miraba en aquel instante.

Seguí mi camino preocupado con la idea de la ventana, o mejor dicho, de la cortinilla, o más claro todavía, de la mujer que la había levantado; porque, indudablemente, a aquella ventana tan poética, tan blanca, tan verde, tan llena de flores, solo una mujer podía asomarse, y cuando digo una mujer, entiéndase que se supone joven y bonita.

Pasé otra tarde; pasé con el mismo cuidado; apreté los tacones, aturdiendo la silenciosa calle con el ruido de mis pasos, que repetían, respondiéndose, dos o tres ecos; miré a la ventana, y la cortinilla se volvió a levantar.

La verdad es que realmente detrás de ella no vi nada; pero con la imaginación me pareció descubrir un bulto, el bulto de una mujer, en efecto.

Aquel día me distraje dos o tres veces dibujando. Y pasé otros días, y siempre que pasaba, la cortinilla se levantaba de nuevo, permaneciendo así hasta que se perdía el ruido de mis pasos, y yo desde lejos volvía a ella por última vez los ojos.

Mis dibujos adelantaban poca cosa. En aquel claustro de San Juan de los Reyes, en aquel claustro tan misterioso y bañado en triste melancolía, sentado sobre el roto capitel de una columna, la cartera sobre las rodillas, el codo sobre la cartera y la frente entre las manos, al rumor del agua que corre allí con un murmullo incesante, al ruido de las hojas del agreste y abandonado jardín, que agitaba la brisa del crepúsculo, ¡cuánto no soñaría yo con aquella ventana y aquella mujer! Yo la conocía; ya sabía cómo se llamaba y hasta cuál era el color de sus ojos.

La miraba cruzar por los extensos y solitarios patios de la antiquísima casa, alegrándolos con su presencia como el rayo del sol que dora unas ruinas. Otras veces me parecía verla en un jardín con unas tapias muy altas y muy oscuras, con unos árboles muy corpulentos y añosos, que debía de haber allá en el fondo de aquella especie de palacio gótico donde vivía, coger flores y sentarse sola en un banco de piedra, y allí suspirar mientras las deshojaba pensando en... ¿quién sabe?... Acaso en mí; ¿qué digo acaso? En mí seguramente. ¡Oh! ¡Cuántos sueños, cuántas locuras, cuánta poesía despertó en mi alma aquella ventana mientras permanecí en Toledo!...

Pero transcurrió el tiempo que había de permanecer en la ciudad. Un día, pesaroso y cabizbajo, guardé todos mis papeles en la cartera; me despedí del mundo de las quimeras, y tomé un asiento en el coche para Madrid.

Antes de que se hubiera perdido en el horizonte la más alta de las torres de Toledo, saqué la cabeza por la portezuela para verla otra vez, y me acordé de la calle.

Tenía aún la cartera bajo el brazo, y al volverme a mi asiento, mientras doblábamos la colina que ocultó de repente la ciudad a mis ojos, saqué el lápiz y apunté, una fecha. Es la primera de las tres, a la que yo llamo la fecha de la ventana.

II

Al cabo de algunos meses volví a encontrar ocasión de marcharme de la corte por tres o cuatro días. Limpié el polvo a mi cartera de dibujo, me la puse bajo el brazo, y provisto de una mano de papel, media docena de lápices y unos cuantos napoleones, deplorando que aún no estuviese concluida la línea férrea, me encajoné en un vehículo para recorrer en sentido inverso, los puntos en que tiene lugar la célebre comedia de Tirso, *Desde Toledo a Madrid*.

Ya instalado en la histórica ciudad, me dediqué a visitar de nuevo los sitios que más me llamaron la atención en mi primer viaje, y algunos otros que aún no conocía sino de nombre.

Así dejé transcurrir en largos y solitarios paseos entre sus barrios más antiguos la mayor parte del tiempo de que podía disponer para mi pequeña expedición artística, encontrando un verdadero placer en perderme en aquel confuso laberinto de callejones sin salida, calles estrechas, pasadizos oscuros y cuestas empinadas e impracticables.

Una tarde, la última que por entonces debía permanecer en Toledo, después de una de estas largas excursiones a través de lo desconocido, no sabré decir siquiera por qué calles llegué hasta una plaza grande, desierta, olvidada al parecer aun de los mismos moradores de la población, y como escondida en uno de sus más apartados rincones.

La basura y los escombros arrojados de tiempo inmemorial en ella se habían identificado, por decirlo así, con el terreno, de tal modo, que este ofrecía el aspecto quebrado y montuoso de una Suiza en miniatura. En las lomas y los barrancos formados por sus ondulaciones, crecían a su sabor malvas de unas proporciones colosales, corros de gigantescas ortigas, matas rastreras de campanillas blancas, prados de esa hierba sin nombre, menuda, fina y de un verde oscuro, y meciéndose suavemente al leve soplo del aire, descollando como reyes entre todas las otras plantas parásitas, los poéticos al par que vulgares jaramagos, la verdadera flor de los yermos y las ruinas.

Diseminados por el suelo, medio enterrados unos, casi ocultos por las altas yerbas los otros, veíase allí una infinidad de fragmentos de mil y mil cosas distintas, rotas y arrojadas en diferentes épocas a aquel lugar, donde iban formando capas en las cuales hubiera sido fácil seguir un curso de geología histórica.

Azulejos moriscos esmaltados de colores, trozos de columnas de mármol y de jaspe, pedazos de ladrillos de cien clases diversas, grandes sillares cubiertos de verdín y de musgo, astillas de madera ya casi hechas polvo, restos de antiguos artesonados, jirones de tela, tiras de cuero, y otros cien y cien objetos sin forma ni nombre, eran los que aparecían a primera vista a la superficie, llamando asimismo la atención, y deslumbrando los ojos una mirada de chispas de luz derramadas sobre la verdura como un puñado de diamantes arrojados a granel, y que examinados de cerca, no eran otra cosa que pequeños fragmentos de vidrio, de pucheros, platos y vasijas, que refractando los rayos del sol, fingían todo un cielo de estrellas microscópicas y deslumbrantes.

Tal era el pavimento de aquella plaza, empedrada a trechos con pequeñas piedrecitas de varios matices formando labores, a trechos cubierta de grandes losas de pizarra, y en su mayor parte, según dejamos dicho, semejante a un jardín de plantas parásitas, o a un prado yermo e inculto.

Los edificios que dibujaban su forma irregular, no eran tampoco menos extraños y digno de estudio. Por un lado la cerraba una hilera de casucas oscuras y pequeñas, con sus tejados dentellados de chimeneas, veletas y cobertizos, sus guardacantones de mármol sujetos a las esquinas con una anilla de hierro, sus balcones achatados o estrechos, sus ventanillos con tiestos de flores, y su farol rodeado de una red de alambre que defiende los ahumados vidrios de las pedradas de los muchachos.

Otro frente lo constituía un paredón negruzco, lleno de grietas y hendiduras, en donde algunos reptiles asomaban su cabeza de ojos pequeños y brillantes por entre las hojas de musgo: un paredón altísimo formado de gruesos sillares, sembrado de huecos de puertas y balcones, tapiados con piedra y argamasa, y a uno de cuyos extremos se unía, formando ángulo con él, una tapia de ladrillos, desconchada y llena de mechinales, manchada a trechos de tintas rojas, verdes o amarillentas, y coronada de un bardal de heno seco, entre el cual corrían algunos tallos de enredaderas.

Esto no era más, por decirlo así, que los bastidores de la extraña decoración que al penetrar en la plaza se presentó de improviso a mis ojos, cautivando mi ánimo y suspendiéndolo durante algún tiempo, pues el verdadero punto culminante del panorama, el edificio que le daba el tono general, se veía alzarse en el fondo de la plaza, más caprichoso, más original, infinitamente más bello en su artístico desorden que todos los que se levantaban a su alrededor.

—¡He aquí lo que yo deseaba encontrar! —exclamé al verle; y sentándome en un pedrusco, colocando la cartera sobre mis rodillas y afilando un lápiz de madera, me apercibí a trazar, aunque ligeramente sus formas irregulares y estrambóticas para conservar por siempre su recuerdo.

Si yo pudiera pegar aquí con obleas el ligerísimo y mal trazado apunte que conservo de aquel sitio, imperfecto y todo como es, me ahorraría un cúmulo de palabras, dando a mis lectores una idea más aproximada de él que todas las descripciones imaginables.

Ya que no puede ser así, trataré de pintarlo del mejor modo posible, a fin de que, leyendo estos renglones, puedan formarse una idea remota, si no de sus infinitos detalles, al menos de la totalidad de su conjunto.

Figuraos un palacio árabe, con sus puertas en forma de herradura, sus muros engalanados con largas hileras de arcos que se cruzan cien y cien veces entre sí, y corren sobre una franja de azulejos brillantes: aquí se ve el hueco de un ajimez partido en dos por un grupo de esbeltas columnas y encuadrado en un marco de labores menudas y caprichosas; allá se eleva una atalaya con su mirador ligero y airoso, su cubierta de tejas vidriadas, verdes y amarillas, y su aguda flecha de oro que se pierde en el vacío; más lejos se divisa la cúpula que cubre un gabinete pintado de oro y azul, o las altas galerías cerradas con persianas verdes, que al descorrerse dejan ver los jardines con calles de arrayán, bosques de laureles y surtidores altísimos. Todo es original, todo armónico, aunque desordenado; todo deja entrever el lujo y las marañas de su interior; todo deja adivinar el carácter y las costumbres de sus habitadores.

El opulento árabe que poseía ese edificio lo abandona al fin; la acción de los años comienza a desmoronar sus paredes, a deslustrar los colores y a corroer hasta los mármoles. Un monarca castellano escoge entonces para su residencia aquel alcázar que se derrumba, y en este punto rompe un lienzo y abre un arco ojival y lo adorna con una cenefa de escudos, por entre los cuales se enrosca una guirnalda de hojas de cardo y de trébol; en aquel levanta un macizo torreón de sillería con sus saeteras estrechas y sus almenas puntiagudas; en el de más allá construye un ala de habitaciones altas y sombrías, en las cuales se ven por una parte trozos de alicatado reluciente, por otra artesones oscurecidos, o un ajimez solo, o un arco de herradura ligero y puro, que da entrada a un salón gótico severo e imponente.

Pero llega el día en que el monarca abandona también aquel recinto, cediéndole a una comunidad de religiosas, y estas a su vez fabrican de nuevo, añadiéndole otros rasgos a la ya extraña fisonomía del alcázar morisco. Cierran las ventanas con celosías: entre dos arcos árabes colocan el escudo de su religión esculpido en berroqueña; donde antes crecían tamarindos y laureles, plantan cipreses melancólicos y oscuros; y aprovechando unos restos y levantando sobre otros, forman las combinaciones más pintorescas y extravagantes que pueden concebirse.

Sobre la portada de la iglesia, en donde se ven como envueltos en el crepúsculo misterioso en que los bañan las sombras de sus doseles, una andanada de santos, ángeles y vírgenes, a cuyos pies se retuercen, entre las hojas de acanto, sierpes, vestigios y endriagos de piedra, se mira elevarse un minarete esbelto y afiligranado con labores moriscas; junto a las saeteras del murallón, cuyas almenas están ya rotas, ponen un retablo, y tapian los grandes huecos con tabiques cuajados de pequeños agujeritos, y semejantes a una tabla de ajedrez; colocan cruces sobre todos los picos, y fabrican, por último, un campanario de espadaña con sus campanas, que tañen melancólicamente noche y día llamando a la oración, campanas que voltean al impulso de una mano invisible, campanas cuyos sonidos lejanos arrancan a veces lágrimas de involuntaria tristeza.

Después pasan los años y bañan con una veladura de un medio color oscuro todo el edificio, armonizan sus tintas, y hacen brotar la hiedra en sus hendiduras.

Las cigüeñas cuelgan su nido en la veleta de la torre; los vencejos en el ala de los tejados; las golondrinas en los doseles de granito, y el búho y la lechuza escogen para su guarida los altos mechinales, desde donde en las noches tenebrosas asustan a las viejas crédulas y a los atemorizados chiquillos con el resplandor fosfórico de sus ojos redondos y sus silbos extraños y agudos.

Todas estas revoluciones, todas estas circunstancias especiales, hubieran podido únicamente dar por resultado un edificio tan original, tan lleno de contrastes, de poesía y de recuerdos, como el que aquella tarde se ofreció a mi vista y hoy he ensayado, aunque en vano, describir con palabras.

Yo lo había trazado en parte en una de las hojas de mi cartera. El sol doraba apenas las más altas agujas de la ciudad; la brisa del crepúsculo comenzaba a acariciar mi frente, cuando absorto en las ideas que de improviso me habían asaltado al contemplar aquellos silenciosos restos de otras edades, más poéticas que la material en que vivimos y nos ahogamos en pura prosa, dejé caer de mis manos el lápiz y abandoné el dibujo, recostándome en la pared que tenía a mis espaldas y entregándome por completo a los sueños de la imaginación. ¿Qué pensaba? No sé si sabré decirlo. Veía claramente sucederse las épocas, derrumbarse unos muros y levantarse otros. Veía a unos hombres, o mejor dicho, veía a unas mujeres dejar lugar a otras, y las primeras y las que venían después, convertirse en polvo y volar deshechas, llevando un soplo del viento la hermosura, hermosura que arrancaba suspiros secretos, que engendró pasiones y fue manantial de placeres; luego... qué sé yo... todo confuso, veía muchas cosas revueltas, y tocadores de encaje y de estuco con nubes de aroma y lechos de flores; celdas estrechas y sombrías con un reclinatorio y un crucifijo; al pie del crucifijo un libro abierto, y sobre el libro una calavera; salones severos y grandiosos, cubiertos de tapices y adornados con trofeo de guerra, y muchas mujeres que cruzaban y volvían a cruzar ante mis ojos; monjas altas, pálidas y delgadas; odaliscas morenas con labios muy encarnados y ojos muy negros; damas de perfil puro, de continente altivo y andar majestuoso.

Todas estas cosas veía yo, y muchas más de esas que después de pensadas no pueden recordarse; de esas tan inmateriales que es imposible encerrar en el círculo estrecho de la palabra, cuando de pronto di un salto sobre mi asiento y pasándome la mano por los ojos para convencerme de que no seguía soñando, incorporándome como movido de un resorte nervioso, fijé la mirada en uno de los altos miradores del convento. Había visto, no me puede caber duda, la había visto perfectamente, una mano blanquísima, que saliendo por uno de los huecos de aquellos miradores de argamasa, semejantes a tableros de ajedrez, se había agitado varias veces como saludándome con un signo mudo y cariñoso. Y me saludaba a mí; no era posible que me equivocase... estaba solo, completamente solo en la plaza.

En balde esperé la noche, clavado en aquel sitio, y sin apartar un punto los ojos del mirador; inútilmente volví muchas veces a ocupar la oscura piedra que me sirvió de asiento la tarde en que vi aparecer aquella mano misteriosa, objeto ya de mis ensueños de la noche y de mis delirios del día. No la volví a ver más...

Y llegó al fin la hora en que debía marcharme de Toledo, dejando allí, como una carga inútil y ridícula, todas las ilusiones que en su seno se habían levantado en mi mente. Torné aguardar los papeles en mi cartera con un suspiro; pero antes de guardarlos escribí otra fecha, la segunda, la que yo conozco por la fecha de la mano. Al escribirla, miré un momento la anterior, la de la ventana, y no pude menos de sonreírme de mi locura.

III

Desde que tuvo lugar la extraña aventura que he referido, hasta que volví a Toledo, transcurrió cerca de año, durante el cual no dejó de presentárseme a la imaginación su recuerdo, al principio, a todas horas y con todos sus detalles; después con menos frecuencia, y por último, con tanta vaguedad, que yo mismo llegué a creer algunas veces que había sido juguete de una ilusión o de un sueño.

No obstante, apenas llegué a la ciudad, que con tanta razón llaman algunos la Roma española, me asaltó nuevamente, y llena de él la memoria salí preocupado a recorrer las calles, sin camino cierto, sin intención preconcebida de dirigirme a ningún punto fijo.

El día estaba triste, con esa tristeza que alcanza a todo lo que se oye, se ve y se siente. El cielo era de color de plomo, y a su reflejo melancólico los edificios parecían más antiguos, más extraños y más oscuros. El aire gemía a lo largo de las revueltas y angostas calles, trayendo en sus ráfagas, como notas perdidas de una sinfonía misteriosa, ya palabras ininteligibles, clamor de campanas o ecos de golpes profundos y lejanos. La atmósfera húmeda y fría helaba el alma con su soplo glacial.

Anduve durante algunas horas por los barrios más apartados y desiertos, absorto en mil confusas imaginaciones, y contra mi costumbre, con la mirada vaga y perdida en el espacio, sin que lograse llamar mi atención ni un detalle caprichoso de arquitectura, ni un monumento de orden desconocido, ni una obra de arte maravillosa y oculta, ninguna cosa, en fin, de aquellas en cuyo examen minucioso me detenía a cada paso, cuando solo ocupaban mi mente ideas de arte y recuerdos históricos.

El cielo cerraba de cada vez más oscuro; el aire soplaba con más fuerza y más ruido, y había comenzado a caer en gotas menudas una lluvia de nieve deshecha, finísima y penetrante, cuando sin saber por dónde, pues ignoraba aún el camino, y como llevado allí por un impulso al que no podía resistirme, impulso que me arrastraba misteriosamente al punto a que iban mis pensamientos, me encontré en la solitaria plaza que ya conocen mis lectores.

Al encontrarme en aquel lugar salí de la especie de letargo en que me hallaba sumido, como si me hubiesen despertado de un sueño profundo con una violenta sacudida.

Tendí una mirada a mi alrededor. Todo estaba como yo lo dejé. Digo mal, estaba más triste. Ignoro si la oscuridad del cielo, la falta de verdura o el estado de mi espíritu era la causa de esta tristeza; pero la verdad es que desde el sentimiento que experimenté al contemplar aquellos lugares por la vez primera, hasta el que me impresionó entonces, había toda la distancia que existe desde la melancolía a la amargura.

Contemplé por algunos instantes el sombrío convento, en aquella ocasión más sombrío que nunca a mis ojos; y ya me disponía a alejarme, cuando hirió mis oídos el son de una campana, una campana de voz cascada y sorda, que tocaba pausadamente, mientras le acompañaba, formando contraste con ella, una especie de esquiloncillo que comenzó a voltear de pronto con una rapidez y un tañido tan agudo y continuado que parecía como acometido de un vértigo.

Nada más extraño que aquel edificio, cuya negra silueta se dibujaba sobre el cielo como la de una roca erizada de mil y mil picos caprichosos, hablando con sus lenguas de bronce por medio de las campanas, que parecían agitarse al impulso de seres invisibles, una como llorando con sollozos ahogados, la otra como riendo con carcajadas estridentes, semejantes a la risa de una mujer loca.

A intervalos y confundidas con el atolondrador ruido de las campanas, creía percibir también notas confusas de un órgano y palabras de un cántico religioso y solemne.

Varié de idea, y en vez de alejarme de aquel lugar, llegué a la puerta del templo, y pregunté a uno de los haraposos mendigos que había sentados en sus escalones de piedra:

—¿Qué hay aquí?

—Una toma de hábito —me contestó el pobre, interrumpiendo la oración que murmuraba entre dientes, para continuarla después, aunque no sin haber besado antes la moneda de cobre que puse en su mano al dirigirle mi pregunta.

Jamás había presenciado esta ceremonia; nunca había visto tampoco el interior de la iglesia del convento. Ambas consideraciones me impulsaron a penetrar en su recinto.

La iglesia era alta y oscura: formaban sus naves dos filas de pilares compuestos de columnas delgadas reunidas en un haz, que descansaban en una base ancha y octógona, y de cuya rica coronación de capiteles partían los arranques de las robustas ojivas. El altar mayor estaba colocado en el fondo, bajo una cúpula de estilo del renacimiento, cuajada de angelones con escudos, grifos, cuyos remates fingían profusas hojarascas, cornisas con molduras y florones dorados, y dibujos caprichosos y elegantes. En torno a las naves se veía una multitud de capillas oscuras, en el fondo de las cuales ardían algunas lámparas, semejantes a estrellas perdidas en el cielo de una noche oscura. Capillas de una arquitectura árabe, gótica o churrigueresca: unas cerradas con magníficas verjas de hierro, otras con humildes barandales de madera; estas, sumidas en las tinieblas con una antigua tumba de mármol delante del altar; aquellas profusamente alumbradas, con una imagen vestida de relumbrones y rodeada de votos de plata y cera con lacitos de cinta de colorines.

Contribuía a dar un carácter más misterioso a toda la iglesia, completamente armónica en su confusión y su desorden artístico con el resto del convento, la fantástica claridad que la iluminaba. De las lámparas de plata y cobre, pendientes de las bóvedas; de las velas de los altares y de las estrechas ojivas y los ajimeces del muro, partían rayos de luz de mil colores diversos: blancos, los que penetraban de la calle por algunas pequeñas claraboyas de la cúpula; rojos, los que se desprendían de los cirios de los retablos; verdes, azules y de otros cien matices diferentes, los que se abrían paso a través de los pintados vidrios de las rosetas. Todos estos reflejos, insuficientes a inundar con la bastante claridad aquel sagrado recinto, parecían como que luchaban confundiéndose entre sí en algunos puntos, mientras que otros los hacían destacar con una mancha luminosa y brillante sobre los fondos velados y oscuros de las capillas. A pesar de la fiesta religiosa que allí tenía lugar, los fieles reunidos eran pocos. La ceremonia había comenzado hacía bastante tiempo y estaba a punto de concluir. Los sacerdotes que oficiaban en el altar mayor bajaban en aquel momento las gradas cubiertas de alfombras, envueltos en una nube de incienso azulado que se mecía lentamente en el aire, para dirigirse al coro, en donde se oía a las religiosas entonar un salmo.

Yo también me encaminé hacia aquel sitio con el objeto de asomarme a las dobles rejas que lo separaban del templo. No sé, me pareció que había de conocer en la cara a la mujer de quien solo había visto un instante la mano; y abriendo desmesuradamente los ojos y dilatando la pupila, como queriendo prestarle mayor fuerza y lucidez, la clavé en el fondo del coro. Afán inútil: a través de los cruzados hierros, muy poco o nada podía verse. Como unos fantasmas blancos y negros que se movían entre las tinieblas, contra las que luchaba en vano el escaso resplandor de algunos cirios encendidos; una prolongada fila de sitiales altos y puntiagudos, coronados de doseles, bajo los que se adivinaban, veladas por la oscuridad, las confusas formas de las religiosas, vestidas de luengas ropas talares; un crucifijo, alumbrado por cuatro velas, que se destacaba sobre el sombrío fondo del cuadro, como esos puntos de luz que en los lienzos de Rembrandt hacen más palpables las sombras; he aquí cuanto pude distinguir desde el lugar que ocupaba.

Los sacerdotes, cubiertos de sus capas pluviales bordadas de oro, precedidos de unos acólitos que conducían una cruz de plata y dos ciriales, y seguidos de otros que agitaban los incensarios perfumando el ambiente, atravesando por en medio de los fieles, que besaban sus manos y las orlas de sus vestiduras, llegaron al fin a la reja del coro.

Hasta aquel momento no pude distinguir, entre las otras sombras confusas, cuál era la de la virgen que iba a consagrarse al Señor.

¿No habéis visto nunca en esos últimos instantes del crepúsculo de la noche levantarse de las aguas de un río, del haz de un pantano, de las olas del mar o de la profunda cima de una montaña, un jirón de niebla que flota lentamente en el vacío, y, alternativamente, ya parece una mujer que se mueve y anda y deja volar su traje al andar, ya un velo blanco prendido a la cabellera de alguna silfa invisible, ya un fantasma que se eleva en el aire cubriendo sus huesos amarillos con un sudario, sobre el que se cree ver dibujadas sus formas angulosas? Pues una alucinación de ese género experimenté yo al mirar adelantarse hacia la reja, como desasiéndose del fondo tenebroso del coro, aquella figura blanca, alta y ligerísima.

El rostro no se lo podía ver. Vino a colocarse perfectamente delante de las velas que alumbraban el crucifijo; y su resplandor, formando como un nimbo de luz alrededor de su cabeza, la hacía resaltar por oscuro bañándola en una dudosa sombra.

Reinó un profundo silencio; todos los ojos se fijaron en ella, y comenzó la última parte de la ceremonia.

La abadesa, murmurando algunas palabras ininteligibles, palabras que a su vez repetían los sacerdotes con voz sorda y profunda, le arrancó de las sienes la corona de flores que las ceñía y la arrojó lejos de sí... ¡Pobres flores! Eran las últimas que había de ponerse aquella mujer, hermana de las flores como todas las mujeres.

Después la despojó del velo, y su rubia cabellera se derramó como una cascada de oro sobre sus espaldas y sus hombros, que solo pudo cubrir un instante, porque en seguida comenzó a percibirse, en mitad del profundo silencio que reinaba entre los fieles, un chirrido metálico y agudo que crispaba los nervios, y la magnífica cabellera se desprendió de la frente que sombreaba, y rodaron por su seno y cayeron al suelo después aquellos rizos que el aire perfumado habría besado tantas veces...

La abadesa tornó a murmurar las ininteligibles palabras; los sacerdotes la repitieron, y todo quedó de nuevo en silencio en la iglesia. Solo de cuando en cuando se oían a lo lejos como unos quejidos largos y temerosos. Era el viento que zumbaba estrellándose en los ángulos de las almenas y los torreones, y estremecía al pasar los vidrios de color de las ojivas.

Ella estaba inmóvil, inmóvil y pálida como una virgen de piedra arrancada del nicho de un claustro gótico.

Y la despojaron de las joyas que le cubrían los brazos y la garganta, y la desnudaron, por último, de su traje nupcial, aquel traje que parecía hecho para que un amante rompiera sus broches con mano trémula de emoción y cariño...

El esposo místico aguardaba a la esposa. ¿Dónde? Más allá de la muerte; abriendo sin duda la losa del sepulcro y llamándola a traspasarlo, como traspasa la esposa tímida el umbral del santuario de los amores nupciales, porque ella cayó al suelo desplomada como un cadáver. Las religiosas arrojaron, como si fuese tierra sobre su cuerpo, puñados de flores, entonando una salmodia tristísima; se alzó un murmullo de entre la multitud, y los sacerdotes con sus voces profundas y huecas comenzaron el oficio de difuntos, acompañados de esos instrumentos que parece que lloran, aumentando el hondo temor que inspiran de por sí las terribles palabras que pronuncian.

—*¡De profundis clamavi ad te!*— decían las religiosas desde el fondo del coro con voces plañideras y dolientes.

—*¡Dies ire, dies, illa!*— le contestaban los sacerdotes con eco atronador y profundo, y en tanto las campanas tañían lentamente tocando a muerto, y de campanada a campanada se oía vibrar el bronce con un zumbido extraño y lúgubre.

Yo estaba conmovido; no, conmovido no, aterrado. Creía presenciar una cosa sobrenatural, sentir como que me arrancaban algo preciso para mi vida, y que a mi alrededor se formaba el vacío; pensaba que acababa de perder algo, como un padre, una madre o una mujer querida, y sentía ese inmenso desconsuelo que deja la muerte por donde pasa, desconsuelo sin nombre, que no se puede pintar; y que solo pueden concebir los que lo han sentido...

Aún estaba clavado en aquel lugar con los ojos extraviados, tembloroso y fuera de mí, cuando la nueva religiosa se incorporó del suelo. La abadesa le vistió el hábito, las monjas tomaron en sus manos velas encendidas, y formando dos largas hileras, la condujeron como en procesión hacia el fondo del coro.

Allí, entre las sombras, vi brillar un rayo de luz; era la puerta claustral que se había abierto. Al poner el pie bajo su dintel, la religiosa se volvió por la vez última hacia el altar. El resplandor de todas las luces la iluminó de pronto, y pude verle el rostro. Al mirarlo, tuve que ahogar un grito. Yo conocía a aquella mujer; no la había visto nunca, pero la conocía de haberla contemplado en sueños; era uno de esos seres que adivina el alma o los recuerda acaso de otro mundo mejor, del que, al descender a este, algunos no pierden del todo la memoria.

Di dos pasos adelante; quise llamarla, quise gritar, no sé, me acometió como un vértigo, pero en aquel instante la puerta claustral se cerró... para siempre. Se agitaron las campanillas, los sacerdotes alzaron un *¡Hosanna!*, subieron por el aire nubes de incienso, el órgano arrojó un torrente de atronadora armonía por cien bocas de metal, y las campanas de la torre comenzaron a repicar; volteando con una furia espantosa.

Aquella alegría loca y ruidosa me erizaba los cabellos. Volví los ojos a mi alrededor buscando los padres, la familia, huérfanos de aquella mujer. No encontré a nadie.

—Tal vez era sola en el mundo —dije, y no pude contener una lágrima.

—¡Dios te dé en el claustro la felicidad que no te ha dado en el mundo! —exclamó al mismo tiempo una vieja que estaba a mi lado, y sollozaba y gemía agarrada a la reja.

—¿La conoce usted? —le pregunté.

—¡Pobrecita! Sí, la conocía. Y la he visto nacer y se ha criado en mis brazos.

—¿Y por qué profesa?

—Porque se vio sola en el mundo. Su padre y su madre murieron en el mismo día del cólera, hace poco más de un año. Al verla huérfana y desvalida, el señor deán le dio el dote para que profesase; y ya veis... ¿que había de hacer?

—¿Y quién era ella?

—Hija del administrador del conde de C... al cual serví yo hasta su muerte.

—¿Dónde vivía?

Cuando oí el nombre de la calle, no pude contener una exclamación de sorpresa.

Un hilo de luz, ese hilo de luz que se extiende rápido como la idea que brilla en la oscuridad y la confusión de la mente, y reúne los puntos más distantes y los relaciona entre sí de un modo maravilloso, ató mis vagos recuerdos, y todo lo comprendí o creí comprenderlo...

Esta fecha, que no tiene nombre, no la escribí en ninguna parte... Digo mal: la llevo escrita en un sitio en que nadie más que yo la puede leer, y de donde no se borrará nunca.

Algunas veces, recordando estos sucesos, hoy mismo al consignarlos aquí, me he preguntado:

—Algún día, en esa hora misteriosa del crepúsculo, cuando el suspiro de la brisa de primavera, tibio y cargado de aromas, penetra hasta en el fondo de los más apartados retiros, llevando allí como una ráfaga de recuerdos del mundo, sola, perdida en la penumbra de un claustro gótico, la mano en la mejilla, el codo apoyado en el alféizar de una ojiva, ¿habrá exhalado un suspiro alguna mujer al cruzar su imaginación la memoria de estas fechas?

¡Quién sabe!

¡Oh! Y si ha suspirado, ¿dónde estará ese suspiro?

EL CRISTO DE LA CALAVERA

I

El rey de Castilla marchaba a la guerra de moros, y para combatir con los enemigos de la religión había apellidado en son de guerra a todo lo más florido de la nobleza de sus reinos. Las silenciosas calles de Toledo resonaban noche y día con el marcial rumor de los atabales y los clarines, y ya en la morisca puerta de Visagra, ya en la del Cambrón, o en la embocadura del antiguo puente de San Martín, no pasaba hora sin que se oyese el ronco grito de los centinelas, anunciando la llegada de algún caballero que, precedido de su pendón señorial y seguido de jinetes y peones, venía a reunirse al grueso del ejército castellano.

El tiempo que faltaba para emprender el camino de la frontera y concluir de ordenar las huestes reales discurría en medio de fiestas públicas, lujosos convites y lucidos torneos, hasta que, llegada al fin la víspera del día señalado de antemano por S. A. para la salida del ejército, se dispuso un postrer sarao, con el que debieran terminar los regocijos.

La noche del sarao, el alcázar de los reyes ofrecía un aspecto singular. En los anchurosos patios, alrededor de inmensas hogueras, y diseminados sin orden ni concierto, se veía una abigarrada multitud de pajes, soldados, ballesteros y gente menuda, quienes estos aderezando sus corceles y sus armas y disponiéndolos para el combate; aquellos saludando con gritos o blasfemias las inesperadas vueltas de la fortuna, personificada en los dados del cubilete; los otros repitiendo en coro el refrán de un romance de guerra, que entonaba un juglar acompañado de la guzla; los de más allá comprando a un romero conchas, cruces y cintas tocadas en el Sepulcro de Santiago, o riendo con locas carcajadas de los chistes de un bufón, o ensayando en los clarines el aire bélico para entrar en la pelea, propio de sus señores, o refiriendo antiguas historias de caballerías o aventuras de amor, o milagros recientemente acaecidos, formaban un infernal y atronador conjunto, imposible de pintar con palabras.

Sobre aquel revuelto océano de cantares de guerra, rumor de martillos que golpeaban los yunques, chirridos de limas que mordían el acero, piafar de corceles, voces descompuestas, risas inextinguibles, gritos desaforados, notas destempladas, juramentos y sonidos extraños y discordes, flotaban a intervalos como un soplo de brisa armoniosa los lejanos acordes de la música del sarao.

Este, que tenía lugar en los salones que formaban el segundo cuerpo del alcázar, ofrecía a su vez un cuadro, si no tan fantástico y caprichoso, más deslumbrador y magnífico.

Por las extensas galerías que se prolongaban a lo lejos formando un intrincado laberinto de pilastras esbeltas y ojivas caladas y ligeras como el encaje; por los espaciosos salones vestidos de tapices, donde la seda y el oro habían representado, con mil colores diversos, escenas de amor, de caza y de guerra, y adornados con trofeos de armas y escudos, sobre los cuales vertían un mar de chispeante luz un sinnúmero de lámparas y candelabros de bronce, plata y oro, colgadas aquellas de las altísimas bóvedas y enclavados estos en los gruesos sillares de los muros; por todas partes adonde se volvían los ojos, se veía oscilar y agitarse en distintas direcciones una nube de damas hermosas con ricas vestiduras, chapadas en oro, redes de perlas aprisionando sus rizos, joyas de rubíes llameando sobre su seno, plumas sujetas en vaporoso cerco a un mango de marfil, colgadas del puño, y rostrillos de blancos encajes que acariciaban sus mejillas, o alegres turbas de galanes con talabartes de terciopelo, justillos de brocado y calzas de seda, borceguíes de tafilete, capotillos de mangas perdidas y caperuza, puñales con pomo de filigrana y estoques de corte bruñidos, delgados y ligeros.

Pero entre esta juventud brillante y deslumbradora, que los ancianos miraban desfilar con una sonrisa de gozo, sentados en los altos sitiales de alerce que rodeaban el estrado real, llamaba la atención, por su belleza incomparable, una mujer, aclamada reina de la hermosura en todos los torneos y las cortes de amor de la época, cuyos colores habían adoptado por emblema los caballeros más valientes; cuyos encantos eran asunto de las copias de los trovadores más versados en la ciencia del gay saber; a la que se volvían con asombro todas las miradas; por la que suspiraban en secreto todos los corazones, alrededor de la cual se veían agruparse con afán, como vasallos humildes en torno de su señora, los más ilustres vástagos de la nobleza toledana, reunida en el sarao de aquella noche.

Los que asistían de continuo a formar el séquito de presuntos galanes de Doña Inés de Tordesillas, que tal era el nombre de esta celebrada hermosura, a pesar de su carácter altivo y desdeñoso, no desmayaban jamás en sus pretensiones; y este, animado con una sonrisa que había creído adivinar en sus labios; aquel, con una mirada benévola que juzgaba haber sorprendido en sus ojos; el otro, con una palabra lisonjera, un ligerísimo favor o una promesa remota, cada cual esperaba en silencio ser el preferido. Sin embargo, entre todos ellos había dos que más particularmente se distinguían por su asiduidad y rendimiento, dos que al parecer, si no los predilectos de la hermosa, podrían calificarse de los más adelantados en el camino de su corazón. Estos dos caballeros, iguales en cuna, valor y nobles prendas, servidores de un mismo rey y pretendientes de una misma dama, llamábanse Alonso de Carrillo el uno, y el otro Lope de Sandoval.

Ambos habían nacido en Toledo; juntos habían hecho sus primeras armas, y en un mismo día, al encontrarse sus ojos con los de Doña Inés, se sintieron poseídos de un secreto y ardiente amor por ella, amor que germinó algún tiempo retraído y silencioso, pero que al cabo comenzaba a descubrirse y a dar involuntarias señales de existencia en sus acciones y discursos.

En los torneos del Zocodover, en los juegos florales de la corte, siempre que se les había presentado coyuntura para rivalizar entre sí en gallardía o donaire, la habían aprovechado con afán ambos caballeros, ansiosos de distinguirse a los ojos de su dama; y aquella noche, impelidos sin duda por un mismo afán, trocando los hierros por las plumas y las mallas por los brocados y la seda, de pie junto al sitial donde ella se reclinó un instante después de haber dado una vuelta por los salones, comenzaron una elegante lucha de frases enamoradas e ingeniosas o epigramas embozados y agudos.

Los astros menores de esta brillante constelación, formando un dorado semicírculo en torno de ambos galanes, reían y esforzaban las delicadas burlas; y la hermosa, objeto de aquel torneo de palabras, aprobaba con una imperceptible sonrisa los conceptos escogidos o llenos de intención que, ora salían de los labios de sus adoradores como una ligera onda de perfume que halagaba su vanidad, ora partían como una saeta aguda que iba a buscar, para clavarse en él, el punto más vulnerable del contrario, su amor propio.

Ya el cortesano combate de ingenio y galanura comenzaba a hacerse cada vez más crudo; las frases eran aún corteses en la forma, pero breves, secas, y al pronunciarlas, si bien las acompañaba una ligera dilatación de los labios, semejante a una sonrisa, los ligeros relámpagos de los ojos, imposibles de ocultar, demostraban que la cólera hervía comprimida en el seno de ambos rivales.

La situación era insostenible. La dama lo comprendió así, y levantándose del sitial se disponía a volver a los salones, cuando un nuevo incidente vino a romper la valla del respetuoso comedimiento en que se contenían los dos jóvenes enamorados. Tal vez con intención, acaso por descuido, Doña Inés había dejado sobre su falda uno de los perfumados guantes, cuyos botones de oro se entretenía en arrancar uno a uno mientras duró la conversación. Al ponerse de pie, el guante resbaló por entre los anchos pliegues de seda, y cayó en la alfombra. Al verle caer, todos los caballeros que formaban su brillante comitiva se inclinaron presurosos a recogerle, disputándose el honor de alcanzar un leve movimiento de cabeza en premio de su galantería.

Al notar la precipitación con que todos hicieron el ademán de inclinarse, una imperceptible sonrisa de vanidad satisfecha asomó a los labios de la orgullosa Doña Inés, que después de hacer un saludo general a los galanes que tanto empeño mostraban en servirla, sin mirar apenas y con la mirada alta y desdeñosa, tendió la mano para recoger el guante en la dirección en que se encontraban Lope y Alonso, los primeros que parecían haber llegado al sitio en que cayera. En efecto, ambos jóvenes habían visto caer el guante cerca de sus pies, ambos se habían inclinado con igual presteza a recogerle, y al incorporarse cada cual le tenía asido por un extremo. Al verlos inmóviles, desafiándose en silencio con la mirada, y decididos ambos a no abandonar el guante que acababan de levantar del suelo, la dama dejó escapar un grito leve e involuntario, que ahogó el murmullo de los asombrados espectadores, los cuales presentían una escena borrascosa, que en el alcázar y en presencia del rey podría calificarse de un horrible desacato.

No obstante, Lope y Alonso permanecían impasibles, mudos, midiéndose con los ojos, de la cabeza a los pies, sin que la tempestad de sus almas se revelase más que por un ligero temblor nervioso, que agitaba sus miembros como si se hallasen acometidos de una repentina fiebre.

Los murmullos y las exclamaciones iban subiendo de punto; la gente comenzaba a agruparse en torno de los actores de la escena; Doña Inés, o aturdida o complaciéndose en prolongarla, daba vueltas de un lado a otro, como buscando donde refugiarse y evitar las miradas de la gente, que cada vez acudía en mayor número. La catástrofe era ya segura; los dos jóvenes habían ya cambiado algunas palabras en voz sorda, y mientras que con la una mano sujetaban el guante con una fuerza convulsiva, parecían ya buscar instintivamente con la otra el puño de oro de sus dagas, cuando se entreabrió respetuosamente el grupo que formaban los espectadores, y apareció el rey.

Su frente estaba serena; ni había indignación en su rostro ni cólera en su ademán.

Tendió una mirada alrededor, y esta sola mirada fue bastante para darle a conocer lo que pasaba. Con toda la galantería del doncel más cumplido, tomó el guante de las manos de los caballeros, que, como movidas por un resorte, se abrieron sin dificultad al sentir el contacto de la del monarca, y volviéndose a Doña Inés de Tordesillas que, apoyada en el brazo de una dueña, parecía próxima a desmayarse, exclamó, presentándolo con acento, aunque templado, firme:

—Tomad, señora, y cuidad de no dejarle caer en otra ocasión donde, al devolvérsele, os lo devuelva manchado en sangre.

Cuando el rey terminó de decir estas palabras, doña Inés, no acertaremos a decir si a impulsos de la emoción o por salir más airosa del paso, se había desvanecido en brazos de los que la rodeaban.

Alonso y Lope, el uno estrujando en silencio entre sus manos el birrete de terciopelo, cuya pluma arrastraba por la alfombra, y el otro mordiéndose los labios hasta hacerse brotar la sangre, se clavaron una mirada tenaz e intensa.

Una mirada en aquel lance equivalía a un bofetón, a un guante arrojado al rostro, a un desafío a muerte.

II

Al llegar la media noche, los reyes se retiraron a su cámara.

Terminó el sarao, y los curiosos de la plebe que aguardaban con impaciencia este momento, formando grupos y corrillos en las avenidas del palacio, corrieron a estacionarse en la cuesta del alcázar, los miradores y el Zocodover.

Durante una o dos horas, en las calles inmediatas a estos puntos reinó un bullicio, una animación y un movimiento indescriptible. Por todas partes se veían cruzar escuderos caracoleando en sus corceles ricamente enjaezados; reyes de armas con lujosas casullas llenas de escudos y blasones; timbaleros vestidos de colores vistosos, soldados cubiertos de armaduras resplandecientes; pajes con capotillos de terciopelo y birretes coronados de plumas, y servidores de a pie que precedían las lujosas literas y las andas cubiertas de ricos paños, llevando en sus manos grandes hachas encendidas, a cuyo rojizo resplandor podía verse a la multitud, que con cara atónita, labios entreabiertos y ojos espantados, miraba desfilar con asombro a todo lo mejor de la nobleza castellana, rodeada en aquella ocasión de un fausto y un esplendor fabulosos.

Luego, poco a poco fue cesando el ruido y la animación; los vidrios de colores de las altas ojivas del palacio dejaron de brillar; atravesó por entre los apiñados grupos la última cabalgata; la gente del pueblo, a su vez, comenzó a dispersarse en todas direcciones, perdiéndose entre las sombras del enmarañado laberinto de calles oscuras, estrechas y torcidas, y ya no turbaba el profundo silencio de la noche más que el grito lejano de vela de algún guerrero, el rumor de los pasos de algún curioso que se retiraba el último, o el ruido que producían las aldabas de algunas puertas al cerrarse, cuando en lo alto de la escalinata que conducía a la plataforma del palacio apareció un caballero, el cual, después de tender la vista por todos lados como buscando a alguien que debía esperarle, descendió lentamente hasta la cuesta del alcázar, por la que se dirigió hacia el Zocodover.

Al llegar a la plaza de este nombre se detuvo un momento, y volvió a pasear la mirada a su alrededor. La noche estaba oscura;

no brillaba una sola estrella en el cielo, ni en toda la plaza se veía una sola luz; no obstante, allá a lo lejos, y en la misma dirección en que comenzó a percibirse un ligero ruido como de pasos que iban aproximándose, creyó distinguir el busto de un hombre: era sin duda el mismo a quien parecía aguardaba con tanta impaciencia.

El caballero que acababa de abandonar el alcázar para dirigirse al Zocodover era Alonso Carrillo, que en razón al puesto de honor que desempeñaba cerca de la persona del rey, había tenido que acompañarle en su cámara hasta aquellas horas. El que saliendo de entre las sombras de los arcos que rodean la plaza vino a reunírsele, Lope de Sandoval. Cuando los dos caballeros se hubieron reunido, cambiaron algunas frases en voz baja.

—Presumí que me aguardabas —dijo el uno.

—Esperaba que lo presumirías —contestó el otro.

—Y, ¿adónde iremos?

—A cualquiera parte en que se puedan hallar cuatro palmos de terreno donde revolverse y un rayo de claridad que nos alumbre.

Terminado este brevísimo diálogo, los dos jóvenes se internaron por una de las estrechas calles que desembocan en el Zocodover, desapareciendo en la oscuridad como esos fantasmas de la noche que, después de aterrar un instante al que los ve, se deshacen en átomos de niebla y se confunden en seno de las sombras.

Largo rato anduvieron dando vueltas a través de las calles de Toledo, buscando un lugar a propósito para terminar sus diferencias; pero la oscuridad de la noche era tan profunda, que el duelo parecía imposible. No obstante, ambos deseaban batirse, y batirse antes que rayase el alba, pues al amanecer debían partir las huestes reales, y Alonso con ellas.

Prosiguieron, pues, cruzando al azar plazas desiertas, pasadizos sombríos, callejones estrechos y tenebrosos, hasta que, por último, vieron brillar a lo lejos una luz, una luz pequeña y moribunda, en torno de la cual la niebla formaba un cerco de claridad fantástica y dudosa.

Habían llegado a la calle del Cristo, y la luz que se divisaba en uno de sus extremos parecía ser la del farolillo que alumbraba en aquella época, y alumbra aún, a la imagen que le da su nombre.

Al verla, ambos dejaron escapar una exclamación de júbilo, y apresurando el paso en su dirección, no tardaron mucho en encontrarse junto al retablo en que ardía.

Un arco rehundido en el muro, en el fondo del cual se veía la imagen del Redentor enclavado en la cruz y con una calavera al pie; un tosco cobertizo de tablas que lo defendían de la intemperie, y el pequeño farolillo colgado de una cuerda que lo iluminaba débilmente, vacilando al impulso del aire, formaban todo el retablo, alrededor del cual colgaban algunos festones de hiedra que habían crecido entre los oscuros y rotos sillares, formando una especie de pabellón de verdura.

Los caballeros, después de saludar respetuosamente la imagen de Cristo, quitándose los birretes y murmurando en voz baja una corta oración, reconocieron el terreno con una ojeada, echaron a tierra sus mantos, y apercibiéndose mutuamente para el combate y dándose la señal con un leve movimiento de cabeza, cruzaron los estoques. Pero apenas se habían tocado los aceros y antes que ninguno de los combatientes hubiesen podido dar un solo paso o intentar un golpe, la luz se apagó de repente y la calle quedó sumida en la oscuridad más profunda. Como guiados de un mismo pensamiento y al verse rodeados de repentinas tinieblas, los dos combatientes dieron un paso atrás, bajaron al suelo las puntas de sus espadas y levantaron los ojos hacia el farolillo, cuya luz, momentos antes apagada, volvió a brillar de nuevo al punto en que hicieron ademán de suspender la pelea.

—Será alguna ráfaga de aire que ha abatido la llama al pasar —exclamó Carrillo volviendo a ponerse en guardia y previniendo con una voz a Lope, que parecía preocupado.

Lope dio un paso adelante para recuperar el terreno perdido, tendió el brazo y los aceros se tocaron otra vez; mas al tocarse, la luz se tornó a apagar por sí misma, permaneciendo así mientras no se separaron los estoques.

—En verdad que esto es extraño —murmuró Lope mirando al farolillo, que espontáneamente había vuelto a encenderse y se mecía con lentitud en el aire, derramando una claridad trémula y extraña sobre el amarillo cráneo de la calavera colocada a los pies del Cristo.

—¡Bah! —dijo Alonso—. Será que la beata encargada de cuidar del farol del retablo sisa a los devotos y escasea el aceite, por lo cual la luz, próxima a morir, luce y se oscurece a intervalos en señal de agonía. —Y dichas estas palabras, el impetuoso joven tornó a colocarse en actitud de defensa. Su contrario le imitó; pero esta vez, no tan solo volvió a rodearlos una sombra espesísima e impenetrable, sino que al mismo tiempo hirió sus oídos el eco profundo de una voz misteriosa, semejante a esos largos gemidos del vendaval que parece que se queja y articula palabras al correr aprisionado por las torcidas, estrechas y tenebrosas calles de Toledo.

Qué dijo aquella voz medrosa y sobrehumana, nunca pudo saberse; pero al oírla, ambos jóvenes se sintieron poseídos de tan profundo terror, que las espadas se escaparon de sus manos, el cabello se les erizó, y por sus cuerpos que estremecía un temblor involuntario, y por sus frentes pálidas y descompuestas comenzó a correr un sudor frío como el de la muerte.

La luz, por tercera vez apagada, por tercera vez volvió a resucitar, y las tinieblas se disiparon.

—¡Ah! —exclamó Lope al ver a su contrario entonces, y en otros días su mejor amigo, asombrado como él, como él pálido e inmóvil—; Dios no quiere permitir este combate, porque es una lucha fratricida; porque un combate entre nosotros ofende al cielo, ante el cual nos hemos jurado cien veces una amistad eterna.

Y esto diciendo se arrojó en los brazos de Alonso, que le estrechó entre los suyos con una fuerza y una efusión indecibles.

III

Pasados algunos minutos, durante los cuales ambos jóvenes se dieron toda clase de muestras de amistad y cariño, Alonso tomó la palabra, y con acento conmovido aún por la escena que acabamos de referir, exclamó dirigiéndose a su amigo:

—Lope, yo sé que amas a Doña Inés; ignoro si tanto como yo, pero la amas. Puesto que un duelo entre nosotros es imposible, resolvámonos a encomendar nuestra suerte en sus manos. Vamos en su busca; que ella decida con libre albedrío cuál ha de ser el dichoso, cuál el infeliz. Su decisión será respetada por ambos, y el que no merezca sus favores mañana saldrá con el rey de Toledo, e irá a buscar el consuelo del olvido en la agitación de la guerra.

—Pues tú lo quieres, sea —contestó Lope—.

Y el uno apoyado en el brazo del otro, los dos amigos se dirigieron hacia la catedral, en cuya plaza, y en un palacio del que ya no quedan ni aun los restos, habitaba Doña Inés de Tordesillas.

Estaba a punto de rayar el alba, y como algunos de los deudos de Doña Inés, sus hermanos entre ellos, marchaban al otro día con el ejército real, no era imposible que en las primeras horas de la mañana pudiesen penetrar en su palacio.

Animados con esta esperanza llegaron, en fin, al pie de la gótica torre del templo; mas al llegar a aquel punto, un ruido particular llamó su atención, y deteniéndose en uno de los ángulos, ocultos entre las sombras de los altos machones que flaquean los muros, vieron, no sin grande asombro, abrirse el balcón del palacio de su dama, aparecer en él un hombre que se deslizó hasta el suelo con la ayuda de una cuerda, y por último, una forma blanca, Doña Inés sin duda, que inclinándose sobre el calado antepecho, cambió algunas tiernas frases de despedida con su misterioso galán.

El primer movimiento de los dos jóvenes fue llevar las manos al puño de sus espadas; pero deteniéndose como heridos de una idea súbita, volvieron los ojos a mirarse, y se hubieron de encontrar con una cara de asombro tan cómica, que ambos prorrumpieron en una ruidosa carcajada, carcajada que repitiéndose de eco en eco en el silencio de la noche, resonó en toda la plaza y llegó hasta el palacio.

Al oírla, la forma blanca desapareció del balcón, se escuchó el ruido de las puertas que se cerraron con violencia, y todo volvió a quedar en silencio.

Al día siguiente, la reina, colocada en un estrado lujosísimo, veía desfilar las huestes que marchaban a la guerra de moros teniendo a su lado a las damas más principales de Toledo. Entre ellas estaba Doña Inés de Tordesillas, en la que aquel día, como siempre, se fijaban todos los ojos; pero según a ella le parecía advertir, con diversa expresión que la de costumbre. Diríase que en todas las curiosas miradas que a ella se volvían retozaba una sonrisa burlona.

Este descubrimiento no dejaba de inquietarla algo, sobre todo teniendo en cuenta las ruidosas carcajadas que la noche anterior había creído percibir a lo lejos y en uno de los ángulos de la plaza, cuando cerraba el balcón y despedía a su amante; pero al mirar aparecer entre las filas de los combatientes, que pasaban por debajo del estrado lanzando chispas de fuego de sus brillantes armaduras, y envueltos en una nube de polvo, los pendones reunidos de las casas de Carrillo y Sandoval; al ver la significativa sonrisa que al saludar a la reina le dirigieron los dos antiguos rivales que cabalgaban juntos, todo lo adivinó, y la púrpura de la vergüenza enrojeció su frente y brilló en sus ojos una lágrima de despecho.

LA CORZA BLANCA

I

En un pequeño lugar de Aragón y allá por los años de mil trescientos y pico, vivía retirado en su torre señorial un famoso caballero llamado Don Dionís, el cual, después de haber servido a su rey en la guerra contra infieles, descansaba a la sazón, entregado al alegre ejercicio de la caza, de las rudas fatigas de los combates.

Aconteció una vez a este caballero, hallándose en su favorita diversión acompañado de su hija, cuya belleza singular y extraordinaria blancura le habían granjeado el sobrenombre de Azucena, que como se les entrase a más andar el día engolfados en perseguir a una res en el monte de su feudo, tuvo que acogerse, durante las horas de la siesta, a una cañada por donde corría un riachuelo saltando de roca en roca con un ruido manso y agradable.

Haría cosa de unas dos horas que Don Dionís se encontraba en aquel delicioso lugar, recostado sobre la menuda grama a la sombra de una chopera, departiendo amigablemente con sus monteros sobre las peripecias del día, y refiriéndose unos a otros las aventuras más o menos curiosas que en su vida de cazadores les habían acontecido, cuando por lo alto de la más empinada ladera y a través de los alternados murmullos del viento que agitaba las hojas de los árboles, comenzó a percibirse, cada vez más cerca, el sonido de una esquililla semejante a la del guión de un rebaño.

En efecto, era así, pues a poco de haberse oído la esquililla empezaron a saltar por entre las apiñadas matas de cantueso y tomillo, y a descender a la orilla opuesta del riachuelo, hasta unos cien corderos blancos como la nieve, detrás de los cuales, con su caperuza calada para libertarse la cabeza de los perpendiculares rayos del sol y su hatillo al hombro en la punta de un palo, apareció el zagal que los conducía.

—A propósito de aventuras extraordinarias —exclamó al verle uno de los monteros de Don Dionís, dirigiéndose a su señor—; ahí tenéis a Esteban el zagal, que de algún tiempo a esta parte anda más tonto que lo que naturalmente lo hizo Dios, que no es poco, y el cual puede haceros pasar un rato divertido refiriendo la causa de sus continuos sustos.

—¿Pues qué le acontece a ese pobre diablo? —exclamó Don Dionís con aire de curiosidad picada.

—¡Friolera! —añadió el montero en tono de zumba—; es el caso que, sin haber nacido en Viernes Santo, ni estar señalado con la cruz, ni hallarse en relaciones con el demonio, a lo que se puede colegir de sus hábitos de cristiano viejo, se encuentra sin saber cómo ni por dónde dotado de la facultad más maravillosa que ha poseído hombre alguno, a no ser Salomón, de quien se dice que sabía hasta el lenguaje de los pájaros.

—¿Y a qué se refiere esa facultad maravillosa?

—Se refiere —prosiguió el montero— a que, según él afirma, y lo jura y perjura por todo lo más sagrado del mundo, los ciervos que discurren por estos montes se han dado de ojo para dejarle en paz, siendo lo más gracioso del caso que en más de una ocasión los ha sorprendido concertando entre sí las burlas que han de hacerle, y después que estas burlas se han llevado a término, ha oído las ruidosas carcajadas con que las celebran.

Mientras esto decía el montero, Constanza, que así se llamaba la hermosa hija de Don Dionís, se había aproximado al grupo de los cazadores; y como demostrase su curiosidad por conocer la extraordinaria historia de Esteban, uno de estos se adelantó hasta el sitio en donde el zagal daba de beber a su ganado, y le condujo a presencia de su señor, que para disipar la turbación y el visible encogimiento del pobre mozo, se apresuró a saludarle por su nombre, acompañando el saludo con una bondadosa sonrisa.

Era Esteban un muchacho de diez y nueve a veinte años, fornido, con la cabeza pequeña y hundida entre los hombros, los ojos pequeños y azules, la mirada incierta y torpe como la de los albinos, la nariz roma, los labios gruesos y entreabiertos, la frente calzada, la tez blanca, pero ennegrecida por el sol, y el cabello, que le caía parte sobre los ojos y parte alrededor de la cara, en guedejas ásperas y rojas semejantes a los crines de un rocín colorado.

Esto sobre poco más o menos era Esteban en cuanto al físico; respecto a su moral, podía asegurarse, sin temor de ser desmentido ni por él ni por ninguna de las personas que le conocían, que era perfectamente simple, aunque un tanto suspicaz y malicioso como buen rústico.

Una vez el zagal repuesto de su turbación le dirigió de nuevo la palabra Don Dionís, y con el tono más serio del mundo, y fingiendo un extraordinario interés por conocer los detalles del suceso a que su montero se había referido, le hizo una multitud de preguntas, a las que Esteban comenzó a contestar de una manera evasiva, como deseando evitar explicaciones sobre el asunto.

Estrechado, sin embargo, por las interrogaciones de su señor y por los ruegos de Constanza, que parecía la más curiosa e interesada en que el pastor refiriese sus estupendas aventuras, decidiose este a hablar, mas no sin que antes dirigiese a su alrededor una mirada de desconfianza, como temiendo ser oído por otras personas que las que allí estaban presentes, y de rascarse tres o cuatro veces la cabeza tratando de reunir sus recuerdos o hilvanar su discurso, que al fin comenzó de esta manera:

—Es el caso, señor, que según me dijo un preste de Tarazona, al que acudí no ha mucho para consultar mis dudas, con el diablo no sirven juegos, sino punto en boca, buenas y muchas oraciones a San Bartolomé, que es quien le conoce las cosquillas, y dejarle andar; que Dios, que es justo y está allá arriba, proveerá a todo.

Firme en esta idea, había decidido no volver a decir palabra sobre el asunto a nadie, ni por nada; pero lo haré hoy por satisfacer vuestra curiosidad, y a fe, a fe que después de todo, si el diablo me lo toma en cuenta y torna a molestarme en castigo de mi indiscreción, buenos evangelios llevo cosidos a la pellica y con su ayuda creo que, como otras veces, no me será inútil el garrote.

—Pero, vamos —exclamó Don Dionís, impaciente al escuchar las digresiones del zagal, que amenazaba no concluir nunca—; déjate de rodeos y ve derecho al asunto.

—A él voy —contestó con calma Esteban, que después de dar una gran voz acompañada de un silbido para que se agruparan los corderos que no perdía de vista y comenzaban a desparramarse por el monte, tornó a rascarse la cabeza y prosiguió así:

—Por una parte vuestras continuas excursiones, y por otra el dale que le das de los cazadores furtivos, que ya con trampa o con ballesta no dejan res a vida en veinte jornadas al contorno, habían no hace mucho agotado la caza en estos montes, hasta el extremo de no encontrarse un venado en ellos ni por un ojo de la cara. Hablaba yo esto mismo en el lugar, sentado en el porche de la iglesia, donde después de acabada la misa del domingo solía reunirme con algunos peones de los que labran la tierra de Veraton, cuando algunos de ellos me dijeron:

—Pues hombre, no sé el qué consista en que tú no los topes, pues de nosotros podemos asegurarte que no bajamos una vez a las hazas que no nos encontremos rastro, y hace tres o cuatro días, sin ir más lejos, una manada, que a juzgar por las huellas debía componerse de más de veinte, le segaron antes de tiempo una pieza de trigo al santero de la Virgen del Romeral.

—¿Y hacia qué sitio seguía el rastro? —pregunté a los peones, con ánimo de ver si topaba con la tropa.

—Hacia la cañada de los cantuesos —me contestaron.

No eché en saco roto la advertencia, y aquella noche misma fui a apostarme entre los chopos. Durante toda ella estuve oyendo por acá y por allá, tan pronto lejos como cerca, el bramido de los ciervos que se llamaban unos a otros, y de vez en cuando sentía moverse el ramaje a mis espaldas; pero por más que me hice todo ojos, la verdad es que no pude distinguir a ninguno.

No obstante, al romper el día, cuando llevé los corderos al agua, a la orilla de este río, como obra de dos tiros de honda del sitio en que nos hallamos, y en una umbría de chopos, donde ni a la hora de siesta se desliza un rayo de sol, encontré huellas recientes de los ciervos, algunas ramas desgajadas, la corriente un poco turbia, y lo que es más particular, entre el rastro de las reses las breves huellas de unos pies pequeñitos como la mitad de la palma de mi mano, sin ponderación alguna.

Al decir esto, el mozo instintivamente y al parecer buscando un punto de comparación, dirigió la vista hacia el pie de Constanza, que asomaba por debajo del brial, calzado de un precioso chapín de tafilete amarillo; pero como al par de Esteban bajasen también los ojos Don Dionís y algunos de los monteros que le rodeaban, la hermosa niña se apresuró a esconderlo, exclamando con el tono más natural del mundo:

—¡Oh, no! Por desgracia no los tengo yo tan pequeñitos, pues de este tamaño solo se encuentran en las hadas, cuya historia nos refieren los trovadores.

—Pues no paró aquí la cosa —continuó el zagal cuando Constanza hubo concluido—; sino que otra vez, habiéndome colocado en otro escondite por donde indudablemente habían de pasar los ciervos para dirigirse a la cañada, allá al filo de la media noche me rindió un poco el sueño, aunque no tanto que no abriese los ojos en el mismo punto en que creí percibir que las ramas se movían a mi alrededor. Abrí los ojos, según dejo dicho; me incorporé con sumo cuidado, y poniendo atención a aquel confuso murmullo que cada vez sonaba más próximo, oí en las ráfagas del aire, como gritos y cantares extraños, carcajadas y tres o cuatro voces distintas que hablaban entre sí, con un ruido y algarabía semejante al de las muchachas del lugar, cuando riendo y bromeando por el camino, vuelven en bandadas de la fuente con sus cántaros a la cabeza.

Según colegia de la proximidad de las voces y del cercano chasquido de las ramas que crujían al romperse para dar paso a aquella turba de locuelas, iban a salir de la espesura a un pequeño rellano que formaba el monte en el sitio donde yo estaba oculto, cuando enteramente a mis espaldas, tan cerca o más que me encuentro de vosotros, oí una nueva voz fresca, delgada y vibrante, que dijo... creedlo, señores, esto es tan seguro como me he de morir... dijo... claro y distintamente estas propias palabras:

¡Por aquí, por aquí, compañeras,
que está ahí el bruto de Esteban!

Al llegar a este punto de la relación del zagal, los circunstantes no pudieron ya contener por más tiempo la risa, que hacía largo rato les retozaba en los ojos, y dando rienda a su buen humor, prorrumpieron en una carcajada estrepitosa. De los primeros en comenzar a reír y de los últimos en dejarlo, fueron Don Dionís, que a pesar de su fingida circunspección no pudo menos de tomar parte en el general regocijo, y su hija Constanza, la cual cada vez que miraba a Esteban todo suspenso y confuso, tornaba a reírse como una loca hasta el punto de saltarle las lágrimas a los ojos.

El zagal, por su parte, aunque sin atender al efecto que su narración había producido, parecía todo turbado e inquieto; y mientras los señores reían a sabor de sus inocentadas, él tornaba la vista a un lado y a otro con visibles muestras de temor y como queriendo descubrir algo a través de los cruzados troncos de los árboles.

—¿Qué es eso, Esteban, qué te sucede? —le preguntó unos de los monteros notando la creciente inquietud del pobre mozo, que ya fijaba sus espantadas pupilas en la hija risueña de Don Dionís, ya las volvía a su alrededor con una expresión asombrada y estúpida.

—Me sucede una cosa muy extraña —exclamó Esteban—. Cuando después de escuchar las palabras que dejo referidas, me incorporé con prontitud para sorprender a la persona que las había pronunciado, una corza blanca como la nieve salió de entre las mismas matas en donde yo estaba oculto, y dando unos saltos enormes por cima de los carrascales y los lentiscos, se alejó seguida de una tropa de corzas de su color natural, y así estas como la blanca que las iba guiando, no arrojaban bramidos al huir, sino que se reían con unas carcajadas cuyo eco juraría que aún me está sonando en los oídos en este momento.

—¡Bah!... ¡bah!... Esteban —exclamó Don Dionís con aire burlón—, sigue los consejos del preste de Tarazona; no hables de tus encuentros con los corzos amigos de burlas, no sea que haga el diablo que al fin pierdas el poco juicio que tienes; y pues ya estás provisto de los evangelios y sabes las oraciones de San Bartolomé, vuélvete a tus corderos, que empiezan a desbandarse por la cañada. Si los espíritus malignos tornan a incomodarte, ya sabes el remedio: *Pater noster* y garrotazo.

El zagal, después de guardarse en el zurrón un medio pan blanco y un trozo de carne de jabalí, y en el estómago un valiente trago de vino que le dio por orden de su señor uno de los palafreneros, despidiose de Don Dionís y su hija, y apenas anduvo cuatro pasos, comenzó a voltear la honda para reunir a pedradas los corderos.

Como a esta sazón notase Don Dionís que entre unas y otras las horas del calor eran ya pasadas y el vientecillo de la tarde comenzaba a mover las hojas de los chopos y a refrescar los campos, dio orden a su comitiva para que aderezasen las caballerías que andaban paciendo sueltas por el inmediato soto; y cuando todo estuvo a punto, hizo seña a los unos para que soltasen las traíllas, y a los otros para que tocasen las trompas, y saliendo en tropel de la chopera, prosiguió adelante la interrumpida caza.

II

Entre los monteros de Don Dionís había uno llamado Garcés, hijo de un antiguo servidor de la familia y por tanto el más querido de sus señores.

Garcés tenía poco más o menos la edad de Constanza, y desde muy niño habíase acostumbrado a prevenir el menor de sus deseos, y adivinar y satisfacer el más leve de sus antojos.

Por su mano se entretenía en afilar en los ratos de ocio las agudas saetas de su ballesta de marfil; él domaba los potros que había de montar su señora; él ejercitaba en los ardides de la caza a sus lebreles favoritos y amaestraba a sus halcones, a los cuales compraba en las ferias de Castilla caperuzas rojas bordadas de oro.

Para con los otros monteros, los pajes y la gente menuda del servicio de Don Dionís, la exquisita solicitud de Garcés y el aprecio con que sus señores le distinguían, habíanle valido una especie de general animadversión, y al decir de los envidiosos, en todos aquellos cuidados con que se adelantaba a prevenir los caprichos de su señora, revelábase su carácter adulador y rastrero. No faltaban, sin embargo, algunos que, más avisados o maliciosos, creyeron sorprender en la asiduidad del solícito mancebo algunas señales de mal disimulado amor.

Si en efecto era así, el oculto cariño de Garcés tenía más que sobrada disculpa en la incomparable hermosura de Constanza. Hubiérase necesitado un pecho de roca y un corazón de hielo para permanecer impasible un día y otro al lado de aquella mujer singular por su belleza y sus raros atractivos.

La *Azucena del Moncayo*, llamábanla en veinte leguas a la redonda, y bien merecía este sobrenombre, porque era tan airosa, tan blanca y tan rubia que, como a las azucenas, parecía que Dios la había hecho de nieve y oro.

Y, sin embargo, entre los señores comarcanos murmurábase que la hermosa castellana de Veratón no era tan limpia de sangre como bella y que, a pesar de sus trenzas rubias y su tez de alabastro, había tenido por madre una gitana. Lo de cierto que pudiera haber en estas murmuraciones nadie pudo nunca decirlo, porque la verdad era que Don Dionís tuvo una vida bastante azarosa en su juventud, y después de combatir largo tiempo bajo la conducta del monarca aragonés, del cual recabó entre otras mercedes el feudo del Moncayo, marchose a Palestina, en donde anduvo errante algunos años, para volver por último a encerrarse en su castillo de Veratón con una hija pequeña, nacida sin duda en aquellos países remotos. El único que hubiera podido decir algo acerca del misterioso origen de Constanza, pues acompañó a Don Dionís en sus lejanas peregrinaciones, era el padre de Garcés, y este había ya muerto hacía bastante tiempo, sin decir una sola palabra sobre el asunto ni a su propio hijo, que varias veces y con muestras de grande interés se lo había preguntado.

El carácter, tan pronto retraído y melancólico como bullicioso y alegre de Constanza, la extraña exaltación de sus ideas, sus extravagantes caprichos, sus nunca vistas costumbres, hasta la particularidad de tener los ojos y las cejas negras como la noche, siendo blanca y rubia como el oro, habían contribuido a dar pábulo a las hablillas de sus convecinos, y aún el mismo Garcés, que tan íntimamente la trataba, había llegado a persuadirse que su señora era algo especial y no se parecía a las demás mujeres.

Presente a la relación de Esteban, como los otros monteros, Garcés fue acaso el único que oyó con verdadera curiosidad los pormenores de su increíble aventura; y si bien no pudo menos de sonreír cuando el zagal repitió las palabras de la corza blanca, desde que abandonó el soto en que habían sesteado comenzó a revolver en su mente las más absurdas imaginaciones.

—No cabe duda que todo eso del hablar las corzas es pura aprensión de Esteban, que es un completo mentecato —decía entre sí el joven montero, mientras que jinete en un poderoso alazán seguía paso a paso el palafrén de Constanza, la cual también parecía mostrarse un tanto distraída y silenciosa, y retirada del tropel de los cazadores, apenas tomaba parte en la fiesta—. ¿Pero quién dice que en lo que refiere ese simple no existirá algo de verdad? —Prosiguió pensando el mancebo—. Cosas más extrañas hemos visto en el mundo, y una corza blanca bien puede haberla, puesto que si se ha de dar crédito a las cantigas del país, San Huberto, patrón de los cazadores, tenía una. ¡Oh, sí yo pudiese coger viva una corza blanca para ofrecérsela a mi señora!

Así pensando y discurriendo pasó Garcés la tarde, y cuando el sol comenzó a esconderse por detrás de las vecinas lomas y Don Dionís mandó volver grupas a su gente para tornar al castillo, separose sin ser notado de la comitiva y echó en busca del zagal por lo más espeso e intrincado del monte.

La noche había cerrado casi por completo cuando Don Dionís llegaba a las puertas de su castillo. Acto continuo dispusiéronle una frugal colación, y sentose con su hija a la mesa.

—Y Garcés, ¿dónde está? —preguntó Constanza, notando que su montero no se encontraba allí para servirla como tenía de costumbre.

—No sabemos —se apresuraron a contestar los otros servidores—; desapareció de entre nosotros cerca de la cañada, y esta es la hora en que todavía no le hemos visto.

En este punto llegó Garcés todo sofocado, cubierta aún de sudor la frente, pero con la cara más regocijada y satisfecha que pudiera imaginarse.

—Perdonadme, señora —exclamó, dirigiéndose a Constanza—, perdonadme si he faltado un momento a mi obligación; pero allá de donde vengo, a todo el correr de mi caballo, como aquí, solo me ocupaba el serviros.

—¿En servirme? —repitió Constanza—; no comprendo lo que quieres decir.

—Sí, señora, en serviros —repitió el joven—, pues he averiguado que es verdad que la corza blanca existe. A más de Esteban lo dan por seguro otros varios pastores, que juran haberla visto más de una vez, y con ayuda de los cuales espero en Dios y en mi patrón San Huberto que antes de tres días, viva o muerta, os la traeré al castillo.

—¡Bah!... ¡Bah!... —exclamó Constanza con aire de zumba, mientras hacían coro a sus palabras las risas más o menos disimuladas de los circunstantes—; déjate de cacerías nocturnas y de corzas blancas: mira que el diablo ha dado en la flor de tentar a los simples, y si te empeñas en andarle a los talones, va a dar que reír contigo cómo con el pobre Esteban.

—Señora —interrumpió Garcés con voz entrecortada y disimulando en lo posible la cólera que le producía el burlón regocijo de sus compañeros—, yo no me he visto nunca con el diablo, y por consiguiente no sé todavía cómo las gasta; pero conmigo os juro que todo podrá hacer menos dar que reír, porque el uso de ese privilegio solo en vos sé tolerarlo.

Constanza conoció el efecto que su burla había producido en el enamorado joven; pero deseando apurar su paciencia hasta lo último, tornó a decir en el mismo tono:

—¿Y si al dispararle te saluda con alguna risa del género de la que oyó Esteban, o se te ríe en la nariz, y al escuchar sus sobrenaturales carcajadas se te cae la ballesta de las manos, y antes de reponerte del susto ya ha desaparecido la corza blanca más ligera que un relámpago?

—¡Oh! —exclamó Garcés—, en cuanto a eso, estad segura que como yo la topase a tiro de ballesta, aunque me hiciese más momos que un juglar, aunque me hablara no ya en romance, sino en latín, como el abad de Munilla, no se iba sin un arpón en el cuerpo.

En este punto del diálogo, terció Don Dionís, y con una desesperante gravedad a través de la que se adivinaba toda la ironía de sus palabras, comenzó a darle al ya asendereado mozo los consejos más originales del mundo, para el caso de que se encontrase de manos a boca con el demonio convertido en corza blanca. A cada nueva ocurrencia de su padre, Constanza fijaba sus ojos en el atribulado Garcés y rompía a reír como una loca, en tanto que los otros servidores esforzaban las burlas con sus miradas de inteligencia y su mal encubierto gozo.

Mientras duró la colación prolongose esta escena, en que la credulidad del joven montero fue, por decirlo así, el tema obligado del general regocijo; de modo que cuando se levantaron los paños, y Don Dionís y Constanza se retiraron a sus habitaciones, y toda la gente del castillo se entregó al reposo, Garcés permaneció un largo espacio de tiempo irresoluto, dudando si a pesar de las burlas de sus señores proseguiría firme en su propósito o desistiría completamente de la empresa.

—¡Qué diantre! —exclamó saliendo del estado de incertidumbre en que se encontraba—, mayor mal del que me ha sucedido no puede sucederme, y si por el contrario, es verdad lo que nos ha contado Esteban... ¡oh, entonces, cómo he de saborear mi triunfo!

Esto diciendo, armó su ballesta, no sin haberle hecho antes la señal de la cruz en la punta de la vira, y colocándosela a la espalda se dirigió a la poterna del castillo para tomar la vereda del monte.

Cuando Garcés llegó a la cañada y al punto en que, según las instrucciones de Esteban, debía aguardar la aparición de las corzas, la luna comenzaba a remontarse con lentitud por detrás de los cercanos montes.

A fuer de buen cazador y práctico en el oficio, antes de elegir un punto a propósito para colocarse al acecho de las reses, anduvo un buen rato de acá para allá examinando las trochas y las veredas vecinas, la disposición de los árboles, los accidentes del terreno, las curvas del río y la profundidad de sus aguas.

Por último, después de terminar este minucioso reconocimiento del lugar en que se encontraba, agazapose en un ribazo junto a unos chopos de copas elevadas y oscuras, a cuyo pie crecían unas matas de lentisco, altas lo bastante para ocultar a un hombre echado en tierra.

El río, que desde las musgosas rocas donde tenía su nacimiento venía siguiendo las sinuosidades del Moncayo a entrar en la cañada por una vertiente, deslizándose desde allí bañando el pie de los sauces que sombreaban sus orillas, o jugueteando con alegre murmullo entre las piedras rodadas del monte, hasta caer en una hondura próxima al lugar que servía de escondrijo al montero.

Los álamos, cuyas plateadas hojas movía el aire con un rumor dulcísimo, los sauces que inclinados sobre la limpia corriente humedecían en ella las puntas de sus desmayadas ramas, y los apretados carrascales por cuyos troncos subían y se enredaban las madreselvas y las campanillas azules, formaban un espeso muro de follaje alrededor del remanso del río.

El viento, agitando los frondosos pabellones de verdura que derramaban en torno de su flotante sombra, dejaba penetrar a intervalos un furtivo rayo de luz, que brillaba como un relámpago de plata sobre la superficie de las aguas inmóviles y profundas.

Oculto tras los matojos, con el oído atento al más leve rumor y la vista clavada en el punto en donde según sus cálculos debían aparecer las corzas, Garcés esperó inútilmente un gran espacio de tiempo.

Todo permanecía a su alrededor sumido en una profunda calma.

Poco a poco, y bien fuese que el peso de la noche que ya había pasado de la mitad comenzara a dejarse sentir, bien que el lejano murmullo del agua, el penetrante aroma de las flores silvestres y las caricias del viento comunicasen a sus sentidos el dulce sopor en que parecía estar impregnada la naturaleza toda, el enamorado mozo que hasta aquel punto había estado entretenido revolviendo en su mente las más halagüeñas imaginaciones, comenzó a sentir que sus ideas se elaboraban con más lentitud y sus pensamientos tomaban formas más leves e indecisas.

Después de mecerse un instante en ese vago espacio que media entre la vigilia y el sueño, entornó al fin los ojos, dejó escapar la ballesta de sus manos y se quedó profundamente dormido.

Cosa de dos horas o tres haría ya que el joven montero roncaba a pierna suelta, disfrutando a todo sabor de uno de los sueños más apacibles de su vida, cuando de repente entreabrió los ojos sobresaltado, e incorporándose a medias lleno aún de ese estupor del que se vuelve en sí de improviso después de un sueño profundo.

En las ráfagas del aire y confundido con los leves rumores de la noche, creyó percibir un extraño rumor de voces delgadas, dulces y misteriosas que hablaban entre sí, reían o cantaban cada cual por su parte y una cosa diferente, formando una algarabía tan ruidosa y confusa como la de los pájaros que despiertan al primer rayo del sol entre las frondas de una alameda.

Este extraño rumor solo se dejó oír un instante, y después todo volvió a quedar en silencio.

—Sin duda soñaba con las majaderías que nos refirió el zagal —exclamó Garcés restregándose los ojos con mucha calma, y en la firme persuasión de que cuanto había creído oír no era más que esa vaga huella del ensueño que queda, al despertar, en la imaginación, como queda en el oído la última cadencia de una melodía después que ha expirado temblando la última nota. Y dominado por la invencible languidez que embargaba sus miembros, iba a reclinar de nuevo la cabeza sobre el césped, cuando tornó a oír el eco distante de aquellas misteriosas voces que, acompañándose del rumor del aire, del agua y de las hojas cantaban así:

CORO

“El arquero que velaba en lo alto de la torre ha reclinado su pesada cabeza en el muro.

”Al cazador furtivo que esperaba sorprender la res, lo ha sorprendido el sueño.

”El pastor que aguarda el día consultando las estrellas duerme ahora y dormirá hasta el amanecer.

”Reina de las ondinas, sigue nuestros pasos.

”Ven a mecerte en las ramas de los sauces sobre el haz del agua.

”Ven a embriagarte con el perfume de las violetas que se abren entre las sombras.

”Ven a gozar de la noche, que es el día de los espíritus”.

Mientras flotaban en el aire las suaves notas de aquella deliciosa música, Garcés se mantuvo inmóvil. Después que se hubo desvanecido, con mucha precaución apartó un poco las ramas, y no sin experimentar algún sobresalto vio aparecer las corzas, que en tropel y salvando los matorrales con ligereza increíble unas veces, deteniéndose como a escuchar otras, jugueteando entre sí, ya escondiéndose entre la espesura, ya saliendo nuevamente a la senda, bajaban del monte con dirección al remanso del río.

Delante de sus compañeras, más ágil, más linda, más juguetona y alegre que todas, saltando, corriendo, parándose y tornando a correr, de modo que parecía no tocar el suelo con los pies, iba la corza blanca, cuyo extraño color destacaba como una fantástica luz sobre el oscuro fondo de los árboles.

Aunque el joven se sentía dispuesto a ver en cuanto le rodeaba algo de sobrenatural y maravilloso, la verdad del caso era que, prescindiendo de la momentánea alucinación que turbó un instante sus sentidos, fingiéndole músicas, rumores y palabras, ni en la forma de las corzas ni en sus movimientos, ni en los cortos bramidos con que parecían llamarse, había nada con que no debiese estar ya muy familiarizado un cazador práctico en esta clase de expediciones nocturnas.

A medida que desechaba la primera impresión, Garcés comenzó a comprenderlo así, y riéndose interiormente de su incredulidad y su miedo, desde aquel instante solo se ocupó en averiguar, teniendo en cuenta la dirección que seguían, el punto donde se hallaban las corzas.

Hecho el cálculo, cogió la ballesta entre los dientes, y arrastrándose como una culebra por detrás de los lentiscos, fue a situarse obra de unos cuarenta pasos más lejos del lugar en que antes se encontraba. Una vez acomodado en su nuevo escondite, esperó el tiempo suficiente para que las corzas estuvieran ya dentro del río, a fin de hacer el tiro más seguro. Apenas empezó a escucharse ese ruido particular que produce el agua que se bate a golpes o se agita con violencia, Garcés comenzó a levantarse poquito a poco y con las mayores precauciones, apoyándose en la tierra primero sobre la punta de los dedos, y después con una de las rodillas.

Ya de pie, y cerciorándose a tientas de que el arma estaba preparada, dio un paso hacia adelante, alargó el cuello por encima de los arbustos para dominar el remanso, y tendió la ballesta; pero en el mismo punto en que, a par de la ballesta, tendió la vista buscando el objeto que había de herir, se escapó de sus labios un imperceptible e involuntario grito de asombro.

La luna, que había ido remontándose con lentitud por el ancho horizonte, estaba inmóvil y como suspendida en la mitad del cielo. Su dulce claridad inundaba el soto, abrillantaba la intranquila superficie del río, y hacía ver los objetos como a través de una gasa azul.

Las corzas habían desaparecido.

En su lugar, lleno de estupor y casi de miedo, vio Garcés un grupo de bellísimas mujeres, de las cuales unas entraban en el agua jugueteando, mientras las otras acababan de despojarse de las ligeras túnicas que aún ocultaban a la codiciosa vista el tesoro de sus formas.

En esos ligeros y cortados sueños de la mañana, ricos en imágenes risueñas y voluptuosas, sueños diáfanos y celestes como la luz que entonces comienza a transparentarse a través de las blancas cortinas del lecho, no ha habido nunca imaginación de veinte años que bosquejase con los colores de la fantasía una escena semejante a la que se ofrecía en aquel punto a los ojos del atónico Garcés.

Despojadas ya de sus túnicas y sus velos de mil colores, que destacaban sobre el fondo, suspendidas de los árboles o arrojadas con descuido sobre la alfombra del césped, las muchachas discurrían a su placer por el soto, formando grupos pintorescos, y entraban y salían en el agua, haciéndola saltar en chispas luminosas sobre las flores de la margen como una menuda lluvia de rocío.

Aquí una de ellas, blanca como el vellón de un cordero, sacaba su cabeza rubia entre las verdes y flotantes hojas de una planta acuática, de la cual parecía una flor a medio abrir, cuyo flexible tallo más bien se adivinaba que se veía temblar debajo de los infinitos círculos de luz de las ondas.

Otra allá, con el cabello suelto sobre los hombros, mecíase suspendida de la rama de un sauce sobre la corriente del río, y sus pequeños pies, color de rosa, hacían una raya de plata al pasar rozando la tersa superficie. En tanto que éstas permanecían recostadas aún al borde del agua con los ojos azules adormidos, aspirando con voluptuosidad el perfume de las flores y estremeciéndose ligeramente al contacto de la fresca brisa, aquellas danzaban en vertiginosa ronda entrelazando caprichosamente sus manos, dejando caer atrás la cabeza con delicioso abandono, e hiriendo el suelo con el pie en alternada cadencia.

Era imposible seguirlas en sus ágiles movimientos, imposible abarcar con una mirada los infinitos detalles del cuadro que formaban, unas corriendo, jugando y persiguiéndose con alegres risas por entre el laberinto de los árboles; otras surcando el agua como un cisne y rompiendo la corriente con el levantado seno; otras, en fin, sumergiéndose en el fondo, donde permanecían largo rato para volver a la superficie, trayendo una de esas flores extrañas que nacen escondidas en el lecho de las aguas profundas.

La mirada del atónito montero vagaba absorta de un lado a otro, sin saber donde fijarse, hasta que, sentado bajo un pabellón de verdura que parecía servirle de dosel, y rodeado de un grupo de mujeres todas a cual más bellas, que la ayudaban a despojarse de sus ligerísimas vestiduras, creyó ver el objeto de sus ocultas adoraciones: la hija del noble Don Dionís, la incomparable Constanza.

Marchando de sorpresa en sorpresa, el enamorado joven no se atrevía ya a dar crédito ni al testimonio de sus sentidos, y creíase bajo la influencia de un sueño fascinador y engañoso.

No obstante, pugnaba en vano por persuadirse de que todo cuanto veía era efecto del desarreglo de su imaginación; porque mientras más la miraba, y más despacio, más se convencía de que aquella mujer era Constanza.

No podía caber duda, no: suyos eran aquellos ojos oscuros y sombreados de largas pestañas, que apenas bastaban a amortiguar la luz de sus pupilas; suyas aquella rubia y abundante cabellera que, después de coronar su frente, se derramaba por su blanco seno y sus redondas espaldas como una cascada de oro; suyos, en fin, aquel cuello airoso, que sostenía su lánguida cabeza, ligeramente inclinada como una flor que se rinde al peso de las gotas de rocío, y aquellas voluptuosas formas que él había soñado tal vez, y aquellas manos semejantes a manojos de jazmines, y aquellos pies diminutos, comparables solo con dos pedazos de nieve que el sol no ha podido derretir, y que a la mañana blanquean entre la verdura.

En el momento en que Constanza salió del bosquecillo, sin velo alguno que ocultase a los ojos de su amante los escondidos tesoros de su hermosura, sus compañeras comenzaron nuevamente a cantar estas palabras con una melodía dulcísima:

CORO

“Genios del aire, habitadores del luminoso éter, venid envueltos en un jirón de niebla plateada.

”Silfos invisibles, dejad el cáliz de los entreabiertos lirios, venid en vuestros carros de nácar, a los que vuelan uncidas las mariposas.

"Larvas de las fuentes, abandonad el techo de musgo y caed sobre nosotras en menuda lluvia de perlas.

"Escarabajos de esmeralda, luciérnagas de fuego, mariposas negras, ¡venid!

"Y venid vosotros todos, espíritus de la noche, venid zumbando como un enjambre de insectos de luz y de oro.

"Venid, que ya el astro protector de los misterios brilla en la plenitud de su hermosura.

Venid, que ha llegado el momento de las transformaciones maravillosas.

"Venid, que los que os aman os esperan impacientes".

Garcés, que permanecía inmóvil, sintió al oír aquellos cantares misteriosos que el áspid de los celos le mordía el corazón, y obedeciendo a un impulso más poderoso que su voluntad, deseando romper de una vez el encanto que fascinaba sus sentidos, separó con mano trémula y convulsa el ramaje que le ocultaba y de un solo salto se puso en la margen del río. El encanto se rompió, desvaneciose todo como el humo, y al tender en torno suyo la vista, no vio ni oyó más que el bullicioso tropel con que las tímidas corzas, sorprendidas en lo mejor de sus nocturnos juegos, huían espantadas de su presencia, una por aquí, otra por allá, cuál salvando de un salto los matorrales, cuál ganando a todo correr la trocha del monte.

—¡Oh!, bien dije yo que todas estas cosas no eran más que fantasmagorías del diablo —exclamó entonces el montero—; pero por fortuna esta vez ha andado un poco torpe dejándome entre las manos la mejor presa.

Y, en efecto, era así: la corza blanca, deseando escapar por el soto, se había lanzado entre el laberinto de sus árboles, y enredándose en una red de madreselvas, pugnaba en vano por desasirse. Garcés la encaró la ballesta; pero en el mismo punto en que iba a herirla, la corza se volvió hacia el montero, y con voz clara y aguda detuvo su acción con un grito, diciéndole:

—Garcés, ¿qué haces? —El joven vaciló y, después de un instante de duda, dejó caer al suelo el arma, espantado a la sola idea de haber podido herir a su amante. Una sonora y estridente carcajada vino a sacarle al fin de su estupor; la corza blanca había aprovechado aquellos cortos instantes para acabarse de desenredar y huir ligera como un relámpago, riéndose de la burla hecha al montero.

—¡Ah!, condenado engendro de Satanás —dijo este con voz espantosa, recogiendo la ballesta con una rapidez indecible—, pronto has cantado la victoria, pronto te has creído fuera de mi alcance; —y esto diciendo, dejó volar la saeta, que partió silbando y fue a perderse en la oscuridad del soto, en el fondo del cual sonó al mismo tiempo un grito, al que siguieron después unos gemidos sofocados.

—¡Dios mío! —exclamó Garcés al percibir aquellos lamentos angustiosos—. ¡Dios mío, si será verdad! —Y fuera de sí, como loco, sin darse cuenta apenas de lo que pasaba, corrió en la dirección en que había disparado la saeta, que era la misma en que sonaban los gemidos. Llegó al fin; pero al llegar, sus cabellos se erizaron de horror, las palabras se anudaron en su garganta, y tuvo que agarrarse al tronco de un árbol para no caer a tierra.

Constanza, herida por su mano, expiraba allí a su vista, revolcándose en su propia sangre, entre las agudas zarzas del monte.

CREED EN DIOS
CÁNTIGA PROVENZAL

Cántiga provenzal
Yo fui el verdadero Teobaldo de Montagut,
barón de Fortcastell. Noble o villano,
señor o pechero, tú, cualquiera que seas,
que te detienes un instante al borde de mi sepultura,
cree en Dios, como yo he creído, y ruégale por mí.

I

Nobles aventureros, que puesta la lanza en la cuja, caída la visera del casco, y jinetes sobre un corcel poderoso, recorréis la tierra sin más patrimonio que vuestro nombre clarísimo y vuestro montante, buscando honra y prez en la profesión de las armas; si al atravesar el quebrado valle de Montagut os han sorprendido en él la tormenta y la noche, y habéis encontrado un refugio en las ruinas del monasterio que aún se ve en su fondo, oídme.

II

Pastores que seguís con lento paso a vuestras ovejas que pacen derramadas por las colinas y las llanuras; si al conducirlas al borde del transparente riachuelo que corre, forcejea y salta por entre los peñascos del valle de Montagut en el rigor del verano, y en una siesta de fuego habéis encontrado la sombra y el reposo al pie de las derruidas arcadas del monasterio, cuyos musgosos pilares besan las ondas, oídme.

III

Niñas de las cercanas aldeas, lirios silvestres que crecéis felices al abrigo de vuestra humildad; si en la mañana del santo patrono de estos lugares, al bajar al valle de Montagut a coger tréboles y margaritas con que embellecer su retablo, venciendo el temor que os inspira el sombrío monasterio que se alza en sus peñas, habéis penetrado en su claustro mudo y desierto para vagar entre sus abandonadas tumbas, a cuyos bordes crecen las margaritas más dobles y los jacintos más azules, oídme.

IV

Tú, noble caballero, tal vez al resplandor de un relámpago; tú, pastor errante, calcinado por los rayos del sol; tú, en fin, hermosa niña, cubierta aún con gotas de rocío semejantes a lágrimas, todos habréis visto en aquel santo lugar una tumba, una tumba humilde. Antes la componían una piedra tosca y una cruz de palo; la cruz ha desaparecido, y solo queda la piedra. En esa tumba, cuya inscripción es el mote de mi canto, reposa en paz el último barón de Fortcastell, Teobaldo de Montagut, del cual voy a referiros la peregrina historia.

* * *

I

Cuando la noble condesa de Montagut estaba en cinta de su primogénito Teobaldo, tuvo un ensueño misterioso y terrible. Acaso un aviso de Dios; tal vez una vana fantasía que el tiempo realizó más adelante. Soñó que en su seno engendraba una serpiente, una serpiente monstruosa que, arrojando agudos silbidos, y ora arrastrándose entre la menuda hierba, ora replegándose sobre sí misma para saltar, huyó de su vista, escondiéndose al fin entre unas zarzas.

—¡Allí está!, ¡allí está! —gritaba la condesa en su horrible pesadilla, señalando a sus servidores la zarza en que se había escondido el asqueroso reptil.

Cuando sus servidores llegaron presurosos al punto que la noble dama, inmóvil y presa de un profundo terror, les señalaba aún con el dedo, una blanca paloma se levantó de entre las breñas y se remontó a las nubes.

La serpiente había desaparecido.

II

Teobaldo vino al mundo. Su madre murió al darlo a luz; su padre pereció algunos años después en una emboscada, peleando como bueno contra los enemigos de Dios.

Desde este punto, la juventud del primogénito de Fortcastell solo puede compararse a un huracán. Por donde pasaba se veía señalando su camino un rastro de lágrimas y de sangre. Ahorcaba a sus pecheros, se batía con sus iguales, perseguía a las doncellas, daba de palos a los monjes, y en sus blasfemias y juramentos ni dejaba santo en paz ni cosa sagrada que no maldijese.

III

Un día que salió de caza y que, como era su costumbre, hizo entrar a guarecerse de la lluvia a toda su endiablada comitiva de pajes licenciosos, arqueros desalmados y siervos envilecidos, con perros, caballos y gerifaltes, en la iglesia de una aldea de sus dominios; un venerable sacerdote, arrostrando su cólera y sin temer los violentos arranques de su carácter impetuoso, le conjuró, en nombre del Cielo y llevando una hostia consagrada en sus manos, a que abandonase aquel lugar y fuese a pie y con un bordón de romero a pedir al Papa la absolución de sus culpas.

—¡Déjame en paz, viejo loco! —exclamó Teobaldo al oírle—; déjame en paz, o ya que no he encontrado una sola pieza durante el día, te suelto mis perros y te cazo como a un jabalí para distraerme.

IV

Teobaldo era hombre de hacer lo que decía. El sacerdote, sin embargo, se limitó a contestarle: —Haz lo que quieras, pero ten presente que hay un Dios que castiga y perdona, y que si muero a tus manos, borrará mis culpas del libro de su indignación para escribir tu nombre y hacerte expiar tu crimen.

—¡Un Dios que castiga y perdona! —Prorrumpió el sacrílego barón con una carcajada—. Yo no creo en Dios, y para darte una prueba voy a cumplirte lo que te he prometido; porque, aunque poco rezador, soy amigo de no faltar a mis palabras. ¡Raimundo! ¡Gerardo! ¡Pedro! Azuzad la jauría, dadme el venablo, tocad el *alalí* en vuestras trompas, que vamos a darle caza a este imbécil aunque se suba a los retablos de sus altares.

V

Ya después de dudar un instante y a una nueva orden de su señor, comenzaban los pajes a desatar los lebreles, que aturdían la iglesia con sus ladridos; ya el barón había armado su ballesta riendo con una risa de Satanás, y el venerable sacerdote murmurando una plegaria, elevaba sus ojos al cielo y esperaba tranquilo la muerte, cuando se oyó fuera del sagrado recinto una vocería terrible, bramidos de trompas que hacían señales de ojeo, y gritos de *¡Al jabalí! — ¡Por las breñas! — ¡Hacia el monte!* Teobaldo, al anuncio de la deseada res, corrió a las puertas del santuario, ebrio de alegría; tras él fueron sus servidores, y con sus servidores los caballos y los lebreles.

VI

—¿Por dónde va el jabalí? —preguntó el barón subiendo a su corcel, sin apoyarse en el estribo ni desarmar la ballesta. —Por la cañada que se extiende al pie de esas colinas —le respondieron. Sin escuchar la última palabra, el impetuoso cazador hundió su acicate de oro en el ijar del caballo, que partió al escape. Tras él partieron todos.

Los habitantes de la aldea, que fueron los primeros en dar la voz de alarma, y que al aproximarse el terrible animal se habían guarecido en sus chozas, asomaron tímidamente la cabeza a los quicios de sus ventanas; y cuando vieron desaparecer la infernal comitiva por entre el follaje de la espesura, se santiguaron en silencio.

VII

Teobaldo iba delante de todos. Su corcel, más ligero o más castigado que los de sus servidores, seguía tan de cerca a la res, que dos o tres veces, dejándole la brida sobre el cuello al fogoso bruto, se había empinado sobre los estribos y echándose al hombro la ballesta para herirlo. Pero el jabalí, al que solo divisaba a intervalos entre los espesos matorrales, tornaba a desaparecer de su vista para mostrársele de nuevo fuera del alcance de su arma.

Así corrió muchas horas, atravesó las cañadas del valle y el pedregoso lecho del río, e internándose en un bosque inmenso, se perdió entre sus sombrías revueltas, siempre fijos los ojos en la codiciada res, siempre creyendo alcanzarla, siempre viéndose burlado por su agilidad maravillosa.

VIII

Por último, pudo encontrar una ocasión propicia; tendió el brazo y voló la saeta, que fue a clavarse temblando en el lomo del terrible animal, que dio un salto y un espantoso bufido. —¡Muerto está! —exclama con un grito de alegría el cazador, volviendo a hundir por la centésima vez el acicate en el sangriento ijar de su caballo—; ¡muerto está!, en balde huye. El rastro de la sangre que arroja marca su camino. Y esto diciendo comenzó a hacer en la bocina la señal del triunfo para que la oyesen sus servidores.

En aquel instante el corcel se detuvo, flaquearon sus piernas, un ligero temblor agitó sus contraídos músculos, y cayó al suelo desplomado arrojando por la hinchada nariz cubierta de espuma un caño de sangre.

Había muerto de fatiga, había muerto cuando la carrera del herido jabalí comenzaba a acortarse, cuando bastaba un solo esfuerzo más para alcanzarlo.

IX

Pintar la ira del colérico Teobaldo sería imposible. Repetir sus maldiciones y sus blasfemias, solo repetirlas, fuera escandaloso e impío. Llamó a grandes voces a sus servidores, y únicamente le contestó el eco en aquellas inmensas soledades, y se arrancó los cabellos y se mesó las barbas, presa de la más espantosa desesperación. —Le seguiré a la carrera, aun cuando haya de reventarme —exclamó al fin, armando de nuevo su ballesta y disponiéndose a seguir a la res; pero en aquel momento sintió ruido a sus espaldas; se entreabrieron las ramas de la espesura, y se presentó a sus ojos un paje que traía del diestro un corcel negro como la noche.

—El cielo me lo envía —dijo el cazador, lanzándose sobre sus lomos ágil como un gamo. El paje, que era delgado, muy delgado, y amarillo como la muerte, se sonrió de una manera extraña al presentarle la brida.

X

El caballo relinchó con una fuerza que hizo estremecer el bosque; dio un bote increíble, un bote en que se levantó más de diez varas del suelo, y el aire comenzó a zumbar en los oídos del jinete, como zumba una piedra arrojada por la honda. Había partido al escape; pero a un escape tan rápido que, temeroso de perder los estribos y caer a tierra turbado por el vértigo, tuvo que cerrar los ojos y agarrarse con ambas manos a sus flotantes crines.

Y sin agitar sus riendas, sin herirle con el acicate ni animarlo con la voz, el corcel corría, corría sin detenerse. ¿Cuánto tiempo corrió Teobaldo con él, sin saber por dónde, sintiendo que las ramas le abofeteaban el rostro al pasar, y los zarzales desgarraban sus vestidos, y el viento silbaba a su alrededor? Nadie lo sabe.

XI

Cuando, recobrado el ánimo, abrió los ojos un instante para arrojar en torno suyo una mirada inquieta, se encontró lejos, muy lejos de Montagut, y en unos lugares para él completamente extraños. El corcel corría, corría sin detenerse, y árboles, rocas, castillos y aldeas pasaban a su lado como una exhalación. Nuevos y nuevos horizontes se abrían ante su vista; horizontes que se borraban para dejar lugar a otros más y más desconocidos. Valles angostos, erizados de colosales fragmentos de granito que las tempestades habían arrancado de la cumbre de las montañas; alegres campiñas, cubiertas de un tapiz de verdura y sembradas de blancos caseríos; desiertos sin límites, donde hervían las arenas calcinadas por los rayos de un sol de fuego; vastas soledades, llanuras inmensas, regiones de eternas nieves, donde los gigantescos témpanos asemejaban, destacándose sobre un cielo gris y oscuro, blancos fantasmas que extendían sus brazos para asirle por los cabellos al pasar; todo esto, y mil y mil otras cosas que yo no podré deciros, vio en su fantástica carrera, hasta tanto que envuelto en una niebla oscura dejó de percibir el ruido que producían los cascos del caballo al herir la tierra.

* * *

I

Nobles caballeros, sencillos pastores, hermosas niñas que escucháis mi relato, si os maravilla lo que os cuento, no creáis que es un fábula tejida a mi antojo para sorprender vuestra credulidad; de boca en boca ha llegado hasta mí esta tradición y la leyenda del sepulcro que aún subsiste en el monasterio de Montagut es un testimonio irrecusable de la veracidad de mis palabras.

Creed, pues, lo que he dicho, y creed lo que aún me resta por decir, que es tan cierto como lo anterior, aunque más maravilloso. Yo podré acaso adornar con algunas galas de la poesía el desnudo esqueleto de esta sencilla y terrible historia, pero nunca me apartaré un punto de la verdad a sabiendas.

II

Cuando Teobaldo dejó de percibir las pisadas de su corcel y se sintió lanzado en el vacío, no pudo reprimir un involuntario estremecimiento de terror. Hasta entonces había creído que los objetos que se representaban a sus ojos eran fantasmas de su imaginación, turbada por el vértigo, y que su corcel corría desbocado, es verdad, pero corría sin salir del término de su señorío. Ya no le quedaba duda de que era juguete de un poder sobrenatural que le arrastraba, sin que supiese a dónde, a través de aquellas nieblas oscuras, de aquellas nubes de formas caprichosas y fantásticas, en cuyo seno, que se iluminaba a veces con el resplandor de un relámpago, creía distinguir las hirvientes centellas, próximas a desprenderse.

El corcel corría, o mejor dicho, nadaba en aquel océano de vapores caliginosos y encendidos, y las maravillas del cielo comenzaron a desplegarse unas tras otras ante los espantados ojos de su jinete.

III

Cabalgando sobre las nubes, vestidos de luengas túnicas con orlas de fuego, suelta al huracán la encendida cabellera, y blandiendo sus espadas que relampagueaban arrojando chispas de cárdena luz, vio a los ángeles, ministros de la cólera del Señor, cruzar como un formidable ejército sobre las alas de la tempestad.

Y subió más alto, y creyó divisar a lo lejos las tormentosas nubes semejantes a un mar de lava, y oyó mugir el trueno a sus pies como muge el Océano azotando la roca desde cuya cima le contempla el atónito peregrino.

IV

Y vio el arcángel, blanco como la nieve, que sentado sobre un inmenso globo de cristal, lo dirige por el espacio en las noches serenas, como un bajel de plata sobre la superficie de un lago azul.

Y vio el sol volteando encendido sobre ejes de oro en una atmósfera de colores y de fuego, y en su foco a los ígneos espíritus que habitan incólumes entre las llamas, y desde su ardiente seno entonan al Criador himnos de alegría.

Vio los hilos de luz imperceptibles que atan los hombres a las estrellas, y vio el arco iris, echado como un puente colosal sobre el abismo que separa al primer cielo del segundo.

V

Por una escala misteriosa vio bajar las almas a la tierra: vio bajar muchas, y subir pocas. Cada una de aquellas almas inocentes iba acompañada de un arcángel purísimo que le cubría con la sombra de sus alas. Los que tornaban solos tornaban en silencio y con lágrimas en los ojos; los que no, subían cantando como suben las alondras en las mañanas de abril.

Después, las tinieblas rosadas y azules que flotaban en el espacio como cortinas de gasa transparente se rasgaron como el día de gloria se rasga en nuestros templos el velo de los altares; y el paraíso de los justos se ofreció a sus miradas deslumbrador y magnífico.

VI

Allí estaban los santos profetas que habréis visto groseramente esculpidos en las portadas de piedra de nuestras catedrales; allí las vírgenes luminosas, que intenta en vano copiar de sus sueños el pintor en los vidrios de colores de las ojivas; allí los querubines, con sus largas y flotantes vestiduras y sus nimbos de oro, como los de las tablas de los altares; allí, en fin, coronada de estrellas, vestida de luz, rodeada de todas las jerarquías celestes, y hermosa sobre toda ponderación, Nuestra Señora de Monserrat, la Madre de Dios, la reina de los arcángeles, el amparo de los pecadores y el consuelo de los afligidos.

VII

Más allá el paraíso de los justos, más allá el trono donde se sienta la Virgen María. El ánimo de Teobaldo se sobrecogió temeroso, y un hondo pavor se apoderó de su alma. La eterna soledad, el eterno silencio viven en aquellas regiones, que conducen al misterioso santuario del Señor. De cuando en cuando azotaba su frente una ráfaga de aire, frío como la hoja de un puñal, que crispaba sus cabellos de horror y penetraba hasta la médula de sus huesos, ráfagas semejantes a las que anunciaban a los profetas la aproximación del espíritu divino. Al fin llegó a un punto donde creyó percibir un rumor sordo, que pudiera compararse al zumbido lejano de un enjambre de abejas, cuando, en las tardes del otoño, revolotean en derredor de las últimas flores.

VIII

Atravesaba esa fantástica región a donde van todos los acentos de la tierra, los sonidos que decimos que se desvanecen, las palabras que juzgamos que se pierden en el aire, los lamentos que creemos que nadie oye.

Aquí, en un círculo armónico, flotan las plegarias de los niños, las oraciones de las vírgenes, los salmos de los piadosos eremitas, las peticiones de los humildes, las castas palabras de los limpios de corazón, las resignadas quejas de los que padecen, los ayes de los que sufren y los himnos de los que esperan. Teobaldo oyó entre aquellas voces, que palpitaban aún en el éter luminoso, la voz de su santa madre que pedía a Dios por él; pero no oyó la suya.

IX

Más allá hirieron sus oídos con un estrépito discordante mil y mil acentos ásperos y roncos, blasfemias, gritos de venganzas, cantares de orgías, palabras lúbricas, maldiciones de la desesperación, amenazas de impotencia y juramentos sacrílegos de la impiedad.

Teobaldo atravesó el segundo círculo con la rapidez que el meteoro cruza el cielo en una tarde de verano, por no oír su voz que vibraba allí sonante y atronadora, sobreponiéndose a las otras voces en medio de aquel concierto infernal.

—¡No creo en Dios! ¡No creo en Dios! —decían aún su acento agitándose en aquel océano de blasfemias; y Teobaldo comenzaba a creer.

X

Dejó atrás aquellas regiones y atravesó otras inmensidades llenas de visiones terribles, que ni él pudo comprender ni yo acierto a concebir, y llegó al cabo al último círculo de la espiral de los cielos, donde los serafines adoran al Señor cubierto el rostro con las triples alas y postrados a sus pies.

Él quiso mirarlo.

Un aliento de fuego abrasó su cara, un mar de luz oscureció sus ojos, un trueno gigante retumbó en sus oídos, y arrancado del corcel y lanzado al vacío como la piedra candente que arroja un volcán, se sintió bajar, y bajar sin caer nunca, ciego, abrasado y ensordecido, como cayó el ángel rebelde cuando Dios derribó el pedestal de su orgullo con un soplo de sus labios.

* * *

I

La noche había cerrado, y el viento gemía agitando las hojas de los árboles, por entre cuyas frondosas ramas se deslizaba un suave rayo de luna, cuando Teobaldo, incorporándose sobre el codo y restregándose los ojos como si despertara de un profundo sueño, tendió alrededor una mirada y se encontró en el mismo bosque donde hirió al jabalí, donde cayó muerto su corcel, donde le dieron aquella fantástica cabalgadura que le había arrastrado a unas regiones desconocidas y misteriosas.

Un silencio de muerte reinaba en su alrededor; un silencio que solo interrumpía el lejano bramido de los ciervos, el temeroso murmullo de las hojas y el eco de una campana distante que de vez en cuando traía el viento en sus ráfagas.

—Habré soñado —dijo el barón; y emprendió su camino a través del bosque, y salió al fin a la llanura.

II

En lontananza, y sobre las rocas de Montagut, vio destacarse la negra silueta de su castillo sobre el fondo azulado y transparente del cielo de la noche. —Mi castillo está lejos y estoy cansado —murmuró—; esperaré el día en un lugar cercano. —Y se dirigió al lugar. Llamó a una puerta. —¿Quién sois? —le preguntaron. —El barón de Fortcastell —respondió, y se le rieron en sus barbas. Llamó a otra. —¿Quién sois y qué queréis? —tornaron a preguntarle. —Vuestro señor —insistió el caballero, sorprendido de que no le conociesen—; Teobaldo de Montagut. —¡Teobaldo de Montagut! —dijo colérica su interlocutora, que no era una vieja— ¡Teobaldo de Montagut el del cuento! ¡Bah!... Seguid vuestro camino, y no vengáis a sacar de su sueño a las gentes honradas para decirles chanzonetas insulsas.

III

Teobaldo, lleno de asombro, abandonó la aldea y se dirigió al castillo, a cuyas puertas llegó cuando apenas clareaba el día. El foso estaba cegado, con los sillares de las derruidas almenas; el puente levadizo, inútil ya, se pudría colgado aún de sus fuertes tirantes de hierro, cubiertos de orín por la acción de los años; en la torre del homenaje tañía lentamente una campana; frente al arco principal de la fortaleza y sobre un pedestal de granito se elevaba una cruz; en los muros no se veía un solo soldado; y confuso, y sordo, parecía que de su seno se elevaba como un murmullo lejano, un himno religioso, grave, solemne y magnífico.

—¡Y este es mi castillo, no hay duda! —decía Teobaldo, paseando su inquieta mirada de un punto a otro, sin acertar a comprender lo que le pasaba—. ¡Aquél es mi escudo, grabado aún sobre la clave del arco! ¡Ese es el valle de Montagut! Estas tierras que domino, el señorío de Fortcastell...

En aquel instante las pesadas hojas de la puerta giraron sobre sus goznes y apareció en su dintel un religioso.

IV

—¿Quién sois, y qué hacéis aquí? —preguntó Teobaldo al monje.

—Yo soy —contestó este— un humilde servidor de Dios, religioso del monasterio del Montagut.

—Pero... —interrumpió el barón— Montagut ¿no es un señorío?

—Lo fue... —prosiguió el monje— hace mucho tiempo... A su último señor, según cuentan, se lo llevó el diablo; y como no tenía a nadie que le sucediese en el feudo, los condes soberanos hicieron donación de estas tierras a los religiosos de nuestra regla, que están aquí desde habrá cosa de ciento a ciento veinte años. Y vos, ¿quién sois?

—Yo... —balbuceó el barón de Fortcastell, después de un largo rato de silencio—; yo soy... un miserable pecador que arrepentido de sus faltas, viene a confesarlas a vuestro abad, y a pedirle que lo admita en el seno de su religión.

LA ROSA DE PASIÓN

Una tarde de verano, y en un jardín de Toledo, me refirió esta singular historia una muchacha muy buena y muy bonita.

Mientras me explicaba el misterio de su forma especial, besaba las hojas y los pistilos que iba arrancando uno a uno de la flor que da a su nombre esta leyenda.

Si yo la pudiera referir con el suave encanto y la tierna sencillez que tenía en su boca, os conmovería como a mí me conmovió la historia de la infeliz Sara.

Ya que esto no es posible, ahí va lo que de esa tradición se me acuerda en este instante.

I

En una de las callejas más oscuras y tortuosas de la ciudad imperial, empotrada y casi escondida entre la alta torre morisca de una antigua parroquia muzárabe y los sombríos y blasonados muros de una casa solariega, tenía hace muchos años su habitación raquítica, tenebrosa y miserable como su dueño, un judío llamado Daniel Leví.

Era este judío rencoroso y vengativo como todos los de su raza, pero más que ninguno engañador c hipócrita.

Dueño, según los rumores del vulgo, de una inmensa fortuna, veíasele, no obstante, todo el día acurrucado en el sombrío portal de su vivienda, componiendo y aderezando cadenillas de metal, cintos viejos o guarniciones rotas, con las que traía un gran tráfico entre los truhanes del Zocodover, las revendedoras del Postigo y los escuderos pobres.

Aborrecedor implacable de los cristianos y de cuanto a ellos pudiera pertenecer, jamás pasó junto a un caballero principal o un canónigo de la primada, sin quitarse una y hasta diez veces el mugriento bonetillo que cubría su cabeza calva y amarillenta, ni acogió en su tenducho a uno de sus habituales parroquianos sin agobiarle a fuerza de humildes salutaciones acompañadas de aduladoras sonrisas.

La sonrisa de Daniel había llegado a hacerse proverbial en toda Toledo, y su mansedumbre, a prueba de las jugarretas más pesadas y las burlas y rechiflas de sus vecinos, no conocía límites.

Inútilmente los muchachos, para desesperarle, tiraban piedras a su tugurio; en vano los pajecillos y hasta los hombres de armas del próximo palacio pretendían aburrirle con los nombres más injuriosos, o las viejas devotas de la feligresía se santiguaban al pasar por el dintel de su puerta como si viesen al mismo Lucifer en persona. Daniel sonreía eternamente con una sonrisa extraña e indescriptible. Sus labios delgados y hundidos se dilataban a la sombra de su nariz desmesurada y corva como el pico de un aguilucho; y aunque de sus ojos pequeños, verdes, redondos y casi ocultos entre las espesas cejas brotaba una chispa de mal reprimida cólera, seguía impasible golpeando con su martillito de hierro el yunque donde aderezaba las mil baratijas mohosas y, al parecer, sin aplicación alguna de que se componía su tráfico.

Sobre la puerta de la casucha del judío y dentro de un marco de azulejos de vivos colores, se abría un ajimez árabe, resto de las antiguas construcciones de los moros toledanos. Alrededor de las caladas franjas del ajimez, y enredándose por la columnilla de mármol que lo partía en dos huecos iguales, subía desde el interior de la vivienda una de esas plantas trepadoras que se mecen verdes y llenas de savia y lozanía sobre los ennegrecidos muros de los edificios ruinosos.

En la parte de la casa que recibía una dudosa luz por los estrechos vanos de aquel ajimez, único abierto en el musgoso y grieteado paredón de la calleja, habitaba Sara, la hija predilecta de Daniel.

Cuando los vecinos del barrio pasaban por delante de la tienda del judío y veían por casualidad a Sara tras de las celosías de su ajimez morisco y a Daniel acurrucado junto a su yunque, exclamaban en alta voz admirados de las perfecciones de la hebrea: —¡Parece mentira que tan ruin tronco haya dado de sí tan hermoso vástago!

Porque, en efecto, Sara era un prodigio de belleza. Tenía los ojos grandes y rodeados de un sombrío cerco de pestañas negras, en cuyo fondo brillaba el punto de luz de su ardiente pupila, como una estrella en el ciclo de una noche oscura. Sus labios, encendidos y rojos, parecían recortados hábilmente de un paño de púrpura por las invisibles manos de un hada. Su tez blanca, pálida y transparente como el alabastro de la estatua de un sepulcro. Contaba apenas dieciséis años, y ya se veía grabada en su rostro esa dulce tristeza de las inteligencias precoces, y ya hinchaban su seno y se escapaban de su boca esos suspiros que anuncian el vago despertar del deseo.

Los judíos más poderosos de la ciudad, prendados de su maravillosa hermosura, la habían solicitado para esposa; pero la hebrea, insensible a los homenajes de sus adoradores y a los consejos de su padre, que la instaba para que eligiese un compañero antes de quedar sola en el mundo, se mantenía encerrada en un profundo silencio, sin dar más razón de su extraña conducta que el capricho de permanecer libre. Al fin un día, cansado de sufrir los desdenes de Sara y sospechando que su eterna tristeza era indicio cierto de que su corazón abrigaba algún secreto importante, uno de sus adoradores se acercó a Daniel y le dijo:

—¿Sabes, Daniel, que entre nuestros hermanos se murmura de tu hija?

El judío levantó un instante los ojos de su yunque, suspendió su continuo martilleo, y sin mostrar la menor emoción, preguntó a su interpelante:

—¿Y qué dicen de ella?

—Dicen —prosiguió su interlocutor—, dicen... qué sé yo... muchas cosas... Entre otras, que tu hija está enamorada de un cristiano...—Al llegar a este punto, el desdeñado amante de Sara se detuvo para ver el efecto que sus palabras hacían en Daniel.

Daniel levantó de nuevo sus ojos, le miró un rato fijamente sin decir palabra, y bajando otra vez la vista para seguir su interrumpida tarea, exclamó:

—¿Y quién dice que eso no es una calumnia?

—Quien los ha visto conversar más de una vez en esta misma calle, mientras tú asiste sal oculto sanedrín de nuestros rabinos —insistió el joven hebreo admirado de que sus sospechas primero y después sus afirmaciones no hiciesen mella en el ánimo de Daniel.

Este, sin abandonar su ocupación, fija la mirada en el yunque, sobre el que después de dejar a un lado el martillo se ocupaba en bruñir el broche de metal de una guarnición con una pequeña lima, comenzó a hablar en voz baja y entrecortada, como si maquinalmente fuese repitiendo su labio las ideas que cruzaban por su mente.

—¡Je! ¡Je! ¡Je! —decía riéndose de una manera extraña y diabólica—; ¿conque a mi Sara, al orgullo de la tribu, el báculo en que se apoya mi vejez, piensa arrebatármela un perro cristiano?... ¿Y vosotros creéis que lo hará? ¡Je! ¡Je! —continuaba siempre hablando para sí y siempre riéndose, mientras la lima chirriaba cada vez con más fuerza, mordiendo el metal con sus dientes de acero—. ¡Je! ¡Je! Pobre Daniel, dirán los míos, ¡ya chochea! ¿Para qué quiere ese viejo moribundo y decrépito esa hija tan hermosa y tan joven, si no sabe guardarla de los codiciosos ojos de nuestros enemigos?... ¡Je! ¡Je! ¡Je! ¿Crees tú, por ventura, que Daniel duerme? ¿Crees tú, por ventura, que si mi hija tiene un amante... que bien puede ser, y ese amante es cristiano y procura seducirla, y la seduce, que todo es posible, y proyecta huir con ella, que también es fácil, y huye mañana, por ejemplo, lo cual cabe dentro de lo humano, crees tú que Daniel se dejará así arrebatar su tesoro, crees tú que no sabrá vengarse?

—Pero —exclamó interrumpiéndole el joven— ¿sabéis acaso?...

—Sé —dijo Daniel levantándose y dándole un golpecito en la espalda—, sé más que tú, que nada sabes ni nada sabrías si no hubiese llegado la hora de decirlo todo... Adiós; avisa a nuestros hermanos para que cuanto antes se reúnan. Esta noche, dentro de una o dos horas, yo estaré con ellos. ¡Adiós!

Y esto diciendo, Daniel empujó suavemente a su interlocutor hacia la calle, recogió sus trabajos muy despacio y comenzó a cerrar con dobles cerrojos y aldabas la puerta de la tiendecilla.

El ruido que produjo esta al encajarse rechinando sobre sus premiosos goznes, impidió al que se alejaba oír el rumor de las celosías del ajimez, que en aquel punto cayeron de golpe, como si la judía acabara de retirarse de su alféizar.

II

Era noche de Viernes Santo, y los habitantes de Toledo, después de haber asistido a las Tinieblas en su magnífica catedral, acababan de entregarse al sueño, o referían al amor de la lumbre consejas parecidas a la del *Cristo de la Luz* que, robado por unos judíos, dejó un rastro de sangre por el cual se descubrió el crimen, o la historia del *Santo Niño de la Guarda*, en quien los implacables enemigos de nuestra fe renovaron la cruel pasión de Jesús. Reinaba en la ciudad un silencio profundo, interrumpido a intervalos ya por las lejanas voces de los guardias nocturnos que en aquella época velaban en derredor del alcázar, ya por los gemidos del viento que hacía girar las veletas de las torres o zumbaba entre las torcidas revueltas de las calles, cuando el dueño de un barquichuelo que se mecía amarrado a un poste cerca de los molinos, que parecen como incrustados al pie de las rocas que baña el Tajo y sobre las que se asienta la ciudad, vio aproximarse a la orilla, bajando trabajosamente por uno de los estrechos senderos que desde lo alto de los muros conducen al río, a una persona a quien al parecer aguardaba con impaciencia.

—¡Ella es! —murmuró entre dientes el barquero—. ¡No parece sino que esta noche anda revuelta toda esa endiablada raza de judíos!... ¿Dónde diantres se tendrán dada cita con Satanás, qué todos acuden a mi barca teniendo tan cerca el puente?... No, no irán a nada bueno, cuando así evitan toparse de manos a boca con los hombres de armas de San Servando...; pero, en fin, ello es que me dan buenos dineros a ganar, y a su alma su palma, que yo en nada entro ni salgo.

Esto diciendo el buen hombre, sentándose en su barca aparejó los remos, y cuando Sara, que no era otra la persona a quien al parecer había aguardado hasta entonces, hubo saltado al barquichuelo, soltó la amarra que lo sujetaba y comenzó a bogar en dirección a la orilla opuesta.

—¿Cuántos han pasado esta noche? —preguntó Sara al barquero apenas se hubieron alejado de los molinos y como refiriéndose a algo de que ya habían tratado anteriormente.

—Ni los he podido contar —respondió el interpelado—; ¡un enjambre!... Parece que esta noche será la última que se reúnen.

—¿Y sabes de qué tratan y con qué objeto abandonan la ciudad a estas horas?

—Lo ignoro... pero ello es que aguardan a alguien que debe de llegar esta noche... yo no sé para qué le aguardarán, aunque presumo que para nada bueno.

Después de este breve diálogo, Sara se mantuvo algunos instantes sumida en un profundo silencio y como tratando de coordinar sus ideas. —No hay duda —pensaba entre sí—; mi padre ha sorprendido nuestro amor y prepara alguna venganza horrible. Es preciso que yo sepa adónde van, qué hacen, qué intentan. Un momento de vacilación podría perderle.

Cuando Sara se puso un instante de pie, y como para alejar las horribles dudas que la preocupaban se pasó la mano por la frente que la angustia había cubierto de un sudor glacial, la barca tocaba a la orilla opuesta.

—Buen hombre —exclamó la hermosa hebrea arrojando algunas monedas a su conductor y señalando un camino estrecho y tortuoso que subía serpenteando por entre las rocas—, ¿es ese el camino que siguen?

—Ese es, y cuando llegan a la *Cabeza del Moro*, desaparecen por la izquierda. Después el diablo y ellos sabrán adónde se dirigen —respondió el barquero.

Sara se alejó en la dirección que este le había indicado. Durante algunos minutos se le vio aparecer y desaparecer alternativamente entre aquel oscuro laberinto de rocas oscuras y cortadas a pico; después, y cuando hubo llegado a la cima llamada la *Cabeza del Moro*, su negra silueta se dibujó un instante sobre el fondo azul del cielo, y por último, desapareció entre las sombras de la noche.

III

Siguiendo el camino donde hoy se encuentra la pintoresca ermita de la Virgen del Valle, y como a dos tiros de ballesta del picacho que el vulgo conoce en Toledo por la *Cabeza del Moro,* existían, aún en aquella época los ruinosos restos de una iglesia bizantina, anterior a la conquista de los árabes.

En el atrio que dibujaban algunos pedruscos diseminados por el suelo, crecían zarzales y yerbas parásitas, entre los que yacían medio ocultos, ya el destrozado capitel de una columna, ya un sillar groseramente esculpido con hojas entrelazadas, endriagos horribles o grotescos, e informes figuras humanas. Del templo solo quedaban en pie los muros laterales y algunos arcos rotos y cubiertos de hiedra.

Sara, a quien parecía guiar un sobrenatural presentimiento, al llegar al punto que le había señalado su conductor, vaciló algunos instantes, indecisa acerca del camino que debía seguir; pero, por último, se dirigió con paso firme y resuelto hacia las abandonadas ruinas de la iglesia.

En efecto, su instinto no la había engañado. Daniel, que ya no sonreía, Daniel, que no era ya el viejo débil y humilde, sino que antes bien, despidiendo cólera de sus pequeños y redondos ojos, parecía animado del espíritu de la venganza, rodeado de una multitud como él, ávida de saciar su sed de odio en uno de los enemigos de su religión, estaba allí y parecía multiplicarse dando órdenes a los unos, animando en el trabajo a los otros, disponiendo, en fin, con una horrible solicitud los aprestos necesarios para la consumación de la espantosa obra que había estado meditando días y días, mientras golpeaba impasible el yunque en su covacha de Toledo.

Sara, que a favor de la oscuridad había logrado llegar hasta el atrio de la iglesia, tuvo que hacer un esfuerzo para no arrojar un grito de horror al penetrar en su interior con la mirada. Al rojizo resplandor de una fogata que proyectaba la forma de aquel círculo infernal en los muros del templo, había creído ver que algunos hacían esfuerzos por levantar en alto una pesada cruz, mientras otros tejían una corona con las ramas de los zarzales, o aplastaban sobre una piedra las puntas de los enormes clavos de hierro. Una idea espantosa cruzó por su mente; recordó que a los de su raza los habían acusado más de una vez de misteriosos crímenes; recordó vagamente la aterradora historia del *Niño Crucificado*, que ella hasta entonces había creído una grosera calumnia, inventada por el vulgo para apostrofar y zaherir a los hebreos.

Pero ya no le cabía duda alguna: allí, delante de sus ojos, estaban aquellos horribles instrumentos de martirio, y los feroces verdugos solo aguardaban la víctima.

Sara, llena de una santa indignación, rebosando en generosa ira y animada de esa fe inquebrantable en el verdadero Dios que su amante le había revelado, no pudo contenerse a la vista de aquel espectáculo, y rompiendo por entre la maleza que la ocultaba, presentose de improviso en el dintel del templo.

Al verla aparecer, los judíos arrojaron un grito de sorpresa; y Daniel, dando un paso hacia su hija en ademán amenazante, le preguntó con voz ronca: —¿Qué buscas aquí, desdichada?

—Vengo a arrojar sobre vuestras frentes —dijo Sara con voz firme y resuelta— todo el baldón de vuestra infame obra, y vengo a deciros que en vano esperáis la víctima para el sacrificio, si ya no es que intentáis cebar en mí vuestra sed de sangre; porque el cristiano a quien aguardáis no vendrá, porque yo le he prevenido de vuestras acechanzas.

—¡Sara! —exclamó el judío rugiendo de cólera—. Sara, eso no es verdad; tú no puedes habernos hecho traición hasta el punto de revelar nuestros misteriosos ritos; y si es verdad que los has revelado, tú no eres mi hija...

—No; ya no lo soy: he encontrado otro padre, un padre todo amor para los suyos, un padre a quien vosotros enclavasteis en una afrentosa cruz, y que murió en ella por redimirnos, abriéndonos para una eternidad las puertas del cielo. No, ya no soy vuestra hija, porque soy cristiana y me avergüenzo de mi origen.

Al oír estas palabras, pronunciadas con esa enérgica entereza que solo pone el cielo en boca de los mártires, Daniel, ciego de furor, se arrojó sobre la hermosa hebrea, y derribándola en tierra y asiéndola por los cabellos, la arrastró como poseído de un espíritu infernal hasta el pie de la cruz, que parecía abrir sus descarnados brazos para recibirla, exclamando al dirigirse a los que les rodeaban:

—Ahí os la entrego; haced vosotros justicia de esa infame, que ha vendido su honra, su religión y a sus hermanos.

IV

Al día siguiente, cuando las campanas de la catedral atronaban los aires tocando a gloria, y los honrados vecinos de Toledo se entretenían en tirar ballestazos a los Judas de paja, ni más ni menos que como todavía lo hacen en algunas de nuestras poblaciones, Daniel abrió la puerta de su tenducho, como tenía de costumbre, y con su eterna sonrisa en los labios comenzó a saludar a los que pasaban, sin dejar por eso de golpear en el yunque con su martillito de hierro; pero las celosías del morisco ajimez de Sara no volvieron a abrirse, ni nadie vio más a la hermosa hebrea recostada en su alféizar de azulejos de colores.

***

Cuentan que, algunos años después, un pastor trajo al arzobispo una flor hasta entonces nunca vista, en la cual se veían figurados todos los atributos del martirio del Salvador; flor extraña y misteriosa que había crecido y enredado sus tallos por entre los ruinosos muros de la derruida iglesia.

Cavando en aquel lugar y tratando de inquirir el origen de aquella maravilla, añaden que se halló el esqueleto de una mujer, y enterrados con ella otros tantos atributos divinos como la flor tenía.

El cadáver, aunque nunca se pudo averiguar de quién era, se conservó por largos años con veneración especial en la ermita de San Pedro el Verde, y la flor, que hoy se ha hecho bastante común, se llama *Rosa de Pasión.*

LA PROMESA

I

Margarita lloraba con el rostro oculto entre las manos; lloraba sin gemir, pero las lágrimas corrían silenciosas a lo largo de sus mejillas, deslizándose por entre sus dedos para caer en la tierra hacia la que había doblado su frente.

Junto a Margarita estaba Pedro, quien levantaba de cuando en cuando los ojos para mirarla, y viéndola llorar tornaba a bajarlos, guardando a su vez un silencio profundo.

Y todo callaba alrededor y parecía respetar su pena. Los rumores del campo se apagaban; el viento de la tarde dormía, y las sombras comenzaban a envolver los espesos árboles del soto.

Así transcurrieron algunos minutos, durante los cuales se acabó de borrar el rastro de luz que el sol había dejado al morir en el horizonte; la luna comenzó a dibujarse vagamente sobre el fondo violado del cielo del crepúsculo, y unas tras otras fueron apareciendo las mayores estrellas.

Pedro rompió al fin aquel silencio angustioso, exclamando con voz sorda y entrecortada y como si hablase consigo mismo:

—¡Es imposible... imposible!

Después, acercándose a la desconsolada niña y tomando una de sus manos, prosiguió con acento más cariñoso y suave:

—Margarita, para ti el amor es todo, y tú no ves nada más allá del amor. No obstante, hay algo tan respetable como nuestro cariño, y es mi deber. Nuestro señor, el conde de Gómara, parte mañana de su castillo para reunir su hueste a las del rey Don Fernando, que va a sacar a Sevilla del poder de los infieles, y yo debo partir con el conde. Huérfano oscuro, sin nombre y sin familia, a él le debo cuanto soy. Yo le he servido en el ocio de las paces, he dormido bajo su techo, me he calentado en su hogar y he comido el pan a su mesa. Si hoy le abandono, mañana sus hombres de armas, al salir en tropel por las poternas de su castillo, preguntarán maravillados de no verme: ¿Dónde está el escudero favorito del conde de Gómara? Y mi señor callará con vergüenza, y sus pajes y sus bufones dirán en son de mofa: —El escudero del conde no es más que un galán de justes, un lidiador de cortesía.

Al llegar a este punto, Margarita levantó sus ojos llenos de lágrimas para fijarlos en los de su amante, y removió los labios como para dirigirle la palabra; pero su voz se ahogó en un sollozo.

Pedro, con acento aún más dulce y persuasivo, prosiguió así:

—No llores, por Dios, Margarita; no llores, porque tus lágrimas me hacen daño. Voy a alejarme de ti; mas yo volveré después de haber conseguido un poco de gloria para mi nombre oscuro...

El cielo nos ayudará en la santa empresa; conquistaremos a Sevilla, y el rey nos dará feudos en las riberas del Guadalquivir a los conquistadores. Entonces volveré en tu busca y nos iremos juntos a habitar en aquel paraíso de los árabes, donde dicen que hasta el cielo es más limpio y más azul que el de Castilla.

Volveré, te lo juro; volveré a cumplir la palabra solemnemente empeñada el día en que puse en tus manos ese anillo, símbolo de una promesa.

—¡Pedro! —exclamó entonces Margarita dominando su emoción y con voz resuelta y firme—. Ve, ve a mantener tu honra. —Y al pronunciar estas palabras, se arrojó por última vez en brazos de su amante. Después añadió con acento más sordo y conmovido—: Ve a mantener tu honra pero vuelve... vuelve a traerme la mía.

Pedro besó la frente de Margarita, desató su caballo, que estaba sujeto a uno de los árboles del soto, y se alejó al galope por el fondo de la alameda.

Margarita siguió a Pedro con los ojos hasta que su sombra se confundió entre la niebla de la noche; y cuando ya no pudo distinguirle, se volvió lentamente al lugar, donde la aguardaban sus hermanos.

—Ponte tus vestidos de gala —le dijo uno de ellos al entrar—, que mañana vamos a Gómara con todos los vecinos del pueblo para ver al conde que se marcha a Andalucía.

—A mí más me entristece que me alegra ver irse a los que acaso no han de volver —respondió Margarita con un suspiro.

—Sin embargo —insistió el otro hermano—, has de venir con nosotros y has de venir compuesta y alegre: así no dirán las gentes murmuradoras que tienes amores en el castillo y que tus amores se van a la guerra.

II

Apenas rayaba en el cielo la primera luz del alba, cuando empezó a oírse por todo el campo de Gómara la aguda trompetería de los soldados del conde, y los campesinos que llegaban en numerosos grupos de los lugares cercanos vieron desplegarse al viento el pendón señorial en la torre más alta de la fortaleza.

Unos sentados al borde de los fosos, otros subidos en las copas de los árboles, estos vagando por la llanura, aquellos coronando las cumbres de las colinas, los de más allá formando un cordón a lo largo de la calzada, ya haría cerca de una hora que los curiosos esperaban el espectáculo, no sin que algunos comenzaran a impacientarse, cuando volvió a sonar de nuevo el toque de los clarines, rechinaron las cadenas del puente que cayó con pausa sobre el foso, y se levantaron los rastrillos, mientras se abrían de par en par y gimiendo sobre sus goznes las pesadas puertas del arco que conducía al patio de armas.

La multitud corrió a agolparse en los ribazos del camino, para ver más a su sabor las brillantes armaduras y los lujosos arreos del séquito del conde de Gómara, célebre en toda la comarca por su esplendidez y sus riquezas.

Rompieron la marcha farautes, que deteniéndose de trecho en trecho, pregonaban en voz alta y a son de caja las cédulas del rey llamando a sus feudatarios a la guerra de moros, y requiriendo a las villas y lugares libres para que diesen paso y ayuda a sus huestes.

A los farautes siguieron los heraldos de corte, ufanos con sus casullas de seda, sus escudos bordados de oro y colores y sus birretes guarnecidos de plumas vistosas.

Después vino el escudero mayor de la casa, armado de punta en blanco, caballero sobre un potro morcillo, llevando en sus manos el pendón de rico-hombre con sus motes y sus calderas, y al estribo izquierdo el ejecutor de las justicias del señorío, vestido de negro y rojo.

Precedían al escudero mayor hasta una veintena de aquellos famosos trompeteros de la tierra llana, célebres en las crónicas de nuestros reyes por la increíble fuerza de sus pulmones.

Cuando dejó de herir el viento el agudo clamor de la formidable trompetería, comenzó a oírse un rumor sordo, acompasado y uniforme. Eran los peones de la mesnada, armados de largas picas y provistos de sendas adargas de cuero. Tras estos no tardaron en aparecer los aparejadores de las máquinas, con sus herramientas y sus torres de palo, las cuadrillas de escaladores y la gente menuda del servicio de las acémilas.

Luego, envueltos en la nube de polvo que levantaba el casco de sus caballos, y lanzando chispas de luz de sus petos de hierro, pasaron los hombres de armas del castillo formados en gruesos pelotones, que semejaban a lo lejos un bosque de lanzas.

Por último, precedido de los timbaleros que montaban poderosas mulas con gualdrapas y penachos, rodeado de sus pajes que vestían ricos trajes de seda y oro, y seguido de los escuderos de su casa, apareció el conde.

Al verle la multitud levantó un clamor inmenso para saludarle, y entre la confusa vocería se ahogó el grito de una mujer, que en aquel momento cayó desmayada y como herida de un rayo en los brazos de algunas personas que acudieron a socorrerla. Era Margarita, Margarita que había conocido a su misterioso amante en el muy alto y muy temido señor conde de Gómara, uno de los más nobles y poderosos feudatarios de la corona de Castilla.

III

El ejército de Don Fernando, después de salir de Córdoba, había venido por sus jornadas hasta Sevilla, no sin haber luchado antes en Écija, Carmona y Alcalá del Río de Guadaira, donde una vez expugnado el famoso castillo, puso los reales a la vista de la ciudad de los infieles.

El conde de Gómara estaba en la tienda sentado en un escaño de alerce, inmóvil, pálido, terrible, las manos cruzadas sobre la empuñadura del montante y los ojos fijos en el espacio, con esa vaguedad del que parece mirar un objeto y, sin embargo, no ve nada de cuanto hay a su alrededor.

A un lado y de pie, le hablaba el más antiguo de los escuderos de su casa, el único que en aquellas horas de negra melancolía hubiera osado interrumpirle sin atraer sobre su cabeza la explosión de su cólera. —¿Qué tenéis, señor? —le decía—. ¿Qué mal os aqueja y consume? Triste vais al combate y triste volvéis aun tornando con la victoria. Cuando todos los guerreros duermen rendidos a la fatiga del día, os oigo suspirar angustiado; y si corro a vuestro lecho, os miro allí luchar con algo invisible que os atormenta. Abrís los ojos, y vuestro terror no se desvanece. ¿Qué os pasa, señor? Decídmelo. Si es un secreto, yo sabré guardarlo en el fondo de mi memoria como en un sepulcro.

El conde parecía no oír al escudero; no obstante, después de un largo espacio, y como si las palabras hubiesen tardado todo aquel tiempo en llegar desde sus oídos a su inteligencia, salió poco a poco de su inmovilidad y, atrayéndole hacia sí cariñosamente, le dijo con voz grave y reposada:

—He sufrido mucho en silencio. Creyéndome juguete de una vana fantasía, hasta ahora he callado por vergüenza; pero no, no es ilusión lo que me sucede.

Yo debo de hallarme bajo la influencia de alguna maldición terrible. El cielo o el infierno deben querer algo de mí, y lo avisan con hechos sobrenaturales. ¿Te acuerdas del día de nuestro encuentro con los moros de Nebrija en el aljarafe de Triana? Éramos pocos; la pelea fue dura y yo estuve a punto de perecer. Tú lo viste; en lo más reñido del combate, mi caballo herido y ciego de furor se precipitó hacia el grueso de la hueste mora. Yo pugnaba en balde por contenerle; las riendas se habían escapado de mis manos, y el fogoso animal corría llevándome a una muerte segura.

Ya los moros, cerrando sus escuadrones, apoyaban en tierra el cuento de sus largas picas para recibirme en ellas; una nube de saetas silbaba en mis oídos: el caballo estaba a algunos pies de distancia del muro de hierro en que íbamos a estrellarnos, cuando... créeme, no fue una ilusión, vi una mano que agarrándole de la brida lo detuvo con una fuerza sobrenatural, y volviéndole en dirección a las filas de mis soldados, me salvó milagrosamente.

En vano pregunté a unos y otros por mi salvador; nadie le conocía, nadie le había visto.

—Cuando volabais a estrellaros en la muralla de picas —me dijeron—, ibais solo, completamente solo; por eso nos maravillamos al veros tornar, sabiendo que ya el corcel no obedecía al jinete.

—Aquella noche entré preocupado en mi tienda; quería en vano arrancarme de la imaginación el recuerdo de la extraña aventura; mas al dirigirme al lecho, torné a ver la misma mano, una mano hermosa, blanca hasta la palidez, que descorrió las cortinas, desapareciendo después de descorrerlas. Desde entonces, a todas horas, en todas partes, estoy viendo esa mano misteriosa que previene mis deseos y se adelanta a mis acciones. La he visto, al expugnar el castillo de Triana, coger entre sus dedos y partir en el aire una saeta que venía a herirme; la he visto, en los banquetes donde procuraba ahogar mi pena entre la confusión y el tumulto, escanciar el vino en mi copa, y siempre se halla delante de mis ojos, y por donde voy me sigue: en la tienda, en el combate, de día, de noche.... ahora mismo, mírala, mírala aquí apoyada suavemente en mis hombros.

Al pronunciar estas últimas palabras, el conde se puso de pie y dio algunos pasos como fuera de sí y embargado de un terror profundo.

El escudero se enjugó una lágrima que corría por sus mejillas. Creyendo loco a su señor, no insistió, sin embargo, en contrariar sus ideas, y se limitó a decirle con voz profundamente conmovida:

—Venid..., salgamos un momento de la tienda; acaso la brisa de la tarde refrescará vuestras sienes, calmando ese incomprensible dolor, para el que yo no hallo palabras de consuelo.

IV

El real de los cristianos se extendía por todo el campo de Guadaira, hasta tocar en la margen izquierda del Guadalquivir. Enfrente del real y destacándose sobre el luminoso horizonte, se alzaban los muros de Sevilla flanqueados de torres almenadas y fuertes. Por encima de la corona de almenas rebosaba la verdura de los mil jardines de la morisca ciudad, y entre las oscuras manchas del follaje lucían los miradores blancos como la nieve, los minaretes de las mezquitas y la gigantesca atalaya, sobre cuyo aéreo pretil lanzaban chispas de luz, heridas por el sol, las cuatro grandes bolas de oro, que desde el campo de los cristianos parecían cuatro llamas.

La empresa de Don Fernando, una de las más heroicas y atrevidas de aquella época, había traído a su alrededor a los más célebres guerreros de los diferentes reinos de la Península, no faltando algunos que de países extraños y distantes vinieran también; llamados por la fama, a unir sus esfuerzos a los del santo rey.

Tendidas a lo largo de la llanura, mirábanse, pues, tiendas de campaña de todas formas y colores, sobre el remate de las cuales ondeaban al viento distintas enseñas con escudos partidos, astros, grifos, leones, cadenas, barras y calderas, y otras cien y cien figuras o símbolos heráldicos que pregonaban el nombre y la calidad de sus dueños. Por entre las calles de aquella improvisada ciudad circulaban en todas direcciones multitud de soldados que hablando dialectos diversos, y vestidos cada cual al uso de su país y cada cual armado a su guisa, formaban un extraño y pintoresco contraste.

Aquí descansaban algunos señores de las fatigas del combate sentados en escaños de alerce a la puerta de sus tiendas y jugando a las tablas, en tanto que sus pajes les escanciaban el vino en copas de metal; allí algunos peones aprovechaban un momento de ocio para aderezar y componer sus armas, rotas en la última refriega; más allá cubrían de saetas un blanco los más expertos ballesteros de la hueste entre las aclamaciones de la multitud, pasmada de su destreza; y el rumor de los atambores, el clamor de las trompetas, las voces de los mercaderes ambulantes, el golpear del hierro contra el hierro, los cánticos de los juglares que entretenían a sus oyentes con la relación de hazañas portentosas, y los gritos de los farautes que publicaban las ordenanzas de los maestres de campo, llenando los aires de mil y mil ruidos discordes, prestaban a aquel cuadro de costumbres guerreras una vida y una animación imposibles de pintar con palabras.

El conde de Gómara, acompañado de su fiel escudero, atravesó por entre los animados grupos sin levantar los ojos de la tierra, silencioso, triste, como si ningún objeto hiriese su vista ni llegase a su oído el rumor más leve. Andaba maquinalmente, a la manera que un sonámbulo, cuyo espíritu se agita en el mundo de los sueños, se mueve y marcha sin la conciencia de sus acciones y como arrastrado por una voluntad ajena a la suya.

Próximo a la tienda del rey y en medio de un corro de soldados, pajecillos y gente menuda que le escuchaban con la boca abierta, apresurándose a comprarle algunas de las baratijas que anunciaba a voces y con hiperbólicos encomios, había un extraño personaje, mitad romero, mitad juglar, que ora recitando una especie de letanía en latín bárbaro, ora diciendo una bufonada o una chocarrería, mezclaba en su interminable relación chistes capaces de poner colorado a un ballestero con oraciones devotas, historias de amores picarescos con leyendas de santos. En las inmensas alforjas que colgaban de sus hombros se hallaban revueltos y confundidos mil objetos diferentes: cintas tocadas en el sepulcro de Santiago; cédulas con palabras que él decía ser hebraicas, las mismas que dijo el rey Salomón cuando fundaba el templo, y las únicas para libertarse de toda clase de enfermedades contagiosas; bálsamos maravillosos para pegar a hombres partidos por la mitad; Evangelios cosidos en bolsitas de brocatel; secretos para hacerse amar de todas las mujeres; reliquias de los santos patronos de todos los lugares de España: joyuelas, cadenillas, cinturones, medallas y otras muchas baratijas de alquimia de vidrio y de plomo.

Cuando el conde llegó cerca del grupo que formaban el romero y sus admiradores, comenzaba este a templar una especie de bandolín o guzla árabe con que se acompaña en la relación de sus romances. Después que hubo estirado bien las cuerdas unas tras otras y con mucha calma, mientras su acompañante daba la vuelta al corro sacando los últimos cornados de la flaca escarcela de los oyentes, el romero empezó a cantar con voz gangosa y con un aire monótono y plañidero un romance que siempre terminaba con el mismo estribillo.

El conde se acercó al grupo y prestó atención. Por una coincidencia, al parecer extraña, el título de aquella historia respondía en un todo a los lúgubres pensamientos que embargaban su ánimo. Según había anunciado el cantor antes de comenzar, el romance se titulaba el Romance de la mano muerta.

Al oír el escudero tan extraño anuncio, pugnó por arrancar a su señor de aquel sitio, pero el conde, con los ojos fijos en el juglar, permaneció inmóvil, escuchando esta cantiga:

I

La niña tiene un amante
que escudero se decía;
el escudero le anuncia
que a la guerra se partía.
—Te vas y acaso no tornes.
—Tornaré por vida mía.
Mientras el amante jura,
diz que el viento repetía:
¡Mal haya quien en promesas
de hombre fía!

II

El conde con la mesnada
de su castillo salía:
ella, que le ha conocido,
con gran aflicción gemía:
—¡Ay de mí, que se va el conde
y se lleva la honra mía!
Mientras la cuitada llora,
diz que el viento repetía:
¡Mal haya quien en promesas
de hombre fía!

III

Su hermano, que estaba allí,
estas palabras oía:
—Nos has deshonrado, dice.
—Me juró que tornaría.
—No te encontrará, si torna,
donde encontrarte solía.
Mientras la infelice muere,
diz que el viento repetía:
¡Mal haya quien en promesas
de hombre fía!

IV

Muerta la llevan al soto,
la han enterrado en la umbría;
por más tierra que la echaban,
la mano no se cubría:
la mano donde un anillo
que le dio el conde tenía.
De noche, sobre la tumba,
diz que el viento repetía:
¡Mal haya quien en promesas
de hombre fía!

Apenas el cantor había terminado la última estrofa, cuando rompiendo el muro de curiosos, que se apartaban con respeto al reconocerle, el conde llegó adonde se encontraba el romero, y cogiéndole con fuerza del brazo, le preguntó en voz baja y convulsa:

—¿De qué tierra eres?

—De tierra de Soria —le respondió este sin alterarse.

—¿Y dónde has aprendido ese romance? ¿A quién se refiere la

historia que cuentas? —volvió a exclamar su interlocutor, cada vez con muestras de emoción más profunda.

—Señor —dijo el romero clavando sus ojos en los del conde con una fijeza imperturbable—, esta cantiga la repiten de unos en otros los aldeanos del campo de Gómara y se refiere a una desdichada cruelmente ofendida por un poderoso. Altos juicios de Dios han permitido que al enterrarla quedase siempre fuera de la sepultura la mano en que su amante le puso un anillo al hacerle una promesa. Vos sabréis quizá a quién toca cumplirla.

V

En un lugarejo miserable y que se encuentra a un lado del camino que conduce a Gómara, he visto no hace mucho el sitio en donde se asegura tuvo lugar la extraña ceremonia del casamiento del conde.

Después que este, arrodillado sobre la humilde fosa, estrechó en la suya la mano de Margarita, y un sacerdote autorizado por el Papa bendijo la lúgubre unión, es fama que cesó el prodigio, y la mano muerta se hundió para siempre.

Al pie de unos árboles añosos y corpulentos hay un pedacito de prado, que al llegar la primavera se cubre espontáneamente de flores.

La gente del país dice que allí está enterrada Margarita.

EL BESO

I

Cuando una parte del ejército francés se apoderó a principios de este siglo de la histórica Toledo, sus jefes, que no ignoraban el peligro a que se exponían en las poblaciones españolas diseminándose en alojamientos separados, comenzaron por habilitar para cuarteles los más grandes y mejores edificios de la ciudad.

Después de ocupado el suntuoso alcázar de Carlos V, echose mano de la casa de Consejos; y cuando ésta no pudo contener más gente, comenzaron a invadir el asilo de las comunidades religiosas, acabando a la postre por transformar en cuadras hasta las iglesias consagradas al culto. En esta conformidad se encontraban las cosas en la población donde tuvo lugar el suceso que voy a referir, cuando una noche, ya a hora bastante avanzada, envueltos en sus oscuros capotes de guerra y ensordeciendo las estrechas y solitarias calles que conducen desde la Puerta del Sol a Zocodover, con el choque de sus armas y el ruidoso golpear de los cascos de sus corceles, que sacaban chispas de los pedernales, entraron en la ciudad hasta unos cien dragones de aquellos altos, arrogantes y fornidos, de que todavía nos hablan con admiración nuestras abuelas.

Mandaba la fuerza un oficial bastante joven, el cual iba como a distancia de unos treinta pasos de su gente hablando a media voz con otro, también militar a lo que podía colegirse por su traje. Este, que caminaba a pie delante de su interlocutor, llevando en la mano un farolillo, parecía seguirle de guía por entre aquel laberinto de calles oscuras, enmarañadas y revueltas.

—Con verdad —decía el jinete a su acompañante—, que si el alojamiento que se nos prepara es tal y como me lo pintas, casi casi sería preferible arrancharnos en el campo o en medio de una plaza.

—¿Y qué queréis, mi capitán? —contestole el guía, que efectivamente era un sargento aposentador—; en el alcázar no cabe ya un grano de trigo, cuanto más un hombre; de San Juan de los Reyes no digamos, porque hay celda de fraile en la que duermen quince húsares. El convento adonde voy a conduciros no era mal local, pero hará cosa de tres o cuatro días nos cayó aquí como de las nubes una de las columnas volantes que recorren la provincia, y gracias que hemos podido conseguir que se amontonen por los claustros y dejen libre la iglesia.

—En fin —exclamó el oficial después de un corto silencio y como resignándose con el extraño alojamiento que la casualidad le deparaba—, más vale incómodo que ninguno. De todas maneras, si llueve, que no será difícil según se agrupan las nubes, estamos a cubierto, y algo es algo.

Interrumpida la conversación en este punto, los jinetes precedidos del guía, siguieron en silencio el camino adelante hasta llegar a una plazuela, en cuyo fondo se destacaba la negra silueta del convento con su torre morisca, su campanario de espadaña, su cúpula ojival y sus tejados de crestas desiguales y oscuras.

—He aquí vuestro alojamiento —exclamó el aposentador al divisarle y dirigiéndose al capitán, que después que hubo mandado hacer alto a la tropa, echó pie a tierra, tomó el farolillo de manos del guía y se dirigió hacia el punto que este le señalaba.

Como quiera que la iglesia del convento estaba completamente desmantelada, los soldados que ocupaban el resto del edificio habían creído que las puertas le eran ya poco menos que inútiles, y un tablero hoy, otro mañana, habían ido arrancándolas pedazo a pedazo para hacer hogueras con que calentarse por las noches.

Nuestro joven oficial no tuvo, pues, que torcer llaves ni descorrer cerrojos para penetrar en el interior del templo.

A la luz del farolillo, cuya dudosa claridad se perdía entre las espesas sombras de las naves y dibujaba con gigantescas proporciones sobre el muro la fantástica sombra del sargento aposentador que iba precediéndole, recorrió la iglesia de arriba abajo y escudriñó una por una todas sus desiertas capillas, hasta que una vez hecho cargo del local, mandó echar pie a tierra a su gente, y hombres y caballos revueltos, fue acomodándola como mejor pudo.

Según dejamos dicho, la iglesia estaba completamente desmantelada: en el altar mayor pendían aún de las altas cornisas los rotos girones del velo con que lo habían cubierto los religiosos al abandonar aquel recinto; diseminados por las naves veíanse algunos retablos adosados al muro, sin imágenes en las hornacinas; en el coro se dibujaban con un ribete de luz los extraños perfiles de la oscura sillería de alerce; en el pavimento, destrozado en varios puntos, distinguíanse aún anchas losas sepulcrales llenas de timbres, escudos y largas inscripciones góticas; y allá, a lo lejos, en el fondo de las silenciosas capillas y a la largo del crucero, se destacaban confusamente entre la oscuridad, semejantes a blancos e inmóviles fantasmas, las estatuas de piedra que, unas tendidas, otras de hinojos sobre el mármol de sus tumbas, parecían ser los únicos habitantes del ruinoso edificio.

A cualquiera otro menos molido que el oficial de dragones, el cual traía una jornada de catorce leguas en el cuerpo, o menos acostumbrado a ver estos sacrilegios como la cosa más natural del mundo, hubiéranle bastado dos adarmes de imaginación para no pegar los ojos en toda la noche en aquel oscuro e imponente recinto, donde las blasfemias de los soldados que se quejaban en alta voz del improvisado cuartel, el metálico golpe de sus espuelas que resonaban sobre las anchas losas sepulcrales del pavimento, el ruido de los caballos que piafaban impacientes, cabeceando y haciendo sonar las cadenas con que estaban sujetos a los pilares, formaban un rumor extraño y temeroso que se dilataba por todo el ámbito de la iglesia y se reproducía cada vez más confuso repetido de eco en eco en sus altas bóvedas.

Pero nuestro héroe, aunque joven, estaba ya tan familiarizado con estas peripecias de la vida de campaña, que apenas hubo acomodado a su gente, mandó colocar un saco de forraje al pie de la grada del presbiterio, y arrebujándose como mejor pudo en su capote y echando la cabeza en el escalón, a los cinco minutos roncaba con más tranquilidad que el mismo rey José en su palacio de Madrid.

Los soldados, haciéndose almohadas de las monturas, imitaron su ejemplo, y poco a poco fue apagándose el murmullo de sus voces.

A la media hora solo se oían los ahogados gemidos del aire que entraba por las rotas vidrieras de las ojivas del templo, el atolondrado revolotear de las aves nocturnas que tenían sus nidos en el dosel de piedra de las esculturas de los muros, y el alternado rumor de los pasos del vigilante que se paseaba, envuelto en los anchos pliegues de su capote, a lo largo del pórtico.

II

En la época a que se remonta la relación de esta historia, tan verídica como extraordinaria, lo mismo que al presente, para los que no sabían apreciar los tesoros del arte que encierran sus muros, la ciudad de Toledo no era más que un poblachón destartalado, antiguo, ruinoso e insufrible.

Los oficiales del ejército francés, que, a juzgar por los actos de vandalismo con que dejaron en ella triste y perdurable memoria de su ocupación, de todo tenían menos de artistas o arqueólogos, no hay para que decir que se fastidiaban soberanamente en la vetusta ciudad de los césares.

En esta situación de ánimo, la más insignificante novedad que viniese a romper la monótona quietud de aquellos días eternos e iguales era acogida con avidez entre los ociosos; así es que la promoción al grado inmediato de uno de sus camaradas, la noticia del movimiento estratégico de una columna volante, la salida de un correo de gabinete o la llegada de una fuerza cualquiera a la ciudad, convertíanse en tema fecundo de conversación y objeto de toda clase de comentarios, hasta tanto que otro incidente venía a sustituirlo, sirviendo de base a nuevas quejas, críticas y suposiciones.

Como era de esperar, entre los oficiales que según tenían de costumbre acudieron al día siguiente a tomar el sol y a charlar un rato en el Zocodover, no se hizo platillo de otra cosa que la llegada de los dragones, cuyo jefe dejamos en el anterior capítulo durmiendo a pierna suelta y descansando de las fatigas de su viaje. Cerca de una hora hacía que la conversación giraba alrededor de este asunto, y ya comenzaba a interpretarse de diversos modos la ausencia del recién venido, a quien uno de los presentes, antiguo compañero suyo de colegio, había citado para el Zocodover, cuando en una de las bocacalles de la plaza apareció al fin nuestro bizarro capitán despojado de su ancho capotón de guerra, luciendo un gran casco de metal con penacho de plumas blancas, una casaca azul turquí con vueltas rojas y un magnífico mandoble con vaina de acero, que resonaba arrastrándose al compás de sus marciales pasos y del golpe seco y agudo de sus espuelas de oro.

Apenas le vio su camarada, salió a su encuentro para saludarle, y con él se adelantaron casi todos los que a la sazón se encontraban en el corrillo, en quienes habían despertado la curiosidad y la gana de conocerle los pormenores que ya habían oído referir acerca de su carácter original y extraño.

Después de los estrechos abrazos de costumbre y de las exclamaciones, plácemes y preguntas de rigor en estas entrevistas; después de hablar largo y tendido sobre las novedades que andaban por Madrid, la varia fortuna de la guerra y los amigotes muertos o ausentes rodando de uno en otro asunto, la conversación vino a parar al tema obligado, esto es, las penalidades del servicio, la falta de distracciones de la ciudad y el inconveniente de los alojamientos.

Al llegar a este punto, uno de los de la reunión que, por lo visto, tenía noticias del mal talante con que el joven oficial se había resignado a acomodar su gente en la abandonada iglesia, le dijo con aire de zumba:

—Y a propósito de alojamiento, ¿qué tal se ha pasado la noche en el que ocupáis?

—Ha habido de todo —contestó el interpelado—; pues si bien es verdad que no he dormido gran cosa, el origen de mi vigilia merece la pena de la velada. El insomnio junto a una mujer bonita no es seguramente el peor de los males.

—¡Una mujer! —repitió su interlocutor como admirándose de la buena fortuna del recién venido—; eso es lo que se llama llegar y besar el santo.

—Será tal vez algún antiguo amor de la corte que le sigue a Toledo para hacerle más soportable el ostracismo —añadió otro de los del grupo.

—¡Oh!, no —dijo entonces el capitán—; nada menos que eso. Juro, a fe de quien soy, que no la conocía, y que nunca creí hallar tan bella patrona en tan incómodo alojamiento. Es todo lo que se llama una verdadera aventura.

—¡Contadla!, ¡contadla! —exclamaron en coro los oficiales que rodeaban al capitán; y como estese dispusiera a hacerlo así, todos prestaron la mayor atención a sus palabras mientras él comenzó la historia en estos términos:

—Dormía esta noche pasada como duerme un hombre que trae en el cuerpo trece leguas de camino, cuando he aquí que en lo mejor del sueño me hizo despertar sobresaltado e incorporarme sobre el codo un estruendo horrible, un estruendo tal, que me ensordeció un instante para dejarme después los oídos zumbando cerca de un minuto, como si un moscardón me cantase a la oreja.

Como os habréis figurado, la causa de mi susto era el primer golpe que oía de esa endiablada campana gorda, especie de sochantre de bronce, que los canónigos de Toledo han colgado en su catedral con el laudable propósito de matar a disgustos a los necesitados de reposo.

Renegando entre dientes de la campana y del campanero que la toca, disponíame, una vez apagado aquel insólito y temeroso rumor, a coger nuevamente el hilo del interrumpido sueño, cuando vino a herir mi imaginación y a ofrecerse ante mis ojos una cosa extraordinaria. A la dudosa luz de la luna que entraba en el templo por el estrecho ajimez del muro de la capilla mayor, vi a una mujer arrodillada junto al altar.

Los oficiales se miraron entre sí con expresión entre asombrada e incrédula; el capitán sin atender al efecto que su narración producía, continuó de este modo:

—No podéis figuraros nada semejante a aquella nocturna y fantástica visión que se dibujaba confusamente en la penumbra de la capilla, como esas vírgenes pintadas en los vidrios de colores que habréis visto alguna vez destacarse a lo lejos, blancas y luminosas, sobre el oscuro fondo de las catedrales.

Su rostro ovalado, en donde se veía impreso el sello de una leve y espiritual demacración, sus armoniosas facciones llenas de una suave y melancólica dulzura, su intensa palidez, las purísimas líneas de su contorno esbelto, su ademán reposado y noble, su traje blanco y flotante, me traían a la memoria esas mujeres que yo soñaba cuando casi era un niño. ¡Castas y celestes imágenes, quimérico objeto del vago amor de la adolescencia!

Yo me creía juguete de una alucinación y, sin quitarle un punto los ojos, ni aún osaba respirar, temiendo que un soplo desvaneciese el encanto. Ella permanecía inmóvil.

Antojábaseme al verla tan diáfana y luminosa que no era una criatura terrenal sino un espíritu que, revistiendo por un instante la forma humana, había descendido en el rayo de la luna, dejando en el aire y en pos de sí la azulada estela que desde el alto ajimez bajaba verticalmente hasta el pie del opuesto muro, rompiendo la oscura sombra de aquel recinto lóbrego y misterioso.

—Pero... —exclamó interrumpiéndole su camarada de colegio, que comenzando por echar a broma la historia, había concluido interesándose con su relato—: ¿cómo estaba allí aquella mujer? ¿No le dijiste nada? ¿No te explicó su presencia en aquel sitio?

—No me determiné a hablarle, porque estaba seguro de que no había de contestarme, ni verme, ni oírme.

—¿Era sorda?

—¿Era ciega?

—¿Era muda? —exclamaron a un tiempo tres o cuatro de los que escuchaban la relación.

—Lo era todo a la vez —exclamó al fin el capitán después de un momento de pausa—, porque era... de mármol.

Al oír el estupendo desenlace de tan extraña aventura, cuantos había en el corro prorrumpieron en una ruidosa carcajada, mientras uno de ellos dijo al narrador de la peregrina historia, que era el único que permanecía callado y en una grave actitud:

—¡Acabáramos de una vez! Lo que es de ese género, tengo yo más de un millar, un verdadero serrallo, en San Juan de los Reyes; serrallo que desde ahora pongo a vuestra disposición, ya que, a lo que parece, tanto os da de una mujer de carne como de piedra.

—¡Oh!, no... —continuó el capitán, sin alterarse en lo más mínimo por las carcajadas de sus compañeros—: estoy seguro de que no pueden ser como la mía. La mía es una verdadera dama castellana que por un milagro de la escultura parece que no la han enterrado en su sepulcro, sino que aún permanece en cuerpo y alma de hinojos sobre la losa que le cubre, inmóvil, con las manos juntas en ademán suplicante, sumergida en un éxtasis de místico amor.

—De tal modo te explicas, que acabarás por probarnos la verosimilitud de la fábula de Galatea.

—Por mi parte, puedo deciros que siempre la creí una locura; mas desde anoche comienzo a comprender la pasión del escultor griego.

—Dadas las especiales condiciones de tu nueva dama, creo que no tendrás inconveniente en presentarnos a ella. De mí sé decir que ya no vivo hasta ver esa maravilla. Pero... ¿qué diantres te pasa?... diríase que esquivas la presentación. ¡Ja!, ¡ja!, ¡ja! Bonito fuera que ya te tuviéramos hasta celoso.

—Celoso —se apresuró a decir el capitán—, celoso... de los hombres, no...; mas ved, sin embargo, hasta dónde llega mi extravagancia. Junto a la imagen de esa mujer, también de mármol, grave y al parecer con vida como ella, hay un guerrero... su marido sin duda... Pues bien... lo voy a decir todo, aunque os moféis de mi necedad... Si no hubiera temido que me tratasen de loco, creo que ya lo habría hecho cien veces pedazos.

Una nueva y aún más ruidosa carcajada de los oficiales saludó esta original revelación del estrambótico enamorado de la dama de piedra.

—Nada, nada, es preciso que la veamos —decían los unos.

—Sí, sí, es preciso saber si el objeto corresponde a tan alta pasión —añadían los otros.

—¿Cuándo nos reunimos a echar un trago en la iglesia en que os alojáis? —exclamaron los demás.

—Cuando mejor os parezca: esta misma noche si queréis —respondió el joven capitán, recobrando su habitual sonrisa, disipada un instante por aquel relámpago de celos—. A propósito. Con los bagajes he traído hasta un par de docenas de botellas de *Champagne*, verdadero *Champagne*, restos de un regalo hecho a nuestro general de brigada, que, como sabéis, es algo pariente.

—¡Bravo!, ¡bravo! —exclamaron los oficiales a una voz, prorrumpiendo en alegres exclamaciones.

—¡Se beberá vino del país!

—¡Y cantaremos una canción de Ronsard!

—Y hablaremos de mujeres, a propósito de la dama del anfitrión.

—Conque... ¡hasta la noche!

¡Hasta la noche!

III

Ya hacía largo rato que los pacíficos habitantes de Toledo habían cerrado con llave y cerrojo las pesadas puertas de sus antiguos caserones; la campana gorda de la catedral anunciaba la hora de la queda, y en lo alto del alcázar, convertido en cuartel, se oía el último toque de silencio de los clarines, cuando diez o doce oficiales que poco a poco habían ido reuniéndose en el Zocodover tomaron el camino que conduce desde aquel punto al convento en que se alojaba el capitán, animados más con la esperanza de apurar las prometidas botellas, que con el deseo de conocer la maravillosa escultura.

La noche había cerrado sombría y amenazadora; el cielo estaba cubierto de nubes de color de plomo; el aire, que zumbaba encarcelado en las estrechas y retorcidas calles, agitaba la moribunda luz del farolillo de los retablos, o hacía girar con un chirrido agudo las veletas de hierro de las torres.

Apenas los oficiales dieron vista a la plaza en que se hallaba situado el alojamiento de su nuevo amigo, este, que les aguardaba impaciente, salió a encontrarles, y después de cambiar algunas palabras a media voz, todos penetraron juntos en la iglesia, en cuyo lóbrego recinto la escasa claridad de una linterna luchaba trabajosamente con las oscuras y espesísimas sombras.

—¡Por quien soy! —exclamó uno de los convidados tendiendo a su alrededor la vista—, que el local es de los menos a propósito del mundo para una fiesta.

—Efectivamente —dijo otro—; nos traes a conocer a una dama, y apenas si con mucha dificultad se ven los dedos de la mano.

—Y, sobre todo, hace un frío, que no parece sino que estamos en la Siberia —añadió un tercero arrebujándose en el capote.

—Calma, señores, calma —interrumpió el anfitrión—; calma, que a todo se proveerá. ¡Eh, muchacho! —prosiguió dirigiéndose a uno de sus asistentes—; busca por ahí un poco de leña, y enciéndenos una buena fogata en la capilla mayor.

El asistente, obedeciendo las órdenes de su capitán, comenzó a descargar golpes en la sillería del coro, y después que hubo reunido una gran cantidad de leña que fue apilando al pie de las gradas del presbiterio, tornó la linterna y se dispuso a hacer un auto de fe con aquellos fragmentos tallados de riquísimas labores, entre los que se veían, por aquí, parte de una columnilla salomónica, por allá la imagen de un santo abad, el torso de una mujer, o la disforme cabeza de un grifo asomado entre hojarasca.

A los pocos minutos, una gran claridad que de improviso se derramó por todo el ámbito de la iglesia anunció a los oficiales que había llegado la hora de comenzar el festín.

El capitán, que hacía los honores de su alojamiento con la misma ceremonia que hubiera hecho los de su casa, exclamó dirigiéndose a los convidados:

—Si gustáis, pasaremos al *buffet*.

Sus camaradas, afectando la mayor gravedad, respondieron a la invitación con un cómico saludo, y se encaminaron a la capilla mayor precedidos del héroe de la fiesta, que al llegar a la escalinata se detuvo un instante, y extendiendo la mano en dirección al sitio que ocupaba la tumba, les dijo con la finura más exquisita.

—Tengo el placer de presentaros a la dama de mis pensamientos. Creo que convendréis conmigo en que no he exagerado su belleza.

Los Oficiales volvieron los ojos al punto que les señalaba su amigo, y una exclamación de asombro se escapó involuntariamente de todos los labios.

En el fondo de un arco sepulcral revestido de mármoles negros, arrodillada delante de un reclinatorio, con las manos juntas y la cara vuelta hacia el altar, vieron, en efecto, la imagen de una mujer tan bella, que jamás salió otra igual de manos de un escultor, ni el deseo pudo pintarla en la fantasía más soberanamente hermosa.

—En verdad que es un ángel —exclamó uno de ellos.

—¡Lástima que sea de mármol! —añadió otro.

—No hay duda que aunque no sea más que la ilusión de hallarse junto a una mujer de este calibre, es lo suficiente para no pegar los ojos en toda la noche.

—¿Y no sabéis quién es ella? —preguntaron algunos de los que contemplaban la estatua al capitán, que sonreía satisfecho de su triunfo.

—Recordando un poco del latín que en mi niñez supe, he conseguido, a duras penas, descifrar la inscripción de la tumba —contestó el interpelado—; y a lo que he podido colegir, pertenece a un título de Castilla, famoso guerrero que hizo la campaña con el Gran Capitán. Su nombre lo he olvidado; mas su esposa, que es la que veis, se llama Doña Elvira de Castañeda, y por mi fe que si la copia se parece al original, debió ser la mujer más notable de su siglo.

Después de estas breves explicaciones, los convidados, que no perdían de vista el principal objeto de la reunión, procedieron a destapar algunas de las botellas, y sentándose alrededor de la lumbre, empezó a andar el vino a la ronda.

A medida que las libaciones se hacían más numerosas y frecuentes, y el vapor del espumoso *Champagne* comenzaba a trastornar las cabezas, crecían la animación, el ruido y la algazara de los jóvenes, de los cuales estos arrojaban a los monjes de granito adosados a los pilares los cascos de las botellas vacías, y aquellos cantaban a toda voz canciones báquicas y escandalosas, mientras los de más allá prorrumpían en carcajadas, batían las palmas en señal de aplauso o disputaban entre sí con blasfemias y juramentos.

El capitán bebía en silencio como un desesperado, y sin apartar los ojos de la estatua de doña Elvira.

Iluminada por el rojizo resplandor de la hoguera, y a través del confuso velo que la embriaguez había puesto delante de su vista, parecíale que la marmórea imagen se transformaba a veces en una mujer real; parecíale que entreabría los labios como murmurando una oración; que se alzaba su pecho como oprimido y sollozante; que cruzaba las manos con más fuerza que sus mejillas se coloreaban, en fin, como si se ruborizase ante aquel sacrílego y repugnante espectáculo.

Los oficiales, que advirtieron la taciturna tristeza de su camarada, le sacaron del éxtasis en que se encontraba sumergido y, presentándole una copa, exclamaron en coro:

—¡Vamos, brindad vos, que sois el único que no lo ha hecho en toda la noche!

El joven tomó la copa y, poniéndose de pie y alzándola en alto, dijo encarándose con la estatua del guerrero arrodillado junto a doña Elvira:

—¡Brindo por el emperador, y brindo por la fortuna de sus armas, merced a las cuales hemos podido venir hasta el fondo de Castilla a cortejarle su mujer en su misma tumba, a un vencedor de Cerinola!

Los militares acogieron el brindis con una salva de aplausos, y el capitán, balanceándose, dio algunos pasos hacia el sepulcro.

—No... —prosiguió dirigiéndose siempre a la estatua del guerrero, y con esa sonrisa estúpida propia de la embriaguez—, no creas que te tengo rencor alguno porque veo en ti un rival... al contrario, te admiro como un marido paciente, ejemplo de longanimidad y mansedumbre, y a mi vez quiero también ser generoso. Tú serías bebedor a fuer de soldado... no se ha de decir que te he dejado morir de sed, viéndonos vaciar veinte botellas... ¡toma!

Y esto diciendo llevose la copa a los labios, y después de humedecérselos con el licor que contenía, le arrojó el resto a la cara, prorrumpiendo en una carcajada estrepitosa al ver cómo caía el vino sobre la tumba goteando de las barbas de piedra del inmóvil guerrero.

—¡Capitán! —exclamó en aquel punto uno de sus camaradas en tono de zumba—, cuidado con lo que hacéis... Mirad que esas bromas con la gente de piedra suelen costar caras... Acordaos de lo que aconteció a los húsares del 5° en el monasterio de Poblet... Los guerreros del claustro dicen que pusieron mano una noche a sus espadas de granito, y dieron que hacer a los que se entretenían en pintarles bigotes con carbón.

Los jóvenes acogieron con grandes carcajadas esta ocurrencia; pero el capitán, sin hacer caso de sus risas, continuó siempre fijo en la misma idea:

—¿Creéis que yo le hubiera dado el vino a no saber que se tragaba al menos el que le cayese en la boca?... ¡Oh!... ¡no!... yo no creo, como vosotros, que esas estatuas son un pedazo de mármol tan inerte hoy como el día en que lo arrancaron de la cantera. Indudablemente el artista, que es casi un dios, da a su obra un soplo de vida que no logra hacer que ande y se mueva, pero que le infunde una vida incomprensible y extraña; vida que yo no me explico bien, pero que la siento, sobre todo cuando bebo un poco.

—¡Magnífico! —exclamaron sus camaradas—, bebe y prosigue.

El oficial bebió, y fijando los ojos en la imagen de doña Elvira, prosiguió con una exaltación creciente:

—¡Miradla!... ¡miradla!... ¿No veis esos cambiantes rojos de sus carnes mórbidas y transparentes?... ¿No parece que por debajo de esa ligera epidermis azulada y suave de alabastro circula un fluido de luz color de rosa?... ¿Queréis más vida?... ¿Queréis más realidad?...

—¡Oh!, sí, seguramente —dijo uno de los que le escuchaban—; quisiéramos que fuese de carne y hueso.

—¡Carne y hueso!... ¡Miseria, podredumbre!... —exclamó el capitán—. Yo he sentido en una orgía arder mis labios y mi cabeza; yo he sentido este fuego que corre por las venas, hirviente como la lava de un volcán, cuyos vapores caliginosos turban y trastornan el cerebro y hacen ver visiones extrañas. Entonces el beso de esas mujeres materiales me quemaba como un hierro candente, y las apartaba de mí con disgusto, con horror, hasta con asco; porque entonces, como ahora, necesitaba un soplo de brisa del mar para mi frente calurosa, beber hielo y besar nieve... nieve teñida de suave luz, nieve coloreada por un dorado rayo de sol.... una mujer blanca, hermosa y fría, como esa mujer de piedra que parece incitarme con su fantástica hermosura, que parece que oscila al compás de la llama, y me provoca entreabriendo sus labios y ofreciéndome un tesoro de amor... ¡Oh!... sí... un beso... solo un beso tuyo podrá calmar el ardor que me consume.

—¡Capitán! —exclamaron algunos de los oficiales al verle dirigirse hacia la estatua como fuera de sí, extraviada la vista y con pasos inseguros—, ¿qué locura vais a hacer? ¡Basta de broma y dejad en paz a los muertos!

El joven ni oyó siquiera las palabras de sus amigos, y tambaleando y como pudo llegó a la tumba y aproximose a la estatua, pero al tenderle los brazos resonó un grito de horror en el templo. Arrojando sangre por ojos, boca y nariz, había caído desplomado y con la cara deshecha al pie del sepulcro.

Los oficiales, mudos y espantados, ni se atrevían a dar un paso para prestarle socorro.

En el momento en que su camarada intentó acercar sus labios ardientes a los de doña Elvira, habían visto al inmóvil guerrero levantar la mano y derribarle con una espantosa bofetada de su guantelete de piedra.

EL MONTE DE LAS ÁNIMAS

La noche de difuntos me despertó a no sé qué hora el doble de las campanas; su tañido monótono y eterno me trajo a las mientes esta tradición que oí hace poco en Soria.

Intenté dormir de nuevo; ¡imposible! Una vez aguijoneada, la imaginación es un caballo que se desboca y al que no sirve tirarle de la rienda. Por pasar el rato me decidí a escribirla, como en efecto lo hice.

Yo la oí en el mismo lugar en que acaeció, y la he escrito volviendo algunas veces la cabeza con miedo, cuando sentía crujir los cristales de mi balcón, estremecidos por el aire frío de la noche.

Sea de ello lo que quiera, allá va, como el caballo de copas.

I

—Atad los perros; haced la señal con las trompas para que se reúnan los cazadores, y demos la vuelta a la ciudad. La noche se acerca, es día de Todos los Santos y estamos en el Monte de las Ánimas.

—¡Tan pronto!

—A ser otro día, no dejara yo de concluir con ese rebaño de lobos que las nieves del Moncayo han arrojado de sus madrigueras; pero hoy es imposible. Dentro de poco sonará la oración en los Templarios, y las ánimas de los difuntos comenzarán a tañer su campana en la capilla del monte.

—¡En esa capilla ruinosa! ¡Bah! ¿Quieres asustarme?

—No, hermosa prima; tú ignoras cuanto sucede en este país, porque aún no hace un año que has venido a él desde muy lejos. Refrena tu yegua, yo también pondré la mía al paso, y mientras dure el camino te contaré esa historia.

Los pajes se reunieron en alegres y bulliciosos grupos; los condes de Borges y de Alcudiel montaron en sus magníficos caballos, y todos juntos siguieron a sus hijos Beatriz y Alonso, que precedían la comitiva a bastante distancia.

Mientras duraba el camino, Alonso narró en estos términos la prometida historia:

—Ese monte que hoy llaman de las Ánimas pertenecía a los Templarios, cuyo convento ves allí, a la margen del río. Los Templarios eran guerreros y religiosos a la vez. Conquistada Soria a los árabes, el rey los hizo venir de lejanas tierras para defender la ciudad por la parte del puente, haciendo en ello notable agravio a sus nobles de Castilla, que así hubieran solos sabido defenderla como solos la conquistaron.

Entre los caballeros de la nueva y poderosa Orden y los hidalgos de la ciudad fermentó por algunos años, y estalló al fin, un odio profundo. Los primeros tenían acotado ese monte, donde reservaban caza abundante para satisfacer sus necesidades y contribuir a sus placeres; los segundos determinaron organizar una gran batida en el coto, a pesar de las severas prohibiciones de los clérigos con espuelas, como llamaban a sus enemigos.

Cundió la voz del reto, y nada fue parte a detener a los unos en su manía de cazar y a los otros en su empeño de estorbarlo. La proyectada expedición se llevó a cabo. No se acordaron de ella las fieras; antes la tendrían presente tantas madres como arrastraron sendos lutos por sus hijos. Aquello no fue una cacería, fue una batalla espantosa: el monte quedó sembrado de cadáveres, los lobos a quienes se quiso exterminar tuvieron un sangriento festín. Por último, intervino la autoridad del rey: el monte, maldita ocasión de tantas desgracias, se declaró abandonado, y la capilla de los religiosos, situada en el mismo monte y en cuyo atrio se enterraron juntos amigos y enemigos, comenzó a arruinarse.

Desde entonces dicen que cuando llega la noche de difuntos se oye doblar sola la campana de la capilla, y que las ánimas de los muertos, envueltas en jirones de sus sudarios, corren como en una cacería fantástica por entre las breñas y los zarzales. Los ciervos braman espantados, los lobos aúllan, las culebras dan horrorosos silbidos, y al otro día se han visto impresas en la nieve las huellas de los descarnados pies de los esqueletos. Por eso en Soria le llamamos el Monte de las Ánimas, y por eso he querido salir de él antes que cierre la noche.

La relación de Alonso concluyó justamente cuando los dos jóvenes llegaban al extremo del puente que da paso a la ciudad por aquel lado. Allí esperaron al resto de la comitiva, la cual, después de incorporárseles los dos jinetes, se perdió por entre las estrechas y oscuras calles de Soria.

II

Los servidores acababan de levantar los manteles; la alta chimenea gótica del palacio de los condes de Alcudiel despedía un vivo resplandor iluminando algunos grupos de damas y caballeros que alrededor de la lumbre conversaban familiarmente, y el viento azotaba los emplomados vidrios de las ojivas del salón.

Solas dos personas parecían ajenas a la conversación general: Beatriz y Alonso: Beatriz seguía con los ojos, absorta en un vago pensamiento, los caprichos de la llama. Alonso miraba el reflejo de la hoguera chispear en las azules pupilas de Beatriz.

Ambos guardaban hacía rato un profundo silencio.

Las dueñas referían, a propósito de la noche de difuntos, cuentos tenebrosos en que los espectros y los aparecidos representaban el principal papel, y las campanas de las iglesias de Soria doblaban a lo lejos con un tañido monótono y triste.

—Hermosa prima —exclamó al fin Alonso rompiendo el largo silencio en que se encontraban—, pronto vamos a separarnos, tal vez para siempre; las áridas llanuras de Castilla, sus costumbres toscas y guerreras, sus hábitos sencillos y patriarcales sé que no te gustan; te he oído suspirar varias veces, acaso por algún galán de tu lejano señorío.

Beatriz hizo un gesto de fría indiferencia; todo un carácter de mujer se reveló en aquella desdeñosa contracción de sus delgados labios.

—Tal vez por la pompa de la corte francesa, donde hasta aquí has vivido —se apresuró a añadir el joven—. De un modo o de otro, presiento que no tardaré en perderte... al separarnos, quisiera que llevases una memoria mía... ¿Te acuerdas cuando fuimos al templo a dar gracias a Dios por haberte devuelto la salud que viniste a buscar a esta tierra? El joyel que sujetaba la pluma de mi gorra cautivó tu atención. ¡Qué hermoso estaría sujetando un velo sobre tu oscura cabellera! Ya ha prendido el de una desposada; mi padre se lo regaló a la que me dio el ser, y ella lo llevó al altar... ¿Lo quieres?

—No sé en el tuyo —contestó la hermosa—, pero en mi país una prenda recibida compromete una voluntad. Solo en un día de ceremonia debe aceptarse un presente de manos de un deudo... que aún puede ir a Roma sin volver con las manos vacías.

El acento helado con que Beatriz pronunció estas palabras turbó un momento al joven, que después de serenarse dijo con tristeza:

—Lo sé, prima: pero hoy se celebran Todos los Santos, y el tuyo ante todos; hoy es día de ceremonias y presentes. ¿Quieres aceptar el mío?

Beatriz se mordió ligeramente los labios, y extendió la mano para tomar la joya, sin añadir una palabra.

Los dos jóvenes volvieron a quedarse en silencio, y volviose a oír la cascada voz de las viejas que hablaban de brujas y de trasgos, y el zumbido del aire que hacía crujir los vidrios de las ojivas, y el triste monótono doblar de las campanas.

Al cabo de algunos minutos, el interrumpido diálogo tornó a anudarse de este modo:

—Y antes de que concluya el día de Todos los Santos, en que así como el tuyo se celebra el mío, y puedes, sin atar tu voluntad, dejarme un recuerdo, ¿no lo harás? —dijo él clavando una mirada en la de su prima, que brilló como un relámpago, iluminada por un pensamiento diabólico.

—¿Por qué no? —exclamó esta llevándose la mano al hombro derecho como para buscar alguna cosa entre las pliegues de su ancha manga de terciopelo bordado de oro... Después, con una infantil expresión de sentimiento, añadió:

—¿Te acuerdas de la banda azul que llevé hoy a la cacería, y que por no sé qué emblema de su color me dijiste que era la divisa de tu alma?

—Sí.

—Pues... ¡se ha perdido! Se ha perdido, y pensaba dejártela como un recuerdo.

—¡Se ha perdido!, ¿y dónde? —preguntó Alonso incorporándose de su asiento y con una indescriptible expresión de temor y esperanza.

—No sé.... en el monte acaso.

—¡En el Monte de las Ánimas —murmuró palideciendo y dejándose caer sobre el sitial—; en el Monte de las Ánimas!

Luego prosiguió con voz entrecortada y sorda:

—Tú lo sabes, porque lo habrás oído mil veces; en la ciudad, en toda Castilla, me llaman el rey de los cazadores. No habiendo aún podido probar mis fuerzas en los combates, como mis ascendentes, he llevado a esta diversión, imagen de la guerra, todos los bríos de mi juventud, todo el ardor, hereditario en mi raza. La alfombra que pisan tus pies son despojos de fieras que he muerto por mi mano. Yo conozco sus guaridas y sus costumbres; yo he combatido con ellas de día y de noche, a pie y a caballo, solo y en batida, y nadie dirá que me ha visto huir el peligro en ninguna ocasión. Otra noche volaría por esa banda, y volaría gozoso como a una fiesta; y, sin embargo, esta noche.... esta noche, ¿a qué ocultártelo?, tengo miedo. ¿Oyes? Las campanas doblan, la oración ha sonado en San Juan del Duero, las ánimas del monte comenzarán ahora a levantar sus amarillentos cráneos de entre las malezas que cubren sus fosas... ¡las ánimas!, cuya sola vista puede helar de horror la sangre del más valiente, tornar sus cabellos blancos o arrebatarle en el torbellino de su fantástica carrera como una hoja que arrastra el viento sin que se sepa adónde.

Mientras el joven hablaba, una sonrisa imperceptible se dibujó en los labios de Beatriz, que cuando hubo concluido, exclamó con un tono indiferente y mientras atizaba el fuego del hogar, donde saltaba y crujía la leña, arrojando chispas de mil colores:

—¡Oh! Eso de ningún modo. ¡Qué locura! ¡Ir ahora al monte por semejante friolera! ¡Una noche tan oscura, noche de difuntos y cuajado el camino de lobos!

Al decir esta última frase, la recargó de un modo tan especial, que Alonso no pudo menos de comprender toda su amarga ironía; movido como por un resorte se puso de pie, se pasó la mano por la frente, como para arrancarse el miedo que estaba en su cabeza, y no en su corazón, y con voz firme exclamó, dirigiéndose a la hermosa, que estaba aún inclinada sobre el hogar entreteniéndose en revolver el fuego:

—Adiós, Beatriz, adiós. Hasta... pronto.

—¡Alonso! ¡Alonso! —dijo esta, volviéndose con rapidez; pero cuando quiso o aparentó querer detenerle, el joven había desaparecido.

A los pocos minutos se oyó el rumor de un caballo que se alejaba al galope. La hermosa, con una radiante expresión de orgullo satisfecho que coloreó sus mejillas, prestó atento oído a aquel rumor que se debilitaba, que se perdía, que se desvaneció por último.

Las viejas, en tanto, continuaban en sus cuentos de ánimas aparecidas; el aire zumbaba en los vidrios del balcón y las campanas de la ciudad doblaban a lo lejos.

III

Había pasado una hora, dos, tres; la media roche estaba a punto de sonar, y Beatriz se retiró a su oratorio. Alonso no volvía, no volvía, cuando en menos de una hora pudiera haberlo hecho.

—¡Habrá tenido miedo! —exclamó la joven cerrando su libro de oraciones y encaminándose a su lecho, después de haber intentado inútilmente murmurar algunos de los rezos que la iglesia consagra en el día de difuntos a los que ya no existen.

Después de haber apagado la lámpara y cruzado las dobles cortinas de seda, se durmió: se durmió con un sueño inquieto, ligero, nervioso.

Las doce sonaron en el reloj del Postigo. Beatriz oyó entre sueños las vibraciones de la campana, lentas, sordas, tristísimas, y entreabrió los ojos. Creía haber oído a par de ellas pronunciar su nombre; pero lejos, muy lejos, y por una voz ahogada y doliente. El viento gemía en los vidrios de la ventana.

—Será el viento —dijo; y poniéndose la mano sobre el corazón, procuró tranquilizarse. Pero su corazón latía cada vez con más violencia. Las puertas de alerce del oratorio habían crujido sobre sus goznes con un chirrido agudo, prolongado y estridente.

Primero unas y luego las otras más cercanas, todas las puertas que daban paso a su habitación iban sonando por su orden, estas con un ruido sordo y grave, aquellas con un lamento largo y crispador. Después silencio, un silencio lleno de rumores extraños, el silencio de la media noche, con un murmullo monótono de agua distante; lejanos ladridos de perros, voces confusas, palabras ininteligibles;

ecos de pasos que van y vienen, crujir de ropas que se arrastran, suspiros que se ahogan, respiraciones fatigosas que casi se sienten, estremecimientos involuntarios que anuncian la presencia de algo que no se ve y cuya aproximación se nota no obstante en la oscuridad.

Beatriz, inmóvil, temblorosa, adelantó la cabeza fuera de las cortinillas y escuchó un momento. Oía mil ruidos diversos; se pasaba la mano por la frente, tornaba a escuchar: nada, silencio.

Veía, con esa fosforescencia de la pupila en las crisis nerviosas, como bultos que se movían en todas direcciones; y cuando dilatándolas las fijaba en un punto, nada, oscuridad, las sombras impenetrables.

—¡Bah! —exclamó, volviendo a recostar su hermosa cabeza sobre la almohada de raso azul del lecho—; ¿soy yo tan miedosa como esas pobres gentes, cuyo corazón palpita de terror bajo una armadura, al oír una conseja de aparecidos?

Y cerrando los ojos intentó dormir...; pero en vano había hecho un esfuerzo sobre sí misma. Pronto volvió a incorporarse más pálida, más inquieta, más aterrada. Ya no era una ilusión: las colgaduras de brocado de la puerta habían rozado al separarse, y unas pisadas lentas sonaban sobre la alfombra; el rumor de aquellas pisadas era sordo, casi imperceptible, pero continuado, y a su compás se oía crujir una cosa como madera o hueso. Y se acercaban, se acercaban, y se movió el reclinatorio que estaba a la orilla de su lecho. Beatriz lanzó un grito agudo, y arrebujándose en la ropa que la cubría, escondió la cabeza y contuvo el aliento.

El aire azotaba los vidrios del balcón; el agua de la fuente lejana caía y caía con un rumor eterno y monótono; los ladridos de los perros se dilataban en las ráfagas del aire, y las campanas de la ciudad de Soria, unas cerca, otras distantes, doblan tristemente por las ánimas de los difuntos.

Así pasó una hora, dos, la noche, un siglo, porque la noche aquella pareció eterna a Beatriz. Al fin despuntó la aurora: vuelta de su temor, entreabrió los ojos a los primeros rayos de la luz. Después de una noche de insomnio y de terrores, ¡es tan hermosa la luz clara y blanca del día! Separó las cortinas de seda del lecho, y ya se disponía a reírse de sus temores pasados, cuando de repente un sudor frío cubrió su cuerpo, sus ojos se desencajaron y una palidez mortal descoloró sus mejillas: sobre el reclinatorio había visto sangrienta y desgarrada la banda azul que perdiera en el monte, la banda azul que fue a buscar Alonso.

Cuando sus servidores llegaron despavoridos a noticiarle la muerte del primogénito de Alcudiel, que a la mañana había aparecido devorado por los lobos entre las malezas del Monte de las Ánimas, la encontraron inmóvil, crispada, asida con ambas manos a una de las columnas de ébano del lecho, desencajados los ojos, entreabierta la boca; blancos los labios, rígidos los miembros, muerta; ¡muerta de horror!

IV

Dicen que después de acaecido este suceso, un cazador extraviado que pasó la noche de difuntos sin poder salir del Monte de las Ánimas, y que al otro día, antes de morir, pudo contar lo que viera, refirió cosas horribles. Entre otras, asegura que vio a los esqueletos de los antiguos templarios y de los nobles de Soria enterrados en el atrio de la capilla levantarse al punto de la oración con un estrépito horrible, y, caballeros sobre osamentas de corceles, perseguir como a una fiera a una mujer hermosa, pálida y desmelenada, que con los pies desnudos y sangrientos, y arrojando gritos de horror, daba vueltas alrededor de la tumba de Alonso.

LA CUEVA DE LA MORA

I

Frente al establecimiento de baños de Fitero, y sobre unas rocas cortadas a pico, a cuyos pies corre el río Alhama, se ven todavía los restos abandonados de un castillo árabe, célebre en los fastos gloriosos de la reconquista, por haber sido teatro de grandes y memorables hazañas, así por parte de los que le defendieron, como los que valerosamente clavaron sobre sus almenas el estandarte de la cruz.

De los muros no quedan más que algunos ruinosos vestigios; las piedras de la atalaya han caído unas sobre otras al foso, y lo han cegado por completo; en el patio de armas crecen zarzales y matas de jaramago; por todas partes adonde se vuelven los ojos no se ven más que arcos rotos, sillares oscuros y carcomidos: aquí un lienzo de barbacana, entre cuyas hendiduras nace la hiedra; allí un torreón, que aún se tiene en pie como por milagro; más allá los postes de argamasa, con las anillas de hierro que sostenían el puente colgante.

Durante mi estancia en los baños, ya por hacer ejercicio que, según me decían, era conveniente al estado de mi salud, ya arrastrado por la curiosidad, todas las tardes tomaba entre aquellos vericuetos el camino que conduce a las ruinas de la fortaleza árabe, y allí me pasaba las horas y las horas escarbando el suelo por ver si encontraba algunas armas, dando golpes en los muros para observar si estaban huecos y sorprender el escondrijo de un tesoro, y metiéndome por todos los rincones con la idea de encontrar la entrada de algunos de esos subterráneos que es fama existen en todos los castillos de los moros.

Mis diligentes pesquisas fueron por demás infructuosas.

Sin embargo, una tarde, en que ya desesperanzado de hallar algo bueno y curioso en lo alto de la roca sobre que se asienta el castillo, renuncié a subir a ella y limité mi paseo a las orillas del río que corre a sus pies, andando, andando a lo largo de la ribera, vi una especie de boquerón abierto en la peña viva, y medio oculto por frondosos y espesísimos matorrales. No sin mi poquito de temor separé el ramaje que cubría la entrada de aquello que me pareció cueva formada por la naturaleza y que después que anduve algunos pasos vi era un subterráneo abierto a pico. No pudiendo penetrar hasta el fondo, que se perdía entre las sombras, me limité a observar cuidadosamente las particularidades de la bóveda y del piso, que me pareció que se elevaba formando como unos grandes peldaños en dirección a la altura en que se halla el castillo de que ya he hecho mención, y en cuyas ruinas recordé entonces haber visto una poterna cegada. Sin duda había descubierto uno de esos caminos secretos tan comunes en las obras militares de aquella época, el cual debió de servir para hacer salidas falsas o coge, durante el sitio, el agua del río que corre allí inmediato.

Para cerciorarme de la verdad que pudiera haber en mis inducciones, después que salí de la cueva por donde mismo había entrado, trabé conversación con un trabajador que andaba podando unas viñas en aquellos vericuetos, y al cual me acerqué so pretexto de pedirle lumbre para encender un cigarrillo.

Hablamos de varias cosas indiferentes, de las propiedades medicinales de las aguas de Fitero, de la cosecha pasada y la por venir, de las mujeres de Navarra y el cultivo de las viñas; hablamos, en fin, de todo lo que al buen hombre se le ocurrió, primero que de la cueva, objeto de mi curiosidad.

Cuando, por último, la conversación recayó sobre este punto, le pregunté si sabía de alguien que hubiese penetrado en ella y visto su fondo.

—¡Penetrar en la cueva de la mora! —me dijo como asombrado al oír mi pregunta—. ¿Quién había de atreverse? ¿No sabe usted que de esa sima sale todas las noches un ánima?

—¡Un ánima! —exclamé yo sonriéndome—. ¿El ánima de quién?

—El ánima de la hija de un alcaide moro que anda todavía penando por estos lugares, y se la ve todas las noches salir vestida de blanco de esa cueva, y llena en el río una jarrica de agua.

Por la explicación de aquel buen hombre vine en conocimiento de que acerca del castillo árabe y del subterráneo que yo suponía en comunicación con él, había alguna historieta; y como yo soy muy amigo de oír todas estas tradiciones, especialmente de labios de la gente del pueblo; le supliqué me la refiriese, lo cual hizo, poco más o menos, en los mismos términos que yo a mi vez se la voy a referir a mis lectores.

II

Cuando el castillo del que ahora solo restan algunas informes ruinas, se tenía aún por los reyes moros, y sus torres, de las que no ha quedado piedra sobre piedra, dominaban desde lo alto de la roca en que tienen asiento todo aquel fertilísimo valle que fecunda el río Alhama, ocurrió junto a la villa de Fitero una reñida batalla, en la cual cayó herido y prisionero de los árabes un famoso caballero cristiano, tan digno de renombre por su piedad como por su valentía.

Conducido a la fortaleza y cargado de hierros por sus enemigos, estuvo algunos días en el fondo de un calabozo luchando entre la vida y la muerte hasta que, curado casi milagrosamente de sus heridas, sus deudos le rescataron a fuerza de oro.

Volvió el cautivo a su hogar; volvió a estrechar entre sus brazos a los que le dieron el ser. Sus hermanos de armas y sus hombres de guerra se alborozaron al verle, creyendo la llegada de emprender nuevos combates; pero el alma del caballero se había llenado de una profunda melancolía, y ni el cariño paterno ni los esfuerzos de la amistad eran parte a disipar su extraña melancolía.

Durante su cautiverio logró ver a la hija del alcaide moro, de cuya hermosura tenía noticias por la fama antes de conocerla; pero cuando la hubo conocido la encontró tan superior a la idea que de ella se había formado, que no pudo resistir a la seducción de sus encantos, y se enamoró perdidamente de un objeto para él imposible.

Meses y meses pasó el caballero forjando los proyectos más atrevidos y absurdos: ora imaginaba un medio de romper las barreras que lo separaban de aquella mujer; ora hacía los mayores esfuerzos para olvidarla; ya se decidía por una cosa, ya se mostraba partidario de otra absolutamente opuesta, hasta que al fin un día reunió a sus hermanos y compañeros de armas, mandó llamar a sus hombres de guerra, y después de hacer con el mayor sigilo todos los aprestos necesarios, cayó de improviso sobre la fortaleza que guardaba a la hermosura, objeto de su insensato amor.

Al partir a esta expedición, todos creyeron que solo movía a su caudillo el afán de vengarse de cuanto le habían hecho sufrir aherrojándole en el fondo de sus calabozos; pero después de tomada la fortaleza, no se ocultó a ninguno la verdadera causa de aquella arrojada empresa, en que tantos buenos cristianos habían perecido para contribuir al logro de una pasión indigna.

El caballero, embriagado en el amor que al fin logró encender en el pecho de la hermosísima mora, ni hacía caso de los consejos de sus amigos, ni paraba mientes en las murmuraciones y las quejas de sus soldados. Unos y otros clamaban por salir cuanto antes de aquellos muros, sobre los cuales era natural que habían de caer nuevamente los árabes, repuestos del pánico de la sorpresa.

Y en efecto, sucedió así: el alcaide allegó gentes de los lugares comarcanos; y una mañana el vigía que estaba puesto en la atalaya de la torre bajó a anunciar a los enamorados amantes que por toda la sierra que desde aquellas rocas se descubre se veía bajar tal nublado de guerreros, que bien podía asegurarse que iba a caer sobre el castillo la morisma entera.

La hija del alcaide se quedó al oírlo pálida como la muerte; el caballero pidió sus armas a grandes voces, y todo se puso en movimiento en la fortaleza. Los soldados salieron en tumulto de sus cuadras; los jefes comenzaron a dar órdenes; se bajaron los rastrillos; se levantó el puente colgante, y se coronaron de ballesteros las almenas.

Algunas horas después, comenzó el asalto.

Al castillo con razón podía llamarse inexpugnable. Solo por sorpresa, como se apoderaron de él los cristianos, era posible rendirlo. Resistieron, pues, sus defensores, una, dos y hasta diez embestidas.

Los moros se limitaron, viendo la inutilidad de sus esfuerzos, a cercarlo estrechamente para hacer capitular a sus defensores por hambre.

El hambre comenzó, en efecto, a hacer estragos horrorosos entre los cristiano; pero sabiendo que una vez rendido el castillo, el precio de la vida de sus defensores era la cabeza de su jefe, ninguno quiso hacerle traición, y los mismos que habían reprobado su conducta, juraron perecer en su defensa.

Los moros, impacientes, resolvieron dar un nuevo asalto al mediar la noche. La embestida fue rabiosa, la defensa desesperada y el choque horrible. Durante la pelea, el alcaide, partida la frente de un hachazo, cayó al foso desde lo alto del muro, al que había logrado subir con ayuda de una escala, al mismo tiempo que el caballero recibía un golpe mortal en la brecha de la barbacana, en donde unos y otros combatían cuerpo a cuerpo entre las sombras.

Los cristianos comenzaron a cejar y a replegarse. En este punto la mora se inclinó sobre su amante que yacía en el suelo moribundo, y tomándole en sus brazos con unas fuerzas que hacían mayores la desesperación y la idea del peligro, lo arrastró hasta el patio de armas. Allí tocó a un resorte, y por la boca qué dejó ver una piedra al levantarse como movida de un impulso sobrenatural, desapareció con su preciosa carga y comenzó a descender hasta llegar al fondo del subterráneo.

III

Cuando el caballero volvió en sí, tendió a su alrededor una mirada llena de extravío, y dijo: —¡Tengo sed! ¡Me Muero! ¡Me abraso!—. Y en su delirio, precursor de la muerte, de sus labios secos, por los cuales silbaba la respiración al pasar, solo se oían salir estas palabras angustiosa: —¡Tengo sed! ¡Me abraso! ¡Agua! ¡Agua!

La mora sabía que aquel subterráneo tenía una salida al valle por donde corre el río. El valle y todas las alturas que lo coronan estaban llenos de soldados moros, que una vez rendida la fortaleza buscaban en vano por todas partes al caballero y a su amada para saciar en ellos su sed de exterminio: sin embargo, no vaciló un instante, y tomando el casco del moribundo, se deslizó como una sombra por entre los matorrales que cubrían la boca de la cueva y bajó a la orilla del río.

Ya había tomado el agua, ya iba a incorporarse para volver de nuevo al lado de su amante, cuando silbó una saeta y resonó un grito.

Dos guerreros moros que velaban alrededor de la fortaleza habían disparado sus arcos en la dirección en que oyeron moverse las ramas.

La mora, herida de muerte, logró, sin embargo, arrastrarse a la entrada del subterráneo y penetrar hasta el fondo, donde se encontraba el caballero. Este, al verla cubierta de sangre y próxima a morir, volvió en su corazón; y conociendo la enormidad del pecado que tan duramente expiaban; volvió los ojos al cielo, tomó el agua que su amante le ofrecía, y sin acercársela a los labios, preguntó a la mora: —¿Quieres ser cristiana? ¿Quieres morir en mi religión, y si me salvo salvarte conmigo? La mora, que había caído al suelo desvanecida con la falta de la sangre, hizo un movimiento imperceptible con la cabeza, sobre la cual derramó el caballero el agua bautismal, invocando el nombre del Todopoderoso.

Al otro día, el soldado que disparó la saeta vio un rastro de sangre a la orilla del río, y siguiéndolo, entró en la cueva, donde encontró los cadáveres del caballero y su amada, que aún vienen por las noches a vagar por estos contornos.

EL GNOMO

I

Las muchachas del lugar volvían de la fuente con sus cántaros en la cabeza; volvían cantando y riendo con un ruido y una algazara que solo pudieran compararse a la alegre algarabía de una banda de golondrinas cuando revolotean espesas como el granizo alrededor de la veleta de un campanario.

En el pórtico de la iglesia, y sentado al pie de un enebro, estaba el tío Gregorio. El tío Gregorio era el más viejecito del lugar: tenía cerca de noventa navidades, el pelo blanco, la boca de risa, los ojos alegres y las manos temblonas. De niño fue pastor, de joven soldado; después cultivó una pequeña heredad, patrimonio de sus padres, hasta que, por último, le faltaron las fuerzas y se sentó tranquilo a esperar la muerte, que ni temía ni deseaba. Nadie contaba un chascarrillo con más gracia que él, ni sabía historias más estupendas, ni traía a cuento tan oportunamente un refrán, una sentencia o un adagio.

Las muchachas, al verle, apresuraron el paso con ánimo de irle a hablar, y cuando estuvieron en el pórtico, todas comenzaron a suplicarle que les contase una historia con que entretener el tiempo que aún faltaba para hacerse de noche, que no era mucho, pues el sol poniente hería de soslayo la tierra, y las sombras de los montes se dilataban por momentos a lo largo de la llanura.

El tío Gregorio escuchó sonriendo la petición de las muchachas, las cuales, una vez obtenida la promesa de que les refería alguna cosa, dejaron los cántaros en el suelo, y sentándose a su alrededor formaron un corro, en cuyo centro quedó el viejecito, que comenzó a hablarles de esta manera:

—No os contaré una historia, porque aunque recuerdo algunas cosas en este momento, atañen a cosas tan graves, que ni vosotras, que sois unas locuelas, me prestaríais atención para escucharlas, ni a mí, por lo avanzado de la tarde, me quedaría espacio para referirlas. Os daré en su lugar un consejo.

—¡Un consejo! —exclamaron las muchachas con aire visible de mal humor—. ¡Bah!, no es para oír consejos para lo que nos hemos detenido; cuando nos hagan falta ya nos los dará el señor cura.

—Es —prosiguió el anciano con su habitual sonrisa y su voz cascada y temblona— que el señor cura acaso no sabría dárosle en esta ocasión tan oportuno como os lo puede dar el tío Gregorio; porque él, ocupado en sus rezos y letanías, no habrá echado, como yo, de ver que cada día vais por agua a la fuente más temprano y volvéis más tarde.

Las muchachas se miraron entre sí con una imperceptible sonrisa de burla: no faltando algunas de las que estaban colocadas a sus espaldas que se tocasen la frente con el dedo, acompañando su acción con un gesto significativo.

—¿Y qué mal encontráis en que nos detengamos en la fuente charlando un rato con las amigas y vecinas?... —dijo una de ellas—. ¿Andan acaso chismes en el lugar porque los mozos salen al camino a echarnos flores o vienen a brindarse para traer nuestros cántaros hasta la entrada del pueblo?

—De todo hay —contestó el viejo a la moza que le había dirigido la palabra en nombre de sus compañeras—. Las viejas del lugar murmuran de que hoy vayan las muchachas a loquear y entretenerse a un sitio al cual ellas llegaban de prisa y temblando a tomar el agua, pues solo de allí puede traerse; y yo encuentro mal que perdáis poco a poco el temor que a todos inspira el sitio donde se halla la fuente, porque podría acontecer que alguna vez os sorprendiese en él la noche.

El tío Gregorio pronunció estas últimas palabras con un tono tan lleno de misterio, que las muchachas abrieron los ojos espantadas para mirarle, y con mezcla de curiosidad y burla tornaron a insistir:

—¡La noche! ¿Pues qué pasa de noche en ese sitio, que tales aspavientos hacéis y con tan temerosas y oscuras palabras nos habláis de lo que allí podría acontecernos? ¿Se nos comerán acaso los lobos?

—Cuando el Moncayo se cubre de nieve, los lobos, arrojados de sus guaridas, bajan en rebaños por su falda, y más de una vez los hemos oído aullar en horroroso concierto, no solo en los alrededores de la fuente, sino en las mismas calles del lugar; pero no son los lobos los huéspedes más terribles del Moncayo: en sus profundas simas, en sus cumbres solitarias y ásperas, en su hueco seno, viven unos espíritus diabólicos que durante la noche bajan por sus vertientes como un enjambre, y pueblan el vacío, y hormiguean en la llanura, y saltan de roca en roca, juegan entre las aguas o se mecen en las desnudas ramas de los árboles. Ellos son los que aúllan en las grietas de las peñas; ellos los que forman y empujan esas inmensas bolas de nieve que bajan rodando desde los altos picos y arrollan y aplastan cuanto encuentran a su paso; ellos los que llaman con el granizo a nuestros cristales en las noches de lluvia y corren como llamas azules y ligeras sobre el haz de los pantanos. Entre estos espíritus que, arrojados de las llanuras por las bendiciones y los exorcismos de la Iglesia, han ido a refugiarse a las crestas inaccesibles de las montañas, los hay de diferente naturaleza y que al parecer a nuestros ojos se revisten de formas variadas. Los más peligrosos, sin embargo, los que se insinúan con dulces palabras en el corazón de las jóvenes y las deslumbran con promesas magníficas, son los gnomos. Los gnomos viven en las entrañas de los montes; conocen sus caminos subterráneos, y, eternos guardadores de los tesoros que encierran, velan día y noche junto a los veneros de los metales y las piedras preciosas. ¿Veis? —prosiguió el viejo señalando con el palo que le servía de apoyo la cumbre del Moncayo, que se levantaba a su derecha, destacándose oscuro y gigantesco sobre el cielo violado y brumoso del crepúsculo—, ¿veis esa inmensa mole coronada aún de nieve?, pues en su seno tienen sus moradas esos diabólicos espíritus. El palacio que habitan es horroroso y magnífico a la vez. Hace muchos años que un pastor, siguiendo a una res extraviada, penetró por la boca de una de esas cuevas, cuyas entradas cubren espesos matorrales, y cuyo fin no ha visto ninguno. Cuando volvió al lugar, estaba pálido como la muerte; había sorprendido el secreto de los gnomos; había respirado su envenenada atmósfera, y pagó su atrevimiento con la vida; pero antes de morir refirió cosas estupendas. Andando por aquella caverna adelante, había encontrado al fin unas galerías subterráneas e inmensas, alumbradas con un resplandor dudoso y fantástico, producido, por la fosforescencia de las rocas, semejantes allí a grandes pedazos de cristal cuajado en mil formas caprichosas y extrañas. El suelo, la bóveda y las paredes de aquellos extensos salones, obra de la naturaleza, parecían jaspeados como los mármoles más ricos; pero las vetas que los cruzaban eran de oro y plata, y entre aquellas vetas brillantes se veían como incrustadas multitud de piedras preciosas de todos los colores y tamaños. Allí había jacintos y esmeraldas en montón, y diamantes, y rubíes, y zafiros, y qué sé yo, otras muchas piedras desconocidas que él no supo nombrar; pero tan grandes y tan hermosas, que sus ojos se deslumbraron al contemplarlas. Ningún ruido exterior llegaba al fondo de la fantástica caverna; solo se percibían a intervalos unos gemidos largos y lastimosos del aire que discurría por aquel laberinto encantado, un rumor confuso de fuego subterráneo que hervía comprimido, y murmullos de aguas corrientes que pasaban sin saberse por dónde. El pastor, solo y perdido en aquella inmensidad, anduvo no sé cuantas horas sin hallar la salida, hasta que por último tropezó con el nacimiento del manantial cuyo murmullo había oído. Este brotaba del suelo como una fuente maravillosa, con un salto de agua coronado de espuma, que caía firmando una vistosa cascada y produciendo un murmullo sonoro al alejarse resbalando por entre las quebraduras de las peñas. A su alrededor crecían unas plantas nunca vistas, con hojas anchas y gruesas las unas, delgadas y largas como cintas flotantes las otras. Medio escondidos entre aquella húmeda frondosidad discurrían unos seres extraños, en parte hombres, en parte reptiles, o ambas cosas a la vez, pues transformándose continuamente, ora parecían criaturas humanas, deformes y pequeñuelas, ora salamandras luminosas o llamas fugaces que danzaban en círculos sobre la cúspide del surtidor. Allí, agitándose en todas direcciones, corriendo por el suelo en forma de enanos repugnantes y contrahechos, encaramándose en las paredes, babeando y retorciéndose en figura de reptiles, o bailando con apariencia de fuegos fatuos sobre el haz del agua, andaban los gnomos, señores de aquellos lugares, cantando y removiendo sus fabulosas riquezas. Ellos saben dónde guardan los avaros esos tesoros que en vano buscan después los herederos; ellos conocen el lugar donde los moros, antes de huir, ocultaron sus joyas; y las alhajas que se pierden, las monedas que se extravían, todo lo que tiene algún valor y desaparece, ellos son los que lo buscan, lo encuentran y lo roban, para esconderlo en sus guaridas, porque ellos saben andar todo el mundo por debajo de la tierra y por caminos secretos e ignorados. Allí tenían, pues, hacinados en montón toda clase de objetos raros y preciosos. Había joyas de un valor inestimable, collares y gargantillas de perlas y piedras finas, ánforas de oro, de forma antiquísima, llenas de rubíes; copas cinceladas, armas ricas, monedas con bustos y leyendas imposibles de conocer o descifrar; tesoros, en fin, tan fabulosos e inmensos, que la imaginación apenas puede concebirlos. Y todo brillaba a la vez lanzando unas chispas de colores y unos reflejos tan vivos, que parecía como que todo estaba ardiendo y se movía y temblaba. Al menos, el pastor refirió que así le había parecido.

Al llegar aquí el anciano se detuvo un momento: las muchachas, que comenzaron por oír la relación del tío Gregorio con una sonrisa de burla, guardaban entonces un profundo silencio, esperando a que continuase, con los ojos espantados, los labios ligeramente entreabiertos y la curiosidad y el interés pintados en el rostro. Una de ellas rompió al fin el silencio y exclamó sin poderse contener, entusiasmada al oír la descripción de las fabulosas riquezas que se habían ofrecido a la vista del pastor:

—Y qué, ¿no se trajo nada de aquello?

—Nada —contestó el tío Gregorio.

—¡Qué tonto! —exclamaron en coro las muchachas.

—El cielo le ayudó en el trance —prosiguió el anciano—, pues en aquel momento en que la avaricia, que a todo se sobrepone, comenzaba a disipar su miedo, y alucinado a la vista de aquellas joyas, de las cuales una sola bastaría a hacerle poderoso, el pastor iba a apoderarse de algunas, dice que oyó, ¡maravillaos del suceso!, oyó claro y distinto en aquellas profundidades, y a pesar de las carcajadas y las voces de los gnomos, del hervidero del fuego subterráneo, del rumor de las aguas corrientes y de los lamentos del aire, oyó, digo, como si estuviese al pie de la colina en que se encuentra, el clamor de la campana que hay en la ermita de Nuestra Señora del Moncayo.

Al oír la campana que tocaba el Ave María, el pastor cayó al suelo invocando a la madre de Nuestro Señor Jesucristo, y sin saber cómo ni por dónde se encontró fuera de aquellos lugares, y en el camino que conduce al pueblo, echado en una senda y presa de un gran estupor, como si hubiera salido de un sueño.

Desde entonces se explicó todo el mundo por qué la fuente del lugar trae a veces entre sus aguas como un polvo finísimo de oro; y cuando llega la noche, en el rumor que produce, se oyen palabras confusas, palabras engañosas con que los gnomos que la inficionan desde su nacimiento procuran seducir a los incautos que les prestan oídos, prometiéndoles riquezas y tesoros que han de ser su condenación.

Cuando el tío Gregorio llegaba a este punto de su historia, ya la noche había entrado y la campana de la iglesia comenzó a tocar las oraciones. Las muchachas se persignaron devotamente, murmurando un Ave María en voz baja, y después de despedirse del tío Gregorio, que les tornó a aconsejar que no perdieran el tiempo en la fuente, cada cual tomó su cántaro, y todas juntas salieron silenciosas y preocupadas del atrio de la iglesia. Ya lejos del sitio en que se encontraron al viejecito, y cuando estuvieron en la plaza del lugar donde habían de separarse, exclamó la más resuelta y decidora de ellas:

—¿Vosotras creéis algo de las tonterías que nos ha contado el tío Gregorio?

—¡Yo no! —dijo una.

—¡Yo tampoco! —exclamó otra.

—¡Ni yo! ¡Ni yo! —repitieron las demás, burlándose con risas de su credulidad de un momento.

El grupo de las mozuelas se disolvió, alejándose cada cual hacia uno de los extremos de la plaza. Luego que doblaron las esquinas de las diferentes calles que venían a desembocar a aquel sitio, dos muchachas, las únicas que no habían desplegado aún los labios para protestar con sus burlas de la veracidad del tío Gregorio, y que, preocupadas con la maravillosa relación, parecían absortas en sus ideas, se marcharon juntas y con esa lentitud propia de las personas distraídas, por una calleja sombría, estrecha y tortuosa.

De aquellas dos muchachas, la mayor, que parecía tener unos veinte años, se llamaba Marta; y la más pequeña, que aún no había cumplido los dieciséis, Magdalena.

El tiempo que duró el camino, ambas guardaron un profundo silencio; pero cuando llegaron a los umbrales de su casa y dejaran los cántaros en el asiento de piedra del portal, Marta dijo a Magdalena: —¿Y tú crees en las maravillas del Moncayo y en los espíritus de la fuente?... —Yo —contestó Magdalena con sencillez—, yo creo en todo. ¿Dudas tú acaso? —¡Oh, no! —se apresuró a interrumpir Marta—; yo también creo en todo, en todo... lo que deseo creer.

II

Marta y Magdalena eran hermanas. Huérfanas desde los primeros años de la niñez, vivían miserablemente a la sombra de una parienta de su madre que las había recogido por caridad, y que a cada paso les hacía sentir con sus dicterios y sus humillantes palabras el peso de su beneficio. Todo parecía contribuir a que se estrechasen los lazos del cariño entre aquellas dos almas hermanas, no solo por el vínculo de la sangre, sino por los de la miseria y el sufrimiento; y, sin embargo, entre Marta y Magdalena existían una sorda emulación, una secreta antipatía que solo pudiera explicar el estudio de sus caracteres, tan en absoluta contraposición como sus tipos.

Marta era altiva, vehemente en sus inclinaciones y de una rudeza salvaje en la expresión de sus afectos: no sabía ni reír ni llorar, y por eso no había llorado ni reído nunca. Magdalena, por el contrario, era humilde, amante, bondadosa, y en más de una ocasión se la vio llorar y reír a la vez como los niños.

Marta tenía los ojos más negros que la noche, y de entre sus oscuras pestañas diríase que a intervalos saltaban chispas de fuego como de un carbón ardiente.

La pupila azul de Magdalena parecía nadar en un fluido de luz dentro del cerco de oro de sus pestañas rubias. Y todo era en ellas armónico con la diversa expresión de sus ojos. Marta, enjuta de carnes, quebrada de color, de estatura esbelta, movimientos rígidos y cabellos crespos y oscuros, que sombreaban su frente y caían por sus hombros como un manto de terciopelo: formaba un singular contraste con Magdalena, blanca, rosada, pequeña, infantil en su fisonomía y sus formas, y con unas trenzas rubias que rodeaban sus sienes, semejantes al nimbo dorado de la cabeza de un ángel.

A pesar de la inexplicable repulsión que sentían la una por la otra, las dos hermanas habían vivido hasta entonces en una especie de indiferencia, que hubiera podido confundirse con la paz y el afecto: no habían tenido caricias que disputarse, ni preferencias que envidiar; iguales en la desgracia y el dolor, Marta se había encerrado para sufrir en un egoísta y altivo silencio; y Magdalena, encontrando seco el corazón de su hermana, lloraba a solas cuando las lágrimas se agolpaban involuntariamente a sus ojos.

Ningún sentimiento era común entre ellas; nunca se confiaron sus alegrías y sus pesares, y sin embargo, el único secreto que procuraban esconder en lo más profundo del corazón, se lo habían adivinado mutuamente con ese instinto maravilloso de la mujer enamorada y celosa. Marta y Magdalena tenían efectivamente puestos sus ojos en un mismo hombre.

La pasión de la una era el deseo tenaz, hijo de un carácter indomable y voluntarioso; en la otra, el cariño se parecía a esa vaga y espontánea ternura de la adolescencia, que necesitando un objeto en qué emplearse, ama el primero que se ofrece a su vista. Ambas guardaban el secreto de su amor, porque el hombre que lo había inspirado tal vez hubiera hecho mofa de un cariño que se podía interpretar como ambición absurda en unas muchachas plebeyas y miserables. Ambas, a pesar de la distancia que las separaba del objeto de su pasión, alimentaban una esperanza remota de poseerle.

Cerca del lugar, y sobre un alto que dominaba los contornos, había un antiguo castillo abandonado por sus dueños. Las viejas, en las noches de velada, referían una historia llena de maravillas acerca de sus fundadores. Contaban que hallándose el rey de Aragón en guerra con sus enemigos, agotados ya sus recursos, abandonado de sus parciales y próximo a perder el trono, se le presentó un día una pastorcita de aquella comarca, y después de revelarle la existencia de unos subterráneos por donde podía atravesar el Moncayo, sin que se apercibiesen sus enemigos, le dio un tesoro en perlas finas, riquísimas piedras preciosas y barras de oro y plata, con las cuales el rey pagó sus mesnadas, levantó un poderoso ejército, y marchando por debajo de la tierra durante toda una noche, cayó al otro día sobre sus contrarios y los desbarató, asegurando la corona en su cabeza.

Después que hubo alcanzado tan señalada victoria, cuentan que dijo el rey a la pastorcita: —Pídeme lo que quieras, que aun cuando fuese la mitad de mi reino, juro que te lo he de dar al instante.

—Yo no quiero más que volverme a cuidar de mi rebaño —respondió la pastorcita.

—No cuidarás sino de mis fronteras —replicó el rey, y le dio el señorío de toda la raya, y le mandó edificar una fortaleza en el pueblo más fronterizo a Castilla, adonde se trasladó la pastora, casada ya con uno de los favoritos del rey, noble, galán, valiente y señor asimismo de muchas fortalezas y muchos feudos.

La estupenda relación del tío Gregorio acerca de los gnomos del Moncayo, cuyo secreto estaba en la fuente del lugar, exaltó nuevamente las locas fantasías de las dos enamoradas hermanas, completando, por decirlo así, la ignorada historia del tesoro hallado por la pastorcita de la conseja; tesoro cuyo recuerdo había turbado más de una vez sus noches de insomnio y de amargura, presentándose a su imaginación como un débil rayo de esperanza.

La noche siguiente a la tarde del encuentro con el tío Gregorio, todas las muchachas del lugar hicieron conversación en sus casas de la estupenda historia que los había referido. Marta y Magdalena guardaron un profundo silencio; y ni en aquella noche, ni en todo el día que amaneció después, volvieron a cambiar una sola palabra relativa al asunto, tema de todas las conversaciones y objeto de los comentarios de sus vecinas.

Cuando llegó la hora de costumbre, Magdalena tomó su cántaro y le dijo a su hermana: —¿Vamos a la fuente? —Marta no contestó, y Magdalena volvió a decirle: —¿Vamos a la fuente? Mira que si no nos apresuramos se pondrá el sol antes de la vuelta. —Marta exclamó al fin con un acento breve y áspero: —Yo no quiero ir hoy. —Ni yo tampoco —añadió Magdalena después de un instante de silencio, durante el cual mantuvo los ojos clavados en los de su hermana, como si quisiera adivinar en ellos la causa da su resolución.

III

Las muchachas del lugar hacía cerca de una hora que estaban de vuelta en sus casas. La última luz del crepúsculo se había apagado en el horizonte, y la noche comenzaba a cerrar de cada vez más oscura, cuando Marta y Magdalena, esquivándose mutuamente y cada cual por diverso camino, salieron del pueblo con dirección a la fuente misteriosa. La fuente brotaba escondida entre unos riscos cubiertos de musgo en el fondo de una larga alameda. Después que se fueron apagando poco a poco los rumores del día y ya no se escuchaba el lejano eco de la voz de los labradores que vuelven caballeros en sus yuntas cantando al compás del timón del arado que arrastran por la tierra; después que se dejó de percibir el monótono ruido de las esquililllas del ganado, y las voces de los pastores, y el ladrido de los perros que reúnen las reses, y sonó en la torre del lugar la postrera campanada del toque de oraciones, reinó ese doble y augusto silencio de la noche y la soledad; silencio lleno de murmullos extraños y leves que lo hacen aún más perceptibles.

Marta y Magdalena se deslizaron por entre el laberinto de los árboles, y protegidas por la oscuridad, llegaron sin verse al fin de la alameda. Marta no conocía el temor, y sus pasos eran firmes y seguros. Magdalena temblaba con solo el ruido que producían sus pies al hollar las hojas secas que tapizaban el suelo. Cuando las dos hermanas estuvieron junto a la fuente, el viento de la noche comenzó a agitar las copas de los álamos, y al murmullo de sus soplos desiguales parecía responder el agua del manantial con un rumor compasado y uniforme.

Marta y Magdalena se prestaron atención a aquellos ruidos que pasaban bajo sus pies como un susurro constante, y sobre sus cabezas como un lamento que nacía y se apagaba para tornar y crecer y dilatarse por la espesura. A medida que transcurrían las horas, aquel sonar eterno del aire y del agua empezó a producirse una extraña exaltación, una especie de vértigo, que, turbando la vista y zumbando en el oído, parecía trastornarlas por completo. Entonces, a la manera que se oye hablar entre sueños con un eco lejano y confuso, les pareció percibir entre aquellos rumores sin nombre sonidos inarticulados como los de un niño que quiere y no puede llamar a su madre; luego palabras que se repetían una vez y otra, siempre lo mismo; después frases inconexas y dislocadas sin orden ni sentido, y por último... por último comenzaron a hablar el viento vagando entre los árboles y el agua saltando de risco en risco.

Y hablaban así:

EL AGUA

¡Mujer!... ¡mujer!... óyeme... óyeme y acércate para oírme, que yo besaré tus pies mientras tiemblo al copiar tu imagen en el fondo sombrío de mis ondas ¡Mujer!... óyeme, que mis murmullos son palabras.

EL VIENTO

—¡Niña!... niña gentil, levanta tu cabeza; déjame en paz besar tu frente, en tanto que agito tus cabellos. Niña gentil, escúchame, que yo sé hablar también y murmuraré al oído frases cariñosas.

MARTA

¡Oh! ¡Habla, habla que yo te comprenderé porque mi inteligencia flota en un vértigo, como flotan tus palabras indecisas! Habla misteriosa corriente.

MAGDALENA

Tengo miedo. ¡Aire de la noche, aire de perfumes, refrescan mi frente que arde! Dime algo que me infunda valor, porque mi espíritu vacila.

EL AGUA

Yo he cruzado el tenebroso seno de la tierra, he sorprendido el secreto de su maravillosa fecundidad, y conozco los fenómenos de sus entrañas donde germinan las futuras creaciones.

Mi rumor adormece y despierta: despierta tú, que lo comprendes.

EL VIENTO

Yo soy el aire que mueven los ángeles con sus alas inmensas al cruzar el espacio. Yo amontono en el Occidente las nubes que ofrecen al sol un lecho de púrpura, y traigo al amanecer, con las neblinas que se deshacen en gotas, una lluvia de perlas sobre las flores. Mis suspiros son un bálsamo: ábreme tu corazón y le inundaré de felicidad.

MARTA

Cuando yo oí por primera vez el murmullo de una corriente subterránea, no en balde me inclinaba a la tierra prestándole oído. Con ella iba un misterio que yo debía comprender al cabo.

MAGDALENA

Suspiros del viento, yo os conozco: vosotros me acariciabais dormida cuando, fatigada por el llanto, me rendía al sueño en mi niñez, y vuestro rumor se me figuraban las palabras de una madre que arrulla a su hija.

El agua enmudeció por algunos instantes, y no sonaba sino como agua que se rompe entre peñas. El viento calló también, y su ruido no fue otra cosa que ruido de hojas movidas. Así pasó algún tiempo, y después volvieron a hablar, y hablaron así:

EL AGUA

Después de filtrarme gota a gota a través del filón de oro de una mina inagotable; después de correr por un lecho de plata y saltar como sobre guijarros entre un sinnúmero de zafiros y amatistas, arrastrando en vez de arenas diamantes y rubíes, me he unido en misterioso consorcio a un genio. Rica con su poder y con las ocultas virtudes de las piedras preciosas y los metales, de cuyos átomos vengo saturada, puedo ofrecerte cuanto ambicionas. Yo tengo la fuerza de un conjuro, el poder de un talismán y la virtud de las siete piedras y los siete colores.

EL VIENTO

Yo vengo de vagar por la llanura, y como la abeja que vuelve a la colmena con su botín de perfumadas mieles, traigo suspiros de mujer, plegarias de niños, palabras de casto amor y aromas de nardos y azucenas silvestres. Yo no he recogido a mi paso más que perfumes y ecos de armonías; mis tesoros son inmateriales, pero ellos dan la paz del alma y la vaga felicidad de sueños venturosos.

Mientras su hermana, atraída como por un encanto, se inclinaba al borde de la fuente para oír mejor, Magdalena se iba instintivamente separando de los riscos entre los cuales brotaba el manantial.

Ambas tenían sus ojos fijos, la una en el fondo de las aguas, la otra en el fondo del cielo.

Y exclamaba Magdalena mirando brillar los luceros en la altura: —Esos son los nimbos de luz de los ángeles invisibles que nos custodian.

En tanto decía Marta, viendo temblar en la linfa de la fuente el reflejo de las estrellas: —Esas son las partículas de oro que arrastra el agua en su misterioso curso.

El manantial y el viento, que por segunda vez habían enmudecido un instante, tornaron a hablar; y dijeron:

EL AGUA

Remonta mi corriente, desnúdate del temor como de una vestidura grosera, y osa traspasar los umbrales de lo desconocido. Yo he adivinado que tu espíritu es de la esencia de los espíritus superiores. La envidia te habrá arrojado tal vez del cielo para revolcarte en el lodo de la miseria. Yo veo, sin embargo, en tu frente sombría un sello de altivez que te hace digna de nosotros, espíritus fuertes y libres... Ven, yo te voy a enseñar palabras mágicas de tal virtud, que al pronunciarlas se abrirán las rosas y te brindarán con los diamantes que están en su seno, como las perlas en las conchas que sacan del fondo del mar los pescadores. Ven, te daré tesoros para que vivas feliz; y más tarde, cuando se quiebre la cárcel que te aprisiona, tu espíritu se asimilará a los nuestros, que son espíritus humanos, y todos confundidos seremos la fuerza motora, el rayo vital de la creación, que circula como un fluido por sus arterias subterráneas.

EL VIENTO

El agua lame la tierra y vive en el cieno: yo discurro por las regiones etéreas y vuelo en el espacio sin límites. Sigue los movimientos de tu corazón, deja que tu alma suba como la llama y las azules espirales del humo. ¡Desdichado el que, teniendo alas, desciende a las profundidades para buscar el oro, pudiendo remontarse a la altura para encontrar amor y sentimiento!

Vive oscura como la violeta, que yo te traeré en un beso fecundo el germen vivificante de otra flor hermana tuya, y rasgaré las nieblas para que no falte un rayo de sol que ilumine tu alegría. Vive oscura, vive ignorada, que cuando tu espíritu se desate, yo lo subiré a las regiones de la luz en una nube roja.

***

Callaron el viento y el agua, y apareció el gnomo.

El gnomo era como un hombrecillo transparente: una especie de enano de luz, semejante a un fuego fatuo, que se reía a carcajadas, sin ruido, y saltaba de peña en peña, y mareaba con su vertiginosa movilidad. Unas veces se sumergía en el agua y continuaba brillando en el fondo como una joya de mil colores; otras salía a la superficie y agitaba los pies y las manos, y sacudía la cabeza a un lado y a otro con una rapidez que tocaba en prodigio.

Marta vio al gnomo y le estuvo siguiendo con la vista extraviada en todas sus extravagantes evoluciones; y cuando el diabólico espíritu se lanzó al fin por entre las escabrosidades del Moncayo, como una llama que corre, agitando su cabellera de chispas, sintió una especie de atracción irresistible y siguió tras él con una carrera frenética.

—¡Magdalena! —decía en tanto el aire que se alejaba lentamente; y Magdalena, paso a paso y como una sonámbula, guiada en el sueño por una voz amiga, siguió tras la ráfaga, que iba suspirando por la llanura.

Después todo quedó otra vez en silencio en la oscura alameda, y el viento y el agua siguieron resonando con los murmullos y los rumores de siempre.

IV

Magdalena tornó al lugar pálida y llena de asombro. A Marta la esperaron en vano toda la noche.

Cuando llegó la tarde del otro día, las muchachas encontraron un cántaro roto al borde de la fuente de la alameda. Era el cántaro de Marta, de la cual nunca volvió a saberse. Desde entonces las muchachas del lugar van por agua tan temprano, que madrugan con el sol. Algunas me han asegurado que de noche se ha oído en más de una ocasión el llanto de Marta, cuyo espíritu vive aprisionado en la fuente. Yo no sé qué crédito dar a esta última parte de la historia, porque la verdad es que desde entonces ninguno se ha atrevido a penetrar para oírlo en la alameda después del toque del Ave María.

EL MISERERE

Hace algunos meses que visitando la célebre abadía de Fitero y ocupándome en revolver algunos volúmenes en su abandonada biblioteca, descubrí en uno de sus rincones dos o tres cuadernos de música bastante antiguos, cubiertos de polvo y hasta comenzados a roer por los ratones.

Era un *Miserere*.

Yo no sé la música; pero la tengo tanta afición, que aun sin entenderla, suelo coger a veces la partitura de una ópera, y me paso las horas muertas hojeando sus páginas, mirando los grupos de notas más o menos apiñadas, las rayas, los semicírculos, los triángulos y las especies de etcéteras, que llaman llaves, y todo esto sin comprender una jota ni sacar maldito el provecho.

Consecuente con mi manía, repasé los cuadernos, y lo primero que me llamó la atención fue que, aunque en la última página había esta palabra latina, tan vulgar en todas las obras, *finis*, la verdad era que el *Miserere* no estaba terminado, porque la música no alcanzaba sino hasta el décimo versículo.

Esto fue sin duda lo que me llamó la atención primeramente; pero luego que me fijé un poco en las hojas de música, me chocó más aún el observar que en vez de esas palabras italianas que ponen en todas, como *maestoso*, *allegro*, *ritardando*, *piú vivo*, *a piacere*, había unos renglones escritos con letra muy menuda y en alemán, de los cuales algunos servían para advertir cosas tan difíciles de hacer como esto: *Crujen... crujen los huesos, y de sus médulas han de parecer que salen los alaridos*; o esta otra: *La cuerda aúlla sin discordar, el metal atruena sin ensordecer; por eso suena todo, y no se confunde nada, y todo es la humanidad que solloza y gime*; o la más original de todas, sin duda, recomendaba al pie del último versículo: *Las notas son huesos cubiertos de carne; lumbre inextinguible, los cielos y su armonía... ¡fuerza!... fuerza y dulzura.*

—¿Sabéis qué es esto? —pregunté a un viejecito que me acompañaba, al acabar de medio traducir estos renglones, que parecían frases escritas por un loco.

El anciano me contó entonces la leyenda que voy a referiros.

I

Hace ya muchos años, en una noche lluviosa y oscura, llegó a la puerta claustral de esta abadía un romero, y pidió un poco de lumbre para secar sus ropas, un pedazo de pan con que satisfacer su hambre, y un albergue cualquiera donde esperar la mañana y proseguir con la luz del sol su camino.

Su modesta colación, su pobre lecho y su encendido hogar, puso el hermano a quien se hizo esta demanda a disposición del caminante, al cual, después que se hubo repuesto de su cansancio, interrogó acerca del objeto de su romería y del punto a que se encaminaba.

—Yo soy músico —respondió el interpelado—, he nacido muy lejos de aquí, y en mi patria gocé un día de gran renombre. En mi juventud hice de mi arte un arma poderosa de seducción, y encendí con él pasiones que me arrastraron a un crimen. En mi vejez, quiero convertir al bien las facultades que he empleado para el mal, rediméndome por donde mismo pude condenarme.

Como las enigmáticas palabras del desconocido no pareciesen del todo claras al hermano lego, en quien ya comenzaba la curiosidad a despertarse, e instigado por esta continuara en sus preguntas, su interlocutor prosiguió de este modo:

—Lloraba yo en el fondo de mi alma la culpa que había cometido; mas al intentar pedirle a Dios misericordia, no encontraba palabras para expresar dignamente mi arrepentimiento, cuando un día se fijaron mis ojos por casualidad sobre un libro santo. Abrí aquel libro y en una de sus páginas encontré un gigante grito de contrición verdadera, un salmo de David, el que comienza *¡Miserere mei, Domine!* Desde el instante en que hube leído sus estrofas, mi único pensamiento fue hallar una forma musical tan magnífica, tan sublime, que bastase a contener el grandioso himno de dolor del Rey Profeta. Aún no la he encontrado; pero si logro expresar lo que siento en mi corazón, lo que oigo confusamente en mi cabeza, estoy seguro de hacer un *Miserere* tal y tan maravilloso, que no hayan oído otro semejante los nacidos; tal y tan desgarrador, que al escuchar el primer acorde los arcángeles, dirán conmigo cubiertos los ojos de lágrimas y dirigiéndose al Señor: *¡misericordia!*, y el Señor la tendrá de su pobre criatura.

El romero, al llegar a este punto de su narración, calló por un instante; y después, exhalando un suspiro, tornó a coger el hilo de su discurso. El hermano lego, algunos dependientes de la abadía y dos o tres pastores de la granja de los frailes, que formaban círculo alrededor del hogar, le escuchaban en un profundo silencio.

—Después —continuó— de recorrer toda Alemania, toda Italia y la mayor parte de este país clásico para la música religiosa, aún no he oído un *Miserere* en que pueda inspirarme, ni uno, ni uno, y he oído tantos, que puedo decir que los he oído todos.

—¿Todos? —dijo entonces interrumpiéndole uno de los rabadanes—. ¿A qué no habéis oído aún el *Miserere* de la montaña?

—¡El Miserere de la montaña! —exclamó el músico con aire de extrañeza—. ¿Qué *Miserere* es ese?

—¿No dije? —murmuró el campesino; y luego prosiguió con una entonación misteriosa—. Ese *Miserere*, que solo oyen por casualidad los que como yo andan día y noche tras el ganado por entre breñas y peñascales, es toda una historia; una historia muy antigua, pero tan verdadera como al parecer increíble.

Es el caso que en lo más fragoso de esas cordilleras, de montañas que limitan el horizonte del valle, en el fondo del cual se halla la abadía, hubo hace ya muchos años, ¡qué digo muchos años!, muchos siglos, un monasterio famoso; monasterio que, a lo que parece, edificó a sus expensas un señor con los bienes que había de legar a su hijo, al cual desheredó al morir, en pena de sus maldades.

Hasta aquí todo fue bueno; pero es el caso que este hijo, que por lo que se verá más adelante, debió de ser de la piel del diablo, si no era el mismo diablo en persona, sabedor de que sus bienes estaban en poder de los religiosos, y de que su castillo se había transformado en iglesia, reunió a unos cuantos bandoleros, camaradas suyos en la vida de perdición que emprendiera al abandonar la casa de sus padres, y una noche de Jueves Santo, en que los monjes se hallaban en el coro, y en el punto y hora en que iban a comenzar o habían comenzado el *Miserere*, pusieron fuego al monasterio, saquearon la iglesia, y a este quiero, a aquel no, se dice que no dejaron fraile con vida.

Después de esta atrocidad, se marcharon los bandidos y su instigador con ellos, adonde no se sabe, a los profundos tal vez.

Las llamas redujeron el monasterio a escombros; de la iglesia aún quedan en pie las ruinas sobre el cóncavo peñón, de donde nace la cascada, que, después de estrellarse de peña en peña, forma el riachuelo que viene a bañar los muros de esta abadía.

—Pero —interrumpió impaciente el músico— ¿y el *Miserere*?

—Aguardaos —continuó con gran sorna el rabadán—, que todo irá por partes. —Dicho lo cual, siguió así su historia:

—Las gentes de los contornos se escandalizaron del crimen: de padres a hijos y de hijos a nietos se refirió con horror en las largas noches de velada; pero lo que mantiene más viva su memoria, es que todos los años, tal noche como la en que se consumó, se ven brillar luces a través de las rotas ventanas de la iglesia; se oye como una especie de música extraña y unos cantos lúgubres y aterradores que se perciben a intervalos en las ráfagas del aire.

Son los monjes, los cuales, muertos tal vez sin hallarse preparados para presentarse en el tribunal de Dios limpios de toda culpa, vienen aún del purgatorio a impetrar su misericordia cantando el *Miserere*.

Los circunstantes se miraron unos a otros con muestras de incredulidad; solo el romero, que parecía vivamente preocupado con la narración de la historia, preguntó con ansiedad al que la había referido:

—¿Y decís que ese portento se repite aún?

—Dentro de tres horas comenzará sin falta alguna, porque precisamente esta noche es la de Jueves Santo, y acaban de dar las ocho en el reloj de la abadía.

—¿A qué distancia se encuentra el monasterio?

—A una legua y media escasa... pero ¿qué hacéis? ¿Adónde vais con una noche como esta? ¡Estáis dejado de la mano de Dios! —exclamaron todos al ver que el romero, levantándose de su escaño y tomando el bordón, abandonaba el hogar para dirigirse a la puerta.

—¿A dónde voy? A oír esa maravillosa música, a oír el grande, el verdadero *Miserere*, el *Miserere* de los que vuelven al mundo después de muertos, y saben lo que es morir en el pecado.

Y esto diciendo, desapareció de la vista del espantado lego y de los no menos atónitos pastores.

El viento zumbaba y hacía crujir las puertas, como si una mano poderosa pugnase por arrancarlas de sus quicios; la lluvia caía en turbiones, azotando los vidrios de las ventanas, y de cuando en cuando la luz de un relámpago iluminaba por un instante todo el horizonte que desde ellas se descubría.

Pasado el primer momento de estupor, exclamó el lego:

—¡Está loco!

—¡Está loco! —repitieron los pastores; y atizaron de nuevo la lumbre y se agruparon alrededor del hogar.

II

Después de una o dos horas de camino, el misterioso personaje que calificaron de loco en la abadía, remontando la corriente del riachuelo que le indicó el rabadán de la historia, llegó al punto en que se levantaban negras e imponentes las ruinas del monasterio.

La lluvia había cesado; las nubes flotaban en oscuras bandas, por entre cuyos jirones se deslizaba a veces un furtivo rayo de luz pálida y dudosa; y el aire, al azotar los fuertes machones y extenderse por los desiertos claustros, diríase que exhalaba gemidos. Sin embargo, nada sobrenatural, nada extraño venía a herir la imaginación. Al que había dormido más de una noche sin otro amparo que las ruinas de una torre abandonada o un castillo solitario; al que había arrostrado en su larga peregrinación cien y cien tormentas, todos aquellos ruidos le eran familiares.

Las gotas de agua que se filtraban por entre las grietas de los rotos arcos y caían sobre las losas con un rumor acompasado, como el de la péndola de un reloj; los gritos del búho, que graznaba refugiado bajo el nimbo de piedra de una imagen, de pie aún en el hueco de un muro; el ruido de los reptiles, que despiertos de su letargo por la tempestad sacaban sus disformes cabezas de los agujeros donde duermen, o se arrastraban por entre los jaramagos y los zarzales que crecían al pie del altar, entre las junturas de las lápidas sepulcrales que formaban el pavimento de la iglesia, todos esos extraños y misteriosos murmullos del campo, de la soledad y de la noche, llegaban perceptibles al oído del romero que, sentado sobre la mutilada estatua de una tumba, aguardaba ansioso la hora en que debiera realizarse el prodigio.

Transcurrió tiempo y tiempo, y nada se percibió; aquellos mil confusos rumores seguían sonando y combinándose de mil maneras distintas, pero siempre los mismos.

—¡Si me habrá engañado! —pensó el músico; pero en aquel instante se oyó un ruido nuevo, un ruido inexplicable en aquel lugar, como el que produce un reloj algunos segundos antes de sonar la hora: ruido de ruedas que giran, de cuerdas que se dilatan, de maquinaria que se agita sordamente y se dispone a usar de su misteriosa vitalidad mecánica, y sonó una campanada... dos... tres... hasta once.

En el derruido templo no había campana, ni reloj, ni torre ya siquiera.

Aún no había expirado, debilitándose de eco en eco, la última campanada; todavía se escuchaba su vibración temblando en el aire, cuando los doseles de granito que cobijaban las esculturas, las gradas de mármol de los altares, los sillares de las ojivas, los calados antepechos del coro, los festones de tréboles de las cornisas, los negros machones de los muros, el pavimento, las bóvedas, la iglesia entera, comenzó a iluminarse espontáneamente, sin que se viese una antorcha, un cirio o una lámpara que derramase aquella insólita claridad.

Parecía como un esqueleto, de cuyos huesos amarillos se desprende ese gas fosfórico que brilla y humea en la oscuridad como una luz azulada, inquieta y medrosa.

Todo pareció animarse, pero con ese movimiento galvánico que imprime a la muerte contracciones que parodian la vida, movimiento instantáneo, más horrible aún que la inercia del cadáver que agita con su desconocida fuerza. Las piedras se reunieron a las piedras; el ara, cuyos rotos fragmentos se veían antes esparcidos sin orden, se levantó intacta como si acabase de dar en ella su último golpe de cincel el artífice, y al par del ara se levantaron las derribadas capillas, los rotos capiteles y las destrozadas e inmensas series de arcos que, cruzándose y enlazándose caprichosamente entre sí, formaron con sus columnas un laberinto de pórfido.

Un vez reedificado el templo, comenzó a oírse un acorde lejano que pudiera confundirse con el zumbido del aire, pero que era un conjunto de voces lejanas y graves, que parecía salir del seno de la tierra e irse elevando poco a poco, haciéndose cada vez más perceptible.

El osado peregrino comenzaba a tener miedo; pero con su miedo luchaba aún su fanatismo por todo lo desusado y maravilloso, y alentado por él dejó la tumba sobre que reposaba, se inclinó al borde del abismo por entre cuyas rocas saltaba el torrente, despeñándose con un trueno incesante y espantoso, y sus cabellos se erizaron de horror.

Mal envueltos en los jirones de sus hábitos, caladas las capuchas, bajo los pliegues de las cuales contrastaban con sus descarnadas mandíbulas y los blancos dientes las oscuras cavidades de los ojos de sus calaveras, vio los esqueletos de los monjes que fueron arrojados desde el pretil de la iglesia a aquel precipicio, salir del fondo de las aguas, y agarrándose con los largos dedos de sus manos de hueso a las grietas de las peñas, trepar por ellas hasta tocar el borde, diciendo con voz baja y sepulcral, pero con una desgarradora expresión de dolor, el primer versículo del salmo de David:

—¡Miserere mei, Domine, secundum magnam misericordiam tuam!

Cuando los monjes llegaron al peristilo del templo, se ordenaron en dos hileras, y penetrando en él, fueron a arrodillarse en el coro, donde con voz más levantada y solemne prosiguieron entonando los versículos del salmo. La música sonaba al compás de sus voces: aquella música era el rumor distante del trueno, que desvanecida la tempestad, se alejaba murmurando; era el zumbido del aire que gemía en la concavidad del monte; era el monótono ruido de la cascada que caía sobre las rocas, y la gota de agua que se filtraba, y el grito del búho escondido, y el roce de los reptiles inquietos. Todo esto era la música, y algo más que no puede explicarse ni apenas concebirse, algo más que parecía como el eco de un órgano que acompañaba los versículos del gigante himno de contrición del Rey Salmista, con notas y acordes tan gigantes como sus palabras terribles.

Siguió la ceremonia; el músico que la presenciaba, absorto y aterrado, creía estar fuera del mundo real, vivir en esa región fantástica del sueño en que todas las cosas se revisten de formas extrañas y fenomenales.

Un sacudimiento terrible vino a sacarle de aquel estupor que embargaba todas las facultades de su espíritu. Sus nervios saltaron al impulso de una emoción fortísima, sus dientes chocaron, agitándose con un temblor imposible de reprimir, y el frío penetrar hasta la médula de los huesos.

Los monjes pronunciaban en aquel instante estas espantosas palabras del Miserere:

In iniquitatibus conceptus sum: et in peccatis concepit me mater mea.

Al resonar este versículo y dilatarse sus ecos retumbando de bóveda en bóveda, se levantó un alarido tremendo, que parecía un grito de dolor arrancado a la humanidad entera por la conciencia de sus maldades, un grito horroroso, formado de todos los lamentos del infortunio, de todos los aullidos de la desesperación, de todas las blasfemias de la impiedad, concierto monstruoso, digno intérprete de los que viven en el pecado y fueron concebidos en la iniquidad.

Prosiguió el canto, ora tristísimo y profundo, ora semejante a un rayo de sol que rompe la nube oscura de una tempestad, haciendo suceder a un relámpago de terror otro relámpago de júbilo, hasta que merced a una transformación súbita, la iglesia resplandeció bañada en luz celeste; las osamentas de los monjes se vistieron de sus carnes; una aureola luminosa brilló en derredor de sus frentes; se rompió la cúpula, y a través de ella se vio el cielo como un océano de lumbre abierto a la mirada de los justos.

Los serafines, los arcángeles, los ángeles y las jerarquías acompañaban con un himno de gloria este versículo que subía entonces al

Trono del Señor como una tromba armónica, como una gigantesca espiral de sonoro incienso:

Auditui meo dabis gaudium et lœtitiam: et exultabunt ossa humiliata.

En este punto la claridad deslumbradora cegó los ojos del romero, sus sienes latieron con violencia, zumbaron sus oídos y cayó sin conocimiento por tierra, y nada más oyó.

III

Al día siguiente, los pacíficos monjes de la abadía de Fitero, a quienes el hermano lego había dado cuenta de la extraña visita de la noche anterior, vieron entrar por sus puertas, pálido y como fuera de sí, al desconocido romero.

—¿Oísteis al cabo el *Miserere*? —le preguntó con cierta mezcla de ironía el lego, lanzando a hurtadillas una mirada de inteligencia a sus superiores.

—Sí —respondió el músico.

—¿Y qué tal os ha parecido?

—Lo voy a escribir. Dadme un asilo en vuestra casa -prosiguió dirigiéndose al abad-; un asilo y pan por algunos meses, y voy a dejaros una obra inmortal del arte, un *Miserere* que borre mis culpas a los ojos de Dios, eternice mi memoria y eternice con ella la de esta abadía.

Los monjes, por curiosidad, aconsejaron al abad que accediese a su demanda; el abad, por compasión, aun creyéndole un loco, accedió al fin a ella, y el músico, instalado ya en el monasterio, comenzó su obra.

Noche y día trabajaba con un afán incesante. En mitad de su tarea se paraba, y parecía como escuchar algo que sonaba en su imaginación, y se dilataban sus pupilas, saltaba en el asiento, y exclamaba: —¡Eso es; así, así, no hay duda..., así! Y proseguía escribiendo notas con una rapidez febril, que dio en más de una ocasión que admirar a los que le observaban sin ser vistos.

Escribió los primeros versículos, y los siguientes, y hasta la mitad del Salmo; pero al llegar al último que había oído en la montaña, le fue imposible proseguir.

Escribió uno, dos, cien, doscientos borradores; todo inútil. Su música no se parecía a aquella música ya anotada, y el sueño huyó de sus párpados, y perdió el apetito, y la fiebre se apoderó de su cabeza, y se volvió loco, y se murió, en fin, sin poder terminar el *Miserere*, que, como una cosa extraña, guardaron los frailes a su muerte y aún se conserva hoy en el archivo de la abadía.

* * *

Cuando el viejecito concluyó de contarme esta historia, no pude menos de volver otra vez los ojos al empolvado y antiguo manuscrito del *Miserere*, que aún estaba abierto sobre una de las mesas.

In peccatis concepit me mater mea.

Estas eran las palabras de la página que tenía ante mi vista, y que parecía mofarse de mí con sus notas, sus llaves y sus garabatos ininteligibles para los legos en la música.

Por haberlas podido leer hubiera dado un mundo.

¿Quién sabe sí no serán una locura?

NARRACIONES

APÓLOGO

Brahma se mecía satisfecho sobre el cáliz de una gigantesca flor de loto que flotaba sobre el haz de las aguas sin nombre.

La Maija fecunda y luminosa envolvía sus cuatro cabezas como con un velo dorado.

El éter encendido palpitaba en torno a las magníficas creaciones, misterioso producto del consorcio de las dos potencias místicas.

Brahma había deseado el cielo, y el cielo salió del abismo del caos con sus siete círculos y semejante a una espiral inmensa.

Había deseado mundos que girasen en torno a su frente, y los mundos comenzaron a voltear en el vacío como una ronda de llamas.

Había deseado espíritus que le glorificasen, y los espíritus, como una savia divina y vivificadora, comenzaron a circular en el seno de los principios elementales.

Unos chispearon con el fuego, otros giraron con el aire, exhalaron suspiros en el agua o estremecieron la tierra, internándose en sus profundas simas.

Visnú, la potencia conservadora dilatándose alrededor de todo lo creado, lo envolvió en su ser como si lo cubriese con un inmenso fanal.

Siva, el genio destructor, se mordía los codos de rabia. El lance no era para menos.

Había visto los elefantes que sostienen los ocho círculos del cielo, y al intentar meterles el diente, se encontró con que eran de diamante, lo que dice sobrado cuán duros estaban de roer.

Probó descomponer el principio de los elementos y los halló con una fuerza reproductora tan activa y espontánea que juzgó más fácil encontrar el último punto de la línea de circunferencia.

De los espíritus no hay para qué decir que, en su calidad de esencia pura, burlaron completamente sus esfuerzos destructores.

En tal punto la creación y en esta actitud los genios que la presiden, Brahma, satisfecho de su obra, pidió de beber a grandes voces.

Diéronle lo que había pedido, bebió, y no debió de ser agua, porque los vapores, subiéndosele a la cabeza, le trastornaron por completo.

En este estado de embriaguez deseó alguna cosa muy extravagante, muy ridícula, muy pequeña; algo que formara contraste con todo lo magnífico y lo grandioso que había creado: y fue la humanidad.

Siva se restregó las manos de gusto al contemplarla.

Visnú frunció el ceño al ver encomendada a su custodia una cosa tan frágil.

Los hombres, en tanto, andaban mustios y sombríos por el mundo, ocultándose avergonzados los unos de los otros, cerrando los ojos para no ver a su alrededor tanto grande y eterno, y no compararlo involuntariamente con su pequeñez y su miseria.

Porque los hombres tenían la conciencia exacta de sí mismos.

—¿Queréis acabar de una vez con vuestros males? —les dijo Siva—. ¿Queréis morir?

—¡Sí, sí! —exclamaron en tumulto—. ¿Para qué queremos este soplo de existencia?

—Yo soy un estúpido, lo sé, y me avergüenzo de mi barbarie —decía uno.

—Yo soy deforme —añadía el otro—, y me entristece el espectáculo de mi ridiculez.

—Y tenemos estas y estas fallas y aquellas y las otras miserias

—proseguían diciendo los demás, enumerando el cúmulo de males y defectos de que entonces, como ahora, se hallaban plagados los hombres.

—Es cosa hecha —dijo Siva, viendo la decisión de la humanidad entera.

Y levantó la mano para destruirla; pero en aquel instante se interpuso Visnú.

—Esperad un día —exclamó, dirigiéndose a los hombres—, un día no más. Voy a daros de beber un elixir misterioso. Si mañana después de haberlo bebido queréis morir, que vuestra voluntad se cumpla.

Los hombres aceptaron, y Siva dejó su presa refunfuñando entre dientes, porque conocía el ingenio y la travesura de su competidor. Visnú que efectivamente era hombre, digo mal, era dios de grandes recursos en las ocasiones críticas, se las compuso de manera que a las pocas horas tenía ya hecho y embotellado su elixir en tal cantidad que tocó a frasco por barba.

Pasó la noche, durante la cual los hombres no hicieron otra cosa que sorber por la nariz aquella especie de éter mágico; y cuando tornó a brillar la luz, vino Siva de nuevo a renovar sus proposiciones de muerte.

Los hombres, al oírle, comenzaron por maravillarse y acabaron por reírsele en las barbas.

—¡Morir nosotros —exclamaron—, cuando un porvenir inmenso se abre ante nuestra vista!

—Yo —decía el uno— voy a conmover el mundo con la fuerza de mi brazo.

—Yo voy a hacer mi nombre inmortal en la tierra.

—Yo, a avasallar los corazones con el encanto de mi hermosura.

Y así, todos iban repitiendo.

—¡Morir yo, que siento arder en mi frente la llama del genio; yo, que soy fuerte; yo, que soy hermoso, yo, que seré inmortal!

Siva no daba crédito a sus ojos, y unas veces le daban ganas de rabiar y otras de reír a carcajada tendida ante el espectáculo de tan ridícula transformación. En aquel momento pasaba Visnú a su lado, y el genio destructor no pudo menos de dirigirle estas palabras:

—¿Qué diantre les has dado a estos imbéciles, que ayer estaban todos mustios, cabizbajos y llenos de la conciencia de su pequeñez, y hoy andan con la frente erguida, burlándose los unos de los otros, creyéndose cada uno cual un dios?

Visnú, con mucha sorna, y dándole un golpecito en un hombro, se inclinó al oído de Siva y le dijo en voz muy baja:

—Les he dado el amor propio.

HISTORIA DE UNA MARIPOSA

Después de tanto escribir para los demás, permitidme que un día escriba para mí.

En el discurso de mi vida me han pasado una multitud de cosas sin importancia que, sin que yo sepa el porqué, las tengo siempre en la memoria.

Yo, que olvido con la facilidad del mundo las fechas más memorables, y apenas si guardo un recuerdo confuso y semejante al de un sueño desvanecido de los acontecimientos que, por decirlo así, han cambiado mi suerte, puedo referir con los detalles más minuciosos lo que me sucedió tal o cual día, paseándome por esta o la otra parte, cuanto se dijo en una conversación sin interés ninguno tenida hace seis o siete años, o el traje, las señas y la fisonomía de una persona desconocida que, mientras yo hacía esto o lo de más allá, se puso a mi lado, o me miró o le dirigí la palabra. En algunas ocasiones, y por lo regular cuando quisiera tener el pensamiento más distante de tales majaderías, porque una ocupación seria reclama mi atención y el empleo de todas mis facultades, acontece que comienzan a agolparse a mi memoria estos recuerdos importunos y la imaginación, saltando de idea en idea, se entretiene en reunirlas como en un mosaico disparatado y extravagante.

A veces creo que entre tal mujer que vi en un sitio cualquiera, entre otras ciento que he olvidado, y tal canción que oí mucho tiempo después y recuerdo mejor que otras canciones que no he podido recordar nunca, hay alguna afinidad secreta, porque a mi imaginación se ofrecen al par y siempre van unidas en mi memoria, sin que en apariencia halle entre las dos ningún punto de contacto. También me sucede dar por seguro que un hombre determinado, a quien apenas conozco y, que sin saber por qué, lo tengo a todas horas presente, ha de ejercer algún influjo en mi porvenir, y me espera en el camino de mi vida para salirme al encuentro.

De estas fútiles preocupaciones, de estos hechos aislados y sin importancia, me esfuerzo en vano cuando asaltan mi memoria en sacar alguna deducción positiva; y digo en vano, porque si bien en ciertos momentos se me figura hallar su escondida relación, y como oculto tras la forma de mi vida prosaica y material, me parece que he sorprendido algo misterioso que se encadena entre sí y con apariencias extrañas, o reproduce lo pasado o previene lo futuro, otros, y estos son los más frecuentes, después de algunas horas de atonía de la inteligencia práctica, vuelvo al mundo de los hechos materiales y me convenzo de que, cuando menos en ocasiones, soy un completísimo mentecato.

No obstante, como tengo en la cabeza una multitud de ideas absurdas que siempre me andan dando tormento mezclándose y sobreponiéndose a las pocas negociables en el mercado del sentido común, y como he observado que una vez escrita una y arrojada al público, la olvido por completo y nunca más torna a fatigarme, voy a ir poco a poco deshaciéndome de las más rebeldes.

Yo prometo solemnemente que si a mi enferma imaginación le aprovechan estas sangrías y mañana o pasado puedo disponer de mí mismo, he de aplicar todas mis facultades a algo más que enjaretar majaderías, y tal vez mi nombre pase a las futuras generaciones, unido al de un nuevo betún, unos polvos dentífricos o algún otro descubrimiento o invención útil a la humanidad.

Entre tanto, sufrid como tantas otras impertinencias se sufren en este mundo, el relato de dos recuerdos insignificantes: la doliente historia de una mariposa blanca y una araña negra.

Un día de primavera, un día rico de luz y de colores, de esos en que, viéndolo todo envejecerse a nuestro alrededor, nos admira que nunca se envejezca el mundo, estaba yo sentado en una piedra a la entrada de un pueblecito. Me ocupaba, al parecer, en copiar una fuente muy pintoresca, a la que daban sombra algunos álamos; pero, en realidad, lo que hacía era tomar el sol con este pretexto, pues en más de tres horas que estuve allí, embobado con el ruidito del agua y de las hojas de los árboles, apenas si tracé cuatro rayas en el papel del dibujo.

Sentado estaba, como digo, pensando, según vulgarmente se dice, en las musarañas, cuando pasaron por delante de mis ojos dos mariposas blancas como la nieve. Las dos iban revoloteando, tan juntas, que al verlas me pareció una sola. Tal vez habían roto ambas a un mismo tiempo la momia de larva que las contenía y, animándose con un templado rayo de sol, se habían lanzado a la vez, en su segunda y misteriosa vida, a vagar por el espacio.

Esto pensaba yo, cuando las mariposas volvieron a pasar delante de mí y fueron a posarse en una mata de campanillas azules, entre las que se detuvieron algunos segundos, sin que dejasen de palpitar sus alas. Después tornaron a levantar el vuelo y a dar vueltas a mi alrededor. Yo no sé qué querían de mí. Sin duda en el instinto de las mariposas hay algo de fatal que las lleva a la muerte. Ellas se agitan, como en un vértigo, alrededor de la llama que no las busca; ellas parece como que nos provocan, estrechando los círculos que describen en el aire en torno a nuestras cabezas, y las ahuyentamos, y vienen de nuevo.

Yo no sé qué querían de mí aquellas mariposas, aquellas precisamente, y no otras muchas que andaban también por allí revoloteando; yo no lo sé ni me lo he podido explicar nunca, pero lo cierto es que yo debía matar a una y, maquinalmente, no queriendo, no esperando cogerla, tendí la mano al pasar por la centésima vez junto a mi rostro, y la cogí y la maté. Sentí matarla, como sentiría que una noche se me cayeran los gemelos de teatro desde el antepecho de un palco y matasen a un infeliz de las butacas, lo cual no me ha sucedido nunca, aunque muchas veces he pensado que podría sucederme.

Esta es la historia de la mariposa; vamos a la de la araña.

La araña vivía en el claustro de un monasterio ya ruinoso y casi abandonado. Allí se había hecho una casa, tejida con un hilo oscuro, entre los huecos de un bajorrelieve.

Yo entré un día en el claustro y desperté el eco de aquellas ruinas con el ruido de mis tacones. Y se me ocurrió, lo primero, que los claustros se habían hecho para los religiosos que llevaban sandalias, y comencé a pisar quedito, porque hasta a mí me escandalizaba el ruido que hacía, siendo tan pequeño, en aquel edificio tan grande.

El cielo estaba encapotado, y el claustro recibía la luz por unas ojivas altas y estrechas que lo dejaban en penumbra de modo que, aunque todo me hacía ojos, no podía ver bien los detalles del bajorrelieve que había empezado a copiar.

El bajorrelieve representaba una procesión de monjes con el abad a la cabeza y servía de ornamento a los capiteles de un haz de columnas que formaban uno de los ángulos. No sé en dónde encontré una escalera que apoyé en el muro para subir por ella y ver los detalles; el caso es que subí, y cuando estaba más abstraído en mi ocupación, como me estorbase para examinar a mi gusto la mitra del abad una tela oscura y polvorienta que la envolvía casi toda, extendí la mano y la arranqué, y de debajo de aquella cosa sin nombre, que era su habitación, salió la araña.

Una araña horrible, negra, velluda, con las patas cortas y el cuello abultado y glutinoso.

No sé qué fue más pronto, si salir el animalucho aquel de su escondrijo, o tirarme yo al suelo desde lo alto de la escalera, con peligro de romperme un brazo, todo asustado, todo conmovido, como si hubiese visto animarse uno de aquellos vestiglos de piedra que se enroscan entre las hojas de trébol de la cornisa y abrir la boca para comerme crudo.

La pobre araña, y digo la pobre porque ahora que la recuerdo me causa compasión, la pobre araña, digo, andaba aturdida, corriendo de acá para allá, por cima de aquellos graves personajes del bajorrelieve, buscando un refugio. Yo, repuesto del susto y queriendo vengarme en ella de mi debilidad, comencé a coger cantos de los que había allí caídos, y tantos le arrojé que al fin le acerté con uno.

Después que hubo muerto la araña, dije: "¡Bien muerta está! ¿Para qué era tan fea?". Y recogí mi cartera de dibujo, guardé mis lápices y me marché tan satisfecho.

Todo esto es una majadería, yo lo conozco perfectamente; pero ello es que andando algún tiempo, decía yo, apretándome la cabeza con las manos y como queriendo sujetar la razón que se me escapaba: "¿Por qué da vueltas esa mujer alrededor de mí? Yo no soy una llama y, sin embargo, puede abrasarse. Yo no la quiero matar y, a pesar de todo, puedo matarla". Y después que hubo pasado todavía más tiempo, pensé y creo que pensé bien: "Si yo no hubiera muerto la mariposa, la hubiera matado a ella".

En cuanto a la araña... he aquí que comienzo a perder el hilo invisible de las misteriosas relaciones de las cosas, y que al volver a la razón empieza a faltarme la extraña lógica del absurdo, que también la tiene para mí en ciertos momentos. No obstante, antes de terminar diré una cosa que se me ha ocurrido muchas veces, recordando este episodio de mi vida. ¿Por qué han de ser tan feas las arañas y bonitas las mariposas? ¿Por qué nos ha de remorder el llanto de unos ojos hermosos, mientras decimos de otros: "Que lloren, que para llorar se han hecho"?

Cuando pienso en todas estas cosas, me dan ganas de creer en la metempsicosis.

Todo sería creer en una simpleza más de las muchas que creo en este mundo.

MEMORIAS DE UN PAVO

No hace mucho que, invitado a comer en casa de un amigo, después que sirvieron otros platos confortables, hizo su entrada triunfal el clásico pavo, de rigor durante las Pascuas en toda mesa que se respete un poco y que tenga en algo las antiguas tradiciones y las costumbres de nuestro país.

Ninguno de los presentes al convite, incluso el anfitrión, éramos muy fuertes en el arte de trinchar, razón por la que mentalmente todos debimos coincidir en el elogio del uso últimamente establecido de servir las aves trinchadas. Pero como, sea por respeto al rigorismo de la ceremonia, que en estas solemnidades y para dar a conocer sin que quede género de duda que el pavo es pavo, parece exigir que este salga a la liza en una pieza; sea por un involuntario olvido o por otra causa que no es del caso averiguar, el animalito en cuestión estaba allí íntegro y pidiendo a voces un cuchillo que lo destrozase; me decidí a hacerlo, y poniendo mi esperanza en Dios y mi memoria en el Compendio de Urbanidad que estudié en el colegio, donde, entre otras cosas no menos útiles, me enseñaron algo de este difícil arte, empuñé el trinchante en la una mano, blandí el acero con la otra, y salga lo que saliere, le tiré un golpe furibundo.

El cuchillo penetró hasta las más recónditas regiones del ya implume bípedo; mas juzguen mis lectores cuál no sería mi sorpresa, al notar que la hoja tropezaba en aquellas interioridades con un cuerpo extraño.

—¿Qué diantre tiene este animal en el cuerpo? —exclamé, con un gesto de asombro e interrogando con la vista al dueño de la casa.

—¿Qué ha de tener? —me contestó mi amigo, con la mayor naturalidad del mundo—. Que está relleno.

—¿Relleno de qué? —proseguí yo, pugnando por descubrir la causa de mi estupefacción—. Por lo visto, debe ser de papeles, pues a juzgar por lo que se toca con el cuchillo, este animal trae un protocolo en el buche.

Los circunstantes rieron a mandíbula batiente mi observación.

Sintiéndome picado de la incredulidad de mis amigos, me apresuré a abrir en canal el pavo, y cuando lo hube conseguido, no sin grandes esfuerzos, dije en son de triunfo, como el Salvador de Santo Tomás:

—Ved y creed.

Había llegado el caso de que los demás participasen de mi asombro. Separadas a uno y otro lado las dos porciones carnosas de la pechuga del ave y rota la armazón de huesos y cartílagos que la sostenían, todos pudimos ver un rollo de papeles ocupando el lugar donde antes se encontraron las entrañas y donde entonces teníamos, hasta cierto punto, derecho a esperar que se encontrase un relleno un poco más gustoso y digerible.

El dueño de la casa frunció el entrecejo. La broma, caso de serlo, no podía venir sino de la parte de la cocinera, y para broma de abajo arriba, preciso era confesar que pasaba de castaño oscuro.

El resto de los circunstantes exclamaron a coro, pasado el primer momento de estupefacción, que lo fue asimismo de silencio profundo:

—Veamos, veamos qué dice en esos papeles.

Los papeles, en efecto, estaban escritos. Yo, aun a riesgo de mancharme los dedos, pues estaban bastante grasientos, los extraje del sitio en que se encontraban, y aproximándome a la luz de una bujía pude descifrar este manuscrito que hasta hoy he conservado inédito:

Impresiones, notas sueltas
y pensamientos filosóficos de un pavo destinado a utilizarse
en la redacción de sus Memorias

Ignoro quiénes fueron mis padres, el sitio en que nací y la misión que estoy llamado a realizar en este mundo. No sé, por tanto, de dónde vengo ni adónde voy.

Para mí no existe pasado ni porvenir; de lo que fui no me acuerdo; de lo que seré no me preocupo. Mi existencia, reducida al momento presente, flota en el océano de las cosas creadas como uno de esos átomos luminosos que nadan en el rayo del sol.

Sin que yo, por mi parte, la haya solicitado, ni poder explicarme por dónde me ha venido, me he encontrado con la vida; y como suele decirse que a caballo regalado no hay que mirarle el diente, sin discutirla, sin analizarla, me limito a sacar de ella el mejor partido posible.

Porque la verdad es que en los templados días de primavera, cuando la cabeza se llena de sueños y el corazón de deseos, cuando el sol parece más brillante y el cielo más azul y más profundo; cuando el aire perezoso y tibio vaga a nuestro alrededor cargado de perfumes y de notas de armonías lejanas; cuando se bebe en la atmósfera un dulce y sutil fluido que circula con la sangre y aligera su curso, se siente un no sé qué de diáfano y agradable en uno mismo y en cuanto lo rodea, que no se puede menos de confesar que la vida no es del todo mala.

La mía, a lo menos, es bastante aceptable. En clase de pavo, se entiende.

Aún no clarea la mañana cuando un gallo, compañero de corral, me anuncia que es la hora de salir al campo a procurarme la comida.

Entreabro los soñolientos ojos, sacudo las plumas y héteme aquí calzado y vestido.

Los primeros rayos de sol bajan resbalando por la falda de los montes, doran el humo que sube en azuladas espirales de las rojas chimeneas del lugar, abrillantan las gotas de rocío escondidas entre el césped y relucen como un inquieto punto de luz en los pequeños cascos de vidrio y loza de platos y pucheros rotos que, diseminados acá y allá, en el montón de estiércol y basuras a que se dirigen mis pasos, fingen, a la distancia, una brillante constelación de estrellas.

Allí, ora distraído en la persecución de un insecto que huye, se esconde y torna a aparecer, ora revolviendo con el pico la tierra húmeda, entre cuyos terrones aparece de cuando en cuando una apetitosa simiente, dejo transcurrir todo el espacio de tiempo que media entre el alba y la tarde. Cuando llega esta, un manso ruidito de aguas corrientes me llama al borde del arroyo próximo, donde, al compás de la música del aire, del agua y de las hojas de los álamos, abriendo el abanico de mis oscuras plumas, hago cada idilio a la inocente pava, señora de mis pensamientos, que causarían envidia, a poderlos comprender, no digo a los rústicos gañanes que frecuentan estos contornos, sino a los más pulidos pastores de la propia Galatea.

Tal es mi vida; hoy como ayer, probablemente como hoy.

Repetid esta página tantas veces como días tiene el año y tendréis una exacta idea de la primera parte de mi historia.

La inalterable serenidad de mi vida se ha turbado como el agua de una charca a la que arrojan una piedra.

Una desconocida inquietud se ha apoderado de mi espíritu, y ya va de dos veces que me sorprendo pensando.

Este exceso de actividad de las facultades mentales es causa de una gran perturbación en mi economía orgánica; apenas duermo once horas, y ayer se me indigestó el hueso de un albaricoque.

Yo creí que no habría nada más allá de esas montañas que limitan el horizonte de la aldea. No obstante, he oído decir que vamos a la corte, y que para llegar hasta allí salvaremos esas altísimas barreras de granito que yo creía el límite del mundo. ¡La corte! ¿Cómo será la corte? Pronto saldré de dudas.

Escribo estas líneas en el corral donde me recojo a dormir y aprovechando la última luz del crepúsculo de la tarde. Mañana partimos. Un poco precipitada me parece la marcha. Por fortuna, el arreglo del equipaje no me ha de entretener mucho.

Me he detenido en lo más alto de la cumbre que domina el valle donde viví para contemplar por última vez las bardas del corral paterno.

¡Con cuánta verdad podría llamarse a estas peñas, desde donde envío un postrer adiós a lo que fue mi reino, el suspiro del pavo!

Desde aquí veo la llanura teatro de mis cacerías. Más allá corre el arroyo que al par que apagaba mi sed me ofrecía limpio espejo donde contemplar mi hermosura. Allí vive mi pava; junto a aquel árbol la vi por primera vez. ¡Al pie de ese otro le declaré mi amor!

Las lágrimas me oscurecen la vista y lloro a moco tendido, en toda la extensión de la frase.

¡Parece que al alejarme de estos sitios se me arranca algo del fondo de las entrañas y, a mi pesar, se queda en ellos!

¿Será este extraño afán presentimiento de mi desventura? ¿Será...?

Un cañazo ha interrumpido el hilo de mis reflexiones en este instante.

Hago aquí el punto, deprisa y corriendo, para reunirme a la manada, no sea que se repita la insinuación.

Ya estamos en la corte. He necesitado que me lo digan y me lo repitan cien veces para creerlo. ¿Es esto Madrid? ¿Es este el paraíso que yo soñé en mi aldea? ¡Dios mío! ¡Qué desencanto tan horrible!

El sol llega trabajosamente al fondo de estas calles, cuyas casas parecen castillos; ni un mal jaramago crece entre las descarnadas junturas de los adoquines: aún no ha acabado de caer al suelo la cáscara de una naranja, el troncho de una col, el hueso de un albaricoque, cualquier cosa, en fin, que pueda utilizarse como alimento digerible, cuando ya ha desaparecido sin saber por dónde.

En cada calle hay un tropiezo; en cada esquina, un peligro. Cuando no nos acosa un perro, amenaza aplastarnos un coche o nos arrima un puntillón un pillete.

La caña no se da punto de reposo. Noche y día la tenemos suspendida sobre la cabeza, como una nueva espada de Damocles.

Ya no puedo seguir al azar el camino que mejor me parece, ni detenerme un momento para descansar de las fatigas de este interminable pase. "¡Anda! ¡Anda!", me dice a cada instante nuestro guía, acompañando sus palabras con un cañonazo.

¡Con cuánta más razón que al famoso judío de la leyenda se me podría llamar a mí el pavo errante! ¿Cuándo terminará esta enfadosa y eterna peregrinación?

He perdido lo menos dos libras de carne.

No obstante, a un caballero que se ha parado delante de la manada he conseguido llamarle la atención por gordo. ¡Si me hubiera conocido en mi país y en los días de mi felicidad!

Con esta va de tres veces que me coge por las patas y me mira y me remira, columpiándome en el aire, dejándome luego, para proseguir en el animado diálogo que sostiene con nuestro conductor.

Por cuarta vez me ha cogido en peso y, sin duda, ha debido de distraerse con su conversación, pues me ha tenido cabeza abajo más de siete minutos.

El capricho de este buen señor comienza a cargarme.

¿Es esto una pesadilla horrible? ¿Estoy dormido o despierto? ¿Qué pasa por mí? Ya hace más de un cuarto de hora que trato de sobreponerme al estupor que me embarga y no acierto a conseguirlo.

Me encuentro como si despertara de un sueño angustioso... Y no hay duda. He dormido, o, mejor dicho, me he desmayado.

Tratemos de coordinar las ideas. Comienzo a recordar confusamente lo que me ha pasado. Después de mucha conversación entre nuestro guía y el desconocido personaje, este me entregó a otro hombre, que me agarró por las patas y se me cargó al hombro.

Quise resistirme, quise gritar al ver que se alejaban mis compañeros; pero la indignación, el dolor y la incómoda postura en que me habían colocado ahogaron la voz en mi garganta. Figuraos cuánto sufriría hasta perderlos de vista.

Luego me sentí llevado al través de muchas calles, hasta que comenzaron a subir unas empinadas escaleras que no parecían tener fin.

A la mitad de esta escala, que podría compararse a la de Jacob por lo larga, aun cuando no bajasen ni subiesen ángeles por ella, perdí el conocimiento.

La sangre, agolpada a la cabeza, debió producirme un principio de congestión cerebral.

Al volver en mí me he hallado envuelto en tinieblas profundas. Poco a poco mis ojos se van acostumbrando a distinguir los objetos de la oscuridad, y he podido ver el sitio en que me encuentro.

Esto debe de ser lo que en Madrid llaman una buhardilla. Trastos viejos, rollos de estera, pabellones de telaraña constituyen todo el mobiliario de esta tenebrosa estancia, por la que discurren a su sabor algunos ratones.

Por el angosto tragaluz pasa en este instante un furtivo rayo de sol... ¡El sol, el campo, el aire libre! ¡Dios mío, qué tropel de ideas se agolpa en mi mente! ¿Dónde están aquellos días felices? ¿Dónde están aquellas...?

Me es imposible seguir. Una arpía, turbando mis meditaciones, me ha metido catorce nueces en el buche. Catorce nueces con cáscaras y todo. Figuraos por un momento cuál será mi situación. ¡Y a esto le llaman en este país dar de comer!

*

Lasciate ogni speranza! Han pasado algunos días y se me ha revelado todo lo horrible de mi situación. He visto brillar con un fulgor siniestro el cuchillo que ha de segar mi garganta y he contemplado con terror la cazuela destinada a recibir mi sangre.

Ya oigo los tambores de los chiquillos que redoblan anunciando mi muerte. Mis plumas, estas hermosas plumas con que tantas veces he hecho el abanico, van a ser arrancadas, una a una, y esparcidas al viento como las cenizas de los más monstruosos criminales.

Voy a tener por tumba un estómago, y por epitafio la décima en que pide los aguinaldos un sereno.

Se tu non piangi, di che pianger suoli?

Cuando terminé la lectura de este extraño diario, todos estábamos enternecidos. La presencia de la víctima hacía más conmovedora la relación de sus desgracias.

Pero... ¡oh, fuerza de la necesidad y la costumbre!, transcurrido el primer momento de estupor y de silencio profundo, nos enjugamos con el pico de la servilleta la lágrima que temblaba suspendida en nuestros párpados y nos comimos el cadáver.

UN BOCETO DEL NATURAL

I

Me encontraba accidentalmente en un puerto de mar, durante la estación de baños. Merced a mi antiguo conocimiento con una familia que, aunque establecida en la corte, acostumbraba pasar dos o tres meses del verano en aquel punto, había logrado hacerme en pocos días de algunas agradables relaciones entre las personas más distinguidas de la población.

Después de haber sufrido en materia de amores, no diré desengaños, sino alguna que otra contrariedad, explotaba por aquella época el filón de las amistades femeninas. Entre las varias mujeres con que había intimado, fiel a mi propósito de cultivar ese género de relaciones que se mantienen en el justo medio de las simpatías, se contaban dos hermanas, las dos bonitas, las dos discretas, a pesar de que la una pecaba un poco de aturdida, mientras la otra tenía de cuando en cuando sus puntas de sentimentalismo.

Esta misma diferencia de caracteres era para mí uno de los mayores alicientes de su trato; pues cuando me sentía con humor de reír, me dedicaba a pasar revista a todas las ridiculeces de nuestros compañeros de temporada en unión con Luisa, que así se llamaba la más alegre de genio, y cuando, por el contrario, sin saber por qué ni por qué no, me asaltaban esas ideas melancólicas de las que en vano trata uno de defenderse cuando se encuentra entre personas de diverso carácter, daba rienda suelta a mis sensiblerías, charlando con Elena, que este era el nombre de la otra, de vagos presentimientos, pesares no comprendidos, aspiraciones sin nombre, y toda esa música celeste del sentimentalismo casero. Así, bromeando y riendo a carcajadas con esta, cuchicheando a media voz con aquella o hablando indiferentemente con las dos de música, de modas, de novelas, de amor, de viajes, comunicándonos nuestras impresiones, revelándonos nuestros secretos, revelables entre amigos, refiriéndonos nuestras aventuras o echando planes sobre el porvenir, pasábamos la mayor parte del tiempo juntos, ya en su casa, donde comía algunas veces, ya en los paseos que proyectábamos a los alrededores de la población o en el camino del baño, adonde las acompañaba todas las tardes.

Una de estas tardes, que fui como de costumbre en su busca para acompañarlas al baño, encontré la casa removida, los criados revueltos, un saco de noche por aquí, una maleta por allá, todas las señales, en fin, que indican un viaje próximo.

—¿Qué es eso? —pregunté a Luisa, que fue la primera que salió a recibirme—. ¿Se marchan ustedes?

—No —me contestó—; es que acaba de llegar mi prima Julia, que viene a pasar una temporada con nosotras.

—Siendo así —dije—, tendremos una nueva compañera de tertulias y de excursiones.

—Seguramente —añadió Luisa— tendremos una nueva compañera, aunque bastante original.

Y al decir esto acompañó sus palabras con una sonrisa maliciosa.

—Pero... pase usted —se apresuró a añadir, viendo que yo permanecía irresoluto y aún con el sombrero en la mano en el dintel de la antesala—; pase usted al gabinete, que aun cuando no salimos esta tarde, charlaremos un rato y conocerá usted a Julia, que está en el tocador con Elena, y pronto acabará de vestirse.

Esto diciendo, hizo señas a un criado para que me tomase el sombrero, me condujo al gabinete y haciéndome una graciosa reverencia me dijo con coquetería:

—Ahora va usted a dispensarme si le dejo a solas un ratito porque yo también tengo que arreglarme un poco.

—¡Una compañera original! —exclamé ya maquinalmente cuando hubo desaparecido Luisa—. ¿Qué entenderá esta por original? ¿Será original por la figura o por el carácter? Tengo deseos de conocerla. ¡Original! Precisamente eso es lo que no me parece ninguna de las que conozco. ¿Será fea?, ¿será tonta? Pero nada de esto es raro, sino por desgracia harto común. ¡Señor! ¿Qué particularidad tendrá esa mujer que tan esencialmente la diferencia de las otras mujeres?

Y embebido en estas ideas, me puse a hojear distraídamente el álbum de Elena que encontré sobre un velador. En aquel álbum, y entre un diluvio de muñecos deplorables y de versos de pacotilla, vi algunas hojas en las cuales las amigas de colegio de Elena, como para dejarle un recuerdo, habían escrito sus nombres, estas al pie de una mala redondilla, aquellas debajo de tres o cuatro renglones de mediana prosa, en que ponderaban su amistad y la hermosura de la dueña del álbum, o aventuraban uno de esos pensamientos poéticos de que todas las niñas románticas tienen como una especie de troquel en la cabeza. Ya iba a dejar el álbum sobre el velador, cuando al volver una de sus hojas fijé casualmente la vista en unos garrapatos, hechos tan a la ligera, que solo merced a un detenido examen pude averiguar que aquellas líneas extrañas tenían la pretensión de ser letras y que el todo formaba el nombre de una mujer.

En efecto, en aquella hoja, la prima de Elena, contrastando en su laconismo con el fárrago de inocentadas de sus otras compañeras de pensión, se había limitado a poner "Julia"; ni más verso, ni más prosa, ni apellido, ni rasgo de firma: "Julia", y esto así, de una vez, como quien escribe sin mirar; más con la intención que con la mano; sin otros perfiles ni adornos que algún borrón suelto o esos salpicones de tinta que deja la pluma cuando, llevada con descuido y velocidad, parece como que va saltando sobre el papel. Yo he leído en alguna parte que hay ciertas reglas sacadas de la observación para conocer el carácter de la persona por solo su escritura. Dificulto que esto pueda constituirse, como la frenología o la fisionomía, en una ciencia, ni aun por sus más adictos partidarios; pero no hay duda que, por un sentimiento vago e instintivo, siempre que vemos un autógrafo cualquiera, se nos antoja que conocemos ya, aunque de un modo confuso, la persona a quien pertenece. No obstante que yo sabía que las personas que hacen las letras de tal hechura es porque son nerviosas, y las que no porque son linfáticas, y que los melancólicos escriben de esta manera y los alegres de la otra, toda mi pericia caligráfico–moral se estrellaba en el análisis de aquel nombre compuesto de cinco letras, de las cuales esta era estrecha y tendida, la otra redonda y grande, mientras las de más allá tenían forma apenas, o se adivinaban más por la intención que por los rasgos.

A primera vista, y juzgando por la impresión, cualquiera hubiese dicho que la persona que había puesto su nombre en aquella hoja de aristol no sabía escribir. Pero quedarse en este punto de la inducción sería quedarse en la superficie de la cosa. Yo me engolfé en el terreno de las suposiciones y creí ver en aquellos rasgos desiguales la señal evidente de que Julia escribía poco, y escribía, no como por un mecanismo, sino con el mismo desorden, la lentitud o la prisa del que habla: al escribir, entre sus manos, sus facciones y su inteligencia, debían existir movimientos armónicos. Al ver detrás de tanta y tanta majadería como se encontraba en el álbum de Elena aquella inmensa página en blanco con cuatro letras borrajeadas de cualquier modo, diríase que un genio superior, Byron o Balzac, por ejemplo, instado por una señorita impertinente, y no pudiendo eludir el compromiso, había trazado allí con desdén su nombre.

—No hay duda —exclamé arrojando el libro sobre el velador—, si continúo media hora más tratando de resolver este enigma, acabaré por fingirme en la imaginación alguna locura de las que yo acostumbro... Afortunadamente la realidad está cerca.

Y al decir esto, me levanté para saludar a mis amigas, cuyos elegantes trajes de seda oía crujir en la sala, y cuyos menudos pasos sentía aproximarse en dirección al gabinete.

II

Luisa y Elena entraron en el gabinete acompañadas de su prima. Como era natural, me fijé desde luego en la recién llegada, con una insistencia que acaso pecaría de indiscreción, pero que disculpaba en parte el interés que, aun sin conocerla, me había inspirado.

Julia era alta, delgada, pálida y ligeramente morena. Tenía los pómulos acusados, la nariz fina y aguileña, los labios delgados y encendidos, las cejas negras y casi unidas, la frente un poco calzada y el cabello oscuro, crespo y abundante. Como aquella mujer he conocido muchas, pero ojos como los suyos confieso que no había visto jamás. Eran pardos, pero tan grandes, tan desmesuradamente abiertos, tan fijos, tan cercados de sombra misteriosa, tan llenos de reflejos de una claridad extraña, que al mirarlos de frente experimenté como una especie de alucinación y bajé al suelo la mirada.

Bajé la mirada, pero aquellos dos ojos tan claros y tan grandes, desasidos del rostro al que pertenecían, me pareció que se quedaban solos y flotando en el aire ante mi vista, como después de mirar al sol se quedan flotando por largo tiempo unas manchas de colores ribeteados de luz.

Repuesto del momentáneo estupor que me habían producido aquellos ojos extraños e inmóviles, estreché ligeramente la mano de Elena y saludé a Julia, cuyas facciones se iluminaron, por decirlo así, con una sonrisa, al inclinar con lentitud la cabeza para devolverme el saludo.

Mi primera intención, después de saludarla, fue buscar la fórmula de alguna de esas galanterías de repertorio para decir algo a propósito de la llegada de nuestra nueva compañera; pero al fijarme por segunda vez en su rostro, la sonrisa que lo iluminó un instante había desaparecido, y me encontré con el mismo semblante impasible y con los mismos ojos pardos y grandes, tan grandes, que como vulgarmente suele decirse, le cogían toda la cara.

La frase ya hecha en la imaginación se me antojó una vulgaridad; removí los labios sin acertar a pronunciar palabra alguna, y por segunda vez perdí el terreno. Aparté de la suya mi vista y me puse a examinar, sin que me importase el examen maldita la cosa, uno de los dijes de la cadena del reloj.

Me había propuesto espiar a aquella mujer, aquilatar su inteligencia por sus palabras, estudiarla como un fenómeno curioso, analizarla en fin, seguro de que el análisis me daría por resultado el residuo que queda de todas; pero, por lo visto, me había cogido la vez, se había puesto en guardia y atrincherada en su impasibilidad y silencio, parecía aguardar a oírme para juzgarme.

La idea de que aquella mujer pudiera formar de mí una opinión desventajosa comenzaba a preocuparme. Lo primero que se me ocurrió fue buscar algunos recursos para salir airoso del paso, pero al mismo tiempo me acordé que, cuando se piensa de antemano lo que se va a hacer o decir, se tiene andada la mitad del camino para encajar una necedad o cometer una torpeza.

Afortunadamente estaba allí Luisa. Luisa, que en poniéndose a hablar charlaba hasta por los codos; que preguntaba y se contestaba a sí misma; que era capaz ella sola de mantener la conversación en un duelo; que no dejaba parar un punto la atención sobre cosa alguna; que a cada momento traía un nuevo asunto al debate; y esta, rompiendo el embarazoso silencio en que nos habíamos quedado, me rogó que me sentara y tratase a su prima con la misma confianza que a ellas las había tratado siempre.

Nos sentamos: Luisa, junto al balcón del gabinete que se abría sobre el jardín de la casa; Elena, próxima al piano, por encima de cuyas teclas comenzó a pasear distraídamente sus dedos, y Julia, casi en el fondo de la habitación.

Yo dejé, por un movimiento instintivo, la silla donde estuve sentado hasta entonces y busqué con la vista una butaca. No sé cómo explicarme esta nimiedad; pero por primera vez de mi vida me ocurrió que, sentado en una silla estrecha y empinada, se está como vendido y haciendo una figura grotesca.

Una vez sentados, se comenzó a hablar de cosas indiferentes. Luisa, como de costumbre, sostuvo la conversación en primera línea. Elena terció a menudo, yo aventuré muy pocas palabras, y a Julia no logramos arrancarle sino algún que otro rarísimo monosílabo. Confieso francamente que aquel desdeñoso silencio me seguía preocupando lo que no es decible.

La presencia de Julia era como un obstáculo a la expansión natural entre nosotros. Yo me sentía con menos franqueza que de costumbre en una casa donde siempre la había tenido de sobra; Elena parecía preocuparse de mi visible encogimiento y Luisa, cansada de hablar sin que nadie le contestara, acabó por levantarse y descorrer las persianas del balcón para entretenerse en enredar por entre los hierros las guías de una enredadera que se encaramaba hasta aquella altura desde el jardín.

El sol se había puesto: en el jardín se escuchaba esa confusa algarabía de los pájaros tan característica de las tardes de estío; la brisa del mar, meciendo lentamente las copas de los árboles y empapándose en el perfume de las acacias, entraba a bocanadas por el balcón, inundando el gabinete en olas invisibles de fragancia y de frescura.

Las sombras del crepúsculo comenzaban a envolver todos los objetos, confundiendo las líneas y borrando los colores; en el fondo de la habitación y entre aquella suave sombra, brillaban los ojos de Julia como dos faros encendidos e inmóviles. Yo no quería mirarla;

deseaba afectar su mismo desdén y, sin embargo, mis ojos iban continuamente a buscar los suyos. Elena rompió al fin el silencio, exclamando:

—¡Qué hermosa tarde!

—Hermosísima —añadí yo maquinalmente sin saber siquiera lo que decía y solo por decir algo.

Pero apenas pronuncié esta palabra, pensé que después de callar por tan largo espacio no se nos había ocurrido otra cosa mejor que hablar del tiempo. ¡Del tiempo! Esa eterna y antigua muletilla de los que no saben de qué hablar. Asaltarme esta idea y volverme a mirar a Julia, todo fue obra de un instante.

No lo podré asegurar; pero a mí me pareció que sus labios se dilataban imperceptiblemente, que se reía en fin su inteligencia de nuestras vulgaridades, y que aquella risa mental se reflejaba de un modo extraño en su rostro.

Desde que creí apercibirme de su muda ironía, fue ya un verdadero suplicio para mí el verme obligado a responder a Elena, que comenzó a hablarme del canto de los pajaritos, de las nubecitas color de púrpura, de la poética vaguedad del crepúsculo y otras mil majaderías de este jaez.

—¿Por qué no toca usted algo? —exclamé, dirigiéndome a mi sensible interlocutora con el propósito de salir, por medio de una brusca interrupción, del peligroso terreno de la poesía hablada.

Elena abrió un cuaderno de música, el primero que le vino a mano, con intención sin duda de tocar cualquier cosa, la que antes se ofreciera a su vista.

“¡No nos faltaba más sino que hiciese el diablo que tropezara con un trozo de zarzuela para acabar de coronar la obra!”, exclamé yo para mis adentros, mientras me disponía a escuchar lo más cómodamente posible.

Por fortuna el libro era de música escogida, y Elena comenzó a tocar un vals de Beethoven; un vals de concierto, de una melodía vaga, de una cadencia indecisa, extraño en el pensamiento, más extraño aún en sus giros y sus inesperadas combinaciones armónicas. Cuando Elena hubo concluido de tocar y la última nota se apagó en el aire, Luisa, que aún permanecía en el balcón arreglando las guías de las enredaderas, exclamó dirigiéndose a su hermana:

—Tú dirás lo que se te antoje, me tratarás de zarzuelera y de ignorante, pero yo te digo con toda verdad que no sé qué mérito tienen esas algarabías alemanas que dicen que es un vals y que yo, por más que hago, no encuentro el modo de que pueda bailarse.

Al oír a Luisa, no pude por menos de sonreírme y antes de que Elena comenzase a explicarnos cómo entendía ella las bellezas de aquel género de música especialísimo, me volví hacia Julia para preguntarle a quemarropa.

—¿Y a usted, le gusta este vals?

Ya no era posible eludir una contestación categórica, ya era necesario que hablase, que diese su opinión sobre una materia delicada. "Un punto de apoyo y levanto el mundo", decía Arquímedes. "Un dato sobre el carácter de esa mujer y adivinaré el resto", exclamaba yo en mi interior, felicitándome por el expediente que había encontrado para hacerla hablar.

Julia se sonrió una vez más con aquella sonrisa imperceptible que tanto me había preocupado hacía un momento, y se limitó a contestarme:

—Entiendo muy poco de música.

III

El poco resultado de mi estratagema me puso de tan mal humor, que so pretexto de que la recién llegada necesitaría descansar de las fatigas del camino, abrevié la visita y me marché a la calle.

Necesitaba respirar un poco el aire libre, coordinar mis ideas, darme cuenta a mí mismo de lo que me estaba pasando. Luisa, al despedirme de ella, me había encargado mucho que no dejase de buscarlas a la mañana siguiente para dar un paseo por la orilla del mar. Aunque no me dijo nada de si asistiría o no Julia a este paseo, yo supuse que, fatigada del viaje, no se encontraría de humor para madrugar tanto, y esta idea me animó a acudir a la cita.

A decir verdad, tenía como miedo de volver a encontrarme frente a frente con aquella mujer sin que me diesen primero algunos pormenores sobre su carácter y su historia, y esto nadie podría hacerlo mejor que Luisa, que ya la había calificado de original al anunciármela.

Aquella noche la pasé en claro revolviendo en la fantasía tanto disparate que, apenas comenzó a azulear en las vidrieras de mi balcón la primera luz del día, salté de la cama, me vestí apresuradamente y salí por las calles a esperar la hora señalada, paseándome al fresco y tratando de desechar las ideas absurdas que hervían en mi cabeza.

No sé cuánto tiempo anduve vagando de un lado a otro como un sonámbulo, hablando a solas y tropezando con todo el mundo; lo que puedo decir es que, cuando llegué a casa de mis compañeros de temporada, ya estaban vestidos y esperándome, según me dijeron, hacía cerca de una hora.

—Y la primita, ¿descansa aún? —pregunté a Elena.

—No tal —me contestó—; viendo que se retardaba la hora de salir, se ha decidido a levantarse para acompañarnos.

En aquel momento llegó Julia; parecía otra mujer; nada más ligero y elegante que su sencillo traje color de rosa; nada más fresco y gracioso que su sombrero de paja de Italia, cuyas anchas cintas de gro blanco se anudaban debajo de su barba con un gran lazo de puntas sueltas y flotantes. Estaba descolorida como el día anterior, pero sus facciones eran tan delicadas que la luz parecía transparentarse a través de ella. Sus inmensos ojos, cuyas pupilas se dilataban desmesuradamente en la misteriosa sombra del crepúsculo, estaban entonces entornados, como defendiéndose de la deslumbradora claridad del día. En sus labios delgados y encendidos, en los cuales creí observar en mi primera entrevista una expresión irónica, brillaba una sonrisa tan ingenua e inocente como la de los niños cuando se ríen durmiendo, porque según sus madres ven pasar a los ángeles sobre su cabeza.

Esta inesperada transformación echó por tierra todos los castillos en el aire que había formado hasta allí, tomando por base su desdeñoso ademán, su altivo silencio y la fantástica y extraña expresión de su rostro. Yo esperaba encontrar a la misma mujer impasible y misteriosa de la tarde anterior, y al ver a la Julia de leyenda, súbitamente convertida en una muchacha risueña, de fisonomía simpática y maneras aniñadas y graciosas, más bien que sereno y animado, me sentí nuevamente sobrecogido y temeroso.

Decididamente, aquella mujer se había atravesado en mi camino para confundirme y desesperarme.

Emprendimos nuestro paseo en dirección a la playa. Durante el camino hablamos de cosas indiferentes. Mi idea era hacer que Julia tomase parte en la conversación de un modo indirecto. Para esto hice todo lo posible por no dirigirle la palabra a fin de que no trasluciera mi deseo de oírla hablar, pero este ardid no me valió tampoco. Casual o deliberadamente, Julia no desplegó sus labios, a pesar de que en varias ocasiones vi que los movía con intención de pronunciar algunas palabras y arrepintiéndose antes de decirlas.

Muchas veces, hallándome con personas que bien por diferencias de carácter, de educación o de aspiraciones, estaba seguro que, al decirles ciertas cosas que asaltaban mi imaginación, no habían de comprenderlas, me había sucedido detenerme de pronto antes de hablar, y guardando a mi vez un silencio que acaso parecería desdeñoso. ¿Será que esa mujer cree que su inteligencia está tan por cima de la esfera vulgar en que nos agitamos que no hay entre nosotros quien la pueda apreciar en lo que vale? Esta pregunta, que no pude menos de dirigirme al ver frustrados todos mis planes, hirió mi amor propio y, sin saber por qué, me sentía confuso y humillado. "No hay duda —dije—, yo estoy combatiendo con armas desiguales; Julia me oye hablar de bagatelas y majaderías con sus primas que, después de todo, no son más que unas mujeres tan vulgares como todas, y desde lo alto de su superioridad me juzga, o tan materialmente prosaico como Luisa, o tan ridículamente sensible como Elena".

¡Oh, si pudiera hablarla a solas, si pudiera hacerla comprender que yo tengo aquí dentro del corazón y la cabeza algo que no sé si es grande, pero de seguro no es vulgar!

En esto llegamos al término de nuestro paseo, que era un pequeño caserío blanco como la nieve y situado en una altura donde se dominaba parte de la costa y del mar, que se dilataba inmenso a nuestros ojos hasta tocar y confundirse con el cielo.

—Mire usted —me dijo Luisa apenas hubimos llegado, señalándome con el dedo el horizonte—: ¡mire usted qué cosas tan preciosas hace el sol en el agua! Si parece que todo el mar está lleno de pedacitos de oro que van saltando.

—¡Qué hermoso es el mar! —exclamó a su vez Elena—; yo le digo a usted francamente que pasaría gustosa toda mi vida en este caserío escuchando el murmullo del oleaje y respirando este viento que parece que acaricia cuando pasa.

En efecto, el espectáculo que ofrecía a nuestros ojos era magnífico.

Yo tendí la mirada por aquel mar sin límites y, sintiéndome lleno de su inmensa poesía, estuve a punto de prorrumpir en un himno. Por fortuna, en aquel instante me asaltó a la imaginación el recuerdo de Julia, y me pareció verla aún sonreírse, con aquella sonrisa irónica que tanto me había herido en una ocasión semejante, y me contuve y fijé en ella la mirada para sorprender sus impresiones en la expresión de su rostro.

Julia se había quitado el sombrero; parte de su cabello oscuro, descuidadamente recogido, flotaba a merced del aire. Su rostro había sufrido una nueva transformación, sus desmesurados ojos habían vuelto a abrirse de par en par, sus luminosas pupilas se habían dilatado otra vez y su mirada flotaba, sin fijarse en un punto, entre el vapor de fuego que cortaba el horizonte como una línea de oro.

¡Un himno al mar!, necio de mí; yo haber creído un momento que podía hacerse, que había palabras bastantes, pero no. El verdadero himno, el verbo de la poesía hecho carne, era aquella mujer inmóvil y silenciosa cuya mirada no se detenía en ningún accidente, cuyos pensamientos no debían caber dentro de ninguna forma, cuya pupila abarcaba el horizonte entero y absorbía toda la luz y volvía a reflejarla. Hasta que no las vi unas enfrente de otras, no se me revelaron en toda su majestad aquellas tres inmensidades: el mar, el cielo y las pupilas sin fondo de Julia. Imágenes tan gigantescas solo podían copiarlas aquellos ojos. "¡Oh! —pensaba yo mirándola—, ¡quién fuera un dios para poder sentir bajo su frente las vibraciones de la inteligencia embriagada de inmensidad, de luz y de armonía!".

***

Julia se mantenía aún inmóvil y en silencio; yo la contemplaba absorto, cuando Elena se le acerca y, sacándola de su éxtasis, le dijo con cierto énfasis:

—Y a ti, ¿te gusta el mar?

Yo creí que no contestaría. La pregunta aquella, dirigida a una mujer de sus condiciones, no merecía verdaderamente más contestación que el silencio. Julia, en efecto, pareció dudar un instante; pero después, tornando a sonreírse con aquella sonrisa extraña que le era peculiar, se limitó a responder:

—Sí, me parece bonito.

¡Bonito el mar! ¡Qué inmensa ironía no revelaba esta frase! Al oírla, comprendí cuán pequeño me habría considerado al decirme la tarde anterior: "Yo entiendo poco de música".

IV

Después que volvimos del paseo, busqué una ocasión de hallarme solo con Luisa. Yo no sé si estaba enamorado de Julia, pero la verdad es que su memoria me preocupaba tan hondamente que ya era necesario a toda costa que yo la conociese, que supiese algo de ella; un día más en la incertidumbre en que me encontraba hubiera concluido por volverme loco.

Cuando vi a Luisa un instante separada de Elena, le dije francamente lo que me sucedía; le expuse mis dudas, le pedí por Dios que me sacase de aquel laberinto de confusiones en que me encontraba.

Luisa me escuchó con atención y, cuando hube concluido de referirle la historia de mis locas imaginaciones, me dijo con cierto aire malicioso:

—No se enamore usted de esa mujer, no se enamore usted, porque...

—¿Por qué? —la interrumpí yo.

—Porque será usted muy infeliz. ¿No le dije a usted que era una mujer original...?

—Y bien —añadí—, que no tiene nada de vulgar ya se ve; pero lo que deseo que usted me explique es por qué parece como que nos desdeña, por qué guarda ese silencio misterioso.

—Por una razón muy sencilla, porque su mamá, que es una señora de gran talento, le tiene encargado mucho que no hable delante de gente.

—Su mamá —exclamé estupefacto, y sin comprender una sola palabra de aquella algarabía de Luisa—, su mamá. ¿Y por qué razón se lo ha prohibido?

Luisa se detuvo un momento como dudando al contestarme; después, echando una mirada de reojo hacia el grupo que formaban Elena y Julia para cerciorarse de que no podían oírla, me dijo, bajando la voz:

—Porque es tonta.

UN LANCE PESADO

Como a la mitad del camino que conduce de Ágreda a Tarazona y en una hondonada, por la que corre un pequeño arroyo, hay una casuca de miserable aspecto, especie de barraca con honores de venta, donde los arrieros castellanos y aragoneses se detienen a echar un trago en los días de calor o a sentarse un rato a la lumbre cuando sopla el cierzo o cae una nevada. La venta no es de los lugares más seguros que digamos; las crónicas del país refieren mil y mil historietas de asaltos nocturnos, robos y muertes acontecidos en sus alrededores y sin duda alguna fraguados por los pajarracos de cuenta que aquí concurrían, y encubiertos por el antiguo ventero, hombre de tan mala vida como mal fin dicen que tuvo.

Las continuadas visitas de la Guardia Civil y el haber cambiado la venta de dueño han sido causas más que suficientes para hacer de aquellos lugares, antes temibles, uno de los pasos más seguros del camino de Tarazona. Así me lo aseguraron al menos gentes conocedoras de la comarca; pero, como suele decirse, cría fama y échate a dormir. Rara es la persona que cuando comienza a internarse en aquel barranco, donde por todas partes limitan el horizonte las quiebras del terreno y en cuyo fondo se ve la casuquilla sucia, oscura, ruinosa y como agazapada al borde de la senda, al acecho del caminante; rara es la persona, repetimos, y sobre todo si tiene algo que perder, que no tienda a su alrededor una mirada de inquietud, y después de cerciorarse de que su escopeta está cebada y pronta, no arrima los talones a la caballería que lo conduce, por aquello de que el mal paso andarlo pronto.

La primera y única vez que he llegado a aquel punto no la olvidaré nunca. Hay acontecimientos en la vida tan extraños y horribles que, si cien años viviéramos, los tendríamos siempre tan frescos en la memoria como el día que tuvieron lugar. El que voy a referir es seguramente uno.

Ya hace de esto bastantes años: yo iba en compañía de un amigo a visitar el antiguo monasterio de Veruela, una magnífica obra de arte que me habían ponderado mucho y que deseaba ver hacía algún tiempo. Salimos al amanecer de un pequeño lugar próximo a Soria, donde me encontraba entonces; atravesamos la sierra del Madero y, después de una jornada de cuatro o cinco horas, hicimos alto para comer en Ágreda.

El día, que se mantuvo nebuloso hasta cosa de las doce, comenzó a ponerse tan malo que, al llegar a los postres de la comida, me asomé a una de las ventanas de la posada en que habíamos hecho alto, y viendo encapotarse el cielo de nubes oscuras y amenazadoras, de las cuales comenzaban a desprenderse algunas gotas de agua, exclamé, dirigiéndome a mi compañero:

—¿Te parece que hagamos noche aquí?

—Allá veremos cómo se presenta la tarde —me contestó.

Y dando un golpe en la mesa, llamó al muchacho que nos servía e hizo traer una botella más sobre las dos que ya nos habíamos bebido: total, tres. Y hago esta mención del número de botellas, porque si el lector, como en el cuento de las cabras de Sancho, quiere llevar la cuenta de las que bebimos, tal vez encontrará más natural y verosímil el desenlace de la historia que voy a referirle.

Cuando concluimos con la tercera botella, llovía si Dios tenía qué. Hicimos traer la cuarta, y cuando arrojamos el casco vacío, yo no sé ya si llovía o tronaba; lo que puedo decir es que la habitación se nos andaba alrededor, que bajamos la escalera a trompicones, ensillamos como pudimos y algunos minutos después, corríamos a rienda suelta por el camino de Tarazona, sin cuidarnos más de los truenos, el granizo y la lluvia, que de las desazones del gran turco. Y así corrimos sin parar hasta el barranco de la venta.

El agua caía a torrentes: el camino estaba hecho una laguna, y nosotros calados hasta los huesos. Tal vez el frío, el aire que nos había azotado la cara, nuestra crítica situación o todas estas cosas juntas contribuyeron a despejarnos un poco. Una vez despejados y serenos, conocimos toda la atrocidad de nuestra locura. La noche comenzaba a cerrar, el camino se había puesto intransitable. Tarazona distaba aún más de tres leguas, el arroyo del barranco, crecido con las vertientes, no era ya un arroyo, sino un río.

—¿Qué hacemos? —exclamé yo un poco preocupado y dirigiéndome a mi amigo, que probaba aunque sin éxito a vadear el arroyo.

—No nos queda mucho para escoger —me respondió sin alterarse—: o quedarnos en la venta, o volver a Ágreda, porque, en cuanto al arroyo, no soy yo quien lo vadea esta noche.

Al oírle fijé la vista en la casucha, y sin poderlo remediar me asaltaron la memoria el recuerdo de todos los episodios terribles que acerca de ella me habían referido. Preocupado con estas siniestras ideas, guardé silencio.

—¡Bah! —prosiguió mi amigo—, quedémonos aquí; si nos falta cama, no nos faltará un jarro de vino, y a falta de pan, buenas son tortas.

Así diciendo, se apeó del caballo y comenzó a llamar a la puerta de la casa. Le imité, aunque costándome algún trabajo vencer una especie de temor que no expresaba por parecerme no solo infundado, sino hasta ridículo. Llamamos una, dos, tres, hasta cinco veces, sin que nadie nos contestase. Yo creí oír, sin embargo, el eco de varias voces dentro de la casa, y a través de los mal unidos tableros de la puerta, veía el resplandor de la llama del hogar. Volvimos a golpear con más fuerza, hasta que, al cabo de mucho tiempo, sentimos el rechinar del cerrojo, se abrió la puerta y apareció el ventero en el dintel.

—Ustedes perdonen, señores —nos dijo con una cara muy afable—; ya hacía rato que oíamos llamar, pero, como corre una cercera tan grande, se nos antojó que el viento movía las puertas.

Mi amigo parecía satisfecho con la explicación: a mí comenzaba por hacerme mal efecto la afabilidad del ventero y su carácter de hombre honrado. Si hubiera tenido trazas de facineroso, tal como yo me lo figuré de antemano en la imaginación, tal vez no me hubiese dado tanto en qué pensar. Entramos en la cocina; mi primer cuidado fue revolver los ojos alrededor buscando las personas cuyas voces había oído desde la puerta. No había en ella más que una muchacha, bien linda por cierto, que atizaba el fuego del hogar, y un gato que dormitaba acurrucado junto a la lumbre. "¿Por dónde ha desaparecido esa gente?", pensé yo, y entre tanto, y con el mayor disimulo posible, hería el suelo con el pie para cerciorarme de que no había ninguna trampa. Mientras yo me mantenía silencioso y retraído, y el ventero se ocupaba en quitar la silla a nuestros caballos, mi amigo, so pretexto de encender un cigarro, se acercó al hogar, y, después de los cuatro o cinco piropos de costumbre, trabó conversación con la muchacha de la venta. No he visto en mi vida cara más graciosa, más ingenua, ni de expresión más sencilla e inocente que la de aquella muchacha, ni tampoco he encontrado mujer que me haya inspirado una repulsión instintiva y una antipatía natural más grande. Concluyó el ventero su operación y sentose en un rincón de la cocina; la muchacha colocó delante del hogar una mesilla de pino, desvencijada y coja, y sobre la mesa un jarro boquirroto y dos vasos. Mi amigo comenzó a beber y a charlar; yo bebía en silencio; el ventero dormitaba; el gato gruñía con un ruido particular; la muchacha tenía fijos en nosotros dos ojos que me parecían tan grandes como toda su cara; la llama del hogar al agitarse hacía danzar de una manera fantástica nuestras sombras que se proyectaban en los muros; los granizos golpeaban los vidrios de una ventanilla a través de la que brillaban los relámpagos; el viento se dilataba por la llanura con largos gemidos, y el arroyo, crecido con la avenida, forcejeaba entre las piedras al pie de la casa con un rumor extraño y monótono. En este momento mi amigo comenzó a cantar:

La donna è móbile
è piuma al vento
muta d'accento
e di pensiero.
A sempre amabile
leggiadro viso
e il piantto e il riso
è menzognero.

No sé cómo explicar el efecto que me hizo esta música en aquella ocasión; lo que puedo decir es que cuando nos decidimos a acostarnos y el ventero tomó la luz para acompañarme al tabuco donde me habían preparado la cama, mientras mi compañero subía por una escalera de caracol en busca de la suya, el recuerdo del último acto del *Rigoletto* estaba tan fijo en mi imaginación que no pude oír sin un estremecimiento involuntario la voz gruesa y estentórea del ventero que me dijo al despedirse:

—Buenas noches. Buenas noches... —me dijo en castellano muy claro.

Pero a mí me pareció escuchar aquellos acordes temerosos de la orquesta que acompañan el canto de Sparafucile y oír su voz siniestra que me decía con un acento de horrible sarcasmo:

—*Buona notte!*

No, y lo que es la noche que el dichoso borgoñón le preparaba a su huésped, después de deseársela tan feliz, no era para envidiada.

Pensando esto, oí crujir las tablas del techo de mi cuarto. Sin duda mi amigo duerme encima y se dispone a meterse en la cama, dije, y apagué la luz y me metí en la mía. El cansancio puede más que las mayores preocupaciones; así es que, a pesar de todas mis ideas horribles, me dormí a los cinco minutos como un tronco. No sé cuánto tiempo haría que estaba dormido, cuando entre sueños y de una manera muy confusa, me pareció oír hablar en voz baja cerca de la puerta de mi cuarto. Quise oír lo que decían, pero no me era posible; solo llegaban a mis oídos palabras sueltas y sin ilación.

No obstante, ya había sorprendido algunas bastantes sospechosas, cuando el murmullo de las voces comenzó a sonar más lejano, apagándose por último.

Así que el murmullo se apagó del todo, hubo un momento de silencio, transcurrido el cual comencé a oír el crujido de la escalera de caracol, que gemía con un ruido imperceptible como si subiesen cautelosamente por ella; después percibí con mucha claridad ruido de pasos sobre el techo, que se estremecía de cuando en cuando. Yo no sabía qué partido tomar; me revolcaba en la cama haciendo esfuerzos supremos para levantarme, y parecía que estaba cosido allí o sujeto por una fuerza poderosa.

En este estado de exaltación nerviosa hirió mis oídos un grito agudo, y el techo comenzó a temblar conmovido, como si en la habitación se hubiese trabado una espantosa lucha. Oí pisadas fuertes y desiguales, oí rodar muebles; me parecía percibir confusamente imprecaciones ahogadas, y por último un golpe sordo como el de un cuerpo que cae desplomado... ¡Después, silencio...! Unos ayes dolientes que se apagaban poco a poco, y un ruido extraño, leve, compasado, semejante al que produce la péndola de un reloj. ¡Era sangre, sangre que se filtraba por entre los mal unidos maderos del techo y caía gota a gota en mi cuarto! Hice un esfuerzo gigantesco, me incorporé de la cama, me restregué los ojos; tenía la respiración anhelosa, el pecho oprimido.

—¿Será un sueño, una pesadilla horrible? —exclamé palpándome para salir de la duda.

No, desgraciadamente no. Estaba despierto, tan despierto como ahora, y oía, sin embargo, el ruido que producía la sangre al caer, rumor extraño, con un sonido alterno y monótono, semejante al de las gotas de agua que caen en un charco.

Vencí el miedo horrible que me embargaba; salté de la cama a oscuras; cogí a tientas la escopeta y, cerciorándome precipitadamente de que estaba pronto el gatillo, salí a la cocina llamando a voces al ventero. Allí tropecé con dos o tres sillas; volqué la mesa; hice un ruido espantoso, hasta que al fin aparecieron.

La muchacha, medio desnuda y con un candil en la mano por una puerta, y el padre, todo aturdido y en paños menores, por otra. Mi primera insinuación fue echarme la escopeta a la cara y apuntar al ventero. La muchacha al verme comenzó a dar gritos, el padre, más pálido que la cera, se arrinconó en el hogar encomendándose a Dios y creyendo llegada su última hora.

—¿Dónde está mi amigo? —le pregunté dos o tres veces sin dejar de apuntarle.

El miedo sin duda no le permitió desplegar los labios; la muchacha, por el contrario, ponía el grito en las nubes; yo, creyendo leer el crimen en la turbación de aquel pobre hombre, no sé lo que hubiera hecho a no aparecer en aquel instante mi compañero de viaje en lo alto de la escalera.

—¡Qué! —exclamé, asombrado, al verle—. ¿No te han muerto?

—¡Matarme! —respondió a mi pregunta—. Pues si dormía como un lirón cuando me ha despertado este ruido espantoso.

—Pero —proseguí, de cada vez más confuso—, ¿y los ayes que he oído, la lucha que ha tenido lugar en tu habitación y que he sentido perfectamente?

—¡Habrás soñado! —me interrumpió mi amigo con aire de burla.

—¿Y el ruido de las gotas de...? —continué yo precipitadamente—; ese ruido que todavía se oye.

—¡Bah! —se atrevió a decir el ventero, ya repuesto del susto—; eso es que, como la casa es vieja y cae un mar de agua, la habitación se llueve y suenan las goteras.

La escopeta se cayó de mis manos; el suelo parecía que se había abierto a mis pies.

Para dar idea de lo avergonzado que me dejó este ridículo lance, no diré más sino que, al volver a Ágreda desde Tarazona, a donde fuimos al otro día, eché por otro camino y rodeé más de un cuarto de hora por no pasar otra vez por la maldita venta.

UN TESORO

—¡Ánimo, amigo don Restituto, ánimo! Más trabajo pasaría Colón para descubrir el Nuevo Mundo, y usted no podrá menos de convenir que se trataba de una bicoca comparado con el asunto que traemos entre manos. El Arte, la Arqueología y la Historia aguardan impacientes el resultado de nuestra arriesgada empresa. La Europa científica tiene sus ojos en nosotros. Ánimo, amigo mío, ánimo, que ya tocamos al término de la expedición.

—Hora es de que toquemos a cualquier parte, porque, si he de decir la verdad, confieso que no puedo ya ni con la fe de bautismo en papeles. ¡Qué vericuetos tan horribles y qué sendas tan impracticables! Esto no es camino de hombres, sino de cabras.

—¿Ve usted aquel pueblecito medio oculto entre las ondulaciones del valle que se extiende a nuestros pies? Pues en el mismo lugar en que se levantan las cuatro chozas que lo componen, ni un palmo más acá ni más allá, estuvo situada en los tiempos pretéritos la famosa Micaonia de los fenicios, la Micegarie o Micogurioe de los romanos y la Guadalmicola de los árabes, que merced al trastorno de las edades y las cosas ha venido a ser el Cebollino de nuestros días.

—Pero, ¿está usted seguro?

—Pues, hombre, no faltaba otra cosa... Quinto Curcio lo asegura; ambos Plinios, el joven y el viejo, lo confirman; Sardanápalo, Príamo y Confucio habían ya iniciado la misma idea, y si bien el judío don Rabí Ben-Arras y el moro Tarfe son de distinta opinión, los cronicones del arzobispo Turpín y las memorias del Preste Juan de las Indias han resuelto hasta la más insignificante duda que pudiera ocurrir sobre el asunto.

—¿De modo que puede darse por cosa hecha que encontraremos lo que se busca?

—Y lo que ni siquiera imaginamos, y más, mucho más de lo que nos será posible llevar con nosotros. Cavando un poco, ¡pero qué digo cavando!, a flor de tierra tengo por indudable que los camafeos andarán a granel, las ánforas, las urnas y los trípodes a tómatelas, y los anillos, collares, pendientes y medallas, poco menos que a puntillones. Cuando le digo a usted que tenemos un tesoro arqueológico entre las manos...

—¡Dios lo haga! Pues si buenos descubrimientos hacemos, buenas fatigas nos cuestan.

Esto diciendo, los dos personajes que, caballeros en sendas mulas, sostenían entre sí el anterior diálogo en lo más alto y escabroso de la montaña que domina el lugar de Cebollinos, picaron con los talones las caballerías y emprendieron paso a paso la senda que baja serpenteando entre rocas y cortaduras hasta el fondo del valle.

Las doce acababan de sonar en el reloj de la iglesia cuando nuestros héroes llegaron a las puertas del único mesón del pueblo, con un sol de justicia sobre la espalda, secas las fauces con el polvo del camino y hecha un río la cara con el sudor que les caía a caños de la frente.

Don Restituto pensó en tomar un bocado y echar un par de horitas de siesta antes de proceder a las excavaciones, pero su compañero, verdadero apóstol de la arqueología y, por lo tanto, infatigable, apuró su elocuencia en persuadirle de lo contrario.

Cuando no sin pena lo hubo conseguido, ambos amigos, armados de sus correspondientes azadas y acompañados del dueño del mesón, se dirigieron a una de las salidas de la aldea, haciendo alto al pie de los restos de un abandonado horno de ladrillos, que nuestro héroe clasificó a priori de cimientos de una fortaleza celtíbera.

A los primeros azadonazos apareció entre la tierra un objeto de metal, pequeño, redondo y brillante.

El arqueólogo creyó haber encontrado una medalla de oro del rey Asex, la única que falta en la gran colección numismática del Museo de Londres.

Un examen más detenido y la intervención del mesonero en el esclarecimiento del asunto dio por resultado que el objeto en cuestión era uno de los botones de la casaca de un realista.

—Vea usted aquí un objeto que dentro de un par de miles de años será una curiosidad de primer orden. Guárdelo usted, guárdelo usted, don Restituto, que algo es algo.

—Si tuviera la esperanza de vivir ese tiempo, no digo a usted que no lo guardaría —exclamó don Restituto, suspirando tristemente y arrojando el botón, que se apresuró a recoger el mesonero, a quien precisamente se le había caído aquel día uno de los calzones y pensaba sustituirle con aquel tan hermoso y tan brillante.

El arqueólogo, sin desmayar un punto, emprendió de nuevo el trabajo. Don Restituto se enjugó el sudor de la frente con un amplísimo pañuelo de yerbas, sacó una enorme caja de rapé, de la que tomó un polvo, no sin haberle ofrecido antes al mesonero y, después de restregarse las manos, se inclinó con lentitud, recogió la azada e imitó a regañadientes la conducta de su colega.

Durante algunas horas las excavaciones no dieron de sí más que algunos pedazos de suelas de zapatos viejos, huesos de diferentes animales que no parecían antediluvianos, y otros mil y mil pedazos de esos objetos sin color ni nombre de que se puede encontrar abundante colección en un muladar cualquiera.

Don Restituto estaba ya a punto de desertar de las banderas arqueológicas y el mesonero, a quien la idea de ser copartícipe del rebuscado tesoro había detenido hasta entonces, se disponía a marcharse, cuando el apóstol de la ciencia exhaló un grito de júbilo.

Había tocado un objeto casi completamente cubierto por la tierra y que solo dejó ver un asa.

Arrojar la azada lejos de sí, apresurarse a escarbar con las uñas para no exponerse a quebrar el precioso hallazgo, sacarlo a luz y exhibirlo triunfalmente a sus atónitos compañeros, todo fue obra de un instante.

—¡He aquí! —exclamó en tono magistral—, he aquí un descubrimiento que paga con usura todos nuestros trabajos y fatigas; he aquí un utensilio figulino sobre el cual redactaremos una memoria que llenará de pasmo a las academias. Vea usted, señor don Restituto, vea usted qué carácter tan nuevo y tan extraño. No es el cado celtíbero ni el ánfora romana. Tiene puntos de contacto con la diota y no es una diota; puede hacerse pasar por una lagena y no es lagena del todo. ¡Qué barniz! ¡Qué esmalte! Estos objetos inopinadamente salidos del fondo de la tierra para recordarnos aquellos grandes y venturosos siglos son la vergüenza y la humillación de nuestra moderna historia. ¿Qué Sèvres ni qué porcelana chinesca puede compararse a este maravilloso vaso, que no vacilo en calificar de etrusco a juzgar por las pinturas y las fajas verdes, amarillas y azules que lo decoran? ¡Ah, querido amigo don Restituto!, grande fortuna ha sido la nuestra al hacernos con este inapreciable fragmento; él solo bastará a labrarnos una reputación; pero ¡cuán inmenso, cuán digno de envidia sería la del siete veces dichoso mortal que hubiera logrado poseer intacto este tesoro!

Al llegar a este punto de la relación, el mesonero, que había seguido con creciente interés el hilo del improvisado discurso del arqueólogo, prorrumpió en un amarguísimo llanto, diciendo entre suspiros entrecortados y sollozos que partían el alma:

—¡Ah, desdichado de mí, en qué menguada hora vine al mundo! ¡Pensar que he tenido la fortuna en mis manos y no he sabido conocerla!

—¿Qué dice usted, buen hombre? —exclamaron a un tiempo don Restituto y su compañero de glorias y fatigas.

—Lo que ustedes oyen. Esa biota, o nagena, o berenjena, o como ustedes quieran llamarla, ese tesoro en fin, lo he tenido yo por espacio de muchos años en mi casa, hasta que en la última enfermedad de mi padre se inutilizó, no sé por qué accidente, y arrojé los cascos en este estercolero. ¡Bestia de mí, que en tan bajas cosas lo empleaba y tan poco cuidado puse en su conservación!

—Y —diga, buen amigo— le interpeló don Restituto, que comenzaba a escamarse: ¿dónde se hizo usted con este... vamos, llamémosle vaso?

—En la feria de un pueblo vecino se lo compré a un cacharrero.

—¿Y lo dedicaba usted a...?

—Sí, señor.

—Luego, en suma, no era ni más ni menos que un...

—Justamente.

Un rayo que hubiera caído a los pies del arqueólogo no le hubiera causado más efecto que estas palabras.

Don Restituto sacó otra vez el pañuelo de yerbas, se enjugó la frente con mucha calma, se sacudió con cuidado la tierra que le había manchado el pantalón al practicar las excavaciones, desenvainó la caja de rapé, de la cual, sin ofrecerle a nadie, tomó un gran polvo, y después de restregarse a un lado y otro la nariz con el pulgar y el índice, se limitó a exclamar:

—¡Yo me tengo la culpa!

Índice

www.ingramcontent.com/pod-product-compliance
Lightning Source LLC
Chambersburg PA
CBHW020537120726
47903CB00001B/18

* 9 7 8 1 6 4 8 0 0 0 3 8 6 *